中国现代文学新讲

钱理群 编著

别册

吴晓东　钱理群的文学史观

洪子诚　钱理群：热情与怀疑

钱理群　用文学经典滋养下一代

钱理群 × 许知远　彼岸的关怀，可以照亮此岸

钱理群与母亲项浩，20 世纪 60 年代摄于南京

钱理群与夫人崔可忻——"我的深情为你守候"

1960—1974 年，钱理群执教贵州安顺卫生学校，
50 多年后，学生从各地赶来聚会

1985 年，"燕园三剑客"黄子平、钱理群、陈平原的"三人谈"使"二十世纪中国文学"概念横空出世。此为 2000 年三人重逢时合影

2016 年，《中国现代文学三十年》面世三十年纪念研讨会上，钱理群与吴福辉、温儒敏

晚年的钱理群喜欢旅行与摄影

钱理群的文学史观

吴晓东

在所有可能的称谓中，钱理群先生最倾向于认同和接受的，也许是"文学史家"的称呼。多年来，他私心里一直把文学史的研究和写作看作自己的一块重要领地，对文学史的理论、观念、方法一直保持自觉的探索激情，并始终执迷于文学史的叙述体例和叙述形式。我们不妨先来看看他的近作《1948：天地玄黄》的开头：

> ⋯⋯正是午夜时分，历史刚刚进入1948年。北京大学教授、诗人冯至突然从梦中醒来，在万籁俱寂中，听到临近有人在咳嗽，咳嗽的声音时而激烈，时而缓和，直到天色朦

钱理群与吴晓东

胧发亮了，才渐渐平息下去。冯至却怎么也睡不着了，他想：这声音在冬夜里也许到处都是吧。只是人们都在睡眠，注意不到罢了。但是，人们不正是可以从这声音里"感到一个生存者是怎样孤寂地在贫寒的冬夜里挣扎"吗？——诗人想了很多，很久。

　　这段叙述看似平淡，却是钱先生花了一个月的时间殚精竭虑选择的结果。在这部著作的具体写作中，最困难的可能正是这段开头，它不仅要奠定书的基本调子，统摄与提示整部书的叙述流程，同时还应该体现钱理群对一种可能的文学史的叙述学的追求。他在书的后记中这样写道："事实上对于一个文学史家，每一次文学史写作实践，不仅要考虑描述内容，也要努力探寻与其内容相适应的形式——文学史结构与叙述方式（包括叙述视角、叙述语调等），这一点与作家的创作并无实质的区别。""我的这一次写作冲动恰恰是来自一种文学史写作形式（结构与叙述方式）的试验欲求，在人们往往忽略文学史写作形式的时候，这也许是不无意义的吧。"《1948：天地玄黄》的这段开头值得重视的，首先在于它在文学史写作形式上的试验意义。它为读者引入了一个以第三人称出现的历史叙述者的视点，"他是全知全能的，因此可能通过语气、角度、语言（时代习惯用语、句式的选择等）、表达方式（叙述、描写、议论）的不断变换，自由地'出入'于'过去'与'以后'及'现在'之间，同时又将一种'未来'（'远方'）视点'隐蔽'其后"（《1948：天地玄黄》代后记）。可以说，这个第三人称的叙述者正是作者的化身，但通过第三人称叙述者的选择，作者的声音却可以含而不露，"叙述"的意义从而凸现了出来。

这颇有点像小说或报告文学的写作，其叙述化的语境迅速地把读者引入历史的情境，使读者感同身受般置身于一种过去的现场之中。

叙述化的语境的鲜明美学特征在于它体现了文学史叙述的具体性和细节性。钱理群作为一个文学史家的敏感和禀赋体现在他很少发纯玄理性的议论，而往往从文学史实、事件和具体文本出发，从具体的历史细节以及文学史细节中引出问题，从典型现象的诗意描述中生发概括。譬如，他在《彩色插图中国文学史》中写"'五四'新文化运动"一章，不是从政治、经济、文化的广阔历史背景起笔，而是以电影摇镜头的方式一一闪过：1915年夏，胡适和他的朋友梅光迪等人漫游美国东部风景胜地，1917年夏，章太炎的几个弟子钱玄同、鲁迅、周作人在绍兴会馆的古槐树下高谈阔论，以此形象地显示"五四"新文化运动是不同思想文化背景、不同个人经验的知识者"殊途同归"的结果；写沈从文强调其创作与"水"的关系；写冯至则渲染他在大后方的森林小屋中的沉思；用"一个苍凉的手势"概括张爱玲；用"战争废墟上的哈姆雷特"形容穆旦；等等。这就是文学史研究与叙述的具体性、形象性、情景感、诗意化，它表明，文学史的叙述至少应和其他的历史叙述有所区别，有其无法替代的文学性特征。而其中最本质的支撑是文学史叙述对文学历史情境的具体呈露，是对提示一个时代内在意蕴的"瞬间显现"的历史细节的醒悟："我至今也还记得我的一段阅读经验。在旅途中随便翻阅一本抗战时期一位美国医生写的见闻录，其中提到他目睹的一个细节——在战火纷飞之中一个农人依旧执犁耕田，战火平息后，周围的一切全被毁灭，只有这执犁的农人依旧存在。我立刻意识到，这正是我要努力寻找的，能够照亮一个时代的'历史细节'：在这'瞬间永恒'

里蕴涵着极其丰富的历史内容（多义的象征性），同时又具有极其鲜明、生动的历史具体性。"（《〈精神的炼狱〉代序：我这十年研究》）

对历史的具体性和细节性的关注，追求一种回到历史的"设身处地"的现场感，还表现为钱理群对文学历史的偶发性、特异性和原生味的执迷。隐含在这种执迷背后的，是一种文学史观以及一种历史观。如果说，在钱理群和他的两位友人80年代所倡导的"二十世纪中国文学"的理论框架中还留有历史进化论和历史决定论观念的影子，相信新比旧要好，未来胜于过去，相信历史是"沿着某种既定的观念、目标（'本质''必然规律'）一路凯歌行进，即使有一时之曲折，也是阻挡不住历史发展的'必然趋势'"（《矛盾与困惑中的写作》），那么，在90年代的历史语境中，对历史理性、本质规律、美好未来诸种范畴的虔信已成了破碎的神话。钱理群称他从昆德拉的一段话中体验到深刻的灵魂震动："过去我也曾相信，未来是我们的作品和行为唯一有资格的评判者，后来我懂得了，追逐未来是所有逢迎者中最恶劣的逢迎者，是对强权的怯懦诏媚。""但是，如果未来对于我不是一种价值，那么，我的归宿是什么呢？上帝？国家？人民？个人？我的回答既是荒谬的也是真诚的：我不以任何事物为归宿。"钱理群认为，一切经历了"追求—归依"而最后幻灭的知识分子，都必然达到这一结论。这是一种重估历史话语和价值体系的合法性的新的历史观，这种重估也必然影响到钱理群的文学史观念的转换。这体现在对黑格尔式的历史决定论的屏弃，对历史规律性和必然性的怀疑，对历史宏观叙事的合法性的质问。当我们关注规律、本质，关注历史的大叙事的同时，历史的那些独一无二的具体性和偶然性以及不连续性就可能被忽视甚至漠视了。其结果，是对历史复杂图景的"净化"和"简约"。钱理群强调"典型现象"和"历史细节"的深层动机正在于"要恢复那些能够显示文学发展的偶然性、个别性、特殊性的文学现象（细节）在文学史描述中的地位，而且提醒人们，在勾勒历史发展中的人的生命流动轨迹时，不要忽视轨迹图像之外、未能包容的生命（文学）现象，及其孕育的生命流动的另一个方向、文学发展的另一种可能性"（《〈精神的炼狱〉代序：我这十年研究》）。

对所谓"偶然性、个别性、特殊性"的关注，在某种意义上必然与文学史叙述对归纳、线索、概括的内在要求发生矛盾与冲突。文学史中毕竟有"史"的维度，因此，如何处理文学性的因素和史的因素，是任何一个文学史家都无法回避的课题。钱理群平衡这两个维度的具体方法是对文学史中"单位意象""单位观念"等"典型现象"的抽绎和提炼。这是钱理群文学史方法论中最为引人注目的部分。"典型现象"的提炼使文学史叙述既从丰富而具体的文学史细节中来，同时又不至于迷失在纷纭复杂的文学史现象中，最终表现出一种史家所具有的超越和概括的意向。因此，文学史叙述最终被钱理群理解为"是一连串的'典型现象''历史细节'的连缀，但又不是对材料的简单堆砌，而是通过新的叙述赋予旧材料以活力（因此每一条材料的引述都具有一种'发现'的意义），并在'材料'（典型现象）之间建立起一种'新型关系'，这就构成了对于'历史'的'复述'（与'再现'）"。

这使钱理群的文学史理论表现出一种系统性和可操作性。但这是不是说他的理论中内在的矛盾与悖论就得以解决了呢？可以说，钱理群的文学史观念中仍无法祛除这种偶发性与概括性的悖论以及一种内在的困扰，而这种困扰正来自"历史"本身，这就是"史"的范畴中对规律、本质、整合的固有追求，与历史本身的无序性、偶然性之间的先在的矛盾。钱理群的文学史观也涵容了这种矛盾。"典型现象"的范畴尽管以其"历史细节"涵容了丰富而初始的文学性，但它依旧是一种抽绎、归纳与概括。它本身就有无法克服的悖论性。但从另一个角度说，"典型现象"之所以是一个内蕴丰富的可生长性的文学史范畴，正是因为它与悖论的内在绞结的关系。可以说，它向历史中的生存困境保持了一种开放性。

钱理群指出："当我们选定文学史研究的目标是在发现与揭示特定历史时代人的生存境遇、体验与困惑，描述人的生命涌动轨迹时，我们就已赋予了'典型文学现象'与'历史细节'在文学史描述中的本体论的意义与价值。"（《〈精神的炼狱〉代序：我这十年研究》）这句论述确立的是"典型现象"在文学史中的"本体论"的地位，即文学史的写作是通过文学现象和历史细节揭示特定历史时代人的生存境遇、体验和困惑。因此钱理群通过文学性抵达了历史中的人的存在的维度。"毫无掩饰地揭示人的生存困境和分裂"构成了钱理群文学史观念的核心部分，也是最有力度和厚度的部分。它把困境看成是历史中的人的某种本体，因此困境也构成了文学史叙述中的固有成分。从80年代的启蒙理想主义、历史乐观主义到90年代的人的生存困境的文学史观，反映了钱理群对历史以及文学的理解发生了很大的变化。可以说，90年代的文学史观，是以悲观主义和怀疑主义为其深层背景的。它在涵容了文学历史本身的复杂性的同时也为钱理群的文学史叙述带来了一种内在的困惑。

回过头去再看看钱理群在《1948：天地玄黄》的开篇拟设的叙述者，我所要问的问题是：叙述者如何在呈示一种过去的现场感的同时，也把历史情境本身的复杂性、未知性和不可索解的语境氛围传达给读者，或者说把文学历史本身的困境以及文学史家的困境呈现出来，这恐怕也是文学史叙述学的重要维度。这要求著作中虚拟的历史叙述者可能要调整全知全能的姿态，兼用一种限制的视点。限制的视点本身就意味着我们不可能真正了解历史的来龙去脉，更不可能把握历史的全部真相。任何视点都是有限度的，有盲点的。而文学史叙述的课题之所以有着丰富的理论生长点，是因为它不仅是纯粹的叙述问题，更是历史观的问题。如何叙述历史，其实就是如何认识历史和如何建构历史，历史其实不是自我生成的，而是被叙述出来的。换句话说，本来没有本真的历史，是当我们把它叙述出来之后它才存在的。钱理群的文学史观中，仍有一种追求历史的本真性的执着，即相信有那么一种真实的历史存在。这就意味着，他在确立了怀疑主义的基本立场，打破了决定论和本质主义的历史观之后，仍有其最后的支撑，那就是对本真历史存在的信仰。因此，构成钱理群文学史观念的底座的，仍有其信仰主义以及人本倾向的一面。尽管他一方面凭借对昆德拉的感悟而拒斥某种具体归宿，另一方面又把归宿看成是人性不可缺少的东西，把超越性看成是人的某种本性，坚信鲁迅所谓"夫人在两间……倘其不安物质之生活，则自必有形上之需求"。对钱理群先生所代表的一代人来说，假如不相信历史本身的真实性，不相信人性是一个实存的范畴，是无法生存下去的。而回到现场，设身处地，也都意味着有那么一个现场可回，有那么一种真实的历史时空和情境可以去共感。从这个意义上说，即使他的文学史理论框架中允许虚构的与建构的成分，也是技术性与策略性的，不会破坏历史的"本体"，相反，却是可以有助于凸现这个本体的。

对本真的历史以及人性的存在的虔信，构成了钱理群这一代人难能可贵也无法替代的财富。然而，历史可能还有另一副面孔，这另一种历史存在的方式，也在翘首等待着它的叙述者。

（载《文艺争鸣》1999 年第 3 期）

钱理群：热情与怀疑

洪子诚

　　虽然和乐黛云、谢冕等老师都是20世纪30年代生人，但钱理群小七八岁，这个差别不是无关紧要。记得六七十年代会填无数的履历表，都有"何时参加革命工作"一项。对于钱理群和我来说，"革命"这个词主要是"想象"的性质。的确，青少年时期向往新世界的热情并非虚构，但"革命"总归欠缺某种"实体性"的内涵。因而，不大可能如乐、谢先生那样说出诸如参加革命"青春无悔"的肺腑之言。或者说，钱理群的"无悔"的青春，可能存在于另外的时间，譬如存在于70年代在贵州安顺的那些岁月；"无悔"的是遭遇精神危机时求索的悲苦和热情。这里透露了各自和革命、和当代史的某些

钱理群与洪子诚

有差别的关系方式。

大家都拿"著作等身"来讲一个人的著述之丰，对钱理群来说这倒不是比喻。自他和朋友合著《中国现代文学三十年》（1987）和独著《心灵的探寻》（1988）开始，至2020年1月20日，他出版的著作达90部，编纂65种；这还不算有的论著修订后的多次再版[1]。之所以标出准确的截止日期，是因为时间对他来说很重要[2]，况且他还有多个写作计划（多部的三部曲）在进行中，说不定哪一天又有新作问世。面对如此旺盛的创造力，朋友闲谈时一方面感叹他那硕大的脑袋里究竟贮存了多少东西，另一方面也在对比中惭愧于我们的太不努力。

钱理群最初是现代文学研究者——其实他在北大和人民大学就读的是新闻专业——却超越"文学"的范围。他不想刻意划出艺术与生活、文学批评与社会批评的界线。文学批评、文学史于他自然十分重要，但也介入其他领域，从事社会批评，重视写作之外的社会活动。他不是书斋里的学者，面对公众的演讲，课堂教学，接待朋友、学生，和年轻人交谈……对他来说不是可有可无的，是生命的不可或缺的部分。在听讲者面前，他目光闪亮，神采飞扬，完全不能想象已是耄耋之人。在他和他人的文章中，常见到长时间谈话、讨论问题的记载。这样的情景，我们借助文学阅读有可能复现：如《罗亭》《贵族之家》《日瓦戈医生》中从傍晚到凌晨，或激烈或温情的辩论和对话；如19世纪40年代的别林斯基，争辩中"意气风发，目光精闪，瞳孔放大，绕室剧谈，声高语疾而意切"……这是一种发端于19世纪俄国而延伸至今的"生活方式"。当然，钱先生不是瘦骨嶙峋、脸色苍白、羞涩局促的别林斯基，他健壮、憨厚。面对可鄙可憎之物，面对来自制度或个性的丑恶，正义感让他也会如"扑向他的牺牲品，将他片片撕碎,使他狼狈可笑"的豹子(赫尔岑形容别林斯基)——在这个时候，他表现了在原则上不容折扣的正义凛然。其他大多数时间，他善良，和蔼可亲。他的学问、表达的思想可能复杂深刻，而作为一个人则没有多少心机，有时甚至天真如孩童般。他的全部生活，由思考、写作、精神性对话构成，几乎没有什么其他爱好，生活自理能力也不大及格。我有时跟他开玩笑，说我会做饭、购物、听音乐、在电视上看足球篮球，食欲好的时候也喜欢美食。可是这些都不在他的爱好范围。一起吃饭，问他今天饭菜味道怎样，他会一脸茫然，"我们吃了什么啊？"所以，他的妻子崔可忻说他整天云里雾里。最近他出版了摄影集，书名是《钱理群的另一面》[3]，似乎是为了改变他这样的形象。不过，"另一面"仍是"这一面"的延伸，我们无法产生另外的想象。

钱理群著述涉及多方面的领域。现代文学研究无疑是主要的。80年代他牵头撰写的《中国现代文学三十年》，至今仍有难以取代的生命力。沿着这个线索，在新世纪之后关注点延伸到"当代"，并从文学史扩展到当代史，特别是当代知识分子精神史的探索——这里有他作为亲历者的"拒绝遗忘"的责任担当。另一主题是对中小学语文教育的讨论。这十几二十年来，地方文化史也进入视野，成为研究的重要部分。这些领域表面看来有些凌乱，实际上是基于启蒙责任的，有内在关联的整体设计。钱理群说他是"左翼鲁迅"，我更愿意把他称作"坚守的启蒙者"，尽管现在"左翼"比"启蒙"名声要响亮。在他的生活中，存在某些原点性质的因素，这让他在时局、风云莫测变幻中虽有困惑、调整，但分寸步履不乱。这些"原点"是：一个人（鲁迅）、一座城（贵州安顺）、一个不断出发和返回的"自我"。之所以把"自我"放在"原点"的位置上，是因为在他看来，无论何种观念、目标，都不能游离于个人的情感、生命的体认。这也就是鲁迅的那种将问题聚焦于作者主体性进行思考的方法。一切不经由主体的情感心性的观念和命题，无论多么崇高、漂亮，都有虚飘不实的成分。有了这样的根基，也就可能拥有沟通观念和实践、历史和现实的条件。自然，说到对当代史的反思，正如赵园先生说的，我们都面临一个是否有反思的能力和如何为反思寻找资源的问题[4]。钱理群这些年的工作，都是在回应这样的挑战。

鲁迅无疑是钱理群最重要的研究对象，也是文学、社会批评的最重要的思想资源。他以鲁迅为对象的论著有 18 部，编纂的鲁迅文选 15 部，对鲁迅的著述编纂贯穿 80 年代以来的各个时期。他不仅进行专业性研究，还不遗余力做着普及的工作：向一般读者，特别是向青少年。他借着不间断的阐释，让鲁迅成为民族的精神财富，争取不同年龄、阶层的人"与鲁迅相遇"（他的一本书的名字）。他理解的鲁迅是博大的，是可以不断提取各种宝贵资源的矿藏，不过我觉得，他可能更亲近那个"掊物质而张灵明"的鲁迅。在思维和写作方法上，钱理群偏于"扩散型"：某一论题依据情势变化和思考深入不断延展和重叙。在研究上，新世纪以来，为了处理更宏大的社会思想问题，文学的方法和历史的方法在他那里交错：重视文学现象的"现场返回"，对当代史的观察又不回避情感与个人经验的加入。他的方法，可能让历史学者觉得不够"历史"，而让文学研究者觉得偏离"文学"。但这是他为自己寻找的叙述方式。

前些年，因为钱理群和我的小书同在一家出版社出版，出版社便策划我们做了一次对话[5]。主持人高远东教授说我们一个是"积极浪漫主义"，一个是"消极浪漫主义"。将浪漫主义区分为积极和消极，应该是高尔基的首创。高远东在这里当然是借用，但他说得没错。"文革"期间，钱理群在贵州安顺和他的朋友、学生读书讨论，寻求自身和民族的出路；我在那个时候也读书，主要却是为了对政治、运动的逃避。在研究领域和生活态度上，钱理群勇于开拓，迈向那未明之境，我却是收缩的，固守在自认为能比较稳当把握的范围，以求得身心上的舒适、安全。

20 世纪 90 年代初，钱先生写了一本谈堂吉诃德和哈姆雷特形象东移的书[6]。这不是他最成熟的书，却很重要。对诞生于 17 世纪西方的文学典型的接受传播史的兴趣，相信不是纯学术的，是与八九十年代中国特殊的历史脉络和精神背景有关：在那个时候，知识分子的精神困境问题再次突显。这本书的贡献是，在顽强地维护理想的前提下引入必需的怀疑精神。在这本书的第七章，他着重讨论屠格涅夫 1860 年题为《哈姆雷特与堂吉诃德》[7]的著名演讲。屠格涅夫盛赞堂吉诃德的伟大勇敢的品格，而对"利己主义""怀疑主义"的哈姆雷特有严格的批评性分析。但他也指出这两种"对立天性"其实不可或缺："堂吉诃德们在寻找，哈姆雷特们在探讨"，并深刻指出哈姆雷特怀疑主义价值的真谛："不相信真理在目前可以实现，所以毫不调和地与虚伪为敌，因而就成为那个他所不能完全相信的真理的一个主要捍卫者。"[8]

也许是在承接屠格涅夫的这一论述，台湾的钱永祥先生在他的一本书里有这样的话：在现代社会，"人的尊严，正是靠热情与怀疑的适当配合而支撑起来的"，"在这个脉络里，庸俗无聊的心态特别需要提防。庸俗者没有怀疑，所以无所担当；无聊者缺乏热情，所以不求担当。庸俗者以为意义与价值的问题业已解决，生命不过是随着主流逐波弄潮；无聊者则根本不识意义与价值的追求包含着徒劳的悲剧成分，以为生命本身原是轻松幸福的尽兴一场"[9]。

　　钱理群与屠格涅夫可能有某些相似的地方。他也会从"一个比较遥远的视点"来"观看生命的悲剧"；会"在各据点之间游动，在社会与个人要求之间、爱情与日常生活要求之间、英雄的美德与现实主义的怀疑精神之间、哈姆雷特的道德与堂吉诃德先生的道德之间……摆动"，但他不会持一种"中间立场"，不会"悬在一种适性随和而不作决断"的状态里[10]。他认识到，犹如屠格涅夫所说的，在那些负有创造性事业的人的行为中，在他们的性格中必然掺和着某些可笑的成分，但"无论如何，没有这些可笑的怪物兼发明家，人类就不会有进步——而哈姆雷特们也就没有什么可思索的"[11]。理想、热情，无论什么时候都应在这"两极天性"中占据主导的位置，而怀疑和否定，正是为了捍卫他也许并不完全相信的真理——这就是"积极浪漫主义"。

（节选自《纪念他们的步履——致敬北京大学中文系五位先生》，
载《南方文坛》2020 年第 4 期）

注释：

1 如《心灵的探寻》就有上海文艺出版社 1988 年版，北京大学出版社 1999 年版和三
   联书店 2014 年版等多种版本。

2 他的《丰富的痛苦——堂吉诃德与哈姆雷特的东移》的后记，注明是 1992 年 7 月
   29 日下午 5 时 15 分"写毕"。时间于他有一种紧迫性。

3 作家出版社，2019。

4 赵园：《读〈回顾一次写作〉》，载《文艺争鸣》2008 年第 2 期。

5 指钱理群的《鲁迅作品细读》和洪子诚的《文学的阅读》，北京出版社，2017 年"大
   家小书"版。

6 《丰富的痛苦——堂吉诃德与哈姆雷特的东移》，时代文艺出版社，1993。

7 屠格涅夫：《哈姆雷特与堂吉诃德——1860 年 1 月 10 日为贫苦文学家学者救济协
   会而作的公开讲演》，沈成康译，载《文艺理论译丛》1958 年第 3 期。

8 同 7。

9 钱永祥：《在纵欲与虚无之上：现代情境里的政治伦理》，三联书店，2002，第 3 页。

10 以赛亚·伯林：《俄国思想家》，译林出版社，2001，第 243 页。

11 同 7。

用文学经典滋养下一代

钱理群

文学的核心，文学创作与文学阅读的出发点与归宿，都是人，是人的心灵，人的感情，人的精神，而不是其他。

其实，教育、出版的核心、出发点和归宿，也是人；正是"立人"把文学、艺术、教育、出版等都统一起来了。这几乎是常识，却是人们最容易忽略、忘却的。

读文学作品唯一的目的（如果有目的的话），是陶冶我们的性情，开拓我们的精神空间：你坐在小屋里，打开书，就可以突破时空的限制，与千年之远、万里之外的人与生物、宇宙的一切生命进行朋友般的对话，你将出入于人、我之间，物、我之间，达到心灵的契合，

2003 年钱理群退休后在全国各地讲学

获得精神的真正自由。坚持读下去，日积月累地潜移默化，你会发现，你变了，像巴金老人说的那样，"变得更好"了。

要读名著，就是因为每一个民族、每一个时代的精神的精华都凝聚于其中，人类最美好的创造都汇集于其中。人类精神文明的成果，就是通过各类学科（不只是文学，还有其他人文科学、社会科学、自然科学）的名著、经典的阅读而代代相传的。在这个意义上，受教育（这里讲的是识字教育以上的中、高等教育）的基本途径，就是读名著、经典。

人在受教育时期，例如中学时期，读什么书，不是小问题。像鲁迅所说，胡乱追逐时髦，"随手拈来，大口吞下"的阅读（这颇有些类似今天的"快餐式阅读"），吃下的"不是滋养品，是新袋子里的酸酒，红纸包里的烂肉"，其结果不只是倒胃口而已，吃烂肉、喝酸酒长大，很可能成为畸人。鲁迅因此大声疾呼："我们要批评家"，给青年的阅读以正确的引导。关心中学生的课外阅读，提倡"读名著，读经典"即是一种导向。唯有用前辈所创造的最美好的精神食品来滋养下一代，才能保证他们成为巴老所期待的"更纯洁、更善良"的具有美好心灵的人。这直接关系着我们民族的后代的精神质量与生命质量，可以说是一个基本的教育工程。

读文学作品，特别是读名著，还要有正确的方法。那种"一主题二分段三写作特点"的机械、冷漠的传统阅读方法，是永远进入不了文学世界的。要用心去读，即主体投入的感性的阅读：以你之心与作者之心、作品人物之心相会、交流、撞击，设身处地地去感受、体验他们的境遇，真实的欢乐与痛苦，用自己的想象去补充、发展作品提供的艺术空间，品味作品的意境、思考作品的意义。也许你读完作品，只有一些朦胧的感觉，若隐若现的人物的身影，只有说不清、道不明的情感的涌动、思绪的感悟，或者某种想象、创造的冲动，尽管你不能（其实也不必要）做出作品主题、结构、写作技巧的明确分析，其实你已经进入了文学的世界。这样的第一（原初）感觉、感悟、涌动，是最可贵与最重要的，它是文学阅读、欣赏的最基本的要求，也是以后的文学分析的基础。

　　文学作品，从根本上说，是一种语言的艺术。因此，文学阅读的另一个重点，应是对作品语言的感悟。真正的文学大师笔下的语言，是具有生命的灵性的，它有声，有色，有味，有情感，有厚度、力度和质感，是应该细心地去体味、沉吟、把玩，并从中感受到一种语言的趣味的。语言（说与写）是人的基本存在方式，言说的背后是人的心灵世界。因此，对语言的敏感与驾驭能力，也应该是衡量一个人的精神素质的重要标尺，是提高人的精神境界、使人变得更美好的不可或缺的方面。

　　文学名著的阅读，就是一种发现与开掘，既是对作品所描述的已知、未知世界的发现与开掘，也是对自我潜在的精神、力量的发现与开掘。说到底，这乃是对人（他人与自己）的发现与开掘。它的魅力就在这里。因此，他人的示范性分析、导读，无论怎样精彩，都只能启发，而不能代替你的阅读。名著的真正魅力要你去发现，通过你的感受、体验和想象而内化为你的精神。一切决定于你自己。

　　年轻朋友，打开书，请读吧。

（载《语文新圃》2008 年第 10 期）

彼岸的关怀，可以照亮此岸　　　　　钱理群 × 许知远

许知远　在这样的时刻，怎么应对这种状况（疫情）呢？

钱理群　我给自己定了三条。第一，观察，不要轻易下结论；第二，等待，很多事情现在不能着急，要有耐心；第三，还是要有坚守，不能一片混乱中跟着大家走。因此我觉得需要继承中国知识分子的一个传统——司马迁传统，就是我记下来。我给自己的定位是：处在边缘位置上，关心和讨论中心问题，就是当司马迁。所以我是为自己写作，我不准备发表，也不准备对现实产生任何影响。我是"历史中间物"，我扮演的角色是继承前一代，同时为后一代开路。

许知远　这也是现代知识分子最重要的传统。

钱理群与许知远（图片来源：《十三邀》）

钱理群　不仅是传统，这是对自身局限性的一种高度自觉。我的人生是有缺陷的，我曾给自己总结——没文化的学者，没趣味的文人。根本问题是知识结构上的：第一，不懂外文；第二，对中国古代文化不熟悉。我虽然研究鲁迅、周作人，但我进入不了他们，因为他们是文人趣味很浓的，离开了文人趣味根本无法理解这两个人；不懂外文，对西方理论不熟悉，就没办法跟世界接轨。这是内心很大的苦闷，是隐痛。这个时候，恰好是鲁迅，给我找了一条出路。我上鲁迅课，很有意思，是分成几个阶段。我第一个阶段上鲁迅课的时候，就是80年代，不仅我自己主观投入，学生也非常投入，课堂上是一种感情的、生命的投入，因为他们跟我一样经历了"文革"，经历了这一切以后，这时来接受鲁迅，有很强的主体投入性，学生们听听就哭了。到90年代，就不一样了。学生有两派，一派认为，我们现在还是需要鲁迅；另一派恰好相反，认为鲁迅很了不起，但他是另外一个存在，希望他像博物馆的一个伟人一样。

许知远　跟自己的生命体验无关。

钱理群　不仅无关——它别干扰我。

许知远　这是很大的一个转变。

钱理群　我可以崇敬你，但你不能进入我的生活。到我最后上鲁迅的课，是另外一种反应。很多青年都没有精神追求，因为还有一个大背景，就是这是一个消费主义的时代，他说那些追求真理都是笑话。但是这当中总会有另外一种想法的一些人。我在北大结束课程后，很感动的是，一个学生写了封信给我。他说："钱老师，我非常喜欢听你的课，你的课向我显示了人的生命的另外一种存在的可能性，尽管我无法做到这一点，甚至我也不一定完全认同，但这会影响到我。"我非常欣赏这个说法。我在北大就是这样一种存在——它不具有榜样性，但北大需要另外一种存在，北大不能只有一种声音。

钱理群　知识分子有多种职责，如文化传承的职责，面对现实、批判现实的职责。但我觉得最根本的是，知识分子应该给社会不断提出新的价值理念、新的思想、新的理论。因为我认为中国知识分子最基本的职责是，我们要创造一种对中国的历史和现实具有解释力和批判力的新的理论。我的终身遗憾是，我现在创造功能不足，所以我愿意做一个学者兼精神界的战士，把学术资源转化为思想资源，转化为社会资源，希望影响年轻一代人，关注现实问题，总结中国经验，提升中国理论。

1960 年，钱理群北京大学本科毕业，被分配到贵州安顺卫生学校任语文老师。1978 年，钱理群考取北京大学中文系现代文学专业研究生。

钱理群　我这一生，实际上也是靠青年支持，从他们那里不断吸收。我刚去贵州，当头一棒。卫生学校的学生根本不重视语文，我印象非常深刻，我一到课堂，第一眼就看到课桌上放着个骷髅头（标本），这怎么讲课？当时我处在两难的境界，留不住，走又不让我走，怎么办？我想起中国传统老话——"狡兔三窟"，我搞"两窟"：我要做在学校最受学生欢迎的老师，把它定为一个近期目标；我要研究鲁迅，总有一天要回到北大的讲坛讲鲁迅。为此我采取了两个措施：干脆搬到学生宿舍，和学生同吃同住同劳动；等学生睡觉了，我又回到宿舍继续坚持鲁迅研究。这一坚持，就是十八年。我去贵州是被迫的，但我要努力把它变成一个日常生活的存在。在这里，形成了一直影响我终身的"底层关怀"，即对普通人的关怀，形成了最基本的人的信念。我有两个精神基地，一个北大，一个贵州，始终在精英与草根、中心与边缘之间自由流动，这在某种程度上塑造了今天的我。

许知远　整个世界现在面临着一种精神世界的衰败、琐碎化，怎么去重建精神生活？

钱理群　精神衰败是事实，但不能太夸大，因为历史还是在前进和变化，也可能这是我的理想主义本性，我觉得危机中可能会有生机。几年前我就做出了一个判断，就是全世界都病了。这一次疫情的严重性就在于，它把文明模式的内在矛盾彻底地暴露出来。

许知远　明确的方向感消失了。

钱理群　但我自己的乐观主义是，危机的时候，可能是转机的开始。是不是会出现一种超越弊病、提出一种新的理想的可能？知识分子现在可以做的事情，是对现有的文明形态进行彻底检讨，然后在这个基础上，提出一种新的伦理、新的价值观，这是我的一个理想主义的期待，但首先需要有一个自我反省。我们这一代，50 年代这批人，非常强烈地想追求一种纯粹的完美的社会（包括人的心灵世界）那种理想主义的东西，知识分子有这样的天性，堂吉诃德的天性——我希望追求一个理想的社会。但是我现在的信仰和原来的信仰的区别就在于，原来我认为它真的可以实现，现在我非常清楚地认识到，这些东西是一个彼岸的关怀，我们可以接近它，但是永远达不到。用这个理想主义者的彼岸的关怀，来对此岸，来保持我的清醒头脑，保持我的批判。但我清楚地知道，甚至得出结论：任何社会进步都同时带来新的压迫，但是，彼岸的关怀是必要的，它可以照亮此岸。

钱理群　四五年前，我跟年轻人有一个讲话，题目叫《年轻朋友们，你们准备好了吗》。我说，今天听我讲话的人，二十岁的，三十岁的，我已经是快八十岁的人了，你们到我这个年龄，未来四五十年里，你们会遇到什么？首先你要找到自己的命题，然后思考如何面对这些问题。其实某种程度上，你感到困惑反而是一件好事。怕的是你觉得"这挺好啊，我就这样了"。你现在感到苦闷，从另一个角度说，正好是一个契机。最后，每一代人都要找到自己的问题，自己去面对，自己去处理，前代人的各种声音可以做你的参考。现在的年轻人总是有机会听到另外一种声音，总会产生一些有独立思考的人，所以我在这也有信心。

（对谈时间　2020 年 9 月）

（内容节选自《十三邀》节目第 5 季第 13 期）

＊ 别册照片由钱理群先生、吴晓东先生提供，特此致谢。

钱理群代表著作

《中国现代文学三十年》（合著）（1987）

《心灵的探寻》（1988）

《周作人传》（1990）

《周作人论》（1991）

《丰富的痛苦——堂吉诃德与哈姆雷特的东移》（1993）

《大小舞台之间——曹禺戏剧新论》（1994）

《1948：天地玄黄》（1998）

《话说周氏兄弟》（1999）

《与鲁迅相遇》（2003）

《我的精神自传》（2007）

《中国现代文学编年史——以文学广告为中心》（总主编）（2013）

《岁月沧桑》（2016）

《鲁迅与当代中国》（2017）

《论志愿者文化》（2018）

《安顺城记》（联合主编）（2020）

《钱理群讲鲁迅》（2022）

《中国现代文学新讲》（2023）

……

i

imaginist

想象另一种可能

理
想
国
imaginist

钱理群 编著

中国现代文学新讲

九州出版社
JIUZHOUPRESS

学术统筹：李浴洋

"钱理群现代文学课"丛书总序

感谢"理想国"在我83岁之年，编辑这套"钱理群现代文学课"丛书，给我回顾、总结自己的人生之路，提供了一次难得的机遇。人到了老年，就要回到永恒的生命之问："我是谁？"在年初的日记里，我这样写道："从根本上说，我是一个'思想者'。更准确地说，我是一个'思想的漂泊者'"；而"我的'思想'具有极大的'实践性'"，"我的实践又有三个方面：学术研究，教育工作，以及一定的社会实践"；"说复杂、全面一点，'我'是一个'以思想为中心的，思想—学术—教学—社会实践四位一体者'"。

这里要进一步讨论的，是作为"学术研究者"的"我"。我也有这样的总结："在我的研究重心从20世纪90年代后期开始转向思想史、精神史、政治史研究之前，我始终把自己认定为'文学史家'。"这也是我经常说的："与许多学友着重于某一文体、某一作家的研究，成为某一方面的专家不同，我的研究很不专一，樊骏先生说我'对什么课题都有兴趣，也都有自己的看法'。差不多现代文学研究的各个门类，从思想、理论，到小说、诗歌、戏剧、散文，以及作家作品、文学现象，我都有所涉及，却不甚深入。正是这一种没有特色的'特色'，把我逼上了进行'文学史'的综合研究之路。"当然，更重要的，这是王瑶先生给我指定的路。他对我的师母说，凡是有关"现代文学史研究"的事，都找钱理群；在我的感觉里，这是老师对我的托付：一定要坚守现代文学史的研究。我也真的这么做了。我的坚守、关注、思考与努力，主要集中在六个方面。

其一，自然是文学史的写作实践，我作了四次尝试。我和吴福辉、温儒敏合作的《中国现代文学三十年》，属于"教科书"的模式；和吴晓东合作的《彩色插图中国文学史》"新世纪的文学"部分，是将现代文学研究重新纳入中国文学史总体结构的自觉努力；和吴福辉、陈子善等合作的《中国现代文学编年史——以文学广告为中心》则开创了"大文学史"理念观照下文学史写作的新模式；现在，收入本丛书的《中国现代文学新讲》则又回到了老师们（王瑶、林庚等）一辈的"个人文学史"的传统模式上来。

其二，我在进行文学史写作实践时，从一开始就有很高的理论创造的自觉。可以说我的现代文学研究（包括文学史的写作）主要著作，都有进行现代文学研究的理论与方法、文体实验方面的设想，并及时作理论的提升。本丛书里的《大时代中的思想者》，就集中收入了这方面的探索、设想的文章，如《我的文学史研究情结、理论与方法》《略谈"典型现象"的理论与运用》等。

其三，是对现代文学史学科发展史的关注，而重心又集中在学人研究。我对我们学科各代学人，从共和国第一代王瑶、李何林、任访秋、田仲济、贾植芳、钱谷融，第二代乐黛云、严家炎、樊骏、王信、王得后、支克坚、孙玉石、刘增杰、洪子诚，第三代王富仁、吴福辉、赵园，都有过专门的研究与回忆。而年轻一代的研究也始终在我的关注之中，其中一部分文章收入了本丛书的《大时代中的思想者》。这背后则有我自己的历史定位：作为一个"历史的中间物"，我是有责任既为上一代"画句号"，又为下一代"作引导"的。

其四，不仅研究学科发展的历史，更关注学科的研究现状和实践；不仅关注个人的研究，更关注整个学科的发展，不断思考和提出具有前沿性的理论与方法问题，倡导新的学术探索，在一定程度上起到学术引领与组织作用。收入本丛书的《我的中国现代文学研究大纲》，就提出了一系列开拓点和突破口，产生了很大影响；而《"大文学史"的写作——40 年代文学史（多卷本）总体设计》，到了近几年又受到新一代研究者的关注。这背后有我的学术研究的"三承担"意识，即"对自我的承担，对社会和历史的承担，对学科发展的承担"。我曾经有意用夸张的语调这样写道："'天生我材必有用'，我就是为这个学科而生的，中国现代文学史研究不能没有我钱理群。"这样的"故作多情"，其实就是一种历史使命感。

其五，是对国际汉学有关现代文学史研究的关注。我曾经说过，我们的最大幸运，是进入现代文学研究领域，一开始就"接触到学术研究的高峰"："不仅得到国内学术学科创建人王瑶、唐弢、李何林那一代前辈直接、间接的指导与培养，而且有机会和国际汉学界进行学术的交流，得到许多教益。"我特别提到日本鲁迅研究的"三巨头"：丸山升、伊藤虎丸、木山英雄先生，"读他们的著作，没有一般外国学者著作通常的'隔'的感觉，就像读本国的前辈学者一样，常常会产生强烈的共鸣，以及'接着往下说'的研究冲动"。此次编《大时代中的思想者》，也提及《构建"能承担实际历史重负的强韧历史观"——我看丸山升先生的学术研究》一文，就是要显示中、日两代中国现代文学研究学人学术理念与追求的相通。

其六，我的现代文学史研究的另一大特点，是自己的研究与培养研究生的教学的有机结合。去年我在"晚年百感交集忆北大·中文系"的访谈里，就谈到了我的三次成功经验。第一次是为孔庆东他们那一届开设的"重读经典"讨论课，要求学生提供所讨论作品的"研究史"的报告，弄清楚之前的研究已经达到什么水准，存在什么问题；然后再提出新见解、新突破：这实际是进行"创造性研究"的全面训练。再就是吴晓东、范智红、朱伟华那一批学者，要求他们和我一起进行"沦陷区文学研究"，从原始史料的挖掘开始，然后从整理资料过程中发现新作家、新作品，最后进行历史的概括和理论提升，写出学术性的"导论"，这既经历了学术研究全过程，也是对学术研究的素质与修养的全面培训。最后就是收入本丛书的《北大小说课堂讲录》（由1995年开设的"四十年代小说研读"课程整理增订而成）。也是强调对作家、作品的"新发现"，结果开掘出一批为研究界忽略的"实验性小说"，并着眼于"文本细读"，更注重文学形式、语言、审美素养与能力的培养；而课堂讨论的前后，都有教师的"领读者言"与"纵横评说"，进行"总体描述"和"理论线索梳理"，这就把微观研究与宏观研究有机结合了起来。参与这次研读课的有已经是老师的吴晓东，和还是在读研究生的王风、贺桂梅、姚丹等，都有出色表现。有意思的是，二十多年后，已是博导的吴晓东在他的班级里重开"四十年代小说研读"课，并且让新一代学生重读原著，作出属于自己一代人的新的阐述，他们的研读成果也收入了本丛书。这样"两代人"的"四十年代小说研读"本身，也具有了"现代文学学术研究史与教学史"的价值，耐人寻味。

2022 年 1 月 17 日

写于养老院

文学史的大厦，

主要是靠作家，特别是大作家、经典作家支撑的；

而作家的主要价值体现，

就是他的作品文本。

离开了作家、作品这两个基本要素，

就谈不上文学史。

胡　适	鲁　迅	周作人	郁达夫	叶圣陶	郭沫若
闻一多	徐志摩	朱自清	冰　心	田　汉	丁西林
茅　盾	老　舍	沈从文	穆时英	戴望舒	曹　禺
夏　衍	巴　金	冯　至	萧　红	张爱玲	艾　青
赵树理	丘东平	邵子南	路　翎	师　陀	文载道
南　星	李　季	张恨水	丁　玲	张天翼	沙　汀
钱锺书	孙　犁	端木蕻良	骆宾基	无名氏	李拓之
废　名	穆　旦	卞之琳	李劼人	徐　訏	汪曾祺

目录

前言 / 001

1917—1927
第一编　思想启蒙时代中国现代文学的诞生

第一章 / 008 理论的倡导

第一节　胡适：开启文学语言的变革 / 011

《建设的文学革命论》/ 012

——将现代文学语言的创造与现代民族国家的语言构建相联结

第二节　周作人：倡导文学思想革命 / 027

《人的文学》/ 028

——"人的文学""个人本位的文学""平民的文学"目标的确立

第三节　鲁迅："文学革命"实绩的创造者与开拓者 / 037

《无声的中国》/ 040

——历史性的要求："说现代中国人的，自己的，真心的话"

第二章 / 046 开创期的文体、语言试验

第一节　现代小说：形式的创造 / 048

鲁迅：起点即成熟，开创中国和东方现代小说的全新范式 / 051

《狂人日记》/ 052

——"表现的深切"与"格式的特别"，以及鲁迅的自省

《孔乙己》/ 064

——"看—被看"模式的复杂、深厚与表达的从容

《在酒楼上》/ 070

——"最富鲁迅气氛的小说"：从"小说"看鲁迅其"人"，体会鲁迅小说的"复调性"

郁达夫："自叙体现代抒情小说"的独创，语言"西化"中的"古典味" / 083

《春风沉醉的晚上》/ 085
—— "同是天涯沦落人"模式的现代版

叶圣陶：现代小说体式和文学语言的规范化 / 099

《晨》/ 100
—— 西方"横截面"小说理论的借鉴

第二节　现代新诗：外来形式如何在中国扎根 / 111

郭沫若："新的诗歌体制"的建立者 / 113

《天狗》/ 115
—— 形式的解放，"自由诗体"的创造

《地球！我的母亲！》/ 118
—— 新诗的"落地"："天地合一，天人合一"

闻一多：新诗的规范化，"格律诗"的试验 / 125

《发现》/ 127
—— 闻一多式的沉郁：将奔放的情感控制于严谨的形式中

徐志摩："古典理想的现代重构" / 129

《雪花的快乐》/ 132
—— "人—自然—时代—诗"的精灵融为一体

第三节　现代散文：在继承与突破传统中构建现代汉语新范式 / 135

周作人：在散文中找到自己，开创"爱智者的散文体" / 137

《苦雨》/ 140
—— 周作人散文的基本意象

《苍蝇》/ 145
—— "人情"与"物理"的融合，周作人那一代人的"童心"

朱自清：为中小学语文教育提供现代汉语范本 / 151

《背影》/ 154
——"情感的自然流露"与"不尽然"间的张力

冰心："五四"最有影响的女作家，20世纪80年代"爱的文学""美的文学"的归来 / 159

《山中杂记》（节选）/ 161
——童心与审美之心

《往事（一）》（节选）/ 165
——"海化的诗人"，"母爱"的哲学

鲁迅："为自己写的"散文里的个体生命与个人话语的存在 / 169

《无常》/ 171
——鲁迅的生命和文学与死亡体验、民间记忆的联系

《影的告别》/ 179
——"有—无—有"的生命转换，语言的决绝与缠绕

《颓败线的颤动》/ 182
——鲁迅的生存、言说困境和他的"语言冒险"：现代文学、现代音乐、现代美术融为一体的创造的独一无二性

第四节　现代话剧：西方戏剧形式中国化的最初实验 / 186

田汉："诗人写剧"，语言追求中的唯美主义 / 187

《古潭的声音》/ 190
——神秘的象征戏剧，启蒙主义语境下的女性："五四"女性文学的独特样式

丁西林：喜剧、独幕剧艺术的实验 / 201

《酒后》/ 204
——发掘日常生活里的喜剧因素，创造新颖的喜剧结构

1928—1937.6
第二编　社会大变动时代现代文学范式的建构

第三章 / 223
现代都市文学、现代乡土文学三大家

第一节　茅盾：现代中国都市文学与左翼文学的开拓者 / 225

《子夜》（节选）/ 228
——"进入 20 世纪 30 年代上海都市生活"

第二节　老舍："中国市民阶层最重要的表现者与批判者" / 239

《断魂枪》/ 241
——老舍文学的"京味"，俗白中见精致美的语言特色

第三节　沈从文：一个乡下人和两个都市的相遇与相撞，由此产生的现代中国乡土小说 / 251

《边城》（节选）/ 253
——乡土书写里的"沈从文的寂寞"

第四章 / 269
现代都市文学的文体新实验

第一节　穆时英等：新感觉派小说，西方现代主义的引入，新市民文学的先锋性 / 271

《夜总会里的五个人》/ 273
——现代派小说里的"有意味的形式"

第二节　戴望舒：现代派诗歌，"显、隐适度"与"由重诗形到重意象"的美学转折 / 295

《寻梦者》/ 298
——诗外之意与外在形式

《乐园鸟》/ 301
——现代人的"天问"与"自问"

第三节　曹禺：现代剧场艺术的诞生，中国话剧史的顶峰及其超前性和
内在的孤独 / 303

《日出》（节选）/ 308
——欣赏其艺术，思考其命运

第四节　鲁迅："杂文"，终于找到的属于革命时代和自我生命的文体 / 317

《推》/ 321
——鲁迅杂文的思维与笔法

《现代史》/ 325
——荒谬联想，鲁迅"毒笔"之妙与深

第五节　夏衍等：报告文学，左翼文学的文体 / 329

《包身工》（节选）/ 332
——"中国现代都市文明病"的文学书写

1937.7—1949.9
第三编 民族解放战争年代现代文学的纵深发展

第一节　重庆：巴金——战争中对"家庭、家族"的重新指认 / 349

《寒夜》（节选）/ 353
——战争中巴金这一代人既彻底绝望，又心怀新梦想的精神世界

第二节　昆明：冯至——生命的沉思：追寻大自然与日常生活中的永恒 / 363

《我们站立在高高的山巅》/ 368
——自我生命怎样融入大自然

《我们天天走着一条小路》/ 370
——如何发现身边事物的美，不断获得新生

《一个消逝了的山村》/ 372
——"诗与思"，文学里的生命哲学

《伍子胥》（节选）/ 377
——冯至式的"战争文本"

第三节　香港：萧红——东北大地女儿的童心世界 / 385

《呼兰河传》（节选）/ 388
——介于小说、散文和诗之间的"回忆体"小说新样式

第四节　上海：张爱玲—— 一个苍凉的手势，凡人世俗人生的审美观照 / 403

《倾城之恋》（存目）/ 406
——生命和文学与现代都市的真正融合，"文明废墟"上的虚无感和"想抓住
什么"的刹那追求

第五节　重庆一延安：艾青——根深植在"土地"上的诗人，面对"太阳"歌唱的"吹号者" / 409

《雪落在中国的土地上》 / 414
　　——艾青式的忧郁，"自由诗体"的倡导，灰黄与金红的基本色调

第六节　山西：赵树理——"农民中的圣人"，"农民书写"的独创与丰厚 / 421

《李有才板话》（节选） / 427
　　——赵树理式的"问题小说"和"评书体现代小说"

第一节　民族与阶级本位的英雄主义、浪漫主义的战争文学 / 438

丘东平："作家—士兵"的合一 / 443

《第七连》（节选） / 444
　　——浪漫主义与现实主义两种战争文学叙述的内在张力

邵子南："英雄的成长" / 449

《地雷阵》（节选） / 451
　　——"新儿女英雄传"

第二节　流亡者文学：个体本位的英雄主义、浪漫主义，又反思英雄主义、浪漫主义的战争文学 / 459

路翎：永远的"流亡者" / 463

《财主底儿女们》（节选） / 466
　　——揭示"精神奴役创伤"，反抗"语言奴役创伤"：路翎式的"现代心理历史小说"

师陀：跋涉者的漂泊之旅 / 475

《果园城》 / 480
　　——写"不是小说的小说"，创"小城文学"新体式

第三节　日常生活的美学发现与展示:凡人的反(非)英雄主义、反(非)浪漫主义的战争文学 / 492

文载道:"欲说还休的无言之恸" / 495

《关于风土人情》 / 497

——"忧患时的闲适,寂寞的不寂寞之感"

南星:"径直到诗境中去生活" / 505

《来客》 / 507

——从容、安宁、亲近背后的悲凉

第一节　"五四"新文学走向边远地区和底层民间社会 / 512

李季:将民间爱情叙事纳入革命叙事 / 517

《王贵与李香香》(节选) / 520

——民间抒情诗体向现代叙事诗的转化,"现代新诗的民歌化"

第二节　雅、俗对立趋于消解与相互融合 / 525

张恨水:将个体生命融入国家、民族、社会、民众之中 / 531

《八十一梦》(节选) / 534

——荒唐中的真实,虚构梦里的真梦

第三节　作家与文学的皈依,"新小说"的诞生 / 555

丁玲:"怎么也离不开这块土地" / 559

《太阳照在桑干河上》(节选) / 561

——社会主义现实主义和现实主义两种创作模式互渗的复杂性与丰富性

第一节　张天翼：坚守文学的批判功能，创造集现实性、超越性于一身的典型形象 / 579

《华威先生》 / 583
——"笑"是怎样产生的？

第二节　沙汀：四川文化中深沉的喜剧感与诗意 / 593

《在其香居茶馆里》 / 597
——四川茶馆文化，乡绅社会，人情世故，方言妙语

第三节　钱锺书：西化知识分子的自嘲、自省，悖论式的机智与反讽 / 613

《围城》（存目） / 617
——"傻话"与"痴话"："以喜剧方式'讲述'，以悲剧方式'思考'"

第四节　孙犁：战争中的女人是足以对抗丑的极致的"美的极致" / 621

《嘱咐》（节选） / 626
——像追求真理一样追求语言的美

第五节　端木蕻良：粗犷与温馨两种对立美学因素的对衬与交织 / 633

《初吻》 / 637
——"回溯性叙事中的儿童视角"

第六节　骆宾基：从战场到大山的还乡之路 / 655

《乡亲——康天刚》 / 661
——"女人—儿童—马和狗—深谷"：战乱中追寻生命之根

第七节　无名氏：通俗、先锋两栖作家 / 683

《塔里的女人》（节选） / 689
——将生命意识吹进爱情故事躯壳，人性中的浪漫主义与现实主义

第八节　李拓之：自觉追求繁复、华丽、堆砌、雕琢与妖艳、怪异的美 / 705

　　《文身》/ 708

　　　　——生命力的诞生与女性的命运

第九节　废名：现代堂吉诃德的归来 / 721

　　《莫须有先生教国语》/ 726

　　　　——议论体的小说新模式，古典化的语言试验

第十节　穆旦：战争废墟上的中国现代哈姆雷特 / 743

　　《诗八首》/ 748

　　　　——中国式的现代主义诗歌：直面现实、人生、自我的矛盾，现实、象征、
　　玄学的结合，抽象化抒情

第十一节　汪曾祺：穿越时空，从 40 年代走到 80 年代 / 755

　　《异秉》/ 761

　　　　——"一种思索方式，情感方式"：对小人物的可笑的悲悯，写实与象征
　　的圆融

权当"结束语"：关于"20 世纪中国文学经验"的思考 / 773

后记 / 785

附录一　延伸阅读书目 / 796

附录二　百年来的中国新文学史（举要）/ 798

前言

我的
现代文学课
读本

　　这本中国现代文学"新讲"，"新"就新在"以作家作品为中心"。这自然是有感而发。简单地说，就是出于对当下中国现代文学史的研究与论述，阅读与教育，也包括我自己的研究的不满与忧虑。这些年学术界一直盛行"大文学史"的研究，关注和强调现代文学与现代政治、经济、思想、文化、学术、教育的密切联系，这样的研究确实扩大了研究视野，自有重要的意义，我也是积极参与者和推动者；但走到极端，就会出问题。我突然发现，我们越来越忽略了一个基本事实：文学史的大厦，主要是靠作家，特别是大作家、经典作家支撑的；而作家的主要价值体现，就是他的作品文本。离开了作家、作品这两个基本要素，就谈不上文学史。这本来是一个常识，但我们的研究却越来越远离常识，远离文学，远离文学语言与形式，什么都有，就缺了"文学味儿"。影响所及，文学史的阅读与教学，也越来越知识化。听说现在的学生都忙着背诵文学史知识，以应付考试，对作家作品的了解，也只是通过文学史教科书、参考资料上的简介，而很少下功夫读原著。还有朋友告诉我，现在读中文系的学生，许多人对文学根本没有兴趣：他们是凭成绩分配来的，学中文就是出于就业的需要。这样的"文学的缺失"，就使得我们的文学史研究与教学面临"失根"的危机。

　　我们现在就是要"回归常识"，无论研究与教学，都要"以作家作品为中心"。

　　我也因此向阅读与学习现代文学史的年轻朋友，郑重建议：无论如何，要集中主要精力、下大功夫阅读作家作品，特别是大作家、经典作家的作品。为此，我们这本"现代文学新讲"就精心选择了45位作家的代表性作品，作为大家学习的基础。

　　接着的问题是：如何进入这些现代作家作品？这就需要对中国现

代文学创造的两大基本目标与主要价值，有一个初步的了解与把握。其一，是关注处于传统向现代转型期的，中国人个体生命的具体的感性的存在，展现人的现实生命存在本身的生存困境、精神困境，以及心灵世界的丰富性与复杂性，相应的审美经验的丰富性、复杂性。整个现代文学史就是一部现代中国人的心灵史，是现代作家作为现代中国人、现代中国知识分子，对中国社会变革与转向作出内心反应和审美反应的历史。其二，就是对现代汉语文学语言的创造，和中国现代文学形式的创造的高度自觉，并在创造过程中形成中国现代文学的自身标准。正是这样的创造欲求，吸引了一代又一代中国最有文学创造力与想象力的作家，并形成了中国现代文学最具魅力的独特价值与经验。

基于中国现代文学的这两大基本追求，我们建议，读者朋友在阅读、学习中国现代作家作品时，要紧紧抓住最能体现现代文学本质的三大要素："心灵""语言（形式）"，以及相应的"审美"感悟与经验。而且文学的阅读，还应该有主观情感的投入。在某种意义上，阅读就是打破时空界限，与作者"对话"：首先要把自己"烧进去"，取得精神的共鸣；又要"跳出来"，做出独立的判断与思考，并在这样的过程中，逐步养成对文学的兴趣甚至迷恋，提升自身对语言和形式的敏感力、审美力、创造力，成为"文学中人"——文学的阅读、学习与研究，最终要落实为人（自身）的精神境界和生命质量的提升。

对于初学的诸位朋友，这些讨论或许有些抽象。那么，我们还是赶快打开书，进入多少有些神秘的"中国现代文学世界"吧。

第一编

思想启蒙时代
中国现代文学的诞生

1917 — 1927

某君昆仲，今隱其名，皆余昔日在中學校時良友；分隔多年，消息漸闕。日前偶聞其一大病；適歸故鄉，迂道往訪，則僅晤一人，言病者其弟也。勞君遠道來視，然已早愈，赴某地候補矣。因大笑，出示日記二冊，謂可見當日病狀，不妨獻諸舊友。持歸閱一過，知所患蓋「迫害狂」之類。語頗錯雜無倫次，又多荒唐之言；亦不著月日，惟墨色字體不一，知非一時所書。間亦有略具聯絡者，今撮錄一篇以供醫家研究。記中語誤，一字不易；惟人名雖皆村人，不為世間所知，無關大體，亦悉易去。至於書名則本人愈後所題，不復改也。七年四月二日識。

一

今天晚上，狠好的月光。

我不見他，已是三十多年；今天見了，精神分外爽快。纔知道以前的三十多年，全是發昏；然而須十分小心。不然那趙家的狗，何以看我兩眼呢？

我怕得有理。

魯迅
《狂人日记》
1918 年 5 月
《新青年》原刊

这都是永恒的历史记忆——

1915 年 9 月 15 日，陈独秀在上海创办《青年杂志》。第 2 卷起改名《新青年》。

1916 年年底，蔡元培出任北京大学校长，请陈独秀担任文科学长。

1917 年，《新青年》编辑部迁往北京，由此形成了"一校（北京大学）一刊（《新青年》）"格局，为思想启蒙运动做好了组织准备。

1917 年 1 月，《新青年》第 2 卷第 5 号发表胡适《文学改良刍议》，开启了作为思想启蒙运动突破口的文学革命运动。

1918 年 1 月，《新青年》第 4 卷第 1 号起，改用白话文与新式标点符号。同期第一次发表胡适《鸽子》等现代新诗。

1918 年 4 月，《新青年》第 4 卷第 4 号发表胡适《建设的文学革命论》。

1918 年 5 月，《新青年》第 4 卷第 5 号发表《狂人日记》，署名鲁迅。中国现代小说由此开端。

1918 年 12 月，《新青年》第 5 卷第 6 号发表周作人《人的文学》。

1919 年 5 月 4 日，北京发生爱国学生运动，并迅速扩展到各省、县，新文化、新文学运动也开始向全国各地传播。

1920 年，教育部下令全国小学一、二年级使用白话文，以后又延续到整个中小学阶段，到 1923 年基本形成白话文教育体系。这是文学启蒙运动语言变革的一个标志性成果。

1921 年，文学研究会、创造社等新文学团体纷纷成立。《小说月报》于该年改为茅盾主编，由通俗文学杂志变为发表新文学作品的主要阵地；与此同时，《戏剧》（1921）、《创造季刊》（1922）、《诗》（1922）、《语丝》（1924）、《现代评论》（1924）等新文学期刊纷纷创刊，标志着新文学从新文化运动中分离出来，成为独立的文学运动，真正进入了现代文学的创造时期。

第一章

理论的倡导

1971

1962

1940
1942

1936
1934
1939

建设的文学革命论 • 1918

无声的中国 • 1927

1891

1891
1881
1883
1887

1879

1868

蔡元培　胡适　陈独秀　鲁迅　刘半农　沈尹默　钱玄同

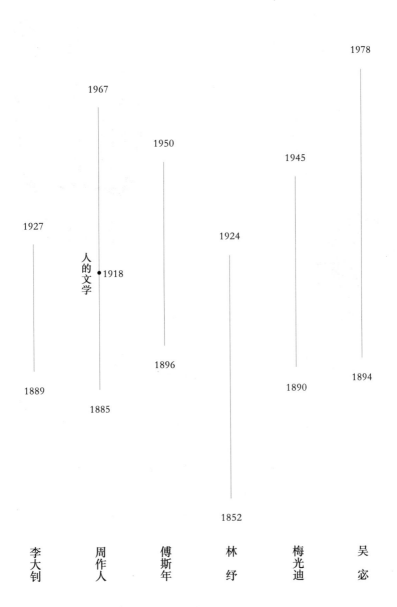

1978

1967

1950

1945

1927

人的文学 ●1918

1924

1889

1896

1890

1894

1885

1852

李大钊　　周作人　　傅斯年　　林纾　　梅光迪　　吴宓

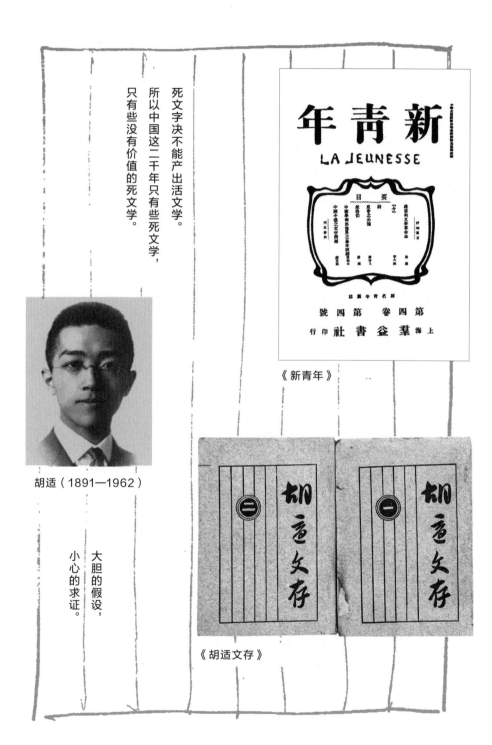

死文字决不能产出活文学。

所以中国这二千年只有些死文学，

只有些没有价值的死文学。

《新青年》

胡适（1891—1962）

大胆的假设，

小心的求证。

《胡适文存》

第一节

胡适：
开启文学语言的变革

1917 年 1 月	胡适《文学改良刍议》发表（《新青年》第 2 卷第 5 号）。
1918 年 1 月	陈独秀、胡适、李大钊、钱玄同、高一涵、沈尹默等（以北京大学教授为主组成的编委会）轮流值编《新青年》，从第 4 卷第 1 号启用白话及新式标点符号。
1918 年 4 月	《建设的文学革命论》发表（《新青年》第 4 卷第 4 号）。
1918 年 5 月	《论短篇小说》讲演稿发表（《新青年》第 4 卷第 5 号）。
1918 年 6 月	《易卜生主义》发表（《新青年》第 4 卷第 6 号"易卜生号"）。
1919 年 7 月	《多研究些问题，少谈些"主义"》发表（《每周评论》第 31 期），引发李大钊等人批评，形成"问题与主义"的论战。
1920 年 3 月	《尝试集》出版（亚东图书馆）。
1923 年 12 月	胡适、徐志摩、梁实秋等人参加组织新月社活动。

我们的现代文学史叙述，要从胡适（1891—1962）开始，因为如鲁迅在《无声的中国》里所说，现代文学革命是"胡适之先生所倡导"的。胡适的主要贡献在于他提出了战略性的三大突破口：

以"文学革命"作为中国现代思想启蒙运动的突破口；

以现代白话文代替文言文的"语言变革"作为文学革命的突破口；

以将白话文学作品引入中小学教材、编写"有功效有势力的国语教科书"作为语言变革的突破口。

胡适的这一设计及其实践，对中国现代文学与现代思想的发展，起了决定性的作用，产生了深远的影响。

1918

《建设的文学革命论》*

胡适

国语的文学—文学的国语

一

　　我的《文学改良刍议》发表以来，已有一年多了。这十几个月之中，这个问题居然引起了许多很有价值的讨论，居然受了许多很可使人乐观的响应。我想我们提倡文学革命的人，固然不能不从破坏一方面下手。但是我们仔细看来，现在的旧派文学实在不值得一驳。什么桐城派的古文哪，《文选》派的文学哪，江西派的诗哪，梦窗派的词哪，《聊斋志异》派的小说哪，——都没有破坏的价值。他们所以还能存在国中，正因为现在还没有一种真有价值，真有生气，真可算作文学的新文学起来代他们的位置。有了这种"真文学"和"活文学"，那些"假文学"和"死文学"，自然会消灭了。所以我望我们提倡文学革命的人，对于那些腐败文学，个个都该存一个"彼可取而代也"的心理，个个都该从建设一方面用力，要在三五十年内替中国创造出一派新中国的活文学。

---

* 按：本书所引作品原文，均以其早期发表的文本为底本，以保留作品语言文字的时代特色。

我现在做这篇文章的宗旨，在于贡献我对于建设新文学的意见。我且先把我从前所主张破坏的八事引来做参考的资料：

一，不做"言之无物"的文字。

二，不做"无病呻吟"的文字。

三，不用典。

四，不用套语烂调。

五，不重对偶：——文须废骈，诗须废律。

六，不做不合文法的文字。

七，不摹仿古人。

八，不避俗话俗字。

这是我的"八不主义"，是单从消极的，破坏的一方面着想的。

自从去年归国以后，我在各处演说文学革命，便把这"八不主义"都改作了肯定的口气，又总括作四条，如下：

一，要有话说，方才说话。这是"不做言之无物的文字"一条的变相。

二，有什么话，说什么话；话怎么说，就怎么说。这是（二）（三）（四）（五）（六）诸条的变相。

三，要说我自己的话，别说别人的话。这是"不摹仿古人"一条的变相。

四，是什么时代的人，说什么时代的话。这是"不避俗话俗字"的变相。

这是一半消极，一半积极的主张。一笔表过，且说正文。

二

我的《建设新文学论》的唯一宗旨只有十个大字："国语的文学，文学的国语"。我们所提倡的文学革命，只是要替中国创造一种国语的文学。有了国语的文学，方才可有文学的国语。有了文学的国语，我们的国语才可算得真正国语。国语没有文学，便没有生命，便没有价值，便不能成立，便不能发达。这是我这一篇文字的大旨。

我曾仔细研究：中国这二千年何以没有真有价值真有生命的"文言的文学"？我自己回答道："这都因为这二千年的文人所做的文学都是死的，都是用已经死了的语言文字做的。死文字决不能产出活文学。所以中国这二千年只有些死文学，只有些没有价值的死文学。"

我们为什么爱读《木兰辞》和《孔雀东南飞》呢？因为这两首诗是用白话做的。为什么爱读陶渊明的诗和李后主的词呢？因为他们的诗词是用白话做的。为什么爱杜甫的《石壕吏》《兵车行》诸诗呢？因为他们都是用白话做的。为什么不爱韩愈的《南山》呢？因为他用的是死字死话。……简单说来，自从《三百篇》到于今，中国的文学凡是有一些价值有一些儿生命的，都是白话的或是近于白话的。其余的都是没有生气的古董，都是博物院中的陈列品！

再看近世的文学：何以《水浒传》《西游记》《儒林外史》《红楼梦》可以称为"活文学"呢？因为他们都是用一种活文字做的。若是施耐庵、邱长春、吴敬梓、曹雪芹，都用了文言做书，他们的小说一定不会有这样生命，一定不会有这样价值。

读者不要误会：我并不曾说凡是用白话做的书都是有价值、有生命的。我说的是：用死了的文言决不能做出有生命有价值的文学来。这一千多年的文学，凡是有真正文学价值的，没有一种不带有白话的性质，没有一种不靠这个"白话性质"的帮助。换言之：白话能产出有价值的文学，也能产出没有价值的文学；可以产出《儒林外史》，也可以产出《肉蒲团》。但是那已死的文言只能产出没有价值、没有生命的文学，决不能产出有价值、有生命的文学；只能做几篇《拟韩退之原道》或《拟陆士衡拟古》，决不能做出一部《儒林外史》。若有人不信这话，可先读明朝古文大家宋濂的《王冕传》，再读《儒林外史》第一回的《王冕传》，便可知道死文学和活文学的分别了。

为什么死文字不能产生活文学呢？这都由于文学的性质。一切语言文字的作用在于达意表情；达意达得妙，表情表得好，便是文学。那些用死文言的人，有了意思，却须把这意思翻成几千年前的典故；有了感情，却须把这感情译为几千年前的文言。明明是客子思家，他们须说"王粲登楼"，"仲宣作赋"；明明是送别，他们却须说《阳关》三叠，"一曲《渭城》"；明明是贺陈宝琛七十岁生日，他们却须说是贺伊尹周公傅说。更可笑的，明明是乡下老太婆说话，他们却要叫他打起唐宋八家的古文腔儿；明明是极下流的妓女说话，他们却要他打起胡天游、洪亮吉的骈文调子！……请问这样做文章如何能达意表情呢？既不能达意，既不能表情，那里还有文学呢？即如那《儒林外史》里的王冕，是一个有感情，有血气，能生动，能谈笑的活人。这都因为做书的人能用活言语活文字来描写他的生活神情。那宋濂集子里的王冕，便成了一个没有生气，不能动人的死人。为什么呢？因为宋濂用了二千年前的死文字来写二千年后的活人，所以不能不把这个活人变作二千年前的木偶，才可合那古文家法。古文家法是合了，那王冕也真"作古"了！

因此我说，"死文言决不能产出活文学"。中国若想有活文学，必须用白话，必须用国语，必须做国语的文学。

三

上节所说，是从文学一方面着想，若要活文学，必须用国语。如今且说从国语一方面着想，国语的文学有何等重要。

有些人说："若要用国语做文学，总须先有国语。如今没有标准的国语，如何能有国语的文学？"我说这话似乎有理，其实不然。国语不是单靠几位言语学的专门家就能造得成的，也不是单靠几本国语教科书和几部国语字典就能造成的。若要造国语，先须造国语的文学。有了国语的文学，自然有国语。这话初听了似乎不通。但是列位仔细想想便可明白了。天下的人谁肯从国语教科书和国语字典里面学习国语？所以国语教科书和国语字典，虽是很要紧，决不是造国语的利器。真正有功效有势力的国语教科书，便是国语的文学；便是国语的小说，诗文，戏本。

国语的小说，诗文，戏本通行之日，便是中国国语成立之时。试问我们今日居然能拿起笔来做几篇白话文章，居然能写得出好几百个白话的字，可是从什么白话教科书上学来的吗？可不是从《水浒传》《西游记》《红楼梦》《儒林外史》等书学来的吗？这些白话文学的势力，比什么字典教科书都还大几百倍。《字典》说"这"字该读"鱼彦反"，我们偏读他做"者个"的者字。《字典》说"么"字是"细小"，我们偏把他用作"什么""那么"的么字。字典说"没"字是"沉也"，"尽也"，我们偏用他做"无有"的无字解。《字典》说"的"字有许多意义，我们偏把他用来代文言的"之"字，"者"字，"所"字和"徐徐尔，纵纵尔"的"尔"字。……总而言之，我们今日所用的"标准白话"，都是这几部白话的文学定下来的。我们今日要想重新规定一种"标准国语"，还须先造无数国语的《水浒传》《西游记》《儒林外史》《红楼梦》。

所以我以为我们提倡新文学的人，尽可不必问今日中国有无标准国语。我们尽可努力去做白话的文学。我们可尽量采用《水浒传》《西游记》《儒林外史》《红楼梦》的白话；有不合今日的用的，便不用他；有不够用的，便用今日的白话来补助；有不得不用文言的，便用文言来补助。这样做去，决不愁语言文字不够用，也决不用愁没有标准白话。中国将来的新文学用的白话，就是将来中国的标准国语。造中国将来白话文学的人，就是制定标准国语的人。

我这种议论并不是"向壁虚造"的。我这几年来研究欧洲各国国语的历史，没有一种国语不是这样造成的。没有一种国语是教育部的老爷们造成的。没有一种是言语学专门家造成的。没有一种不是文学家造成的。我且举几条例为证：

一，意大利。五百年前，欧洲各国但有方言，没有"国语"。欧洲最早的国语是意大利文。那时欧洲各国的人多用拉丁文著书通信。到了十四世纪的初年，意大利的大文学家但丁（Dante）极力主张用意大利话来代拉丁文。他说拉丁文是已死了的文字，不如他本国俗语的优美。所以他自己的杰作"喜剧"，全用脱斯堪尼（Tuscany，意大利北部的一邦）的俗话。这部"喜剧"，风行一世，人都称他做"神圣喜剧"。那"神圣喜剧"的白话后来便成了意大利的标准国语。后来的文学家包卡嘉（Boccacio，1313—1375）和洛伦查（Lorenzo de Medici）诸人也都用白话作文学。所以不到一百年，意大利的国语便完全成立了。

二，英国。英伦虽只是一个小岛国，却有无数方言。现在通行全世界的"英文"，在五百年前还只是伦敦附近一带的方言，叫作"中部土话"。当十四世纪时，各处的方言都有些人用来做书。后来到了十四世纪的末年，出了两位大文学家，一个是赵叟（Chaucer，1340—1400），一个是威克列夫（Wycliff，1320—1384）。赵叟做了许多诗歌，散文，都用这"中部土话"。威克列夫把耶教的《旧约》《新约》也都译成"中部土话"。有了这两个人的文学，使把这"中部土话"变成英国的标准国语。后来到了十五世纪，印刷术输进英国，所印的书多用这"中部土话"，国语的标准更确定了。到十六、十七两世纪，莎士比亚和"伊里莎白时代"的无数文学大家，都用国语创造文学。从此以后，这一部分的"中部土话"，不但成了英国的标准国语，几乎竟成了全地球的世界语了！

此外，法国、德国及其他各国的国语，大都是这样发生的，大都是靠着文学的力量才能变成标准的国语的。我也不去一一的细说了。

意大利国语成立的历史，最可供我们中国人的研究。为什么呢？因为欧洲西部北部的新国，如英吉利、法兰西、德意志，他们的方言和拉丁文相差太远了，所以他们渐渐的用国语著作文学，还不算希奇。只有意大利是当年罗马帝国的京畿近地，在拉丁文的故乡；各处的方言又和拉丁文最近。在意大利提倡用白话代拉丁文，真正和在中国提倡用白话代汉文，有同样的艰难。所以英、法、德各国语，一经文学发达以后，便不知不觉的成为国语了。在意大利却不然。当时反对的人很多，所以那时的新文学家，一方面努力创造国语的文学，一方面还要做文章鼓吹何以当废古文，何以不可不用白话。有了这种有意的主张 [最有力的是但丁（Dante）和阿儿白狄（Alberti）两个人]，又有了那些有价值的文学，才可造出意大利的"文学的国语"。

我常问我自己道："自从施耐庵以来，很有了些极风行的白话文学，何以中国至今还不曾有一种标准的国语呢？"我想来想去，只有一个答案。这一千年来，中国固然有了一些有价值的白话文学，但是没有一个人出来明目张胆的主张用白话为中国的"文学的国语"。有时陆放翁高兴了，便做一首白话诗；有时柳耆卿高兴了，便做一首白话词；有时朱晦庵高兴了，便写几封白话信，做几条白话札记；有时施耐庵、吴敬梓高兴了，便做一两部白话的小说。这都是不知不觉的自然出产品，并非是有意的主张。因为没有"有意的主张"，所以做白话的只管做白话，做古文的只管做古文，做八股的只管做八股。因为没有"有意的主张"，所以白话文学从不曾和那些"死文学"争那"文学正宗"的位置。白话文学不成为文学正宗，故白话不曾成为标准国语。

我们今日提倡国语的文学，是有意的主张。要使国语成为"文学的国语"。有了文学的国语，方有标准的国语。

四

上文所说，"国语的文学，文学的国语"，乃是我们的根本主张。如今且说要实行做到这个根本主张，应该怎样进行。

我以为创造新文学的进行次序，约有三步：（一）工具，（二）方法，（三）创造。前两步是预备，第三步才是实行创造新文学。

（一）工具。古人说得好："工欲善其事，必先利其器"，写字的要笔好，杀猪的要刀快。我们要创造新文学，也须先预备下创造新文学的"工具"。我们的工具就是白话。我们有志造国语文学的人，应该赶紧筹备这个万不可少的工具。预备的方法，约有两种：

（甲）多读模范的白话文学。例如《水浒传》《西游记》《儒林外史》《红楼梦》；宋儒语录，白话信札；元人戏曲，明、清传奇的说白。唐宋的白话诗词，也该选读。

（乙）用白话作各种文学。我们有志造新文学的人，都该发誓不用文言作文：无论通信，做诗，译书，做笔记，做报馆文章，编学堂讲义，替死人作墓志，替活人上条陈……都该用白话来做。我们从小到如今，都是用文言作文，养成了一种文言的习惯，所以虽是活人，只会作死人的文字。若不下一些狠劲，若不用点苦工夫，决不能使用白话圆转如意。若单在《新青年》里面做白话文字，此外还依旧做文言的文字，那真是"一日暴之，十日寒之"的政策，决不能磨练成白话的文学家。

不但我们提倡白话文学的人应该如此做去，就是那些反对白话文学的人，我也奉劝他们用白话来做文字。为什么呢？因为他们若不能做白话文字，便不配反对白话文学。譬如那些不认得中国字的中国人，若主张废汉文，我一定骂他们不配开口。若是我的朋友钱玄同要主张废汉文，我决不敢说他不配开口了。那些不会做白话文字的人来反对白话文学，便和那些不懂汉文的人要废汉文，是一样的荒谬。所以我劝他们多做些白话文字，多做些白话诗歌，试试白话是否有文学的价值。如果试了几年，还觉得白话不如文言，那时再来攻击我们，也还不迟。

还有一层。有些人说，"做白话很不容易，不如做文言的省力。"这是因为中毒太深之过。受病深了，更宜赶紧医治，否则真不可救了。其实做白话并不难。我有一个侄儿，今年才十五岁，一向在徽州不曾出过门。今年他用白话写信来，居然写得极好。我们徽州话和官话差得很远，我的侄儿不过看了一些白话小说，便会做白话文字了。这可见做白话并不是难事，不过人性懒惰的居多数，舍不得抛"高文典册"的死文字罢了。

（二）方法。我以为中国近来文学所以这样腐败，大半虽由于没有适用的"工具"，但是单有"工具"，没有方法，也还不能造新文学。做木匠的人，单有锯凿钻刨，没有规矩师法，决不能造成木器。文学也是如此。若单靠白话便可造新文学，难道把郑孝胥、陈三立的诗翻成了白话，就可算得新文学了吗？难道那些用白话做的《新华春梦记》《九尾龟》，也可算做新文学吗？我以为现在国内新起的一班"文人"，受病最深的所在，只在没有高明的文学方法。我且举小说一门为例。现在的小说（单指中国人自己著的），看来看去，只有两派。一派最下流的，是那些学《聊斋志异》的札记小说。篇篇都是"某生，某处人，生有异禀，下笔千言，……一日于某地遇一女郎，……好事多磨，……遂为情死"；或是

"某地，某生，游某地，眷某妓，情好綦笃，遂订白头之约，……而大妇妒甚，不能相容，女抑郁以死，……生抚尸一恸几绝"；……此类文字，只可抹桌子，固不值一驳。还有那第二派是那些学《儒林外史》或是学《官场现形记》的白话小说。上等的如《广陵潮》，下等的如《九尾龟》。这一派小说，只学了《儒林外史》的坏处，却不曾学得他的好处。《儒林外史》的坏处在于体裁结构太不紧严，全篇是杂凑起来的。例如娄府一群人自成一段；杜府两公子自成一段；马二先生又成一段；虞博士又成一段；萧云仙、郭孝子，又各自成一段。分出来，可成无数札记小说；接下去，可长至无穷无极。《官场现形记》便是这样。如今的章回小说，大都犯这个没有结构，没有布局的懒病。却不知道《儒林外史》所以能有文学价值者，全靠一副写人物的画工本领。我十年不曾读这书了，但是我闭了眼睛，还觉得书中的人物，如严贡生，如马二先生，如杜少卿，如权勿用，……个个都是活的人物。正如读《水浒》的人，过了二三十年，还不会忘记鲁智深、李逵、武松、石秀……一班人。请问列位读过《广陵潮》和《九尾龟》的人，过了两三个月，心目中除了一个"文武全才"的章秋谷之外，还记得几个活灵活现的书中人物？——所以我说，现在的"新小说"，全是不懂得文学方法的。既不知布局，又不知结构，又不知描写人物，只做成了许多又长又臭的文字；只配与报纸的第二张充篇幅，却不配在新文学上占一个位置。——小说在中国近年，比较的说来，要算文学中最发达的一门了。小说尚且如此，别种文学，如诗歌戏曲，更不用说了。

如今且说什么叫作"文学的方法"呢？这个问题不容易回答，况且又不是这篇文章的本题，我且约略说几句。

大凡文学的方法可分三类：

（1）集收材料的方法。中国的"文学"，大病在于缺少材料。那些古文家，除了墓志、寿序、家传之外，几乎没有一毫材料。因此，他们不得不做那些极无聊的"汉高帝斩丁公论"，"汉文帝、唐太宗优劣论"。至于近人的诗词，更没有什么材料可说了。近人的小说材料，只有三种：一种是官场，一种是妓女，一种是不官而官，非妓而妓的中等社会（留学生女学生之可作小说材料者，亦附此类），除此之外，别无材料。最下流的，竟至登告白征求这种材料。做小说竟须登告白征求材料，便是宣告文学家破产的铁证。我以为将来的文学家收集材料的方法，约如下：

（甲）推广材料的区域。官场、妓院与龌龊社会三个区域，决不够采用。即如今日的贫民社会，如工厂之男女工人，人力车夫，内地农家，各处小负贩及小店铺，一切痛苦情形，都不曾在文学上占一位置。并且今日新旧文明相接触，一切家庭惨变，婚姻苦痛，女子之位置，教育之不适宜……种种问题，都可供文学的材料。

（乙）注意实地的观察和个人的经验。现今文人的材料大都是关了门虚造出来的，或是间接又间接的得来的。因此我们读这种小说，总觉得浮泛敷衍，不痛不痒的，没有一毫精彩。真正文学家的材料大概都有"实地的观察和个人自己的经验"做个根底。不能做实地的观察，便不能做文学家；全没有个人的经验，也不能做文学家。

（丙）要用周密的理想作观察经验的补助。实地的观察和个人的经验，固是极重要，但是也不能全靠这两件。例如施耐庵若单靠观察和经验，决不能做出一部《水浒传》。个人所经验的，所观察的，究竟有限。所以必须有活泼精细的理想（Imagination），把观察经验的材料，一一的体会出来，一一的整理如式，一一的组织完全；从已知的推想到未知的，从经验过的推想到不曾经验过的，从可观察的推想到不可观察的。这才是文学家的本领。

（2）结构的方法。有了材料，第二步须要讲究结构。结构是个总名词，内中所包甚广，简单说来，可分剪裁和布局两步。

（甲）剪裁。有了材料，先要剪裁。譬如做衣服，先要看那块料可做袍子，那块料可做背心。估计定了，方可下剪。文学家的材料也要如此办理。先须看这些材料该用做小诗呢，还是做长歌？该用做章回小说呢，还是做短篇小说呢？该用做小说呢，还是做戏本呢？筹划定了，方才可以剪下那些可用的材料，去掉那些不中用的材料；方才可以决定做什么体裁的文字。

（乙）布局。体裁定了，再可讲布局。有剪裁，方可决定"做什么"；有布局，方可决定"怎样做"。材料剪定了，须要筹算怎样做去始能把这材料用得最得当又最有效力。例如唐朝天宝时代的兵祸，百姓的痛苦，都是材料。这些材料，到了杜甫的手里，便成了诗料。如今且举他的《石壕吏》一篇，作布局的例。这首诗只写一个过路的客人一晚上在一个人家内偷听得的事情。只用一百二十个字，却不但把那一家祖孙三代的历史都写出来，并且把那时代兵祸之惨，壮丁死亡之多，差役之横行，小民之苦痛，都写得逼真活现，使人读了生无限的感慨。这是上品的布局工夫。又如古诗《上山采蘼芜，下山逢故夫》一篇，写一家夫妇的惨剧，却不从"某人娶妻甚贤，后别有所欢，遂出妻再娶"说起，只挑出那前妻山上下来遇着故夫的时候下笔，却也能把那一家的家庭情形写得充分满意。这也是上品的布局工夫。——近来的文人全不讲求布局，只顾凑足多少字可卖几块钱，全不问材料用的得当不得当，动人不动人。他们今日作上回的文章，还不知道下一回的材料在何处！这样的文人怎样造得出有价值的新文学呢！

（3）描写的方法。局已布定了，方才可讲描写的方法。描写的方法，千头万绪，大要不出四条：（一）写人。（二）写境。（三）写事。（四）写情。

写人要举动，口气，身分，才性……都要有个性的区别：件件都是林黛玉，决不是薛宝钗；件件都是武松，决不是李逵。写境要一喧，一静，一石，一山，一云，一鸟……也都要有个性的区别。《老残游记》的大明湖，决不是西湖，也决不是洞庭湖；《红楼梦》里的家庭，决不是《金瓶梅》里的家庭。写事要线索分明，头绪清楚，近情近理，亦正亦奇。写情要真，要精，要细腻婉转，要淋漓尽致。——有时须用境写人，用情写人，用事写人；有时须用人写境，用事写境，用情写境；……这里面的千变万化，一言难尽。

如今且回到本文。我上文说的：创造新文学的第一步是工具，第二步是方法。方法的大致，我刚才说了。如今且问，怎样预备方才可得着一些高明的文学方法？我仔细想来，只有一条法子，就是赶紧多多的翻译西洋的文学名著做我们的模范。我这个主张，有两层理由：

第一，中国文学的方法实在不完备，不够作我们的模范。即以体裁而论，散文只有短篇，没有布置周密，论理精严，首尾不懈的长篇；韵文只有抒情诗，绝少纪事诗，长篇诗更不曾有过；戏本更在幼稚时代，但略能纪事掉文，全不懂结构；小说好的，只不过三四部，这三四部之中，还有许多疵病；至于最精彩之"短篇小说""独幕戏"，更没有了。若从材料一方面看来，中国文学更没有做模范的价值。才子佳人、封王挂帅的小说；风花雪月、涂脂抹粉的诗；不能说理、不能言情的"古文"；学这个、学那个的一切文学；这些文字，简直无一毫材料可说。至于布局一方面，除了几首实在好的诗之外，几乎没有一篇东西当得"布局"两个字！——所以我说，从文学方法一方面看去，中国的文学实在不够给我们做模范。

第二，西洋的文学方法，比我们的文学，实在完备得多，高明得多，不可不取例。即以散文而论，我们的古文家至多比得上英国的倍根（Bacon）和法国的孟太恩（Montaene），至于像柏拉图（Plato）的"主客体"，赫胥黎（Huxley）等的科学文字，包士威尔（Boswell）和莫烈（Morley）等的长篇传记，弥儿（Mill）、弗林克令（Franklin）、吉朋（Giddon）等的"自传"，太恩（Taine）和白克儿（Bukle）等的史论……都是中国从不曾梦见过的体裁。更以戏剧而论，二千五百年前的希腊戏曲，一切结构的工夫，描写的工夫，高出元曲何止十倍。近代的萧士比亚（Shakespeare）和莫逆尔（Molière）更不用说了，最近六十年来，欧洲的散文戏本，千变万化，远胜古代，体裁也更发达了。最重要的，如"问题戏"，专研究社会的种种重要问题；"象征戏"（Symbolic Drama），专以美术的手段作的"意在言外"的戏本；"心理戏"，专描写种种复杂的心境，作极精密的解剖；"讽刺戏"，用嬉笑怒骂的文章，达愤世救世的苦心。——我写到这里，忽然想起今天梅兰芳正在唱新编的《天女散花》，上海的人还正在等着看新排的《多尔滚》呢！我也不往下数了。——更以小说而论，那材料之精确，体裁之完备，命意之高超，描写之工切，心理解剖之细密，社会问题讨论之透彻，……真是美不胜收。至于近百年新创的"短篇小说"，真如芥子里面藏着大千世界；真如百炼的精金，曲折委婉，无所不可；真可说是开千古未有的创局，掘百世不竭的宝藏。——以上所说，大旨只在约略表示西洋文学方法的完备。因为西洋文学真有许多可给我们做模范的好处，所以我说：我们如果真要研究文学的方法，不可不赶紧翻译西洋的文学名著，做我们的模范。

现在中国所译的西洋文学书，大概都不得其法，所以收效甚少。我且拟几条翻译西洋文学名著的办法如下：

（1）只译名家著作，不译第二流以下的著作。我以为国内真懂得西洋文学的学者应该开一会议，公共选定若干种不可不译的第一流文学名著：约数如一百种长篇小说，五百篇短篇小说，三百种戏剧，五十家散文，为第一部"西洋文学丛书"，期五年译完，再选第二部。译成之稿，由这几位学者审查，并一一为作长序及著者略传，然后付印；其第二流以下，如哈葛得之流，一概不选。诗歌一类，不易翻译，只可从缓。

（2）全用白话韵文之戏曲，也都译为白话散文。用古文译书，必失原文的好处。如林琴南的"其女珠，其母下之"，早成笑柄，且不必论。前天看见一部侦探小说《圆室案》中，写一位侦探"勃然大怒，拂袖而起"。不知道这位侦探穿的是不是康桥大学的广袖制服！这样译书，不如不译。又如林琴南把莎士比亚的戏曲，译成了记叙体的古文！这真是莎士比亚的大罪人，罪在《圆室案》译者之上。

（三）创造。上面所说工具与方法两项，都只是创造新文学的预备。工具用得纯熟自然了，方法也懂了，方才可以创造中国的新文学。至于创造新文学是怎样一回事，我可不配开口了。我以为现在的中国，还没有做到实行预备创造新文学的地步，尽可不必空谈创造的方法和创造的手段。我们现在且先去努力做那第一第二两步预备的工夫罢！

一九一八年四月

（原载 1918 年 4 月《新青年》第 4 卷第 4 号）

延
伸
思
考

这是一篇关于文学革命的理论建设的大文章。胡适开宗明义："文学革命"的"唯一宗旨"就是"十个大字"："国语的文学，文学的国语"。明确将"文学"与"国语"联结在一起，这是大有深意的：将现代"文学"语言的创造与"国语"（现代民族国家的共同语言）的创造联系起来，这就深刻地揭示了现代文学与现代民族国家之间的内在联系：这是我们考察和认识"文学的现代性"的一个非常重要的角度。

由此提出的是，文学革命的两大目标与任务。首先是创造"国语的文学"，文学革命必须从语言的变革入手，创造出适应现代中国人不同于古人的思维、情感表达、交流要求，具有思想与艺术表现力的现代文学语言，从而创造"现代汉语文学"。而这样的现代汉语文学的创造，正是为了现代民族国家共同语言的形成、发展与普及奠定基础。胡适说"国语有了文学价值，自然受文人学士的欣赏使用，然后可以用来做教育的工具，然后可以用来做统一全国语言的工具"（《中国新文学大系·建设理论集》导言），这就是"文学的国语"。

● 胡适在本文一开头即区分了"真文学"与"假文学""死文学"，并总结出现代人说话、写作的四条原则，其背后的价值理念是什么？结合当下的文学创作与写作，以及语文教育，谈谈你的看法。

● 胡适在本文第三部分具体论述创造新文学的"方法"时，提出要"推广材料的区域"，指出"今日的贫民社会，如工厂之男女工人，人力车夫，内地农家，各处小负贩及小店铺，一切痛苦情形，都不曾在文学上占一位置"。这样的平民意识为我们理解现代文学的创作提供了一个重要视角。请注意与思考胡适的这一主张背后的理念、意义与影响。

《新青年》

有人的资格
便须先使自己
爱人类
讲人道

周作人（1885—1967）

點滴

沙漠間的三個夢 ……………… 二百八十九
歡樂的花園 …………………… 三百八十一
日本江馬修一篇
·小小的一個人 ……………… 三百十三
匈加利育珂一篇
愛情與小狗 …………………… 三百二十七
附錄
人的文學 ……………………… 三百三十三
平民的文學 …………………… 三百五十三
新文學的要求 ………………… 三百六十一

新潮叢書第三種

點滴

近代名家短篇小說

周作人輯譯

《点滴》

第二节

周作人：
倡导文学思想革命

1907 年夏	周作人与鲁迅、许寿裳筹办文艺杂志《新生》（日本）。
1909 年 3 月	周作人与鲁迅合译《域外小说集》第 1 集出版（日本）。
1909 年 7 月	周作人与鲁迅合译《域外小说集》第 2 集出版（日本）。
1918 年 11 月	周作人《论中国旧戏之应废》发表（《新青年》第 5 卷第 5 号）。
1918 年 12 月	《人的文学》发表（《新青年》第 5 卷第 6 号）。
1919 年 1 月	《论"黑幕"》发表（《每周评论》第 4 号）。
1919 年 2 月	《小河》发表（《新青年》第 6 卷第 2 号）。
1920 年 8 月	《人的文学》收入新潮丛书第三种《点滴》（北京大学出版部）。
1921 年 1 月	郑振铎、叶圣陶、茅盾、王统照、许地山、耿济之、周作人、郭绍虞等发起人，在北京成立"文学研究会"。

周作人（1885—1967）是中国现代文学传统的重要开创者之一。如胡适所说，他的《人的文学》是"当时改革文学内容的一篇最重要的宣言"（胡适：《中国新文学大系·建设理论集》导言）；周作人还写有《平民的文学》《新文学的要求》《贵族的与平民的》等理论倡导的文章，都奠定了现代文学的理论基础。他还是现代文学重要的批评家，更以独具风格的散文显示了现代文学的实绩：他的《自己的园地》《雨天的书》与鲁迅的《呐喊》《彷徨》《野草》，都是中国现代文学的经典。他对希腊文学、日本文学、俄国文学、东欧文学的翻译、介绍，在"五四"时期就被认为是"开纪元的工作"。

1918

《人的文学》

周作人

我们现在应该提倡的新文学，简单的说一句，是"人的文学"。应该排斥的，便是反对的非人的文学。

新旧这名称，本来很不妥当，其实"太阳底下何尝有新的东西"？思想道理，只有是非，并无新旧。要说是新，也单是新发见的新，不是新发明的新。"新大陆"是在十五世纪中，被哥仑布发见，但这地面是古来早已存在。电是在十八世纪中，被弗兰克林发见，但这物事也是古来早已存在。无非以前的人，不能知道，遇见哥仑布与弗兰克林才把他看出罢了。真理的发见，也是如此。真理永远存在，并无时间的限制，只因我们自己愚昧，闻道太迟，离发见的时候尚近，所以称他新。其实他原是极古的东西，正如新大陆同电一般，早在这宇宙之内，倘若将他当作新鲜果子、时式衣裳一样看待，那便大错了。譬如现在说"人的文学"，这一句话，岂不也像时髦。却不知世上生了人，便同时生了人道。无奈世人无知，偏不肯体人类的意志，走这正路，却迷入兽道鬼道里去，彷徨了多年，才得出来，正如人在白昼时候，闭着眼乱闯，末后睁开眼睛，才晓得世上有这样好阳光；其实太阳照临，早已如此，已有许多年代了。

欧洲关于这"人"的真理的发见，第一次是在十五世纪，于是出了宗教改革与文艺复兴两个结果。第二次成了法国大革命。第三次大约便是欧战以后将来的未知事件了。女人与小儿的发见，却迟至十九世纪，才有萌芽。古来女人的位置，不过是男子的器具与奴隶。中古时候，教会里还曾讨论女子有无灵魂，算不算得一个人呢。小儿也只是父母所有品，又不认他是一个未长成的人，却当他作具体而微的成人，因此又不知演了多少家庭的与教育的悲剧。自从弗罗培尔（Froebel）与戈特文（Godwin）夫人以后，才有光明出现。到了现在，造成儿童学与女子问题这两个大研究，可望长出极好的结果来。中国讲到这类问题，却须从头做起，人的问题，从来未经解决，女人小儿更不必说了。如今第一步先从人说起，生了四千余年，现在却还讲人的意义，从新要发见"人"，去"辟人荒"，也是可笑的事。但老了再学，总比不学该胜一筹罢。我们希望从文学上起首，提倡一点人道主义思想，便是这个意思。

我们要说人的文学，须得先将这个人字，略加说明。我们所说的人，不是世间所谓"天地之性最贵"，或"圆颅方趾"的人。乃是说，"从动物进化的人类"。其中有两个要点，（一）"从动物"进化的，（二）从动物"进化"的。

我们承认人是一种生物。他的生活现象，与别的动物并无不同。所以我们相信人的一切生活本能，都是美的善的，应得完全满足。凡有违反人性不自然的习惯制度，都应该排斥改正。

但我们又承认人是一种动物进化的生物，他的内面生活，比别的动物更为复杂高深，而且逐渐向上，有能够改造生活的力量。所以我们相信人类以动物的生活为生存的基础，而其内面生活，却渐与动物相远，终能达到高上和平的境地。凡兽性的余留，与古代礼法可以阻碍人性向上的发展者，也都应该排斥改正。

这两个要点，换一句话说，便是人的灵肉二重的生活。古人的思想，以为人性有灵肉二元，同时并存，永相冲突。肉的一面，是兽性的遗传；灵的一面，是神性的发端。人生的目的，便偏重在发展这神性；其手段，便在灭了体质以救灵魂。所以古来宗教，大都厉行禁欲主义，有种种苦行，抵制人类的本能。一方面却别有不顾灵魂的快乐派，只愿"死便埋我"。其实两者都是趋于极端，不能说是人的正当生活。到了近世，才有人看出这灵肉本是一物的两面，并非对抗的二元。兽性与神性，合起来便只是人性。英国十八世纪诗人勃莱克（Blake）在《天国与地狱的结婚》一篇中，说得最好：

（一）人并无与灵魂分离的身体。因这所谓身体者，原止是五官所能见的一部分的灵魂。

（二）力是惟一的生命，是从身体发生的。理就是力的外面的界。

（三）力是永久的悦乐。

他这话虽然略含神秘的气味，但很能说出灵肉一致的要义。我们所信的人类正当生活，便是这灵肉一致的生活。所谓从动物进化的人，也便是指这灵肉一致的人，无非用别一说法罢了。

这样"人"的理想生活，应该怎样呢？首先便是改良人类的关系。彼此都是人类，却又各是人类的一个。所以须营一种利己而又利他，利他即是利己的生活。第一，关于物质的生活，应该各尽人力所及，取人事所需。换一句话，便是各人以心力的劳作，换得适当的衣食住与医药，能保持健康的生存。第二，关于道德的生活，应该以爱智信勇四事为基本道德，革除一切人道以下或人力以上的因袭的礼法，使人人能享自由真实的幸福生活。这种"人的"理想生活，实行起来，实于世上的人无一不利。富贵的人虽然觉得不免失了他的所谓尊严，但他们因此得从非人的生活里救出，成为完全的人，岂不是绝大的幸福么？这真可说是二十世纪的新福音了。只可惜知道的人还少，不能立地实行。所以我们要在文学上略略提倡，也稍尽我们爱人类的意思。

但现在还须说明，我所说的人道主义，并非世间所谓"悲天悯人"或"博施济众"的慈善主义，乃是一种个人主义的人间本位主义。这理由是，第一，人在人类中，正如森林中的一株树木。森林盛了，各树也茂盛。但要森林盛，却仍非靠各树各自茂盛不可。第二，个人爱人类，就只为人类中有了我，与我相关的缘故。墨子说，"爱人不外己，己在所爱之中"，便是最透彻的话。上文所谓利己而又利他，利他即利己，正是这个意思。所以我说的人道主义，是从个人做起。要讲人道，爱人类，便须先使自己有人的资格，占得人的位置。耶稣说："爱邻如己。"如不先知自爱，怎能"如己"的爱别人呢？至于无我的爱，纯粹的利他，我以为是不可能的。人为了所爱的人，或所信的主义，能够有献身的行为。若是割肉饲鹰，投身给饿虎吃，那是超人间的道德，不是人所能为的了。

用这人道主义为本，对于人生诸问题，加以记录研究的文字，便谓之人的文学。其中又可以分作两项：（一）是正面的，写这理想生活，或人间上达的可能性；（二）是侧面的，写人的平常生活，或非人的生活，都很可以供研究之用。这类著作，分量最多，也最重要。因为我们可以因此明白人生实在的情状，与理想生活比较出差异与改善的方法。这一类中写非人的生活的文学，世间每每误会，与非人的文学相溷，其实却大有分别。譬如法国莫泊三（Maupassant）的小说《一生》（Une vie），是写人间兽欲的人的文学；中国的《肉蒲团》却是非人的文学。俄国库普林（Kuprin）的小说《坑》（Jama），是写娼妓生活的人的文学；中国的《九尾龟》却是非人的文学。这区别就只在著作的态度不同：一个严肃；一个游戏。一个希望人的生活，所以对于非人的生活，怀着悲哀或愤怒；一个安于非人的生活，所以对于非人的生活，感着满足，又多带些玩弄与挑拨的形迹。简明说一句，人的文学与非人的文学的区别，便在著作态度，是以人的生活为是呢，非人的生活为是呢这一点上。材料方法，别无关系。即如提倡女人殉葬——即殉节——的文章，表面上岂不说是"维持风教"；但强迫人自杀，正是非人道德，所以也是非人的文学。中国文学中，人的文学本来极少。从儒教道教出来的文章，几乎都不合格。现在我们单从纯文学上举例如：

（一）色情狂的淫书类

（二）迷信的鬼神书类（《封神传》《西游记》等）

（三）神仙书类（《绿野仙踪》等）

（四）妖怪书类（《聊斋志异》《子不语》等）

（五）奴隶书类（甲种主题是皇帝状元宰相，乙种主题是神圣的父与夫）

（六）强盗书类（《水浒》《七侠五义》《施公案》等）

（七）才子佳人书类（《三笑姻缘》等）

（八）下等谐谑书类（《笑林广记》等）

（九）黑幕类

（十）以上各种思想和合结晶的旧戏

这几类全是妨碍人性的生长，破坏人类的平和的东西，统应该排斥。这宗著作，在民族心理研究上，原都极有价值。在文艺批评上，也有几种可以容许。但在主义上，一切都该排斥。倘若懂得道理，识力已定的人，自然不妨去看。如能研究批评，便于世间更为有益。我们也极欢迎。

人的文学，当以人的道德为本，这道德问题方面很广，一时不能细说。现在只就文学关系上，略举几项。譬如两性的爱，我们对于这事，有两个主张：（一）是男女两本位的平等。（二）是恋爱的结婚。世间著作，有发挥这意思的，便是绝好的人的文学。如诺威伊孛生（Ibsen）的戏剧《娜拉》（Et Dukkehjem）、《海女》（Fruen fra Havet），俄国托尔斯泰（Tolstoj）的小说（Anna Karenina），英国哈兑（Hardy）的小说《台斯》（Tess）等就是。恋爱起原，据芬兰学者威思德马克（Westermarck）说，由于"人的对于与我快乐者的爱好"。却又如奥国卢闿（Lucke）说，因多年心的进化，渐变了高上的感情。所以真实的爱与两性的生活，也须有灵肉二重的一致。但因为现世社会境势所迫，以致偏于一面的，不免极多。这便须根据人道主义的思想，加以记录研究。却又不可将这样生活，当作幸福或神圣，赞美提倡。中国的色情狂的淫书，不必说了。旧基督教的禁欲主义思想，我也不能承认他为是。又如俄国陀思妥也夫斯奇（Dostojevskij）是伟大的人道主义作家。但他在一部小说中，说一男人爱一女子，后来女子爱了别人，他却竭力斡旋，使他们能够配合。陀思妥也夫斯奇自己，虽然言行竟是一致，但我们总不能承认这种种行为，是在人情以内，人力以内，所以不愿提倡。又如印度诗人泰戈尔（Tagore）做的小说，时时颂扬东方思想。有一篇记一寡妇的生活，描写他的"心的撒提（Suttee）"（撒提是印度古语，指寡妇与他丈夫的尸体一同焚化的习俗），又一篇说一男人弃了他的妻子，在英国别娶，他的妻子，还典卖了金珠宝玉，永远的接济他。一个人如有身心的自由，以自由别择，与人结了爱，遇着生死的别离，发生自己牺牲的行为，这原是可以称道的事。但须全然出于自由意志，与被专制的因袭礼法逼成的动作，不能并为一谈。印度人身的撒提，世间都知道是一种非人道的习俗，近来已被英国禁止。至于人心的撒提，便只是一种变相。一是死刑，一是终身监禁。照中国说，一是殉节，一是守节，原来“撒提”这字，据说在梵文，便正是节妇的意思。印度女子被“撒提”了几千年，便养成了这一种畸形的贞顺之德。讲东方化的，以为是国粹，其实只是不自然的制度习惯的恶果。譬如中国人磕头惯了，见了人便无端的要请安拱手作揖，大有非跪不可之意，这能说是他的谦和美德么？我们见了这种畸形的所谓道德，正如见塞在坛子里养大的、身子像萝卜形状的人，只感着恐怖嫌恶悲哀愤怒种种感情，决不该将他提倡，拿他赞赏。

其次如亲子的爱。古人说，父母子女的爱情，是“本于天性”，这话说得最好。因他本来是天性的爱，所以用不着那些人为的束缚，妨害他的生长，假如有人说，父母生子，全由私欲，世间或要说他不道。今将他改作由于天性，便极适当。照生物现象看来，父母生子，正是自然的意志。有了性的生活，自然有生命的延续，与哺乳的努力，这是动物无不如此。到了人类，对于恋爱的融合，自我的延长，更有意识，所以亲子的关系，尤为深厚。近时识者所说儿童的权利，与父母的义务，便即据这天然的道理推演而出，并非时新的东西。至于世间无知的父母，将子女当作所有品，牛马一般养育，以为养大以后，可以随便唤他骑他，那便是退化的谬误思想。英国教育家戈思德（Gorst）称他们为“猿类之不肖子”，正不为过。日本津田左右吉著《文学上国民思想的研究》卷一说：“不以亲子的爱情为本的孝行观念，又与祖先为子孙而生存的生物学的普遍事实，人为将来而努力的人间社会的实际状态，俱相违反，却认作子孙为祖先而生存，如此道德中，显然含有不自然的分子。”祖先为子孙而生存，所以父母理应爱重子女，子女也就应该爱敬父母。这是自然的事实，也便是天性。文学上说这亲子的爱的，希腊诃美罗斯（Homeros）史诗《伊理亚斯》（*Ilias*）与欧里毕克斯（Euripides）悲剧《德罗夜兑斯》（*Troades*）中，说赫克多尔（Hektor）夫妇与儿子的死别两节，在古文学中，最为美妙。近来诺威伊孛生的《群鬼》（*Gengangere*），德国士兑曼（Sudermann）的戏剧《故乡》（*Heimat*），俄国都介涅夫（Turgenjev）的小说《父子》（*Ottsy i djeti*）等，都很可以供我们的研究。至于郭巨埋儿、丁兰刻木那一类残忍迷信的行为，当然不应再行赞扬提倡。割股一事，尚是魔术与食人风俗的遗留，自然算不得道德，不必再叫他混入文学里，更不消说了。

照上文所说，我们应该提倡与排斥的文学，大致可以明白了。但关于古今中外这一件事上，还须追加一句说明，才可免了误会。我们对于主义相反的文学，并非如胡致堂或乾隆做史论，单依自己的成见，将古今人物排头骂倒。我们立论，应抱定"时代"这一个观念，又将批评与主张，分作两事。批评古人的著作，便认定他们的时代，给他一个正直的评价，相应的位置。至于宣传我们的主张，也认定我们的时代，不能与相反的意见通融让步，惟有排斥的一条方法。譬如原始时代，本来只有原始思想，行魔术食人肉，原是分所当然。所以关于这宗风俗的歌谣故事，我们还要拿来研究，增点见识。但如近代社会中，竟还有想实行魔术食人的人，那便只得将他捉住，送进精神病院去了。其次，对于中外这个问题，我们也只须抱定时代这一个观念，不必再划出什么别的界限。地理上历史上，原有种种不同，但世界交通便了，空气流通也快了，人类可望逐渐接近，同一时代的人，便可相并存在。单位是个我，总数是个人，不必自以为与众不同，道德第一，划出许多畛域。因为人总与人类相关，彼此一样，所以张三李四受苦，与彼得约翰受苦，要说与我无关，便一样无关；说与我相关，也一样相关。仔细说，便只为我与张三李四或彼得约翰虽姓名不同，籍贯不同，但同是人类之一，同具感觉性情。他以为苦的，在我也必以为苦。这苦会降在他身上，也未必不能降在我的身上。因为人类的运命是同一的，所以我要顾虑我的运命，便同时须顾虑人类共同的运命。所以我们只能说时代，不能分中外。我们偶有创作，自然偏于见闻较确的中国一方面，其余大多数都还须绍介译述外国的著作，扩大读者的精神，眼里看见了世界的人类，养成人的道德，实现人的生活。

一九一八年十二月七日

（原载 1918 年 12 月《新青年》第 5 卷第 6 号）

延伸思考

　　胡适的《建设的文学革命论》开启了文学的语言变革，周作人的《人的文学》则开启了文学内容的变革。周作人对此也有高度自觉，他明确指出，"文学革命上，文字改革是第一步，思想改革是第二步，却比第一步更为重要"。他警告说，如果满足于"单将白话换出古文"而忽略了"思想的改革"，不实行"民主政治"，换汤不换药，就会导致文学革命的真正危机（《谈虎集·思想革命》）。这也是他撰写《人的文学》一文的主要动因。于是就有了这样的开章明义："我们现在应该提倡的新文学，简单的说一句，是'人的文学'。应该排斥的，便是反对的非人的文学。"这就明确将具有"人"的自觉，有助于"人"的独立与自由，作为区分"新""旧"文学的基本标准，并作了这样的界说："用这人道主义为本，对于人生诸问题，加以记录研究的文字，便谓之人的文学"；并特地说明，"我所说的人道主义，并非世间所谓'悲天悯人'或'博施济众'的慈善主义，乃是一种个人主义的人间本位主义"，一切思想、语言的变革，都要从"个人"的解放"做起"，"要讲人道，爱人类，便须先使自己有人的资格，占得人的位置"。这样的"个人主义的人间本位主义"，应该是"五四"思想启蒙运动与文学革命的核心。

　　这样，胡适与周作人从一开始就为中国现代文学高举起了四面理论旗帜："国语的文学"，"平民的文学"，"人的文学"和"个人本位的文学"。

● 周作人在文章里，大谈"人的真理"，围绕对"人性"的认识，展开了一系列的论述。如人的"兽性""神性""人性"的关系，"灵"与"肉"的关系；"个人"与"他人"的关系，"利己"与"利他"的关系；"男人"与"女人"的关系；"父母"与"子女"的关系；"个人"与"人类"的关系，等等。这些都是"人"的基本理论问题，也是每个时代、每个人都要面对的现实问题。不妨对周作人的这些论述作一具体整理和分析，写一篇"周作人代表的'五四'那一代人的人性观"，并结合当下社会和你自己面临的人性问题，谈谈你的看法。

鲁迅：
"文学革命"实绩的创造者与开拓者

1907 年夏	鲁迅与周作人、许寿裳筹办文艺杂志《新生》（日本）。
1909 年 3 月	鲁迅与周作人合译《域外小说集》第 1 集出版（日本）。
1909 年 7 月	鲁迅与周作人合译《域外小说集》第 2 集出版（日本）。
1918 年 5 月	鲁迅《狂人日记》发表（《新青年》第 4 卷第 5 号）。
1921 年 12 月	《阿 Q 正传》发表（《晨报副镌》1921 年 12 月 4 日至 1922 年 2 月 12 日连载）。
1923 年 8 月	《呐喊》出版（北京新潮社）。
1923 年 12 月	《中国小说史略》（上）出版（北京新潮社）。
1924 年 6 月	《中国小说史略》（下）出版（北京新潮社）。
1926 年 8 月	《彷徨》出版（北新书局）。
1927 年 2 月	鲁迅在香港青年会演讲《无声的中国》。
1927 年 7 月	《野草》出版（北新书局）。
1936 年 1 月	《故事新编》出版（文化生活出版社）。

鲁迅（1881—1936）无疑是"五四"思想启蒙、文学革命的关键性人物，但他并不像胡适、周作人那样作理论的倡导，他更重视创作的实践。他对自己所作的努力和贡献，有两个很好的总结和概括。一是以自己的创作，"显示了'文学革命'的实绩，又因那时的认为'表现的深切和格式的特别'，颇激动了一部分青年读者的心"（《中国新文学大系·小说二集》导言）。二是"没有冲破一切传统思想和手法的闯将，中国是不会有真的新文艺的"（《坟·论睁了眼看》），而他自己就是这样的"闯将"。鲁迅正是以其非凡的想象力与创造力，创造了完全不同于传统且可以与之并肩而立、在思想和手法上都全新的现代小说、

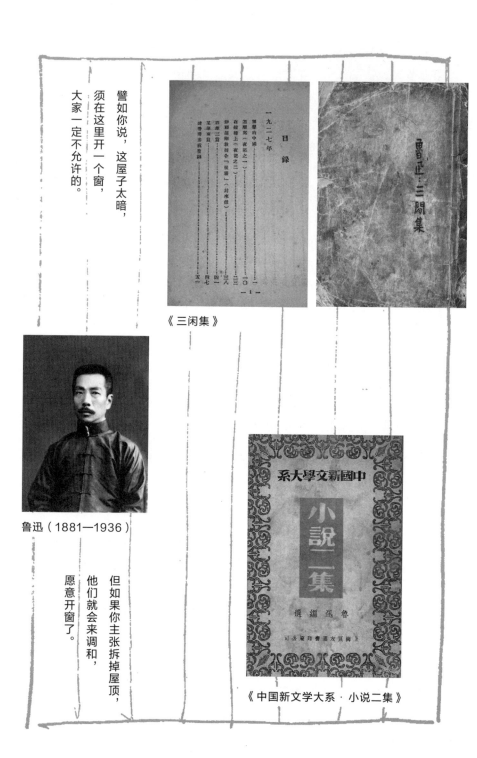

譬如你说，这屋子太暗，须在这里开一个窗，大家一定不允许的。

《三闲集》

鲁迅（1881—1936）

但如果你主张拆掉屋顶，他们就会来调和，愿意开窗了。

《中国新文学大系·小说二集》

现代散文（包括杂文），以其辉煌的创作实绩，为中国现代文学奠定了基础，显示了现代汉语文学语言表达现代中国人思想情感的生命活力、艺术上的高水平与巨大的可能性。这对现代文学在中国这块有着深远文学传统的土地上立足、扎根，几乎起了决定性的作用。

鲁迅也并非完全不关注现代文学的理论建设，他只是采取更为谨慎的态度，经过细心观察与思考，在运动高潮过去以后，才陆续作出理论的概括，提出更深层次的问题。发表于1927年的《无声的中国》（收《三闲集》）就是这样的力作。文章所揭示的中国现代文学发展的基本矛盾——如何继承中、外传统文化，又坚守自身的异质性与独立性——将贯穿于中国现代文学发展的全过程。

1927

《无声的中国》

鲁迅

以我这样没有什么可听的无聊的讲演，又在这样大雨的时候，竟还有这许多来听的诸君，我首先应当声明我的郑重的感谢。

我现在所讲的题目是：《无声的中国》。

现在，浙江，陕西，都在打仗，那里的人民哭着呢还是笑着呢，我们不知道。香港似乎很太平，住在这里的中国人，舒服呢还是不很舒服呢，别人也不知道。

发表自己的思想，感情给大家知道的是要用文章的，然而拿文章来达意，现在一般的中国人还做不到。这也怪不得我们；因为那文字，先就是我们的祖先留传给我们的可怕的遗产。人们费了多年的工夫，还是难于运用。因为难，许多人便不理它了，甚至于连自己的姓也写不清是张还是章，或者简直不会写，或者说道：Chang。虽然能说话，而只有几个人听到，远处的人们便不知道，结果也等于无声。又因为难，有些人便当作宝贝，像玩把戏似的，之乎者也，只有几个人懂，——其实是不知道可真懂，而大多数的人们却不懂得，结果也等于无声。

文明人和野蛮人的分别，其一，是文明人有文字，能够把他们的思想，感情，借此传给大众，传给将来。中国虽然有文字，现在却已经和大家不相干，用的是难懂的古文，讲的是陈旧的古意思，所有的声音，都是过去的，都就是只等于零的。所以，大家不能互相了解，正像一大盘散沙。

　　将文章当作古董，以不能使人认识，使人懂得为好，也许是有趣的事罢。但是，结果怎样呢？是我们已经不能将我们想说的话说出来。我们受了损害，受了侮辱，总是不能说出些应说的话。拿最近的事情来说，如中日战争，"拳匪"事件，民元革命这些大事件，一直到现在，我们可有一部像样的著作？民国以来，也还是谁也不作声。反而在外国，倒常有说起中国的，但那都不是中国人自己的声音，是别人的声音。

　　这不能说话的毛病，在明朝是还没有这样厉害的；他们还比较地能够说些要说的话。待到满洲人以异族侵入中国，讲历史的，尤其是讲宋末的事情的人被杀害了，讲时事的自然也被杀害了。所以，到乾隆年间，人民大家便更不敢用文章来说话了。所谓读书人，便只好躲起来读经，校刊古书，做些古时的文章，和当时毫无关系的文章。有些新意，也还是不行的；不是学韩，便是学苏。韩愈苏轼他们，用他们自己的文章来说当时要说的话，那当然可以的。我们却并非唐宋时人，怎么做和我们毫无关系的时候的文章呢。即使做得像，也是唐宋时代的声音，韩愈苏轼的声音，而不是我们现代的声音。然而直到现在，中国人却还要着这样的旧戏法。人是有的，没有声音，寂寞得很。——人会没有声音的么？没有，可以说：是死了。倘要说得客气一点，那就是：已经哑了。

　　要恢复这多年无声的中国，是不容易的，正如命令一个死掉的人道："你活过来！"我虽然并不懂得宗教，但我以为正如想出现一个宗教上之所谓"奇迹"一样。

　　首先来尝试这工作的是"五四运动"前一年，胡适之先生所提倡的"文学革命"。"革命"这两个字，在这里不知道可害怕，有些地方是一听到就害怕的。但这和文学两字连起来的"革命"，却没有法国革命的"革命"那么可怕，不过是革新，改换一个字，就很平和了，我们就称为"文学革新"罢，中国文字上，这样的花样是很多的。那大意也并不可怕，不过说：我们不必再去费尽心机，学说古代的死人的话，要说现代的活人的话；不要将文章看作古董，要做容易懂得的白话的文章。然而，单是文学革新是不够的，因为腐败思想，能用古文做，也能用白话做。所以后来就有人提倡思想革新。思想革新的结果，是发生社会革新运动。

这运动一发生，自然一面就发生反动，于是便酿成战斗……。

但是，在中国，刚刚提起文学革新，就有反动了。不过白话文却渐渐风行起来，不大受阻碍。这是怎么一回事呢？就因为当时又有钱玄同先生提倡废止汉字，用罗马字母来替代。这本也不过是一种文字革新，很平常的，但被不喜欢改革的中国人听见，就大不得了了，于是便放过了比较的平和的文学革命，而竭力来骂钱玄同。白话乘了这一个机会，居然减去了许多敌人，反而没有阻碍，能够流行了。

中国人的性情是总喜欢调和，折中的。譬如你说，这屋子太暗，须在这里开一个窗，大家一定不允许的。但如果你主张拆掉屋顶，他们就会来调和，愿意开窗了。没有更激烈的主张，他们总连平和的改革也不肯行。那时白话文之得以通行，就因为有废掉中国字而用罗马字母的议论的缘故。

其实，文言和白话的优劣的讨论，本该早已过去了，但中国是总不肯早早解决的，到现在还有许多无谓的议论。例如，有的说：古文各省人都能懂，白话就各处不同，反而不能互相了解了。殊不知这只要教育普及和交通发达就好，那时就人人都能懂较为易解的白话文；至于古文，何尝各省人都能懂，便是一省里，也没有许多人懂得的。有的说：如果都用白话文，人们便不能看古书，中国的文化就灭亡了。其实呢，现在的人们大可以不必看古书，即使古书里真有好东西，也可以用白话来译出的，用不着那么心惊胆战。他们又有人说，外国尚且译中国书，足见其好，我们自己倒不看么？殊不知埃及的古书，外国人也译，非洲黑人的神话，外国人也译，他们别有用意，即使译出，也算不了怎样光荣的事的。

近来还有一种说法，是思想革新紧要，文字改革倒在其次，所以不如用浅显的文言来作新思想的文章，可以少招一重反对。这话似乎也有理。然而我们知道，连他长指甲都不肯剪去的人，是决不肯剪去他的辫子的。

因为我们说着古代的话，说着大家不明白，不听见的话，已经弄得像一盘散沙，痛痒不相关了。我们要活过来，首先就须由青年们不再说孔子孟子和韩愈柳宗元们的话。时代不同，情形也两样，孔子时代的香港不这样，孔子口调的"香港论"是无从做起的，"吁嗟阔哉香港也"，不过是笑话。

我们要说现代的，自己的话；用活着的白话，将自己的思想，感情直白地说出来。但是，这也要受前辈先生非笑的。他们说白话文卑鄙，没有价值；他们说年青人作品幼稚，贻笑大方。我们中国能做文言的有多少呢，其余的都只能说白话，难道这许多中国人，就都是卑鄙，没有价值的么？至于幼稚，尤其没有什么可羞，正如孩子对于老人，毫没有什么可羞一样。幼稚是会生长，会成熟的，只不要衰老，腐败，就好。倘说待到纯熟了才可以动手，那是虽是村妇也不至于这样蠢。她的孩子学走路，即使跌倒了，她决不至于叫孩子从此躺在床上，待到学会了走法再下地面来的。

青年们先可以将中国变成一个有声的中国。大胆地说话，勇敢地进行，忘掉了一切利害，推开了古人，将自己的真心的话发表出来。——真，自然是不容易的。譬如态度，就不容易真，讲演时候就不是我的真态度，因为我对朋友，孩子说话时候的态度是不这样的。——但总可以说些较真的话，发些较真的声音。只有真的声音，才能感动中国的人和世界的人；必须有了真的声音，才能和世界的人同在世界上生活。

我们试想现在没有声音的民族是那几种民族。我们可听到埃及人的声音？可听到安南，朝鲜的声音？印度除了泰戈尔，别的声音可还有？

我们此后实在只有两条路：一是抱着古文而死掉，一是舍掉古文而生存。

二月十八日

（原载香港报纸，1927年3月23日汉口《中央日报》副刊转载）

　　文章首先将十年前的思想启蒙运动和文学革命提出的创造现代文学的基本诉求，概括为这样的话："我们要说现代的，自己的话；用活着的白话，将自己的思想，感情直白地说出来"；"大胆地说话，勇敢地进行，忘掉了一切利害，推开了古人，将自己的真心的话发表出来"，"将中国变成有声的中国"。这里包含了三层意思：说"现代中国人的话"，而不是中国古人或现代外国人的话；说"自己的话"，而不是他人说的话，或他人要自己说的话；说"真心的话"，而不是违心的假话。

　　人们不难注意到，这些大白话里，包含了深刻的焦虑与隐忧：当年促成思想启蒙、文学革命的社会与文学危机，十年后越发严重了。我们依然不敢"用文章来说话"，"不能将我们想说的话说出来"，"我们受了损害，受了侮辱，总是不能说出些应说的话"。——问题出在哪里？

　　除了社会的原因，鲁迅更要追问与讨论的是，中国现代文学发展中的内在危机。鲁迅提醒注意，我们面对的，是两个强大的文化、文学传统：中国古代人创造的中国传统文化、文学，以及外国人创造的世界文化、文学传统。中国现代文学既是古代文学的延续，又是世界文学的有机组成部分，这就决定了它对中国古代文学、文化和世界文学、文化必须有所继承，它们都是我们"说自己的话"的不可或缺的资源，拒绝学习与借鉴是愚蠢的。但如果缺乏独立自主性，却有可能失去自己的声音。鲁迅警告说，我们"不是学韩，就是学苏"，或者模仿外国某个大师，某个其他什么人，用他们的思维、表达方式做文章，"即使做得像，也是唐宋时代的声音，韩愈苏轼的声音，而不是我们现代的声音"，更不是自己的声音。在鲁迅看来，这正是中国现代文学、文化的危机所在：或者让别人（古人，外国人，或其他什么人）来代表自己，或者用别人（古人，外国人，或其他什么人）的话语来描写自己，从而使自己处于鲁迅说的"被描写"的地位（《花边文学·未来的光荣》），也即被主宰和奴役的地位，整个中国就依然是"无声的中国"。言说的危机首先造成的是中国人的生存、发展危机，如鲁迅所说，这样的"哑人"最后就成了"枯竭渺小"的"末人"，最终导致民族的危机：一个发不出自己独立的、真的声音的民族，不可能"和世界的人同在世界上生活"。

这样，鲁迅就深刻揭示了中国现代文学发展的一个本质性问题：它和中国古代和世界文学传统都有着血缘性的纠缠，但更有文学变革带来的异质性和独立自主性。它是"现代""中国"的"文学"，"现代中国人"的文学。这是我们以后阅读和学习中国现代作家作品，必须紧紧把握住的。

● 鲁迅文章开头就谈到，中国文字，即汉字，是"我们的祖先留传给我们的可怕的遗产"，这是他不仅支持文学的变革，也支持汉字的改革——文字"拉丁化"运动的原因，他的理由是什么？今天我们应该怎么看？你也不妨和朋友们一起思考与议论一番。

第二章

开创期的文体、语言试验

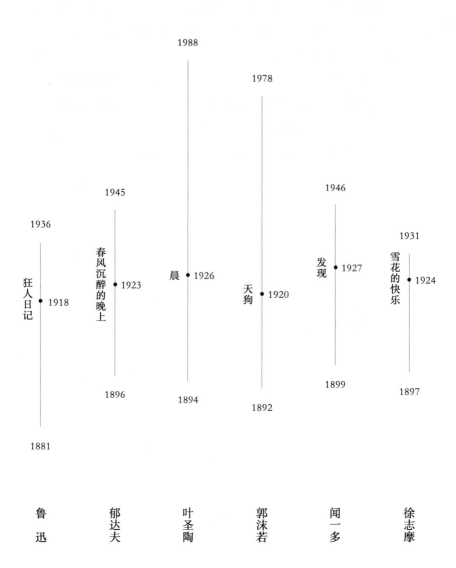

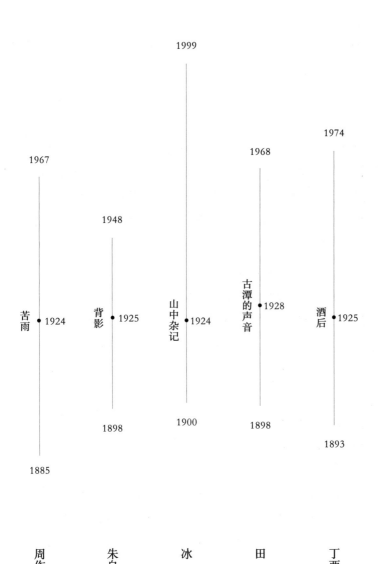

1999

1974

1967

1968

1948

古潭的声音 ● 1928

苦雨 ● 1924   背影 ● 1925   山中杂记 ● 1924   酒后 ● 1925

1898   1900   1898

1893

1885

周作人   朱自清   冰心   田汉   丁西林

现代小说：
形式的创造

中国的小说历来被视为"小道"，不能与诗歌与散文同登文学大雅之堂。在清代，正统的士大夫文体中仍拒用小说的词汇和典故。1902年，梁启超发起"小说界革命"，为把小说与维新革命相联系，竭力强调小说启迪民智的社会功能，认为小说是"文学之最上乘"，"欲新一国之民，不可不先新一国之小说"，"今日欲改良群治，必自小说界革命始，欲新民，必自新小说始"。

正是由于清末民初的社会运动的需要与梁启超的倡导，开始了小说从文学边缘向中心移动的历史过程。而中国小说由古典形态向现代形态的转型，则如鲁迅所说，是"受了西洋文学的影响"，这就要追溯到163种"林（纾）译小说"，它为20世纪中国小说准备了作家、读者，确实功不可没。

而上海等东南沿海城市开埠，印刷、报刊业、图书业的长足进步，形成了新的市民读者群；稿费制度的建立更养成了中国第一代以写作为生的职业小说家。

据不完全统计，1902—1919年间的文学性刊物约有85种，仅名称冠以"小说"的就达30种，出版小说的机构也有100家之多。可以说，到了20世纪初，已经形成了小说压倒其他文学品种的文化生存环境。

这样，在"五四"新文化运动中，小说迅速居于文学的中心位置，就绝不是偶然。这不仅指的是小说创作的数量占据第一位，读者众多，更是因为小说在"五四"时期所扮演的思想启蒙的重要角色，以及反思人生、叛逆主流意识形态的特殊文化地位。这里的关键，还在于中国现代小说从一开始就出现了鲁迅这样的大师级小说家，以及《狂人日记》《孔乙己》这样的顶尖作品。

《新青年》

我横竖睡不着，仔细看了半夜，才从字缝里看出字来，满本都写着两个字是『吃人』！

鲁迅（1881—1936）

《呐喊》

没有吃过人的孩子，或者还有？

救救孩子……

《彷徨》

鲁迅：
起点即成熟，开创中国和东方现代小说的全新范式

1918 年 5 月	鲁迅《狂人日记》发表（《新青年》第 4 卷第 5 号）。
1919 年 4 月	《孔乙己》发表（《新青年》第 6 卷第 4 号）。
1919 年 5 月	《药》发表（《新青年》第 6 卷第 5 号）。
1920 年 9 月	《风波》发表（《新青年》第 8 卷第 1 号）。
1921 年 5 月	《故乡》发表（《新青年》第 9 卷第 1 号）。
1923 年 10 月	茅盾《读〈呐喊〉》发表（《文学周报》第 91 期）。
1924 年 3 月	鲁迅《祝福》发表（《东方杂志》第 21 卷第 6 号）。
1924 年 3 月	《肥皂》发表（《晨报副镌》3 月 27 日—28 日连载）。
1924 年 5 月	《在酒楼上》发表（《小说月报》第 15 卷第 5 号）。
1925 年 10 月	创作《孤独者》（未另发表，收入《彷徨》）。
1925 年 10 月	创作《伤逝》（未另发表，收入《彷徨》）。
1925 年 11 月	《离婚》发表（《语丝》第 54 期）。

　　鲁迅从 1918 年 5 月在《新青年》上发表《狂人日记》之后，就一发不可收拾，于 1923 年 8 月、1926 年 3 月出版了《呐喊》和《彷徨》两部短篇小说集，都是中国现代小说的成熟之作。如研究者所说，"中国现代小说在鲁迅手中开始，又在鲁迅手中成熟，这在历史上是一种并不多见的现象"（严家炎：《〈呐喊〉〈彷徨〉的历史地位》）。鲁迅不仅开创了中国现代小说的全新范式，也为世界文学提供了可以和西方小说并肩而立的，中国的也是东方现代小说（文学）的全新范式。

1918

《狂人日记》

鲁迅

　　某君昆仲，今隐其名，皆余昔日在中学时良友；分隔多年，消息渐阙。日前偶闻其一大病；适归故乡，迂道往访，则仅晤一人，言病者其弟也。劳君远道来视，然已早愈，赴某地候补矣。因大笑，出示日记二册，谓可见当日病状，不妨献诸旧友。持归阅一过，知所患盖"迫害狂"之类。语颇错杂无伦次，又多荒唐之言；亦不著月日，惟墨色字体不一，知非一时所书。间亦有略具联络者，今撮录一篇，以供医家研究。记中语误，一字不易；惟人名虽皆村人，不为世间所知，无关大体，然亦悉易去。至于书名，则本人愈后所题，不复改也。七年四月二日识。

一

　　今天晚上，很好的月光。

　　我不见他，已是三十多年；今天见了，精神分外爽快。才知道以前的三十多年，全是发昏；然而须十分小心。不然，那赵家的狗，何以看我两眼呢？

　　我怕得有理。

二

今天全没月光，我知道不妙。早上小心出门，赵贵翁的眼色便怪：似乎怕我，似乎想害我。还有七八个人，交头接耳的议论我，又怕我看见。一路上的人，都是如此。其中最凶的一个人，张着嘴，对我笑了一笑；我便从头直冷到脚跟，晓得他们布置，都已妥当了。

我可不怕，仍旧走我的路。前面一伙小孩子，也在那里议论我；眼色也同赵贵翁一样，脸色也都铁青。我想我同小孩子有什么仇，他也这样。忍不住大声说，"你告诉我！"他们可就跑了。

我想：我同赵贵翁有什么仇，同路上的人又有什么仇；只有廿年以前，把古久先生的陈年流水簿子，踹了一脚，古久先生很不高兴。赵贵翁虽然不认识他，一定也听到风声，代抱不平；约定路上的人，同我作冤对。但是小孩子呢？那时候，他们还没有出世，何以今天也睁着怪眼睛，似乎怕我，似乎想害我。这真教我怕，教我纳罕而且伤心。

我明白了。这是他们娘老子教的！

三

晚上总是睡不着。凡事须得研究，才会明白。

他们——也有给知县打枷过的，也有给绅士掌过嘴的，也有衙役占了他妻子的，也有老子娘被债主逼死的；他们那时候的脸色，全没有昨天这么怕，也没有这么凶。

最奇怪的是昨天街上的那个女人，打他儿子，嘴里说道，"老子呀！我要咬你几口才出气！"他眼睛却看着我。我出了一惊，遮掩不住；那青面獠牙的一伙人，便都哄笑起来。陈老五赶上前，硬把我拖回家中了。

拖我回家，家里的人都装作不认识我；他们的脸色，也全同别人一样。进了书房，便反扣上门，宛然是关了一只鸡鸭。这一件事，越教我猜不出底细。

前几天，狼子村的佃户来告荒，对我大哥说，他们村里的一个大恶人，给大家打死了；几个人便挖出他的心肝来，用油煎炒了吃，可以壮壮胆子。我插了一句嘴，佃户和大哥便都看我几眼。今天才晓得他们的眼光，全同外面的那伙人一模一样。

想起来，我从顶上直冷到脚跟。

他们会吃人，就未必不会吃我。

你看那女人"咬你几口"的话，和一伙青面獠牙人的笑，和前天佃户的话，明明是暗号。我看出他话中全是毒，笑中全是刀。他们的牙齿，全是白厉厉的排着，这就是吃人的家伙。

照我自己想，虽然不是恶人，自从踹了古家的簿子，可就难说了。他们似乎别有心思，我全猜不出。况且他们一翻脸，便说人是恶人。我还记得大哥教我做论，无论怎样好人，翻他几句，他便打上几个圈；原谅坏人几句，他便说"翻天妙手，与众不同"。我那里猜得到他们的心思，究竟怎样；况且是要吃的时候。

凡事总须研究，才会明白。古来时常吃人，我也还记得，可是不甚清楚。我翻开历史一查，这历史没有年代，歪歪斜斜的每叶上都写着"仁义道德"几个字。我横竖睡不着，仔细看了半夜，才从字缝里看出字来，满本都写着两个字是"吃人"！

书上写着这许多字，佃户说了这许多话，却都笑吟吟的睁着怪眼睛看我。

我也是人，他们想要吃我了！

四

早上，我静坐了一会。陈老五送进饭来，一碗菜，一碗蒸鱼；这鱼的眼睛，白而且硬，张着嘴，同那一伙想吃人的人一样。吃了几筷，滑溜溜的不知是鱼是人，便把他兜肚连肠的吐出。

我说，"老五，对大哥说，我闷得慌，想到园里走走。"老五不答应，走了；停一会，可就来开了门。

我也不动，研究他们如何摆布我；知道他们一定不肯放松。果然！我大哥引了一个老头子，慢慢走来；他满眼凶光，怕我看出，只是低头向着地，从眼镜横边暗暗看我。大哥说，"今天你仿佛很好。"我说，"是的。"大哥说，"今天请何先生来，给你诊一诊。"我说，"可以！"其实我岂不知道这老头子是刽子手扮的！无非借了看脉这名目，揣一揣肥瘠：因这功劳，也分一片肉吃。我也不怕；虽然不吃人，胆子却比他们还壮。伸出两个拳头，看他如何下手。老头子坐着，闭了眼睛，摸了好一会，呆了好一会；便张开他鬼眼睛说，"不要乱想。静静的养几天，就好了。"

不要乱想，静静的养！养肥了，他们是自然可以多吃；我有什么好处，怎么会"好了"？他们这群人，又想吃人，又是鬼鬼祟祟，想法子遮掩，不敢直捷下手，真要令我笑死。我忍不住，便放声大笑起来，十分快活。自己晓得这笑声里面，有的是义勇和正气。老头子和大哥，都失了色，被我这勇气正气镇压住了。

但是我有勇气，他们便越想吃我，沾光一点这勇气。老头子跨出门，走不多远，便低声对大哥说道，"赶紧吃罢！"大哥点点头。原来也有你！这一件大发见，虽似意外，也在意中：合伙吃我的人，便是我的哥哥！

吃人的是我哥哥！

我是吃人的人的兄弟！

我自己被人吃了，可仍然是吃人的人的兄弟！

五

这几天是退一步想：假使那老头子不是刽子手扮的，真是医生，也仍然是吃人的人。他们的祖师李时珍做的"本草什么"上，明明写着人肉可以煎吃；他还能说自己不吃人么？

至于我家大哥，也毫不冤枉他。他对我讲书的时候，亲口说过可以

"易子而食"；又一回偶然议论起一个不好的人，他便说不但该杀，还当"食肉寝皮"。我那时年纪还小，心跳了好半天。前天狼子村佃户来说吃心肝的事，他也毫不奇怪，不住的点头。可见心思是同从前一样狠。既然可以"易子而食"，便什么都易得，什么人都吃得。我从前单听他讲道理，也胡涂过去；现在晓得他讲道理的时候，不但唇边还抹着人油，而且心里满装着吃人的意思。

六

黑漆漆的，不知是日是夜。赵家的狗又叫起来了。

狮子似的凶心，兔子的怯弱，狐狸的狡猾，……

七

我晓得他们的方法，直捷杀了，是不肯的，而且也不敢，怕有祸祟。所以他们大家连络，布满了罗网，逼我自戕。试看前几天街上男女的样子，和这几天我大哥的作为，便足可悟出八九分了。最好是解下腰带，挂在梁上，自己紧紧勒死；他们没有杀人的罪名，又偿了心愿，自然都欢天喜地的发出一种呜呜咽咽的笑声。否则惊吓忧愁死了，虽则略瘦，也还可以首肯几下。

他们是只会吃死肉的！——记得什么书上说，有一种东西，叫"海乙那"的，眼光和样子都很难看；时常吃死肉，连极大的骨头，都细细嚼烂，咽下肚子去，想起来也教人害怕。"海乙那"是狼的亲眷，狼是狗的本家。前天赵家的狗，看我几眼，可见他也同谋，早已接洽。老头子眼看着地，岂能瞒得我过。

最可怜的是我的大哥，他也是人，何以毫不害怕；而且合伙吃我呢？还是历来惯了，不以为非呢？还是丧了良心，明知故犯呢？

我诅咒吃人的人，先从他起头；要劝转吃人的人，也先从他下手。

八

其实这种道理，到了现在，他们也该早已懂得，……

忽然来了一个人；年纪不过二十左右，相貌是不很看得清楚，满面笑容，对了我点头，他的笑也不像真笑。我便问他，"吃人的事，对么？"他仍然笑着说，"不是荒年，怎么会吃人。"我立刻就晓得，他也是一伙，喜欢吃人的；便自勇气百倍，偏要问他。

"对么？"

"这等事问他什么。你真会……说笑话。……今天天气很好。"

天气是好，月色也很亮了。可是我要问你，"对么？"

他不以为然了。含含胡胡的答道，"不……"

"不对？他们何以竟吃？！"

"没有的事……"

"没有的事？狼子村现吃；还有书上都写着，通红斩新！"

他便变了脸，铁一般青。睁着眼说，"有许有的，这是从来如此……"

"从来如此，便对么？"

"我不同你讲这些道理；总之你不该说，你说便是你错！"

我直跳起来，张开眼，这人便不见了。全身出了一大片汗。他的年纪，比我大哥小得远，居然也是一伙；这一定是他娘老子先教的。还怕已经教给他儿子了；所以连小孩子，也都恶狠狠的看我。

九

自己想吃人，又怕被别人吃了，都用着疑心极深的眼光，面面相觑。……

去了这心思，放心做事走路吃饭睡觉，何等舒服。这只是一条门槛，一个关头。他们可是父子兄弟夫妇朋友师生仇敌和各不相识的人，都结成一伙，互相劝勉，互相牵掣，死也不肯跨过这一步。

十

大清早，去寻我大哥；他立在堂门外看天，我便走到他背后，拦住门，格外沉静，格外和气的对他说，

"大哥，我有话告诉你。"

"你说就是，"他赶紧回过脸来，点点头。

"我只有几句话，可是说不出来。大哥，大约当初野蛮的人，都吃过一点人。后来因为心思不同，有的不吃人了，一味要好，便变了人，变了真的人。有的却还吃，——也同虫子一样，有的变了鱼鸟猴子，一直变到人。有的不要好，至今还是虫子。这吃人的人比不吃人的人，何等惭愧。怕比虫子的惭愧猴子，还差得很远很远。

"易牙蒸了他儿子，给桀纣吃，还是一直从前的事。谁晓得从盘古开辟天地以后，一直吃到易牙的儿子；从易牙的儿子，一直吃到徐锡林；从徐锡林，又一直吃到狼子村捉住的人。去年城里杀了犯人，还有一个生痨病的人，用馒头蘸血舐。

"他们要吃我，你一个人，原也无法可想；然而又何必去入伙。吃人的人，什么事做不出；他们会吃我，也会吃你，一伙里面，也会自吃。但只要转一步，只要立刻改了，也就人人太平。虽然从来如此，我们今天也可以格外要好，说是不能！大哥，我相信你能说，前天佃户要减租，你说过不能。"

当初，他还只是冷笑，随后眼光便凶狠起来，一到说破他们的隐情，那就满脸都变成青色了。大门外立着一伙人，赵贵翁和他的狗，也在里面，都探头探脑的挨进来。有的是看不出面貌，似乎用布蒙着；有的是仍旧青面獠牙，抿着嘴笑。我认识他们是一伙，都是吃人的人。可是也

晓得他们心思很不一样，一种是以为从来如此，应该吃的；一种是知道不该吃，可是仍然要吃，又怕别人说破他，所以听了我的话，越发气愤不过，可是抿着嘴冷笑。

这时候，大哥也忽然显出凶相，高声喝道，

"都出去！疯子有什么好看！"

这时候，我又懂得一件他们的巧妙了。他们岂但不肯改，而且早已布置；预备下一个疯子的名目罩上我。将来吃了，不但太平无事，怕还会有人见情。佃户说的大家吃了一个恶人，正是这方法。这是他们的老谱！

陈老五也气愤愤的直走进来。如何按得住我的口，我偏要对这伙人说，"你们可以改了，从真心改起！要晓得将来容不得吃人的人，活在世上。

"你们要不改，自己也会吃尽。即使生得多，也会给真的人除灭了，同猎人打完狼子一样！——同虫子一样！"

那一伙人，都被陈老五赶走了。大哥也不知那里去了。陈老五劝我回屋子里去。屋里面全是黑沉沉的。横梁和椽子都在头上发抖；抖了一会，就大起来，堆在我身上。

万分沉重，动弹不得；他的意思是要我死。我晓得他的沉重是假的，便挣扎出来，出了一身汗。可是偏要说，

"你们立刻改了，从真心改起！你们要晓得将来是容不得吃人的人！……"

十一

太阳也不出，门也不开，日日是两顿饭。

我捏起筷子，便想起我大哥；晓得妹子死掉的缘故，也全在他。那时我妹子才五岁，可爱可怜的样子，还在眼前。母亲哭个不住，他却劝母亲不要哭；大约因为自己吃了，哭起来不免有点过意不去。如果还能

过意不去，……

妹子是被大哥吃了，母亲知道没有，我可不得而知。

母亲想也知道；不过哭的时候，却并没有说明，大约也以为应当的了。记得我四五岁时，坐在堂前乘凉，大哥说爷娘生病，做儿子的须割下一片肉来，煮熟了请他吃，才算好人；母亲也没有说不行。一片吃得，整个的自然也吃得。但是那天的哭法，现在想起来，实在还教人伤心，这真是奇极的事！

十二

不能想了。

四千年来时时吃人的地方，今天才明白，我也在其中混了多年；大哥正管着家务，妹子恰恰死了，他未必不和在饭菜里，暗暗给我们吃。

我未必无意之中，不吃了我妹子的几片肉，现在也轮到我自己，……

有了四千年吃人履历的我，当初虽然不知道，现在明白，难见真的人！

十三

没有吃过人的孩子，或者还有？

救救孩子……

一九一八年四月

（原载 1918 年 5 月《新青年》第 4 卷第 5 号）

延伸思考

　　《狂人日记》的独特价值，就在鲁迅自己说的，它的"表现的深切"和"格式的特别"。

　　首先是"表现的深切"。第一次公开揭示：所谓的"历史"，"满本都写着两个字是'吃人'"！第一次公开反省："我未必无意之中，不吃了我妹子的几片肉"，"有了四千年吃人履历的我，当初虽然不知道，现在明白，难见真的人"！第一次公开呐喊："没有吃过人的孩子，或许还有？救救孩子……"——这是中国历史上第一次发出觉醒的"现代中国人"的声音，振聋发聩，惊天动地。

　　更应该注意和讨论的，是"格式的特别"。20 世纪 20 年代茅盾就强调，"在中国新文坛上，鲁迅君常常是创造'新形式'的先锋；《呐喊》里的十多篇小说几乎一篇有一篇新形式"（茅盾：《读〈呐喊〉》）。《狂人日记》在形式上的创造，就有四个方面：

　　（1）它打破了中国传统小说注重有头有尾、环环相扣的完整故事和依次展开情节的结构方式，而以 13 则语无伦次、仅略具联络的不标年月的日记，按照狂人心理活动的流动来组织小说。

　　（2）它打破了作者站在第三者立场上客观介绍人物、铺陈情节、描写环境、描述人物心理的传统叙述方式，而采用第一人称的主人公独语自白，作品中所有的叙述描写都渗透于主人公意识活动之中。

　　（3）它在创作方法上，更自觉地尝试现实主义与象征主义的结合：作者笔下的狂人是一个曾经受过思想启蒙教育、有所觉醒的迫害狂患者的形象，他的多疑、慌乱、恐惧，他的活跃而混乱的思维，从总体到每一个细节无不符合迫害妄想病人的特征，另一方面，在狂人的每一个真实的疯狂言行背后，又寄托着某种更加深刻的寓意，表现作家对生活的独特思索与认识。

（4）读者和研究者都注意到了小说叙述结构与语言文体的精心设计：小说"日记本文"采用了白话文体，而前面的"小序"却采取文言体，从而形成两个对立的叙述者（"我"与"余"），两重叙述，两重视点。白话载体表现的是一个狂人非正常的世界，主人公却表现出疯狂中的清醒，处处显示了对旧有秩序的反抗；而文言载体表现了一个正常人的世界，主人公最后成为候补（官员）。这样，小说的文本就具有了一种分裂性："小序"恰恰是对"日记"的质疑与颠覆：先觉者无论怎样疯狂反抗，终不免与所抗争的旧社会、旧人物走到一起，充当"候补"。"小序"与"正文"相互嘲弄、消解，就形成了一个反讽结构。这是真正的鲁迅式文本：与其说鲁迅是从先驱者身上看到了希望而提笔，毋宁说他是为一种绝望的心情所驱使，却又要"以悲观作不悲观，以无可为作可为"，"硬唱凯歌"（《两地书》）。

● 鲁迅多次谈到，他写《狂人日记》"大约所仰仗的全在先前看过的百来篇外国作品和一点医学上的知识"（《南腔北调集·我怎么做起小说来》），还具体提到了果戈理的《狂人日记》和尼采的作品对他的启发（《中国新文学大系·小说二集》导言）。如果有兴趣和条件，无妨找出果戈理的《狂人日记》与鲁迅的同名作做一番比较研究。

● 鲁迅小说的特异性、复杂性与丰富性，就决定了对它的阅读、认识与评价，历来有很大的分歧。《狂人日记》中对以往历史是"吃人的历史"的揭示，鲁迅还说过此民族是一个"食人的民族"，这些都引发了激烈争论。对小说"小序"与正文采用不同文体，也有不同的分析和解释。在认真阅读原文，进行独立思考和分析以后，不妨和朋友们一起，对这些争论问题做一次讨论。

● 有意思的是，鲁迅自己对《狂人日记》也有过反思和反省："《狂人日记》很幼稚，而且太逼促，照艺术上说，是不应该的。"（《集外集拾遗·对于〈新潮〉一部分的意见》）你怎么看鲁迅的这一自我评价？或许还可以从中获得更大启发：中国现代文学，以至所有的文学的创造，都处于发展过程中，它有高峰，形成经典，但永远没有完美无缺的止境，也就给读者留下质疑、探索的余地，其真正魅力也就在于此。

1919

1919

1919

1919

1919

《孔乙己》

鲁迅

　　鲁镇的酒店的格局，是和别处不同的：都是当街一个曲尺形的大柜台，柜里面预备着热水，可以随时温酒。做工的人，傍午傍晚散了工，每每花四文铜钱，买一碗酒，——这是二十多年前的事，现在每碗要涨到十文，——靠柜外站着，热热的喝了休息；倘肯多花一文，便可以买一碟盐煮笋，或者茴香豆，做下酒物了，如果出到十几文，那就能买一样荤菜，但这些顾客，多是短衣帮，大抵没有这样阔绰。只有穿长衫的，才踱进店面隔壁的房子里，要酒要菜，慢慢地坐喝。

　　我从十二岁起，便在镇口的咸亨酒店里当伙计，掌柜说，样子太傻，怕侍候不了长衫主顾，就在外面做点事罢。外面的短衣主顾，虽然容易说话，但唠唠叨叨缠夹不清的也很不少。他们往往要亲眼看着黄酒从坛子里舀出，看过壶子底里有水没有，又亲看将壶子放在热水里，然后放心：在这严重监督之下，羼水也很为难。所以过了几天，掌柜又说我干不了这事。幸亏荐头的情面大，辞退不得，便改为专管温酒的一种无聊职务了。

　　我从此便整天的站在柜台里，专管我的职务。虽然没有什么失职，但总觉得有些单调，有些无聊。掌柜是一副凶脸孔，主顾也没有好声气，教人活泼不得；只有孔乙己到店，才可以笑几声，所以至今还记得。

　　孔乙己是站着喝酒而穿长衫的唯一的人。他身材很高大；青白脸色，皱纹间时常夹些伤痕；一部乱蓬蓬的花白的胡子。穿的虽然是长衫，可是又脏又破，似乎十多年没有补，也没有洗。他对人说话，总是满口之乎者也，教人半懂不懂的。因为他姓孔，别人便从描红纸上的"上大人孔乙己"这半懂不懂的话里，替他取下一个绰号，叫作孔乙己。孔乙己一到店，所有喝酒的人便都看着他笑，有的叫道，"孔乙己，你脸上又添上新伤疤了！"他不回答，对柜里说，"温两碗酒，要一碟茴香豆。"便排出九文大钱。他们又故意的高声嚷道，"你一定又偷了人家的东西了！"孔乙己睁大眼睛说，"你怎么这样凭空污人清白……""什么清白？我前天亲眼见你偷了何家的书，吊着打。"孔乙己便涨红了脸，额上的青筋条条绽出，争辩道，"窃书不能算偷……窃书！……读书人的事，能算偷么？"接连便是难懂的话，什么"君子固穷"，什么"者乎"之类，引得众人都哄笑起来：店内外充满了快活的空气。

听人家背地里谈论，孔乙己原来也读过书，但终于没有进学，又不会营生；于是愈过愈穷，弄到将要讨饭了。幸而写得一笔好字，便替人家钞钞书，换一碗饭吃。可惜他又有一样坏脾气，便是好喝懒做。坐不到几天，便连人和书籍纸张笔砚，一齐失踪。如是几次，叫他钞书的人也没有了。孔乙己没有法，便免不了偶然做些偷窃的事。但他在我们店里，品行却比别人都好，就是从不拖欠；虽然间或没有现钱，暂时记在粉板上，但不出一月，定然还清，从粉板上拭去了孔乙己的名字。

孔乙己喝过半碗酒，涨红的脸色渐渐复了原，旁人便又问道，"孔乙己，你当真认识字么？"孔乙己看着问他的人，显出不屑置辩的神气。他们便接着说道，"你怎的连半个秀才也捞不到呢？"孔乙己立刻显出颓唐不安模样，脸上笼上了一层灰色，嘴里说些话；这回可是全是之乎者也之类，一些不懂了。在这时候，众人也都哄笑起来：店内外充满了快活的空气。

在这些时候，我可以附和着笑，掌柜是决不责备的。而且掌柜见了孔乙己，也每每这样问他，引人发笑。孔乙己自己知道不能和他们谈天，便只好向孩子说话。有一回对我说道，"你读过书么？"我略略点一点头。他说，"读过书，……我便考你一考。茴香豆的茴字，怎样写的？"

我想，讨饭一样的人，也配考我么？便回过脸去，不再理会。孔乙己等了许久，很恳切的说道，"不能写罢？……我教给你，记着！这些字应该记着。将来做掌柜的时候，写账要用。"我暗想我和掌柜的等级还很远呢，而且我们掌柜也从不将茴香豆上账；又好笑，又不耐烦，懒懒的答他道："谁要你教，不是草头底下一个来回的回字么？"孔乙己显出极高兴的样子，将两个指头的长指甲敲着柜台，点头说，"对呀对呀！……回字有四样写法，你知道么？"我愈不耐烦了，努着嘴走远。孔乙己刚用指甲蘸了酒，想在柜上写字，见我毫不热心，便又叹一口气，显出极惋惜的样子。

有几回，邻居孩子听得笑声，也赶热闹，围住了孔乙己。他便给他们茴香豆吃，一人一颗。孩子吃完豆，仍然不散，眼睛都望着碟子。孔乙己着了慌，伸开五指将碟子罩住，弯腰下去说道，"不多了，我已经不多了。"直起身又看一看豆，自己摇头说，"不多不多！多乎哉？不多也。"于是这一群孩子都在笑声里走散了。

孔乙己是这样的使人快活，可是没有他，别人也便这么过。

有一天，大约是中秋前的两三天，掌柜正在慢慢的结账，取下粉板，忽然说，"孔乙己长久没有来了。还欠十九个钱呢！"我才也觉得他的确长久没有来了。一个喝酒的人说道，"他怎么会来？……他打折了腿了。"掌柜说，"哦！""他总仍旧是偷。这一回，是自己发昏，竟偷到丁举人家里去了。他家的东西，偷得的么？""后来怎么样？""怎么样？先写服辩，后来是打，打了大半夜，再打折了腿。""后来呢？""后来打折了腿了。""打折了怎样呢？""怎样？……谁晓得？许是死了。"掌柜也不再问，仍然慢慢的算他的账。

中秋之后，秋风是一天凉比一天，看看将近初冬；我整天的靠着火，也须穿上棉袄了。一天的下半天，没有一个顾客，我正合了眼坐着。忽然间听得一个声音，"温一碗酒。"这声音虽然极低，却很耳熟。看时又全没有人。站起来向外一望，那孔乙己便在柜台下对了门槛坐着。他脸上黑而且瘦，已经不成样子；穿一件破夹袄，盘着两腿，下面垫一个蒲包，用草绳在肩上挂住；见了我，又说道，"温一碗酒。"掌柜也伸出头去，一面说，"孔乙己么？你还欠十九个钱呢！"孔乙己很颓唐的仰面答道，"这……下回还清罢。这一回是现钱，酒要好。"掌柜仍然同平常一样，笑着对他说，"孔乙己，你又偷了东西了！"但他这回却不十分分辩，单说了一句，"不要取笑！""取笑？要是不偷，怎么会打断腿？"孔乙己低声说道，"跌断，跌，跌……"他的眼色，很像恳求掌柜，不要再提。此时已经聚集了几个人，便和掌柜都笑了。我温了酒，端出去，放在门槛上。他从破衣袋里摸出四文大钱，放在我手里，见他满手是泥，原来他便用这手走来的。不一会，他喝完酒，便又在旁人的说笑声中，坐着用这手慢慢走去了。

自此以后，又长久没有看见孔乙己。到了年关，掌柜取下粉板说，"孔乙己还欠十九个钱呢！"到第二年的端午，又说，"孔乙己还欠十九个钱呢！"到中秋可是没有说，再到年关也没有看见他。

我到现在终于没有见——大约孔乙己的确死了。

一九一九年三月

（原载 1919 年 4 月《新青年》第 6 卷第 4 号）

延伸思考

鲁迅的老学生曾经问过他：你最满意的小说是哪一篇？鲁迅回答说是《孔乙己》，理由是写得"从容不迫"。这和前文提到的鲁迅对《狂人日记》的反省正好形成呼应。这也引起了我们讨论的兴趣：《孔乙己》究竟是怎么写的？鲁迅所说的"从容不迫"包含了怎样的美学内涵？

《孔乙己》写的是一个沦落在底层靠"小偷小摸"为生的知识分子的悲剧故事。鲁迅的独特之处，在于不正面讲述孔乙己的遭遇，而把描述的重点，放在周围的人"如何看"孔乙己上。这就有了一个由谁来"讲"这个"看"的故事的问题。从小说学的角度说，这就是一个"叙述者的选择"的问题。鲁迅写法的独到之处，就在于他选择了酒店里的"小伙计"，一个和孔乙己没有任何关系，在他所生活的环境——酒店里也处于边缘地位的旁观者，来讲这个"看"的故事。但也就因此有了三层"看"：酒店里的酒客、掌柜如何"看"孔乙己；"我"（小伙计）如何"看"孔乙己；在叙述者"我"背后，其实还有一位"隐含作者"（鲁迅）在冷眼相"看"，构成对"我"（小伙计）的"看"与"看客"（酒客、掌柜）的"看"的双重嘲讽和否定。在这三层"看"中，每一个人都处在"看"（看别人）与"被看"（被别人看）的地位——即使是"隐含作者（鲁迅）"，也在"被"我们读者"看"。而在鲁迅看来，这样的"看一被看"，构成了中国人的基本存在方式，这就是鲁迅一再提醒我们注意的"看客"现象：人与人之间，没有任何关爱，只是冷漠的"看"与"被看"；没有任何同情相助，只是以欣赏的眼光与心态"看"与"被看"，把别人（包括自己）的不幸与痛苦构成的现实"悲剧"在虚幻中"喜剧化"，自己也借此自慰、自欺与逃避，实际上也参与了"吃人"：在"看一被看"的模式背后，正是"吃一被吃"的模式。这样，鲁迅"由谁来看和讲"的叙述者的选择，就不仅是一种简单的写作形式，而有着更深厚的历史的、人性（国民性）的内涵，这样的"有意味的形式"，正是鲁迅式的小说创作的真正的创新之处。

这样的"看一被看"的多层次的结构中，同时展现孔乙己、酒客和掌柜、小伙计三种不同形态的人生悲喜剧，互相纠结、渗透、影响、撞击，人物、叙述者、作者与读者处于如此复杂的关系中，就产生了繁复而丰富的情感与美感，并且有一种内在的紧张。但令人惊异的是，全篇的文字却极其简洁，叙述十分舒展，毫无逼促之感。我们也终于懂得了鲁迅所追求的"从容之美"，绝不是简单的用笔的节制，节奏的舒缓，而是寓"繁复"于"简洁"之中，寓"紧张"于"从容"之中，确实是一个很高的美学境界。

● 我们或许已经感悟到了《孔乙己》的分量，但阅读不能停留在上述概括性的分析中，而应该进入文本内部，作细致深度的分析、品味。许多方面都有很大的琢磨空间。

● 例如，我们讲了别人"如何看"孔乙己，其实还有一个"孔乙己（历史与现实的知识分子）"如何"看自己"的问题。——请注意小说中这句介绍："孔乙己是站着喝酒而穿长衫的唯一的人。"由此进入，或许可以把握孔乙己的真实处境，以及他的自我感觉之间的矛盾与张力。还有，"小伙计"自身，在叙述故事的过程中，他与孔乙己、掌柜、酒客关系也发生了微妙的变化，他的角色由此而发生的相应变化就更耐人寻味。

● 孔乙己最后出现的场面，也让许多人感慨万端，大有仔细分析的必要。而小说收尾的一句话，讲孔乙己的结局："大约孔乙己的确死了。"——这里的叙述，"大约"与"的确"显然相互矛盾，鲁迅显然有意为之，你怎么理解这背后隐含的意思与意味？

● 有研究者认为，"看—被看"在鲁迅的小说中，已经形成了一种情节、结构模式。《祝福》《药》《阿Q正传》《长明灯》《铸剑》《理水》《采薇》等无一不出现这样的"看—被看""吃—被吃"的情景，这都值得注意和认真分析。许多人还特别谈到鲁迅的《示众》。小说没有一般小说都会有的情节、人物刻画、景物、心理描写，没有主观抒情与议论，只有一个场面："看"杀人。这就把"看—被看"的模式发展到了极致。建议有兴趣和条件的读者不妨仔细读一读《示众》，或许会加深对《孔乙己》的理解。这样的扩展性阅读也是一种重要可行的阅读训练。

● 孔乙己的故事，除了鲁迅选定的"小伙计"外，酒客、掌柜，以及孔乙己自己，还有作者，都可以作叙述者，从而呈现不同的意义与风格。读者朋友不妨选择其中一种，也写一篇"孔乙己的故事"，这也是一种扩展性的写作训练。

1924

《在酒楼上》

鲁迅

我从北地向东南旅行，绕道访了我的家乡，就到 S 城。这城离我的故乡不过三十里，坐了小船，小半天可到，我曾在这里的学校里当过一年的教员。深冬雪后，风景凄清，懒散和怀旧的心绪联结起来，我竟暂寓在 S 城的洛思旅馆里了；这旅馆是先前所没有的。城圈本不大，寻访了几个以为可以会见的旧同事，一个也不在，早不知散到那里去了，经过学校的门口，也改换了名称和模样，于我很生疏。不到两个时辰，我的意兴早已索然，颇悔此来为多事了。

我所住的旅馆是租房不卖饭的，饭菜必须另外叫来，但又无味，入口如嚼泥土。窗外只有渍痕斑驳的墙壁，帖着枯死的莓苔；上面是铅色的天，白皑皑的绝无精采，而且微雪又飞舞起来了。我午餐本没有饱，又没有可以消遣的事情，便很自然的想到先前有一家很熟识的小酒楼，叫一石居的，算来离旅馆并不远。我于是立即锁了房门，出街向那酒楼去。其实也无非想姑且逃避客中的无聊，并不专为买醉。一石居是在的，狭小阴湿的店面和破旧的招牌都依旧；但从掌柜以至堂倌却已没有一个熟人，我在这一石居中也完全成了生客。然而我终于跨上那走熟的屋角的扶梯去了，由此径到小楼上。上面也依然是五张小板桌；独有原是木棂的后窗却换嵌了玻璃。

"一斤绍酒。——菜？十个油豆腐，辣酱要多！"

我一面说给跟我上来的堂倌听，一面向后窗走，就在靠窗的一张桌旁坐下了。楼上"空空如也"，任我拣得最好的坐位：可以眺望楼下的废园。这园大概是不属于酒家的，我先前也曾眺望过许多回，有时也在雪天里。但现在从惯于北方的眼睛看来，却很值得惊异了：几株老梅竟斗雪开着满树的繁花，仿佛毫不以深冬为意；倒塌的亭子边还有一株山茶树，从暗绿的密叶里显出十几朵红花来，赫赫的在雪中明得如火，愤怒而且傲慢，如蔑视游人的甘心于远行。我这时又忽地想到这里积雪的滋润，著物不去，晶莹有光，不比朔雪的粉一般干，大风一吹，便飞得满空如烟雾。……

"客人，酒。……"

堂倌懒懒的说着，放下杯、筷，酒壶和碗碟，酒到了。我转脸向了板桌，排好器具，斟出酒来。觉得北方固不是我的旧乡，但南来又只能算一个客子，无论那边的干雪怎样纷飞，这里的柔雪又怎样的依恋，于我都没有什么关系了。我略带些哀愁，然而很舒服的呷一口酒。酒味很纯正；油豆腐也煮得十分好；可惜辣酱太淡薄，本来 S 城人是不懂得吃辣的。

大概是因为正在下午的缘故罢，这会说是酒楼，却毫无酒楼气，我已经喝下三杯酒去了，而我以外还是四张空板桌。我看着废园，渐渐的感到孤独，但又不愿有别的酒客上来。偶然听得楼梯上脚步响，便不由的有些懊恼，待到看见是堂倌，才又安心了，这样的又喝了两杯酒。

我想，这回定是酒客了，因为听得那脚步声比堂倌的要缓得多。约略料他走完了楼梯的时候，我便害怕似的抬头去看这无干的同伴，同时也就吃惊的站起来。我竟不料在这里意外的遇见朋友了，——假如他现在还许我称他为朋友。那上来的分明是我的旧同窗，也是做教员时代的旧同事，面貌虽然颇有些改变，但一见也就认识，独有行动却变得格外迂缓，很不像当年敏捷精悍的吕纬甫了。

"阿，——纬甫，是你么？我万想不到会在这里遇见你。"

"阿阿，是你？我也万想不到……"

我就邀他同坐，但他似乎略略踌躇之后，方才坐下来。我起先很以为奇，接着便有些悲伤，而且不快了。细看他相貌，也还是乱蓬蓬的须发；苍白的长方脸，然而衰瘦了。精神很沉静，或者却是颓唐，又浓又黑的眉毛底下的眼睛也失了精彩，但当他缓缓的四顾的时候，却对废园忽地闪出我在学校时代常常看见的射人的光来。

"我们，"我高兴的，然而颇不自然的说，"我们这一别，怕有十年了罢。我早知道你在济南，可是实在懒得太难，终于没有写一封信。……"

"彼此都一样。可是现在我在太原了，已经两年多，和我的母亲。我回来接她的时候，知道你早搬走了，搬得很干净。"

"你在太原做什么呢？"我问。

"教书，在一个同乡的家里。"

"这以前呢？"

"这以前么？"他从衣袋里掏出一支烟卷来，点了火衔在嘴里，看着喷出的烟雾，沉思似的说："无非做了些无聊的事情，等于什么也没有做。"

他也问我别后的景况；我一面告诉他一个大概，一面叫堂倌先取杯筷来，使他先喝着我的酒，然后再去添二斤。其间还点菜，我们先前原是毫不客气的，但此刻却推让起来了，终于说不清那一样是谁点的，就从堂倌的口头报告上指定了四样菜：茴香豆，冻肉，油豆腐，青鱼干。

"我一回来，就想到我可笑。"他一手擎着烟卷，一只手扶着酒杯，似笑非笑的向我说。"我在少年时，看见蜂子或蝇子停在一个地方，给什么来一吓，即刻飞去了，但是飞了一个小圈子，便又回来停在原地点，便以为这实在很可笑，也可怜。可不料现在我自己也飞回来了，不过绕了一点小圈子。又不料你也回来了。你不能飞得更远些么？"

"这难说，大约也不外乎绕点小圈子罢。"我也似笑非笑的说。"但是你为什么飞回来的呢？"

"也还是为了无聊的事。"他一口喝干了一杯酒，吸几口烟，眼睛略为张大了。"无聊的。——但是我们就谈谈罢。"

堂倌搬上新添的酒菜来，排满了一桌，楼上又添了烟气和油豆腐的热气，仿佛热闹起来了；楼外的雪也越加纷纷的下。

"你也许本来知道，"他接着说，"我曾经有一个小兄弟，是三岁上死掉的，就葬在这乡下。我连他的模样都记不清楚了，但听母亲说，是一个很可爱念的孩子，和我也很相投，至今她提起来还似乎要下泪。今年春天，一个堂兄就来了一封信，说他的坟边已经渐渐的浸了水，不久怕要陷入河里去了，须得赶紧去设法。母亲一知道就很着急，几乎几夜睡不着，——她又自己能看信的。然而我能有什么法子呢？没有钱，没有工夫：当时什么法也没有。

"一直挨到现在，趁着年假的闲空，我才得回南给他来迁葬。"他又喝干一杯酒，看着窗外，说，"这在那边那里能如此呢？积雪里会有花，雪地下会不冻。就在前天，我在城里买了一口小棺材，——因为我豫料那地下的应该早已朽烂了，——带着棉絮和被褥，雇了四个土工，下乡迁葬去。我当时忽而很高兴，愿意掘一回坟，愿意一见我那曾经和我很亲睦的小兄弟的骨殖：这些事我生平都没有经历过。到得坟地，果然，河水只是咬进来，离坟已不到二尺远。可怜的坟，两年没有培土，也平下去了。我站在雪中，决然的指着他对土工说，'掘开来！'我实在是一个庸人，我这时觉得我的声音有些希奇，这命令也是一个在我一生中最为伟大的命令。但土工们却毫不骇怪，就动手掘下去了。待到掘着圹穴，我便过去看，果然，棺木已经快要烂尽了，只剩下一堆木丝和小木片。我的心颤动着，自去拨开这些，很小心的，要看一看我的小兄弟，然而出乎意外！被褥，衣服，骨骼，什么也没有。我想，这些都消尽了，向来听说最难烂的是头发，也许还有罢。我便伏下去，在该是枕头所在的泥土里仔仔细细的看，也没有。踪影全无！"

我忽而看见他眼圈微红了，但立即知道是有了酒意。他总不很吃菜，单是把酒不停的喝，早喝了一斤多，神情和举动都活泼起来，渐近于先前所见的吕纬甫了，我叫堂倌再添二斤酒，然后回转身，也拿着酒杯，正对面默默的听着。

"其实，这本已可以不必再迁，只要平了土，卖掉棺材；就此完事了的。我去卖棺材虽然有些离奇，但只要价钱极便宜，原铺子就许要，至少总可以捞回几文酒钱来。但我不这样，我仍然铺好被褥，用棉花裹了些他先前身体所在的地方的泥土，包起来，装在新棺材里，运到我父亲埋着的坟地上，在他坟旁埋掉了。因为外面用砖墩，昨天又忙了我大半天：监工。但这样总算完结了一件事，足够去骗骗我的母亲，使她安心些。——阿阿，你这样的看我，你怪我何以和先前太不相同了么？是的，我也还记得我们同到城隍庙里去拔掉神像的胡子的时候，连日议论些改革中国的方法以至于打起来的时候。但我现在就是这样子，敷敷衍衍，模模胡胡。我有时自己也想到，倘若先前的朋友看见我，怕会不认我做朋友了。——然而我现在就是这样。"

他又掏出一支烟卷来，衔在嘴里，点了火。

"看你的神情，你似乎还有些期望我，——我现在自然麻木得多了，但是有些事也还看得出。这使我很感激，然而也使我很不安：怕我终于辜负了至今还对我怀着好意的老朋友。……"他忽而停住了，吸几口烟，才又慢慢的说，"正在今天，刚在我到这一石居来之前，也就做了一件无聊事，然而也是我自己愿意做的。我先前的东边的邻居叫长富，是一个船户。他有一个女儿叫阿顺，你那时到我家里来，也许见过的，但你一定没有留心，因为那时她还小。后来她也长得并不好看，不过是平常的瘦瘦的瓜子脸，黄脸皮；独有眼睛非常大，睫毛也很长，眼白又青得如夜的晴天，而且是北方的无风的晴天，这里的就没有那么明净了。她很能干，十多岁没了母亲，招呼两个小弟妹都靠她；又得服侍父亲，事事都周到，也经济，家计倒渐渐的稳当起来了。邻居几乎没有一个不夸奖她，连长富也时常说些感激的活。这一次我动身回来的时候，我的母亲又记得她了，老年人记性真长久。她说她曾经知道顺姑因为看见谁的头上戴着红的剪绒花，自己也想有一朵，弄不到，哭了，哭了小半夜，就挨了她父亲的一顿打，后来眼眶还红肿了两三天。这种剪绒花是外省的东西，S城里尚且买不出，她那里想得到手呢？趁我这一次回南的便，便叫我买两朵去送她。

"我对于这差使倒并不以为烦厌，反而很喜欢；为阿顺，我实在还有些愿意出力的意思的。前年，我回来接我母亲的时候，有一天，长富正在家，不知怎的我和他闲谈起来了。他便要请我吃点心，荞麦粉，并且告诉我所加的是白糖。你想，家里能有白糖的船户，可见决不是一个穷船户了，所以他也吃得很阔绰。我被劝不过，答应了，但要求只要用小碗。他也很识世故，便嘱咐阿顺说，'他们文人，是不会吃东西的。你就用小碗，多加糖！'然而等到调好端来的时候，仍然使我吃一吓，是一大碗，足够我吃一天。但是和长富吃的一碗比起来，我的也确乎算小碗。我生平没有吃过荞麦粉，这回一尝，实在不可口，却是非常甜。我漫然的吃了几口，就想不吃了，然而无意中，忽然间看见阿顺远远的站在屋角里，就使我立刻消失了放下碗筷的勇气。我看她的神情，是害怕而且希望，大约怕自己调得不好，愿我们吃得有味，我知道如果剩下大半碗来，一定要使她很失望，而且很抱歉。我于是同时决心，放开喉咙灌下去了，几乎吃得和长富一样快。我由此才知道硬吃的苦痛，我只记得还做孩子时候的吃尽一碗拌着驱除蛔虫药粉的沙糖才有这样难。然而我毫不抱怨，因为她过来收拾空碗时候的忍着的得意的笑容，已尽够赔偿我的苦痛而有余了。所以我这一夜虽然饱胀得睡不稳，又做了一大串恶梦，也还是祝赞她一生幸福，愿世界为她变好。然而这些意思也不过是我的那些旧日的梦的痕迹，即刻就自笑，接着也就忘却了。

"我先前并不知道她曾经为了一朵剪绒花挨打，但因为母亲一说起，便也记得了荞麦粉的事，意外的勤快起来了。我先在太原城里搜求了一遍，都没有；一直到济南……"

窗外沙沙的一阵声响，许多积雪从被他压弯了的一枝山茶树上滑下去了，树枝笔挺的伸直，更显出乌油油的肥叶和血红的花来。天空的铅色来得更浓；小鸟雀啾唧的叫着，大概黄昏将近，地面又全罩了雪，寻不出什么食粮，都赶早回巢来休息了。

"一直到了济南，"他向窗外看了一回，转身喝干一杯酒，又吸几口烟，接着说。"我才买到剪绒花。我也不知道使她挨打的是不是这一种，总之是绒做的罢了。我也不知道她喜欢深色还是浅色，就买了一朵大红的，一朵粉红的，都带到这里来。

"就是今天午后，我一吃完饭，便去看长富，我为此特地耽搁了一天。他的家倒还在，只是看去很有些晦气色了，但这恐怕不过是我自己的感觉。他的儿子和第二个女儿——阿昭，都站在门口，大了。阿昭长得全不像她姊姊，简直像一个鬼，但是看见我走向她家，便飞奔的逃进屋里去。我就问那小子，知道长富不在家。'你的大姊呢？'他立刻瞪起眼睛，连声问我寻她什么事，而且恶狠狠的似乎就要扑过来，咬我。我支吾着退走了，我现在是敷敷衍衍……

"你不知道，我可是比先前更怕去访人了。因为我已经深知道自己之讨厌，连自己也讨厌，又何必明知故犯的去使人暗暗地不快呢？然而这回的差使是不能不办妥的，所以想了一想，终于回到就在斜对门的柴店里。店主的母亲，老发奶奶，倒也还在，而且也还认识我，居然将我邀进店里坐去了。我们寒暄几句之后，我就说明了回到 S 城和寻长富的缘故。不料她叹息说：

"'可惜顺姑没有福气戴这剪绒花了。'

"她于是详细的告诉我，说是'大约从去年春天以来，她就见得黄瘦，后来忽而常常下泪了，问她缘故又不说；有时还整夜的哭，哭得长富也忍不住生气，骂她年纪大了，发了疯。可是一到秋初，起先不过小伤风，终于躺倒了，从此就起不来。直到咽气的前几天，才肯对长富说，她早就像她母亲一样，不时的吐红和流夜汗。但是瞒着，怕他因此要担心，有一夜，她的伯伯长庚又来硬借钱，——这是常有的事，——她不给，长庚就冷笑着说：你不要骄气，你的男人比我还不如！她从此就发了愁，又怕差，不好问，只好哭。长富赶紧将她的男人怎样的挣气的话说给她听，那里还来得及？况且她也不信，反而说：好在我已经这样，什么也不要紧了。'

"她还说，'如果她的男人真比长庚不如，那就真可怕呵！比不上一个偷鸡贼，那是什么东西呢？然而他来送殓的时候，我是亲眼看见他的，衣服很干净，人也体面；还眼泪汪汪的说，自己撑了半世小船，苦熬苦省的积起钱来聘了一个女人，偏偏又死掉了。可见他实在是一个好人，长庚说的全是诳。只可惜顺姑竟会相信那样的贼骨头的诳话，白送了性命。——但这也不能去怪谁，只能怪顺姑自己没有这一份好福气。'

"那倒也罢，我的事情又完了。但是带在身边的两朵剪绒花怎么办呢？好，我就托她送了阿昭。这阿昭一见我就飞跑，大约将我当作一只狼或是什么，我实在不愿意去送她。——但是我也就送她了，母亲只要说阿顺见了喜欢的了不得就是。这些无聊的事算什么？只要模模胡胡。模模胡胡的过了新年，仍旧教我的'子曰诗云'去。"

"你教的是'子曰诗云'么？"我觉得奇异，便问。

"自然。你还以为教的是 ABCD 么？我先是两个学生，一个读《诗经》，一个读《孟子》。新近又添了一个，女的，读《女儿经》。连算学也不教，不是我不教，他们不要教。"

"我实在料不到你倒去教这类的书，……"

"他们的老子要他们读这些，我是别人，无乎不可的。这些无聊的事算什么？只要随随便便，……"

他满脸已经通红，似乎很有些醉，但眼光却又消沉下去了。我微微的叹息，一时没有话可说。楼梯上一阵乱响，拥上几个酒客来：当头的是矮子，拥肿的圆脸；第二个是长的，在脸上很惹眼的显出一个红鼻子；此后还有人，一叠连的走得小楼都发抖。我转眼去看吕纬甫，他也正转眼来看我，我就叫堂倌算酒账。

"你借此还可以支持生活么？"我一面准备走，一面问。

"是的。——我每月有二十元，也不大能够敷衍。"

"那么，你以后豫备怎么办呢？"

"以后？——我不知道。你看我们那时豫想的事可有一件如意？我现在什么也不知道，连明天怎样也不知道，连后一分……"

堂倌送上账来，交给我；他也不像初到时候的谦虚了，只向我看了一眼，便吸烟，听凭我付了账。

我们一同走出店门，他所住的旅馆和我的方向正相反，就在门口分别了。我独自向着自己的旅馆走，寒风和雪片扑在脸上，倒觉得很爽快。见天色已是黄昏，和屋宇和街道都织在密雪的纯白而不定的罗网里。

一九二四年二月一六日

（原载 1924 年 5 月《小说月报》第 15 卷第 5 号）

　　周作人曾对来访者说，他最喜欢的鲁迅小说，是收在《彷徨》里的《在酒楼上》；他评价说，这是一篇"最富鲁迅气氛"的小说。周作人还有一种说法：写文章，不仅要讲究"文词与思想"，"似乎还该添上一种气味"，就像"一个人身上有羊膻气，大蒜气，或者说是有点油滑气"一样，"也都是大家所能辨别出来的"（周作人：《杂拌儿之二》序）。周作人讲的"鲁迅气氛"（气味），其实就是鲁迅的精神气质在小说里的透射。这也就引起了我们的讨论兴趣：《在酒楼上》与鲁迅的精神气质有怎样的关系？

　　小说中的"我"和老同学、老同事"吕纬甫"在故乡相遇。此时的"我"是一个"漂泊者"，依然怀着年轻时候的梦想，还在追寻，四处奔波，却苦于找不到精神的归宿："北方固不是我的旧乡，但南来又只能算一个客子"，陷入极度的"孤独"之中。吕纬甫却有另一番选择和命运：在现实的逼压下，他已经不再做梦，回到了现实的日常生活之中，成为一个"回归者"。他关注的、他所能做的，都是家族、邻里生活中的琐细的却是不能不做的小事情，这一次回故乡就是为小弟迁坟，给邻居的女儿送去剪绒花。他"敷敷衍衍，模模胡胡"地过着日子，还免不了做许多妥协，重教"子曰诗云"，也陷入极度"无聊"之中。但他"颓唐"的神情之中，会突然放出"射人的光"：他还没有完全摆脱旧日的梦想，又为自己"绕了一点小圈子"又"飞回来了"而感到内疚。这是一个双向的困惑产生的双向审视：对于无所归宿的"漂泊者"的"我"，吕纬甫叙述中表露出来的对生命的眷恋之情，不能不让"我"为之动容；而面对还在做梦的"我"，"回归者"吕纬甫却因看清了自己的平庸与无聊而自惭形秽。

　　这在某种程度上，表达了鲁迅自己及同类知识分子的内在矛盾：作为现实的选择与存在，鲁迅无疑是一个漂泊者，他也深陷于孤独与寂寞之中，因此，他心灵深处怀着对回归者尽享普通人日常生活中人情之乐的向往，却又警惕着回归可能产生的新的精神危机。这又是一个鲁迅式的往返质疑，小说中的"我"与"吕纬甫"确实都有鲁迅的身影。而他自己与"我"和"吕纬甫"的关系却是既"在其中"又"在其外"，他以既理解同情又质疑的态度，审视着包括自己在内的知识分子的生存困境。

其实，这种漂泊和回归的矛盾以及两难困境，不仅存在于知识分子，更属于人的生命存在本身。这也决定了我们读者今天读鲁迅《在酒楼上》的复杂反应：如果你还在"漂泊"，"我"的"客子"感就会引起你的共鸣；如果你已经"回归"，就可能为"吕纬甫"的自我谴责而震撼。我们也由此对鲁迅小说的特质有了新的认识：它不仅有强烈的现实关怀，更有对人性、对生命存在的形而上关怀，也就能够超越时空，让今天的读者也参与到小说的生命驳难之中，提供了一个广大的想象、言说空间。

正是这样的鲁迅的多疑思维，精神气质的多层次性形成的驳难，形成了鲁迅小说的"复调性"。他的作品总有着多种声音在那里相互争吵着，颠覆着，消解着，补充着；有多种感情在那里纠缠着，激荡着，扭结着：这是一个"撕裂的文本"。而这样的内在紧张的作品，在艺术表现上就很容易陷入急促，但鲁迅又追求从容之美。这样的思想、情感、心理的紧张与表达上的从容，就构成了鲁迅创作的基本矛盾。应该说，鲁迅并不是所有作品在处理这个矛盾时都解决得很好，有些作品，如《狂人日记》，在鲁迅看来，就过于急促；从这一角度看，我们已有讨论的《孔乙己》，还有这篇《在酒楼上》，就十分难能可贵。

● 《在酒楼上》也是需要作文本细读的。比如小说中吕纬甫对自己这次回乡为小弟迁坟那段叙述，就颇难琢磨。初读时，好多地方都有些读不懂：在讲到下令让土工"掘坟"时，说这是"我一生中最为伟大的命令"，为什么如此夸大其词？还有，讲到最后发现"什么也没有"，又反复感叹："都消尽了"，

"踪影全无"：如此动情，这又是为什么？莫非又有言外之意？确实如此，在故事的背后有着鲁迅式的隐喻：掘坟实际上是对已经消失的生命的一种追寻，而追寻的结果是"无"。这是典型的鲁迅命题：明知"踪影全无"也还要"开掘"。明白这一点后，再去重读这一段叙述，就会被其中对"亲睦的小兄弟"的深情，追寻的急迫感，发现"什么也没有"时的沉重、失落感打动，并产生对人性、人情、人的生命的深思。

不妨也以这样的思路、视野、方法，细读吕纬甫给邻居女儿送剪绒花的过程与心理的叙述。

● 《在酒楼上》还有一个阅读亮点：对酒楼下"废园"的描绘——

"从惯于北方的眼睛看来，却很值得惊异了：几株老梅竟斗雪开着满树的繁花，仿佛毫不以深冬为意；倒塌的亭子边还有一株山茶树，从暗绿的密叶里显出十几朵红花来，赫赫的在雪中明得如火，愤怒而且傲慢，如蔑视游人的甘心于远行。我这时又忽地想到这里积雪的滋润，著物不去，晶莹有光，不比朔雪的粉一般干，大风一吹，便飞得满空如烟雾。……"

"窗外沙沙的一阵声响，许多积雪从被他压弯了的一枝山茶树上滑下去了，树枝笔挺的伸直，更显出乌油油的肥叶和血红的花来。天空的铅色来得更浓；小鸟雀啾唧的叫着，大概黄昏将近，地面又全罩了雪，寻不出什么食粮，都赶早回巢来休息了。"

还有小说的最后——

"我独自向着自己的旅馆走，寒风和雪片扑在脸上，倒觉得很爽快。见天色已是黄昏，和屋宇和街道都织在密雪的纯白而不定的罗网里。"

这样的景物描写在鲁迅小说里并不多见，头尾相应的精心描写，为整篇小说营造了浓浓的诗意和抒情性。而"血红的花""赫赫"如"火"里的"愤怒""傲慢"和"蔑视"，"纯白"的"密雪"的"罗网"，都是鲁迅式的，真值得反复品味。

● 《在酒楼上》还有更深层次的意味：周作人从小说中读出来的"鲁迅气氛"、精神气质，内含着鲁迅与中国历史上的魏晋风骨、魏晋风度的精神联系；在鲁迅小说里，将这样的精神联系表达得淋漓尽致的，就是《在酒楼上》和《孤独者》。王瑶先生在他所写的《论鲁迅作品与中国古典文学的历史联系》

里，即指出，吕纬甫性格中的那种颓唐、消沉，他的嗜酒和随遇而安，"缓缓的四顾的时候，却对废园忽地闪出……射人的光来"，都让人想起刘伶这样的魏晋文人；而《孤独者》里的魏连殳就更有一股嵇康、阮籍似的孤愤情怀。前文引述的"废园"风景就有浓浓的魏晋氛围。看得出来，鲁迅是自觉如此的。读者朋友如有兴趣，可以读一读鲁迅的《魏晋风度及文章与药及酒之关系》（收《而已集》），以及王瑶先生的文章。我的《"最富鲁迅气氛"的小说——读〈在酒楼上〉〈孤独者〉及其他》（收《鲁迅作品十五讲》）中也有所论及，可参考。

● 研究者注意到，《在酒楼上》这样的小说里，实际上还有一个"离去—归来—再离去"的模式，可以称为"归乡"模式，它与我们前文所讨论的"看—被看"构成了鲁迅小说的两大叙述模式（情节、结构）。"归乡"模式小说，《在酒楼上》之外，还有《故乡》《孤独者》和《祝福》，放在一起读，或许可以读出更多的意味和韵味，有兴趣的读者不妨一试。

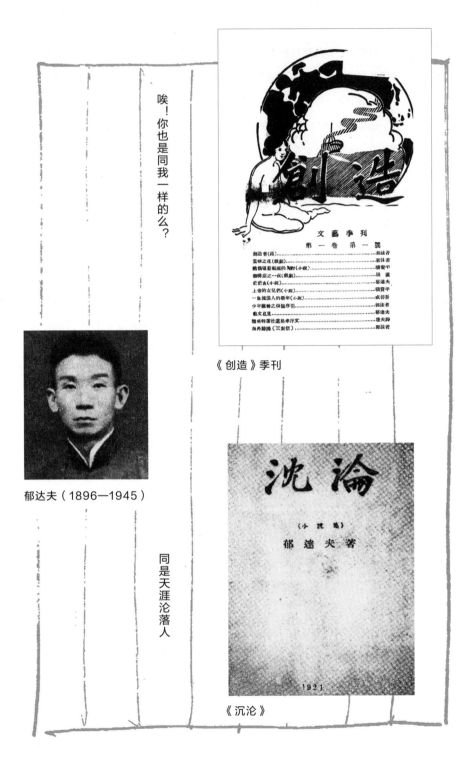

唉！你也是同我一样的么？

《创造》季刊

郁达夫（1896—1945）

同是天涯沦落人

《沉沦》

郁达夫：

"自叙体现代抒情小说"的独创，语言"西化"中的"古典味"

1921 年 6 月	郭沫若、成仿吾、郁达夫、田汉、郑伯奇、张资平等人在日本发起成立"创造社"。
1921 年 10 月	郁达夫《沉沦》出版（泰东图书局）。
1922 年 3 月	周作人《"沉沦"》发表（《晨报副镌》）。
1923 年 5 月	郁达夫《茑萝行》发表（《创造》季刊第 2 卷第 1 期）。
1923 年 7 月	创作《春风沉醉的晚上》。
1923 年 10 月	《茑萝集》出版（泰东图书局）。
1924 年 12 月	《薄奠》发表（《太平洋》第 4 卷第 9 期）。
1927 年 2 月	《过去》发表（《创造月刊》第 1 卷第 6 期）。
1927 年 6 月	《寒灰集》出版（创造社出版部）。
1927 年 9 月	《日记九种》出版（北新书局）。
1927 年 10 月	《鸡肋集》出版（创造社出版部）。
1927 年 11 月	《过去集》出版（开明书店）。
1932 年 12 月	《迟桂花》发表（《现代》第 2 卷第 1 期）。
1934 年 6 月	《屐痕处处》出版（现代书局）。
1935 年 8 月	郁达夫导言《中国新文学大系·散文二集》出版（良友图书公司）。
1935 年 11 月	《出奔》发表（《文学》第 5 卷第 5 号）。

　　郁达夫（1896—1945）的《沉沦》出版于 1921 年 10 月 15 日，这是中国现代文学史上第一部小说集。评论者当时就指出，"不能不说是第一"的，还有"他那种惊人的取材与大胆的描写"（成仿吾：《〈沉沦〉的评论》）。所谓"惊人的取材"，是指他"自叙传"的写法：不仅取材于自身的生活经验与体验，更要充分展现自己的个性。他的代表

作（如《青烟》《过去》《春风沉醉的晚上》《迷羊》）多用第一人称，叙述者就是他自己；即使用第三人称（如《沉沦》《南迁》《茫茫夜》《采石矶》），写的仍是自己的化身。他坦承写作的目的就是要"赤裸裸的把我的心境写出来"（《茑萝集·写完了〈茑萝集〉的最后一篇》）。研究者因此说他的作品"所记录的，主要是情绪的历史，即所谓'心史'"（赵园：《郁达夫及其创作散论》）。

当然，这也是一个时代的心史。郁达夫小说里的抒情主人公形象，是一个"零余者"，从乡村或小城镇流落到城市，又不被接受，"被中国畸形的资本主义关系的发展过程所'挤出轨道'的孤儿"（瞿秋白：《鲁迅杂感选集》序）。郁达夫所书写的就是包括他自己在内的20世纪二三十年代都市流浪汉的苦闷，这大概也是他对方兴未艾的中国都市文学的贡献。

郁达夫的独特之处还在于，他所表现的时代苦闷，不仅是"生之苦闷"（生活的极度贫困），更是"性的苦闷"（精神和生理苦闷）。而且还有"大胆的描写"，不仅有对人的情欲的正面肯定，更有病态心理的暴露，变态性欲的描写，展现了现代小说里少见的感伤美和病态美。

郁达夫在小说艺术上的贡献，自然是"自叙体现代抒情小说"最早的成功实验：全无完整的情节，似乎没有周密的构思，也不讲究章法，只努力写出个人情绪的流动和心理的变化，并随意插入主观浸润的景物描写，随时发表议论性的长篇独白，全靠激情和才气信笔写去，松散和粗糙也在所不惜。却以真实、真挚、真诚的情感和姿态，打动了无数读者。

被人称道的，还有郁达夫的语言。论者说，他的小说与散文的语言，都"极其清新明净"，"这种文笔的干净，主要得自古文的训练"，"状物写景，常能以一字传神，却又极其自然，没有刻意经营的痕迹，精美处常似不意得之"（赵园：《郁达夫及其创作散论》）。这样，郁达夫小说和散文内在的古典味，与显而易见的异质性（郁达夫从不掩饰自己所受西方浪漫主义、现代主义的影响）之间，就形成了一种艺术的张力。这最能显示郁达夫创作的丰富性。

1923

《春风沉醉的晚上》

郁达夫

一

在沪上闲居了半年，因为失业的结果，我的寓所迁移了三处。最初我住在静安寺路南的一间同鸟笼似的永也没有太阳晒着的自由的监房里。这些自由的监房的住民，除了几个同强盗小窃一样的凶恶裁缝之外，都是些可怜的无名文士，我当时所以送了那地方一个 Yellow Grub Street 的称号。在这 Grub Street 里住了一个月，房租忽涨了价，我就不得不拖了几本破书，搬上跑马厅附近一家相识的栈房里去。后来在这栈房里又受了种种逼迫，不得不搬了，我便在外白渡桥北岸的邓脱路中间，日新里对面的贫民窟里，寻了一间小小的房间，迁移了过去。

邓脱路的这几排房子，从地上量到屋顶，只有一丈几尺高。我住的楼上的那间房间，更是矮小得不堪。若站在楼板上伸一伸懒腰，两只手就要把灰黑的屋顶穿通的。从前面的巷里跻进了那房子的门，便是房主的住房。在破布，洋铁罐，玻璃瓶，旧铁器堆满的中间，侧着身子走进两步，就有一张中间有几根横档跌落的梯子靠墙摆在那里。用了这张梯子往上面的黑黝黝的一个二尺宽的洞里一接，即能走上楼去。黑沉沉的这层楼上，本来只有猫额那样大，房主人却把它隔成了两间小房，外面一间是一个 N 烟公司的女工住在那里，我所租的是梯子口头的那间小房，因为外间的住者要从我的房里出入，所以我的每月的房租要比外间的便宜几角小洋。

我的房主，是一个五十来岁的弯腰老人。他的脸上的青黄色里，映射着一层暗黑的油光。两只眼睛是一只大一只小，颧骨很高，额上颊上的几条皱纹里满砌着煤灰，好像每天早晨洗也洗不掉的样子。他每日于八九点钟的时候起来，咳嗽一阵，便挑了一只竹篮出去，到午后的三四点钟总仍旧是挑了一只空篮回来的，有时挑了满担回来的时候，他的竹篮里便是那些破布，破铁器，玻璃瓶之类。像这样的晚上，他必要去买些酒来喝喝，一个人坐在床沿上瞎骂出许多不可捉摸的话来。

我与隔壁的同寓者的第一次相遇，是在搬来的那天午后。春天的急景已经快晚了的五点钟的时候，我点了一枝蜡烛，在那里安放几本刚从栈房里搬过来的破书。先把它们叠成了两方堆，一堆小些，一堆大些，然后把两个二尺长的装画的画架覆在大一点的那堆书上。因为我的器具都卖完了，这一堆书和画架白天要当写字台，晚上可当床睡的。摆好了画架的板，我就朝着了这张由书叠成的桌子，坐在小一点的那堆书上吸烟，我的背系朝着了梯子的接口的。我一边吸烟，一边在那里呆看放在桌上的蜡烛火，忽而听见梯子口上起了响动。回头一看，我只见了一个自家的扩大的投射影子，此外什么也辨不出来，但我的听觉分明告诉我说："有人上来了。"我向暗中凝视了几秒钟，一个圆形灰白的面貌，半截纤细的女人的身体，方才映到我的眼帘上来。一见了她的容貌，我就知道她是我的隔壁的同居者了。因为我来找房子的时候，那房主的老人便告诉我说，这屋里除了他一个人外，楼上只住着一个女工。我一则喜欢房价的便宜，二则喜欢这屋里没别的女人小孩，所以立刻就租定了的。等她走上了梯子，我才站起来对她点了点头说：

"对不起，我是今朝才搬来的。以后要请你照应。"

她听了我这话，也并不回答，放了一双漆黑的大眼，对我深深的看了一眼，就走上她的门口去开了锁，进房去了。我与她不过这样的见了一面，不晓是什么原因，我只觉得她是一个可怜的女子。她的高高的鼻梁，灰白长圆的面貌，清瘦不高的身体，好像都是表明她是可怜的特征。

但是当时正为了生活问题在那里操心的我，也无暇去怜惜这还未曾失业的女工，过了几分钟我又动也不动的坐在那一小堆书上看蜡烛光了。

在这贫民窟里过了一个多礼拜，她每天早晨七点钟去上工和午后六点多钟下工回来，总只见我呆呆的对着了蜡烛或油灯坐在那堆书上。大约她的好奇心被我那痴不痴呆不呆的态度挑动了罢，有一天她下了工走上楼来的时候，我依旧和第一天一样的站起来让她过去。她走到了我的身边忽而停住了脚，看了我一眼，吞吞吐吐好像怕什么似的问我说：

"你天天在这里看的是什么书？"

（她操的是柔和的苏州音，听了这一种声音以后的感觉，是怎么也写不出来的，所以我只能把她的言语译成普通的白话。）

我听了她的话，反而脸上涨红了。因为我天天呆坐在那里，面前虽则有几本外国书摊着，其实我的脑筋昏乱得很，就是一行一句也看不进去。有时候我只用了想象在书的上一行与下一行中间的空白里，填些奇异的模型进去。有时候我只把书里边的插画翻开来看看，就了那些插画演绎些不近人情的幻想出来。我那时候的身体因为失眠与营养不良的结果，实际上已经成了病的状态了。况且又因为我的唯一的财产的一件棉袍子已经破得不堪，白天不能走出外面去散步和房里全没有光线进来，不论白天晚上，都要点着油灯或蜡烛的缘故，非但我的全部健康不如常人，就是我的眼睛和脚力，也局部的非常萎缩了。在这样状态下的我，听了她这一问，如何能够不红起脸来呢？所以我只是含含糊糊的回答说：

"我并不在看书，不过什么也不做呆坐在这里，样子一定不好看，所以把这几本书摊放着的。"

她听了这话，又深深的看了我一眼，作了一种不解的形容，依旧的走到她的房里去了。

那几天里，若说我完全什么事情也不去找，什么事情也不曾干，却是假的。有时候，我的脑筋稍微清新一点下来，也会译过几首英法的小诗，和几篇不满四千字的德国的短篇小说，于晚上大家睡熟的时候，不声不响的出去投邮，寄投给各新开的书局。因为当时我的各方面就职的希望，早已经完全断绝了，只有这一方面，还能靠了我的枯燥的脑筋，想想法子看。万一中了他们编辑先生的意，把我译的东西登了出来，也不难得着几块钱的酬报。所以我自迁移到邓脱路以后，当她第一次同我讲话的时候，这样的译稿已经发出了三四次了。

二

在乱昏昏的上海租界里住着，四季的变迁和日子的过去是不容易觉得的。我搬到了邓脱路的贫民窟之后，只觉得身上穿在那里的那件破棉袍子一天一天的重了起来，热了起来，所以我心里想：

"大约春光也已经老透了罢！"

但是囊中很羞涩的我，也不能上什么地方去旅行一次，日夜只是在那暗室的灯光下呆坐。在一天，大约是午后了，我也是这样的坐在那里，隔壁的同住者忽而手里拿了两包用纸包好的物件走了上来，我站起来让她走的时候，她把手里的纸包放了一包在我的书桌上说：

"这一包是葡萄浆的面包，请你收藏着，明天好吃的。另外我还有一包香蕉买在这里，请你到我房里来一道吃罢！"

我替她拿住了纸包，她就开了门邀我进她的房里去。共住了这十几天，她好像已经信用我是一个忠厚的人的样子。我见她初见我的时候脸上流露出来的那一种疑惧的形容完全没有了。我进了她的房里，才知道天还未暗，因为她的房里有一扇朝南的窗，太阳反射的光线从这窗里投射进来，照见了小小的一间房，由二条板铺成的一张床，一张黑漆的半桌，一只板箱，和一条圆凳。床上虽则没有帐子，但堆着有二条洁净的青布被褥。半桌上有一只小洋铁箱摆在那里，大约是她的梳头器具，洋铁箱上已经有许多油污的点子了。她一边把堆在圆凳上的几件半旧的洋布棉袄，粗布裤等收在床上，一边就让我坐下。我看了她那殷勤待我的样子，心里倒不好意思起来，所以就对她说：

"我们本来住在一处，何必这样的客气。"

"我并不客气，但是你每天当我回来的时候，总站起来让路，我却觉得对不起得很。"

这样的说着,她就把一包香蕉打开来让我吃。她自家也拿了一只,在床上坐下,一边吃一边问我说:

"你何以只住在家里,不出去找点事情做做?"

"我原是这样的想,但是找来找去总找不着事情。"

"你有朋友么?"

"朋友是有的,但是到了这样的时候,他们都不和我来往了。"

"你进过学堂么?"

"我在外国的学堂里曾经念过几年书。"

"你家在什么地方?何以不回家去?"

她问到了这里,我忽而感觉到我自己的现状了。因为自去年以来,我只是一日一日的萎靡下去,差不多把"我是什么人","我现在所处的是怎么一种境遇","我的心里还是悲还是喜"这些观念都忘掉了。经她这一问,我重新把半年来困苦的情形一层一层的想了出来。所以听她的问话以后,我只是呆呆的看她,半晌说不出话来。她看了我这个样子,以为我也是一个无家可归的流浪人,脸上就立时起了一种孤寂的表情,微微的叹着说:

"唉!你也是同我一样的么?"

微微的叹了一声之后,她就不说话了。我看她的眼圈上有些潮红起来,所以就想了一个另外的问题问她说:

"你在工厂里做的是什么工作?"

"是包纸烟的。"

"一天作几个钟头工?"

"早晨七点钟起,晚上六点钟止,中上休息一个钟头,每天一共要作十个钟头的工。少作一点钟就要扣钱的。"

"扣多少钱?"

"每月九块钱,所以是三块钱十大,三分大洋一个钟头。"

"饭钱多少?"

"四块钱一月。"

"这样算起来，每月一个钟点也不休息，除了饭钱，可省下五块钱来。够你付房钱买衣服的么？"

"那里够呢！并且那管理人又……啊啊！……我……我所以非常恨工厂的。你吸烟的么？"

"吸的。"

"我劝你顶好还是不吸。就吸也不要去吸我们工厂的烟。我真恨死它在这里。"

我看看她那一种切齿怨恨的样子，就不愿意再说下去。把手里捏着的半个吃剩的香蕉咬了几口，向四边一看，觉得她的房里也有些灰黑了，我站起来道了谢，就走回到了我自己的房里。她大约作工倦了的缘故，每天回来大概是马上就入睡的，只有这一晚上，她在房里好像是直到半夜还没有就寝。从这一回之后，她每天回来，总和我说几句话。我从她自家的口里听得，知道她姓陈，名叫二妹，是苏州东乡人，从小系在上海乡下长大的。她父亲也是纸烟工厂的工人，但是去年秋天死了。她本来和她父亲同住在那间房里，每天同上工厂去的，现在却只剩了她一个人了。她父亲死后的一个多月，她早晨上工厂去也一路哭了去，晚上回来也一路哭了回来的。她今年十七岁，也无兄弟姊妹，也无近亲的亲戚。她父亲死后的葬殓等事，是他于未死之前把十五块钱交给楼下的老人，托这老人包办的。她说：

"楼下的老人倒是一个好人，对我从来没有起过坏心，所以我得同父亲在日一样的去作工；不过工厂的一个姓李的管理人却坏得很，知道我父亲死了，就天天想戏弄我。"

她自家和她父亲的身世，我差不多全知道了，但她母亲是如何的一个人，死了呢还是活在那里，假使还活着，住在什么地方，等等，她却从来还没有说及过。

三

天气好像变了。几日来我那独有的世界，黑暗的小房里的腐浊的空气，同蒸笼里的蒸气一样，蒸得人头昏欲晕。我每年在春夏之交要发的神经衰弱的重症，遇了这样的气候，就要使我变成半狂。所以我这几天来，到了晚上，等马路上人静之后，也常常走出去散步去。一个人在马路上从狭隘的深蓝天空里看看群星，慢慢的向前行走，一边作些漫无涯涘的空想，倒是于我的身体很有利益。当这样的无可奈何，春风沉醉的晚上，我每要在各处乱走，走到天将明的时候才回家里。我这样的走倦了回去就睡，一睡直可睡到第二天的日中，有几次竟要睡到二妹下工回来的前后方才起来。睡眠一足，我的健康状态也渐渐的回复起来了。平时只能消化半磅面包的我的胃部，自从我的深夜游行的练习开始之后，进步得几乎能容纳面包一磅了。这事在经济上虽则是一大打击，但我的脑筋，受了这些滋养，似乎比从前稍能统一。我于游行回来之后，就睡之前，做了几篇 Allan Poe 式的短篇小说，自家看看，也不很坏。我改了几次，抄了几次，一一投邮寄出之后，心里虽然起了些微细的希望，但是想想前几回的译稿的绝无消息，过了几天，也便把它们忘了。

邻住者的二妹，这几天来，当她早晨出去上工的时候，我总在那里酣睡，只有午后下工回来的时候，有几次有见面的机会。但是不晓是什么原因，我觉得她对我的态度，又回到从前初见面的时候的疑惧状态去了。有时候她深深的看我一眼，她的黑晶晶，水汪汪的眼睛里，似乎是满含着责备我规劝我的意思。

我搬到这贫民窟里住后，约摸已经有二十多天的样子，一天午后我正点上蜡烛，在那里看一本从旧书铺里买来的小说的时候，二妹却急急忙忙的走上楼来对我说：

"楼下有一个送信的在那里，要你拿了印子去拿信。"

她对我讲这话的时候，她的疑惧我的态度更表示得明显，她好像在那里说："呵呵，你的事件是发觉了啊！"我对她这种态度，心里非常痛恨，所以就气急了一点，回答她说：

"我有什么信？不是我的！"

她听了我这气愤愤的回答，更好像是得了胜利似的，脸上忽涌出了一种冷笑说：

"你自家去看罢！你的事情，只有你自家知道的！"

同时我听见楼底下门口果真有一个邮差似的人在催着说：

"挂号信！"

我把信取来一看，心里就突突的跳了几跳，原来我前回寄去的一篇德文短篇的译稿，已经在某杂志上发表了，信中寄来的是五元钱的一张汇票。我囊里正是将空的时候，有了这五元钱，非但月底要预付的来月的房金可以无忧，并且付过房金以后，还可以维持几天食料。当时这五元钱对我的效用的广大，是谁也不能推想得出来的。

第二天午后，我上邮局去取了钱，在太阳晒着的大街上走了一会，忽而觉得身上就淋出了许多汗来。我向我前后左右的行人一看，复向我自家的身上一看，就不知不觉的把头低俯了下去。我颈上头上的汗珠，更同盛雨似的，一颗一颗的钻出来了。因为当我在深夜游行的时候，天上并没有太阳，并且料峭的春寒，于东方微白的残夜，老在静寂的街巷中留着，所以我穿的那件破棉袍子，还觉得不十分与节季违异。如今到了阳和的春日晒着的这日中，我还不能自觉，依旧穿了这件夜游的敝袍，在大街上阔步，与前后左右的和节季同时进行的我的同类一比，我那得不自惭形秽呢？我一时竟忘了几日后不得不付的房金，忘了囊中本来将尽的些微的积聚，便慢慢的走上了闸路的估衣铺去。好久不在天日之下行走的我，看看街上来往的汽车人力车，车中坐着的华美的少年男女，和马路两边的绸缎铺金银铺窗里的丰丽的陈设，听听四面的同蜂衙似的嘈杂的人声，脚步声，车铃声，一时倒也觉得是身到了大罗天上的样子。我忘记了我自家的存在，也想和我的同胞一样的欢歌欣舞起来，我的嘴里便不知不觉的唱起几句久忘了的京调来了。这一时的涅槃幻境，当我想横越过马路，转入闸路去的时候，忽而被一阵铃声惊破了。我抬起头来一看，我的面前正冲来了一乘无轨电车，车头上站着的那肥胖的机器手，伏出了半身，怒目的大声骂我说：

"猪头三！侬（你）艾（眼）睛勿散（生）咯！跌杀时，叫旺（黄）够（狗）来抵侬（你）命噢！"我呆呆的站住了脚，目送那无轨电车尾后卷起了一道灰尘，向北过去之后，不知是从何处发出来的感情，忽而竟禁不住哈哈哈哈的笑了几声。等得四面的人注视我的时候，我才红了脸慢慢的走向了闸路里去。

我在几家估衣铺里，问了些夹衫的价钱，还了他们一个我所能出的数目，几个估衣铺的店员，好像是一个师父教出的样子，都摆下了脸面，嘲弄着说：

"侬（你）寻萨咯（什么）凯（开）心！马（买）勿起好勿要马（买）咯！"

一直问到五马路边上的一家小铺子里，我看看夹衫是怎么也买不成了，才买定了一件竹布单衫，马上就把它换上。手里拿了一包换下的棉袍子，默默的走回家来。一边我心里却在打算：

"横竖是不够用了，我索性来痛快的用它一下罢。"同时我又想起了那天二妹送我的面包香蕉等物。不等第二次的回想，我就寻着了一家卖糖食的店，进去买了一块钱巧格力，香蕉糖，鸡蛋糕等杂食。站在那店里，等店员在那里替我包好来的时候，我忽而想起我有一月多不洗澡了，今天不如顺便也去洗一个澡罢。

洗好了澡，拿了一包棉袍子和一包糖食，回到邓脱路的时候，马路两旁的店家，已经上电灯了。街上来往的行人也很稀少，一阵从黄浦江上吹来的日暮的凉风，吹得我打了几个冷痉。我回到了我的房里，把蜡烛点上，向二妹的房门一照，知道她还没有回来。那时候我腹中虽则饥饿得很，但我刚买来的那包糖食怎么也不愿意打开来，因为我想等二妹回来同她一道吃。我一边拿出书来看，一边口里尽在咽唾液下去。等了许多时候，二妹终不回来，我的疲倦不知什么时候出来战胜了我，就靠在书堆上睡着了。

四

二妹回来的响动把我惊醒的时候，我见我面前的一枝十二盎司一包的洋蜡烛已经点去了二寸的样子，我问她是什么时候了？她说：

"十点的汽管刚刚放过。"

"你何以今天回来得这样迟？"

"厂里因为销路大了，要我们作夜工。工钱是增加的，不过人太累了。"

"那你可以不去做的。"

"但是工人不够，不做是不行的。"

她讲到这里，忽而滚了两粒眼泪出来，我以为她是作工作得倦了，故而动了伤感，一边心里虽在可怜她，但一边看了她这同小孩似的脾气，却也感着了些儿快乐。把糖食包打开，请她吃了几颗之后，我就劝她说：

"初作夜工的时候不惯，所以觉得困倦，作惯了以后，也没有什么的。"

她默默的坐在我的半高的由书叠成的桌上，吃了几颗巧格力，对我看了几眼，好像是有话说不出来的样子。我就催她说：

"你有什么话说？"

她又沉默了一会，便断断续续的问我说：

"我……我……早想问你了，这几天晚上，你每晚在外边，可在与坏人作伙友么？"

我听了她这话，倒吃了一惊，她好像在疑我天天晚上在外面与小窃恶棍混在一块。她看我呆了不答，便以为我的行为真的被她看破了，所以就柔柔和和的连续着说：

"你何苦要吃这样好的东西，要穿这样好的衣服？你可知道这事情是靠不住的。万一被人家捉了去，你还有什么面目做人。过去的事情不必去说它，以后我请你改过了罢。……"

我尽是张大了眼睛，张大了嘴，呆呆的在看她，因为她的思想太奇突了，使我无从辩解起。她沉默了数秒钟，又接着说：

"就以你吸的烟而论，每天若戒绝了不吸，岂不可省几个铜子。我早就劝你不要吸烟，尤其是不要吸那我所痛恨的 N 工厂的烟，你总是不听。"

她讲到了这里，又忽而落了几滴眼泪。我知道这是她为怨恨 N 工厂而滴的眼泪，但我的心里，怎么也不许我这样的想，我总要把它们当作因规劝我而洒的。我静静儿的想了一会，等她的神经镇静下去之后，就把昨天的那封挂号信的来由说给她听，又把今天的取钱买物的事情说了一遍，最后更将我的神经衰弱症和每晚何以必要出去散步的原因说了。她听了我这一番辩解，就信用了我，等我说完之后，她颊上忽而起了两点红晕，把眼睛低下去看着桌上，好像是怕羞似的说：

"噢，我错怪你了，我错怪你了。请你不要多心，我本来是没有歹意的。因为你的行为太奇怪了，所以我想到了邪路里去。你若能好好儿的用功，岂不是很好么？你刚才说的那——叫什么的——东西，能够卖五块钱，要是每天能做一个，多么好呢？"

我看了她这种单纯的态度，心里忽而起了一种不可思议的感情，我想把两只手伸出去拥抱她一回，但是我的理性却命令我说：

"你莫再作孽了！你可知道你现在处的是什么境遇！你想把这纯洁的处女毒杀了么？恶魔，恶魔，你现在是没有爱人的资格的呀！"

我当那种感情起来的时候，曾把眼睛闭上了几秒钟，等听了理性的命令以后，才把眼睛开了开来，我觉得我的周围，忽而比前几秒钟更光明了。对她微微的笑了一笑，我就催她说：

"夜也深了，你该去睡了吧！明天你还要上工去的呢！我从今天起，就答应你把纸烟戒下来罢！"

她听了我这话，就站了起来，很喜欢的回到她的房里去睡了。

她去之后，我又换上一枝洋蜡烛，静静儿的想了许多事情：

"我的劳动的结果，第一次得来的这五块钱已经用去了三块了。连我原有的一块多钱合起来，付房钱之后，只能省下二三角小洋来，如何是好呢！

"就把这破棉袍子去当罢！但是当铺里恐怕不要。

"这女孩子真是可怜，但我现在的境遇，可是还赶她不上，她是不想做工而工作要强迫她做，我是想找一点工作，终于找不到。

"就去作筋肉的劳动罢！啊啊，但是我这一双弱腕，怕吃不下一部黄包车的重力。

"自杀！我有勇气，早就干了。现在还能想到这两个字，足证我的志气还没有完全消磨尽哩！

"哈哈哈哈！今天的那无轨电车的机器手！他骂我什么来？

"黄狗，黄狗倒是一个好名词……"

我想了许多零乱断续的思想，终究没有一个好法子，可以救我出目下的穷状来。听见工厂的汽笛，好像在报十二点钟了，我就站了起来，换上了白天脱下的那件破棉袍子，仍复吹熄了蜡烛，走出外面去散步。

贫民窟里的人已经睡眠静了。对面日新里的一排临邓脱路的洋楼里，还有几家点着了红绿的电灯，在那里弹罢拉拉衣加。一声二声清脆的歌音，带着哀调，从静寂的深夜的冷空气里传到我的耳膜上来，这大约是俄国的漂泊的少女，在那里卖钱的歌唱。天上罩满了灰白的薄云，同腐烂的尸体似的沉沉的盖在那里。云层破处也能看得出一点两点星来，但星的近处，黝黝看得出来的天色，好像有无限的哀愁蕴藏着的样子。

十二年七月十五日

（原载 1924 年 2 月《创造》季刊第 2 卷第 2 期）

延伸思考

在郁达夫的笔下，男主人公（常是中国留日学生）在彷徨无路中，总要遭遇一些现代都市里的沦落女子，或妓女，或旅馆侍女，或酒馆当炉女，显然承袭了中国传统的"倡优士子"的模式，使人不免联想起白居易的《琵琶行》与马致远的《青衫泪》。在这篇《春风沉醉的晚上》里，古代的倡优变成了现代工厂的女工，她不仅经常受猥亵，而且时刻面临失业的威胁，与小说中实际已沦为都市流浪汉的"我"，同是无处安身。当小说写到陈二妹以"孤寂的表情，微微的叹着说："唉！你也是同我一样的么？'"时，有一种格外动人的力量："他们都是无家可归的人，是永远离开了农村的都市人；他们都是用体力或智力——劳动力作为商品去换取报酬的人，这里甚至失去了'劳心''劳力'的传统界限和高低贵贱之分，只有'有业'和'失业'之分。"（黄子平：《同是天涯沦落人——一个"叙事模式"的抽样分析》）"同是天涯沦落人"的千古绝唱，被赋予了如此鲜明、丰富的时代意义，这同样发人深省。

● 要细心体会小说叙述的主观色彩：作者是怎样通过"我"的听觉、视觉和感觉，写出女主人公的面貌、身材和语言的？又是怎样通过"好久不在天日之下行走的我"的心理反应、感觉，以至幻境，描写都市街景的？小说结尾的都市夜空，又融入了"我"怎样的感受、情愫？

● 在陈二妹解除了对"我"的误解以后，小说有两段"零乱断续的思想"独白，值得细细琢磨：你如何理解这郁达夫式的"欲情净化"和自我选择的困惑？

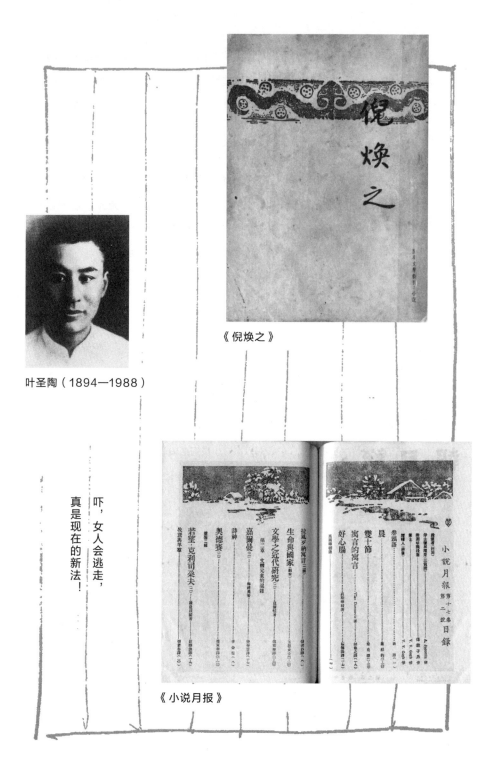

《倪焕之》

叶圣陶（1894—1988）

《小说月报》

吓，女人会逃走，
真是现在的新法！

叶圣陶：
现代小说体式和文学语言的规范化

1920 年 9 月	叶圣陶《伊和他》发表（《新潮》第 2 卷第 5 号）。
1922 年 1 月	叶圣陶等主持《诗》创刊，后改为"文学研究会"刊物。
1922 年 3 月	《隔膜》出版（商务印书馆）。
1923 年 10 月	《校长》发表（《小说月报》第 14 卷第 10 号）。
1923 年 11 月	《火灾》《稻草人》出版（商务印书馆）。
1924 年 11 月	叶圣陶、俞平伯合著《剑鞘》出版（晨枫社）。
1925 年 1 月	《潘先生在难中》发表（《小说月报》第 16 卷第 1 号）。
1925 年 10 月	《线下》出版（商务印书馆）。
1926 年 7 月	《城中》出版（文学周报社）。
1928 年 1 月	《倪焕之》发表（《教育杂志》第 20 卷第 1—12 号连载）。
1929 年 5 月	茅盾《读〈倪焕之〉》发表（《文学周报》第 8 卷第 20 号）。
1931 年 9 月	《脚步集》出版（中国书店）。
1933 年 7 月	《多收了三五斗》发表（《文学》创刊号）。
1945 年 1 月	《西川集》出版（文光书店）。

　　叶圣陶（1894—1988），原名叶绍钧，是"五四"时期鲁迅、郁达夫之外，最有影响的小说家。代表作有长篇小说《倪焕之》，短篇小说集《隔膜》《线下》《城中》等，并写有童话集《稻草人》等。他刻意追求艺术表现的准确（准确、细致的心理解剖，准确、贴切的语言，注意掌握分寸感）、客观（把自己的见解"寄托在不著文字的处所"）与匀称（小说结构的首尾相应，不枝不蔓，疏密相间），对现代小说体式和文学语言的完整与规范化，有重要贡献。他的小说和散文因此经常被选入中小学语文课本和各种文学范本，这也是叶圣陶的独特贡献。

《晨》

叶圣陶

黄狗站在桥上，挺直头颈一连地叫，声音如作于大空坛中。它的一双眼睛钉住桥堍那人家当街的窗。

窗共六扇，是白木抹桐油的，染上积年的灰尘，就成黑色；而且接榫地方也松了，仔细地看，可以看出已成斜方形；又有条条的裂缝。靠右的两扇笔直开着。淡青色的晨光使桥头的一切，如石栏干，柳树枝，一带参差的房屋，一条石子路等等，现出明显的轮廓；漫衍到开着的两扇窗子之内的晨光却还微弱，望去只见一方昏暗。

桥下泊着的低篷船里冒出青烟来了，没有风，轻轻地往上袅，与倒垂的嫩柳条纠结起来。

"哟，不好了！"李家娘出来倒垃圾，把畚箕肚皮朝天这么一翻，看所有垃圾跟着河水流去，觉得舒快，仿佛多年的穷运也混在里头流去了；转身来，眼睛不安分，却看见了那两扇开直的窗，禁不住心头突突地跳起来。

她回头看桥上的那条黄狗，黄狗对着她告诉什么似的叫，而且就跑了过来。她觉得自己并不孤单，仰起了头叫唤，"财源嫂嫂，财源嫂嫂，贼骨头到你们家里来了！快起来看，财源……"

一会儿她觉悟自己的喉咙比不上那几扇板门，就举起手掌敲板门，同时叫唤，"贼骨头到你们家里来了！财源嫂嫂！财源嫂嫂！"

黄狗更提高嗓门附和着。桥下那船上一片芦篷移开了，探出一个脑袋来，盘着浓黑的大辫子。

"什么？"财源恍惚觉得这件事情与他相干，但眼睛还是张不开来。"喂，你起来！"就用右脚撩过去。

右脚撩过去可不对了，空空的，又觉得有点儿凉，那个温暖软和的肉体到那里去了呢？"你发疯么？你耳朵聋了么？老早偷偷地跑起来，叫你又不答应！"这才张开眼睛。蚊帐外桌子板凳竹箱之类都同平日一模一样，但是有点异样，全承着滞白带青的光，随即看到开直的两扇窗。

"贼骨头……"和着连续的狗噪声。

"啊！"财源忽地跳下床，开那竹箱看。赵二奶奶的华丝葛棉袄在，王小姐吃喜酒的红裙在，这一段，严家的，这一段，宗家的，——他想贼骨头想进来没有进来成。应该谢谢那条黄狗；就穿起盖在被面的黑布棉袍，抽空还打一个呵欠。

"财源嫂嫂……"板门声就在脚底下，浑身觉得震动。

财源记起来了，拔脚奔下楼梯，凝着眼力在昏暗的屋中四处看。

李家娘听得楼梯响，停手说，"且开门！"那黄狗也就住了嘴。

"来开了。"财源虽然答应，却回转身赶到后间。锅灶桌子碗篮之类不声不响伏在那里，但是没有她半个影子。

"会有这回事吧？"他觉得心荡，猫狗似的窜上楼。从床底下拖出个红箱子。开来看时，只闻到一阵陈腐的气味，什么东西都没有。急忙钻进蚊帐，翻起床褥，找那药包纸包着的两个金戒指，也毫无踪迹。

"她逃了！"他跌倒似的靠在窗栏，声音带着哭的意味。这时候李家娘旁边已经来了财源的左邻黄老太，从赌场里出来的木匠阿荣，他们都仰起头，看见财源敞开衣襟，露出瘦黑的胸膛，大家似乎觉得一凛。

"她当然逃了。我出来倒垃圾，头一个看见你们两扇窗开着，就打门叫唤，那知道……"

黄老太等不及她说完，"头一个看见就是了。到底偷了多少东西去，你看了没有？"

"不是的。"财源迷惘地摇头。

"没有偷失东西么？那就阿弥陀佛了。"黄老太闭一闭眼睛又吻一吻唇，把安慰咽到肚里。

"你没有看得仔细呢；贼不空手，那有不偷东西就走的！"李家娘不愿意她发见的窃案是没有偷失东西的。

"东西都去了，是她的……"

"我原说贼不空手。"李家娘抢出来说，眼光斜射到黄老太；同时黄老太吃惊地喊："啊！"把刚咽下去的安慰吐了出来。

"人也去了，是她！她逃走了！"财源两手抓住一头乱发，脸皱得像胡桃壳。

从财源的语调里，楼下的三个就明白他所谓她是谁，各人的念头立刻换个方向。李家娘想财源嫂嫂——简直不配称嫂嫂，那个女人！——原来是这样轻的，骨头没有四两重，背了男人就逃！她又想到自己，男人死了十七年，独个儿住，也没有跟人家逃。黄老太想自己的小媳妇同那个女人很好，常常相约到中市洋货店里买洋袜花手巾，觉得很可担心。木匠阿荣仿佛觉得心头一松，输去"两只羊"的事情几乎不在话下了。——她果真做出来了；看她那样子，也不像个清水货！无非是假正经；看看她，她眼睛看鼻子，引引她，她不给个回音，无非是假正经。只不知道是那一个短命小子把她钓走了。哈，你细眼削脸的小裁缝，你是个乌龟，永世不得翻身的乌龟了！阿荣想得有趣，不禁喊道，"喂！人已经逃了，还不爬下来追去，难道等她自己回来么？"

窗栏上财源的上半身缩进去了。这时候低篷船上那个盘着浓黑大辫子的从石埠走上来，带笑看着阿荣，露出旧象牙似的两排牙齿，希望他再有什么好听的说出来。

那边来了上茶馆去的赵大爷，上唇的胡须乱草似的横披着，近乎浮肿的脸皮一步一抖动，手托一个铜水烟袋，因为绒线结的套子丢了，暂时用衣袖衬着。他一路吐痰，一口吐在一家的阶石上，一口吐在河里，一口"扑"，刚巧吐在一家门上"姜太公在此""太"字的一点上，——喉咙头越来越松爽，简直像才通过的烟囱；又看看关着门的一排瓦屋，绿意未浓的几棵河边树，以及露水还没干的石子路，觉得清静安闲得很，悠悠然，飘飘然，自以为这就是享福。待望见几个人聚在那里，知道总有点新鲜戏文，一只垂下的衣袖管就前后划动起来。

"什么事情？"赵大爷站定在阿荣和李家娘的中间这样问，并不对准谁。接着回转头去，"哈扑"，又是一口痰。

阿荣感到一种微淡的压迫，使他不十分自由，因为这问话和"哈扑"的调子简直是乡董的派头。"这裁缝的女人跟人逃了。"他回答，眼光避在一旁。

"小圆脸，双眼皮，靠在作台横头作活的，是她么？"赵大爷张大眼睛，对几个人一个个看过来。看到盘浓黑大辫子的，那人倒退一步，依然露出旧象牙似的两排牙齿。看到阿荣，阿荣待要开口，赵大爷的眼光已经射着李家娘。李家娘点头说，"唔，是她，是她。若讲标致，她也算得一个；庙场上做戏时，她梳个油光的头，截齐的前刘海，青竹布衫，玄色绉纱背心，身段又俊俏，走过去带一种锋芒，谁不要多看她几眼。可惜标致坏了，今天不声不响，丢了男人就逃！"

"这又是轮船害人！"前几年镇上绅商主张通轮船的时候，一部分绅商出来反对，赵大爷是反对派中的激烈分子，甚至骂列名为发起人的学务委员"你是猪！猪！"，但是发起人募足股本，轮船的回声在东栅头响起来的时候，反对派也就不再开口。赵大爷只巴望反对派大众一心，死也不踏上轮船；那轮船呢，撞着河底的石头穿几个大窟窿，也让爱趁轮船的人尝尝滋味。可是反对派的节操不很可靠，居然有买了烟篷票坐房舱的了；船身也终于没有给河底的石头撞破：这在赵大爷是不可说的懊丧，一想起时，就觉得不平，就觉得自己一点儿也不享福。除了随时发泄之外，一方面自为宽慰，"让他们趁轮船，我总趁航船"，虽然他本来不预备到别处去。现在听说女人逃了，念头走熟路，立刻就想到轮船。"你们看近几年来，小姑娘嘻嘻哈哈在街上乱跑，知道她们干些什么。十六七岁在娘家的女孩子，已经突起了肚皮。无非是轮船害人！本来不便，不便就很好，要它便干什么！他们不相信，一定要行轮船，以为这才到上海去方便。好，到上海去固然方便了，上海东西来也很方便，香烟来了，洋布来了，轧姘头来了，什么东西都来了！女娘们同男人家吵嘴，动不动就说要到上海去，什么话！可是有呜呜呜叫着的轮船替她们抱腰，让她们说来挺硬。这裁缝的女眷，一定又是趁早班轮船走的。"

黄老太斜着眼看赵大爷黑须丛丛的嘴，心里也想轮船这东西的确不好，三角钱买票子，还要小帐，航船就只一百四十文。阿荣却灵机忽动，走前一步，竖起了大拇指叩板门，"喂，朋友，出来呀！赶到东栅头去看呀！倘若轮船还没到，就把他们一把擒住！"他这样说，英雄结密扣短袄嵌花快靴的武松的小影浮在眼前了。一把擒住了以后，当然是两个无耻的狗男女脱得赤条条，一颠一倒捆着，由弟兄们抬着游遍全镇。

李家娘颇看不起阿荣，几乎想努着嘴说"你在做梦！"，但缩住了，"轮船早来了，我穿好衣服拔第二只鞋的时候，正听见呜呜呜地叫。"

"我也听见的。"盘浓黑大辫子的这才有机会插一句，却觉得胸口松爽不少。

"裁缝家里还有什么人？"赵大爷又并不对准谁这样问；便从衣袋里掏出一根纸煤，再掏出自来火盒，"擦"，把纸煤点着。

"没有，只他一个人在里头。"李家娘说。

"他为什么不出来？人逃了总得弄回来。"赵大爷说罢，蒲卢卢吸他的水烟。

"不错，总得开门出来。关紧了门，还在床角落里寻她么！"阿荣觉得势头又振作起来，又打门说，"朋友，你且开门！"

李家娘也用劲叫唤，"财源，财源，你出来呀！"

接着是个静默。几个人都朝着板门看，似乎板门在他们面前扩大开来，遮掩着一本将要开场的戏。黄狗在这人那人的脚边嗅了一会，便躺下来搔白毛密覆的脖子。

门呀……开了。财源跨出门限，两臂直垂，就这么站着；一会儿，又狠命地搔乱发底下的头皮，眼睛瞪视着刚受初阳的桥栏说，"她去了！"衣服依然不曾扣上，扁平的胸部起伏着。

"昨天天黑了，我还看见她出来提水。"黄老太见财源可怜，因而感叹事情变得太快。

"他昨夜里还同她一床睡觉呢。"阿荣说，说了觉得很舒服，酥酥的，软软的。

赵大爷两个指头夹着纸煤，仔细地把财源上下打量，似乎要从他身上考查出倒运的所以然来；但随即拈起纸煤凑近嘴边，却问，"你一点也不觉得么？"

"嗤！"李家娘冷笑。

这时候又来了几个人，差不多围成个半圆的圈子，财源是他们的中心。黄老太的小媳妇也在里面，正在扣襟上的钮扣。阿荣和赵大爷的臂肘旁边，伸出个头发修成盆景细叶菖蒲式的脑袋，仰起来，眼珠鹘落鹘落相他们两个的脸。

"他日里辛苦，夜里睡得太熟了。"黄老太代财源解释。

"不是的！"赵大爷表示感觉麻烦。"我说的是，他平时不觉得她怀着别条心肠么？"

"那倒不晓得了，"黄老太咕噜着说。"不过我们只看见他们在一只作台上作活，没听见他们淘过气。李家娘，是不是？"

"他们在床上淘气，我们那里会知道？"李家娘驳说。

"没有，真的没有，"财源开始坚决地说。"她说做裁缝太闷气，一天到晚死坐着不动一动；我说这叫生意，落在其中没法想，好在你只帮我做少许，你还有别的事，不用一天到晚死坐；她也就不响了。后来她又说闷气，我照旧对她这么说；从来不曾相骂过。"

"喔，记得了，只有一回，"他立誓一般继续说。"是去年秋天，庙场上将要做戏，她说要做一件绉纱棉袄，我说开年再做吧，她就哭，骂我……我也骂了她一顿；不过第二天就没有事了。"

"本来，像财源这样的，勤勤俭俭，一针一针只把钱穿进来，一个钱也舍不得花，真是个了不起的男人，嫁给他就是福气；还要同他相骂淘气，那就是瞎了眼！"黄老太的意思在借此奚落她的女婿（成天混在赌场里，一个钱也不带回家，又偷了衣服出去换鸦片烟吸的女婿），虽然女婿现在并不在眼前。

"你的儿子就好得多么！别说吧，还不是半斤八两！"她的小媳妇已参透她反面的意思，就这样想；从眼角瞟过去，见她皱额垂睫，努出了下唇——又是顶讨厌的努出了下唇！

"不错呀，"赵大爷刚吸完一袋水烟，一阵白烟徐徐消散。"这样做人家的一个男人，那女人还要丢了他，太岂有此理！——太岂有此理！"

"已经走了么？"圈子里发出这么一句。

"老早，"赵大爷鄙夷不屑地回过头去，似乎要找出一个还在做梦的脸。

几个人于是从财源的身边望到门里去，当门一只板台，有些凳子竹竿之类伏在较近处的昏暗里，同平日没有什么两样；但究竟两样了，一个女人从这里头逃了出来，所以他们都伛着身子尽看，也有走前一步，贴近财源，以致乱了观众的阵势的。

"也不是这么说，"李家娘把手里的空畚箕扬一扬。随即想起这有点儿像要驳倒这位"爷们"的样子，因而弥补一句，"我并不是说您的话不合。不过老话道，嫁鸡随鸡，嫁狗随狗。男人不成人的也很多，难道就该丢下了走么！我们当家的在的时候，不是牵动他死人头皮，才叫不成人呢，空空一双手，要吃，要喝，还要去闯祸惹事！可是我梦里也不曾想过丢了他走；小后生在门前走过，贼眼睛一五一十瞟过来，我总是回转头吐一口唾沫。现在他死了十七年了，我还是守着他。吓，女人会逃走，真是现在的新法！"她说着，仿佛觉得身躯挺得很直很高，一些人都在她下面。

"嘻，新法，新法……"几个人响应着；赵大爷尤其觉得适合口味，头略微仰起，眼睛轻轻一闭，领略这一霎间的愉快。

"总是那小后生长得太俊俏，把她迷得酥了，"声音从赵大爷背后传出。就有好几双眼睛对准财源发亮，鉴赏他的细眼削脸。

"他们会那一套的，自有花言巧语，各种各样的手段，女人家吃亏在耳朵软。"这是纤细的女人声音。

"说不定还是发财的爷们呢。"

"那里会！爷们不要身份了么！"李家娘回过头去就是个白眼。

赵大爷不吸烟了，把水烟袋塞进棉袍袋里，用审判官的口气问财源道，"你总该有数，到底她的相好是谁？"

"不晓得，她从来没有说起。"财源笨学生似的回答。

阿荣听了，对黄老太的小媳妇扮个鬼脸；舌头缩进口腔时，"死"——却把"乌龟"两字咽住了。

"一定是个穷鬼，"李家娘的义愤几乎全移到男的方面去了。"知道她有几件衣服，就骗了去吃几天。——财源，她还有两个戒指呢？"

"也带去了。"

"是不是？他就看中她两个戒指！"李家娘自觉简直有灵验的算命先生那样的光荣。

于是观众纷纷谈论带去的衣服的名色和数目，戒指是什么式样多少重。又拟想如何打包裹，如何偷偷地开窗，如何接脚从窗里下地来。

财源心乱如麻，总想不成个念头，不由自主地说，"我们讨她，花了一百七十块洋钱呢！"

"嘻，一百七十块洋钱到别人袋里去了！"这腔调像嘲讽也像同情。

"我们猜猜看，这个坏蛋到底是谁。"一个声音带沙的说。

黄老太的小媳妇想起那一天的情景来了：两人同到中市去买东西，回来抄近路，从田岸走。面前来个男人，不很高大，脸上却有鲜明的血色，一双眼睛尤其有意思；穿的是玄色布短袄，鞋袜都齐整。财源嫂嫂看见他，禁不住笑了；他也停了步，又挨近一点，问她买了什么。她不就告诉他，要他猜来，分明是要多攀谈几句的意思。后来那男子去了，就问她他是谁。她答说一向认得的，又说是从前的邻舍；她的眼包皮总不抬起来，只瞅着路旁串串倒垂的金黄的稻穗。走了一会，她嘻地一笑，自己也禁不住的样子，说，"你看这个人怎么样？"问她什么叫怎么样，她便说，"没有什么，我们不要管他！"但静默了一会之后，她又细着眼含着微笑回过头来说，"他是个漂亮男人呢！"说着，头倏地回过去了。——黄老太的小媳妇想到这里，对自己的灵警颇为高兴，她是爱他漂亮所以走的，全本《西厢记》都在肚里了，便第一个回答那沙音的人的问题说，"一定是……"

"瞎说！"黄老太恨不得立刻把这乱嚼蛆的臭嘴雕烂梨似的雕去，着急地喊出来，震动得脑袋摇摇有顷。同时一双双的耳朵似乎自觉竖得特别起，群众的圈子渐渐收缩拢来。

黄老太紧接着说，"你懂也不懂得，嚼什么蛆！你倒说说看，一定是谁？是谁？"

"是谁？是谁？晓得的应该说出来！"是男女混杂的声音。

小媳妇咽了一大口冷气似的，表现自己的灵警的兴趣早已没有了，而婆婆的禁抑的反问却又有不容不回答之势，只得翘了几翘嘴唇没意思地说，"一定是个穷鬼，我同李家妈一样想。"

"嘘！"群众大失所望，圈子便松开了些；颇有几个人想，这真是乱嚼蛆的臭嘴。

"这还要你说么？你实在也不晓得是谁！"黄老太虽然责怪着，实际却定心了，看看这蓬头瘦脸的小女人，觉得她到底有点儿乖巧。

"既然晓得，何必替贼瞒赃呢！"偏有点破穴道的。

小媳妇着急了，便发誓说，"不晓得，真个不晓得。如其晓得了不说，嘴唇上马上生个大疔疮，不好吃也不好说！"她一边想，发个誓大约没有这样灵验的。

"哈哈哈……"

"嗤，胡闹！"赵大爷旋转粗大的身躯，举步踱去了；他所不满意的是不是"大疔疮"和"哈哈哈"，也就没有人研究。

但是他这一旋转，却搅散了在他臂肘旁边盆景菖蒲式的脑袋里的幻想。每天到学校和回家的路中，看见这裁缝家婆红红的圆脸，就想她一定在想有趣的念头；有时看见她的背影，松乱的发髻褪到背上，就想她一定才干了风流事来：虽然不大清楚这滋味究竟如何，但想着总觉得舒快。现在听见逃走的就是这个裁缝家婆，便想她做得加倍有趣，加倍风流了；固然摹拟不出个明显的情境，可是想着这个就觉得周围的人物消淡得像一层薄雾，书包里的课本和学校里的先生当然忘得干干净净了。直到赵大爷旋身把他一撞，方才醒悟自己是个上学去的学生；便耸一耸肩，又鹘落鹘落看那倒楣的裁缝几眼，于是退出圈子，蹋蹋蹋奔了去。

赵大爷一走，形势就不同了。尤其是阿荣，至少像脱了件厚棉袄似的，周身异常轻松。他另外开一个端说，"没有别的话说，一定是到上海去。"

"那自然。"李家娘表示这是不待说的。

"上海地方去得的么！"

小媳妇愕然，因为她正在巴望夏天快点儿来快点过，八月里到上海去吃表妹的喜酒；转眼看那说怪话的人，是个酒糟鼻子的麻面汉，看了叫人发痒，也不知道他什么时候来的。

"对啊！上海地方去得的么！"阿荣觉得这才对劲。"马路旁边，一间一间的屋子，脸涂得红红的，像惠泉山的泥阿福，满满地坐在那里等生意，都是那些走失了路和跟人逃走的女人！嘻，两只角子，只要两只角子！"本来是惊人之笔，不自料转到闲情一方面去。

"趁早班轮船走的，唔，今天还来得及作几注生意呢。"酒糟鼻子那副神气，好像掌柜的料度商情。

财源仿佛觉得脚下一沉，身体突地陷落，又仿佛又失了个妻子，就破口号哭起来。

黄老太心软，听得号哭，嘴唇就有点抖动，强忍着劝财源道，"男子汉的眼泪比珍珠还要宝贵，哭什么呢！"便去拉财源散开的衣襟。

"大人大马，什么地方去不得，她逃到那里，你能找到那里，何况就在上海。"李家娘这样说，拍着财源的肩，自以为更见殷勤。

"上海去呀！就趁中班轮船。"阿荣用激励的调子说。

酒糟鼻子狡狯地笑了，"当天赶去，也许能原封弗动拖回来。不过……"

沙音的人和声音纤细的女人都解颐一笑。

小媳妇却有点不相信，她同那漂亮男人要好，怎么肯坐到一间间的屋子里去？那漂亮男人又怎肯让她去？小媳妇渐渐想开来，想他们的地方如其容易找到的话，八月里一定要去看看她，看她穿些什么，绉纱棉袄做了没有，只是……忽见财源抬起衣袖，在眼部一擦，匆促地扣好内衣和棉袍，冲出群众的圈子就往东跑，嘴里恨恨地说，"总要把你找回来！"

"还早呢，……中班轮船，……十二点钟，……喂！……"

财源头也不回，承着朝阳的明绿的柳条时时拂着他的头。一会儿转南进一条小巷，黑色的背影就不见了。

一九二六年二月一日

（原载 1926 年 2 月《小说月报》第 17 卷第 2 号，署名叶绍钧）

1918 年 3 月 15 日，胡适在北京大学国文研究所小说科作了一个题为《论短篇小说》的演讲，借鉴西方小说理论，第一次为短篇小说下了一个"介说"："短篇小说是用了最经济的文学手段，描写事实中最精彩的一段，或一方面，而能使人充分满意的文章。"他还用了植物学的"横截面"概念，作了这样的发挥："一人的生活，一国的历史，一个社会的变迁，都有一个'纵剖面'和无数'横截面'。纵面看去，须从头看到尾，才可看见全部。横面截开一段，若截在要紧的所在，便可把这个'横截面'代表这一人，或这一国，或这一个社会。"（原载 1918 年《新青年》第 4 卷第 5 号）

胡适所介绍的"横截面"理论，对"五四"时期的短篇小说创作产生了极大影响。作为"五四"时期的重要小说家，叶圣陶的这篇《晨》也是这一理论指导下的尝试。小说正是截取了江南水乡的一个生活场景：人们早晨起来，发现裁缝老婆跟她的"相好"逃跑了，这引起了镇上各色人等（从老寡妇李家老娘、黄老太和她的小媳妇，到从赌场里出来的木匠阿荣、乡绅赵太爷，以及有着"盆景细叶菖蒲式的脑袋"的中学生）的种种议论。通过这个"横截面"，读者能看到、联想到 20 世纪初中国农村社会习俗、思想、观念的微妙变化。

● 细读本文，对这种横截面的写法与作者运用得失进行分析与评价。

现代新诗：
外来形式如何在中国扎根

　　"五四"文学革命是以新诗的创造为突破口的：1918 年 1 月出版的《新青年》发表胡适《鸽子》、刘半农《相隔一层纸》、沈尹默《月夜》等新诗，就宣告了中国现代文学的诞生。但新诗（还有话剧）都是外来形式，如何适应现代中国人表达新的情感、心理，进行新的交流，并最终在中国这块土地上立足，扎根，成为现代中国不可或缺的文学形成：这正是现代诗歌创作的历史使命。就是要"大破大立"，既要大胆突破，更要大胆创新，其间充满了语言和形式创造的困境，其挑战性、艰难性、复杂性与曲折性，是不难想见的。但其魅力也正在这里，它吸引了一代又一代的诗人不断地探索，至今也没有停止。

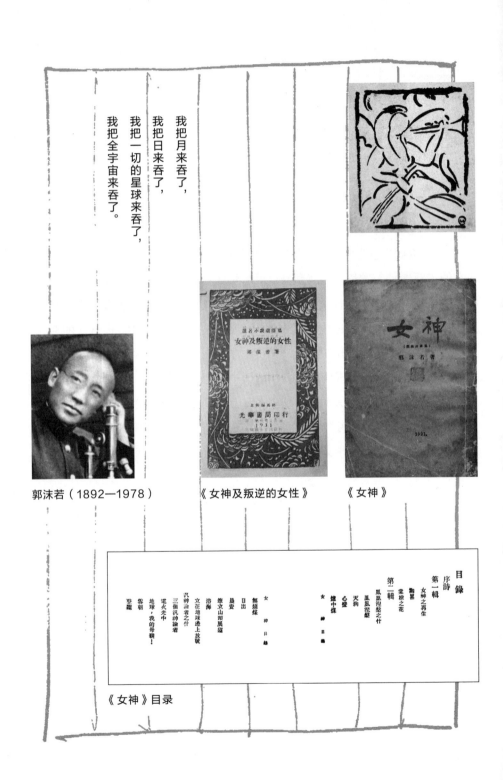

我把全宇宙来吞了。
我把一切的星球来吞了，
我把日来吞了，
我把月来吞了，

郭沫若（1892—1978）　　《女神及叛逆的女性》　　《女神》

目錄
序詩
第一輯
女神之再生
湘累
棠棣之花
第二輯
鳳凰涅槃之什
　鳳凰涅槃
　天狗
　心燈
　爐中煤
　女　神　目　錄

女　神　目　錄
無煙煤
日出
晨安
筆立山頭展望
浴海
立在地球邊上放號
三個汎神論者
汎神論者之什
電火光中
地球，我的母親！
雪朝
登臨

《女神》目录

郭沫若：
"新的诗歌体制"的建立者

1916 年	郭沫若创作《死的诱惑》《Venus》《别离》《新月与白云》，为自己最早的白话新诗。
1919 年 9 月	《鹭鸶》发表（《时事新报·学灯》）。
1920 年 1 月	《立在地球边上放号》《地球！我的母亲！》《匪徒颂》《凤凰涅槃》发表（《时事新报·学灯》）。
1920 年 2 月	《炉中煤》《天狗》发表（《时事新报·学灯》）。
1920 年 10 月	《棠棣之花》发表（戏剧，《时事新报·学灯增刊》）。
1921 年 2 月	《女神之再生》发表（诗剧，《民铎》第 2 卷第 5 号）。
1921 年 4 月	《湘累》发表（诗剧，《学艺》第 2 卷第 10 号）。
1921 年 8 月	《女神》出版（诗集，创造社丛书之一，泰东图书局）。
1922 年 3 月	《天上的市街》发表（《创造》季刊创刊号）。
1922 年 8 月	《星空》发表（《创造》季刊第 1 卷第 2 期）。
1923 年 2 月	《孤竹君之二子》发表（《创造》季刊第 1 卷第 4 期）。
1923 年 5 月	郭沫若、郁达夫等人一起创办《创造周报》。
1923 年 5 月	《卓文君》发表（三幕历史剧，《创造》季刊第 2 卷第 1 期）。
1924 年 2 月	《王昭君》发表（三幕历史剧，《创造》季刊第 2 卷第 2 期）。
1925 年 6 月	创作《聂嫈》（二幕历史剧）。
1926 年 4 月	《三个叛逆的女性》出版（戏剧集，光华书局）。
1928 年 1 月	《英雄树》发表（《创造月刊》第 1 卷第 8 期）。
1928 年 2 月	《前茅》出版（诗集，创造社丛书之一，创造社出版部）。
1928 年 3 月	《恢复》出版（诗集，创造社丛书之一，创造社出版部）。
1942 年	《屈原》《棠棣之花》《虎符》等出版（均为五幕历史剧）。
1943 年 12 月	《孔雀胆》出版（戏剧集，群益出版社）。
1948 年 9 月	《蜩螗集》出版（诗集，群益出版社）。

　　胡适等早期白话诗人是最初的开拓者，胡适的《尝试集》即提出并遵循"作诗如作文"的新原则，一是打破诗的格律，代之以自然的音节；二是以白话写诗，实行语言和思维方式两个方面的散文化。但胡适等的尝试只是代表了新诗创作的某种可能性，真正在"感情强度、语言形式、精神气质等诸多方面，满足了读者的期待"，建立了"新的诗歌体制"，从而成为"新诗的真正起点"的，却是以《女神》为代表的郭沫若（1892—1978）的诗歌创作。（参阅姜涛：《新诗的发生及活力的展开》）闻一多评论说："若讲新诗，郭沫若君底诗才配称新呢，不独艺术上他的作品与旧诗词相去最远，最要紧的是他的精神完全是时代的精神——二十世纪底时代的精神。"（闻一多：《〈女神〉之时代精神》）

　　郭沫若首先通过自我抒情主人公的形象来展现"五四"时代精神。这是一个"开辟洪荒的大我"：世界上古老的民族正经历着伟大的蜕变，"死灰中更生"（《凤凰涅槃》）。这更是具有彻底破坏与大胆创造精神的新人：高声赞美一切政治、社会、宗教、学说、文艺、教育革命的"匪徒"（《匪徒颂》）；又呼唤"要把地球推倒"，"不断的毁坏"，"不断的创造"（《立在地球边上放号》）。这个新生的巨人同时崇拜自我，把自己的本质神化："我效法造化底精神，我自由创造，自由地表现我自己，我创造尊严的山岳，宏伟的海洋，我创造日月星辰，我驰骋风云雷雨"（《湘累》）。无所顾忌地追求天马行空的心灵世界和艺术世界，实际上就是追求人性的放恣状态。这对习惯于压抑自己的情感、心灵不自由的中国人而言，是破天荒的：这正是郭沫若的《女神》具有永久魅力的原因所在。

　　为展现心灵的自由，《女神》创造了自由诗的形式。郭沫若一方面强调形式的"绝端的自由，绝端的自主"（《论诗三札》），同时又认为"情绪的世界便是一个波动的世界，节奏的世界"（《文学的本质》），"这儿虽没有一定的外形的韵律，但在自体是有节奏的"（《论节奏》）。这种对自然节奏的追求，就使得《女神》的形式在总体的自由中也有内在韵律的和谐。

1920

《天狗》

郭沫若

我是一条天狗呀！
我把月来吞了，
我把日来吞了，
我把一切的星球来吞了，
我把全宇宙来吞了。
我便是我了！

我是月底光，
我是日底光，
我是一切星球底光，
我是 X 光线底光，
我是全宇宙底 Energy 底总量！

我飞奔，
我狂叫，
我燃烧。
我如烈火一样地燃烧！
我如大海一样地狂叫！

我如电气一样地飞跑！

我飞跑，

我飞跑，

我飞跑，

我剥我的皮，

我食我的肉，

我吸我的血，

我啮我的心肝，

我在我神经上飞跑，

我在我脊髓上飞跑，

我在我脑筋上飞跑。

我便是我呀！

我的我要爆了！

一九二〇年二月初作

（原载 1920 年 2 月 7 日《时事新报·学灯》）

延伸思考

　　《天狗》是郭沫若《女神》中的代表作。最引人注目的，自然是其无羁的想象力：它从天狗吞食日月的民间想象出发，创造了一个"把全宇宙来吞了""我是全宇宙底 Energy 底总量""如烈火一样地燃烧""如大海一样地狂叫"的自我形象。而这样的艺术想象和艺术体系是建立在从西欧和东方古代哲学那里吸收来的泛神论基础上的："一切的自然只是神的表现""我即是神，一切自然都是我的表现"（《〈少年维特之烦恼〉序引》）。人被赋予了创造宇宙的神力，自身也和宇宙同化；这样的生命共同体更有自由奔放的"动"的精神和无尽的"力"，并具有壮阔之美、飞动之美，形成雄奇的艺术风格。

《天狗》语言的另一个特点，是科学词语的自觉运用，如"X光线""Energy""电气"等。《女神》中还有对现代科学所带来的大都市工业文明的颂歌（《笔立山头展望》），这也从另一个侧面反映了"五四"的时代精神。

我们还会注意到天狗形象的流动与展开：在大呼"我把全宇宙来吞了，我便是我了"以后，又高唱"我剥我的皮，我食我的肉"，"我的我要爆了"：这样充分地肯定着自己，又否定着自己，显示了"五四"时代和郭沫若自身都是充满矛盾、复杂而丰富的。

● 具体分析《天狗》诗的形式：如何做到极端自由中的相对和谐？

1919

《地球！我的母亲！》

郭沫若

地球！我的母亲！
天已黎明了，
你把你怀中的儿来摇醒，
我现在正在你背上匍行。

地球！我的母亲！
你背负着我在这乐园中逍遥。
你还在那海洋里面，
奏出些音乐来，安慰我的灵魂。

地球！我的母亲！
我过去，现在，未来，
食的是你，衣的是你，住的是你，
我要怎么样才能够报答你的深恩？

地球！我的母亲！
从今后我不愿常在家中居住，
我要常在这开旷的空气里面，

对于你，表示我的孝心。

地球！我的母亲！
我羡慕你的孝子，田地里的农人，
他们是全人类的褓母，
你是时常地爱抚他们。

地球！我的母亲！
我羡慕你的宠子，炭坑里的工人，
他们是全人类的普罗美修士，
你是时常地怀抱着他们。

地球！我的母亲！
我想除了农工而外，
一切的人都是不肖的儿孙，
我也是你不肖的儿孙。

地球！我的母亲！
我羡慕那一切的草木，我的同胞，你的儿孙，
他们自由地，自主地，随分地，健康地，
享受着他们的赋生。

地球！我的母亲！
我羡慕那一切的动物，尤其是蚯蚓——
我只不羡慕那空中的飞鸟：
他们离了你要在空中飞行。

地球！我的母亲！
我不愿在空中飞行，

我也不愿坐车，乘马，着袜，穿鞋，
我只愿赤裸着我的双脚，永远和你相亲。

地球！我的母亲！
你是我实有性的证人，
我不相信你只是个梦幻泡影，
我不相信我只是个妄执无明。

地球！我的母亲！
我们都是空桑中生出的伊尹，
我不相信那缥缈的天上，
还有位什么父亲。

地球！我的母亲！
我想这宇宙中的一切都是你的化身：
雷霆是你呼吸的声威，
雪雨是你血液的飞腾。

地球！我的母亲！
我想那缥缈的天球，是你化妆的明镜，
那昼间的太阳，夜间的太阴，
只不过是那明镜中的你自己的虚影。

地球！我的母亲！
我想那天空中一切的星球
只不过是我们生物的眼球的虚影；
我只相信你是实有性的证明。

地球！我的母亲！

已往的我，只是个知识未开的婴孩，

我只知道贪受着你的深恩，

我不知道你的深恩，不知道报答你的深恩。

地球！我的母亲！

从今后我知道你的深恩，

我饮一杯水，纵是天降的甘霖，

我知道那是你的乳，我的生命羹。

地球！我的母亲！

我听着一切的声音言笑，

我知道那是你的歌，

特为安慰我的灵魂。

地球！我的母亲！

我眼前一切的浮游生动，

我知道那是你的舞，

特为安慰我的灵魂。

地球！我的母亲！

我感觉着一切的芬芳采色，

我知道那是你给我的玩品，

特为安慰我的灵魂。

地球！我的母亲！

我的灵魂便是你的灵魂，

我要强健我的灵魂，

用来报答你的深恩。

地球！我的母亲！

从今后我要报答你的深恩，

我知道你爱我还要劳我，

我要学着你劳动，永久不停！

地球！我的母亲！

从今后我要报答你的深恩，

我要把自己的血液来

养我自己，养我兄弟姐妹们。

地球！我的母亲！

那天上的太阳——你镜中的影，

正在天空中大放光明，

从今后我也要把我内在的光明来照照四表纵横。

一九一九年十二月末作

（原载 1920 年 1 月 6 日《时事新报·学灯》）

延伸思考

　　这是一个"我"—"地球"—"母亲"的意象组合。诗里的自我形象，不再天马行空，而是在地球的"背上匍行"，"赤裸着我的双脚"永远和大地"相亲"的"地之子"的形象。——这是"五四"觉醒的一代的一个自我命名：不仅出现了一大批现实主义的"乡土作家"，其中一位（台静农）就把他的小说集命名为"地之子"；而且郭沫若这样的浪漫主义作家也落地了，他在诗中说，"地球"是"我实有性的证人"。

　　郭沫若还要把"地球"塑造成"母亲"的形象。这就意味着，地球上的万千生命，都是一家人："田地里的农人"是地球的"孝子"；"炭坑里的工人"是地球的"宠子"；"一切的草木"，"一切的动物"，和我的所有的"同胞"都在地球的怀抱里"自由地，自主地，随分地，健康地，承受着他们的赋生"，尽享生命的快乐和幸福。这样的人与人、人与大自然和谐、融合的"万物合一"的生命观，也属于"五四"那一代。

这也是一个宇宙观：在"我"的眼里，"那缥缈的天球"是地球"化妆的明镜"，"那昼间的太阳，夜间的太阴"只不过是地球在"明镜"里的"虚影"，"宇宙中的一切"都是地球的"化身"，也都是"我"的"母亲"：这样的"天地合一，天人合一"，本是中国的传统观念，现在也在"五四"一代新的视野中萌生。

这样，整首诗都充溢着一种亲情，诗风为之一变，《天狗》式的雄奇转化为一种浑厚、诚挚。诗的形式也收敛为相对规范，但也压抑不住内在的激情：每节四行，每节都以"地球！我的母亲！"开头，全诗 24 节连呼 24 声，声声震撼人心：郭沫若还是郭沫若！

● 请注意郭沫若诗歌创作力的旺盛："五四"时期不仅以《女神》轰动文坛，还不断推出《星空》《瓶》《前茅》等诗集，还有《棠棣之花》《三个叛逆的女性》等剧作。30 年代、40 年代更有《恢复》《战声集》《蜩螗集》等诗集，《屈原》《棠棣之花》《虎符》等历史剧作更把郭沫若创作推向另一个高峰。更应该注意的，是郭沫若创作的多样性、丰富性。单看《女神》，除了激情喷涌的雄厚大作，也还有多收入第三辑的或淡雅，或缥缈迷离的秀丽"小诗"。以后所写的《前茅》，特别是《恢复》，更是诗风大变：这样的多变性，也属于郭沫若。有兴趣的朋友不妨对此作些考察与研究。

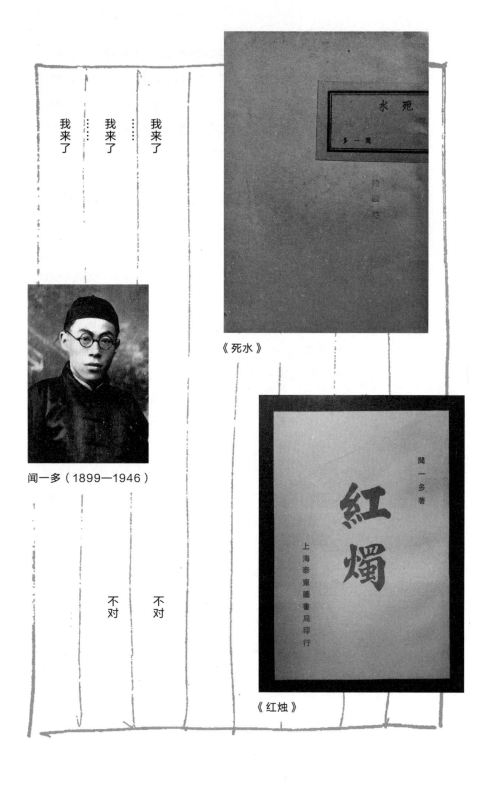

我来了
……
我来了
……
我来了

《死水》

闻一多（1899—1946）

不对
不对

红燭

闻一多著

上海泰東圖書局印行

《红烛》

闻一多：
新诗的规范化，"格律诗"的试验

1923 年 6 月	闻一多《〈女神〉之时代精神》《〈女神〉之地方色彩》发表（《创造周报》第 4、5 号）。
1923 年 9 月	《红烛》出版（泰东图书局）。
1926 年 5 月	《诗的格律》发表（《晨报副镌·诗镌》）。
1928 年 1 月	《死水》出版（新月书店）。
1943 年 11 月	创作《时代的鼓手》，收入《生活导报周年纪念文集》。
1946 年 6 月	《艾青和田间》发表（《联合晚报·诗歌和音乐》第 2 期）。
1946 年 7 月	遭国民党特务暗杀身亡，引发广泛的民主运动。
1948 年 8 月	闻一多编《现代诗钞》，收入《闻一多全集》出版（开明书店）。

　　如果说郭沫若的《女神》为新诗的发展开辟了道路，那么以闻一多（1899—1946）、徐志摩为代表的新月派诗人，就自觉追求新诗写作形式与内容严格结合和统一，使现代诗歌的创造走向规范化的道路。

　　闻一多在充分肯定郭沫若《女神》的开创性的同时，还对其提出两大批评：一是"过于欧化"，因而提出要写"中国的新诗"；二是反对郭沫若关于诗只是一种"自然流露"和"不是'做'出来"的主张，提出"自然的不都是美的，美不是现成的"（《〈女神〉之地方色彩》）。新月派诗人因此提出必须"诚心诚意地试验作新诗"（梁实秋：《新诗的格调及其他》），把创造的重心从关注"白话"（非诗化）转向"诗"自身，也即"使新诗成为诗"。由此，新月派举起了"使诗的内容及形式双方表现出美的力量，成为一种完美的艺术"的旗帜（于赓虞：《志摩的诗》），宣称"我们诗底意境与技术不是取法古人，也不是模拟西洋，我们底诗是新诗，是创造的中国之新诗"（刘梦苇：《中国诗底昨今明》）：中国现代诗歌的创造于是进入了一个自觉的时期。

在这面旗帜下，新月派提出了"理性节制情感"的美学原则，强调要以"和谐"和"均齐"为现代诗最重要的美学特征。同时提出的是"新诗格律化"的主张，闻一多更是倡导诗的"三美"，即"音乐美，绘画美，建筑美"。原因就是中国汉语本身的音乐性，更有诗画相通的传统，以及中国文字的"象形"性，"三美"显然是追求作为"外来形式"的新诗的"中国化"；但新月派诗人也用了相当大的力气来进行西方格律诗的转借，试图借鉴西洋和中国的传统格律，根据现代汉语的特点作出新的创造。

闻一多作为新月派领导文学潮流的代表诗人，也集中体现了新月派的内在矛盾。他们大都是接受了西方（主要是英、美）教育的知识分子，又自觉地沟通东、西方的文化，同时感受到两种文化的冲突。这种冲突在闻一多这里显得格外尖锐。他和郭沫若一样，具有强烈的生命意志力与个性自觉，有着敏锐的现代感受和激烈热情的个性，内心的"火山"也是几欲冲决而出；但他又自觉追求传统感情的克制，要把过量的"火"压缩在凝定的形式中：这一"冲"与一"压"之间就形成了闻一多的诗所特有的沉郁风格。

1927

《发现》

闻一多

我来了，我喊一声，迸着血泪，
"这不是我的中华，不对，不对！"
我来了，因为我听见你叫我；
鞭着时间的罡风，擎一把火，
我来了，不知道是一场空喜。
我会见的是噩梦，那里是你？
那是恐怖，是噩梦挂着悬崖，
那不是你，那不是我的心爱！
我追问青天，逼迫八面的风，
我问，拳头擂着大地的赤胸。
总问不出消息；我哭着叫你，
呕出一颗心来，你在我心里！

（原载 1927 年 6 月 25 日《时事新报·学灯》，署名屠龙）

这是一首典型的闻式现代诗。闻一多在美国热情学习西方文化，又强烈地感到民族与文化的压迫；满怀爱国激情从海外赶回祖国，又迅速陷入对国家现状的极度失望之中。于是有了写作的冲动。但诗人却把感情的酝酿、发展过程全部压缩掉，而从感情的爆发点起笔，连声高呼："我来了"，"我来了"，"不对"，"不对"，先声夺人地一下子把悲愤、绝望的情绪推到读者面前，仿佛积压已久的火山突然爆发。其震撼力绝不亚于郭沫若《天狗》里的那一声呐喊："我把全宇宙来吞了，我便是我了！"它们都是时代的最强音。

同样引人注目的，是这首诗在形式上的整齐：每行诗字数基本一致，两行一韵。这不仅体现了闻一多"建筑美"的追求，更将奔放的情感控制于谨严的形式之中，由此形成的沉郁风格值得细细品味。

● 不妨写一篇"郭沫若、闻一多比较论"。

徐志摩：
"古典理想的现代重构"

1923 年 12 月	胡适、徐志摩、梁实秋等人参加组织新月社活动。
1925 年 7 月	徐志摩《翡冷翠山居闲话》发表（《现代评论》第 2 卷第 30 期）。
1925 年 8 月	《志摩的诗》出版（中华书局代印，北新书局发行）。
1925 年 10 月	开始主编《晨报副镌》。
1926 年 4 月	在《晨报》发表《诗刊弁言》，开辟《诗镌》副刊。
1926 年 6 月	《落叶》出版（北新书局）。
1927 年 8 月	《巴黎的鳞爪》出版（新月书店）。
1927 年 9 月	《翡冷翠的一夜》出版（新月书店）。
1928 年 3 月	主编《新月》月刊创刊。
1928 年 12 月	《再别康桥》发表（《新月》第 1 卷第 10 期）。
1931 年 1 月	主编《诗刊》创刊（三期之后交陈梦家主编）。
1931 年 8 月	《猛虎集》出版（新月书店）。
1931 年 9 月	陈梦家编《新月诗选》出版（新月书店）。
1933 年 2 月	茅盾《徐志摩论》发表（《现代》第 2 卷第 4 期）。

徐志摩（1897—1931）也是新月派的重镇。他热烈追求"爱""自由"与"美"，追求"人"与"自然"的"和谐"，与他那活泼好动、潇洒空灵的个性及不受羁绊的才华和谐地统一，形成徐志摩诗特有的飞动、飘逸的艺术风格。因此，有研究者说他的人与诗都是"古典理想的现代重构"（李怡：《中国现代新诗与古典诗歌传统》）。

徐志摩的诗作是与他的生命融合为一体的：他执着地追寻"从性灵深处来的诗句"（《徐志摩日记》）。他总是在诗里真诚地表现内心真实的情感与独特的个性，并外射于客观物象，追求主、客体内在神韵

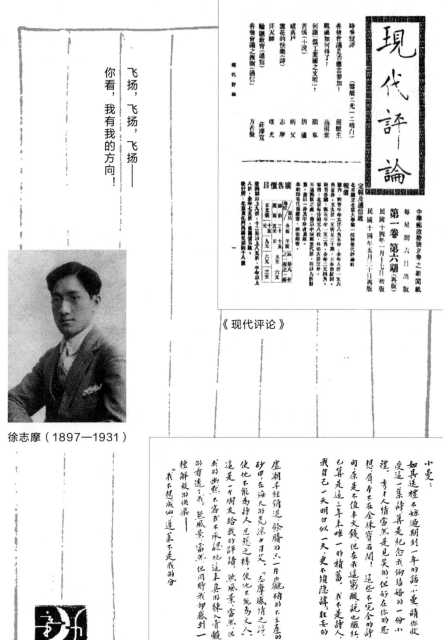

飞扬，飞扬，飞扬——

你看，我有我的方向！

徐志摩（1897—1931）

《现代评论》

徐志摩诗集信札

及外在形态之间的契合。徐志摩总是在毫不经意之中，在灵感袭来的刹那间，就抓住了其中的契合点，并且总有新鲜的发现，既在人们感觉、想象之外，又十分贴切，自然。徐志摩诗中经常出现令人惊叹的神来之笔，飞跃出除他之外别人不能创造的，只能称作"徐志摩的意象"。例如那只"像是春光，火焰，像是热情"的黄鹂（《黄鹂》）；那匹"冲入这黑茫茫的荒野"的"拐腿的瞎马"（《为要寻一个明星》）；那"恼着我的梦魂"的落叶（《落叶小唱》）；那刚"显现"却又"不见了"的虹影（《消息》）；那"半夜深巷"的琵琶（《半夜深巷琵琶》）……徐志摩正是用这些显示了活跃的创造力与想象力的新意象，丰富了现代诗歌的艺术世界。

徐志摩另一个艺术追求与贡献，就是他对诗体的自觉输入与试验。经他试验过的就有散文诗、自由诗、无韵体诗、奇偶体诗。他还作了"新诗戏剧化、小说化"的试验。可以说，徐志摩以其令人叹服的生命活力、创造力和才情，成为中国现代文学、现代诗歌历史青春期的一道"生命活水"。

1924

《雪花的快乐》

徐志摩

假如我是一朵雪花，
翩翩的在半空里潇洒，
我一定认清我的方向——
飞扬，飞扬，飞扬——
这地面上有我的方向。

不去那冷寞的幽谷，
不去那凄清的山麓，
也不上荒街去惆怅——
飞扬，飞扬，飞扬——
你看，我有我的方向！

在半空里娟娟的飞舞，
认明了那清幽的住处，
等着她来花园里探望——
飞扬，飞扬，飞扬——
啊，她身上有朱砂梅的清香！

那时我凭借我的身轻，

盈盈的，沾住了她的衣襟，

贴近她柔波似的心胸——

消溶，消溶，消溶——

溶入了她柔波似的心胸！

一九二四年十二月三十日作

（原载 1925 年 1 月 17 日《现代评论》第 1 卷第 6 期）

延伸思考

　　先写"雪花"的形象：在半空中"翩翩的""潇洒"，"娟娟的飞舞"，那"冷寞""凄清""惆怅"的情趣，都与这"快乐"的精灵全然无关。

　　但她有另一种追求，另一个方向："飞扬，飞扬，飞扬"，直奔向"清幽的住处"，会见"花园"里的"她"，"盈盈的，沾住了她"，"贴近她"，直到融入"她柔波似的心胸"。这里，雪花的精灵，诗人的精灵，"五四"时代的精灵，竟如此自然天成地融为一体，没有丝毫雕琢的痕迹。诗里的"她"，是诗人想象中的情人。这是一种升华了的神圣纯洁的理想爱情；"她"更是一种精神力量、理想境界的人格化。

● 像徐志摩这样讲究文字精美的作家的作品，更应该进行文本细读。试读《雪花的快乐》第一节："假如我是一朵雪花，翩翩的在半空里潇洒，我一定认清我的方向——飞扬，飞扬，飞扬——"在这一节里，第一二行每行三顿，每顿二至四字，形成一种比较舒缓的节奏，并采用了"花"和"洒"这样开放而又柔和的韵脚，与"雪花"翩翩洒洒的神韵相适应。到第三行，就开始换韵，采用了"向"和"扬"这样响亮、上扬的韵脚，第四行又突然转换为跳跃式的节奏："飞扬，飞扬，飞扬"，与飞跃向上的内在精神和内在节奏相适应。不妨对诗的其他各节，也作这样的仔细辨析，以感悟其外在和内在的韵味。

● 这样的诗作需要大声朗读，在摇头晃脑的朗读中，沉浸于诗的境界，是一种莫大的享受。和朋友组织一次朗诵会，放声吟读郭沫若、闻一多、徐志摩这"五四"时期三大才子的美诗，不亦乐乎！

现代散文：
在继承与突破传统中构建现代汉语新范式

鲁迅对"五四"时期的现代文学创作有过一个重要判断，认为"散文小品的成功，几乎在小说戏曲和诗歌之上"（鲁迅：《小品文的危机》）。"五四"时期散文创作数量之大，文体品种之丰，风格之绚烂多彩，名家之多，确实异常瞩目。这一时期产生了鲁迅、周作人这样的散文大家，更涌现出朱自清、冰心、郁达夫、梁遇春、丰子恺、林语堂等诸多不同风格的名家。1920—1923 年，教育部下令中小学教育一律使用白话文，所编写的新教材，选用的白话范本，大都是现代散文作品，可以说鲁迅、周作人、胡适、朱自清、叶圣陶、冰心都成了一代又一代现代中国人学习、运用现代汉语和现代文学语言的启蒙老师；而此后汉学家研究现代汉语所依据的范文、范例，也都是他们的作品。现代散文的语言艺术对现代语言的创造和普及的贡献，绝不可低估。

而现代散文在"五四"时期的成功，首先是因为其文体的自由，正适应思想启蒙、文化普及与个性化表达的需要。不可忽视的是，不同于现代新诗和现代话剧完全由国外引进，现代散文有着更深厚的传统散文的根基。这造成了现代散文创造的特殊困难，因此如鲁迅所说，"五四"时期许多人都热衷于现代散文的创作，就是"为了对于旧文学的示威，在表示旧文学之自以为特长者，白话文学也并非做不到"（鲁迅：《小品文的危机》）；但它也确实为现代散文的"中国化"提供了丰富的资源。可以说，现代文学创造所面临的既突破又继承传统的双重任务，在现代散文这里得到了更为突出的显现。

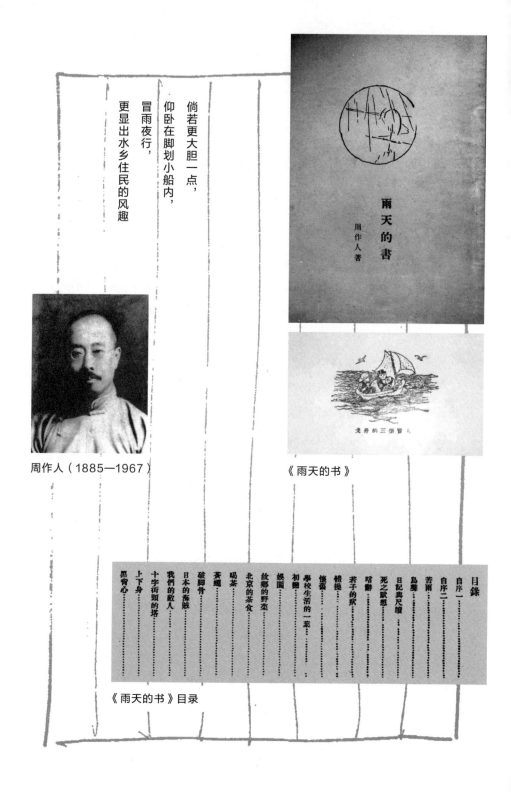

倚若更大胆一点，
仰卧在脚划小船内，
冒雨夜行，
更显出水乡住民的风趣

周作人（1885—1967）

《雨天的书》

目錄
自序一……
自序二……
苦雨……
鳥聲……
日記與尺牘……
死之默想……
唁辭……
若子的病……
懷愛羅……
初戀……
學校生活的一葉……
娛園……
故鄉的野菜……
北京的茶食……
喝茶……
蒼蠅……
破脚骨……
日本的海賊……
我們的敵人……
十字街頭的塔……
上下身……
黑背心……

《雨天的书》目录

周作人：
在散文中找到自己，开创"爱智者的散文体"

1921 年 6 月	周作人《美文》发表（《晨报》）。
1922 年 5 月	鲁迅、周作人、周建人合译《现代小说译丛》出版（商务印书馆）。
1922 年 6 月	《论小诗》发表（《晨报副镌》）。
1922 年 6 月	朱自清、周作人、郭绍虞、郑振铎等文学研究会诗人的合集《雪朝》出版（商务印书馆）。
1923 年 9 月	《自己的园地》出版（晨报社）。
1924 年 11 月	《语丝》周刊创刊，前三年由周作人任主编，后由鲁迅接编。
1925 年 12 月	《雨天的书》出版（北新书局）。
1926 年 6 月	《〈扬鞭集〉序》发表（《语丝》第 82 期）。
1927 年 8 月	《泽泻集》出版（北新书局）。
1927 年 12 月	《谈龙集》出版（北新书局）。
1928 年 1 月	《谈虎集》出版（北新书局）。
1929 年 5 月	《永日集》出版（北新书局）。
1930 年 5 月	《骆驼草》半月刊创刊，周作人、俞平伯等主持。
1932 年 10 月	《看云集》出版（开明书店）。
1933 年 3 月	《知堂文集》出版（天马书店）。
1935 · 8 月	周作人导言《中国新文学大系·散文一集》出版（良友图书公司）。
1935 年 10 月	《苦茶随笔》出版（北新书局）。
1937 年 3 月	《瓜豆集》出版（宇宙风出版社）。

　　周作人（1885—1967）无疑是专属于现代散文的。他一直是现代散文创作的主要代表和领军人物，有人统计，他一生先后出版了 36 部散文集，第一个十年出版的即有《自己的园地》《雨天的书》《泽泻集》《谈龙集》《谈虎集》。周作人与现代散文似乎有一种生命共同体似的关

联：他的生活方式、情绪、人生哲学与散文相契合，他的思维方式与气质也是散文的。周作人坦言，自己的"头脑是散文的，唯物的"，而不是诗的（《永日集·〈桃园〉跋》），他绝没有诗人，特别是浪漫主义诗人的思想和创作中经常出现的飞跃、断裂、夸张、变形，只有散文思维的平、实。周作人还明确表明，"老实说，我是不大爱小说的"，对"依照美国版的小说作法而做出来的东西"，特别"不耐烦"（《立春以前·明治文学之追忆》）。可以说，散文是周作人终于找到的自己的艺术形式，自我生命的存在方式。"叶松石在所著《煮药漫抄》中说得好：'少年爱绮丽，壮年爱豪放，中年爱简练，老年爱淡远。'"周作人认为可以此"论文与人"（《苦竹杂记·柿子的种子》）。周作人的散文在中国现代散文史上，可以当之无愧地称为"中年人的散文"，也可以说是"爱智者的散文"。

进入"中年"和"中年之后"，这意味着理性浸透。周作人说，他的"理想"是达到颜之推《颜氏家训》的境界："理性通达，感情温厚，气象冲和，文词渊雅"（《立春以前·文坛之外》）。所谓"理性通达"，就是奉行中庸主义。这是周作人散文的"魂"，既是思想的追求，又是美学的原则。周作人无论在思想上，还是在艺术上，都力求平衡，思想的放与收，通与隔，感情的倾斜与控制，艺术上的空灵与粘滞，奇警与平淡，丰腴与清涩，谐谑与端庄之间微妙的平衡，达到不放不收、亦放亦收，不通不隔、亦通亦隔，不空不滞、亦空亦滞，不平不奇、亦平亦奇，不庄不谐、亦庄亦谐的境地。

总体来看，周作人的散文是散淡平和的，他所倡导的"美文"（记实抒情散文），"言志"小品，都是在他所沉醉的"瓦屋纸窗之下，清泉绿茶，用素雅的陶瓷茶具，同二三人共饮，得半日之闲"（《雨天的书·喝茶》）的情境下写出的，自然有一股"闲适"之气。但周作人又不断提醒说，"拙文貌似闲适，往往误人，唯一二旧友知其苦味"（《药味集》序）。他多次引用日本作家有岛武郎的话："我因为寂寞，所以创作"（《谈龙集·有岛武郎》）。这是不难理解的：生活在一个大博弈、大动荡的时代，却要追求中庸之道、中和之美，索居在"十字街头"

的"象牙之塔"里的周作人是不能不感到"在人群"中的"不可堪的寂寞"的（《瓜豆集·结缘豆》）。但周作人又绝不夸大这样的寂寞与苦味，而强调这不过是"凡人的悲哀"（《看云集·麻醉礼赞》）。在周作人看来，"忧患时的闲适"才是普通人的真实人生：无论现世如何充满苦难，人总得活着，"在不完全的现世享乐一点美与和谐"（《雨天的书·喝茶》）。在凡人的悲哀里，也自有一种"淡淡的喜悦，可以说是寂寞的不寂寞之感"（《立春以前·文载道〈文抄〉序》）。

　　周作人在语言艺术上也同样追求调和。他主张"以口语为基本，再加上欧化语，古文，方言等分子，杂糅调和，适宜地或否嗇地安排起来，有知识与趣味的两重的统制，才可以造出有雅致的语文来"，并别有一种"涩味与简单味"（《永日集·〈燕知草〉跋》）。在周作人看来，将构成现代文学语言的各个因素的作用推于极端，都会导致一种流弊：全盘采用外来语言，会造成传统文化的中断；完全请古文回来，那更是倒退；将现代文学语言等同于白话文口语，则无以确切表达现代人复杂的思想感情，唯一的出路乃是"融合"："现代国语须是合古今中外的分子融合而成的一种中国语"（《艺术与生活·国语改造的意见》）。

《苦雨》

周作人

伏园兄：

北京近日多雨，你在长安道上不知也遇到否，想必能增你旅行的许多佳趣。雨中旅行不一定是很愉快的，我以前在杭沪车上时常遇雨，每感困难，所以我于火车的雨不能感到什么兴味，但卧在乌篷船里，静听打篷的雨声，加上欸乃的橹声以及"靠塘来，靠下去"的呼声，却是一种梦似的诗境。倘若更大胆一点，仰卧在脚划小船内，冒雨夜行，更显出水乡住民的风趣，虽然较为危险，一不小心，拙劣地转一个身，便要使船底朝天。二十多年前往东浦吊先父的保姆之丧，归途遇暴风雨，一叶扁舟在白鹅似的波浪中间滚过大树港，危险极也愉快极了。我大约还有好些"为鱼"时候——至少也是断发文身时候的脾气，对于水颇感到亲近，不过北京的泥塘似的许多"海"实在不很满意，这样的水没有也并不怎么可惜。你往"陕半天"去似乎要走好几天的准沙漠路，在那时候倘若遇见风雨，大约是很舒服的，遥想你胡坐骡车中，在大漠之上，大雨之下，喝着四打之内的汽水，悠然进行，可以算是"不亦快哉"之一。但这只是我的空想，如诗人的理想一样地靠不住，或者你在骡车中遇雨，很感困难，正在叫苦连天也未可知，这须等你回京后问你再说了。

我住在北京，遇见这几天的雨，却叫我十分难过。北京向来少雨，所以不但雨具不很完全，便是家屋构造于防雨亦欠周密。除了真正富翁以外，很少用实垛砖墙，大抵只用泥墙抹灰敷衍了事。近来天气转变，南方酷寒而北方淫雨，因此两方面的建筑上都露出缺陷。一星期前的雨把后园的西墙淋坍，第二天就有"梁上君子"来摸索北房的铁丝窗，从次日起赶紧邀了七八位匠人，费两天工夫，从头改筑，已经成功十分八九，总算可以高枕而卧，前夜的雨却又将门口的南墙冲倒二三丈之谱。这回受惊的可不是我了，乃是川岛君"伲们"俩，因为"梁上君子"如再见光顾，一定是去躲在"伲们"的窗下窃听的了。为消除"伲们"的不安起见，一等天气晴正，急须大举地修筑，希望日子不至于很久，这几天只好暂时拜托川岛君的老弟费神代为警护罢了。

前天十足下了一夜的雨，使我夜里不知醒了几遍。北京除了偶然有人高兴放几个爆仗以外，夜里总还安静，那样哗喇哗喇的雨声在我的耳朵已经不很听惯，所以时常被它惊醒，就是睡着也仿佛觉得耳边粘着面条似的东西，睡得很不痛快。还有一层，前天晚间据小孩们报告，前面院子里的积水已经离台阶不及一寸，夜里听着雨声，心里胡里胡涂地总是想水已上了台阶，浸入西边的书房里了。好容易到了早上五点钟，赤脚撑伞，跑到西屋一看，果然不出所料，水浸满了全屋，约有一寸深浅，这才叹了一口气，觉得放心了，倘若这样兴高采烈地跑去，一看却没有水，恐怕那时反觉得失望，没有现在那样的满足也说不定。幸而书籍都没有湿，虽然是没有什么价值的东西，但是湿成一饼一饼的纸糕，也很是不愉快。现今水虽已退，还留下一种涨过大水后的普通的臭味，固然不能留客坐谈，就是自己也不能在那里写字，所以这封信是在里边炕桌上写的。

这回的大雨，只有两种人最是喜欢。第一是小孩们。他们喜欢水，却极不容易得到，现在看见院子里成了河，便成群结队地去"淌河"去。赤了足伸到水里去，实在很有点冷，但是他们不怕，下到水里还不肯上来。大人见小孩们玩得很有趣，也一个两个地加入，但是成绩却不甚佳，那一天里滑倒了三个人，其中两个都是大人，——其一为我的兄弟，其一是川岛君。第二种喜欢下雨的则为虾蟆。从前同小孩们往高亮桥去钓鱼钓不着，只捉了好些虾蟆，有绿的，有花条的，拿回来都放在院子里，平常偶叫几声，在这几天里便整日叫唤，或者是荒年之兆罢，却极有田村的风味。有许多耳朵皮嫩的人，很恶喧嚣，如麻雀虾蟆或蝉的叫声，凡足以妨碍他们的甜睡者，无一不痛恶而深绝之，大有欲灭此而午睡之意。我觉得大可以不必如此，随便听听都是很有趣味的，不但是这些久成诗料的东西，一切鸣声其实都可以听。虾蟆在水田里群叫，深夜静听，往往变成一种金属音，很是特别，又有时仿佛是狗叫，古人常称蛙蛤为吠，大约也是从实验而来。我们院子里的虾蟆现在只见花条的一种，它的叫声更不漂亮，只是格格格这个叫法，可以说是革音，平常自一声至三声，不会更多，唯在下雨的早晨，听它一口气叫上十二三声，可见它是实在喜欢极了。

这一场大雨恐怕在乡下的穷朋友是很大的一个不幸，但是我不曾亲见，单靠想象是不中用的，所以我不去虚伪地代为悲叹了。倘若有人说这所记的只是个人的事情，于人生无益，我也承认，我本来只想说个人的私事，此外别无意思。今天太阳已经出来，傍晚可以出外去游嬉，这封信也就不再写下去了。

我本等着看你的秦游记，现在却由我先写给你看，这也可以算是"意表之外"的事罢。

一九二四年七月十七日在京城书

（原载 1924 年 7 月 22 日《晨报副镌》，署名朴念仁）

延伸思考

《苦雨》堪称周作人的代表作。"雨"和"风"一起构成了周作人散文的"基本（单位）意象"，以此为文题或书名的就有《雨天的书》《风雨谈》《雨的感想》《风的话》等，《苦雨》即第一篇。周作人自己也以"苦雨"题名书斋，称号"苦雨翁"，"苦雨"遂与周作人其人其文浑然一体而不可分。

文题曰"苦雨","雨"是客观景象,"苦"是主观感受,不同的主客体组合,就构成了不同的意象:文章就"做"在这里,可谓"一波三折"。

先是"喜":在乌篷船里"静听"雨声,在暴风雨中滚滚行进,坐着骡车在"大漠之上,大雨之下""悠然"前行……岂不快哉! 又一泼冷水浇下:"这只是我的空想"!

于是,就转向了现实的雨之"苦":单调的雨声吵得睡"不痛快",醒来又嗅到"涨过大水后的普通的臭味",苦不堪言。

笔锋一转,又写到了"小孩们"喜欢戏水,特别是"虾蟆""实在喜欢极了"的吠声:一写到孩子,写到小动物,周作人笔下就有了神:或许这才是周作人的真情、真意。但周作人又不点破,只是说:"我本来只想说个人的私事,此外别无意思。"或许这是在暗示我们,在"小孩"和"虾蟆"之"喜"里寄托着属于他"个人"的生命体验与追求。是什么呢? 周作人并不展开来说。最后留给收信人(实际是读者)的话是:好好想想"'意表之外'的事罢"。

● 仔细琢磨周作人想象中的雨中游走,现实中的小孩戏水、虾蟆吠叫的两段文字,写得极其简练又十分传神,足见其文字功力与用心。如郁达夫所说,周作人的文笔看似"舒徐自在,信笔所至",却"句句含有分量,一篇之中,少一句就不对,一句之中,易一字也不可,读完之后,还想翻转来从头再读的"(郁达夫:《中国新文学大系·散文二集》导言)。

● 文章最后的点而不破,也是周作人式的:他说自己写文章就是与读者"谈话"(本文就是写给"伏园兄",实即想象中的读者),但他又有意追求"君子之交淡如水"式的距离:一切话题都是点到即止,并不企望(更不用说强制)读者定要接受,由此形成了自己行文与读者接受上的轻松与从容,还留下了极大的思考空间。这也是需要读者朋友仔细琢磨的:周作人在"孩子"与"虾蟆"之"喜"里究竟感悟到了什么?

● 周作人在文章里自称"水乡住民",这句话也颇耐琢磨。它提醒我们注意与
  思考"周作人的哲学、气质、文风与水的关系":不仅"水"的"哲学"让
  周作人思考忧虑了一生,而且"水"的外在声、色与内在性格、气质也深刻
  影响了周作人其人其文:周作人散文思想的澄明,色彩、气味的清淡,情感
  的温润,以及"行云流水而时有迂回、阻塞"的结构、语言,无不联系着
  "水",周作人的散文已经与"水"融为一体。我早就说过,周作人与水"是
  一篇'大文章'"(钱理群:《周作人传》,第一章第六节),有兴趣的读者不
  妨尝试着研究研究写一写。

1924

《苍蝇》

周作人

　　苍蝇不是一件很可爱的东西，但我们在做小孩子的时候都有点喜欢它。我同兄弟常在夏天乘大人们午睡，在院子里弃着香瓜皮瓤的地方捉苍蝇，——苍蝇共有三种，饭苍蝇太小，麻苍蝇有蛆太脏，只有金苍蝇可用。金苍蝇即青蝇，小儿谜中所谓"头戴红缨帽身穿紫罗袍"者是也。我们把它捉来，摘一片月季花的叶，用月季的刺钉在背上，便见绿叶在桌上蠕蠕而动，东安市场有卖纸制各色小虫者，标题云"苍蝇玩物"，即是同一的用意。我们又把它的背竖穿在细竹丝上，取灯心草一小段，放在脚的中间，它便上下颠倒地舞弄，名曰"戏棍"；又或用白纸条缠在肠上，纵使飞去，但见空中一片片的白纸乱飞，很是好看。倘若捉到一个年富力强的苍蝇，用快剪将头切下，它的身子便仍旧飞去。希腊路吉亚诺思（Loukianos）的《苍蝇颂》中说，"苍蝇在被切去了头之后，也能生活好些时光"，大约二千年前的小孩已经是这样地玩耍的了。

　　我们现在受了科学的洗礼，知道苍蝇能够传染病菌，因此对于他们很有一种恶感。三年前卧病在医院时曾作有一首诗，后半云：

大小一切的苍蝇们，

美和生命的破坏者，

中国人的好朋友的苍蝇们呵，

我诅咒你的全灭，

用了人力以外的，

最黑最黑的魔术的力。

但是实际上最可恶的还是它的别一种坏癖气，便是喜欢在人家的颜面手脚上乱爬乱舐，古人虽美其名曰"吸美"，在被吸者却是极不愉快的事。希腊有一篇传说说明这个缘起，颇有趣味。据说苍蝇本来是一个处女，名叫默亚（Muia），很是美丽，不过太喜欢说话。她也爱那月神的情人恩迭米盎（Endymion），当他睡着的时候，她总还是和他讲话或唱歌，使他不能安息，因此月神发怒，把她变成苍蝇。以后她还是记念着恩迭米盎，不肯叫人家安睡，尤其是喜欢搅扰年青的人。

苍蝇的固执与大胆，引起好些人的赞叹。诃美洛思（Homeros）在史诗中常比勇士于苍蝇，他说，虽然你赶它去，它总不肯离开你，一定要叮你一口方才罢休。又有诗人云，那小苍蝇极勇敢地跳在人的肢体上，渴欲饮血，战士却躲避敌人的刀锋，真可羞了。我们侥幸不大遇见渴血的勇士，但勇敢地攻上来我们的头的却常常遇到。法勃耳（Fabre）的《昆虫记》里说有一种蝇，乘土蜂负虫入穴之时，下卵于虫内，后来蝇卵先出，把死虫和蜂卵一并吃下去。他说这种蝇的行为好像是一个红巾黑衣的暴客在林中袭击旅人，但是他的剽悍敏捷的确也可佩服，倘使希腊人知道，或者可以拿去形容阿迭修思（Odysseus）一流的狡狯英雄罢。

中国古来对于苍蝇也似乎没有什么反感。《诗经》里说，"营营青蝇，止于樊。岂弟君子，无信谗言"。又云，"非鸡则鸣，苍蝇之声"。据陆农师说，青蝇善乱色，苍蝇善乱声，所以是这样说法。传说里的苍蝇，即使不是特殊良善，总之决不比别的昆虫更为卑恶。在日本的俳谐中则蝇成为普通的诗料，虽然略带湫秽的气色，但很能表出温暖热闹的境界。小林一茶更为奇特，他同圣芳济一样，以一切生物为弟兄朋友，苍蝇当然也是其一。检阅他的俳句选集，咏蝇的诗有二十首之多，今举两首以见一斑。一云：

笠上的苍蝇，比我更早地飞进去了。

这诗有题曰《归庵》。又一首云：

不要打哪，苍蝇搓他的手，搓他的脚呢。

我读这一句，常常想起自己的诗觉得惭愧，不过我的心情总不能达到那一步，所以也是无法。《埤雅》云，"蝇好交其前足，有绞蝇之象……亦好交其后足"，这个描写正可作前句的注解。又绍兴小儿谜语歌云：

像乌豇豆格乌，像乌豇豆格粗，堂前当中央，坐得拉胡须。

也是指这个现象。（格犹云"的"，坐得即"坐着"之意。）

据路吉亚诺思说，古代有一个女诗人，慧而美，名叫默亚，又有一个名妓也以此为名，所以滑稽诗人有句云，"默亚咬他直达他的心房"。中国人虽然永久与苍蝇同桌吃饭，却没有人拿苍蝇作为名字，以我所知只有一二人被用为诨名而已。

〔附记〕偶读路吉亚诺思的《苍蝇颂》（Muias Enkomion），觉得颇有趣味，但要翻译它，又太懒惰了，提不起精神来在十目所视十手所指之下作烦难的工作。过了几天之后，拿起笔来写这一篇，并不是模拟古人，虽然受着他一点影响，所以在文章上是一个"四不相"，不能说是什么体，只好算它是"赋得苍蝇"罢了。

苍蝇是我们乡间叫蝇类的通称，并不限于麻蝇一种。我有一回在译诗里用了方言"青蛙"二字当蛙字用，承一位批评家根据动物学及文字学的学理加以纠正，说多了一个青字。恐怕有人说这回又多了一个苍字，所以预先说明一声。

一九二四年七月十一日

（原载 1924 年 7 月 13 日《晨报副镌》，署名朴念仁）

郁达夫在论及"五四"散文时特别强调作家创作题材的自由与广阔，提到了《人间世》发刊词中的一句话："宇宙之大，苍蝇之微，无不可谈"（郁达夫：《中国新文学大系·散文二集》导言）。周作人则说自己的文章"大致由草木虫鱼，窥知人类之事"（《立春以前·〈秉烛后谈〉序》），这就不是简单的题材的选择，而是深含着周作人的人性观、散文观：在他看来，大自然中的"草木虫鱼"和"人类"之间，"物理"与"人情"之间，是相通的；他的散文就是要写"人情物理"，也就是"普通的常识"；他解释说，"常识分开来说，不外人情与物理，前者可以说是健全的道德，后者是正确的智识，合起来就可称之曰智慧"（《一蒉轩笔记》序）。我们说周作人的散文是"爱智者的散文"；现在就可以更明确地说，"爱智者"写"常识"，"人情"与"物理"的融合，"情"与"理"的调和，就是周作人式的散文，正是这种"人道主义的理知精神"贯穿于周作人的全部散文之中。

这一篇《苍蝇》写的就是从"苍蝇"窥知"人类"之事，其中有许多独到之处，颇值得琢磨。

文章"做"在人对苍蝇的态度上。开头一句"苍蝇不是一件很可爱的东西"，留下一个疑问，就笔锋一转，大谈"我们在做小孩子的时候都有点喜欢他"，而且写得十分具体、精细、传神："饭苍蝇"，"麻苍蝇"，"金苍蝇"，还有"小儿谜"中的苍蝇，东安市场上纸制的"苍蝇玩物"，等等，而且越写越动情。我们读者也因此有机会窥见周作人跃然纸上的一颗童心。这或许是更为动人的：童年的记忆已经渗入他的心灵，怪不得直到晚年，周作人还在《儿童杂事诗》里津津乐道："瓜皮满地绿沉沉，桂树中庭有午阴。蹑足低头忙奔走，捉来几许活苍蝇。"

谈够了幼年玩耍之乐后，这才回到开头说到的苍蝇"不可爱"上，并且点明：这是"现在受了科学的洗礼，知道苍蝇能够传染病菌"，就给它加上一个"美和生命的破坏者"的罪名：这都是科学理性分析的结果，是一种现代观念。但周作人似乎并不在意于此，而是自作一个解释：苍蝇别有一种"坏癖气"，喜欢在人颜面手脚上"乱爬乱舔"，让人"不愉快"。这就变成了一个"个人性"的情绪反应。

周作人似乎有些不耐烦，迅速转向苍蝇令人"欢喜"之处。而且又是旁征博引：希腊传说、史诗，法勃耳的《昆虫记》，中国的《诗经》，日本的俳谐，等等。而且越说越神：苍蝇成了"固执与大胆"，"剽悍敏捷"的"红巾黑衣"的大侠了。我们读者又有了一次机会，窥见周作人"博学"的一面：他胸中居然藏着一部苍蝇世界形象史！而且也不难注意到，苍蝇的这些可爱形象，都流传在人类的早期社会与民间传说之中，而且都是与"人"融合为一体，"以一切生物为弟兄朋友"。

可以说周作人的爱智者散文的两大要素、特点：博学与浓郁的人情味，都在这篇《苍蝇》里得到充分展现；但更值得注意，也更有意思的，是其内在矛盾的展现。周作人和他那一代人，作为现代中国人，自然为现代科学理性所吸引，他们也因此对"传染病菌"的苍蝇作出批判；但却又很快为这样对自然生命的拒斥感到"惭愧"，因为他们无法摆脱原始的、童年的、民间的记忆与情结，那种"物我合一"的原发性生命形态，是周作人（以及与他同类的知识分子）所神往的，由此带来的科学理性与天然非理性情感的冲突，是深刻的。

● 这一篇仍然需要细读。周作人笔下"狡狯英雄"的苍蝇形象，既奇特又美妙，有很高的美学品位，特别值得反复赏析。其文字也耐寻味，比如引用的这句诗："不要打哪，苍蝇搓他的手，搓他的脚呢。"字里行间流露出的掩饰不住的发自内心的欣赏与喜悦，是格外动人的。

● 这篇《苍蝇》让我们看到了周作人的"童心"，这也揭示了"五四"启蒙主义思想、文学，以及这一时期的周作人非常重要的一个方面："五四"盛行的"小儿崇拜"和儿童文学热，周作人都是主要倡导者。如研究者所说，"'五四'初期的新文学作者无不向往'童心'的复归，他们无不崇尚纯洁……无不厌恶矫饰、虚伪和欺诈，他们希望恢复生命开始时期的纯朴和自然，追求自己人格的新生"（刘纳：《"五四"初期新文学作品中的"童心"美》），这样的"童心"美显示了"五四"初期现代文学的特殊魅力。"五四"的"小儿崇拜"和"自然崇拜""妇女（母性）崇拜"一起构成了独特的、不可重复的文化风景。在某种意义上，"五四"时期的文学也是中国现代文学的"童年时代"。有兴趣的读者朋友不妨对此予以关注与研究。

● 《苦雨》与《苍蝇》都是周作人写于 20 世纪 20 年代的名篇，其实人们对周作人散文的关注也都集中在这一时期。而实际上周作人在三四十年代，以至 1949 年以后，都有大量的散文创作，并且从来没有停止过对散文艺术的探讨。比如，他从 30 年代就开始倡导"大段抄引古书"的"文抄公"文体，并进行了大量写作实践。对此，文学界和学术界历来有不同评价。建议对周作人散文有兴趣的读者朋友也来读读这类"文抄公"散文，并谈谈自己的看法。我在《周作人散文精编》的前言里对有关争论作过简单介绍，或可参考。

朱自清：
为中小学语文教育提供现代汉语范本

1922 年 1 月	叶圣陶、朱自清、俞平伯、刘延陵等主持《诗》创刊。
1923 年 3 月	朱自清《毁灭》发表（《小说月报》第 14 卷第 3 号）。
1924 年 1 月	朱自清、俞平伯同题散文《桨声灯影里的秦淮河》发表（《东方杂志》第 21 卷第 2 号）。
1924 年 12 月	《踪迹》出版（亚东图书馆）。
1926 年 3 月	《执政府大屠杀记》发表（《语丝》第 72 期）。
1927 年 7 月	《荷塘月色》发表（《小说月报》第 18 卷第 7 号）。
1928 年 10 月	《背影》出版（开明书店）。
1934 年 9 月	《欧游杂记》出版（开明书店）。
1935 年 10 月	朱自清导言《中国新文学大系·诗集》出版（良友图书公司）。
1936 年 3 月	《你我》出版（商务印书馆）。
1947 年 12 月	《新诗杂话》出版（作家书屋）。
1948 年 4 月	《标准与尺度》出版（文光书店）。
1948 年 5 月	《论雅俗共赏》出版（上海观察社）。
1948 年 8 月	病逝。

　　朱自清（1898—1948）是"五四"时期重要的诗人和散文家，他的第一部代表作《踪迹》即诗歌与小品散文的合集；此后他的写作重心逐渐转向散文小品，在那里找到了属于自己的文体；而他的散文小品影响最大的，是在语文方面所作的种种实验，即为中小学语文教育提供的现代汉语范本。因此，他的重要代表作都有一部教学史。比如他的脍炙人口的《背影》，1925 年发表，1930 年进入中学教材，此后 20 年间一直是国文教材的重点选目，1949 年后中断了 30 年，1980 年后，

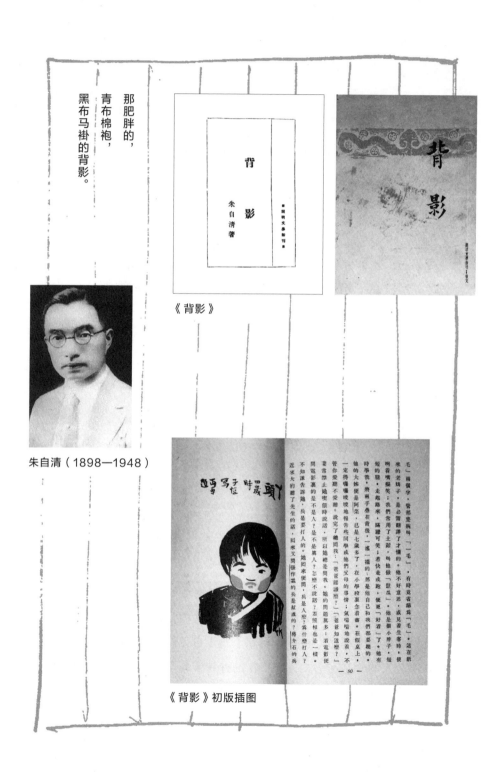

那肥胖的，青布棉袍，黑布马褂的背影。

《背影》

朱自清（1898—1948）

《背影》初版插图

再度选入中学语文教材（参阅赵焕亭：《〈背影〉教学史》）。这样的作品接受的殊遇十分难能可贵。

　　而朱自清对此是完全自觉的。他强调，"我是一个国文教师，我的国文教师生活的开始可以说也是我的写作生活的开始。这就决定了我的作风"，"我的写作大体上属于朴实清新一路"（《写作杂谈》）。朱自清把他的散文分为两类，一类是"情感的自然流露"，如《背影》《给亡妇》等；另一类是"有意的尝试"，进行文体、语言、写法、风格上的不同试验。如《春》是典型的"写景"之作，《温州的踪迹·绿》《荷塘月色》《桨声灯影里的秦淮河》显然在试验"写景与抒怀的结合"，《背影》也有某种试验性，作"写人，记事"的尝试。在语言试验上，《春》自觉追求口语化，《荷塘月色》更多地糅进了文言的成分，《背影》更是兼容口语与古语，是一次自觉的现代白话文试验。就文字风格而言，《温州的踪迹·绿》艳丽，《春》漂亮，《背影》平实，都是有意为之的。

　　朱自清的语言试验更集中在现代白话文的创造。他倡导"谈话风"的散文，以"用笔如舌"为基本要求，"既能悦耳，又可赏心，兼耳底、心底音乐而有之"（《给俞平伯的信》）。这就把中国汉字的装饰性、音乐性的特长在白话文的写作里也完美体现出来。这需要"不放松文字"，又能"控制文字"，"注意每个词的意义，每一句的安排和音节，每一段的长短和衔接处"（《写作杂谈》），在"咬文嚼字"上下足功夫（《再论中学生的国文程度》）。这种自觉追求写法上的"漂亮和缜密"，目的就在于鲁迅说的，是为了证明中国传统文学"自以为特长者，白话文学也并非做不到"（鲁迅：《小品文的危机》）。朱自清正是"五四"现代散文"漂亮和缜密"这一路的代表。

1925

《背影》

朱自清

　　我与父亲不相见已二年余了，我最不能忘记的是他的背影。那年冬天，祖母死了，父亲的差使也交卸了，正是祸不单行的日子，我从北京到徐州，打算跟着父亲奔丧回家。到徐州见着父亲，看见满院狼藉的东西，又想起祖母，不禁簌簌地流下眼泪。父亲说，"事已如此，不必难过，好在天无绝人之路！"

　　回家变卖典质，父亲还了亏空；又借钱办了丧事。这些日子，家中光景很是惨淡，一半为了丧事，一半为了父亲赋闲。丧事完毕，父亲要到南京谋事，我也要回到北京念书，我们便同行。

　　到南京时，有朋友约去游逛，勾留了一日；第二日上午便须渡江到浦口，下午上车北去。父亲因为事忙，本已说定不送我，叫旅馆里一个熟识的茶房陪我同去。他再三嘱咐茶房，甚是仔细。但他终于不放心，怕茶房不妥帖；颇踌躇了一会。其实我那年已二十岁，北京已来往过两三次，是没有甚么要紧的了。他踌躇了一会，终于决定还是自己送我去。我两三回劝他不必去；他只说，"不要紧，他们去不好！"

　　我们过了江，进了车站。我买票，他忙着照看行李。行李太多了，得向脚夫行些小费，才可过去。他便又忙着和他们讲价钱。我那时真是聪明过分，总觉他说话不大漂亮，非自己插嘴不可。但他终于讲定了价钱；就送我上车。他给我拣定了靠车门的一张椅子；我将他给我做的紫毛大衣铺好坐位。他嘱我路上小心，夜里要警醒些，不要受凉。又嘱托茶房好好照应我。我心里暗笑他的迂；他们只认得钱，托他们直是白托！而且我这样大年纪的人，难道还不能料理自己么？唉，我现在想想，那时真是太聪明了！

我说道，"爸爸，你走吧。"他往车外看了看，说，"我买几个桔子去。你就在此地，不要走动。"我看那边月台的栅栏外有几个卖东西的等着顾客。走到那边月台，须穿过铁道，须跳下去又爬上去。父亲是一个胖子，走过去自然要费事些。我本来要去的，他不肯，只好让他去。我看见他戴着黑布小帽，穿着黑布大马褂，深青布棉袍，蹒跚地走到铁道边，慢慢探身下去，尚不大难。可是他穿过铁道，要爬上那边月台，就不容易了。他用两手攀着上面，两脚再向上缩；他肥胖的身子向左微倾，显出努力的样子。这时我看见他的背影，我的泪很快地流下来了。我赶紧拭干了泪，怕他看见，也怕别人看见。我再向外看时，他已抱了朱红的桔子往回走了。过铁道时，他先将桔子散放在地上，自己慢慢爬下，再抱起桔子走。到这边时，我赶紧去搀他。他和我走到车上，将桔子一股脑儿放在我的皮大衣上。于是扑扑衣上的泥土，心里很轻松似的，过一会说，"我走了；到那边来信！"我望着他走出去。他走了几步，回过头看见我，说，"进去吧，里边没人。"等他的背影混入来来往往的人里，再找不着了，我便进来坐下，我的眼泪又来了。

近几年来，父亲和我都是东奔西走，家中光景是一日不如一日。他少年出外谋生，独立支持，做了许多大事。那知老境却如此颓唐！他触目伤怀，自然情不能自已。情郁于中，自然要发之于外；家庭琐屑便往往触他之怒。他待我渐渐不同往日。但最近两年的不见，他终于忘却我的不好，只是惦记着我，惦记着我的儿子。我北来后，他写了一信给我，信中说道，"我身体平安，惟膀子疼痛利害，举箸提笔，诸多不便，大约大去之期不远矣。"我读到此处，在晶莹的泪光中，又看见那肥胖的，青布棉袍，黑布马褂的背影。唉！我不知何时再能与他相见！

一九二五年十月在北京

（原载 1925 年 11 月 22 日《文学周报》第 200 期，署名佩弦）

　　关于《背影》的写作，朱自清有这样的说明："似乎只有《背影》是'情感的自然流露'，但也不尽然"，尽管并不费力经营，但因为有"平日训练"，也就自然有章法，仍然有对文字的"控制"——"控制文字是一种愉快，也是一种本领，有了这种本领，不有意为之，也自会表现出来。总之一句话："我不大信任'自然流露'，因为我究竟是个国文教师。"(《写作杂谈》)

　　这是一个非常重要的提示：应该从这种"情感的自然流露"与"不尽然"两者的张力中去解读《背影》。

　　我们要理解《背影》里"自然流露"的是一种什么样的"感情"，需要从最后一段读起。

　　父亲因"少年出外谋生，独立支持"，创下家业，晚年却"光景是一日不如一日"，老境"颓唐"。尤可注意的是，在这样交代后，朱自清又特意写了一笔："他触目伤怀，自然情不能自已。情郁于中，自然要发之于外；家庭琐屑便往往触他之怒。他待我渐渐不同往日。"——这是全文的一个关节点。它告诉我们，父亲曾经对儿子并不是呵护有加；相反，他因心境不好，经常为家庭琐屑而"怒"。读者不难想象，父子间一定发生过许多冲突，以至于形成了深刻的隔膜。而这种隔膜的打破，发生在"我看见他的背影"的那个瞬间。"我的泪很快地流下来了"，不仅是为父亲的爱所感动，更为自己曾有过的对父亲的误解，为父与子的隔膜，而悔恨、悲哀！

　　最后，是一个长长的镜头：儿子在远望——父亲的背影逐渐"混入来来往往的人里"——儿子泪流如注。这又是一个永恒的瞬间，这里所传达的，是天地间最真纯的父子之爱。在人世艰难的年代，父子间的深刻隔膜，被天性的爱的力量消解、融化，显示出了父子之爱的伟大与永恒。这就是《背影》一文"自然流露的情感"，这情感因其丰厚与深刻而具有极大的震撼力。

　　但"也不尽然"。其实，从前面的分析中，已不难看出，在自然流露情感的同时，朱自清对词句的选择、文章的布局，还是大有考究的。比如，"怕"字的重复运用（父亲"怕茶房不妥帖"，儿子"怕"父亲和别人看见自己流泪），"赶紧"一词的连用（"赶紧拭干了泪""赶紧去搀他"），近义词的一再使用（"嘱咐""嘱""嘱托"），等等。而将父亲的信及相关背景的交代，置于文章最后，从而给前面的叙述留下一些悬念，这显然更是精心的布置。

- 针对朱自清这样的对现代白话文学语言创造进行自觉试验的作品，应该作"咬文嚼字"式的解读、吟诵。不妨再寻出一两篇作出你的解析。

- 朱自清也有自我反省和警戒："费力太过"，"繁了却也腻人"（《写作杂谈》）。在这样的"少年气盛"之作尽到了历史责任以后，朱自清在《欧游杂记》《伦敦杂记》里，就不再过于追求修饰，而是走上了朴实、自然之路。他后来在总结经验时，表示认同鲁迅的观点，文章"太'做'不行，不'做'却又不行"（《鲁迅先生的中国语文观》），关键在如何于"做"与"不做"之间，保持某种张力，寻求某种平衡。可以把朱自清青年和中年两个时期的作品作一比较阅读。

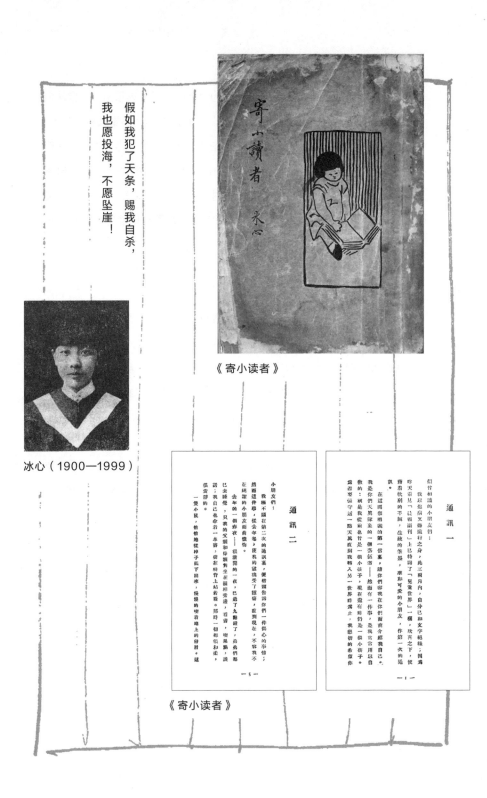

假如我犯了天条，赐我自杀，
我也愿投海，不愿坠崖！

冰心（1900—1999）

《寄小读者》

通讯一

俩曾相识的小朋友们：

我以抱病又将远行之身，此三四月内，自分已和文字绝缘；因偶昨天看见「晨报副刊」上已特辟了「儿童世界」一栏，欣喜之下，便觉着欢腾的不倦，生故的生意，来和可爱的小朋友，作第一次的通讯。

在这四百余期的第一信里，请你们容我在你们面前介绍我自己。

我是你们天真队里的一个落伍者——然而有一件事，现在提起仍是一个小孩子，这是我常用以自做的：顾着天真烂漫的小孩子，是我最爱的一件事。

我将要保守这一点天真直到我转入另一世界时止，我恳切的希望你

—1—

通讯二

小朋友们：

我极不愿在第三次的通讯里，便将愁容与你们一件伤心的事情；然而这件事，从去年起，便我的灵魂受了创痕，直到现在，不容我不在纸墨前的小朋友面前感伤。

去年的一个雨夜，——很清闲的一夜，已过了九点钟了，弟弟们都已去睡觉了，只我和父亲和母亲对坐在圆桌旁边，看书，喝茶，谈话：我自己也拿着一本书，倚在椅昝上结着看看。那时一切都很和柔，很安静的。

一只小鼠，慢慢地从棹子底下出来，慢慢的啮着地上的饼屑。这

—5—

《寄小读者》

冰心：

"五四"最有影响的女作家，20 世纪 80 年代"爱的文学""美的文学"的归来

1919 年 9 月	冰心《谁之罪》发表（后改名《两个家庭》，《晨报》9 月 18 日—22 日连载）。
1919 年 10 月	《斯人独憔悴》发表（《晨报》10 月 7 日—12 日连载）。
1921 年 4 月	《超人》发表（《小说月报》第 12 卷第 4 号）。
1922 年 1 月	《繁星》发表（《晨报副镌》1 月 1 日—26 日连载）。
1922 年 10 月	《往事》发表（《小说月报》第 13 卷第 10 号）。
1923 年 1 月	《繁星》出版（商务印书馆）。
1923 年 5 月	《春水》出版（新潮社）。
1923 年 5 月	《超人》出版（商务印书馆）。
1923 年 7 月	《寄儿童世界的小读者》发表（《晨报副镌》1923 年 7 月 29 日至 1926 年 9 月 6 日连载）。
1924 年 3 月	《悟》发表（《小说月报》第 15 卷第 3 号）。
1926 年 5 月	《寄小读者》出版（北新书局）。
1934 年 8 月	茅盾《冰心论》发表。

冰心（1900—1999）无疑是"五四"时期最有影响的女作家。在 20 世纪 30 年代就有评论者指出，冰心的散文比她早年以成名作《超人》为代表的问题小说和小诗成就更高，"特别是《往事》（二篇），《山中杂记》，以及《寄小读者》全书，在青年的读者之中，是曾经有过极大的魔力。一直到现在，从许多青年的作品中，我们还可以看到这种'冰心体'的文章"（阿英：《谢冰心小品》序）。但随着中国社会逐渐动荡，思想、文化、文学逐渐激进化，冰心也从文学的中心逐渐边缘化，甚至成为批判对象。但到了 80 年代新启蒙时代，"五四"文

学"归来"，冰心又成为其中最为耀眼的一位。她的作品重新进入教材和课外读本。冰心老年笔耕不辍，出现了创作的新高潮。90岁高龄还写下了如此精美的文字："我伸着左掌，掌上立着一只极其纤小的翠鸟"，"这只小翠鸟绿得夺目，绿得醉人！它在我掌上清脆吟唱着极其动听的调子……"（《我梦中的小翠鸟》）99岁的冰心远行时，人们说，"翠鸟远飞了"。——这是多么美好的人生和文学境界。

冰心的文学创造愈久弥新的魅力，就在于其创作的两大特质："爱的文学"和"美的文学"，这也是"五四"开创的中国现代文学传统不可忽略的重要特质。

这是评论界的公论："冰心的全体作品，处处都可看出她的'爱的实现'的主义来"（王统照：《论冰心的〈超人〉与〈疯人笔记〉》），冰心的作品有三大主题："母亲的爱；伟大的海；童年的回忆"（阿英：《谢冰心》）。这几乎涵盖了宇宙、生命、人生、人性的基本母题，冰心的作品因此而超越时空，具有某种永恒性。她透过作品显示的慈爱、宽和、博大、淡定，处处洋溢着人性的真、善、美。"五四"倡导的"人的文学"在冰心的创作里，就体现为一种"人性美"的文学。

冰心更自觉追求文学之美、语言之美。冰心如此坦言："我主张'白话文言化'，'中文西文化'，这'化'字大有奥妙"，"如现在的作家能无形中融合古文和西文，拿来应用于新文学，必能为今日中国的文学界，放一异彩"（《遗书》）。冰心的创作语言是白话，却沾有文言文和西文的"汁水"，不过经过她的混合调理，已经完全没有半点陈腐气或怪异气，而且其中融入了她的个性，别具一种纯真、纯正、纯净、澄明之气，构成了冰心体文学、语言与其他作家（如周作人、朱自清）相区别的特殊魅力。

《山中杂记》（节选）

冰心

说几句爱海的孩气的话

白发的老医生对我说，"可喜你已大好了，城市与你不宜，今夏海滨之行，也是取消了为妙。"

这句话如同平地起了一个焦雷！

学问未必都在书本上。纽约、康桥、芝加哥这些人烟稠密的地方，终身不去也没有什么，只是说不许我到海边去，这却太使我伤心了。

我抬头张目地说，"不，你没有阻止我到海边去的意思！"

他笑道，"是的，我不愿意你到海边去，太潮湿了，于你新愈的身体没有好处。"

我们争执了半点钟，至终他说，"那么你去一个礼拜罢！"他又笑说："其实秋后的湖上，也够你玩的了！"

我爱慰冰，无非也是海的关系。若完全的叫湖光代替了海色，我似乎不大甘心。

可怜，沙穰的六个多月，除了小小的流泉外，连慰冰都看不见！山也是可爱的，但和海比，的确比不起，我有我的理由！

人常常说"海阔天空"，只有在海上的时候，才觉得天空阔远到了尽量处。在山上的时候，走到岩壁中间，有时只见一线天光。即或是到了山顶，而因着天末是山，天与地的界线便起伏不平，不如水平线的齐整。

海是蓝色灰色的，山是黄色绿色的。拿颜色来比，山也比海不过。蓝色灰色含着庄严淡远的意味，黄色绿色却未免浅显小方一些。固然我们常以黄色为至尊，皇帝的龙袍是黄色的，但皇帝称为"天子"，天比皇帝还尊贵，而天却是蓝色的。

海是动的，山是静的；海是活泼的，山是呆板的。昼长人静的时候，天气又热，凝神望着青山，一片黑郁郁的连绵不动，如同病牛一般。而海呢，你看她没有一刻静止！从天边微波粼粼的直卷到岸边，触着崖石，更欣然地溅跃了起来，开了灿然万朵的银花！

四围是大海，与四围是乱山，两者相较，是如何滋味，看古诗便可知道。比如说海上山上看月出，古诗说，"南山塞天地，日月石上生。"细细咀嚼，这两句形容乱山，形容得极好，而光景何等臃肿，崎岖，僵冷，读了不使人生快感。而"海上生明月，天涯共此时"，也是月出，光景却何等妩媚，遥远，璀璨！

原也是的，海上没有红白紫黄的野花，没有蓝雀红襟等等美丽的小鸟。然而野花到秋冬之间，便都萎谢，反予人以凋落的凄凉。海上的朝霞晚霞，天上水里反映到不止红白紫黄这几个颜色。这一片花，却是四时不断的。说到飞鸟，蓝雀红襟自然也可爱，而海上的沙鸥，白胸翠羽，轻盈地飘浮在浪花之上，"凌波微步，罗袜生尘"。看见蓝雀红襟，只使我联忆到"山禽自唤名"，而见海鸥，却使我联忆到千古颂赞美人，颂赞到绝顶的句子，是"婉若游龙，翩若惊鸿"！

在海上又使人有透视的能力，这句话天然是真的！你倚栏俯视，你不由自主地要想起这万顷碧琉璃之下，有什么明珠，什么珊瑚，什么龙女，什么鲛纱。在山上呢，很少使人想到山石黄泉以下，有什么金银铜铁。因为海水透明，天然地有引人们思想往深里去的趋向。

简直越说越没有完了，总而言之，统而言之，我以为海比山强得多。说句极端的话，假如我犯了天条，赐我自杀，我也愿投海，不愿坠崖！

争论真有意思！我对于山和海的品评，小朋友们愈和我辩驳愈好。"人心之不同，各如其面"，这样世界上才有个不同和变换。假如世界上的人都是一样的脸，我必不愿见人。假如天下人都是一样的嗜好，穿衣服的颜色式样都是一般的，则世界成了一个大学校，男女老幼都穿一样的制服。想至此不但好笑，而且无味！再一说，如大家都爱海呢，大家都搬到海上去，我又不得清静了！

（节选自《山中杂记》，原载 1924 年 8 月 8 日—10 日《晨报副镌》）

延伸思考

　　这一篇是用孩子般的天真、固执、极端的语气，谈海与山的比较，力争"海比山强得多"，甚至赌咒发誓："假如我犯了天条，赐我自杀，我也愿投海，不愿坠崖！"一颗未泯的童心跃然纸上。

　　但进入具体分析时，冰心又显示出了成年人的深思熟虑。请看这一段颜色的比较："海是蓝色灰色的，山是黄色绿色的"，"蓝色灰色含着庄严淡远的意味，黄色绿色却未免浅显小方一些"——这里显现的是典型的冰心式审美趣味；然后就把话题拉开，谈起中国传统美学观："我们常以黄色为至尊，皇帝的龙袍是黄色的，但皇帝称为'天子'，天比皇帝还尊贵，而天却是蓝色的"——这就由颜色的议论，扩展到历史与哲学甚至心理学的讨论，由此产生的审美意识、审美评价完全是现代的。

　　这里的用语虽也夹杂着"至尊"等文言词语，但基本上是口语化的。接下来，在比较处于山或海包围中的人的主观感受时，却引用了两首古诗的句子："南山塞天地，日月在上生"，"海上生明月，天涯共此时"。有时候，现代人复杂的、难以言传的感受，只有引用古典才能传其神，达其意。冰心似乎很懂得这其间的微妙关系，再加上她的古典诗词修养，她的散文里，就经常引用古诗词，似乎随手拈来，却构成了文章的有机部分，别有一种典雅的风味。

　　有意思的是文章的结尾：冰心在理直气壮又挥洒自如地大谈其"对于山和海的品评"以后，笔锋一转，又提出"小朋友们愈和我辩驳愈好"，郑重表示，"'人心之不同，各如其面'，这样世界上才有个不同和变换"，如果天下人"穿衣服的颜色式样"都一样，"不但好笑，而且无味"！——这才是冰心，才是"五四"那一代人的风范：既坚持独立己见，又尊重不同意见，追求独立自由与宽容的精神境界：或许这才是这篇文章的要义所在。

● 冰心是从哪些方面来申说"海比山强"的理由的？试作一个全面梳理。你同意她的看法吗？如不同意，不妨和她辩驳一番，甚至针锋相对地写一篇"山的赞歌"。

1922

《往事（一）》（节选）

冰心

十四

每次拿起笔来，头一件事忆起的就是海。我嫌太单调了，常常因此搁笔。

每次和朋友们谈话，谈到风景，海波又侵进谈话的岸线里，我嫌太单调了，常常因此默然，终于无语。

一次和弟弟们在院子里乘凉，仰望天河，又谈到海。我想索性今夜彻底地谈一谈海，看词锋到何时为止，联想至何处为极。

我们说着海潮，海风，海舟……最后便谈到海的女神。

涵说，"假如有位海的女神，她一定是'艳如桃李，冷若冰霜'的。"我不觉笑问，"这话怎讲！"

涵也笑道，"你看云霞的海上，何等明媚；风雨的海上，又是何等的阴沉！"

杰两手抱膝凝听着，这时便运用他最丰富的想象力，指点着说，"她……她住在灯塔的岛上，海霞是她的扇旗，海鸟是她的侍从；夜里她曳着白衣蓝裳，头上插着新月的梳子，胸前挂着明星的璎珞；翩翩地飞行于海波之上……"

楫忙问，"大风的时候呢？"杰道，"她驾着风车，狂飙疾转地在怒涛上驱走；她的长袖拂没了许多帆舟。下雨的时候，便是她忧愁了，落

166

泪了，大海上一切都低头静默着。黄昏的时候，霞光灿然，便是她回波电笑，云发飘扬，丰神轻柔而潇洒……"

这一番话，带着画意，又是诗情，使我神往，使我微笑。

楫只在小椅子上，挨着我坐着，我抚着他，问，"你的话必是更好了，说出来让我们听听！"他本静静地听着，至此便抱着我的臂儿，笑道，"海太大了，我太小了，我不会说。"

我肃然——涵用折扇轻轻地击他的手，笑说，"好一个小哲学家！"

涵道，"姊姊，该你说一说了。"我道，"好的都让你们说尽了——我只希望我们都像海！"

杰笑道，"我们不配做女神，也不要'艳如桃李，冷若冰霜'的。"

他们都笑了——我也笑说，"不是说做女神，我希望我们都做个'海化'的青年。像涵说，海是温柔而沉静。杰说的，海是超绝而威严。楫说的更好了，海是神秘而有容，也是虚怀，也是广博……"

我的话太乏味了，楫的头渐渐地从我臂上垂下去，我扶住了，回身轻轻地将他放在竹榻上。

涵忽然说，"也许是我看的书太少了，中国的诗里，咏海的真是不多；可惜这么一个古国，上下数千年，竟没有一个'海化'的诗人！"

从诗人上，他们的谈锋便转移到别处去了——我只默默地守着楫坐着，刚才的那些话，只在我心中，反复地寻味——思想。

（节选自《往事》，原载 1922 年 10 月《小说月报》第 13 卷第 10 期）

延伸思考

这一篇或许可以加一个题目："海化"的诗人。冰心由看海到议海，由写表面的海上景色到写海的神韵，这"海的女神"既是艺术的，又是哲学的，而最后归结为人的"海化"，集海的"温柔而沉静""超绝而威严""神秘而有容""也是虚怀，也是广博"于一身，把"人"
与"海"（大自然）化为一体，做"海化"的青年与"海化"的诗人当
作理想的人性、文学性。这正是冰心人格的写照，也恰是冰心散文思想和
艺术的神韵所在：冰心就是一个"五四"时代产生的"海化"的诗人。

值得注意的是，这里记录的，是冰心和弟弟们"在院子里乘凉"
时的"彻夜"谈话。或许有文学加工的成分，但这样的自由谈话，在
"五四"那个时代的年轻人、知识分子中恐怕是相当普遍与自然的：不
但谈周边的风景、人和事，更大谈哲学，尽管自己不过是"太小"之
人，却要想象"太大"的宇宙、天下，追问人性、人生的奥秘，而且
"反复地寻味——思想"。那是一个"文学"的时代，更是一个"思想"
的时代，"哲学"的时代。这或许是更令人神往的。

● 我们这里集中探讨了冰心对"海"的观察、想象与思考，而冰心对"母爱"
的描述、体认，也同样动人而发人深思，姑且抄录几段："有一次，幼小的
我，忽然走到母亲面前，仰着脸问说：'妈妈，你到底为什么爱我？'母亲
放下针线，用她的面颊，抵住我的前额，温柔地，不迟疑地说：'不为什
么，——只因你是我的女儿！'""小朋友！我不信世界上还有人能说这句
话！'不为什么'这四个字，从她口里说出来，何等刚决，何等无回旋！她
爱我，不是因为我是'冰心'，或是其他人世间的一切虚伪的称呼和名字！
她的爱是不附带任何条件的，唯一的理由，就是我是她的女儿。总之，她
的爱，是屏除一切，拂拭一切，层层地麾开我前后左右所蒙罩的，使我成
为'今我'的原素，而直接地来爱我的自身！""假使我走至幕后，将我
二十年的历史和一切都更变了，再走出到她面前，世界上纵没有一个人认
识我，只要我仍是她的女儿，她就仍用她坚强无尽的爱来包围我。她爱我
的肉体，她爱我的灵魂，她爱我前后左右，过去，现在，将来的一切！"
（《寄小读者·通讯十》）——这里冰心对母爱的描述和理解，都相当独到，
也蕴含着某种哲学的意味，或许会引发读者朋友进一步阅读和研究冰心书
写母爱的作品的兴趣。

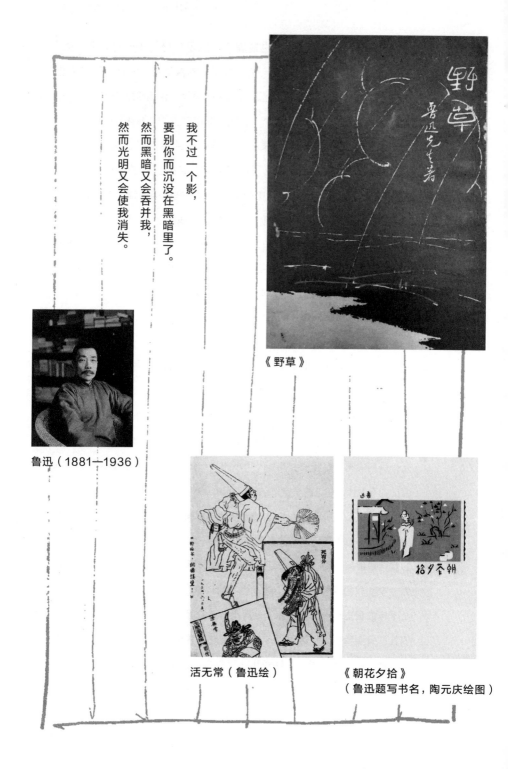

我不过一个影，
要别你而沉没在黑暗里了。
然而黑暗又会吞并我，
然而光明又会使我消失。

《野草》

鲁迅（1881—1936）

活无常（鲁迅绘）

《朝花夕拾》
（鲁迅题写书名，陶元庆绘图）

鲁迅：
"为自己写的"散文里的个体生命与个人话语的存在

1919 年 8 月	鲁迅《自言自语》发表（《国民公报》），属于新文学史上最早的散文诗。
1925 年 4 月	鲁迅编《莽原》周刊出版。
1925 年 5 月	鲁迅《灯下漫笔》发表（《莽原》），分两次亮相。
1925 年 9 月	鲁迅支持韦素园、李霁野、台静农、曹靖华等组织未名社。
1925 年 11 月	《热风》出版（北新书局）。
1926 年 1 月	《论"费厄泼赖"应该缓行》发表（《莽原》半月刊第 1 期）。
1926 年 4 月	《记念刘和珍君》发表（《语丝》第 74 期）。
1926 年 6 月	《华盖集》出版（北新书局）。
1926 年 12 月	《藤野先生》发表（《莽原》第 23 期）。
1927 年 3 月	《坟》出版（未名社）。
1927 年 5 月	《华盖集续编》出版（北新书局）。
1927 年 7 月	《野草》出版（北新书局）。
1927 年 11 月	茅盾《鲁迅论》发表（《小说月报》第 18 卷第 11 号）。
1928 年 9 月	《朝花夕拾》出版（未名社）。
1933 年 4 月	鲁迅、许广平《两地书》出版（青光书局）。

  鲁迅也是"五四"时期重要的散文家。他这一时期的散文作品主要是收在《热风》《坟》《华盖集》《华盖集续编》里的杂感，以及收入《朝花夕拾》里的散文和《野草》里的散文诗。"杂感"是鲁迅早期的杂文，是某种现代社会条件下，对散文文体的一种新创造，我们将在下一个十年专作讨论；这里主要讨论的是鲁迅的《朝花夕拾》和《野草》。有一种分析，认为鲁迅的小说与杂文，都是对社会的发言，是

"为别人"写的；而《朝花夕拾》与《野草》更多的是"为自己"写的。也就是说，鲁迅要借助散文这样一个更具个人性的文体，来相对真实与深入地展现其个人的存在——个体生命的存在，与文学个人话语的存在。这应该是鲁迅"五四"时期散文的特殊价值所在。

同样是展现个体生命，却也有不同侧面，相应的文学话语也不相同。

《朝花夕拾》属于"旧事重提"，展现的是鲁迅的童年回忆与民间回忆，采用的是"闲话风"的写法，是对童年时代"谈闲天"的追忆和模拟：谈自己的保姆（《阿长与〈山海经〉》）和父亲（《五猖会》《父亲的病》），谈学校和老师（《从百草园到三味书屋》《藤野先生》），谈喜欢读与最不喜欢读的书（《阿长与〈山海经〉》《〈二十四孝图〉》），谈或爱或怜或恨的小动物（《狗·猫·鼠》）……其中渗透着鲁迅说的"至爱者"的慈爱和博爱，展现的是鲁迅心灵世界最光明、最柔和的一面。文笔也更有兴之所至的随意性，更加多样化，有的充满鲁迅式的幽默，有的也写得相当深情，更时有神来之笔。

《野草》选择了"独语"的言说方式。这是真正的自我孤独，自我承担，不需要听众和读者，他拒绝心灵的交流，自觉地把读者推到一定距离之外，甚至是以作者与读者的紧张、排斥为其存在的前提。排除他人的干扰，直逼内心最深处，就把外在的生存困境经验，转化为对内在生命存在困境的体验与追问，形成了鲁迅式的"黑洞"：充满了生命本体性的黑暗感，同时又质疑这样的黑暗感——"绝望之于虚妄，正与希望相同"，由此而形成了鲁迅式"反抗绝望"的哲学。

这是一个真正的艺术世界：与现实对立的别一个世界。这里充满了：奇幻的场景，荒诞的情节，不可确定的模糊意念，难以理喻的异常感觉，奇突的想象，瑰丽、冷艳的色彩，浓郁又怪异的诗情。连语言也是对日常生活用语甚至大多数作家的文学用语的变异——鲁迅要进行语言试验，表达难以言说的人的生命深层的特异存在。这是空前绝后的精神历险，也是空前绝后的语言历险。《野草》也正是在生命体验与语言试验两个层面上，占据了中国现代文学甚至世界文学的高地。

1926

《无常》

鲁迅

　　迎神赛会这一天出巡的神，如果是掌握生杀之权的，——不，这生杀之权四个字不大妥，凡是神，在中国仿佛都有些随意杀人的权柄似的，倒不如说是职掌人民的生死大事的罢，就如城隍和东岳大帝之类，那么，他的卤簿中间就另有一群特别的脚色：鬼卒，鬼王，还有活无常。

　　这些鬼物们，大概都是由粗人和乡下人扮演的。鬼卒和鬼王是红红绿绿的衣裳，赤着脚；蓝脸，上面又画些鱼鳞，也许是龙鳞或别的什么鳞罢，我不大清楚。鬼卒拿着钢叉，叉环振得琅琅地响，鬼王拿的是一块小小的虎头牌。据传说，鬼王是只用一只脚走路的；但他究竟是乡下人，虽然脸上已经画上些鱼鳞或者别的什么鳞，却仍然只得用了两只脚走路。所以看客对于他们不很敬畏，也不大留心，除了念佛老妪和她的孙子们为面面圆到起见，也照例给他们一个"不胜屏营待命之至"的仪节。

　　至于我们——我相信：我和许多人——所最愿意看的，却在活无常。他不但活泼而诙谐，单是那浑身雪白这一点，在红红绿绿中就有"鹤立鸡群"之概。只要望见一顶白纸的高帽子和他手里的破芭蕉扇的影子，大家就都有些紧张，而且高兴起来了。

　　人民之于鬼物，惟独与他最为稔熟，也最为亲密，平时也常常可以遇见他。譬如城隍庙或东岳庙中，大殿后面就有一间暗室，叫作"阴司间"，在才可辨色的昏暗中，塑着各种鬼：吊死鬼，跌死鬼，虎伤鬼，科场鬼，……而一进门口所看见的长而白的东西就是他。我虽然也曾瞻仰过一回这"阴司间"，但那时胆子小，没有看明白。听说他一手还拿着铁索，因为他是勾摄生魂的使者。相传樊江东岳庙的"阴司间"的构造，本来是极其特别的：门口是一块活板，人一进门，踏着活板的这一端，塑在那一端的他便扑过来，铁索正套在你脖子上。后来吓死了一个人，钉实了，所以在我幼小的时候，这就已不能动。

倘使要看个分明，那么，《玉历钞传》上就画着他的像，不过《玉历钞传》也有繁简不同的本子的，倘是繁本，就一定有。身上穿的是斩衰凶服，腰间束的是草绳，脚穿草鞋，项挂纸锭；手上是破芭蕉扇，铁索，算盘；肩膀是耸起的，头发却披下来；眉眼的外梢都向下，像一个"八"字。头上一顶长方帽，下大顶小，按比例一算，该有二尺来高罢；在正面，就是遗老遗少们所戴瓜皮小帽的缀一粒珠子或一块宝石的地方，直写着四个字道："一见有喜"。有一种本子上，却写的是"你也来了"。这四个字，是有时也见于包公殿的扁额上的，至于他的帽上是何人所写，他自己还是阎罗王，我可没有研究出。

《玉历钞传》上还有一种和活无常相对的鬼物，装束也相仿，叫作"死有分"。这在迎神时候也有的，但名称却讹作死无常了，黑脸，黑衣，谁也不爱看。在"阴司间"里也有的，胸口靠着墙壁，阴森森地站着；那才真真是"碰壁"。凡有进去不烧香的人们，必须摩一摩他的脊梁，据说可以摆脱了晦气；我小时也曾摩过这脊梁来，然而晦气似乎终于没有脱，——也许那时不摩，现在的晦气还要重罢，这一节也还是没有研究出。

我也没有研究过小乘佛教的经典，但据耳食之谈，则在印度的佛经里，焰摩天是有的，牛首阿旁也有的，都在地狱里做主任。至于勾摄生魂的使者的这无常先生，却似乎于古无征，耳所习闻的只有什么"人生无常"之类的话。大概这意思传到中国之后，人们便将他具象化了。这实在是我们中国人的创作。

然而人们一见他，为什么就都有些紧张，而且高兴起来呢？

凡有一处地方，如果出了文士学者或名流，他将笔头一扭，就很容易变成"模范县"。我的故乡，在汉末虽曾经虞仲翔先生揄扬过，但是那究竟太早了，后来到底免不了产生所谓"绍兴师爷"，不过也并非男女老小全是"绍兴师爷"，别的"下等人"也不少。这些"下等人"，要他们发什么"我们现在走的是一条狭窄险阻的小路，左面是一个广漠无际的泥潭，右面也是一片广漠无际的浮砂，前面是遥遥茫茫荫在薄雾的里面的目的地"那样热昏似的妙语，是办不到的，可是在无意中，看得往这"荫在薄雾的里面的目的地"的道路很明白：求婚，结婚，养孩子，死亡。但这自然是专就我的故乡而言，若是"模范县"里的人民，那当然又作别论。他们——敝同乡"下等人"——的许多，活着，苦着，被流言，被反噬，因了积久的经验，知道阳间维持"公理"的只有一个会，而且这会的本身就是"遥遥茫茫"，于是乎势不得不发生对于阴间的神往。人是大抵自以为衔些冤抑的；活的"正人君子"们只能骗鸟，若问愚民，他就可以不假思索地回答你：公正的裁判是在阴间！

想到生的乐趣，生固然可以留恋；但想到生的苦趣，无常也不一定是恶客。无论贵贱，无论贫富，其实都是"一双空手见阎王"，有冤的得伸，有罪的就得罚。然而虽说是"下等人"，也何尝没有反省？自己做了一世人，又怎么样呢？未曾"跳到半天空"么？没有"放冷箭"么？无常的手里就拿着大算盘，你摆尽臭架子也无益。对付别人要滴水不羼的公理，对自己总还不如虽在阴司里也还能够寻到一点私情。然而那又究竟是阴间，阎罗天子，牛首阿旁，还有中国人自己想出来的马面，都是并不兼差，真正主持公理的脚色，虽然他们并没有在报上发表过什么大文章。当还未做鬼之前，有时先不欺心的人们，遥想着将来，就又不能不想在整块的公理中，来寻一点情面的末屑，这时候，我们的活无常先生便见得可亲爱了，利中取大，害中取小，我们的古哲墨翟先生谓之"小取"云。

在庙里泥塑的，在书上墨印的模样上，是看不出他那可爱来的。最好是去看戏。但看普通的戏也不行，必须看"大戏"或者"目连戏"。目连戏的热闹，张岱在《陶庵梦忆》上也曾夸张过，说是要连演两三天。在我幼小时候可已经不然了，也如大戏一样，始于黄昏，到次日的天明便完结。这都是敬神禳灾的演剧，全本里一定有一个恶人，次日的将近天明便是这恶人的收场的时候，"恶贯满盈"，阎王出票来勾摄了，于是乎这活的活无常便在戏台上出现。

我还记得自己坐在这一种戏台下的船上的情形，看客的心情和普通是两样的。平常愈夜深愈懒散，这时却愈起劲。他所戴的纸糊的高帽子，本来是挂在台角上的，这时预先拿进去了；一种特别乐器，也准备使劲地吹。这乐器好像喇叭，细而长，可有七八尺，大约是鬼物所爱听的罢，和鬼无关的时候就不用；吹起来，Nhatu，nhatu，nhatututuu 地响，所以我们叫它"目连嗐头"。

在许多人期待着恶人的没落的凝望中，他出来了，服饰比画上还简单，不拿铁索，也不带算盘，就是雪白的一条莽汉，粉面朱唇，眉黑如漆，蹙着，不知道是在笑还是在哭。但他一出台就须打一百零八个嚏，同时也放一百零八个屁，这才自述他的履历。可惜我记不清楚了，其中有一段大概是这样：

"……

大王出了牌票，叫我去拿隔壁的癞子。

问了起来呢，原来是我堂房的阿侄。

生的是什么病？伤寒，还带痢疾。

看的是什么郎中？下方桥的陈念义 la 儿子。

开的是怎样的药方？附子，肉桂，外加牛膝。

第一煎吃下去，冷汗发出；

第二煎吃下去，两脚笔直。

我道 nga 阿嫂哭得悲伤，暂放他还阳半刻。

大王道我是得钱买放，就将我捆打四十！"

这叙述里的"子"字都读作入声。陈念义是越中的名医，俞仲华曾将他写入《荡寇志》里，拟为神仙；可是一到他的令郎，似乎便不大高明了。la 者，"的"也；"儿"读若"倪"，倒是古音罢；nga 者，"我的"或"我们的"之意也。

他口里的阎罗天子仿佛也不大高明，竟会误解他的人格，——不，鬼格。但连"还阳半刻"都知道，究竟还不失其"聪明正直之谓神"。不过这惩罚，却给了我们的活无常以不可磨灭的冤苦的印象，一提起，就使他更加蹙紧双眉，捏定破芭蕉扇，脸向着地，鸭子浮水似的跳舞起来。

Nhatu, nhatu, nhatu—nhatu—nhatututuu！目连嗐头也冤苦不堪似的吹着。

他因此决定了：

"难是弗放者个！

那怕你，铜墙铁壁！

那怕你，皇亲国戚！

……"

"难"者，"今"也；"者个"者，"的了"之意，词之决也。"虽有忮心，不怨飘瓦"，他现在毫不留情了，然而这是受了阎罗老子的督责之故，不得已也。一切鬼众中，就是他有点人情；我们不变鬼则已，如果要变鬼，自然就只有他可以比较的相亲近。

我至今还确凿记得，在故乡时候，和"下等人"一同，常常这样高兴地正视过这鬼而人，理而情，可怖而可爱的无常；而且欣赏他脸上的哭或笑，口头的硬语与谐谈……。

迎神时候的无常，可和演剧上的又有些不同了。他只有动作，没有言语，跟定了一个捧着一盘饭菜的小丑似的脚色走，他要去吃；他却不给他。另外还加添了两名脚色，就是"正人君子"之所谓"老婆儿女"。凡"下等人"，都有一种通病：常喜欢以己之所欲，施之于人。虽是对于鬼，也不肯给他孤寂，凡有鬼神，大概总要给他们一对一对地配起来。无常也不在例外。所以，一个是漂亮的女人，只是很有些村妇样，大家都称她无常嫂；这样看来，无常是和我们平辈的，无怪他不摆教授先生的架子。一个是小孩子，小高帽，小白衣；虽然小，两肩却已经耸起了，眉目的外梢也向下。这分明是无常少爷了，大家却叫他阿领，对于他似乎都不很表敬意；猜起来，仿佛是无常嫂的前夫之子似的。但不知何以相貌又和无常有这么像？吁！鬼神之事，难言之矣，只得姑且置之弗论。至于无常何以没有亲儿女，到今年可很容易解释了：鬼神能前知，他怕儿女一多，爱说闲话的就要旁敲侧击地锻成他拿卢布，所以不但研究，还早已实行了"节育"了。

这捧着饭菜的一幕，就是"送无常"。因为他是勾魂使者，所以民间凡有一个人死掉之后，就得用酒饭恭送他。至于不给他吃，那是赛会时候的开玩笑，实际上并不然。但是，和无常开玩笑，是大家都有此意的，因为他爽直，爱发议论，有人情，——要寻真实的朋友，倒还是他妥当。

有人说，他是生人走阴，就是原是人，梦中却入冥去当差的，所以很有些人情。我还记得住在离我家不远的小屋子里的一个男人，便自称是"走无常"，门外常常燃着香烛。但我看他脸上的鬼气反而多。莫非入冥做了鬼，倒会增加人气的么？吁！鬼神之事，难言之矣，这也只得姑且置之弗论了。

六月二十三日

（原载 1926 年 7 月 10 日《莽原》第 1 卷第 13 期）

延伸思考

《无常》在《朝花夕拾》里是一个异样之作。它写于 1926 年 6 月，在此之前（1925 年 9 月 1 日—1926 年 1 月），鲁迅患了一场大病，第一次直面死亡，唤起了他对民间鬼神传说的记忆，也因此得以超越死亡，写出了描绘这位"对于死的无可奈何，而且随随便便的'无常'"鬼的形象的散文。这样，在《朝花夕拾》"爱"的主线里出现了"死"的元素，并因此而深化了"爱"的主题。同时，"民间记忆"的唤醒也使得《朝花夕拾》里的童年记忆得以扩展和深化。更有意思的是，1936 年鲁迅最后病倒时，又沉浸于民间鬼神的记忆，写下了《女吊》这篇绝章，与《无常》遥遥呼应。而研究者都认为，《无常》与《女吊》正是鲁迅散文的两大极品。这里所提出的鲁迅的"生命历程""文学创造"与"死亡体验""民间记忆"的联系，是发人深省、耐人寻味的。

在《无常》里，鲁迅的用笔也相当特别。他这样给无常画像："身上穿的是斩衰凶服，腰间束的是草绳，脚穿草鞋，项挂纸锭；手上是破芭蕉扇，铁索，算盘；肩膀是耸起的，头发却披下来；眉眼的外梢都向下，像一个'八'字。"这样"其貌不扬"的鬼，在老百姓的日常生活里却是经常可以遇见的。这样的鬼也大概都是"由粗人和乡下人扮演"。普通平民还对其真的有一份特殊的感情。鲁迅分析说，"他们——敝同乡'下等人'——的许多，活着，苦着，被流言，被反噬"，"因了积久的经验"，知道阳间无公理，"公正的裁判是在阴间"！也就是在这样的期待中，无常鬼出现在民间戏台上："雪白的一条莽汉，粉面朱唇，眉黑如漆"——这是全文最鲜亮的一笔，寥寥几个字就写尽了无常的威风，妩媚，令人拍案叫绝！接着直接引述无常的一段唱词，把全文引向高潮：无常深情唱道，堂房的阿侄突然发病快死，无常看阿嫂哭得悲伤，不禁善心大发，放他"还阳半刻"，却得罪了阎罗老子，被捆打四十；"人格，——不，鬼格"无端受辱，无常愤怒地起舞高唱，对人间贵人从此一个也不放过，"那怕你，铜墙铁壁！那怕你，皇亲国戚！"——这又是飞来神笔，看似随和的无常突然翻转出刚毅坚定的一面，诙谐中显出严峻，令人震撼。其所发出的，正是人间底层民众的呼声。鲁迅情不自禁地说道："一切鬼众中，就是他有点人情；我们不变鬼则已，如果要变鬼，自然就只有他可以比较的相亲近。"并且满怀深情地写了这一段话："我至今还确凿记得，在故乡时候，和'下等人'一同，常常这样高兴地正视过这鬼而人，理而情，可怖而可爱的无常；而且欣赏他脸上的哭或笑，口头的硬语与谐谈……。"——这是全文之"核"，前面所有的描述、议论都是铺垫，最后归结为："鬼"中之"人"，鬼所保留的"理而情"的理想"人性"。而"在故乡时候，和'下等人'一同……正视……可怖而可爱的"民间鬼神，成了埋在鲁迅心灵深处的永恒记忆。这意味着，鲁迅从童年起，就有了底层人民和他们的民间想象融合无间的生命体验，这是他的生命之根，也是他的文学之根：我们对鲁迅的人与其文学的理解也因此深入了一步。

而《无常》的结尾却突然发问："莫非入冥做了鬼，倒会增加人气的么？"——这猛然发问突显了对充满鬼气的人世间的绝望，由此自然会引发出许多联想与感慨。

● 建议作多方面的扩展性阅读：将鲁迅的《无常》和《女吊》（收《且介亭杂文末编·附集》）合读，写一篇《鲁迅笔下的两个鬼》，会很有味道。再和周作人写的《水里的东西——草木虫鱼之五》（收《看云集》）对读，看两位"五四"散文大家同写家乡鬼，却各有所选、各显其能，就更有意思。还有一本研究者编选的《神神鬼鬼》，收集了20世纪二三十年代谈鬼说神的散文，如果作一番对读，看看现代文人在"问苍生"时如何不忘"问鬼神"，会引发更多的思考，作更大的文章：论"文学（现代文学）与鬼神"、论"人（'五四'那一代人）与鬼神"等。

1924

《影的告别》

鲁迅

人睡到不知道时候的时候，就会有影来告别，说出那些话——

有我所不乐意的在天堂里，我不愿去；有我所不乐意的在地狱里，我不愿去；有我所不乐意的在你们将来的黄金世界里，我不愿去。

然而你就是我所不乐意的。

朋友，我不想跟随你了，我不愿住。

我不愿意！

呜乎呜乎，我不愿意，我不如彷徨于无地。

我不过一个影，要别你而沉没在黑暗里了。然而黑暗又会吞并我，然而光明又会使我消失。

然而我不愿彷徨于明暗之间，我不如在黑暗里沉没。

然而我终于彷徨于明暗之间，我不知道是黄昏还是黎明。我姑且举灰黑的手装作喝干一杯酒，我将在不知道时候的时候独自远行。

呜乎呜乎，倘若黄昏，黑夜自然会来沉没我，否则我要被白天消失，如果现是黎明。

朋友，时候近了。

我将向黑暗里彷徨于无地。

你还想我的赠品。我能献你甚么呢？无已，则仍是黑暗和虚空而已。但是，我愿意只是黑暗，或者会消失于你的白天；我愿意只是虚空，决不占你的心地。

我愿意这样，朋友——

我独自远行，不但没有你，并且再没有别的影在黑暗里。只有我被黑暗沉没，那世界全属于我自己。

一九二四年九月二十四日

（原载 1924 年 12 月 8 日《语丝》第 4 期）

延伸思考

　　这又是一篇奇文：人们都说"形影不离"，鲁迅却要写《影的告别》。"形"与"影"的象征意义，不同读者会有不同解读。这里且作一说："形"与"影"是"人"存在的两种方式："形"是作为群体的存在，按照社会规范的常规、常态去生活；而"影"是作为个体的存在，而且是社会规范的反抗者，于是，就有了"影"的反常思维与选择。

　　首先是"我不"：对"有"的拒绝——对"已有"（人们或视为"天堂"或视为"地狱"的一切现实的存在）、"将有"（人们设想中未来的"黄金世界"）与"既定"（"你"）的一切拒绝。拒绝了一切，"我"就选择"无"——"黑暗又会吞并我"（因为我反抗黑暗），"光明又会使我消失"（"我"的价值就体现在对黑暗的捣乱中，"我"必然随着黑暗的消失而消失），"我不如彷徨于无地"，并且只拥有"无"："无已，则仍是黑暗和虚空而已"。但当我"独自远行"，在独自承担与毁灭中，却获得了最大的"有"——"只有我被黑暗沉没，那世界全属于我自己"。这样的"有—无—有"的生命转换——因"拒绝"既"有"而"无"，因选择独自承担而获得"大有"——构成了《影的告别》，某种程度上也是《野草》的一个基本线索。

● 弄清了本文的基本线索以后，在阅读中应把重心放在对鲁迅语言表达的体会上：看鲁迅如何选择特定的关联词与语式，在不断重复中，形成语言的决绝感与缠绕感。如第二节连续十一个"我不"，第三、四节连续四个"然而"，第五、六节连续三个"我愿意"，请在反复吟诵中体会其语言的内在韵味。有人注意到，关联词，特别是表转折意义的关联词的频繁使用，是鲁迅个性化语言的一大特点。据统计，在《鲁迅全集》里，转折关联词出现的频率分别是："但"，8848 次；"却"，4257 次；"然而"，2158 次；"不过"，2008 次；"倒"，1429 次；"竟"，1404 次；"可是"，440 次；"否则"，262 次。（参阅崔铁成：《鲁迅作品中的"却"字句》）如有兴趣，可就"鲁迅作品中的关联词运用"作进一步的研究，这涉及鲁迅的思维方式、语言风格的形成等一系列重大问题，很有意思。

● 读鲁迅作品，特别是《野草》，不能只是（或者主要不是）分析、理解，要有亲临其境的感受、体验、感悟。如最后一段，就是一种生命的黑暗体验。这是一种生命的大沉迷，是无法言说的生命的澄明状态："如此的安详而充盈，从容而大勇，自信而尊严"，这里存在着一种内在的本质的光明，"充盈着黑暗的光明"（王乾坤：《鲁迅的生命哲学》）。——你有过这样的黑暗体验吗？

● 对《影的告别》里"形"与"影"的象征意义，你如有另一种解读，可以自写一篇"我读《影的告别》"。

1925

《颓败线的颤动》

鲁迅

我梦见自己在做梦。自身不知所在，眼前却有一间在深夜中紧闭的小屋的内部，但也看见屋上瓦松的茂密的森林。

板桌上的灯罩是新拭的，照得屋子里分外明亮。在光明中，在破榻上，在初不相识的披毛的强悍的肉块底下，有瘦弱渺小的身躯，为饥饿，苦痛，惊异，羞辱，欢欣而颤动。弛缓，然而尚且丰腴的皮肤光润了；青白的两颊泛出轻红，如铅上涂了胭脂水。

灯火也因惊惧而缩小了，东方已经发白。

然而空中还弥漫地摇动着饥饿，苦痛，惊异，羞辱，欢欣的波涛……。

"妈！"约略两岁的女孩被门的开阖声惊醒，在草席围着的屋角的地上叫起来了。

"还早哩，再睡一会罢！"她惊惶地说。

"妈！我饿，肚子痛。我们今天能有什么吃的？"

"我们今天有吃的了。等一会有卖烧饼的来，妈就买给你。"她欣慰地更加紧捏着掌中的小银片，低微的声音悲凉地发抖，走近屋角去一看她的女儿，移开草席，抱起来放在破榻上。

"还早哩，再睡一会罢。"她说着，同时抬起眼睛，无可告诉地一看破旧的屋顶以上的天空。

鲁迅的生存、言说困境和他的「语言冒险」：现代文学、现代音乐、现代美术融为一体的创造的独一无二性空中突然另起了一个很大的波涛，和先前的相撞击，回旋而成旋涡，将一切并我尽行淹没，口鼻都不能呼吸。

我呻吟着醒来，窗外满是如银的月色，离天明还很辽远似的。

我自身不知所在，眼前却有一间在深夜中紧闭的小屋的内部，我自己知道是在续着残梦。可是梦的年代隔了许多年了。屋的内外已经这样整齐；里面是青年的夫妻，一群小孩子，都怨恨鄙夷地对着一个垂老的女人。

"我们没有脸见人，就只因为你，"男人气忿地说。"你还认为养大了她，其实正是害苦了她，倒不如小时候饿死的好！"

"使我委屈一世的就是你！"女的说。

"还要带累了我！"男的说。

"还要带累他们哩！"女的说，指着孩子们。

最小的一个正玩着一片干芦叶，这时便向空中一挥，仿佛一柄钢刀，大声说道：

"杀！"

那垂老的女人口角正在痉挛，登时一怔，接着便都平静，不多时候，她冷静地，骨立的石像似的站起来了。她开开板门，迈步在深夜中走出，遗弃了背后一切的冷骂和毒笑。

她在深夜中尽走，一直走到无边的荒野；四面都是荒野，头上只有高天，并无一个虫鸟飞过。她赤身露体地，石像似的站在荒野的中央，于一刹那间照见过往的一切：饥饿，苦痛，惊异，羞辱，欢欣，于是发抖；害苦，委屈，带累，于是痉挛；杀，于是平静。……又于一刹那间将一切并合：眷念与决绝，爱抚与复仇，养育与歼除，祝福与咒诅……。她于是举两手尽量向天，口唇间漏出人与兽的，非人间所有，所以无词的言语。

当她说出无词的言语时，她那伟大如石像，然而已经荒废的，颓败的身躯的全面都颤动了。这颤动点点如鱼鳞，每一鳞都起伏如沸水在烈火上；空中也即刻一同振颤，仿佛暴风雨中的荒海的波涛。

她于是抬起眼睛向着天空，并无词的言语也沉默尽绝，惟有颤动，辐射若太阳光，使空中的波涛立刻回旋，如遭飓风，汹涌奔腾于无边的荒野。

我梦魇了，自己却知道是因为将手搁在胸脯上了的缘故；我梦中还用尽平生之力，要将这十分沉重的手移开。

一九二五年六月二十九日

（原载 1925 年 7 月 13 日《语丝》第 35 期）

延伸思考

《野草》的变异性也表现在文体的渗透上。其中有散文的"诗化"（《野草》被看作"散文诗"），散文的"戏剧化"（如《过客》），而《颓败线的颤动》是一篇"小说化"的散文。文章第一节与第二节的上半部讲述了一个母亲牺牲肉体养育子女，孩子长大却将母亲驱逐的故事。这更是一篇寓言：鲁迅从"老女人"身上看到了自己的，也是"五四"那一代启蒙主义者的命运：为了唤醒年青一代，不惜牺牲了一切，所得到的却是抱怨和放逐，第三代还发出一片"杀"声——这是典型的启蒙之梦的破灭。

但鲁迅更关注的是，由此产生的自己主体生命的困境。当老女人"在深夜中走出"，实际上她已经变身为鲁迅自己："她赤身露体地，石像似的站在荒野的中央，于一刹那间照见过往的一切：饥饿，苦痛，惊异，羞辱，欢欣，于是发抖；害苦，委屈，带累，于是痉挛；杀，于是平静。……又于一刹那间将一切并合：眷念与决绝，爱抚与复仇，养育与歼除，祝福与咒诅……"作为当年被遗弃的启蒙者和今日受迫害的异端，鲁迅这样的知识分子，当然要和这个社会"决绝"，并充满"复仇""歼除""咒诅"的欲念；但又不能隔断一切情感联系，依然摆脱不了"眷念""爱抚""养育""祝福"之情。在这矛盾和纠缠的感情背后，是更为矛盾和尴尬的处境：他们拒绝了社会，自然已经"不在"社会体系之中；但无论是社会关系，还是情感关系，还又"在"其中。

更深层面的，还有言说的困境：作为反叛者，自然不愿、也不能用既定体系的任何语言来表达自己；但又置身于社会之中，只要一开口，就可能落入现有经验、逻辑与言语之中，于是就陷入"失语"状态，发出"无词的言语"。而且，就像鲁迅自己所说，"当我沉默的时候，我觉得充实；我将开口，同时感到空虚"，人内心最深层次的思想与情感，恰恰是说不清，也难以说出的：语言的表达是有限度的，人的某些生命存在是言语达不到的。

但鲁迅偏要挑战这不可言说，他要用自己的语言，照亮那达不到的存在，这就是鲁迅的"语言冒险"：他先把"无词的言语"、内在的"沉默"，外化为"荒废的，颓败的身躯"的"颤动"；再化为"起伏如沸水在烈火上"的鱼鳞，"暴风雨中的荒海的波涛"；又陡然一转："无词的言语也沉默尽绝，惟有颤动，辐射若太阳光，使空中的波涛立刻回旋，如遭飓风，汹涌奔腾于无边的荒野"——"无词的言语"竟然转化为如此有声有色、充满动感与力度又无比壮阔的形象！鲁迅显然是在自觉地借鉴现代美术和现代音乐的资源，创造一种极具画面感与音乐感的特殊语言，来表达一般语言难以进入的，沉默而又无限丰富、无比壮阔自由的人的内心世界。这就把现代汉语的表现力提到了空前的高度。这创造仅属于鲁迅。

● 这样将现代美术、现代音乐与现代文学融为一体的作品，是任何理性的赏析所不能进入的，唯有高声朗读，把自己的全部情感、想象投掷进去。于是，你会感受到鲁迅语言、鲁迅文学的魅力，同时进入一个鲁迅式生命的大境界。如有可能，你还可以尝试将鲁迅的这一现代文学作品转换为现代音乐、现代美术作品。这是一个极具挑战力与诱惑力的艺术课题。

第四节

现代话剧：
西方戏剧形式中国化的最初实验

　　话剧，作为一种西方戏剧形式，是在 19 世纪末经由西方侨民传入中国的，中国人演话剧也从教会学校学生的业余演出开始。1907 年春，中国留日学生组建的春柳社在东京演出《茶花女》第三幕和根据林纾翻译小说改编而成的五幕剧《黑奴吁天录》，这应该是中国话剧公开演出的开端。到"五四"新文化运动就提出了"要建设西洋式的新剧"的任务，这就是鲁迅后来所概括的，要"高扬戏剧到真的文学底地位，要以白话来兴散文剧"［鲁迅：《〈奔流〉编校后记（三）》]。1818 年春，《新青年》第 4 卷第 6 号推出"易卜生号"，将被称为欧洲"现代戏剧之父"的易卜生介绍到中国，倡导"关心现实生活问题"的现实主义戏剧。1919 年春，《新青年》发表了胡适创作的独幕剧《终身大事》，就是写易卜生式现实主义戏剧的尝试，以后现实主义戏剧就成了中国现代话剧的主流。在此基础上，开始了话剧文学的自觉创造：不仅在舞台上演出，更"可供人们当作小说、诗歌一样捧在书房里诵读"，由此而建立了中国话剧在"文学上的地位"（洪深：《中国新文学大系·戏剧集》导言）。20 世纪 20 年代就涌现出一批具有独立创造力的剧作家：郭沫若（代表作《棠棣之花》《卓文君》《王昭君》）、田汉（代表作《获虎之夜》《咖啡店之一夜》）、洪深（代表作《赵阎王》）、丁西林（代表作《一只马蜂》《压迫》）等，为中国现代话剧文学奠定了基础，而其大发展还要到下一个十年。

田汉：
"诗人写剧"，语言追求中的唯美主义

1921 年 6 月	郭沫若、成仿吾、郁达夫、田汉、郑伯奇、张资平等人在日本发起成立"创造社"。
1922 年 3 月	田汉独幕剧《咖啡店之一夜》发表（《创造》季刊创刊号）。
1924 年 1 月	创办《南国》半月刊。
1924 年 1 月	独幕剧《获虎之夜》发表（《南国》半月刊第 2 期，未登完）。
1924 年 12 月	《咖啡店之一夜》出版（中华书局）。
1927 年	田汉领导的南国社正式成立，并创办南国艺术学院。
1928 年冬	独幕剧《湖上的悲剧》发表（《南国》半月刊第 5 期）。
1928 年冬	独幕剧《苏州夜话》发表（《南国》半月刊第 6 期）。
1929 年 5 月	三幕剧《名优之死》发表（《南国》月刊第 1 卷第 1 期）。
1929 年 7 月	独幕剧《南归》发表（《南国》月刊第 1 卷第 3 期）。
1930 年 3 月	论文《我们的自己批判》发表（《南国》月刊第 2 卷第 1 期）。
1932 年 1 月	独幕剧《梅雨》发表（《读书杂志》第 2 卷第 1 期）。
1932 年 8 月	独幕剧《月光曲》发表（《文化月报》第 1 卷第 3 期）。
1932 年 11 月	独幕剧《乱钟》收入剧本集《暴风雨中的七个女性》（湖风书局）。
1935 年 5 月	三幕剧《回春之曲》收入戏剧集《回春之曲》（普通书店）。
1937 年 3 月	一幕两场剧《洪水》收入剧本集《黎明之前》（北新书局）。
1937 年 10 月	四幕剧《卢沟桥》出版（成都协美印刷局）。
1937 年 11 月	田汉、洪深、马彦祥主编《抗战话剧》在武汉创刊。
1938 年 1 月	两场歌剧《扬子江的暴风雨》发表（上海杂志公司《大众剧选》第 1 辑）。
1939 年 12 月	四十四场京剧《江汉渔歌》发表（《抗战文艺》第 5 卷第 2—5 期连载）。
1942 年 4 月	五幕剧《秋声赋》发表（《文艺生活》第 2 卷第 2—6 期连载）。
1946 年冬	开始创作二十一场话剧《丽人行》。

古潭啊，
你是漂泊者的坟墓

《南国》

田汉（1898—1968）

万恶的古潭啊，
我要捶碎你！

王尔德戏剧《沙乐美》（田汉译）

田汉（1898—1968），作为中国现代话剧的奠基者之一，拥有极具丰沛的创造活力，仅20世纪20年代就创作了20多部话剧。而且笔耕一生，始终是中国话剧的领军人物。在20年代的剧作中，虽不乏关注现实之作，如《获虎之夜》《名优之死》等，但作为创造社的剧作家，田汉早期创作更具有"诗人写剧"的特色。他最为倾心的是写"不以事件、性格或观念的展开为目的"，"专欲暗示一种情念的葛藤，或情调的流动"（郁达夫：《戏剧论》）的抒情剧。在他这一时期的剧作中，人物常有长篇的独白，或叙事（讲述情节故事），或抒情，以此作为推动戏剧发展的要素。田汉显然在语言的艺术上下了更大的功夫，而此时他的语言风格又是偏于华丽的。或竭力炫耀色彩的绚丽："那雪山脚下的湖水，还是一样的绿吗？"——"绿得像碧玉似的。""那湖边草场上的草，还是一样的青吗？"——"青得跟绒毡似的。我们又叫它'碧瑠璃'。"（《南归》）或排列奇瑰的物象："埃及模样的围巾啊，黑色的印度绸啊，南海的绸鞋啊，红帽子啊……天才的乐谱啊，南国奇花制成的香水啊，杨玉环爱吃的荔枝啊，鲛女哭出来的珠子啊，我把你们辛辛苦苦弄到这里来，她走了，你们也没有生命了。"（《古潭的声音》）或运用瑰奇的比喻与联想："鞋，和踏在你上面的脚和腿是怎样的一朵罪恶的花，啊！怎样把人引诱向美的地狱里去啊！"（《古潭的声音》）"翠姑娘！你是火中舞蹈的蔷薇"（《梵峨璘与蔷薇》），"我也像海底下的鱼望着水面上透进来的阳光似的等了你三年了"（《湖上的悲剧》）。这样的语言追求显然有唯美主义的影响，却大大增强了田汉剧作的文学性，对现代话剧文学语言的创立作出了独特贡献。

1928

《古潭的声音》

田汉

人物　诗人

　　　老母

布景　幽静朴素的卧室。卧榻上帐子微开，绣衾乱拥。榻下有高跟女履，使人想象有人娇卧未起。榻头有小几，红灯未息，洋书自展。左侧有书橱，有钢琴，琴上乱堆书籍乐谱。

　　　右内方为登楼之梯门。正面花帘外为露台，树木蓊郁，荫蔽天日。下有深不可测的古潭。

〔诗人提皮箧携杖登场，一进门即以指抵嘴轻呼："美瑛！美瑛！"

〔嗣见伊娇卧，未便惊动，因置杖坐沙发上，四顾室中，露得意的微笑。

诗人　两个月没有回来，这屋子早给她收拾得这么美丽了！（坐下见几上有书）哦，这孩子居然看起书来了，并且看起这样的书来了。我以为聪明的女孩子本来是用不着看书的。……这真是可喜的事。（望榻上）她这时候还不起来，想是晚上看书看得太晚了没有睡。（得意）啊！我胜利了，成功了，我毕竟把她由尘世的诱惑里救出来了；给一个肉的迷醉的人以灵魂的醒觉了。……不过也不可让她太用功，太用功是要生病的。（望榻上轻呼）美瑛！美瑛！

你看这孩子睡得好香，在这样孤寂得可怕的高楼上，亏得她睡得这么恬静，连个噩梦也不做呢。母亲有信来说她两个月不曾下过楼，她倒真是个勇于改过的孩子……（见高跟丝履，取一只来玩）你看她还穿着这双鞋！这要算她过去的快乐生活的唯一的纪念了。（举起丝履陶醉地想象）啊，鞋，和踏在你上面的脚和腿是怎样的一朵罪恶的花，啊！怎样把人引诱向美的地狱里去啊！记得我买这双鞋给她的时候是一个冬天的晚上，她伸着那只穿着薄薄的黑丝袜的腿让我给她系鞋带，——我一面系着带，一面心里觉得很奇怪，为什么一双人工做的小小的高跟鞋，一上了她的脚就会变成一对把人引诱向地狱里去的魔鬼！啊，我要不是这个楼的主人，我怕早做了你的奴隶了，可是现在……你不过是我的奴隶！

〔说着把它向地毯上一扔，又恐惊卧者，急拾置原处。帐子仍无动静。

诗人　美瑛！美瑛！哼哼，你这孩子别这么调皮了。谁不知道这是你的老脾气，装聋扮哑的，醒了装做没有醒？记得去年我带你们流浪到扬子江中部去的时候不？我们住在一个山上的客栈里，也是头一天晚上演戏太疲倦了，大家睡到第二天早上九点钟还不曾起来。可是再迟一点钟起来就赶不上轮船了，我拼命推你的时候，你不是明明醒了假装没有醒么？等到我急得可怜，这才拍了我一下，一跳爬起来，说："走罢，咱们说醒就醒。"你真是个可爱的小浑蛋啊！快起来，你看太阳又沉到山脚下去了，对面山上孤塔快给他烧焦了。我只教你到这楼上来静心读书，谁教你专来睡早觉呢？起来，你看我这么远回来，肚子饿了，脚也走疲倦了，母亲又不在家，你不起来，谁照料我呢？起来，起来，要不然我要掀被窝了。……

女　……

〔诗人打开皮箧。

诗人　快起来看，我买了许多你所爱的东西来了。（一一指示）这是现在最流行的围巾，我们去年流浪的时候，扬子江边那个傻瓜买（笔者注：疑似讹误，应为"卖"）给你那条围巾虽然很好，但那是绒织的，现在天气变暖了，该用不着了。还有你看这是黑色印度绸，买给你做衣料的。你不说你穿黑的和白的衣裳不会吃亏的么？还有这是最流行的绸鞋，比起你从前穿的那双好得多了。还有你看这是帽子，这是丝袜子，这是 cream，哦呀，你看这是新出版的乐谱，里面包含这几个月的天才作的曲子，快起来弹弹。这是香水，我一个新朋友送给我的一种南国特有的香水。他是个研究香水的化学师，他的鼻子能分辨得出五六十种不同的香味。他又曾亲自冒了无数的危险到百粤的山里采集了许多奇花异草，费了多少年工夫才制成的。据他说这种香水可以引起人一种神圣的陶醉。而且尤其是在远方的游子，一闻了这种香味便要想起家乡来，所以他又叫它做怀乡水。啊，美瑛，你要知道，我是何等注意你的精神生活的，肉的快乐虽不可求，可是我并不想闷坏我的黄莺儿教她不唱，枯坏我的兰花儿教她不香。快起来闻闻这种香水罢。不过别又真怀起乡来，嚷着要回北边去。北边又何尝是你的家乡呢。你看还有几样真正南国的特产。你猜是什么？

女　……

诗人　猜不出吗？蠢孩子，你给我的信不是自称聪明的小浑蛋吗？我老实告诉你罢，这是你女界的大浑蛋最爱吃的东西，她曾经为着爱吃这种东西累死过多少人的。我因为你这小浑蛋爱吃这种东西累得我也跋涉了万水千山才好容易亲自到荔枝湾摘了些来。那里风景很好，荔枝尤其好，并且可以任人家吃个饱，只不准带回来。我是得了他们特别的允许才带得些回来的。快来吃吃罢。（用盘子盛起）还有一样宝贝，你看了可要高兴死了。你看，就在这盒子里面。你猜是什么？

女　……

诗人　得了，不用你猜了，是几粒精圆圆光灿灿的珠子。南国的人是最爱珠子的。他们生了男的就叫珠男，生了女的就叫珠娘。南国的美人像倾国的媚珠坠楼的绿珠，也都是把珠做名字的，可知道珠子是多么贵重。可是聪明的你一定以为我这些珠子都是假的罢。要不然像我这样一个穷士那来钱买这真珠？那你这种猜测可错了。你要知道世界上的贵重的东西不都是钱买得来的。据说南国本多明珠：有骊龙吐出的骊龙珠，老蚌生出的明月珠，还有各种各色奇怪的珠子。可是不该他的珠光宝气冲得太高，惹来了许多专吃珠子的妖魔，把南国的明珠一年年都吃尽了。有一个贾胡的手中还剩下一颗牟尼珠，正想把它当生命似的保存，谁知妖魔从后面赶来，他不愿那珠子给妖魔夺去，急忙向海里面一扔，才变成今日的海珠——一块大大的顽石。这几颗珠子也不是骊龙吐的，也不是老蚌生的，是因为我此次在南海一个岛上遇着渔人们捉了两个鲛，一男一女。我去的时候，男的已经给他们杀了，我救了那个女的。这些珠子就是那可怜的蛟女哭出来的。你看这是钱所能买得来的么？美瑛，我这一趟南海之游不能算愉快的了，忧烦，怒恼，失望，对于女性的失望，对于友谊的失望，甚至对于人类的失望！我就是忘不了老母的恩，忘不了你那神秘的微笑，忘不了你那银铃似的声音。我这两月之中是多么思念你啊！我想我为着生活远适异乡，却把你和老母丢在这样深的山里，这样高的楼上，你是有过快乐生活底记忆的人应该是何等的寂寞，我恨不能立刻就回家安慰你。同时想到你是何等聪明的孩子，何等知道人生是短促的，艺术是悠久的，你一定能够照着我的话刻苦用功，什么人也不理，什么事也不想。你一定是一天一天地向精神生活迈进，我一想到这里我又安心了。我等待着回家的时候看见一个新生的美瑛！可是我这两个月的挂肚牵肠，现在得到解决了，我可以看见美瑛了。美瑛，你还不快快地把你那神秘的微笑，银铃似的声音来解放这疲劳的旅人吗？

女　　……

诗人　你这样的忍心吗？你这小坏蛋，我可真要掀你的被窝了。

〔猛力一掀，空无所有。

诗人　啊呀，美瑛，美瑛，楼下没有，床上没有，露台上也没有，难道
　　　我的美瑛上天了吗？

　　　〔老母登场。

老母　呀，孩子，你回来了吗？

诗人　（急趋前抱之）啊，娘。

老母　你怎么去了这末些日子才回？害得娘望得好苦。

诗人　话长着呢，娘呀，可是美瑛到那里去了呢？

老母　美瑛么？

诗人　是呀……？？？

老母　咳，孩子，你别问她了，你是你娘的孩子。

诗人　娘啊，你教我怎不问她呢？娘给了我的生命，可是我把我的生命
　　　给了她了。

老母　孩子，她恐怕是不值得你那样做罢。你把你娘给你的贵重的生命
　　　轻轻地给了她，是太看重了她罢。

诗人　呵，她——她走了吗？？？

老母　……唔……走了。

诗人　走了？？？！！

老母　……

诗人　为什么鞋还摆在床前，衣还堆在床上，床头的桌上还点着灯，灯
　　　下还有刚看着的书呢？

老母　这是她走的时候的原样子，娘恐怕你回来的时候要问，所以一点
　　　也不会动它。

诗人　啊！……娘！她是什么时候走的？

老母　快十天了，——孩子。

诗人　十天了？……她是怎么走的？同人家走的呢？一个人走的呢？

老母　一个人走的。

诗人　她走的时候对娘说了些什么没有？

老母　没有说什么，她走的时候娘压根儿就不晓得，娘睡着了。

诗人　那是晚上走的了，带去了什么没有？

老母　什么也没有带走，甚至鞋都留在这里。

诗人　啊，美瑛！你毕竟是要走的吗？我也早知道你是要走的了。可是你既然要走为什么又要来呢？啊，我什么也不能想了。我只恨你走为什么不走得干干净净？为什么要留下这些毒花似的红的衣裳，为什么要留下这一对黑色的恶魔，为什么还要留下你那些不爱看的书，和爱弄的脂粉！你可知道这些东西每一样都要绞我的眼泪，割我的肺肝吗？你这坏东西最爱作弄人家，难道你走了之后还饶不了我吗？啊，我这两个月是干了些什么？这些东西是为着谁才辛辛苦苦弄来的？埃及模样的围巾啊，黑色的印度绸啊，南海的绸鞋啊，红帽子啊，丝袜子啊，克里姆啊，天才的乐谱啊，南国奇花制成的香水啊，杨玉环爱吃的荔枝啊，鲛女哭出来的珠子啊，我把你们辛辛苦苦弄到这里来，她走了，你们也没有生命了。……娘啊，你知道她大约走那里去了么？

老母　……孩子，她走到古潭里去了。

诗人　到古潭里去了？

老母　是啊，那孩子投到露台下的古潭里淹死了！

诗人　真的？

老母　难道娘还骗你？为着此事害得娘辛苦了好几天。你又没有钱寄来，得亏朋友们帮忙，才把她葬了。刚才我正到张家里道谢去来呢。

诗人　（跑到露台上呆望了一会）啊，美瑛！

老母　（很沉静地说）自从你和你的朋友走了之后，家里真是清静得像古庙似的。美瑛也真是信你的话每天静心看书，有时候闷起来，就听得她弹比牙琴。我一听得她那种寂寞的琴声，恐怕把她闷坏了，邀她出去顽耍。她总是不肯，依旧看她的书去了。娘也觉得这孩子变得太好了，像这样子的沉静，怕不是一个很有望的女艺术家，我不单止替她欢喜，也实在替大家欢喜。不过孩子，你要知道，女孩子究竟是女孩子，太好就是不好的兆头，我暗地里很担心她这样子不能支持得很久的，果然等了你一个月她还不见你回来，她看书的时候就少了，弹琴的时候就多了，后来钢琴的声音也不大听见，只听得她一个人坐在露台上唱歌了。

诗人　……唔……？

老母　有一天晚上她坐在露台上很晚不睡，我上来劝她进房睡觉，恐怕她受了凉要生病的。她说："老太太，不要紧的。我什么也不好，可就是身体好。"娘说："身体好也要晓得爱惜呀。"她说："爱惜着身体有什么用处呢？"娘说："孩子，你正在那里好好地用功，怎么又说出这样的话来了呢？你不也常跟着我的儿子说：'生命是短促的，艺术是不朽的'吗？你要是不爱惜你的身体，怎么能够用短促的生命完成那不朽的艺术呢？"那孩子好像很伤感地说："老太太呀，您知道我是一个漂泊惯了的女孩子，南边，北边，黄河，扬子江，那里不曾留过我的痕迹，可是那里也不曾留过我的灵魂，我的灵魂好像随时随刻望着那山外的山，水外的水，世界外的世界，她刚到这一个世界，心里早又做了到另一个世界去的准备。我本想信先生的话，把艺术做寄托灵魂的地方，可是我的灵魂告诉我连艺术的宫殿她也是住不惯的，她没有一刻子能安，她又要飞了，……"

诗人　哦。她讲她要飞到什么地方没有？

老母　没有讲。娘想一定是这孩子老不下楼闷成了病，才说出这样的话来。她那样动惯了的人陡然这一静，怎么不要生病呢？我说："那么明天我依然陪你到都会里去罢，免得在这里闷坏了你。"她说："老太太，我不过有一点小孩子脾气，您老人家别那么担心。我在这里一点也不闷。"我说："夜深了，你得进去睡呀。"她说："不，正因为要坐在露台上才不闷呢。您老人家不看见吗？那里有一个人张着她那伟大的臂膊在招我呢。他们还唱着歌在那里欢迎我呢！"

诗人　你老人家那时候看见了什么没有？或是听见了些什么没有？

老母　什么也没有看见。看见的就是在潭边那几株大树的黑影。也没有听见什么歌声，假如有就是那夜风吹动树叶，树叶儿落到在潭里的声音。

诗人 啊，她有病了！

老母 是啊，我也立时觉得她有病了。摸她的头上，果然有些发热。赶忙把她拖到房里，把她纳在床上睡了，替她盖好被，放好帐子，还替她把窗门关上，这才下楼来睡。第二天请大夫看了病，说是："没有什么，只要吃一点姜汤发散发散就得了。"可是接连着三晚她依旧很晚坐在露台上唱歌，唱一会，又停一会，好像和人家对唱着似的。到第三晚上我忍不住了，又说了她一顿，要她进去睡。她服服帖帖地随着我进房，自己关上这张窗门，开着灯，打开她爱看的书，写了一会，又和我谈了一回家常，自己脱了衣，盖好被，娘又替她放好帐子，才安心下来。可是娘刚一合眼只听得古潭里扑通一声，我心里一惊，赶忙到楼上一看，孩子！什么都和现在一样，可就是这张门开了，美瑛不见了。

诗人 （悲泣之余）娘，美瑛死的时候难道一句话也没有留给我吗？

老母 没有。（忽忆）不过这要算她的绝笔了。这是她睡以前写的。
〔诗人急接过。

诗人 （朗念）古潭，

露台下的古潭！

深深不可测的古潭！

倒映着树影儿的古潭！

沉潜着月光的古潭！

落叶儿飘浮着的古潭！

奇花舞动着的古潭！

古潭啊，你藏着我恐惧的一切，

古潭啊，你藏着我想慕的一切，

古潭啊，你是漂泊者的母胎，

古潭啊，你是漂泊者的坟墓。

古潭啊，我要听我吻着你的时候，

你会发出一种什么声音。

啊，我知道了，（出至露台）美瑛，美瑛，我把你从尘世的诱惑里救出来，你又给古潭诱惑了吗？女孩子啊，你们的一生就是从诱惑到诱惑去的路吗？古潭啊，我的敌人啊，我从许多人手里把她夺出来，却一旦给你夺去了吗？你那水晶的宫殿真比象牙的宫殿还要深远吗？万恶的古潭啊，我要对你报仇了。我要听我捶碎你的时候，你会发出种什么声音？（说着纵身往露台下一跳）

〔老母飞步拉着将坠下的儿子。

老母　孩子！孩子！你疯了吗？你疯了吗？快拉着这栏杆！孩子，你怎么不拉呀，你难道为着美瑛，娘也不管了吗？

诗人　古潭啊，万恶的古潭啊！

老母　孩子，快些拉着栏杆呀！娘没有力了啊，娘只有你这一个孩子！——你，是娘的命根，你死了娘也不能活了。你快拉着那栏杆罢。孩子，——你可怜我。

诗人　（依然握拳惨叫）古潭啊，万恶的古潭啊！

老母　孩子，你真这样的狠心吗？娘，娘，娘，是一刻子也不能再支持了。娘费了一生的力把你抚养大，你就能这样丢了娘去吗？

诗人　万恶的古潭啊，我要捶碎你！

〔诗人再一蹿，老母支不住，手一松，诗人坠下去了。

老母　（狂叫一声）啊！！

〔隔了几秒钟只听得扑通一声。

〔这大约是古潭被他捶碎的声音。

老母　（闻此一声若闻暮鼓晨钟，吐出一声）也好。（坐在露台上）

〔潭内余音未已。

——幕

（原载 1929 年 6 月《南国》月刊第 1 卷第 2 期）

　　这是一部神秘的象征诗剧。戏剧开幕前本是一个艺术启蒙的故事：诗人把女主人公美瑛"由尘世的诱惑里救出"，使她懂得了"人生是短促的，艺术是悠久的"的道理，她自愿到诗人的家中闭门读书，以求精神的升华。在与女性的交往中，男性常常喜欢扮演启蒙者的角色，而且大半是成功的。但大幕拉开，两个月后，在外流浪的诗人带着最流行的围巾、绸鞋、香水与乐谱，来看望他的美瑛，以创立同时满足灵肉要求的新生活时，却意外甚至惊恐地发现，这位被他唤醒的女性又被"古潭的声音"唤去，并且永远不归了。原来分离期间，美瑛的思想又发生了新的蜕变："我是一个漂泊惯了的女孩子……那里也不曾留过我的灵魂，我的灵魂好像随时随刻望着那山外的山，水外的水，世界外的世界。她刚到这一世界，心里早又做了到另一个世界去的准备。我本想信先生的话，把艺术做寄托灵魂的地方，可是我的灵魂告诉我连艺术的宫殿她也是住不惯的，她没有一刻子能安，她又要飞了……"这才是真正的精神漂泊者：生命不能有一刻的凝固，灵魂不能有一刻的安宁，远方（山外的山，水外的水）有着永远的诱惑，女性内在生命的骚动一旦被唤醒，就会走向彻底，从而将本质上是妥协、中庸的男性启蒙老师抛弃：诗人终于失败了。

　　值得注意的，是田汉精心的艺术设计：他把"古潭的声音"作为永久的诱惑的象征，它才是剧中人和剧情发展背后的真正支配者和主人公。如田汉自己所说，这一意象取自日本古诗人芭蕉的俳句"古潭蛙跃入，止水起清音"，而据日本学者的分析，这古潭的声音乃"具足了人生之真谛与美的福音"（《田汉戏曲集·五集·自序》）。剧的结尾，诗人高喊着"古潭啊，你藏着我恐惧的一切，古潭啊，你藏着我想慕的一切，古潭啊，你是漂泊者的母胎，古潭啊，你是漂泊者的坟墓"，"万恶的古潭啊，我要捶碎你"，坠入潭中。这样，田汉的"古潭的声音"，很容易让人联想起鲁迅《过客》里的"前面的声音"，都是表现着一种生命的永远的诱惑，这其实也是现代文学一个贯穿性的主题。但在剧作家的笔下，却增加了几分神秘、感伤的色彩：这恐怕正是田汉的思想、艺术个性的流露吧。

● 应该说《古潭的声音》是一个相当丰富的文本。除了独特的戏剧结构、精美的戏剧语言引人注目外，其内含的哲理更耐寻味。特别是田汉对男女爱情微妙的直觉、感悟，对男性与女性精神特质的发现，都相当独到而别具一种深刻性。如上边谈到的女性才是"真正的精神漂泊者"，最终必然"把本质上是妥协的、中和的男性启蒙老师抛弃"，就是一个世界性的启蒙主义话题。俄国作家屠格涅夫的《罗亭》《贵族之家》《前夜》里的女主人公娜达丽亚、丽莎、叶丽娜都是"一旦被唤醒，就决不回头"，表现出女性特有的"极端性与韧性"，而她们的男性启蒙老师罗亭们，却都是妥协而无行动力的。屠格涅夫由此发现，男人与女人分别偏向于哈姆雷特与堂吉诃德两极。我的《丰富的痛苦——堂吉诃德与哈姆雷特的东移》一书第七章对此有过具体分析，可参考。田汉或许没有考虑这么多，但他凭着自己思想和艺术的敏感，创造了作为中国现代戏剧、现代文学重要组成部分的女性文学的别一种样式，将它和屠格涅夫的《罗亭》对照起来读，一定很有意思。如果注意到，在同一时期茅盾的《创造》里，也写到了女性被男性启蒙，最终超越男性的故事，这构成了 20 世纪 20 年代中国女性文学的一种追求，就更加有意思了。这是一个需要作专门讨论的中国现代女性文学研究课题。

丁西林：
喜剧、独幕剧艺术的实验

1907 年春	春柳社演出小仲马《茶花女》中的两幕（日本东京）。
1918 年 6 月	罗家伦、胡适合译的易卜生剧作《娜拉》发表，同期胡适论文《易卜生主义》和张厚载论文《新文学及中国旧戏》发表（《新青年》第 4 卷第 6 号）。
1918 年 10 月	《新青年》推出"戏剧改良专号"，胡适、傅斯年、欧阳予倩等发表讨论文章（《新青年》第 5 卷第 4 号）。
1919 年 3 月	胡适独幕剧《终身大事》发表（《新青年》第 6 卷第 3 号）。
1921 年 1 月	陈大悲五幕剧《幽兰女士》发表（《晨报》1 月 6 日—17 日连载）。
1921 年 3 月	茅盾、郑振铎、陈大悲、欧阳予倩、汪仲贤、熊佛西等 13 人在上海组织民众戏剧社。
1921 年 4 月	陈大悲论文《爱美的戏剧》发表（《晨报》4 月 20 日至 9 月 4 日连载）。
1921 年 10 月	汪仲贤独幕剧《好儿子》发表（《戏剧》第 1 卷第 6 期）。
1921 年	陈大悲、李健吾组织北京实验剧社。
1921 年	应云卫、谷剑尘等组织上海戏剧协社。
1922 年冬	蒲伯英出资在北京创办人艺戏剧专门学校。
1923 年 1 月	王尔德戏剧《沙乐美》出版（田汉译，中华书局）。
1923 年 1 月	洪深《赵阎王》发表（《东方杂志》第 20 卷第 1、2 号）。
1923 年 10 月	丁西林独幕剧《一只马蜂》发表（《太平洋》第 4 卷第 3 期）。
1925 年 3 月	丁西林独幕剧《酒后》发表（《现代评论》第 1 卷第 13 期）。
1925 年 5 月	丁西林《一只马蜂及其他独幕剧》出版（北京大学现代评论社）。
1926 年 1 月	丁西林独幕剧《压迫》发表（《现代评论》第 1 周年纪念增刊）。
1939 年夏	丁西林创作独幕剧《三块钱国币》。
1941 年 11 月	丁西林四幕剧《妙峰山》出版（戏剧春秋月刊社）。

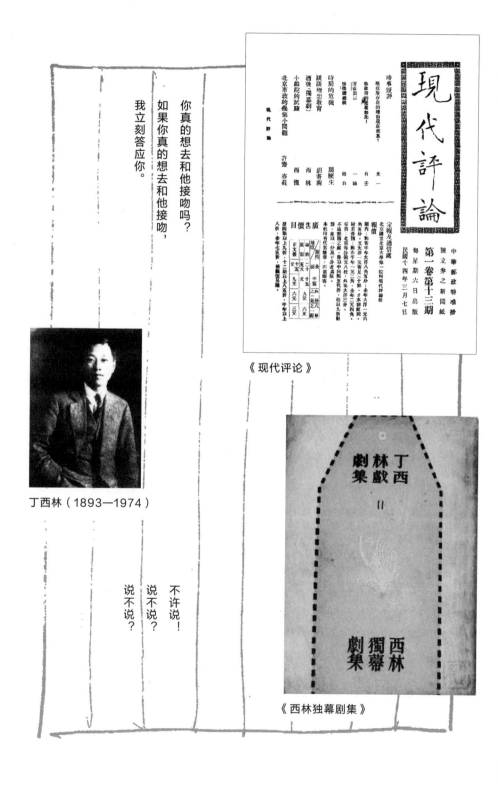

你真的想去和他接吻吗？
如果你真的想去和他接吻，
我立刻答应你。

《现代评论》

丁西林（1893—1974）

不许说！
说不说？
说不说？

《西林独幕剧集》

丁西林（1893—1974）和田汉一样，也是中国话剧开创时期的代表性作家，而且从一开始，就表现出一种艺术上的成熟。在同时期大多数粗糙、幼稚之作中，显得凤毛麟角般可贵，同时也显得超前：这是一位有自觉实验意识的艺术家。

在 20 世纪 20 年代以至整个中国话剧史上，丁西林都是一个独特的存在。其一，他既是一位出色的剧作家，又是一位杰出的物理学家，他身上体现的科学与艺术思维的相反相成，至今仍是研究者感兴趣的课题。其二，中国现代话剧以悲剧为主体，他是为数不多的喜剧作家；在喜剧领域里，他又独创了机智与幽默喜剧。其三，中国现代话剧的主要代表作大多是多幕剧，而他却执着于独幕剧的艺术探索，并创作了堪称典范的《一只马蜂》《压迫》《酒后》《北京的空气》等作品。

1925

《酒后》

丁西林

人物　夫
　　　妻
　　　客人 [1]

布景　一个冬天的深夜，一间华美的厅
　　　屋。[2] 喝醉了酒的一位客人，睡在
　　　一张长的沙发上。[3] 一个年近三十
　　　岁的男子，坐在桌旁削水果。桌上
　　　除了水果碟子、茶壶、茶杯之外，
　　　还有一个烧水的小洋炉，下边的火
　　　正燃着。屋内非常的幽静沉寂，只
　　　有水壶里发出细微蚩蚩的声音。[4]

　　　开幕之后，约过了半分钟，一个青
　　　年的女子，一手拿了茶叶瓶，一手
　　　拿了一条毯子，走进屋来。进来之
　　　后，先把毯子在靠近男子的一张椅
　　　上放了，带了茶叶瓶，走近桌来。

妻　拿来了，替他盖上吧。[5]

1 丁西林喜剧十分讲究人物的设置：出场人很少，通常只有三人，除主要冲突双方外，常有一个结构性的人物，构成"三元结构"。

2 丁西林的喜剧常发生在上层社会的沙龙里。

3 不能小看"喝醉了酒"的这位"客人"，他在剧中说不上几句话，却是核心人物，一切戏都因他而展开：他是一位英俊的，善良的，而又不幸的男人。——这样的男人是很容易引起麻烦的。

4 浓重的家庭气氛——这原是一个温暖、平静的家庭，现在突然多出一个"客人"，就打破了平静，引出种种"戏"来。

5 妻子自己不去给客人盖毛毯，却要丈夫去盖，这有点"不自然"，似乎有"文章"（"戏"）。

夫 （吃水果要紧，并且想难她一下）好，替他盖上。你比我盖得好。（说完了看了她一眼）6

妻 （回看了他一眼，将已经拿在手里的茶壶放下）你以为我不敢吗？这有什么稀奇？做给你看看！（重新取了毯子，轻轻走去将毯子盖在那客人的身上）7

夫 水开了。8

〔妻走了回来，用沸水先冲了空壶，把水倾在痰盂里。

夫 芷青啊，起来。——起来喝点茶睡觉去。9

妻 你看，我教你不要叫醒他，让他睡一会儿。10（放下茶叶，冲了茶，灭了火，壶上加了套子）

夫 （吃了好几口水果）唉，我说，你不让叫醒他，如果他今晚一夜不醒觉，你要我等他到明天怎么样？

妻 你吃了那么多东西，你现在会睡得着吗？——就睡了也不舒服。11

夫 不过这太不公平了。你让他舒舒服服地睡在那里，要我辛辛苦苦地坐在这里等他。12

妻 他唱醉了酒，你没有喝醉酒。——你们几个喝他一个……13

夫 （更正她）喝你们两个。14

妻 喝我们两个？我就只喝了半杯酒。现在还觉得心跳呢。（坐到沙发上）15

夫 你没有喝酒，你帮了他讲话。16

---

6 丈夫大而化之，故意"难她一下"——这里有一种微妙的夫妻之间的感情。

7 "轻轻走去"，怕惊醒"他"——惊醒，就没有"戏"了：这场戏必须在客人不知觉的情况下发生。

8 提醒"她"做妻子的责任。

9 此时才点出"他"的名字。亲切的口气显示出丈夫与"他"关系的密切。

10 妻仍然称作"他"，言谈中又流露出对"他"的体贴。

11 表面替丈夫着想，其实是在关心"他"。

12 丈夫说这话有点"撒娇"的意思，在夫妻之间常有的戏谑口气中无意点破了"你""我""他"之间的微妙关系。

13 仍然是将"他"与"你"，"你们"与"他"作对比，无意中又站在"他"这一边。

14 丈夫有意无意地将"你"与"他"联在一起，构成一个"你们"。

15 岔开。

16 拉回来，再点破："你帮了他讲话。"

206

妻　不应该，是不是？ ¹⁷

夫　（吃完了水果，擦了手，也坐在沙发
上）应该，应该。¹⁸不过也让我躺一躺，
我想总可以吧？（躺在她的怀里）¹⁹

妻　这样很公平，是不是？

夫　怎么？

妻　他睡在一张椅子的上面，你睡在——
一个女人的怀里。²⁰

夫　这非常的公平。因为他是喝醉了酒，
保不住要吐的，要把你的衣服弄脏
了，所以不能睡在你的怀里。我——
并没有喝醉酒。²¹

妻　喔，这股酒味儿！你靠在那一边去。
（将他推开了，²²把身后的一个腰枕给
了他。他领受了她的这番情意，也从
另外的一张椅上，取了一个腰枕递送
给她）谢谢你，我没有那个很舒服。²³

夫　（把两个腰枕都领受了下来，从衣袋
里摸出烟斗）准不准抽烟？

妻　不准！

夫　（叹了一口气）唉，什么都好，就是
这一点，有点美中不足。²⁴

妻　啊，美中不足的地方多得很，屋子不舒
服，饭菜不合口，太太不漂亮，……²⁵

夫　不要这样的得意！²⁶

妻　谁得意？²⁷

夫　你得意。

妻　怎么我得意？

夫　你以为一个人得意了，一定是说大话

17　回避不了，索性以退为攻。

18　丈夫让步——他本来就不将这
　　当一回事儿。

19　行使丈夫的"权利"。

20　尽管丈夫躺在自己怀里，想着的
　　依然是"他"的处境。妻子心
　　目中"他"与"你"的对比与前
　　述丈夫所说"他"与"我"的对
　　比互相照应。不说"妻子"而说"女
　　人"，意味深长。

21　"不能睡在你的怀里"，依然是无
　　意中的点破。

22　又把丈夫推出去。

23　拒绝丈夫的温存——原因仍然
　　是因为有了"他"。以上是全
　　剧的"第一段"。夫妻谈话，中
　　心却是"他"："妻"不由自
　　主地流露出对"他"的关心，
　　"夫"则有意无意地表示出某
　　种不甚明确的"醋意"。对话中
　　"我""你""他"的人称变化写
　　出了人物情感与关系的微妙。

24　始终是半开玩笑地说话，在爱
　　妻面前表现丈夫的"痞"气。
　　第一次流露内心的满足，值得
　　注意。

25　也是半开玩笑地说一番"反话"。
　　夫妻之间的戏语，又似乎包含
　　了什么别的意思。

26　丈夫自然懂得妻子"反话"中
　　的意思。

27　从下文就可知道，真正"得意"
　　的是丈夫。

吗？一个人，心虚的时候，方才说大话，自谦的时候，多半是自负。[28]

妻　我一点都不自负。我自己知道，什么都没有弄得好。不过你应该帮助我才是啊。[29]

夫　（懒怠的）亦民啊，……[30]

妻　唉。

夫　我时常地想，像我这样的一个人，享受这样的一种幸福，我只有感谢上帝，再也不敢有一个非分的欲望。[31]不过我有一件事，我死的时候，我要立在我的遗嘱里。[32]

妻　什么事？

夫　我要教他们替我做一个大箱子，装一箱子的烟，放在我的棺材里。[33]（说完了两个人都笑了起来。他趁了这个好机会，又倒到她的身上[34]）喔，亲爱的，这是天堂的生活，这是仙宫的生活，然而这是人的生活。一个人既然生在世上就应该过这样的生活，——最少要有一天，——一点钟——一忽儿！[35]（握了她的手）你说对不对？

妻　荫棠，我想世界上什么幸福都是假的幸福，只有爱的幸福，是真的幸福。[36]

夫　啊，这是你最得意的题目。[37]——喔，对不起，讲讲。（坐直）

妻　我想一个人在世界上，要有了爱，方才可以说是生在世上，如果没有爱，只可以说是活在世上。[38]

28　"人夸耀什么常常是因为缺什么"——相当深刻的心理观察。丈夫经常说出这类富有哲理的话，说明他的文化修养与智力都相当高。以此原理返观开头妻子不直接给"他"盖毯子，确实颇有"意思"。

29　真心话。"妻"是一个严肃、认真，善于自我反省的女人。

30　又开始一个新的话题。

31　丈夫的满足感是真实的。从下文便可知。丈夫与妻子的分歧恰恰在于此，他们婚姻的潜在威胁也在于此：这是重要的一笔。

32　"遗嘱"云云是故作惊人之语。

33　丈夫的幽默感，"痞"劲儿。

34　小两口的感情是好的，家庭生活是甜蜜的，丈夫的满足是有根据的：必须把握住这一"基本点"，如果认为夫妻之间感情已经破裂，那就大错特错了。

35　丈夫把他的自我满足感提高到一个人生哲学的高度：以一己的小家庭的一时一地的快乐，为人生最大追求。

36　妻子也谈自己的幸福观。突然转入了严肃的谈话，似是离题，剧情的发展却是更深入了一步。

37　可见谈过不止一次。略含嘲讽的口吻中流露出丈夫对妻子的幸福观颇不以为然：由此展开了夫妻间更深刻的矛盾。

38　妻子提出了"生"与"活"的概念，前者是"人"的范畴，后者是"动物"的范畴。

夫　生在世上，和活在世上，是怎样的分别法子？

妻　一个人，在世上，有了爱，他就觉得他是人类的一个，他就觉得这个世界也是他的，他希望大家都有幸福，他感觉得到大家的痛苦，这样方才能够叫生在世上。一个人，如果没有爱，他就觉得他不过是一个旁观的人，他是他，世界是世界，他要吃饭，因为不吃饭就要饿死，他要穿衣服，因为不穿衣服就要冻死，他要睡觉，因为不睡觉就要累死。他的动作，都不过是从怕死来的，所以只好叫作活在世上。[39]

夫　照你这样的定义，中国有四万万人，最少有三万九千九百九十九万，是活在那里，不是生在那里。[40]

妻　所以我想一个人如果没有爱，不知道爱，那就是世界上最可怜的人。[41]

夫　一个人没有爱，也不是最可怜的人，不知道爱，也不是最可怜的人。最可怜的人，是他知道爱，没有得爱；或有得爱，社会不容他爱的人。[42]

妻　你是说——（转头向那个客人看了一看）芷青，是不是？[43]

夫　是的。

妻　（静默了一回）荫棠，为什么没有人爱他？

夫　因为他结了婚。

39　在小夫妻的日常谈话里，妻子这样滔滔不绝地谈论抽象的人生哲学；这是"五四"时代爱情的特点。妻子的幸福观也打上了"五四"时代的烙印：把自己看作是"人类的一个"，追求"人类"的共同的"爱"。尽管谈的是一般的人生观，但当说到"感觉得到大家的痛苦"时，这个"大家"是有具体所指的，从下文看就是"他"（"客人"）。
　　——在这一段对话中，"他"仿佛已被遗忘，其实却隐隐存在着，并且支配着这对小夫妻的谈话。

40　丈夫同时也想到了自己——他就是"三万九千九百九十九万人"中的一个。

41　由抽象的"人类"，笼统的"大家"，转向具体的"世界上最可怜的人"。——如一味谈论"哲学"，会造成剧情的沉闷，必须迅速"转向"。

42　是"丈夫"而不是"妻子"把话题引向"他"。由丈夫的介绍，读者对"他"有了更深的具体了解。

43　"他"终于从背景里走了出来。不知不觉中，"他"变成了含有亲切意味的"芷青"。
　　以上是第二段戏。仍然是夫妻对话，却揭示了表面美满的婚姻背后隐伏着的矛盾与危机。

妻　喔，结了婚！那算得数吗？他就没有和他的太太同住过。[44]

夫　那不管。中国的女人，只要结婚，不管爱不爱的。这本来也是很对的，因为婚姻是一个社会的制度，社会制度，都是为那一般活在世上的人设的，不是为那少数的生在世上的人设的。[45]

妻　这样说，婚姻的制度就应该打破。

夫　那可不要提倡。从前的人，以为结了婚就是爱，那已经受不了；现在有不少的人，以为不结婚就是爱，那更加受不了。[46]

妻　这样说，像他这样的人，就让他这样孤单地过一生吗？[47]

夫　你要他结婚吗？你如果要他结婚，那容易得很。你只要给他一点毒药，教他把他的太太今天毒死了，明天就有人和他结婚。如果你觉得毒死人是不人道的事，那么你或是把她赶走，或是说她不能生小孩子，或是说她有精神病。这些方法虽然不同，目的是一样。这是一般活在世上的人定的规矩。[48]

妻　荫棠，我实在非常地可怜他。[49]

夫　你用不着可怜他。他虽然没有得到爱，但是他不是仅仅地活在那里，他还生在那里。你不要因为看了他的外表很镇静，很凉淡，以为他失望。他的内部，有一把火在那里烧着。我们虽然看不见那火焰，可是我们时常看

44　点明"他"的不幸在于"没有爱情的婚姻"：这也是"五四"的时代概念。

45　丈夫的口里经常说出一些相当深刻的话，可见他并不俗，他的致命弱点在于自我满足与缺乏同情心，以"玩世"的态度看待一切。

46　夫妻间对现存婚姻制度的不同态度。

47　又把话题拉到"他"身上——妻在潜意识里最关心的还是"他"。剧情的发展也需要"收拢"。

48　妻以严肃的态度提出的问题，丈夫总是以俏皮话扯开去，这是一种"看透一切"的玩世态度。他遵循的是"一般活在世上的人"的"规矩"。

49　妻对丈夫的玩笑听而不闻，仍沉浸、执着于对"他"的感情——岂止是"可怜"！当一个女人"可怜"某一个男人时，在这背后常常隐藏着一种"爱"，而且是多少带点母性的爱。这也许是母系社会的"原始蛮性的遗留"吧，却是会带来麻烦的。

见他喷出来的火星子。[50]

妻　（转想）你知道，我初认识他的时候，很有点怕他。[51]

夫　现在呢？

妻　现在已经熟了，还怕什么？

夫　是的，我相信有许多女人，初见了他的时候，一定怕他。其实他对于女人，是再温和没有的。[52]

妻　那我老早就看出来了。[53]

夫　（好像刚刚想到）唉，我想他和你心目中所理想的一种男子，倒有点相近。[54]

妻　我心目中所理想的一种男子是怎么样？[55]

夫　一个人，意志很坚决，感情很浓厚，爱情很专一，不轻易地爱一个人，如果爱了一个人，就永久不要改变，设或那个女人实在不值得爱，那也是你自己的过失，只好跳在海里自尽去。[56]

妻　你心目中的理想的男子是怎么样？[57]

夫　我心目中的理想的男子，完全的和我一样！……[58]

妻　嘘！（摸手绢）[59]

夫　不然，我会这样的快乐么？[60]

妻　看见我的手绢没有？[61]

夫　你刚才不是坐在那边……

妻　（看见了手绢，起了身）你要不要喝茶？

夫　谢谢你，不要喝。[62]

妻　（从另外一张椅上取了手绢，脑中生了一个异想，[63] 靠在桌旁，想了一回）荫棠，你不是说过年的时候，送我一

50　丈夫是理解"他"的，他们毕竟是朋友。但丈夫是不是理解自己的妻子呢？妻子刚才那些谈话、动作，都是从内心"喷出来的火星子"，可惜丈夫似乎并没有觉察（或者不愿意觉察）。

51　妻子开始沉浸在对"他"的怀念中——怀念，又是一种危险的感情！

52　丈夫仍然在炫耀自己对于"他"的理解。——又疏忽了自己妻子的感情？好粗心的丈夫！

53　冲口而出。岂止"看出来"而已。

54　又是丈夫点破，却是"好像刚刚想到"，耐人寻味。

55　女人的好奇心——看看丈夫对自己及自己爱慕的人到底是否"理解"。

56　丈夫并不糊涂：他是了解自己的妻子的；无意中他不仅为自己的朋友"他"，也为妻子画了一幅像。他唯一不了解的，倒是他自己，看下文便知。

57　又是理想主义者的设问。

58　彻底的现世主义者的回答：自我感觉极端良好。在妻的眼里，这是可笑、可悲与可怕的。夫妻之间的深刻裂痕正在这里。——再一次点题。

59　极度的失望，陡然失去继续谈话的兴趣。

60　丈夫还没有觉察妻子情绪的变化，继续陶醉在自我满足中。

61　有意打岔，已无话可说。

62　第三段戏结束。中心仍是"他"：围绕对"他"的不幸的种种议论，丈夫与妻子的分歧与矛盾进一步暴露与激化。剧情发展至此，已达一"顶点"，需要"转折"。

63　"一个异想"，使剧情出现"转机"。或者说，至此才开始入题，之前均是铺垫。什么"异想"？设置了一个悬念。

样礼物么？ [64]

夫　是的，你想要我送你什么东西？ [65]

妻　我现在不想要你送我东西了。

夫　为什么？为什么又不要我送东西？

妻　我想向你提出一个要求，不知道你能不能答应我？ [66]

夫　只要我能做得到的，我都答应你。

妻　你做得到，一个很简单的要求。 [67]

夫　（起立）什么要求？

妻　要你答应了我，我方才说给你听。 [68]

夫　我答应你。 [69]

妻　真的答应我？ [70]

夫　真的答应你。

妻　芷青睡在那里，你让我去吻他一吻。 [71]

夫　什么？ [72]

妻　去吻他一吻。 [73]

夫　（嬉笑的）那不行！（坐到椅上） [74]

妻　为什么不行？

夫　那——那是不应该的。 [75]

妻　为什么不应该？难道一个女人结了婚，就没有表示她意志的自由么？就不能向另外一个男子表示她的钦佩么？ [76]

夫　表示意志的自由，自然是有的。不过表示钦佩——是那样表示的么？ [77]

妻　（又坐到椅上）那有什么？难道你还吃醋吗？我想你一定不会吧？ [78]

夫　喔，不是，我是不十分赞成这个表示钦佩的方法，不是吃醋。中国的男人，就没有一个知道吃醋的。 [79]

64　由远及近，请君入瓮——女人的小聪明，小计谋。

65　粗心的（更重要的是自我感觉良好的）丈夫开始上钩。

66　什么"要求"？悬念更进一步发展。

67　继续引而不发。

68　女性的狡黠。

69　果然上当。

70　再叮咛一句，预防杜绝"反悔"的可能。以上极写妻的煞费苦心，正是为下文作铺垫。

71　"戏"做足了，才款款点出妻的请求，却如此出人意料。

72　丈夫听不懂——没有思想准备，观众也毫无思想准备。

73　"一吻之求"看似荒唐，却表示了妻对于"他"的情感的不可遏制，同时又要在"他"并不知觉的情况下，在丈夫允许的条件下实现这种感情：这种爱的方式就预先决定了它的结局。

74　妻的郑重请求，丈夫却用"嬉笑"的态度拒绝，真是别有滋味。

75　理由倒冠冕堂皇。

76　注意：妻只说自己对"他"是一种"钦佩"，而不承认是爱。

77　丈夫自然不相信。

78　索性点破，以攻为守。

79　丈夫赶紧退却。

212

妻　中国的女人呢？

夫　中国的女人？——和外国的女人一样！

妻　女人也不是个个都是一样的。我从来就不知道吃醋，我最讨厌的是一个女人吃醋。[80]

夫　不要把吃醋说得这样的要不得，吃醋也有吃醋的味儿。一个女人，如果完全不吃醋，那就和一个男人完全不喝酒一样，一定干燥无味得很。不过酒喝多了是要吐的，醋吃多了也是要吐的，吃醋吃到要吐的程度，就没有趣味了。[81]

妻　我相信一个人，真正有了爱情，是不会吃醋的。[82]

夫　好了，真正有了爱情的，是不会吃醋的；真正没有爱情的，也是不会吃醋的；所以只有那真正有了一半爱情的，最会吃醋，对不对？[83]

妻　喔，你知道我的意思。我是说，两个人彼此有了绝对的信任，方才能够有真正的爱情。有了绝对的信任，就不会有吃醋的事发生。[84]

夫　你对于我，我相信是有绝对的信任的了，现在如果我要和一个女人接吻，你答应不答应？[85]

妻　一定答应。[86]

夫　真的？

妻　真的。——不过你要得到我的允许，当着我的面。

80　话题又扯开了，这是夫妻间谈话的特点。

81　尽管是调侃，却也内含了一些人生智慧，丈夫毕竟是聪明的。

82　追求"真正"的"爱情"：仍是理想主义者的口吻。

83　丈夫仍然嬉皮笑脸地谈他的"道理"。在他看来，"真正"的"爱情"其实并不存在。

84　妻也在讲自己的"道理"：又提出一个"绝对的信任"的概念，俨然一位"绝对的"理想主义者。

85　又是半开玩笑。

86　妻子却十分严肃、认真。

夫 哦！当着你的面，我去和谁接吻去！那还有什么意思？[87]

妻 我现在向你要求的，也是当着你的面去和一个男人接吻呀。

夫 是呀！那也一样的没有意思，所以我不赞成啊。[88]

妻 （没有话说）不行，你已经答应了我。

夫 （看出她真有那个意思）你真的想去和他接吻吗？如果你真的想去和他接吻，我立刻答应你。[89]

妻 你答应我？

夫 （诚意的）我答应你。[90]

妻 那我就去！（立起）

夫 （镇静得很）你去好了。[91]

妻 （软了下来）他会知道吗？[92]

夫 （取笑）你要不要他知道？[93]

妻 （安自己的心）喔，他不会知道。[94]

夫 （捣乱）我告诉你一个方法，如果你不要他知道，你轻一点儿，如果你要他知道，你就重一点儿。[95]（立了起来）现在让我走开。[96]

妻 （没有想到）你不要走！你为什么要走开？[97]

夫 刚才你说，你对我有信任，所以我可以当着你的面和一个女人接吻；我对你，更信任，所以你和一个男人接吻的时候，我可以走开。（想走）[98]

妻 那不行，那我不答应。（将他拉住）[99]

夫 这真奇怪！你要我怎么？

[87] 丈夫追求的原来是偷情。

[88] 说来说去还是"不赞成"。前面一大堆话都是开玩笑。

[89] 丈夫似乎直到这时，才认真对待妻子的"请求"。

[90] 终于"答应"。第四段戏结束。从提出"一吻之求"到答应，经历了多少曲折；暗藏着妻的真正悲剧。

[91] 心里却是紧张的。剧情发展至此，妻似乎已达目的，应直奔结局。

[92] 又出现一个出人意料的转折——如此坚决、认真的妻突然翻转出内心软弱的另一面。

[93] 聪明的丈夫立刻抓住机会，调侃妻子：又恢复了刚刚丧失的心理优势。

[94] 不回答丈夫提出的"要不要"，而说"他不会"，实际是回避自己内心的矛盾。

[95] 继续调侃：丈夫的"玩世"与妻的"认真"追求理想，形成强烈对比。

[96] 看准了妻的软弱，以退为进。

[97] 妻却"没有想到"，足见其单纯。

[98] 索性作出"大方"的姿态——不是真的"信任"，而是深知妻的弱点，故意戏弄：丈夫始终是一种游戏态度。

[99] 情势又发生变化：妻反过来求丈夫不要走。

妻 （将他按在椅上）你不要走。（她走了几步，停了）荫棠，我有点怕。[100]

夫 不要怕，鼓起胆子来。（她还是不走）去啊！[101]

妻 （真的鼓起胆子，毅然向那张睡了人的沙发走去，走了几步，又回过头来）你和我一块儿来。

夫 喔，这样的无用！[102]
〔她又走了几步，站在沙发旁边犹豫。[103]

夫 （偷偷地走到门口）我给你绝对的自由唉。（走出）[104]

妻 （吓回）[105]荫棠，荫棠，荫棠！[106]（客人惊醒了）

客人 啊！（立刻坐了起来）[107]

夫 （走进屋来。见客人坐起，大失所望）这可不要怨我，这是你自己……[108]
〔妻给了他一个眼色。[109]

客人 （睡眼蒙眬地走近桌子来）什么时候了？[110]

夫 什么时候！谁教你不多睡一会儿？[111]

客人 为什么？

夫 为什么？因为……

妻 荫棠！

夫 ……因为有一个人……

妻 荫棠！不许说！

夫 （一字一字的）……正……想……要……

妻 （急了，赶紧地走来，掩住他的嘴）不许说！

---

100 终于说出原因："我有点怕"一语泄露了内心的怯弱。

101 丈夫反过来鼓励妻子去吻"他"——又一个荒唐的转折！

102 一语点破，但又带着男性（夫）居高临下的自傲——暗含着女性（妻）的悲剧。

103 不过是几步路，却走得如此艰难——最难的是战胜自己的"犹豫"。

104 又是恶作剧：继续戏弄妻子。

105 最后关头自己"吓回"了自己。

106 三声急呼，说尽了妻子的依赖性：她终于回到了丈夫身边。
以上是第五段戏。妻子临阵逃脱，剧情出乎意料地急转直下，翻出喜剧背后的悲剧内容。

107 上面这出戏的真正诱导者这时才发出第一个声音。

108 丈夫居然"大失所望"——在他看来这一切都是"演戏"，无"戏"可看，自然失望。

109 "哀求"的眼光：夫妻地位互换，妻由主动变被动。

110 继续处于"无知"状态，观众却是"有知"的，二者的反差产生"笑"。

111 这正是妻子的心思，却由丈夫来点破。

夫　（将她的手扯开）想要和你……（嘴
　　又掩住了）

妻　不许说！（紧紧地掩住他的嘴不放）
　　说不说？说不说？（他垂了两手，不
　　再挣扎了）[112]

客人　（已经糊糊涂涂地倒下三杯茶，屋
　　内的举动，一点也没有觉到，端了
　　一杯茶，送到那位嘴还被人掩住的
　　先生的面前）喝茶。[113]

——闭幕

（原载 1925 年 3 月 7 日《现代评论》
第 1 卷第 13 期）

[112] 又一个喜剧性场面：表面上妻子一再命令丈夫"不许说"，摆出进攻姿态，其实是在被动防守；表面上妻子最后胜利了，丈夫"垂了两手，不再挣扎"，其实却意味着妻子的理想主义的彻底失败：真正"不再挣扎"的是妻子自己。

[113] 戏最后落在"他"（客人）身上正是必然："他"才是这幕戏的真正导演，但"他"却对剧情一无所知：这本身自然也构成了"喜剧"。

延伸思考

　　不同于同时期的大多数剧作家，丁西林创作的出发点不是社会、历史、现实中的问题，也不是惩恶扬善的道德家的眼光，而是以一个喜剧家的直觉，去发掘生活中的喜剧因素，结构成具有喜剧趣味的戏剧，也自有别一种社会意义。在剧本中，他关注的是一个"二元三人"的人物关系，又由此设计出一个相应的戏剧结构模式。在《酒后》里，"夫"与"妻"原有一个温暖、平静的家庭，彼此文化程度都比较高，感情也不错；只是由于"他"的出现——一位英俊、善良而又不幸的"客人"喝醉了酒，睡在客厅的长沙发上，而且在戏剧进行过程中，他一直睡着，没有说过一句话；但却引发了小夫妻间的一场对话，揭开了妻的理想主义与夫的满足现状、玩世不恭的潜在矛盾，别开生面地

216

揭示了在新、旧思想交织时代的爱情危机。因此唤醒、激发了"妻"从来不敢正视的对"他"的爱，并突发异想，要当着丈夫的面，亲吻熟睡中的"他"。几经曲折，丈夫勉强同意，妻却临阵退却。这未能实现的"一吻之恋"，其实就是"五四"那个特定时代的婚外情：受到西方爱情观影响的上层女性，内心追求爱情的自由选择，但真正实行时却有意无意地受到传统观念和本性微弱、怯懦的限制而寸步难行，从而将自己陷入进退两难的尴尬：荒诞喜剧背后，隐藏着不可言说的悲哀。最后，客人醒来，夫妻感情的波澜也归于平静。这原本是一出"几乎无事的喜剧"。

● 要抓住本文的语言。首先是戏剧语言的特点。要注意琢磨剧中人物说话时的潜台词，即台词背后隐藏着的微妙心理与剧中人物之间的微妙关系。其次，要注意丁西林自己特别着力的喜剧语言的特殊风格。丁西林说，"喜剧语言一般地说，不是那么激昂慷慨，不那么抒情，不那么严肃，不那么诗意盎然。它的特征是：轻松，俏皮，幽默，夸张等等"；"喜剧中的俏皮话有三种情况：有一种讲话本身就是俏皮的，被喜剧家听到了，把它记下来，写剧本时放进去……另有一种俏皮话则更加优美，更加聪明，这显然是经过剧作家的加工或是创作……还有第三种，语言本身是一句平常话，但放在某种场合、某种情况，由某某人的嘴里说出来，就变得俏皮幽默了"（《戏剧语言与日常讲话有别》）。从这两个角度入手，可重点分析：妻与夫关于"生在世上"与"活在世上"的辩论；妻提出"一吻"之求，到夫表示同意之间的种种曲折，特别是夫同意之后妻的态度与突变。

● 丁西林曾经提倡要像当年金圣叹批注小说那样，对剧本也作批注。这样对剧本潜台词的潜心琢磨，其实是导演和演员的必作功夫。本书提供了笔者对《酒后》的批注，请在认真品味之后，朗读或表演此剧。还可以对丁西林的其他剧本，如《压迫》也尝试作这样的批注和朗读表演。

第 二 编

社会大变动时代
现代文学范式的建构

1928 — 1937.6

那人回到茶峒城邊時，一見熟人就報告這件事，不多久，全茶峒城裏外便皆知道這個消息了。河街上船總順順，派人找了一隻空船，帶了副白木匣子，即刻向碧溪岨撐去。城中楊馬兵却同一個老軍人，趕到碧溪岨去，砍了幾十根大毛竹，用葛藤編作筏子，作為來往過渡的臨時渡船。筏子編好後，撐了那個東西，到翠翠家中那一邊岸下，留老兵守竹筏來往渡人，自己跑到翠翠家去看那個死者，眼淚濕瑩瑩的，摸了一會躺在床上硬硬殭殭的老友，又起忙着做些應做的事情。到後幫忙的人來了，從大河船上連來棺木也來了，住在城中的老道士，還帶了法寶，提了一隻公雞，來盡義務辦理念經起水諸事，也從筏上

沈从文
《边城》
1934 年 10
生活书店原

历史进入第二个十年，中国社会发生了巨大变动：1928年国民党南京政府宣布，实现了全国统一，由此进入相对稳定的十年建设时期，开启了中国工业化和现代化的历史进程。而南京政府所进行的工业化、现代化最突出的特点，就是发展的不平衡。在西方工业文明的冲击下，以上海为中心的沿海城市加速了资本主义模式的现代化建设，出现了畸形的繁荣景象。另一面是农村现代化的严重滞后，以至北京为代表的内陆城市大都是农村的延长；而农村的凋敝，则反映了农村传统社会的瓦解，大量农村人口向城市的流动成为引人注目的社会现象。这样的城乡变动触及中国社会的每一个角落及一切阶层，对知识分子、民族资本家、工商业者、工人、农民以及市民阶层的命运和思想、感情、心理产生了巨大冲击，引起了从中心城市到穷乡僻壤的急剧震荡。工业化、现代化过程导致的急剧两极分化和社会动荡，必然导致社会思想与实践的急剧"革命化"：在这个意义上，也可以说，中国社会的第二个十年，是一个"社会革命的时代"。面对这样的社会革命趋向，国民党政府尽管做过种种努力建立党治文化、党治文学的统治，却都遭到失败。最后形成了20世纪30年代政治、经济、军事与思想、文化的不平衡现象：掌握着政权的国民党政府在政治、经济、军事上占据绝对优势，但在思想、文化、文艺领域却形不成具有影响力与号召力的独立力量。这样，在现代文学的第二个十年里，决定着文学基本面貌的，是共产党领导的无产阶级文学运动及其影响下的"左翼文学"，和民主主义、自由主义作家的文学运动及其影响下的"京派文学"与"海派文学"。

30年代的左翼文学由三部分人组成。作为倡导者与组织者的，是全部由共产党党员作家组成的太阳社与刚从日本回国的后期创造社成员；而其核心却是以鲁迅与茅盾为代表的，在新的社会大变动的推动下，受马克思主义影响，由"五四"启蒙文学走向革命文学的左翼知识分子。

他们之间曾因对所要推动和构建的"革命"与"革命文学"的不同理解而发生过激烈争论；在共产党的组织干预和推动下，于1930年2月共同发起成立了"中国左翼作家联盟"。

或许更值得注意的是，一大批"新人"的涌入，导致了中国作家结构的重大变化：现代文学第一代作家大都是士大夫阶级的"逆子"，以对旧家庭、旧思想、旧传统的批判开创了现代文学的思想启蒙时期；新一代的作家则来自更广泛的社会阶层，有着丰富的人生经验，思想上也更倾向于革命。作为青年左翼作家，他们也就成了左翼文学的基础与骨干。第二个十年文学最活跃的作家，如叶紫、沙汀、艾芜、吴组缃、艾青、夏衍，以及东北作家群的萧军、萧红、端木蕻良等，都属于左翼作家群体，这绝非偶然。而他们进入文坛必然大大密切了文学与现实生活、时代、社会各阶层的联系，带来全方位的社会观察、思考和描写：现代文学也就由思想启蒙时代的文学发展为社会大变动时代的文学。

决定现代文学第二个十年的面貌与特质的，还有中国社会工业化、现代化的进程，文化、文学市场的形成与发达，这为知识分子提供了新的生存空间，出现了职业作家，即所谓"自由撰稿人"，为报刊写作，编书、写书成为他们的谋生手段与生存方式。文学与媒体的互动，文学的市场化，这些对作家创作方式、思维的影响，导致了文学内容、形式、语言的深刻变动，决定了第二个十年现代文学的基本面貌。知识分子的空间位置和现代文学的中心发生了根本转移：由以北京为中心的校园转向以上海为中心的文学市场。活跃在上海文学市场的，不仅有聚集在《创造月刊》《文化批判》《拓荒者》《萌芽》《北斗》《文学月报》等期刊的左翼作家，大批民主主义、自由主义作家也都聚集在开明书店、文化生活出版社、生活书店等出版机构，以及《新月》《现代》《文学》《文季月刊》等刊物，形成了所谓"海派文学"——从广义的角度看，左翼文学也属于"海派"。而另一些民主主义、自由主义作家则聚集在北方的文学刊物、副刊，如《文学杂志》《骆驼草》《水星》《大公报文艺副刊》，形成了"京派文学"。这样的市场化文学，在极大地扩展了文学发展的空间和影响力的同时，也因国民党政权对文化、文学市场的控制，以及文学商业化带来的种种问题，而陷入新的生存、发展困境，使得这一时期的现代文学在展现社会与文学的现代化困境，以及与之相应的人的心理与审美的困境时，具有更复杂、更丰富的内涵。

但也就是在这样的空前机遇与挑战下，中国现代文学由最初的开拓期，逐渐走向成熟，自觉地开始了"中国"的又是"现代"的"文学"范式建构，并获得了最初的丰硕成果，主要表现在以下几个方面。

首先是现代都市文学与现代乡土文学的创造，吸引和集中了这一时期最具创造力的作家，如，小说领域的茅盾、巴金、老舍、沈从文、丁玲、李劼人、施蛰存、刘呐鸥、穆时英、张天翼、沙汀、艾芜、吴组缃、萧军、萧红；戏剧领域的曹禺、夏衍、田汉、洪深；诗歌领域的艾青、戴望舒、卞之琳；散文领域的鲁迅、夏衍、李广田等。他们在思想、艺术上所进行的全面探讨使都市文学、乡土文学迅速趋向成熟，成为中国现代文学的主体，并建构起了真正具有中国特色的文学范式。在这个基础上，继20年代出现鲁迅、周作人两位大家之后，30年代出现了茅盾、老舍和沈从文三位现代都市文学、乡土文学的大家，以及李劼人这样具有独创性的作家，这在中国现代文学发展史上都具有标志性意义。

其次，中国现代文学也呈现出许多新的特点。如果说注重个性解放与思想解放的"五四"是抒情的时代，着重社会解放的第二个十年就是叙事的时代。"五四"时代最便于表现作者个性的"散文小品文的成功，几乎在小说戏剧之上"；到了30年代，能够容纳较为广阔的社会历史内容的小说，特别是中长篇小说，成为最有成就的文学样式；多幕剧也获得了引人注目的成就。同时出现的是新文体的尝试，如新感觉派小说，现代派诗歌、杂文与报告文学等。在叙事体作品的创作中，心理刻画艺术得到特别重视与发展，社会结构剖析与心理结构剖析的统一，成为许多作家的自觉追求，特别是左翼作家，更注意从社会历史的运动中去把握和展示人物心理活动的发展动势，避免了静止的心理描写。而另一些作家在潜意识的开掘上也有许多新的创造。可以说，中国现代文学到了它的第二个十年，就逐渐形成了自己的历史特点，即：广阔的社会历史内容，对民族灵魂开掘的思想与心理深度，多元化的艺术形式与美学风格。最后，我们在第一编讨论现代文学的理论建构时，曾提到鲁迅所警示的中国现代文学发展的内在危机：面对强大的中国文化、文学传统和世界文化、文学传统，如果缺乏独立自主性，可能失去"自己的声音"。这也是第二个十年里，现代文学范式建构遇到的最关键问题。应该说，在这方面，也确实展现了许多努力。一方面，对中国古代传统的继承更加自觉，对世界文学传统的吸取视野也更加开阔；另一方面，又把这些继承与吸收，建立在对中国民族现实生活、民族性格与民族心理的切实准确的把握基础上，更加关注中国自身的地方文化、民间文化和多民族文化。因此，第二个十年文学创造的一个最大特点，就是多元文化的汇集，现代文化的各种因子——地方文化、民间文化、多民族文化、外来文化、传统文化——都在作品里激荡，作家出入其间，进行现代文学形式与语言的自由创造，以其色彩缤纷的多样性以及相当的深度和广度，丰富与发展着现代文学。我们终于有了自己的文学范式，并且有了自己的标准。

第三章

现代都市文学、现代乡土文学三大家

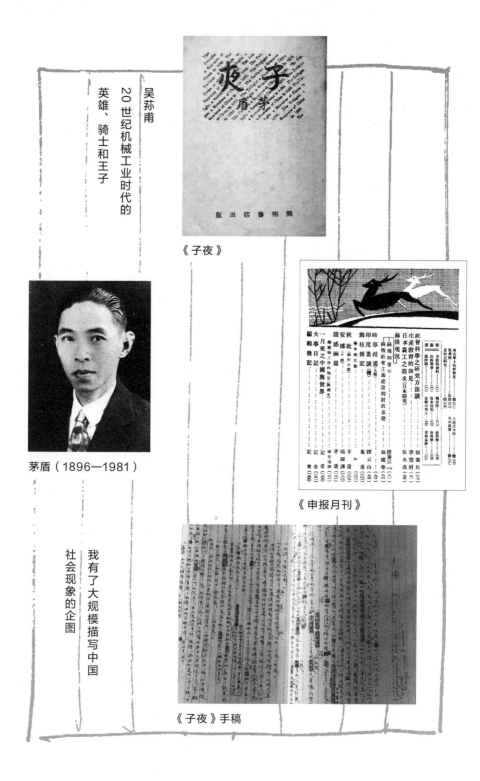

吴荪甫

20世纪机械工业时代的

英雄、骑士和王子

《子夜》

茅盾（1896—1981）

《申报月刊》

我有了大规模描写中国

社会现象的企图

《子夜》手稿

茅盾：
现代中国都市文学与左翼文学的开拓者

1920 年 1 月	茅盾主持《小说月报》"小说新潮"栏目。
1921 年 1 月	接编改革《小说月报》，参与发起成立"文学研究会"。
1927 年 9 月	《幻灭》发表（《小说月报》第 18 卷第 9—10 号连载，署名茅盾，收入 1930 年 5 月开明书店版《蚀》）。
1928 年 1 月	《动摇》发表（《小说月报》第 19 卷第 1—3 号连载，收入《蚀》）。
1928 年 9 月	《幻灭》发表（《小说月报》第 19 卷第 6—9 号连载，收入《蚀》）。
1929 年 6 月	《虹》发表（《小说月报》第 20 卷第 6—7 号连载），1930 年 2 月由开明书店出版。
1931 年 10 月	开始创作《子夜》。
1932 年 7 月	《林家铺子》发表（《申报月刊》第 1 卷第 1 期，收入 1933 年 5 月开明书店版《春蚕》）。
1932 年 11 月	《春蚕》发表（《现代》第 2 卷第 1 期，收入《春蚕》）。
1933 年 1 月	《子夜》出版（开明书店）。
1933 年 4 月	《秋收》发表（《申报月刊》第 2 卷第 4—5 期，收入《春蚕》）。
1933 年 7 月	《残冬》发表（《文学》第 1 卷第 1 号，收入 1939 年 8 月开明书店版《茅盾短篇小说集》第 2 集）。
1935 年 5 月	茅盾导言《中国新文学大系·小说一集》出版（良友图书公司）。
1941 年 10 月	《腐蚀》出版（华夏书店）。
1943 年 5 月	《霜叶红似二月花》出版（华华书店）。

茅盾（1896—1981），原名沈德鸿，字雁冰，无疑是第二个十年继鲁迅、周作人之后最重要的现代作家。他在 1929 年所写的《读〈倪焕之〉》里，对第一个十年的现代文学有过这样的反省：鲁迅的《呐喊》写到了"老中国的暗陬的乡村，以及生活在这暗陬的老中国的儿女们，

但是没有都市，没有都市中青年们的心的跳动"；而郁达夫等作家的创作，虽然写到了都市青年，但"所反映的人生还是极狭小的，局部的"，"没表现出'彷徨'的广阔深入的背景"。因此，当1927年沈雁冰用"茅盾"的笔名创作《幻灭》，以小说家的身份出现时，就找到了新的突破口，并以此形成了自己的鲜明特色。茅盾因此自觉充当现代都市文学的开拓者，他的《幻灭》《动摇》《追求》三部曲和《子夜》发表后都引起轰动，《子夜》出版后三个月内就重版四次。之后茅盾还创作了"农村三部曲"（《春蚕》《秋收》《残冬》）及反映小城镇经济衰败、工商业者命运的《林家铺子》，他试图提供一个30年代中国城乡社会的全景图。如果把在下一个十年所写的《锻炼》《腐蚀》《霜叶红似二月花》等合起来，茅盾的著作就构成了一部20世纪前半叶的中国社会史。

茅盾对都市文学、现代文学的主要贡献，是其所创造的民族资本家与时代新女性这两个形象系列。他最为着力并获得巨大成功的，是《子夜》里民族资本家吴荪甫形象的塑造。吴荪甫既与帝国主义支持下的买办资产阶级斗法，又疯狂镇压工人运动；表面的果决善断背后是狐疑惶恐；充满自信背后是悲观绝望；遇事胸有成竹背后是张皇失措，最后导致精神的崩溃：茅盾就是要通过吴荪甫形象的矛盾性来展现他所认识到的中国半殖民地半封建社会里民族资产阶级的两面性。

茅盾的贡献，还在于他创造了现代文学的新范式。有研究者指出，茅盾是一位具有社会科学家气质的小说家，又是中国最早接受马克思主义的小说家，并具有较高的理论修养和较为丰富的革命实践经验。这都给他的创作打下了深刻的烙印。如叶圣陶所说，"他写《子夜》是兼具文艺家写作品与科学家写论文的精神的"（叶圣陶：《略谈雁冰兄的文学工作》）。由此形成了茅盾创造的文学范式的四大特点：一是自觉地以马克思主义理论指导文学创造，实现小说艺术与社会科学的结合；二是重视题材的社会性和主题的重大性，创作与历史尽量同步，反映时代全貌及其发展的史诗性，追求巨大的思想深度与广阔的历史内容；三是着重从经济生活的变动反映都市生活的演变，用阶级及阶级分析的观念来观察、分析，表现处于复杂社会关系中的人物典型，并且鲜明地表现出作者的政治倾向性；四是创造了"社会剖析小说"的新模式，有别于其他作家的都市文学。这四大特点都集中反映了左翼文学的基本要求和特点，因此茅盾的作品成了中国左翼文学的范例。同时，这四大特点，也决定了茅盾更倾心于长篇小说的艺术。他在小说结构、场面描写以及表现人物心理活动的丰富性等方面，都作了自觉的试验。茅盾是作为开创性的长篇小说艺术家而存在于现代文学史上的。

1933

《子夜》（节选）

茅盾

　　云飞轮船果然泊在一条大拖船——所谓"公司船"的外边。那只大藤椅已经放在云飞船头，两个精壮的脚夫站在旁边。码头上冷静静地，没有什么闲杂人；轮船局里的两三个职员正在那里高声吆喝，轰走那些围近来的黄包车夫和小贩。苏甫他们三位走上了那"公司船"的甲板时，吴老太爷已经由云飞的茶房扶出来坐上藤椅子了。福生赶快跳过去，做手势，命令那两个脚夫抬起吴老太爷，慢慢地走到"公司船"上。于是儿子，女儿，女婿，都上前相见。虽然路上辛苦，老太爷的脸色并不难看，两圈红晕停在他的额角。可是他不作声，看看儿子，女儿，女婿，只点了一下头，便把眼睛闭上了。

　　这时候，和老太爷同来的四小姐蕙芳和七少爷阿萱也挤上那"公司船"。

　　"爸爸在路上好么？"

　　杜姑太太——吴二小姐，拉住了四小姐，轻声问。

　　"没有什么。只是老说头眩。"

　　"赶快上汽车罢！福生，你去招呼一八八九号的新车子先开来。"

　　苏甫不耐烦似的说。让两位小姐围在老太爷旁边，苏甫和竹斋，阿萱就先走到码头上。一八八九号的车子开到了，藤椅子也上了岸，吴老太爷也被扶进汽车里坐定了，二小姐——杜姑太太跟着便坐在老太爷旁边。本来还是闭着眼睛的吴老太爷被二小姐身上的香气一刺激，便睁开眼来看一下，颤着声音慢慢地说：

"芙芳，是你么？要蕙芳来！蕙芳！还有阿萱！"

苏甫在后面的车子里听得了，略皱一下眉头，但也不说什么。老太爷的脾气古怪而且执拗，苏甫和竹斋都知道。于是四小姐蕙芳和七少爷阿萱都进了老太爷的车子。二小姐芙芳舍不得离开父亲，便也挤在那里。两位小姐把老太爷夹在中间。马达声音响了，一八八九号汽车开路，已经动了，忽然吴老太爷又锐声叫了起来：

"《太上感应篇》！"

这是裂帛似的一声怪叫。在这一声叫喊中，吴老太爷的残余生命力似乎又复旺炽了；他的老眼闪闪地放光，额角上的淡红色转为深朱，虽然他的嘴唇簌簌地抖着。

一八八九号的汽车夫立刻把车煞住，惊惶地回过脸来。苏甫和竹斋的车子也跟着停止。大家都怔住了。四小姐却明白老太爷要的是什么。她看见福生站在近旁，就唤他道：

"福生，赶快到云飞的大餐间里拿那部《太上感应篇》来！是黄绫子的书套！"

吴老太爷自从骑马跌伤了腿，终至成为半肢疯以来，就虔奉《太上感应篇》，二十余年如一日；除了每年印赠而外，又曾恭楷手抄一部，是他坐卧不离的。

一会儿，福生捧着黄绫子书套的《感应篇》来了。吴老太爷接过来恭恭敬敬摆在膝头，就闭了眼睛，干瘪的嘴唇上浮出一丝放心的微笑。

"开车！"

二小姐轻声喝，松了一口气，一仰脸把后颈靠在弹簧背垫上，也忍不住微笑。这时候，汽车愈走愈快，沿着北苏州路向东走，到了外白渡桥转弯朝南，那三辆车便像一阵狂风，每分钟半英里，一九三〇年式的新纪录。

坐在这样近代交通的利器上，驱驰于三百万人口的东方大都市上海的大街，而却捧了《太上感应篇》，心里专念着文昌帝君的"万恶淫为首，百善孝为先"的诰诫，这矛盾是很显然的了。而尤其使这矛盾尖锐化的，是吴老太爷的真正虔奉《太上感应篇》，完全不同于上海的借善骗钱的"善棍"。可是三十年前，吴老太爷却还是顶括括的"维新党"。祖若父两代侍郎，皇家的恩泽不可谓不厚，然而吴老太爷那时却是满腔子的"革命"思想。普遍于那时候的父与子的冲突，少年的吴老太爷也是一个主角。如果不是二十五年前习武骑马跌伤了腿，又不幸而渐渐成为半身不遂的毛病，更不幸而接着又赋悼亡，那么现在吴老太爷也许不至于整天捧着《太上感应篇》罢？然而自从伤腿以后，吴老太爷的英年浩气就好像是整个儿跌丢了；二十五年来，他就不曾跨出他的书斋半步！二十五年来，除了《太上感应篇》，他就不曾看过任何书报！二十五年来，他不曾经验过书斋以外的人生！第二代的"父与子的冲突"又在他自己和苏甫中间不可挽救地发生。而且如果说上一代的侍郎可算得又怪僻，又执拗，那么，吴老太爷正亦不弱于乃翁；书斋便是他的堡寨，《太上感应篇》便是他的护身法宝，他坚决地拒绝了和儿子妥协，亦既有十年之久了！

虽然此时他已经坐在一九三〇年式的汽车里，然而并不是他对儿子妥协。他早就说过，与其目击儿子那样的"离经叛道"的生活，倒不如死了好！他绝对不愿意到上海。苏甫向来也不坚持要老太爷来，此番因为土匪实在太嚣张，而且邻省的共产党红军也有燎原之势，让老太爷高卧家园，委实是不妥当。这也是儿子的孝心。吴老太爷根本就不相信什么土匪，什么红军，能够伤害他这虔奉文昌帝君的积善老子！但是坐卧都要人扶持，半步也不能动的他，有什么办法？他只好让他们从他的"堡寨"里抬出来，上了云飞轮船，终于又上了这"子不语"的怪物——汽车。正像二十五年前是这该诅咒的半身不遂使他不能到底做成"维新党"，使他不得不对老侍郎的"父"屈服，现在仍是这该诅咒的半身不遂使他又不能"积善"到底，使他不得不对新式企业家的"子"妥协了！他就是那么样始终演着悲剧！

但毕竟尚有《太上感应篇》这护身法宝在他手上，而况四小姐蕙芳，七少爷阿萱一对金童玉女，也在他身旁，似乎虽入"魔窟"，亦未必竟堕"德行"，所以吴老太爷闭目养了一会神以后，渐渐泰然恬然睁开眼睛来了。

汽车发疯似的向前飞跑。吴老太爷向前看。天哪！几百个亮着灯光的窗洞像几百只怪眼睛，高耸碧霄的摩天建筑，排山倒海般地扑到吴老太爷眼前，忽地又没有了；光秃秃的平地拔立的路灯杆，无穷无尽地，一杆接一杆地，向吴老太爷脸前打来，忽地又没有了；长蛇阵似的一串黑怪物，头上都有一对大眼睛放射出叫人目眩的强光，啵——啵——地吼着，闪电似的冲将过来，准对着吴老太爷坐的小箱子冲将过来！近了！近了！吴老太爷闭了眼睛，全身都抖了。他觉得他的头颅仿佛是在颈脖子上旋转；他眼前是红的，黄的，绿的，黑的，发光的，立方体的，圆锥形的，——混杂的一团，在那里跳，在那里转；他耳朵里灌满了轰，轰，轰！轧，轧，轧！啵，啵，啵！猛烈嘈杂的声浪会叫人心跳出腔子似的。

不知经过了多少时候，吴老太爷悠然转过一口气来，有说话的声音在他耳边动荡：

"四妹，上海也不太平呀！上月是公共汽车罢工，这月是电车了！上月底共产党在北京路闹事，捉了几百，当场打死了一个。共产党有枪呢！听三弟说，各工厂的工人也都不稳。随时可以闹事。时时想暴动。三弟的厂里，三弟公馆的围墙上，都写满了共产党的标语……"

"难道巡捕不捉么？"

"怎么不捉！可是捉不完。啊哟！真不知道那里来的这许多不要性命的人！——可是，四妹，你这一身衣服实在看了叫人笑。这还是十年前的装束！明天赶快换一身罢！"

是二小姐芙芳和四小姐蕙芳的对话。吴老太爷猛睁开了眼睛，只见左右前后都是像他自己所坐的那种小箱子——汽车。都是静静地一动也不动。横在前面不远，却像开了一道河似的，从南到北，又从北到南，匆忙地杂乱地交流着各色各样的车子；而夹在车子中间，又有各色各样的男人女人都像有鬼赶在屁股后似的跌跌撞撞地快跑。不知从什么高处射来的一道红光，又正落在吴老太爷身上。

这里正是南京路同河南路的交叉点，所谓"抛球场"。东西行的车辆此时正在那里静候指挥交通的红绿灯的命令。

"二姊，我还没见过三嫂子呢。我这一身乡气，会惹她笑痛了肚子罢。"

蕙芳轻声说，偷眼看一下父亲，又看看左右前后安坐在汽车里的时髦女人。芙芳笑了一声，拿出手帕来抹一下嘴唇。一股浓香直扑进吴老太爷的鼻子，痒痒地似乎怪难受。

"真怪呢！四妹。我去年到乡下去过，也没看见像你这一身老式的衣裙。"

"可不是。乡下女人的装束也是时髦得很呢，但是父亲不许我——"

像一枝尖针刺入吴老太爷迷惘的神经，他心跳了。他的眼光本能地瞥到二小姐芙芳的身上。他第一次意识地看清楚了二小姐的装束；虽则尚在五月，却因今天骤然闷热，二小姐已经完全是夏装；淡蓝色的薄纱紧裹着她的壮健的身体，一对丰满的乳房很显明地突出来，袖口缩在臂弯以上，露出雪白的半只臂膊。一种说不出的厌恶，突然塞满了吴老太爷的心胸，他赶快转过脸去，不提防扑进他视野的，又是一位半裸体似的只穿着亮纱坎肩，连肌肤都看得分明的时装少妇，高坐在一辆黄包车上，翘起了赤裸裸的一只白腿，简直好像没有穿裤子。"万恶淫为首"！这句话像鼓槌一般打得吴老太爷全身发抖。然而还不止此。吴老太爷眼珠一转，又瞥见了他的宝贝阿萱却正张大了嘴巴，出神地贪看那位半裸体的妖艳少妇呢！老太爷的心卜地一下狂跳，就像爆裂了似的再也不动，喉间是火辣辣地，好像塞进了一大把的辣椒。

此时指挥交通的灯光换了绿色，吴老太爷的车子便又向前进。冲开了各色各样车辆的海，冲开了红红绿绿的耀着肉光的男人女人的海，向前进！机械的骚音，汽车的臭屁，和女人身上的香气，霓虹电管的赤光——一切梦魇似的都市的精怪，毫无怜悯地压到吴老太爷朽弱的心灵上，直到他只有目眩，只有耳鸣，只有头晕！直到他的刺激过度的神经像要爆裂似的发痛，直到他的狂跳不歇的心脏不能再跳动！

呼卢呼卢的声音从吴老太爷的喉间发出来，但是都市的骚音太大了，二小姐，四小姐和阿萱都没有听到。老太爷的脸色也变了，但是在不断的红绿灯光的映射中，谁也不能辨别谁的脸色有什么异样。

汽车是旋风般向前进。已经穿过了西藏路，在平坦的静安寺路上开足了速率。路旁隐在绿荫中射出一点灯光的小洋房连排似的扑过来，一眨眼就过去了。五月夜的凉风吹在车窗上，猎猎地响。四小姐蕙芳像是摆脱了什么重压似的松一口气，对阿萱说：

"七弟，这可长住在上海了。究竟上海有什么好玩，我只觉得乱烘烘地叫人头痛。"

"住惯了就好了。近来是乡下土匪太多，大家都搬到上海来。四妹，你看这一路的新房子，都是这两年内新盖起来的。随你盖多少新房子，总有那么多的人来住。"

二小姐接着说，打开她的红色皮包，取出一个粉扑，对着皮包上装就的小镜子便开始化起妆来。

"其实乡下也还太平。谣言还没有上海那么多。七弟，是么？"

"太平？不见得罢！两星期前开来了一连兵，刚到关帝庙里驻扎好了，就向商会里要五十个年青的女人——补洗衣服；商会说没有，那些八太爷就自己出来动手拉。我们隔壁开水果店的陈家嫂不是被他们拉了去么？我们家的陆妈也是好几天不敢出大门……"

"真作孽！我们在上海一点不知道。我们只听说共产党要掳女人去共。"

"我在镇上就不曾见过半个共军。就是那一连兵，叫人头痛！"

"吓，七弟，你真糊涂！等到你也看见，那还了得！竹斋说，现在的共产党真厉害，九流三教里，到处全有。防不胜防。直到像雷一样打到你眼前，你才觉到。"

这么说着，二小姐就轻轻吁一声。四小姐也觉毛骨悚然。只有不很懂事的阿萱依然张大了嘴胡胡地笑。他听得二小姐把共产党说成了神出鬼没似的，便觉得非常有趣；"会像雷一样的打到你眼前来么？莫不是有了妖术罢！"他在肚子里自问自答。这位七少爷今年虽已十九岁，虽然长得极漂亮，却因为一向就做吴老太爷的"金童"，很有几分傻。

此时车上的喇叭突然呜呜地叫了两声，车子向左转，驶入一条静荡荡的浓荫夹道的横马路，灯光从树叶的密层中洒下来，斑斑驳驳地落在二小姐她们身上。车子也走得慢了。二小姐赶快把化妆皮包收拾好，转脸看着老太爷轻声说：

"爸爸，快到了。"

"爸爸睡着了！"

"七弟，你喊得那么响！二姊，爸爸闭了眼睛养神的时候，谁也不敢惊动他！"

但是汽车上的喇叭又是呜呜地连叫三声，最后一声拖了个长尾巴。这是暗号。前面一所大洋房的两扇乌油大铁门霍地荡开，汽车就轻轻地驶进门去。阿萱猛地从座位上站起来，看见苏甫和竹斋的汽车也衔接着进来，又看见铁门两旁站着四五个当差，其中有武装的巡捕。接着，砰——的一声，铁门就关上了。此时汽车在花园里的柏油路上走，发出细微的丝丝的声音。黑森森的树木夹在柏油路两旁，三三两两的电灯在树荫间闪烁。蓦地车又转弯，眼前一片雪亮，耀得人眼花，五开间三层楼的一座大洋房在前面了，从屋子里散射出来的无线电音乐在空中回翔，咕——的一声，汽车停下。

有一个清脆的声音在汽车旁边叫：

"太太！老太爷和老爷他们都来了！"

从晕眩的突击中方始清醒过来的吴老太爷吃惊似的睁开了眼睛。但是紧抓住了这位老太爷的觉醒意识的第一刹那却不是别的，而是刚才停车在"抛球场"时七少爷阿萱贪婪地看着那位半裸体似的妖艳少妇的那种邪魔的眼光，以及四小姐蕙芳说的那一句"乡下女人装束也时髦得很呢，但是父亲不许我——"的声浪。

刚一到上海这"魔窟"，吴老太爷的"金童玉女"就变了！

无线电音乐停止了，一阵女人的笑声从那五开间洋房里送出来，接着是高跟皮鞋错落地阁阁地响，两三个人形跳着过来，内中有一位粉红色衣服，长身玉立的少妇，袅着细腰抢到吴老太爷的汽车边，一手拉开了车门，娇声笑着说：

"爸爸，辛苦了！二姊，这是四妹和七弟么？"

同时就有一股异常浓郁使人窒息的甜香，扑头压住了吴老太爷。而在这香雾中，吴老太爷看见一团蓬蓬松松的头发乱纷纷地披在白中带青的圆脸上，一对发光的滴溜溜转动的黑眼睛，下面是红得可怕的两片嘻开的嘴唇。蓦地这披发头扭了一扭，又响出银铃似的声音：

"苏甫！你们先进去。我和二姊扶老太爷！四妹，你先下来！"

吴老太爷集中全身最后的生命力摇一下头。可是谁也没有理他。四小姐擦着那披发头下去了，二小姐挽住老太爷的左臂，阿萱也从旁帮一手，老太爷身不由主地便到了披发头的旁边了，就有一条滑腻的臂膊箍住了老太爷的腰部，又是一串艳笑，又是兜头扑面的香气。吴老太爷的心只是发抖，《太上感应篇》紧紧地抱在怀里。有这样的意思在他的快要炸裂的脑神经里通过："这简直是夜叉，是鬼！"

超乎一切以上的憎恨和忿怒忽然给与吴老太爷以长久未有的力气。仗着二小姐和吴少奶奶的半扶半抱，他很轻松地上了五级的石阶，走进那间灯火辉煌的大客厅了。满客厅的人！迎面上前的是苏甫和竹斋。忽然又飞跑来两个青年女郎，都是披着满头长发，围住了吴老太爷叫唤问好。她们嘈杂地说着笑着，簇拥着老太爷到一张高背沙发椅里坐下。

吴老太爷只是瞪出了眼睛看。憎恨，忿怒，以及过度刺激，烧得他的脸色变为青中带紫。他看见满客厅是五颜六色的电灯在那里旋转，旋转，而且愈转愈快。近他身旁有一个怪东西，是浑圆的一片金光，荷荷地响着，徐徐向左右移动，吹出了叫人气噎的猛风，像是什么金脸的妖怪在那里摇头作法。而这金光也愈摇愈大，塞满了全客厅，弥漫了全空间了！一切红的绿的电灯，一切长方形，椭圆形，多角形的家具，一切男的女的人们，都在这金光中跳着转着。粉红色的吴少奶奶，苹果绿色的一位女郎，淡黄色的又一女郎，都在那里疯狂地跳，跳！她们身上的轻绡掩不住全身肌肉的轮廓，高耸的乳峰，嫩红的乳头，腋下的细毛！无数的高耸的乳峰，颤动着，颤动着的乳峰，在满屋子里飞舞了！而夹在这乳峰的舞阵中间的，是苏甫的多疱的方脸，以及满是邪魔的阿萱的眼光。突然吴老太爷又看见这一切颤动着飞舞着的乳房像乱箭一般射到他胸前，堆积起来，堆积起来，重压着，重压着，压在他胸脯上，压在那部摆在他膝头的《太上感应篇》上，于是他又听得狂荡的艳笑，房屋摇摇欲倒。

"邪魔呀！"吴老太爷似乎这么喊，眼里迸出金花。他觉得有千万斤压在他胸口，觉得脑袋里有什么东西爆裂了，碎断了；猛的拔地长出两个人来，粉红色的吴少奶奶和苹果绿色的女郎，都嘻开了血色的嘴唇像要来咬。吴老太爷脑壳里桸的一响，两眼一翻，就什么都不知道了。

（节选自《子夜》，1933 年 1 月开明书店初版）

延
伸
思
考

《子夜》是茅盾的主要代表作。小说展现的是 20 世纪 30 年代中国都市的全景图：在世界经济大危机下，中国经济大崩溃中的买办资产阶级与民族资产阶级之间的生死搏斗；工人的骚动与反抗；中小城镇商业的凋残；农民的破产与暴动；知识分子的苦闷与堕落；革命政党内部的分歧与斗争。作者的笔触同时伸向经济、政治、社会以及娱乐、社交、家庭生活各个领域，深入客厅、密室、书房、公司营业厅、交易所、银行工会、工厂车间、码头、公寓、舞场、公园、大饭店、大马路、跑马厅、浴室、棚户区等大上海的各个角落。围绕着小说主人公民族资本家吴荪甫的悲剧命运，对 30 年代上海社会各阶级、各阶层的人的思想、性格、命运进行了百科全书式的展示。借用恩格斯对巴尔扎克《人间喜剧》的评价，今天我们要了解 30 年代上海都市生活，茅盾《子夜》所提供的细节，可能比"当时所有职业的历史学家、经济学家和统计学家"[恩格斯：《致玛·哈克奈斯（1888 年 4 月

初)》] 的著作要丰富得多。读者如果从"进入 20 世纪 30 年代上海都市生活"这一角度去读《子夜》，会有许多收获。

《子夜》对长篇小说艺术的尝试，也是多方面的。其中，小说结构的实验尤其引人注目。这里所选的"吴老太爷之死"一节，即可看出茅盾的苦心经营。小说从久居乡下的吴老太爷"因为土匪实在太嚣张，而且邻省的共产党红军也有燎原之势"而来到上海起笔，实际上起到了"序幕"的作用。其结构上的意义有三：一是吴老太爷作为没落地主的代表，他和资本家吴荪甫的冲突，如作者在文中所分析，"象征着第二代的父子冲突"（第一代是当年维新派的吴老太爷和他忠于皇室的父亲的冲突），而吴老太爷来到现代大都市上海即猝死，不仅象征着封建地主旧的一章已经结束，开始了新兴资产阶级新的历史悲喜剧，而且象征着现代都市取代古老乡村的新时代也已到来；二是借吴老太爷从动乱乡村到都市避难这一情节，以及汽车上关于"上海也不太平"的谈话，引入了从农村到都市均处于动荡状态的时代大背景；三是通过吴老太爷的丧事这一大场面描写，让小说人物全部出场，乘势将小说的矛盾全面铺开。这就收到了"一石三鸟"的效果，可谓匠心独运。

- 本文最具特色的，自然是有关吴老太爷"都市感觉"的文字。请仔细体味相关语言的声、色变幻与节奏感。后文我们将要讨论的新感觉派作家穆时英的《夜总会里的五个人》里，也有都市光影声色的描写。不妨将本文与穆时英的小说对读，体会与比较其异同。

- 本文重在心理描写，同时穿插分析性文字。在小说的下一个场面里，吴老太爷倒下，客人们等待最后结果时，现代青年诗人范博文大发议论："去罢！你这古老社会的僵尸！去罢！我已经看见五千年老僵尸的旧中国也已经在新时代的暴风雨中间很快的很快的在那里风化了！"仔细阅读相关文字，体味"社会剖析小说"的特点。

生命是闹着玩，事事显出如此；

从前我这么想过，现在我懂得了。

老舍（1899—1966）

《断魂枪》

《蛤藻集》

蛤藻集

老舍 著

《骆驼祥子》

《四世同堂》

第二节

老舍：
"中国市民阶层最重要的表现者与批判者"

1921年3月	老舍最早的一篇作品《她的失败》白话小小说发表（《海外新声》第1卷第3号，署名舍予）
1923年1月	老舍第一篇短篇小说《小铃儿》发表（《南开季刊》第2、3期）。
1926年7月	《老张的哲学》发表（《小说月报》第17卷第7—12号连载）。
1927年3月	《赵子曰》发表（《小说月报》第18卷第3—8、10—11号连载）。
1929年5月	《二马》发表（《小说月报》第20卷第5—12号连载）。
1931年1月	《小坡的生日》发表（《小说月报》第22卷第1—4号连载）。
1932年8月	《猫城记》发表（《现代》第1卷第4期至第2卷第6期连载）。
1933年8月	《离婚》出版（良友图书公司）。
1934年9月	短篇集《赶集》出版（良友图书公司）。
1935年4月	《月牙儿》发表（《国闻周报》）。
1935年6月	《想北平》发表（《宇宙风》第19期）。
1935年8月	短篇集《樱海集》出版（人间书屋）。
1935年9月	《断魂枪》发表（《大公报·文艺》）。
1936年9月	《骆驼祥子》发表（《宇宙风》第25—48期连载）。
1936年11月	短篇集《蛤藻集》出版（开明书店）。
1940年3月	宋之的、老舍合著四幕剧《国家至上》发表（《抗战文艺》第6卷第1—2期连载）。
1944年11月	《四世同堂》第一部《惶惑》发表（《扫荡报》1944年11月10日至1945年9月2日连载）。
1946年11月	《四世同堂》第二部《偷生》出版（晨光出版公司）。
1947年1月	《我这一辈子》出版（惠群出版社）。
1947年4月	《微神集》出版（晨光出版公司）。
1948年9月	《月牙集》出版（晨光出版公司）。
1948年12月	《老舍戏剧集》出版（晨光出版公司）。
1949年	《鼓书艺人》在美国完成，10月离美，12月抵天津。

　　老舍（1899—1966），现代小说家、戏剧家。老舍的文学与北京这个城市紧密联系在一起：老舍为北京市民、旗人与北京文化所创造，他又发现和创造了艺术的北京。而北京在中国文化中又占有一种特殊地位：长期作为明、清王朝的皇城，明清以来逐渐形成的具有北京韵味的特殊文化，成了中国传统文化的典型代表；到近代，又成为"五四"新文化运动的发源地。正是与这样的北京文化的血肉联系，中国传统文化与"五四"新文化的汇合，培育、造就了老舍的文学，在一个重要方面显示了中国现代文学的特质。

　　老舍的作品，20世纪20年代的《老张的哲学》，30年代的《骆驼祥子》《离婚》《我这一辈子》《断魂枪》《月牙儿》，40年代的《四世同堂》，50年代的《茶馆》，60年代的《正红旗下》，始终关注的都是北京城里的"人"，尤其是北京胡同里的"市民"和"旗人"：某种程度上，老舍的文学是与市民阶层和旗人有着血缘和精神联系的文学。研究者称老舍是"中国市民阶层最重要的表现者与批判者，是现代文学史上最杰出的市民诗人"［唐弢：《中国现代文学史（二）》］，是有充分理由的。"五四"新文学兴起后，现代文学在广大知识青年中赢得了最广泛的读者，但在相当长的时间里，市民阶层的读者却一直被鸳鸯蝴蝶派的作品吸引。正是老舍所创造的全新市民文学的出现，才使现代文学开始在市民阶层中立足，从而获得了雅俗共赏的特质。而"旗人"的命运进入文学视野，则显示了现代文学的多民族特色，也同样引人注目。

1935

《断魂枪》

老舍

"生命是闹着玩，事事显出如此；从前我这么想过，现在我懂得了。"

沙子龙的镖局已改成客栈。

东方的大梦没法子不醒了。炮声压下去马来与印度野林中的虎啸。半醒的人们，揉着眼，祷告着祖先与神灵；不大会儿，失去了国土、自由与主权。门外立着不同面色的人，枪口还热着。他们的长矛毒弩，花蛇斑彩的厚盾，都有什么用呢；连祖先与祖先所信的神明全不灵了啊！龙旗的中国也不再神秘，有了火车呀，穿坟过墓破坏着风水。枣红色多穗的镖旗，绿鲨皮鞘的钢刀，响着串铃的口马，江湖上的智慧与黑话，义气与声名，连沙子龙，他的武艺、事业，都梦似的变成昨夜的。今天是火车、快枪，通商与恐怖。听说，有人还要杀下皇帝的头呢！

这是走镖已没有饭吃，而国术还没被革命党与教育家提倡起来的时候。

谁不晓得沙子龙是短瘦、利落、硬棒，两眼明得像霜夜的大星？可是，现在他身上放了肉。镖局改了客栈，他自己在后小院占着三间北房，大枪立在墙角，院子里有几只楼鸽。只是在夜间，他把小院的门关好，熟习熟习他的"五虎断魂枪"。这条枪与这套枪，二十年的工夫，在西北一带，给他创出来："神枪沙子龙"五个字，没遇见过敌手。现在，这条枪与这套枪不会再替他增光显胜了；只是摸摸这凉、滑、硬而发颤的杆子，使他心中少难过一些而已。只有在夜间独自拿起枪来，才能相信自己还是"神枪沙"。在白天，他不大谈武艺与往事；他的世界已被狂风吹了走。

在他手下创练起来的少年们还时常来找他。他们大多数是没落子的，都有点武艺，可是没地方去用。有的在庙会上去卖艺：踢两趟腿，练套家伙，翻几个跟头，附带着卖点大力丸，混个三吊两吊的。有的实在闲不起了，去弄筐果子，或挑些毛豆角，赶早儿在街上论斤吆喝出去。那时候，米贱肉贱，肯卖膀子力气本来可以混个肚儿圆；他们可是不成：肚量既大，而且得吃口管事儿的；干饽饽辣饼子咽不下去。况且他们还时常去走会：五虎棍，开路，太狮少狮……虽然算不了什么——比起走镖来——可是到底有个机会活动活动，露露脸。是的，走会捧场是买脸的事，他们打扮的像个样儿，至少得有条青洋绉裤子，新漂白细市布的小褂，和一双鱼鳞洒鞋——顶好是青缎子抓地虎靴子。他们是神枪沙子龙的徒弟——虽然沙子龙并不承认——得到处露脸，走会得赔上俩钱，说不定还得打场架。没钱，上沙老师那里去求。沙老师不含糊，多少不拘，不让他们空着手儿走。可是，为打架或献技去讨教一个招数，或是请给说个"对子"——什么空手夺刀，或虎头钩进枪——沙老师有时说句笑话，马虎过去："教什么？拿开水浇吧！"有时直接把他们赶出去。他们不大明白沙老师是怎么了，心中也有点不乐意。

可是，他们到处为沙老师吹腾，一来是愿意使人知道他们的武艺有真传授，受过高人的指教；二来是为激动沙老师：万一有人不服气而找上老师来，老师难道还不露一两手真的么？所以：沙老师一拳就砸倒了个牛！沙老师一脚把人踢到房上去，并没使多大的劲！他们谁也没见过这种事，但是说着说着，他们相信这是真的了，有年月，有地方，千真万确，敢起誓！

王三胜——沙子龙的大伙计——在土地庙拉开了场子，摆好了家伙。抹了一鼻子茶叶末色的鼻烟，他抢了几下竹节钢鞭，把场子打大一些。放下鞭，没向四围作揖，叉着腰念了两句："脚踢天下好汉，拳打五路英雄！"向四围扫了一眼："乡亲们，王三胜不是卖艺的；玩艺儿会几套，西北路上走过镖，会过绿林中的朋友。现在闲着没事，拉个场子陪诸位玩玩。有爱练的尽管下来，王三胜以武会友，有赏脸的，我陪着。神枪沙子龙是我的师傅；玩艺地道！诸位，有愿下来的没有？"他看着，准知道没人敢下来，他的话硬，可是那条钢鞭更硬，十八斤重。

王三胜，大个子，一脸横肉，努着对大黑眼珠，看着四围。大家不出声。他脱了小褂，紧了紧深月白色的"腰里硬"，把肚子杀进去。给手心一口唾沫，抄起大刀来：

"诸位，王三胜先练趟瞧瞧。不白练，练完了，带着的扔几个；没钱，给喊个好，助助威。这儿没生意口。好，上眼！"

大刀靠了身，眼珠努出多高，脸上绷紧，胸脯子鼓出，像两块老桦木根子。一跺脚，刀横起，大红缨子在肩前摆动。削砍劈拨，蹲越闪转，手起风生，忽忽直响。忽然刀在右手心上旋转，身弯下去，四围鸦雀无声，只有缨铃轻叫。刀顺过来，猛地一个"跺泥"，身子直挺，比众人高着一头，黑塔似的。收了势："诸位！"一手持刀，一手叉腰，看着四围。稀稀的扔下几个铜钱，他点点头。"诸位！"他等着，等着，地上依旧是那几个亮而削薄的铜钱，外层的人偷偷散去。他咽了口气："没人懂！"他低声地说，可是大家全听见了。

"有功夫！"西北角上一个黄胡子老头儿答了话。

"啊？"王三胜好似没听明白。

"我说：你——有——功——夫！"老头子的语气很不得人心。

放下大刀，王三胜随着大家的头往西北看。谁也没看重这个老人：小干巴个儿，披着件粗蓝布大衫，脸上窝窝瘪瘪，眼陷进去很深，嘴上几根细黄胡，肩上扛着条小黄草辫子，有筷子那么细，而绝对不像筷子那么直顺。王三胜可是看出这老家伙有功夫，脑门亮，眼睛亮——眼眶虽深，眼珠可黑得像两口小井，深深的闪着黑光。王三胜不怕：他看得出别人有功夫没有，可更相信自己的本事，他是沙子龙手下的大将。

"下来玩玩，大叔！"王三胜说得很得体。

点点头，老头儿往里走。这一走，四外全笑了。他的胳臂不大动；

左脚往前迈，右脚随着拉上来，一步步地往前拉扯，身子整着，像是患过瘫痪病。蹭到场中，把大衫扔在地上，一点没理会四围怎样笑他。

"神枪沙子龙的徒弟，你说？好，让你使枪吧；我呢？"老头子非常的干脆，很像久想动手。

人们全回来了，邻场耍狗熊的无论怎么敲锣也不中用了。

"三截棍进枪吧？"王三胜要看老头子一手，三截棍不是随便就拿得起来的家伙。

老头子又点点头，拾起家伙来。

王三胜努着眼，抖着枪，脸上十分难看。

老头子的黑眼珠更深更小了，像两个香火头，随着面前的枪尖儿转，王三胜忽然觉得不舒服，那俩黑眼珠似乎要把枪尖吸进去！四外已围得风雨不透，大家都觉出老头子确是有威。为躲那对眼睛，王三胜耍了个枪花。老头子的黄胡子一动："请！"王三胜一扣枪，向前躬步，枪尖奔了老头子的喉头去，枪缨打了一个红旋。老人的身子忽然活展了，将身微偏，让过枪尖，前把一挂，后把撩王三胜的手。拍，拍，两响，王三胜的枪撒了手。场外叫了好。王三胜连脸带胸口全紫了，抄起枪来；一个花子，连枪带人滚了过来，枪尖奔了老人的中部。老头子的眼亮得发着黑光；腿轻轻一屈，下把掩裆，上把打着刚要抽回的枪杆；拍，枪又落在地上。

场外又是一片彩声。王三胜流了汗，不再去拾枪，努着眼，木在那里。老头子扔下家伙，拾起大衫，还是拉拉着腿，可是走得很快了。大衫搭在臂上，他过来拍了王三胜一下：

"还得练哪，伙计！"

"别走！"王三胜擦着汗："你不离，姓王的服了！可有一样，你敢会会沙老师？"

"就是为会他才来的！"老头子的干巴脸上皱起点来，似乎是笑呢。"走；收了吧；晚饭我请！"

王三胜把兵器拢在一处，寄放在变戏法二麻子那里，陪着老头子往庙外走。后面跟着不少人，他把他们骂散了。

"你老贵姓？"他问。

"姓孙哪，"老头子的话与人一样，都那么干巴。"爱练；久想会会沙子龙。"

沙子龙不把你打扁了！王三胜心里说。他脚底下加了劲，可是没把孙老头落下。他看出来，老头子的腿是老走着查拳门中的连跳步；交起手来，必定很快。但是，无论他怎么快，沙子龙是没对手的。准知道孙老头要吃亏，他心中痛快了些，放慢了些脚步。

"孙大叔贵处？"

"河间的，小地方。"孙老者也和气了些："月棍年刀一辈子枪，不容易见功夫！说真的，你那两手就不坏！"

王三胜头上的汗又回来了，没言语。

到了客栈，他心中直跳，唯恐沙老师不在家，他急于报仇。他知道老师不爱管这种事，师弟们已碰过不少回钉子，可是他相信这回必定行，他是大伙计，不比那些毛孩子；再说，人家在庙会上点名叫阵，沙老师还能丢这个脸么？

"三胜，"沙子龙正在床上看着本《封神榜》，"有事吗？"

三胜的脸又紫了，嘴唇动着，说不出话来。

沙子龙坐起来，"怎么了，三胜？"

"栽了跟头！"

只打了个不甚长的哈欠，沙老师没别的表示。

王三胜心中不平，但是不敢发作；他得激动老师："姓孙的一个老头儿，门外等着老师呢；把我的枪，枪，打掉了两次！"他知道"枪"字在老师心中有多大分量。没等吩咐，他慌忙跑出去。

客人进来，沙子龙在外间屋等着呢。彼此拱手坐下，他叫三胜去泡茶。三胜希望两个老人立刻交了手，可是不能不沏茶去。孙老者没话讲，用深藏着的眼睛打量沙子龙。沙很客气：

"要是三胜得罪了你，不用理他，年纪还轻。"

孙老者有些失望，可也看出沙子龙的精明。他不知怎样好了，不能拿一个人的精明断定他的武艺。"我来领教领教枪法！"他不由地说

246

出来。

沙子龙没接碴儿。王三胜提着茶壶走进来——急于看二人动手，他没管水开了没有，就沏在壶中。

"三胜，"沙子龙拿起个茶碗来，"去找小顺们去，天汇见，陪孙老者吃饭。"

"什么！"王三胜的眼珠几乎掉出来。看了看沙老师的脸，他敢怒而不敢言地说了声"是啦！"走出去，撅着大嘴。

"教徒弟不易！"孙老者说。

"我没收过徒弟。走吧，这个水不开！茶馆去喝，喝饿了就吃。"沙子龙从桌子上拿起缎子褡裢，一头装着鼻烟壶，一头装着点钱，挂在腰带上。

"不，我还不饿！"孙老者很坚决，两个"不"字把小辫从肩上抡到后边去。

"说会子话儿。"

"我来为领教领教枪法。"

"功夫早搁下了，"沙子龙指着身上，"已经放了肉！"

"这么办也行，"孙老者深深地看了沙老师一眼："不比武，教给我那趟五虎断魂枪。"

"五虎断魂枪？"沙子龙笑了："早忘干净了！早忘干净了！告诉你，在我这儿住几天，咱们各处逛逛，临走，多少送点盘缠。"

"我不逛，也用不着钱，我来学艺！"孙老者立起来，"我练趟给你看，看够得上学艺不够！"一屈腰已到了院中，把楼鸽都吓飞起去。拉开架子，他打了趟查拳：腿快，手飘洒，一个飞脚起去，小辫儿飘在空中，像从天上落下来一个风筝；快之中，每个架子都摆得稳、准、利落；来回六趟，把院子满都打到，走得圆，接得紧，身子在一处，而精神贯串到四面八方。抱拳收势，身儿缩紧，好似满院乱飞的燕子忽然归了巢。

"好！好！"沙子龙在台阶上点着头喊。

"教给我那趟枪！"孙老者抱了抱拳。

沙子龙下了台阶，也抱着拳："孙老者，说真的吧；那条枪和那套枪都跟我入棺材，一齐入棺材！"

"不传？"

"不传！"

孙老者的胡子嘴动了半天，没说出什么来。到屋里抄起蓝布大衫，拉拉着腿："打搅了，再会！"

"吃过饭走！"沙子龙说。

孙老者没言语。

沙子龙把客人送到小门，然后回到屋中，对着墙角立着的大枪点了点头。

他独自上了天汇，怕是王三胜们在那里等着。他们都没有去。

王三胜和小顺们都不敢再到土地庙去卖艺，大家谁也不再为沙子龙吹胜；反之，他们说沙子龙栽了跟头，不敢和个老头儿动手；那个老头子一脚能踢死个牛。不要说王三胜输给他，沙子龙也不是他的对手。不过呢，王三胜到底和老头子见了个高低，而沙子龙连句硬话也没敢说。"神枪沙子龙"慢慢似乎被人们忘了。

夜静人稀，沙子龙关好了小门，一气把六十四枪刺下来；而后，挂着枪，望着天上的群星，想起当年在野店荒林的威风。叹一口气，用手指慢慢摸着凉滑的枪身，又微微一笑，"不传！不传！"

（原载 1935 年 9 月 22 日《大公报·文艺》第 13 期）

延伸思考

作为一个现代作家，老舍始终把他观察、描写的重心，放在中国社会的大转型、大变动中，放在北京"城"与"人"（市民、旗人）的命运，"心"（思想、情感、心理）的反应与变动上。而且他十分善于将这样的关注转换为小说的叙述。在《断魂枪》里，作者用"沙子龙的镖局已改成客栈"一句起笔，并作为单独的段落：这不仅是一个事实陈述，更是一种隐喻和象征，而且读者还能从几乎毫无修饰的冷静叙述中，感受到丝丝无奈（试作朗读即不难体味），从而形成了小说的"调子"，笼罩全篇。然后又插入一段议论（多有议论本是老舍小说的一个特点，却往往为读者和研究者所忽略）："东方的大梦没法子不醒了。炮声压下去马来与印度野林中的虎啸。半醒的人们，揉着眼，祷告着祖先与神灵；不大会儿，失去了国土、自由与主权。"在老舍看来，以"火车、快枪，通商与恐怖"为标志的"今天"（即学者笔下的"现代中国"），是在外国枪炮打压下，以"失去国土、自由与主权"为代价的历史变迁的结果。于是就有了这样的时代大背景下，他的主人公的命运："沙子龙，他的武艺、事业，都梦似的变成昨夜的。"如论者所说，他所直面与描写的是"现代化过程中消失的文化（民间技艺）"。而这种描写又牵动了老舍的全部复杂情感："断魂"所隐喻的不仅是主人公的心理反应，更是作者自己的心态。这里既充满了对民间"绝活"（它是北京文化的有机组成部分）优美、精巧、潇洒、舒展的招式与作派的不由自主的欣赏、陶醉，以及由这种美的失传油然而生的伤悼、惆怅，更有着与主人公同样的在变动中坚守的尊严感，同样掩饰不住的是无力回天的挽叹。所有这一切主观情愫与客观描绘的融合，就构成了老舍小说所特有的诗意与"味儿"，即研究者所说的"京味"。（参阅赵园：《北京：城与人》）

● 老舍是公认的中国现代文学的语言大家。读他的小说必须从欣赏他的语言入手。

（1）反复阅读"王三胜练功""黄胡子老头与王三胜练场""黄胡子老头在沙子龙面前自练"以及小说结尾"沙子龙深夜自练"这四段描写，体会前文所说老舍小说中的"京味"；在此基础上大声朗读，体味老舍语言与"说书艺术"的关系。

（2）对老舍语言在现代文学史上的贡献与地位，周作人有一个很到位的分析："中国用白话写小说已有四五百年的历史，由言文一致渐近而为纯净的语体，在清朝后半成功的两部大作可为代表，即《红楼梦》与《儿女英雄传》。现代的小说意思尽管翻新，用语有可凭借，仍向着这一路进行，至老舍出，更加重北京话的分子，故其著作正可与《红楼》《儿女》相比，其情形正同，非是偶然也。"（周作人：《骆驼祥子》日译本序）这自然是一个很高的评价。其中有两点很值得注意。其一，强调老舍对现代白话文学（也就是我们通常所说的"现代汉语文学"）的贡献。其路子是"由言文一致渐近而为纯净的语体"。这正是老舍的自觉追求，用他自己的话说，就是要"把顶平凡的话调动得生动有力"，"把白话的真正香味烧出来"；同时又在俗白中追求讲究、精致的美（这本身就是北京文化的特征），写出"简单的，有力的，可读，而且美好的文章"，做到平易而不粗俗，考究而不雕琢，俗而能雅，清浅中有韵味。其二，指出了老舍语言的渊源，其所继承的是《红楼梦》《儿女英雄传》所代表的"'北京话'的'官话'文学语言"传统，并有新的发展。结合本文及老舍其他作品的语言实例，对周作人的这两个观点作进一步的阐述与展开。

● 学术界有人认为《断魂枪》属于武侠小说，也有人不同意这种说法，认为老舍虽然写到了民间技艺，但旨趣与描写都不同于通常的武侠小说。谈谈你的看法，并作出你的分析。

凡事都有偶然的凑巧，
结果却又如宿命的必然。

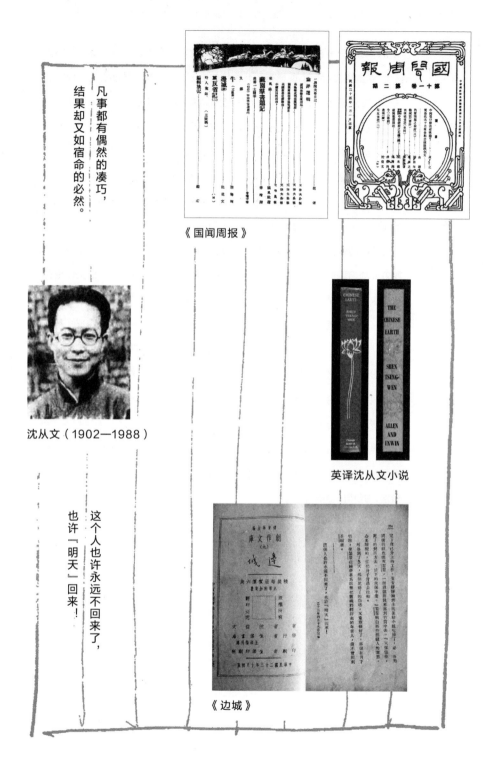

《国闻周报》

沈从文（1902—1988）

英译沈从文小说

这个人也许永远不回来了，
也许『明天』回来！

《边城》

沈从文：

一个乡下人和两个都市的相遇与相撞，由此产生的现代中国乡土小说

1924 年 12 月	沈从文《一封未曾付邮的信》发表（《晨报副镌》，署名休芸芸）。
1926 年 11 月	散文、小说、诗歌、戏剧合集《鸭子》出版（北新书局）。
1928 年 7 月	长篇小说《阿丽思中国游记》第 1 卷出版（新月书店）。
1928 年 12 月	《阿丽思中国游记》第 2 卷出版（新月书店）。
1930 年 6 月	短篇集《沈从文甲集》出版（神州国光社）。
1931 年 5 月	短篇集《沈从文子集》出版（新月书店）。
1931 年 8 月	短篇集《龙朱》出版（晓星书店）。
1932 年 1 月	短篇集《虎雏》出版（新中国书局）。
1932 年 11 月	短篇集《都市一妇人》出版（新中国书局）。
1933 年 3 月	中篇小说《阿黑小史》出版（新时代书局）。
1933 年 11 月	短篇集《月下小景》出版（现代书局）。
1934 年 7 月	《从文自传》出版（第一出版社）。
1934 年 10 月	中篇小说《边城》出版（生活书店）。
1935 年 12 月	短篇集《八骏图》出版（文化生活出版社）。
1936 年 1 月	短篇集《从文小说集》出版（大光书局）。
1936 年 3 月	散文集《湘行散记》出版（商务印书馆）。
1936 年 4 月	短篇集《沈从文选集》出版（万象书屋）。
1936 年 5 月	短篇集《从文小说习作选》出版（良友图书公司）。
1936 年 11 月	短篇集《新与旧》出版（良友图书公司）。
1939 年 8 月	散文集《湘西》出版（文史丛书编辑部）。
1945 年 1 月	长篇小说《长河》出版（文聚社）。

　　沈从文（1902—1988），现代小说家，散文家。沈从文是中国最重要的现代乡土作家，他所提供的"湘西文学世界"，已成为中国现代文

学最具特色与光彩的文学景观之一，其中所积淀的 20 世纪中国文化与文学经验，更具有长远生命力。

研究者注意到一个简单的事实：沈从文的文学乡土世界不是在湘西，而是在远离本土的现代都市构造的。具体地说，是在北京、上海、青岛、昆明完成的，其中最重要的自然是北京与上海。于是，就有了一个乡下人和两个都市的相遇与相撞，湘西乡土文化与北京、上海都市文化的相遇和相撞：沈从文的乡土文学是他的都市体验和乡土记忆相互融合的产物。这或许也是中国现代乡土文学的一个特征。鲁迅在谈到 20 世纪 20 年代初期出现的"乡土文学"时，就称之为"侨寓文学"，认为"自招为乡土文学的作者"，其实自写作之前，即已"被故乡所放逐，生活驱逐他到异地"，书写时自然"隐现着乡愁"。（鲁迅：《中国新文学大系·小说二集》导言）

沈从文的特殊之处，在于他的"侨寓"之地，恰恰是北京、上海两地。研究者注意到，沈从文的故乡湘西是中国边地，相对完整地保留了乡土中国的文化。明清以来北京作为皇城而成为中国文化的中心；在近代却艰难而缓慢地经历了向现代转化的过程，但依然保留着某种乡土性。而上海却是按照西方模式建立起来的现代都市，是现代中国的象征。三个区域空间——湘西、北京、上海，几乎概括了转型期中国的主要文化形态。现在都凝聚于沈从文一身：这是历史对沈从文的特殊照顾，并且选择他来做转型期中国的观察者与描述者。

如果把沈从文与其他几位观察者、描述者——如前文介绍的老舍和下文将要介绍的张爱玲——联系起来，就可以发现，老舍与张爱玲分别作为描写转型中的北京文化与上海文化的标志性作家，他们是从文化内部进行观察的；而沈从文却是一个异己者，一个闯入者。除了另类审视与描写，他还把观察与体验融入了自己的乡土记忆。也就是说，沈从文笔下的湘西、北京、上海，都有另一种视野：他从北京、上海看湘西，又从湘西看北京、上海，这就有了一种特殊的意味，颇耐寻味。

《边城》（节选）

沈从文

　　由四川过湖南去，靠东有一条官路。这官路将近湘西边境到了一个地方名为"茶峒"的小山城时，有一小溪，溪边有座白色小塔，塔下住了一户独的人家。这人家只一个老人，一个女孩子，一只黄狗。

　　小溪流下去，绕山岨流，约三里便汇入茶峒大河，人若过溪越小山走去，则只一里路就到了茶峒城边。溪流如弓背，山路如弓弦，故远近有了小小差异。小溪宽约廿丈，河床为大片石头作成。静静的河水即或深到一篙不能落底，却依然清澈透明，河中游鱼来去皆可以计数。小溪既为川湘来往孔道，限于财力不能搭桥，就安排了一只方头渡船。这渡船一次连人带马，约可以载二十位搭客过河，人数多时则反复来去。渡船头竖了一枝小小竹竿，挂着一个可以活动的铁环，溪岸两端水面横牵了一段废缆，有人过渡时，把铁环挂在废缆上，船上人就引手攀缘那条缆索，慢慢地牵船过对岸去。船将拢岸时，管理这渡船的，一面口中嚷着"慢点慢点"，自己霍地跃上了岸，拉着铁环，于是人货牛马全上了岸，翻过小山不见了。渡头为公家所有，故过渡人不必出钱。有人心中不安，抓了一把钱掷到船板上时，管渡船的必为一一拾起，依然塞到那人手心里去，俨然吵嘴时的认真神气："我有了口粮，三斗米，七百钱，够了。谁要这个！"

　　但不成，凡事求个心安理得，出气力不受酬谁好意思，不管如何还是有人要把钱的。管船人却情不过，也为了心安起见，便把这些钱托人到茶峒去买茶叶和草烟，将茶峒出产的上等草烟，一扎一扎挂在自己腰带边，过渡的谁需要这东西必慷慨奉赠。有时从神气上估计那远路人对于身边草烟引起了相当的注意时，这弄渡船的便把一小束草烟扎到那人包袱上去，一面说："大哥，不吸这个吗？这好的，这妙的，看样子不成材，巴掌大叶子，送人也很合式！"茶叶则在六月里放进大缸里去，用开水泡好，给过路人随意解渴。

管理这渡船的，就是住在塔下的那个老人。活了七十年，从二十岁起便守在这小溪边，五十年来不知把船来去渡了若干人。年纪虽那么老了，骨头硬硬的，本来应当休息了，但天不许他休息，他仿佛便不能够同这一分生活离开。他从不思索自己的职务对于本人的意义，只是静静地很忠实地在那里活下去。代替了天，使他在日头升起时，感到生活的力量，当日头落下时，又不至于思量与日头同时死去的，是那个伴在他身旁的女孩子。他唯一的朋友是一只渡船和一只黄狗，唯一的亲人便只那个女孩子。

女孩子的母亲，老船夫的独生女，十五年前同一个茶峒军人唱歌相熟后，很秘密地背着那忠厚爸爸发生了暧昧关系。有了小孩子后，这屯戍兵士便想约了她一同向下游逃去。但从逃走的行为上看来，一个违悖了军人的责任，一个却必得离开孤独的父亲。经过一番考虑后，屯戍兵见她无远走勇气，自己也不便毁去作军人的名誉，就心想：一同去生既无法聚首，一同去死应当无人可以阻拦，首先服了毒。女的却关心腹中的一块肉，不忍心，拿不出主张。事情业已为作渡船夫的父亲知道，父亲却不加上一个有分量的字眼儿，只作为并不听到过这事情一样，仍然把日子很平静地过下去。女儿一面怀了羞惭，一面却怀了怜悯，依旧守在父亲身边，待到腹中小孩生下后，却到溪边故意吃了许多冷水死去了。在一种奇迹中，这遗孤居然已长大成人，一转眼间便十三岁了。为了住处两山多篁竹，翠色逼人而来，老船夫随便给这个可怜的孤雏拾取了一个近身的名字，叫作"翠翠"。

翠翠在风日里长养着，故把皮肤变得黑黑的，触目为青山绿水，故眸子清明如水晶。自然既长养她且教育她，为人天真活泼，处处俨然如一只小兽物。人又那么乖，如山头黄麂一样，从不想到残忍事情，从不发愁，从不动气。平时在渡船上遇陌生人对她有所注意时，便把光光的眼睛瞅着那陌生人，作成随时皆可举步逃入深山的神气，但明白了面前的人无机心后，就又从从容容地在水边玩耍了。

*

这是两年前的事。五月端阳，渡船头祖父找人作了替身，便带了黄狗同翠翠进城，到大河边去看划船。河边站满了人，四只朱色长船在潭中滑着，龙船水刚刚涨过，河中水皆豆绿色，天气又那么明朗，鼓声蓬蓬响着，翠翠抿着嘴一句话不说，心中充满了不可言说的快乐。河边人太多了一点，各人皆尽张着眼睛望河中，不多久，黄狗还在身边，祖父却挤得不见了。

*

河中划船的决了最后胜负后，城里军官已派人驾小船在潭中放了一群鸭子，祖父还不见来。翠翠恐怕祖父也正在什么地方等着她，因此带了黄狗向各处人丛中挤着去找寻祖父，结果还是不得祖父的踪迹。后来看看天快要黑了，军人扛了长凳出城看热闹的，皆已陆续扛了那凳子回家。潭中的鸭子只剩下三五只，捉鸭人也渐渐地少了。落日向上游翠翠家中那一方落去，黄昏把河面装饰了一层薄雾。翠翠望到这个景致，忽然起了一个怕人的想头，她想："假若爷爷死了？"

她记起祖父嘱咐她不要离开原来地方那一句话，便又为自己解释这想头的错误，以为祖父不来，必是进城去或到什么熟人处去，被人拉着喝酒，故一时不能来的。正因为这也是可能的事，她又不愿在天未断黑以前，同黄狗赶回家去，只好站在那石码头边等候祖父。

再过一会，对河那两只长船已泊到对河小溪里去不见了，看龙船的人也差不多全散了。吊脚楼有娼妓的人家，已上了灯，且有人敲小斑鼓弹月琴唱曲了。另外一些人家，又有猜拳行酒的吵嚷声音。同时停泊在吊脚楼下的些船只，上面也有人在摆酒炒菜，把青菜萝卜之类，倒进滚热油锅里去时发出哗——的声音。河面已朦朦胧胧，看去好像只有一只白鸭在潭中浮着，也只剩一个人追着这只鸭子。

翠翠还是不离开码头，总相信祖父会来找她一起回家。

吊脚楼上唱曲子声音热闹了一些，只听到下面船上有人说话……潭中那只白鸭慢慢地向翠翠所在的码头边游过来，翠翠想："再过来些我就捉住你！"于是静静地等着，但那鸭子将近岸边三丈远近时，却有个人笑着，喊那船上水手。原来水中还有个人，那人已把鸭子捉到手，却慢慢地"蹚水"游近岸边的。船上人听到水面的喊声，在隐约里也喊道："二老，二老，你真能干，你今天得了五只吧。"那水上人说："这家伙狡猾得很，现在可归我了。""你这时捉鸭子，将来捉女人，一定有同样的本领。"水上那一个不再说什么，手脚并用地拍着水傍了码头。湿淋淋地爬上岸时，翠翠身旁的黄狗，仿佛警告水中人似的，汪汪地叫了几声，那人方注意到翠翠。码头上已无别的人，那人问：

"是谁人？"

"是翠翠！"

"翠翠又是谁？"

"是碧溪岨撑渡船的孙女。"

"你在这儿做什么？"

"我等我爷爷。我等他来。"

"等他来他可不会来，你爷爷一定到城里军营里喝了酒，醉倒后被人抬回去了！"

"他不会这样子。他答应来找我，他就一定会来的。"

"这里等也不成，到我家里去，到那边点了灯的楼上去，等爷爷来找你好不好？"

翠翠误会了邀她进屋里去那个人的好意，心里记着水手说的妇人丑事，她以为那男子就是要她上有女人唱歌的楼上去，本来从不骂人，这时正因等候祖父太久了，心中焦急得很，听人要她上去，以为欺侮了她，就轻轻地说：

"悖时砍脑壳的！"

话虽轻轻的，那男的却听得出，且从声音上听得出翠翠年纪，便带笑说:"怎么,你骂人!你不愿意上去,要待在这儿,回头水里大鱼来咬了你,可不要叫喊!"

翠翠说:"鱼咬了我也不管你的事。"

那黄狗好像明白翠翠被人欺侮了,又汪汪地吠起来。那男子把手中白鸭举起,向黄狗吓了一下,便走上河街去了。黄狗为了自己被欺侮还想追过去,翠翠便喊:"狗,狗,你叫人也看人叫!"翠翠意思仿佛只在告给狗"那轻薄男子还不值得叫",但男子听去的却是另外一种好意,男的以为是她要狗莫向好人乱叫,放肆地笑着,不见了。

又过了一阵,有人从河街拿了一个废缆做成的火炬,喊叫着翠翠的名字来找寻她,到身边时翠翠却不认识那个人。那人说:老船夫回到家中,不能来接她,故搭了过渡人口信来告翠翠,要她即刻就回去。翠翠听说是祖父派来的,就同那人一起回家,让打火把的在前引路,黄狗时前时后,一同沿了城墙向渡口走去。翠翠一面走一面问那拿火把的人,是谁告他就知道她在河边。那人说是二老告他的,他是二老家家里的伙计,送翠翠回家后还得回转河街。

翠翠说:"二老他怎么知道我在河边?"

那人便笑着说:"他从河里捉鸭子回来,在码头上见你,他说好意请你上家里坐坐,等候你爷爷,你还骂他!你那只狗不识吕洞宾,只是叫!"

翠翠带了点儿惊讶轻轻地问:"二老是谁?"

那人也带了点儿惊讶说:"二老你还不知道?就是我们河街上的傩送二老!就是岳云!他要我送你回去!"

傩送二老在茶峒地方不是一个生疏的名字!

翠翠想起自己先前骂人那句话,心里又吃惊又害羞,再也不说什么,默默地随那火把走去。

翻过了小山岨,望得见对溪家中火光时,那一方面也看见了翠翠方面的火把,老船夫即刻把船拉过来,一面拉船一面哑声儿喊问:"翠翠,翠翠,是不是你?"翠翠不理会祖父,口中却轻轻地说:"不是翠翠,不是翠翠,翠翠早被大河中鲤鱼吃去了。"翠翠上了船,二老派来的人，打着火把走了，祖父牵着船问："翠翠，你怎么不答应我，生我的气了吗？"

翠翠站在船头还是不作声。翠翠对祖父那一点儿埋怨，等到把船拉过了溪，一到了家中，看明白了醉倒的另一个老人后，就完事了。但另一件事，属于自己不关祖父的，却使翠翠沉默了一个夜晚。

*

有人带了礼物到碧溪岨。掌水码头的顺顺，当真请了媒人为儿子向渡船的攀亲戚来了。老船夫慌慌张张把这个人渡过溪口，一同到家里去。翠翠正在屋门前剥豌豆，来了客并不如何注意。但一听到客人进门说"贺喜贺喜"，心中有事，不敢再蹲在屋门边，就装作追赶菜园地的鸡，拿了竹响篙唰唰地摇着，一面口中轻轻喝着，向屋后白塔跑去了。

来人说了些闲话，言归正转转述到顺顺的意见时，老船夫不知如何回答，只是很惊惶地搓着两只茧结的大手，好像这不会真有其事，而且神气中只像在说："那好的，那妙的。"其实这老头子却不曾说过一句话。

来人把话说完后，就问作祖父的意见怎么样。老船夫笑着把头点着说："大老想走车路，这个很好。可是我得问问翠翠，看她自己主张怎么样。"来人被打发走后，祖父在船头叫翠翠下河边来说话。

翠翠拿了一簸箕豌豆下到溪边，上了船，娇娇地问她的祖父："爷爷，你有什么事？"祖父笑着不说什么，只偏着个白发盈颠的头看着翠翠，看了许久。翠翠坐到船头，有点不好意思，低下头去剥豌豆，耳中听着远处竹篁里的黄鸟叫。翠翠想："日子长咧，爷爷话也长了。"翠翠心轻轻地跳着。

过了一会祖父说："翠翠，翠翠，先前那个人来作什么，你知道不知道？"

翠翠说："我不知道。"说后脸同颈脖全红了。

祖父看看那种情景，明白翠翠的心事了，便把眼睛向远处望去，在空雾里望见了十六年前翠翠的母亲，老船夫心中异常柔和了。轻轻地自言自语说："每一只船总要有个码头，每一只雀儿得有个窠。"他同时想起那个可怜的母亲过去的事情，心中有了一点隐痛，却勉强笑着。

翠翠呢，正从山中黄鸟杜鹃叫声里，以及山谷中伐竹人嗖嗖一下一下的砍伐竹子声音里，想到许多事情。老虎咬人的故事，与人对骂时四句头的山歌，造纸作坊中的方坑，铁工场熔铁炉里泄出的铁汁，耳朵听来的，眼睛看到的，她似乎都要去温习温习。她所以这样作，又似乎全只为了希望忘掉眼前的一桩事而起。但她实在有点误会了。

祖父说："翠翠，船总顺顺家里请人来作媒，想讨你作媳妇，问我愿不愿。我呢，人老了，再过三年两载会过去的，我没有不愿意的事情。这是你自己的事，你自己想想，自己来说。愿意，就成了；不愿意，也好。"

翠翠不知如何处理这个问题，装作从容，怯怯地望着老祖父。又不便问什么，当然也不好回答。

祖父又说："大老是个有出息的人，为人又正直，又慷慨，你嫁了他，算是命好！"

翠翠弄明白了，人来做媒的是大老！不曾把头抬起，心忡忡地跳着，脸烧得厉害，仍然剥她的豌豆，且随手把空豆荚抛到水中去，望着它们在流水中从从容容地流去，自己也俨然从容了许多。

见翠翠总不作声，祖父于是笑了，且说："翠翠，想几天不碍事。洛阳桥不是一个晚上造得好的，要日子咧。前次那个人来就向我说起这件事，我已经就告过他：车是车路，马是马路，各有规矩。想爸爸作主，请媒人正正经经来说是车路；要自己作主，站到对溪高崖竹林里为你唱三年六个月的歌是马路，——你若欢喜走马路，我相信人家会为你在日头下唱热情的歌，在月光下唱温柔的歌，像只洋鹊一样一直唱到吐血喉咙烂！"

翠翠不作声，心中只想哭，可是也无理由可哭。祖父还是再说下去，便引到死过了的母亲来了。老人话说了一阵，沉默了。翠翠悄悄把头摞过一些，见祖父眼中业已酿了一汪眼泪。翠翠又惊又怕，怯生生地说："爷爷，你怎么的？"祖父不作声，用大手掌擦着眼睛，小孩子似的咕咕笑着，跳上岸跑回家中去了。

翠翠心中乱乱的，想赶去却不赶去。

*

祖父夜来兴致很好，为翠翠把故事说下去，就提到了本城人二十年前唱歌的风气，如何驰名于川黔边地。翠翠的父亲，便是当地唱歌的第一手，能用各种比喻解释爱与憎的结子，这些事也说到了。翠翠母亲如何爱唱歌，且如何同父亲在未认识以前在白日里对歌，一个在半山上竹篁里砍竹子，一个在溪面渡船上拉船，这些事也说到了。

翠翠问："后来怎么样？"

祖父说："后来的事当然长得很，最重要的事情，就是这种歌唱出了你。"

祖父于是沉默了，不曾说"唱出了你后也就死去了你的父亲和母亲"。

老船夫做事累了睡了，翠翠哭倦了也睡了。翠翠不能忘记祖父所说的事情，梦中灵魂为一种美妙歌声浮起来了，仿佛轻轻地各处飘着，上了白塔，下了菜园，到了船上，又复飞窜过悬崖半腰——去作什么呢？摘虎耳草！白日里拉船时，她仰头望着崖上那些肥大虎耳草已极熟习。崖壁三五丈高，平时攀折不到手，这时节却可以选顶大的叶子作伞。

一切皆像是祖父说的故事，翠翠只迷迷糊糊地躺在粗麻布帐子里草荐上，以为这梦做得顶美顶甜。祖父却在床上醒着，张起个耳朵听对溪高崖上的人唱了半夜的歌。他知道那是谁唱的，他知道是河街上天保大老走马路的第一着，因此又忧愁又快乐地听下去。翠翠因为日里哭倦了，睡得正好，他就不去惊动她。

第二天天一亮，翠翠同祖父起身了，用溪水洗了脸，把早上说梦的忌讳去掉了，翠翠赶忙同祖父去说昨晚上所梦的事情。

"爷爷，你说唱歌，我昨天就在梦里听到一种顶好听的歌声，又软又缠绵，我像跟了这声音各处飞，飞到对溪悬崖半腰，摘了一大把虎耳草，得到了虎耳草，我可不知道把这个东西交给谁去了。我睡得真好，梦得真有趣！"

祖父温和悲悯地笑着，并不告给翠翠昨晚上的事实。

祖父心里想："做梦一辈子更好，还有人在梦里做宰相咧。"

昨晚上唱歌的，老船夫还以为是天保大老，日来便要翠翠守船，借故到城里去送药，探探情形。在河街见了了大老，就一把拉住那小伙子，很快乐地说：

"大老，你这个人，又走车路又走马路，是怎样一个狡猾东西！"

但老船夫却作错了一件事情，把昨晚唱歌人"张冠李戴"了。这两弟兄昨晚上同到碧溪岨去，为了作哥哥的走车路占了先，无论如何也不肯先开腔唱歌，一定得让那弟弟先唱。弟弟一开口，哥哥却因为明知不是敌手，更不能开口了。翠翠同她祖父晚上听到的歌声，便全是那傩送二老所唱的。大老伴弟弟回家时，就决定了同茶峒地方离开，驾家中那只新油船下驶，好忘却了上面的一切。这时正想下河去看新油船装货。老船夫见他神情冷冷的，不明白他的意思，就用眉眼做了一个可笑的记号，表示他明白大老的冷淡处是装成的，表示他有好消息可以奉告。他拍了大老一下，翘起一个大拇指，轻轻地说：

"你唱得很好，别人在梦里听着你那个歌，为那个歌带得很远，走了不少的路！你是第一号，是我们地方唱歌第一号。"

大老望着弄渡船的老船夫涎皮的老脸，轻轻地说：

"算了吧，你把宝贝孙女儿送给会唱歌的竹雀吧。"

这句话使老船夫完全弄不明白他的意思。大老从一个吊脚楼甬道走下河去了，老船夫也跟着下去。到了河边，见那只新船正在装货，许多油篓子搁在河岸边。一个水手正用茅草扎成长束，备作船舷上挡浪用的茅把，还有人坐在河边石头上，用脂油擦抹桨板。老船夫问那个水手，这船什么日子下行，谁押船，那水手把手指着大老。老船夫搓着手说：

"大老，听我说句正经话，你那件事走车路，不对；走马路，你有分的！"

那大老把手指着窗口说："伯伯，你看那边，你要竹雀做孙女婿，竹雀在那里啊！"

老船夫抬头望到二老，正在窗口整理一个鱼网。

回碧溪岨到渡船上时，翠翠问：

"爷爷，你同谁吵了架，面色那样难看！"

祖父莞尔而笑，他到城里的事情，不告给翠翠一个字。

大老坐了那只新油船向下河走去了，留下傩送二老在家。

*

二老有机会唱歌却从此不再到碧溪岨唱歌。十五过去了，十六也过去了，到了十七，老船夫忍不住了，进城往河街去找寻那个年青小伙子，到城门边正预备入河街时，就遇着上次为大老作保山的杨马兵，正牵了一匹骡马预备出城，一见老船夫，就拉住了他：

"伯伯，我正有事情告你，碰巧你就来城里！"

"什么事情？"

"天保大老坐下水船到茨滩出了事，闪不知这个人掉到滩下漩水里就淹坏了。早上顺顺家里得到这个信息，听说二老一早就赶去了。"

这个不吉消息同有力巴掌一样，重重地捆了老船夫那么一下，他不相信这是当真的消息。他故作从容地说：

"天保大老淹坏了吗？从不闻有水鸭子被水淹坏的！"

"可是那只水鸭子仍然有那么一次被淹坏了……我赞成你的卓见，不让那小子走车路十分顺手。"

从马兵言语上，老船夫还十分怀疑这个新闻，但从马兵神气上注意，老船夫却看清楚这是个真的消息了。他惨惨地说：

"我有什么卓见可说？这是天意！一切都有天意。……"老船夫说时心中充满了感情。

*

黄昏时天气十分郁闷，溪面各处飞着红蜻蜓。天上已起了云，热风把两山竹篁吹得声音极大，看样子到晚上必落大雨。翠翠守在渡船上，看着那些溪面飞来飞去的蜻蜓，心也极乱。看祖父脸上颜色惨惨的，放心不下，便又赶回家中去。先以为祖父一定早睡了，谁知还坐在门槛上打草鞋！

"爷爷，你要多少双草鞋，床头上不是还有十四双吗？怎么不好好地躺一躺？"

老船夫不作声，却站起身来昂头向天空望着，轻轻地说："翠翠，今晚上要落大雨响大雷的！回头把我们的船系到岩下去，这雨大哩。"

翠翠说："爷爷，我真吓怕！"翠翠怕的似乎并不是晚上要来的雷雨。

老船夫似乎也懂得那个意思，就说："怕什么？一切要来的都得来，不必怕！"

夜间果然落了大雨，挟以吓人的雷声。电光从屋脊上掠过时，接着就是訇的一个炸雷。翠翠在暗中抖着。祖父也醒了，知道她害怕，且担心她招凉，还起身来把一条布单搭到她身上去。祖父说：

"翠翠，不要怕！"

翠翠说："我不怕！"说了还想说："爷爷你在这里我不怕！"

訇的一个大雷，接着是一种超越雨声而上的洪大闷重倾圮声。两人皆以为一定是溪岸悬崖崩落了！担心到那只渡船，会早已压在崖石下面去了。

祖孙两人便默默地躺在床上听雨声雷声。

但无论如何大雨，过不久，翠翠却仍然就睡着了。醒来时天已亮了，雨不知在何时业已止息，只听到溪两岸山沟里注水入溪的声音。翠翠爬起身来，看看祖父还似乎睡得很好，开了门走出去，门前已成为一个水沟，一股浊流便从塔后哗哗地流来，从前面悬崖直堕而下。并且各处皆是那么一种临时的水道。屋旁菜园地已为山水冲乱了，菜秧皆掩在粗砂泥里了。再走过前面去看看溪里一切，才知道溪中也涨了大水，已漫过了码头，水脚快至茶缸边了。下到码头去的那条路，正同一条小河一样，哗哗地泄着黄泥水。过渡的那一条横溪牵定的缆绳，已被水淹去了。泊在崖下的渡船，已不见了。

翠翠看看屋前悬崖并不崩坍，故当时还不注意渡船的失去。但再过一阵，她上下搜索不到这东西，无意中回头一看，屋后白塔已不见了。一惊非同小可，赶忙向屋后跑去，才知道白塔业已坍倒，大堆砖石极凌乱地摊在那儿。翠翠吓慌得不知所措，只锐声叫她的祖父。祖父不起身，也不答应，就赶回家里去，到得祖父床边摇了祖父许久，祖父还不作声。原来这个老年人在雷雨将息时已死去了。

翠翠于是大哭起来。

*

碧溪岨的白塔，与茶峒风水有关系，塔圮坍了，不重新作一个自然不成。除了城中营管、税局以及各商号各平民捐了些钱以外，各大寨子也有人拿册子去捐钱。为了这塔成就并不是给谁一个人的好处，应尽每一个人来积德造福，尽每个人皆有捐钱的机会，因此在渡船上也放了个两头有节的大竹筒，中部锯了一口，尽过渡人自由把钱投进去，竹筒满了马兵就捎进城中首事人处去，另外又带了个竹筒回来。过渡人一看老船夫不见了，翠翠辫子上扎了白线，就明白那老的已作完了自己分上的工作，安安静静躺在土坑里给小蛆吃掉了，必一面用同情的眼色瞧着翠翠，一面就摸出钱来塞到竹筒中去。"天保佑你，死了的到西方去，活下的永保平安。"翠翠明白那些捐钱人的怜悯与同情意思，心里酸酸的，忙把身子背过去拉船。

可是到了冬天，那个圮坍了的白塔，又重新修好了。那个在月下唱歌，使翠翠在睡梦里为歌声把灵魂轻轻浮起的青年人还不曾回到茶峒来。……

这个人也许永远不回来了，也许"明天"回来！

（节选自《边城》，原载 1934 年《国闻周报》第 11 卷第 1—4、10—16 期）

延伸思考

《边城》是公认的沈从文的乡土文学，也可以说是整个中国现代乡土文学的代表作，相关分析已经有很多。我们换一个角度，从沈从文怎样"从湘西看上海、北京"说起。

作为湘西乡下人，沈从文对上海文化、北京文化有着截然不同的观察、感受与评价；两地唤起的乡土记忆，也都大有差别。

沈从文说，他是以"文化工人"的身份客居上海的，他所发现的是一个"腐烂"的现代都市，一个"腐烂"的都市文化，被金钱渗透和控制，一切都物质化与利益化，处处显示出一种病态，这就使沈从文产生了"为城市所吞噬"的恐惧感和自我危机感。正是在这样的背景下，身居上海的沈从文把目光转向湘西苗族文化，很自然地将其理想化，写下了《媚金、豹子与那羊》《龙朱》《七个野人与最后一个迎春节》《雨后》等系列乡土小说。这些作品充满了无羁的野性、"圆满健全"的生命力，以及出自本性的诚实。沈从文显然要提倡一种存在于自然状态中的生命形态，以此来医治现代都市病，同时也是一种自我救赎。我们也终于懂得了沈从文说自己是 20 世纪"最后一个浪漫派"的深意。

反观写于北京的《边城》，就可以强烈地感觉到，沈从文与北京城、北京文化的另一种关系：他感悟、体认了北京文化中的乡土性而融入这个城市，自然也仍然保留着某种陌生感。他因湘西文化体验而发现了北京文化的美，又因北京文化的发现，扩大、深化了对湘西文化美的体认与想象。于是，他的乡土记忆与描写就因渗透了北京文化精神而显示出一种阔大、庄严、敦厚的气象。这就是《边城》与沈从文自己的及其他的现代乡土文学不同之处，也是其独特价值所在。

但沈从文也在北京目睹了令他醉心的博大而精致的美，正在历史的变迁中逐渐消失；这不能不联想到他的湘西，同样让他醉心的淳朴而自然的美，也不可避免地处在消失的过程中。这样的生命体认，使得他的乡土牧歌渗入了哀歌的调子。但他仍保留着对人性或民族本性、对生命存在本身的信心。写作《边城》就是要展现一种"优美，健康，自然，而又不悖乎人性的人生形式"，以实现民族道德与民族精神的再造与重建。在这样的理想之光照射下，《边城》就具有了更深远的意义。

● 沈从文曾说，自己的文字"一部分充满泥土气息"，"在写实中依旧浸透一种抒情幻想成分"；另一部分则"文白杂糅"（《沈从文小说选集》题记）。《边城》是最能体现前者文字风格的。汪曾祺说它"每一句都'鼓立'饱满，充满水分"，是"一些声音、颜色、气味的记录"，而又"附着于人"。试对本文的一些重点段落，如五月端阳之夜翠翠与二老初次相遇、月夜翠翠与祖父的谈话、睡梦间听见二老唱歌的幻觉，作文本细读，感受沈从文诗性语言的魅力，体会其语言风格。

● 沈从文也很重视小说的"组织"（他不喜欢"结构"这个词；汪曾祺认为，这是因为"结构"过于理智，"组织"更带感情，有较多作者的主观性），对小说开头和结尾常有自觉的追求。试对《边城》的头、尾作出分析。

● "沈从文的寂寞"，这是汪曾祺作为沈从文的弟子提出的一个重大命题，也是阅读、理解沈从文的最佳切入点。根据沈从文的自述与汪曾祺等的分析，这"寂寞"大抵有五层含义：

（1）沈从文描写的是"中国另外一个地方，另外一种事情"（《边城》题记）。如《边城》文题所暗喻的：这是一种处于地域与文化边缘位置的寂寞人生。

（2）这更是创作主体刻骨铭心的寂寞感。如朱光潜所说，"它表现出受过长期压迫而又富于幻想和敏感的少数民族在心坎里那一股沉忧隐痛"，沈从文"在深心里却是一个孤独者"（朱光潜：《从沈从文先生的人格看他的文艺风格》）。沈从文自己也谈到，即使是喜欢他的读者也并不真正理解他："你们能欣赏我故事的清新，照例那作品背后蕴藏的热情却忽略了。你们能欣赏我文字的朴实，照例那作品背后隐伏的悲痛也忽略了"（《习作选集代序》）。尤其重要的是，沈从文将这样的寂寞感转化成一种"绝缘"与"独断"的写作状态与方式："到执笔写作那一刻"，"除了用文字捕捉感觉与事象以外，俨然与外界绝缘，不相粘附"，"写作时要独断，要彻底地独断"（《习作选集代序》）。

（3）由此产生了准备接受寂寞的命运，"尽时间来陶冶"的历史长时段的写作目标与期待：沈从文"永远不放下我一点狂妄的想象，以为在另外一时，你们少数的少数，会越过那条间隔城乡的深沟，从一个乡下人的作品中，发现一种燃烧的感情，对于人类智慧与美丽永远的倾心，康健诚实的赞颂，以及对愚蠢自私极端憎恶的感情"（《习作选集代序》）。他为未来的读者写作，他追求的是社会、人生、人的本性与命运里"变"中的"不变"，并以对"不变"的自觉把握与描述，超越时空与未来社会、未来读者相遇。

（4）这决定了沈从文期待的读者，是那些"认识这个民族的过去伟大处与目前堕落处，各在那里很寂寞的从事与民族复兴大业的人"（《边城》题记）。

（5）如汪曾祺所说，"寂寞是一种境界，一种很美的境界"。在沈从文的作品里就表现为一种特殊的审美境界：他"笔下的湘西，总是那么安安静静的"，而"静中有动，静中有人"，他最"擅长用一些颜色、一些声音来描绘这种安静的诗境"（汪曾祺：《沈从文的寂寞》）。

汪曾祺在 1982 年所写的《沈从文的寂寞》一文结尾，这样问道："莫非这（沈从文所期待的真正理解他的）'另外一时'已经到了么？"现在已经走过 40 年，我们似乎也还要问这样的问题：今天年轻的读者能理解沈从文吗？也可以放下这个问题，仅根据自己阅读《边城》和沈从文其他乡土文学作品的感受，就"沈从文的寂寞"这一命题谈谈自己的看法。

● 第二个十年创造的现代乡土文学里，沈从文提供的"湘西文学世界"模式之外，还有作家李劼人（1891—1962）创造的"四川地方史志"式的乡土文学模式。李劼人也是深深扎根于四川这块土地，是一个真正的"成都通"，和成都附近的乡镇社会各阶层有广泛接触，年轻时就经历了四川辛亥保路运动全过程，"五四"时加入少年中国学会，后赴法国勤工俭学，接触了法国左拉所创造的、书写"卢贡·马卡尔家族"历史的"大河小说"系列。在其影响下，李劼人于 20 世纪 30 年代先后推出了《死水微澜》《暴风雨前》《大波》三部长篇小说。《死水微澜》以成都附近的天回镇为背景，展现了从 1894 年到 1901 年间，"教民"与"袍哥"两大力量的殊死搏斗；《暴风雨前》写 1901 年到 1909 年间成都的维新党人和革命党人的纷争，揭示了西方思潮推动下的清末四川新学新政带给新型知识分子、官僚上流社会以及下层市井贫民的激荡变化；《大波》则直接描写社会大变革——1911 年辛亥革命前夕四川保路运动的始末。如此大规模地书写大时代里的地方、乡土社会的历史变迁，是前所未有的。因此，三部曲于 1937 年由中华书局出齐，同为四川人的郭沫若即在《中国文艺》上发表题为《中国左拉之待望》的文章，竭力赞扬说："古人称颂杜甫的诗为'诗史'，我是想称颂劼人的小说为'小说的近代史'，至少是'小说的近代《华阳国志》。"这样的"史诗性"与茅盾的《子夜》等系列小说是相通的，尽管它们有着不同的文学资源和思想背景，却完全可以并列为第二个十年现代都市小说和现代乡土小说的两大"诗史"。

● 研究者指出，李劼人的三部曲不仅是"时代史、社会史"，具有强烈的时代
感和历史观，更是"风俗史"，"全书写川西坝乡镇赶集、成都东大街正月看
灯、二月赶青羊宫、婚葬礼仪、下莲池平民生活、四川全省学堂运动会等各
种世态情景，色彩浓厚"，都与四川"地域文化丝丝入扣"，因此具有了"乡
土文学性"。(参阅吴福辉：《时代色彩鲜明的长篇小说》，收《插图本中国现
代文学发展史》)这也是李劼人的"大河小说"与同时期同样以四川为背景
的巴金《家》的区别所在：《家》写的是"家族史"，而李劼人则始终注目于
"地域（乡土）史"。李劼人作为文学家，他对时代、乡土的关注，又始终集
中于"人"，他的大河小说也正是以"时代风云、地方习俗和人物个人命运"
的紧密结合而深深吸引着读者。人们最为称道的，就是《暴风雨前》的女主
人公蔡大嫂"从乡镇走向城市"的形象：为了救丈夫，救情人，她决意再
嫁给当地吃教的大粮户顾天成，"她冲天一搏的勇气，不顾舆论，不顾'廉
耻'，敢于破坏成规，并不忠于任何一个男人的泼辣性格，被表现得淋漓尽
致"。研究者因此认为顾大嫂的形象多少具有"现代女性"的特征，这又和
沈从文的乡土文学所提供的"翠翠型"的正在消失中的"乡村纯美少女"形
象区分开来。尽管由于自身写作有时出现"历史描写大过了艺术描写"的不
足，再加上其安于边缘、不入主流等客观原因，李劼人始终没有获得茅盾、
老舍、沈从文这"三大家"的文学史地位与影响，但他又确实是一位现代文
学史不可忽略的重要作家。[参阅吴福辉：《李劼人的"大河小说"》，收《中
国现代文学编年史——以文学广告为中心（1928—1937）》]

第四章

现代都市文学的文体新实验

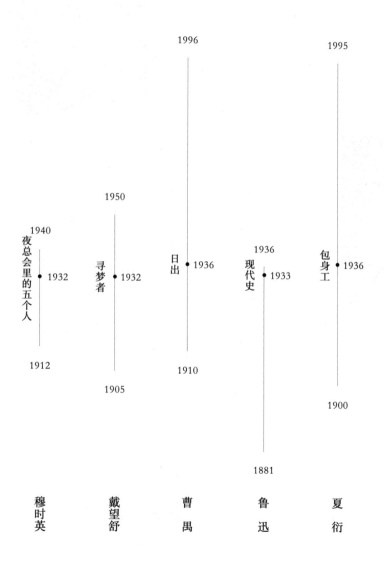

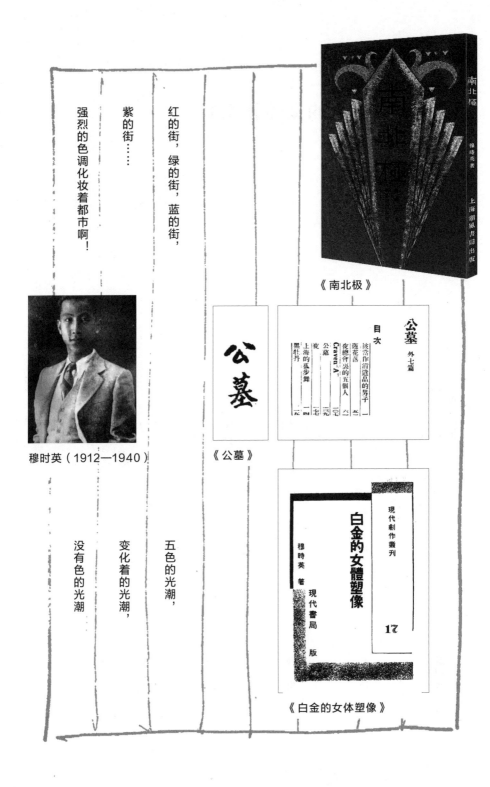

强烈的色调化妆着都市啊！

紫的街……

红的街，绿的街，蓝的街，

《南北极》

《公墓》

公墓

外七篇

目次

被當作消遣品的男子 一
蓮花落 六
夜總會裏的五個人 八
Craven "A" 一〇九
公墓 一四七
夜 一七六
上海的狐步舞 二一四
黑牡丹 二五九

穆时英（1912—1940）

没有色的光潮

变化着的光潮，

五色的光潮，

白金的女體塑像

穆時英 著

現代劇作叢刊

現代書局 版

17

《白金的女体塑像》

第一节

穆时英等：
新感觉派小说，西方现代主义的引入，新市民文学的先锋性

1930 年 4 月	刘呐鸥《都市风景线》出版（水沫书店）。
1930 年 10 月	施蛰存《将军底头》发表（《小说月报》第 21 卷第 10 号）。
1931 年 1 月	穆时英《南北极》发表（《小说月报》第 22 卷第 1 号）。
1932 年 1 月	穆时英《南北极》出版（湖风书局）。
1933 年 2 月	杜衡《关于穆时英的创作》发表（《现代出版界》第 9 期）。
1933 年 3 月	施蛰存《梅雨之夕》出版（新中国书局）。
1933 年 6 月	穆时英《公墓》出版（现代书局）。
1933 年 6 月	鲁迅、茅盾、施蛰存等《创作的经验》出版（天马书店）。
1934 年 7 月	穆时英《白金的女体塑像》出版（现代书局）。
1935 年 9 月	沈从文《论穆时英》发表（《大公报·文艺》）。

　　我们说的第二个十年中国社会、文化的巨大变动，其最突出的表现，就是以上海为中心的现代都市的勃兴，现代文化、文学市场的创建与发达，以及现代消费文化的形成。这都深刻地影响了现代文学的新发展：现代都市第一次成为独立的审美对象，也促成了新文体的新实验与新创造：新感觉派小说、现代派诗歌、现代话剧的剧场艺术、现代散文新形式杂文与报告文学，都应运而生，并涌现出一批相对成熟的作品和代表性作家，成为第二个十年中国现代文学的新亮点。

　　1920 年及其后，在《文学工场》《无轨列车》《新文艺》《现代》等刊物上活跃着一群新海派作家，并在都市读者群中风靡一时，因其曾受到 1924 年兴起的日本新感觉派作家横光利一、片冈铁兵、川端康成等的影响，而被称为中国"新感觉派"。代表作家有：刘呐鸥

（1905—1940），代表作《都市风景线》《热情之骨》《两个时间的不感症者》等；穆时英（1912—1940），代表作《白金的女体塑像》《夜总会里的五个人》《街景》《上海的狐步舞》《黑牡丹》等；施蛰存（1905—2003），代表作《梅雨之夕》《将军底头》《魔道》《春阳》等。

研究者指出，新感觉派小说是中国最完整的现代派小说，它"新"在第一次用现代人的眼光来打量上海，用一种特异的现代的形式来表达这个东方大都会"城与人"的神韵。它的登场，表明西方现代主义艺术在中国的引入，已经进入一个独立的阶段。它风靡于上海新市民中，又与世界新潮文学携手，也就使得上海市民文学越过通俗文学的界线，攀上某种先锋文学的位置。[参阅《中国现代文学三十年》（修订本）第十四章第三节]

研究者还将新感觉派在艺术上的追求，概括为：快速的节奏；将主观感觉外化，创造具有强烈主观感觉的"新现实"；通过视觉、听觉、嗅觉、味觉、触觉的客体化、对象化，使艺术描写具有更强的可感性，具有某种立体感；潜意识、隐意识的开掘与心理分析小说的建立等。（参阅严家炎：《新感觉派小说选》前言）

1932

《夜总会里的五个人》

穆时英

一　五个从生活里跌下来的人

一九三二年四月六日星期六下午：

金业交易所里边挤满了红着眼珠子的人。

标金的跌风，用一小时一百基罗米突的速度吹着，把那些人吹成野兽，吹去了理性，吹去了神经。

胡均益满不在乎地笑，他说：

"怕什么呢？再过五分钟就转涨风了！"

过了五分钟——

"六百两进关啦！"

交易所里又起了谣言："东洋大地震！"

"八十七两！"

"三十二两！"

"七钱三！"

（一个穿毛葛袍子，嘴犄角儿咬着象牙烟嘴的中年人猛地晕倒了。）

标金的跌风加速地吹着。

再过五分钟，胡均益把上排的牙齿，咬着下嘴唇——

嘴唇碎了的时候，八十万家产也叫标金的跌风吹破了。

嘴唇碎了的时候，一颗坚强的近代商人的心也碎了。

一九三二年四月六日星期六下午：

郑萍坐在校园里的池旁，一对对的恋人从他前面走过去。他睁着眼看；他在等，等着林妮娜。

昨天晚上他送了只歌谱去，在底下注着：

"如果你还允许我活下去的话，请你明天下午到校园里的池旁来。为了你，我是连头发也愁白了！"

林妮娜并没把歌谱退回来——一晚上，郑萍的头发又变黑啦。

今天他吃了饭就在这儿等，一面等，一面想：

"把一个钟头分为六十分钟，一分钟分为六十秒，那种分法是不正确的。要不然，为什么我只等了一点半钟，就觉得胡髭又在长起来了呢？"

林妮娜来了，和那个长腿汪一同地。

"Hey，阿萍，等谁呀？"长腿汪装鬼脸。

林妮娜歪着脑袋不看他。

他哼着歌谱里的句子：

"陌生人啊！

从前我叫你我的恋人，

现在你说我是陌生人！

陌生人啊！

从前你说我是你的奴隶，

现在你说我是陌生人！

陌生人啊……"

林妮娜拉了长腿汪往外走，长腿汪回过脑袋来再向他装鬼脸。他把上面的牙齿，咬着下嘴唇——

嘴唇碎了的时候，郑萍的头发又白了。

嘴唇碎了的时候，郑萍的胡髭又从皮肉里边钻出来了。

一九三二年四月六日星期六下午：

霞飞路，从欧洲移植过来的街道。

在浸透了金黄色的太阳光和铺满了阔树叶影子的街道上走着。在前面走着的一个年轻人忽然回过脑袋来看了她一眼，便和旁边的还有一个年轻人说起话来。

她连忙竖起耳朵来听：

年轻人甲——"五年前顶抖的黄黛茜吗！"

年轻人乙——"好眼福！生得真……阿门！"

年轻人甲——"可惜我们出世太晚了！阿门！女人是过不得五年的！"

猛地觉得有条蛇咬住了她的心，便横冲到对面的街道上去。一抬脑袋瞧见了橱窗里自家儿的影子——青春是从自家儿身上飞到别人身上去了。

"女人是过不得五年的！"

便把上面的牙齿咬紧了下嘴唇——

嘴唇碎了的时候，心给那蛇吞了。

嘴唇碎了的时候，她又跑进买装饰品的法国铺子里去了。

一九三二年四月六日星期六下午：

季洁的书房里。

书架上放满了各种版本的莎士比亚的 *Hamlet*，日译本，德译本，法译本，俄译本，西班牙译本……甚至于土耳其文的译本。

季洁坐在那儿抽烟，瞧着那烟往上腾，飘着，飘着，忽然他觉得全宇宙都化了烟往上腾——各种版本的 *Hamlet* 张着嘴跟他说起话来啦：

"你是什么？我是什么？什么是你？什么是我？"

季洁把上面的牙齿咬着下嘴唇。

"你是什么？我是什么？什么是你？什么是我？"

嘴唇碎了的时候，各种版本的 *Hamlet* 笑了。

嘴唇碎了的时候，他自家儿也变了烟往上腾了。

一九××年——星期六下午。

市政府。

一等书记缪宗旦忽然接到了市长的手书。

在这儿干了五年，市长换了不少，他却生了根似的，只会往上长，没降过一次级，可是也从没接到过市长的手书。

在这儿干了五年，每天用正楷写小字，坐沙发，喝清茶，看本埠增刊，从不迟到，从不早走，把一肚皮的野心，梦想，和罗曼史全扔了。

在这儿干了五年，从没接到过市长的手书，今儿忽然接到了市长的手书！便怀着抄写公文的那种谨慎心情拆了开来。谁知道呢？是封撤职书。

一回儿，地球的末日到啦！

他不相信：

"我做错了什么事呢？"

再看了两遍，撤职书还是撤职书。

他把上面的牙齿咬着下嘴唇——

嘴唇破了的时候，墨盒里的墨他不用再磨了。

嘴唇破了的时候，会计科主任把他的薪水送来了。

二　星期六晚上

厚玻璃的旋转门：停着的时候，像荷兰的风车；动着的时候，像水晶柱子。

五点到六点，全上海几十万辆的汽车从东部往西部冲锋。

可是办公处的旋转门像了风车，饭店的旋转门便像了水晶柱子。人在街头站住了，交通灯的红光潮在身上泛滥着，汽车从鼻子前擦过去。水晶柱子似的旋转门一停，人马上就鱼似的游进去。

星期六晚上的节目单是：

1.一顿丰盛的晚宴，里边要有冰水和冰淇淋；

2.找恋人；

3. 进夜总会；

4. 一顿滋补的点心，冰水，冰淇淋和水果绝对禁止。

（附注：醒回来是礼拜一了——因为礼拜日是安息日。）

吃完了 Chicken à la king 是水果，是黑咖啡。恋人是 Chicken à la king 那么娇嫩的，水果那么新鲜的。可是她的灵魂是咖啡那么黑色的……伊甸园里逃出来的蛇啊！

星期六晚上的世界是在爵士的轴子上回旋着的"卡通"的地球，那么轻巧，那么疯狂地；没有了地心吸力，一切都建筑在空中。

星期六的晚上，是没有理性的日子。

星期六的晚上，是法官也想犯罪的日子。

星期六的晚上，是上帝进地狱的日子。

带着女人的人全忘了民法上的诱奸律。每一个让男子带着的女子全说自己还不满十八岁，在暗地里伸一伸舌尖儿。开着车的人全忘了在前面走着的，因为他的眼珠子正在玩赏着恋人身上的风景线，他的手却变了触角。

星期六的晚上，不做贼的人也偷了东西，顶爽直的人也满肚皮是阴谋，基督教徒说了谎话，老年人拼着命吃返老还童药片，老练的女子全预备了 Kissproof 的点唇膏。……

街：——

（普益地产公司每年纯利达资本三分之一

100000 两

东三省沦亡了吗

没有，东三省的义军还在雪地和日寇作殊死战

同胞们快来加入月捐会

大陆报销路已达五万份

一九三三年宝塔克

自由吃排）

"大晚夜报！"卖报的孩子张着蓝嘴，嘴里有蓝的牙齿和蓝的舌尖儿，他对面的那只蓝霓虹灯的高跟儿鞋鞋尖正冲着他的嘴。

"大晚夜报！"忽然他又有了红嘴，从嘴里伸出舌尖儿来，对面的那只大酒瓶里倒出葡萄酒来了。

红的街，绿的街，蓝的街，紫的街……强烈的色调化妆着都市啊！霓虹灯跳跃着——五色的光潮，变化着的光潮，没有色的光潮——泛滥着光潮的天空，天空中有了酒，有了灯，有了高跟儿鞋，也有了钟……

请喝白马牌威士忌酒……吉士烟不伤吸者咽喉……

亚历山大鞋店，约翰生酒铺，拉萨罗烟商，德茜音乐铺，朱古力糖果铺，国泰大戏院，汉密而登旅社……

回旋着，永远回旋着的霓虹灯——

忽然霓虹灯固定了：

"皇后夜总会"

玻璃门开的时候，露着张印度人的脸；印度人不见了，玻璃门也关啦。门前站着个穿蓝褂子的人，手里拿着许多白哈巴狗儿，吱吱地叫着。

一只大青蛙，睁着两只大圆眼爬过来啦，肚子贴着地，在玻璃门前吱的停了下来。低着脑袋，从车门里出来了那么漂亮的一位小姐，后边儿跟着钻出来了一位穿晚礼服的绅士，马上把小姐的胳膊拉上了。

"咱们买个哈巴狗儿。"

绅士马上掏出一块钱来，拿了只哈巴狗给小姐。

"怎么谢我？"

小姐一缩脖子，把舌尖冲着他一吐，皱着鼻子做了个鬼脸。

"Charming, dear！"

便按着哈巴狗儿的肚子，让它吱吱地叫着，跑了进去。

三　五个快乐的人

白的台布，白的台布，白的台布，白的台布……白的——

白的台布上面放着：黑的啤酒，黑的咖啡，……黑的，黑的……

白的台布旁边坐着的穿晚礼服的男子：黑的和白的一堆：黑头发，

白脸，黑眼珠子，白领子，黑领结，白的浆褶衬衫，黑外褂，白背心，黑裤子……黑的和白的……

白的台布后边站着侍者，白衣服，黑帽子，白裤子上一条黑镶边……

白人的快乐，黑人的悲哀。非洲黑人吃人典礼的音乐，那大雷和小雷似的鼓声，一只大号角呜呀呜的，中间那片地板上，一排没落的斯拉夫公主们跳着黑人的踢跶舞，一条条白的腿在黑缎裹着的身子下面弹着：——

得得得——得达！

又是黑和白的一堆！为什么在她们的胸前给镶上两块白的缎子，小腹那儿镶上一块白的缎子呢？跳着，斯拉夫的公主们；跳着，白的腿，白的胸脯儿和白的小腹；跳着，白的和黑的一堆……白的和黑的一堆，全场的人全害了疟疾。疟疾的音乐啊，非洲的林莽里是有毒蚊子的。

哈巴狗从扶梯那儿叫上来，玻璃门开啦，小姐在前面，绅士在后面。

"你瞧，彭洛夫班的猎舞！"

"真不错！"绅士说。

舞客的对话：

"瞧，胡均益！胡均益来了。"

"站在门口的那个中年人吗？"

"正是。"

"旁边那个女的是谁呢？"

"黄黛茜吗！哎，你这人怎么的！黄黛茜也不认识。"

"黄黛茜那会不认识。这不是黄黛茜！"

"怎么不是？谁说不是？我跟你赌！"

"黄黛茜没这么年青！这不是黄黛茜！"

"怎么没这么年青，她还不过三十岁左右吗！"

"那边儿那个女的有三十岁吗？二十岁还不到——"

"我不跟你争。我说是黄黛茜，你说不是，我跟你赌一瓶葡萄汁。你再仔细瞧瞧。"

黄黛茜的脸正在笑着，在瑙玛希拉式的短发下面，眼只有了一只，眼角边有了好多皱纹，却巧妙地在黑眼皮和长眉尖中间隐没啦。她有一只高鼻子，把嘴旁的皱纹用阴影来遮了，可是那只眼里的憔悴味是即使笑也遮不了的。

号角急促地吹着，半截白半截黑的斯拉夫公主们一个个的，从中间那片地板上，溜到白台布里边，一个个在穿晚礼服的男子中间溶化啦。一声小铜钹像玻璃盘子掉在地上似的，那最后一个斯拉夫公主便矮了半截，接着就不见了。

一阵拍手，屋顶要给炸破了似的。

黄黛茜把哈巴狗儿往胡均益身上一扔，拍起手来，胡均益连忙把拍着的手接住了那只狗，哈哈地笑着。

顾客的对话：

"行，我跟你赌！我说那女的不是黄黛茜——哎，慢着，我说黄黛茜没那么年轻，我说她已经快三十岁了。你说她是黄黛茜，你去问她，她要是没到二十五岁的话，那就不是黄黛茜，你输我一瓶葡萄汁。"

"她要是过了二十五岁的话呢？"

"我输你一瓶。"

"行！说了不准翻悔啊！"

"还用说吗？快去！"

黄黛茜和胡均益坐在白台布旁边，一个侍者正在她旁边用白手巾包着酒瓶把橙黄色的酒倒到高脚杯里。胡均益看着酒说：

"酒那么红的嘴唇啊！你嘴里的酒是比酒还醉人的。"

"顽皮！"

"是一只歌谱里的句子呢。"

哈，哈，哈！

"对不起，请问你现在是二十岁还是三十岁？"

黄黛茜回过脑袋来，却见顾客甲立在她后边儿，她不明白他是在跟谁讲话，只望着他。

"我说，请问你今年是二十岁还是三十岁？因为我和我的朋友在——"

"什么话，你说？"

"我问你今年是不是二十岁？还是——"

黄黛茜觉得白天的那条蛇又咬住她的心了，猛地跳起来，拍，给了一个耳刮子，马上把手缩回来，咬着嘴唇，把脑袋伏在桌上哭啦。

胡均益站起来道："你是什么意思？"

顾客甲把左手掩着左面的腮帮儿："对不起，请原谅我，我认错人了。"鞠了一个躬便走了。

"别放在心里，黛茜。这疯子看错人咧。"

"均益，我真的看着老了吗？"

"那里？那里！在我的眼里你是永远年青的！"

黄黛茜猛地笑了起来："在'你'的眼里我是永远年青的！哈哈，我是永远年青的！"把杯子提了起来。"庆祝我的青春啊！"喝完了酒便靠在胡均益肩上笑开啦。

"黛茜，怎么啦？你怎么啦？黛茜！瞧，你疯了！你疯了！"一面按着哈巴狗的肚子，吱吱地叫着。

"我才不疯呢！"猛地静了下来。过了回儿猛地又笑了起来，"我是永远年青的——咱们乐一晚上吧。"便拉着胡均益跑到场里去了。

留下了一只空台子。

旁边台子上的人悄悄地说着：

"这女的疯了不成！"

"不是黄黛茜吗？"

"正是她！究竟老了！"

"和她在一块儿的那男的很像胡均益，我有一次朋友请客，在酒席上碰到过他的。"

"可不正是他，金子大王胡均益。"

"这几天外面不是谣得很厉害，说他做金子蚀光了吗？"

"我也听见人家这么说，可是，今儿我还瞧见他坐了那辆'林肯'，陪了黄黛茜在公司里买了许多东西的——我想不见得一下子就蚀得光，他又不是第一天做金子。"

玻璃门又开了,和笑声一同进来的是一个二十二三岁的男子,还有一个差不多年纪的人扶着他的胳膊,一位很年轻的小姐摆着张焦急的脸,走在旁边儿,稍为在后边儿一点。那先进来的一个,瞧见了舞场经理的秃脑袋,一抬手用大手指在光头皮上划了一下:

"光得可以!"

便哈哈地捧着肚子笑得往后倒。

大伙儿全回过脑袋来瞧他:

礼服胸前的衬衫上有了一堆酒渍,一丝头发拖在脑门上,眼珠子像发寒热似的有点儿润湿,红了两片腮帮儿,胸襟那儿的小口袋里胡乱地塞着条麻纱手帕。

"这小子喝多了酒咧!"

"喝得那个模样儿!"

秃脑袋上给划了一下的舞场经理跑过去帮着扶住他,一边问还有一个男子:"郑先生在那儿喝了酒的?"

"在饭店里吗!喝得那个模样还硬要上这儿来。"忽然凑着他的耳朵道:"你瞧见林小姐到这儿来没有,那个林妮娜?"

"在这里!"

"跟谁一同来的?"

这当儿,那边儿桌子上的一个女的跟桌上的男子说:"我们走吧?那醉鬼来了!"

"你怕郑萍吗?"

"不是怕他。喝醉了酒,给他侮辱了,划不来的。"

"要出去,不是得打他前边儿过吗?"

那女的便软着声音,说梦话似的道:"我们去吧!"

男的把脑袋低着些,往前凑着些:"行,亲爱的妮娜!"

妮娜笑了一下,便站起来往外走,男的跟在后边儿。

舞场经理拿嘴冲着他们一努:"那边儿不是吗?"

和那个喝醉了的男子一同进来的那女子插进来道:

"真给他猜对了。那个不是长脚汪吗？"

"糟糕！冤家见面了！"

长脚汪和林妮娜走过来了。林妮娜看见了郑萍，低着脑袋，轻轻儿地喊："明新！"

"妮娜，我在这儿，别怕！"

郑萍正在那儿笑，笑着，笑着，不知怎么的笑出眼泪来啦，猛地从泪珠儿后边儿看出去，妮娜正冲着自家儿走来，乐得刚叫：

"妮——"

一擦泪，擦了眼泪却清清楚楚地瞧见妮娜挂在长脚汪的胳膊上，便：

"妮！——你！哼，什么东西！"胳膊一挣。

他的朋友连忙又扠住了他的胳膊："你瞧错人咧。"扠着他往前走。同来的那位小姐跟妮娜点了点头，妮娜浅浅儿地笑了笑，便低下脑袋和冲郑萍瞪眼的长脚汪走出去了，走到门口，开玻璃门出去。刚有一对男女从外面开玻璃门进来，门上的霓虹灯反映在玻璃上的光一闪——

一个思想在长脚汪的脑袋里一闪："那女的不正是从前扔过我的芝君吗？怎么和缪宗旦在一块儿？"

一个思想在芝君的脑袋里一闪："长脚汪又交了新朋友了！"

长脚汪推左面的那扇门，芝君推右面的一扇门，玻璃门一动，反映在玻璃上的霓虹灯光一闪，长脚汪马上扠着妮娜的胳膊肘，亲亲热热地叫一声："Dear！……"

芝君马上挂到缪宗旦的胳膊上，脑袋稍为抬了点儿："宗旦……"宗旦的脑袋里是："此致缪宗旦君，市长的手书，市长的手书，此致缪宗旦君……"

玻璃门一关上，门上的绿丝绒把长脚汪的一对和缪宗旦的一对隔开了。走到走廊里正碰见打鼓的音乐师约翰生急急忙忙地跑出来，缪宗旦一扬手：

"Hello，Johny！"

约翰生眼珠子歪了一下，便又往前走道："等回儿跟你谈。"

　　缪宗旦走到里边刚让芝君坐下，只看见对面桌子上一个头发散乱的人猛地一挣胳膊，碰在旁边桌上的酒杯上，橙黄色的酒跳了出来，跳到胡均益的腿上，胡均益正在那儿跟黄黛茜说话，黄黛茜却早已吓得跳了起来。

　　胡均益莫名其妙地站了起来："怎么会翻了的？"

　　黄黛茜瞧着郑萍，郑萍歪着眼道："哼，什么东西！"

　　他的朋友一面把他按住在椅子上，一面跟胡均益赔不是："对不起的很，他喝醉了。"

　　"不相干！"掏出手帕来问黄黛茜弄脏了衣服没有，忽然觉得自家的腿湿了，不由的笑了起来。

　　好几个白衣侍者围了上来，把他们遮着了。

　　这当儿约翰生走了来，在芝君的旁边坐了下来：

　　"怎么样，Baby？"

　　"多谢你，很好。"

　　"Johny，you look very sad！"

　　约翰生耸了耸肩膀，笑了笑。

　　"什么事？"

　　"我的妻子正在家生孩子，刚才打电话来叫我回去——你不是刚才瞧见我急急忙忙地跑出去吗？——我跟经理说，经理不让我回去。"说到这儿，一个侍者跑来道："密司特约翰生，电话。"他又急急忙忙地跑去了。

　　电灯亮了的时候，胡均益的桌子上又放上了橙黄色的酒，胡均益的脸又凑到黄黛茜的脸前面，郑萍摆着张愁白了头发的脸，默默地坐着，他的朋友拿手帕在擦汗。芝君觉得后边儿有人在瞧她，回过脑袋去，却是季洁，那两只眼珠子像黑夜似的，不知道那瞳子有多深，里边有些什么。

　　"坐过来吧？"

　　"不，我还是独自个儿坐。"

　　"怎么坐在角上呢？"

　　"我喜欢静。"

"独自个儿来的吗？"

"我爱孤独。"

他把眼光移了开去，慢慢地，像僵尸的眼光似的，注视着她的黑鞋跟，她不知怎么的哆嗦了一下，把脑袋回过来。

"谁？"缪宗旦问。

"我们校里的毕业生，我进一年级的时候，他是毕业班。"

缪宗旦在拗着火柴梗，一条条拗断了，放在烟灰缸里。

"宗旦，你今儿怎么的？"

"没怎么！"他伸了伸腰，抬起眼光来瞧着她。

"你可以结婚了，宗旦。"

"我没有钱。"

"市政府的薪水还不够用吗？你又能干。"

"能干——"把话咽住了，恰巧约翰生接了电话进来，走到他那儿："怎么啦？"

约翰生站到他前面，慢慢儿地道："生出来一个男孩子，可是死了，我的妻子晕了过去，他们叫我回去，我却不能回去。"

"晕了过去，怎么呢？"

"我不知道。"便默着，过了回儿才说道："我要哭的时候人家叫我笑！"

"I'm sorry for you，Johny！"

"Let's cheer up！"一口喝干了一杯酒，站了起来，拍着自家儿的腿，跳着跳着道："我生了翅膀，我会飞！啊，我会飞，我会飞！"便那么地跳着跳着地飞去啦。

芝君笑弯了腰，黛茜拿手帕掩着嘴，缪宗旦哈哈地大声儿地笑开啦，郑萍忽然也捧着肚子笑起来。胡均益赶忙把一口酒咽了下去跟着笑。

哈，哈，哈！哈！哈！哈，哈，哈，哈！哈，哈，哈哈！

黛茜把手帕不知扔到那儿去啦，脊梁盖儿靠着椅背，脸望着上面的红霓虹灯。大伙儿也跟着笑——张着的嘴，张着的嘴，张着的嘴……越看越不像嘴啦。每个人的脸全变了模样儿，郑萍有了个尖下巴，胡均益有了个圆下巴，缪宗旦的下巴和嘴分开了，像从喉结那儿生出来的，黛茜下巴下面全是皱纹。

只有季洁一个人不笑，静静地用解剖刀似的眼光望着他们，竖起了耳朵，像深林中的猎狗似的，想抓住每一个笑声。

缪宗旦瞧见了那解剖刀似的眼光，那竖着的耳朵，忽然他听见了自家儿的笑声，也听见了别人的笑声，心里想着——"多怪的笑声啊！"

胡均益也瞧见了——"这是我在笑吗？"

黄黛茜朦胧地记起了小时候有一次从梦里醒来，看到那暗屋子，曾经大声地嚷过的——"怕！"

郑萍模模糊糊地——"这是人的声音吗？那些人怎么在笑的！"

一回儿这四个人全不笑了，四面还有些咽住了的，低低的笑声，没多久也没啦。深夜在森林里，没一点火，没一个人，想找些东西来倚靠，那么的又害怕又寂寞的心情侵袭着他们，小铜钹呛的一声儿，约翰生站在音乐台上：

"Cheer up，ladies and gentlemen！"

便咚咚地敲起大鼓来，那么急地，一阵有节律的旋风似的。一对对男女全给卷到场里去啦，就跟着那旋风转了起来。黄黛茜拖了胡均益就跑，缪宗旦把市长的手书也扔了，郑萍刚想站起来时，扠他进来的那位朋友已经把胳膊搁在那位小姐的腰上咧。

"全逃啦！全逃啦！"他猛地把手掩着脸，低下了脑袋，怀着逃不了的心境坐着。忽然他觉得自家儿心里清楚了起来，觉得自家儿一点也没有喝醉似的。抬起脑袋来，只见给自己打翻了酒杯的桌上的那位小姐正跟着那位中年绅士满场地跑，那样快的步伐，疯狂似的。一对舞侣飞似的转到他前面，一转又不见啦。又是一对，又不见啦。"逃不了的！逃不了的！"一回脑袋想找地方儿躲似的，却瞧见季洁正在凝视着他，便走了过去道："朋友，我讲笑话你听。"马上话匣子似的讲着话。季洁也不作声，只瞧着他，心里说：——

"什么是你！什么是我！我是什么！你是什么！"

郑萍只见自家儿前面是化石的眼珠子，一动也不动的，他不管，一边讲，一边笑。

芝君和缪宗旦跳完了回来，坐在桌子上。芝君微微地喘着气，听郑萍的笑话，听了便低低地笑，还没笑完，又给缪宗旦拉了去啦。季洁的耳朵听着郑萍，手指却在那儿拗火柴梗，火柴梗完了，便拆火柴盒，火柴盒拆完了，便叫侍者再去拿。

侍者拿了盒新火柴来道："先生，你的桌子全是拗断了的火柴梗了！"

"四秒钟可以把一根火柴拗成八根，一个钟头一盒半，现在是——现在是几点钟？"

"两点还差一点，先生。"

"那么，我拗断了六盒火柴，就可以走啦。"一面还是拗着火柴。

侍者白了他一眼便走了。

顾客的对话：

顾客丙——"那家伙倒有味儿，到这儿来拗火柴。买一块钱不是能在家里拗一天了吗？"

顾客丁——"吃了饭没事做，上这儿拗火柴来，倒是快乐人哪。"

顾客丙——"那喝醉了的傻瓜不乐吗？一进来就把人家的酒打翻了。还骂人家什么东西，现在可拼命和人家讲起笑话来咧。"

顾客丁——"这溜儿那几个全是快乐人！你瞧，黄黛茜和胡均益，还有他们对面的那两个，跳得多有劲！"

顾客丙——"可不是，不怕跳断腿似的。多晚了，现在？"

顾客丁——"两点多咧。"

顾客丙——"咱们走吧？人家多走了。"

玻璃门开了，一对男女，男的歪了领带，女的蓬了头发，跑出去啦。

玻璃门又开了，又是一对男女，男的歪了领带，女的蓬了头发，跑出去啦。

舞场慢慢儿地空了，显着很冷静的，只见经理来回地踱，露着发光的秃脑袋，一回儿红，一回儿绿，一回儿蓝，一回儿白。

胡均益坐了下来，拿手帕抹脖子里的汗道："我们停一支曲子，别跳吧？"

黄黛茜说："也好——不，为什么不跳呢？今儿我是二十八岁，明儿就是二十八岁零一天了！我得老一天了！我是一天比一天老的。女人是差不得一天的！为什么不跳呢，趁我还年轻？为什么不跳呢！"

"黛茜——"手帕还拿在手里，又给拉到场里去啦。

缪宗旦刚在跳着，看见上面横挂着的一串串气球的绳子在往下松，马上跳上去抢到了一个，在芝君的脸上拍了一下道："拿好了，这是世界！"芝君把气球搁在他们的脸中间，笑着道：

"你在西半球，我在东半球！"

不知道是谁在他们的气球上弹了一下，气球碰地爆破啦。缪宗旦正在微笑着的脸猛地一怔："这是世界！你瞧，那破了的气球——破了的气球啊！"猛地把胸脯儿推住了芝君的，滑冰似的往前溜，从人堆里，拐弯抹角地溜过去。

"算了吧，宗旦，我得跌死了！"芝君笑着喘气。

"不相干，现在三点多啦，四点关门，没多久了！跳吧！跳！"一下子碰在人家身上。"对不起！"又滑了过去。

季洁拗了一地的火柴——

一盒，两盒，三盒，四盒，五盒……

郑萍还在那儿讲笑话，他自家儿也不知道在讲什么，尽笑着，尽讲着。

一个侍者站在旁边打了个呵欠。

郑萍猛地停住不讲了。

"嘴干了吗？"季洁不知怎么地会笑了起来。

郑萍不作声，哼着：

"陌生人啊！

从前我叫你我的恋人，

现在你说我是陌生人！

陌生人啊！

……"

季洁看了看表，便搓了搓手，放下了火柴："还有二十分钟咧。"

时间的足音在郑萍的心上悉悉地响着，每一秒钟像一只蚂蚁似的打他的心脏上面爬过去，一只一只地，那么快的，却又那么多，没结没完的——"妮娜抬着脑袋等长脚汪的嘴唇的姿态啊！过一秒钟，这姿态就会变的，再过一秒钟，又会变的，变到现在，不知从等吻的姿态换到那一种姿态啦。"觉得心脏慢慢儿地缩小了下来。"讲笑话吧！"可是连笑话也没有咧。

时间的足音在黄黛茜的心上悉悉地响着，每一秒钟像一只蚂蚁似的打她心脏上面爬过去，一只一只地，那么快的，却又那么多，没结没完的——"一秒钟比一秒钟老了！'女人是过不得五年的。'也许明天就成了个老太婆儿啦！"觉得心脏慢慢儿地缩小了下来。"跳哇！"可是累得跳也跳不成了。

时间的足音在胡均益的心上悉悉地响着，每一秒钟像一只蚂蚁似的打他心脏上面爬过去，一只一只地，那么快的，却又是那么多，没结没完的——"天一亮，金子大王胡均益就是个破产的人了！法庭，拍卖行，牢狱……"觉得心脏慢慢儿地缩小了下来。他想起了床旁小几上的那瓶安眠药，餐间里那把割猪排的餐刀，外面汽车里在打瞌睡斯拉夫王子腰里的六寸手枪，那么黑的枪眼……"这小东西里边能有什么呢？"忽然渴望着睡觉，渴慕着那黑的枪眼。

时间的足音在缪宗旦的心上悉悉地响着，每一秒钟像一只蚂蚁似的打他心脏上面爬过去，一只一只地，那么快的，却又是那么多，没结没完的——"下礼拜起我是个自由人咧，我不用再写小楷，我不用再一清早赶到枫林桥去，不用再独个子坐在二十二路公共汽车里喝风；可不是吗？我是自由人啦！"觉得心脏慢慢儿地缩小了下来。"乐吧！喝个醉吧！明天起没有领薪水的日子了！"在市政府做事的谁能相信缪宗旦会有那堕落放浪的思想呢，那么个谨慎小心的人？不可能的事，可是不可能事也终有一天可能了！

白台布旁坐着的小姐们一个个站了起来，把手提袋拿到手里，打开来，把那面小镜子照着自家儿的鼻子搽粉，一面想："像我那么可爱的人——"因为她们只看到自家儿的鼻子，或是一只眼珠子，或是一张嘴，或是一缕头发；没有看到自家儿整个的脸。绅士们全拿出烟来，擦火柴

290

点他们的最后的一枝。

音乐台放送着：

"晚安了，亲爱的！"俏皮的，短促的调子。

"最后一支曲子咧！"大伙儿全站起来舞着，场里只见一排排凌乱的白台布，拿着扫帚在暗角里等着的侍者们打着呵欠的嘴，经理的秃脑袋这儿那儿地发着光，玻璃门开直了，一串串男女从梦里走到明亮的走廊里去。

咚的一声儿大鼓，场里的白灯全亮啦，音乐台上的音乐师们低着身子收拾他们的乐器。拿着扫帚的侍者们全跑了出来，经理站在门口跟每个人道晚安，一回儿舞场就空了下来。剩下来的是一间空屋子，凌乱的，寂寞的，一片空的地板，白灯光把梦全赶走了。

缪宗旦站在自家儿的桌子旁边——"像一只爆了的气球似的！"

黄黛茜望了他一眼——"像一只爆了的气球似的。"

胡均益叹息了一下——"像一只爆了的气球似的！"

郑萍按着自家儿酒后涨热的脑袋——"像一只爆了的气球似的！"

季洁注视着挂在中间的那只大灯座——"像一只爆了的气球似的。"

什么是气球？什么是爆了的气球？

约翰生皱着眉尖儿从外面慢慢儿地走进来。

"Good-night，Johny！"缪宗旦说。

"我的妻子也死了！"

"I'm awfully sorry for you，Johny！"缪宗旦在他肩上拍了一下。

"你们预备走了吗？"

"走也是那么，不走也是那么！"

黄黛茜——"我随便跑那去，青春总不会回来的。"

郑萍——"我随便跑那去，妮娜总不会回来的。"

胡均益——"我随便跑那去，八十万家产总不会回来的。"

"等回儿！我再奏一支曲子，让你们跳，行不行？"

"行吧。"

约翰生走到音乐台那儿拿了只小提琴来，到舞场中间站住了，下巴扣着提琴，慢慢儿地，慢慢儿地拉了起来，从棕色的眼珠子里掉下来两颗泪珠到弦线上面。没了灵魂似的，三对疲倦的人，季洁和郑萍一同地，胡均益和黄黛茜一同地，缪宗旦和芝君一同地在他四面舞着。

猛地，嘣！弦线断了一条。约翰生低着脑袋，垂下了手：

"I can't help！"

舞着的人也停了下来，望他。怔着。

郑萍耸了耸肩膀道："No one can help！"

季洁忽然看看那条断了的弦线道："C'est totne sa vie。"

一个声音悄悄地在这五个人的耳旁吹嘘着："No one can help！"

一声儿不言语的，像五个幽灵似的，带着疲倦的身子和疲倦的心一步步地走了出去。

在外面，在胡均益的汽车旁边，猛地碰的一声儿。

车胎？枪声？

金子大王胡均益躺在地上，太阳那儿一个枪洞，在血的下面，他的脸痛苦地皱着，黄黛茜吓呆在车厢里。许多人跑过来看，大声地问着，忙乱着，谈论着，叹息着，又跑开去了。

天慢慢儿亮了起来，在皇后夜总会的门前，躺着胡均益的尸身，旁边站着五个人，约翰生，季洁，缪宗旦，黄黛茜，郑萍，默默地看着他。

四　四个送殡的人

一九三二年四月十日，四个人从万国公墓出来，他们是去送胡均益入土的。这四个人是愁白了头发的郑萍，失了业的缪宗旦，二十八岁零四天的黄黛茜，睁着解剖刀似的眼珠子的季洁。

黄黛茜——"我真做人做疲倦了！"

缪宗旦——"他倒做完了人咧！能像他那么憩一下多好啊！"

郑萍——"我也有了颗老人的心了！"

季洁——"你们的话我全不懂。"

大家便默着。

一长串火车驶了过去，驶过去，驶过去，在悠长的铁轨上，嘟地叹了口气。

辽远的城市，辽远的旅程啊！

大家叹息了一下，慢慢儿地走着——走着，走着。前面是一条悠长的，寥落的路……

辽远的城市，辽远的旅程啊！

一九三二，一二，二二

（原载 1933 年 2 月《现代》第 2 卷第 4 期）

延伸思考

穆时英，人称"新感觉派的圣手"和"鬼才"，他把新感觉派的文体发挥得淋漓尽致。他的小说可以说是现代的"有意味的形式"。在有色彩的象征、动态的结构、时空交错以及充满速率与曲折度的表达方式的背后，是他的都市意味，好像有些批判性审视，更多的是不由自主地迷醉，又潜藏着哀婉的抒情气息。

《夜总会里的五个人》无疑是穆时英的代表作。作品里的"五个人"都是"生活里跌下来的人"：在交易所投机失败破产的资本家，失恋的大学生，失业的市政府职员，失去了青春的交际花，迷失了研究方向的学者。他们带着自己的极大苦恼，在周末晚上拥进夜总会，疯狂跳舞，寻求更大的刺激。就像作者所说，"在我们的社会里，有被生活压扁了的人，也有被生活挤出来的人，可是那些人并不一定，或是说，并不必然地要显出反抗，悲愤，仇恨之类的脸来；他们可以在悲哀的脸上戴了快乐的面具的"（《公墓》自序）。小说结束时，破产的资本家自尽了，四个送殡的人感叹着"我真做人做疲倦了"，慢慢走着，

"前面是一条悠长的，寥落的路"，"辽远的城市，辽远的旅程啊"，这突然露出的真情，让人在纷乱中陷入惆怅。

● 新感觉派的两大特点：非常规的结构方式和语言的怪异，都在这篇《夜总会里的五个人》里得到充分体现，我们的阅读也要紧紧抓住这两点。

首先要注意小说异常快速的节奏，电影镜头般跳跃的结构，所展现的眼花缭乱的场面。有人说，所谓"夜总会里的五个人"实际就是五个"声部"的回旋和汇聚。面对这样的结构，你有什么"感觉"？这背后要显示小说人物怎样的精神状态？

● 关于小说的语言。请读读以下描写——

"'大晚夜报！'卖报的孩子张着蓝嘴，嘴里有蓝的牙齿和蓝的舌尖儿，他对面的那只蓝霓虹灯的高跟儿鞋鞋尖正冲着他的嘴。

"'大晚夜报！'忽然他又有了红嘴，从嘴里伸出舌尖儿来，对面的那只大酒瓶里倒出葡萄酒来了。

"红的街，绿的街，蓝的街，紫的街……强烈的色调化妆着都市啊！霓虹灯跳跃着——五色的光潮，变化着的光潮，没有色的光潮——泛滥着光潮的天空，天空中有了酒，有了灯，有了高跟儿鞋，也有了钟……"

猛然看到这样的描写，你会感到诧异；但细细品味，这样把卖报孩子的叫卖与周围鞋店、酒铺霓虹灯光的闪烁变化融为一体，声音、光线、色彩、形体诸种可感因素的交互作用，引发种种幻觉和想象，又给你什么样的"感觉"？这样把叙述者和读者的"感觉"上升到最显著位置的艺术，有什么审美意味？找出小说里类似的描写，细加赏析。

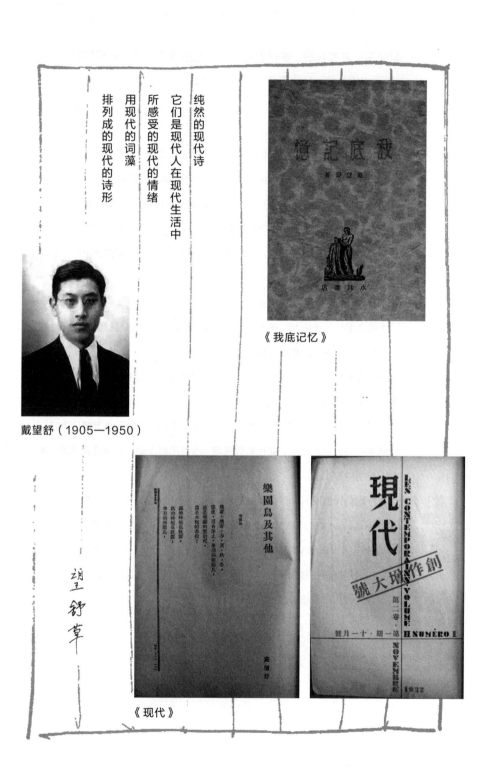

纯然的现代诗
它们是现代人在现代生活中
所感受的现代的情绪
用现代的词藻
排列成的现代的诗形

戴望舒（1905—1950）

《我底记忆》

《现代》

第二节

戴望舒：
现代派诗歌，"显、隐适度"与"由重诗形到重意象"的美学转折

1928 年 8 月	戴望舒《雨巷》发表（《小说月报》第 19 卷第 8 号）。
1929 年 4 月	戴望舒《我底记忆》出版（水沫书店）。
1929 年 10 月	李金发《艺术之本原及其命运》发表（《美育》第 3 卷）。
1929 年 11 月	刘大白《卖布谣》出版（开明书店）。
1932 年 5 月	施蛰存主编《现代》创刊。
1932 年 11 月	戴望舒《诗论零札》发表（《现代》第 2 卷第 1 期）。
1933 年 8 月	戴望舒《望舒草》出版（现代书店，由杜衡作序）。
1935 年 10 月	戴望舒主编《现代诗风》创刊。
1936 年 3 月	卞之琳、何其芳、李广田的合集《汉园集》出版（商务印书馆），内收何其芳《燕泥集》、李广田《行云集》、卞之琳《数行集》。
1936 年 10 月	《新诗》月刊创办，卞之琳、孙大雨、梁宗岱、冯至、戴望舒等为编委。
1937 年 1 月	戴望舒《望舒诗稿》出版（上海杂志公司）。
1948 年 2 月	戴望舒《灾难的岁月》出版（星群出版社）。

和新感觉派小说一样，为中国诗坛提供"现代都市风景线"的，是现代派诗歌。1932 年 5 月创刊的《现代》，是刊载现代派诗歌并使之独立与成熟的重要园地。其代表性诗人，是戴望舒（1905—1950），代表作《我底记忆》《望舒草》《望舒诗稿》等；卞之琳（1910—2000），代表作《数行集》《音尘集》《鱼目集》等。

戴望舒所代表的中国现代诗有两大特点。

首先是表达"现代生活中所感受到的现代情绪"。这是一群现代都市里的"陌生人"，是"可怜的单恋者"：他们从农村或小城镇来到大

都市，寻求理想的梦，却不为都市所接受，又很难再回到农村，成了在城与乡、现代与传统夹缝里生存的边缘人。他们患着现代都市青春病，无力像波德莱尔那样严酷、激烈地自我拷问与分裂，他们中大多数人也无法进入形而上层面的思考，就只有转向微茫的"乡愁"和自恋："回来啊，来一抚我伤痕；用盈盈的微笑或轻轻的一吻"（《回了心儿吧》）。诗人自称"夜行者"，找不到目标与归宿的永远的行走，交织着绝望与对绝望的抗争。于是诗人自化为"乐园鸟"，明知是"永恒的苦役"，仍要"没有休止"地"飞着，飞着"；清醒于"天上的花园"已经"荒芜"，却仍然念念不忘（《乐园鸟》）。这都写出了中国现代诗人身处理想失落的现代社会，不愿舍弃又无力追回的挣扎的无奈和哀伤。这诗情是现代的，也是中国的。

其次，更重要的是：如何表达？现代派诗人对此前的新诗写作进行了认真反思：反思写实主义与浪漫主义诗歌的过分直白与袒露，反思象征主义的过分晦涩难懂，反思新诗为自身生存而对古典诗歌艺术传统的过分隔膜和距离。由此提出了两大原则，也可以说是现代派诗歌的两个基本观念。

其一，"诗是由真实经过想象而出来的，不单是真实，亦不单是想象"（《望舒诗论》），"它底动机是在于表现自己与隐藏自己之间"（杜衡：《望舒草》序）。这就要求诗的表达要适度地把握真实与想象、表现与隐藏的关系，以完成由过分直白与过分隐晦到"显、隐适度"的美学转折。（参阅孙玉石：《我思想，故我是蝴蝶……》）被认为是戴望舒完成了"为自己制最合自己的脚的鞋子"工作的《我底记忆》（杜衡语），就是将内心的"真实"（受伤灵魂的痛苦记忆）巧妙地隐蔽在"想象"的屏障里：外化为一个"忠实得甚于我的最好友人"，选取大量生活中最常见的意象——烟卷、笔杆、酒瓶等，在看似平静中隐藏着难言的忧伤。这是典型的戴望舒诗的风格：以"真挚的感情做骨子"，"铺张而不虚伪，华美而有法度"，把"象征派的形式"与"古典派的内容"统一起来（杜衡：《望舒草》序）。在诗歌艺术的传承上，就实现了法国象征派、美国现代派和中国古典诗学的结合。

其二，"用现代的词藻排列成的现代的诗形"（施蛰存：《又关于本刊中的诗》）。戴望舒强调，"诗不能借重音乐，它应该去了音乐的成分"，"诗的韵律不在字的抑扬顿挫上，而在诗的情绪的抑扬顿挫上，即在诗情的程度上"（《望舒诗论》）。这样，现代派诗人就摆脱了新月派诗对新诗的音乐美、绘画美、建筑美等外在形式的过分倚重。这似乎是对提倡"作诗如作文"的早期白话诗的回应，其实有不同的意义：不是追求"非诗化"，而是相反，要创造"纯然的现代诗"。因此，仍然重视诗的思维，诗的情绪，并在此基础上建立诗的韵律，追求诗的朦胧美，走的还是诗的贵族化那一路。也许我们可以从这一角度去理解废名对现代新诗的评价：它们的内容是诗的，形式则是散文的。（废名：《谈新诗》）

卞之琳对戴望舒的诗歌语言、形式、风格追求作过这样的概括："在亲切的日常说话调子里舒卷自如，敏锐、精确，而又不失它的风姿，有节制的潇洒和有功力的淳朴。"（卞之琳：《戴望舒诗集》序）今人则以"自由大气，亲切自然"来概括戴望舒的风格，认为戴望舒代表的现代诗派又完成了"由重诗形到重意象"的美学转折。（参阅孙玉石：《我思想，故我是蝴蝶……》）

1932

《寻梦者》

戴望舒

梦会开出花来的，
梦会开出娇妍的花来的；
去求无价的珍宝吧。

在青色的大海里，
在青色的大海的底里，
深藏着金色的贝一枚。

你去攀九年的冰山吧，
你去航九年的旱海吧，
然后你逢到那金色的贝。

它有天上的云雨声，
它有海上的风涛声，
它会使你的心沉醉。

把它在海水里养九年，
把它在天水里养九年，

然后，它在一个暗夜里开绽了。

当你鬓发斑斑了的时候，
当你眼睛朦胧了的时候，
金色的贝吐出桃色的珠。

把桃色的珠放在你怀里，
把桃色的珠放在你枕边，
于是一个梦静静地升上来了。

你的梦开出花来了，
你的梦开出娇妍的花来了，
在你已衰老了的时候。

（原载 1932 年 11 月《现代》第 2 卷第 1 期）

延伸思考

　　作为现代中国的读者，特别是知识分子读者，读着这首《寻梦者》里的诗句："你的梦开出花来了，你的梦开出娇妍的花来了，在你已衰老了的时候"，是不能不悄然动容的。因为它唤起了太多的历史回忆：年轻时的梦想，青壮年的奋斗、牺牲，收获时已经衰老，还留下更多的遗憾。个人命运与民族命运的交织，真是一言难尽：这诗外之意更需仔细品味。

● 读本诗要抓住诗人的艺术构思：将现代人的"寻梦"思绪寄寓在一个"寻找

金色的贝"的民间故事里，一虚一实，巧妙地交织为一体。细读全诗，体会诗人怎样把他这一艺术构思转化为外在的形式特点：将类似民歌所谓夸饰、复沓与意象朦胧的现代象征手法，不露痕迹地结合为一体；用亲切的日常说话调子，将复杂化、精微化的现代人的感受含蓄地表达出来。

● 反复吟诵全诗，体味流动其间的诗情与诗绪：既是明朗的（表现追求理想的执着），又是迷惘、感伤的（表现追求中的疲倦与苍老）。

《乐园鸟》

戴望舒

飞着，飞着，春，夏，秋，冬，
昼，夜，没有休止，
华羽的乐园鸟，
这是幸福的云游呢，
还是永恒的苦役？

渴的时候也饮露，
饥的时候也饮露，
华羽的乐园鸟，
这是神仙的佳肴呢，
还是为了对于天的乡思？

是从乐园里来的呢，
还是到乐园里去的？
华羽的乐园鸟，
在茫茫的青空中，
也觉得你的路途寂寞吗？

302

假使你是从乐园里来的，

可以对我们说吗，

华羽的乐园鸟，

自从亚当、夏娃被逐后，

那天上的花园已荒芜到怎样了？

（原载 1932 年 11 月《现代》第 2 卷第 1 期）

延伸思考

　　杜衡在《望舒草》序里，对这首诗有一个到位的评析："翻到那首差不多灌注着作者底整个灵魂的《乐园鸟》，便会有怎样一副绝望的情景显在我们眼前！在这小小的四节诗里，望舒是把几年前这样渴望着回返去的'那个如此青的天'也怀疑了，而发出'自从亚当、夏娃被逐后，那天上的花园已荒芜到怎样了？'的问题来。然而这问题又有谁能回答呢？"

● 欣赏本诗要从形式上的一个特点入手：全诗四节，每节五句，第三句将全节分为两段，而且是同一句"华羽的乐园鸟"，仿佛在反复地呼唤与询问。本诗正是向着这只宗教天堂里的华美的鸟连续发出了四个问题，既是现代人的"天问"，也是"自问"。仔细琢磨诗中的"四问"，想一想：诗人对人和自己无休止的理想追求，提出了怎样的疑问，这反映了现代人也是诗人自己怎样的一种矛盾心理？

第三节

曹禺：
现代剧场艺术的诞生，中国话剧史的顶峰及其超前性和内在的孤独

1928 年 3 月	曹禺担任《南开双周》戏剧编辑。
1928 年秋	中学毕业，入学南开大学。开始酝酿《雷雨》。
1929 年	转学清华大学西洋文学系。
1933 年夏秋	创作四幕剧《雷雨》，1934 年 7 月发表（《文学季刊》第 1 卷第 3 期），1936 年 1 月出版（文化生活出版社）。
1935 年春	创作四幕剧《日出》，1936 年 6 月发表（《文季月刊》第 1 卷第 1—4 期连载），1936 年 11 月出版（文化生活出版社）。
1936 年秋	创作三幕剧《原野》，1937 年 4 月发表（《文丛》第 1 卷第 2—5 期连载），1937 年 8 月出版（文化生活出版社）。
1940 年夏秋	创作四幕剧《蜕变》，10 月出版（商务印书馆）。
1940 年秋冬	创作三幕剧《北京人》，1941 年 12 月出版（文化生活出版社）。
1942 年夏	改编巴金小说《家》为四幕话剧，1944 年 12 月出版（文化生活出版社）。
1947 年年底	创作电影剧本《艳阳天》，1948 年春上映，同年 5 月出版（文化生活出版社）。

话剧作为西方戏剧形式，于 19 世纪末传入中国，20 世纪初至 20 年代开始兴起，总体上依然没有脱离形式简单、内容贫乏的草创阶段。历史进入第二个十年，中国话剧就必然要求有一个根本性的突破。首先发出呼唤的，是作为话剧运动创始人之一的欧阳予倩。他在 1929 年 11 月发表的《戏剧运动之今后》里明确提出"爱美剧团往往不能持久"，中国的戏剧发展必须走"职业化"的发展道路，并且规划了实现职业化的具体蓝图："鼓励创作"，促进"戏剧文学"的发展；训练

天之道
损有余而补不足；
人之道则不然，
损不足以奉有余。

《雷雨》

曹禺（1910—1996）

《日出》手稿

上帝就任凭他们存邪僻之心，
行那些不合理的事……
行这样事的人是当死的。

《北京人》手稿

"舞台艺术家"，培养"自由的""职业的"导演、演员、舞台美术工作者；建设专业的"剧场"；发展健全的"剧评"。应该说，欧阳予倩在第二个十年伊始，就提出了实行"职业化"，发展"剧场艺术"的历史任务，不仅反映了现代话剧发展的内在需要，更是敏锐地抓住了正在发生的社会大变动提出的时代新需求。现代大都市里的文学市场化，市民娱乐、消费文化的大发展，都要求戏剧演出的营业化，以及演出人员的职业化。而其中的关键又是足以吸引观众及专业"舞台艺术家"的专业化剧本的创作。

这一历史的呼唤，很快就得到了回应。1934年7月，曹禺（1910—1996）的《雷雨》在巴金等主持的《文学季刊》发表，就成了一个标志：《雷雨》的最大特点，就是达到了文学性与舞台性的高度统一，既是精美的戏剧艺术，又可以取得商业性的演出效果。正是曹禺的剧作促进了中国现代剧场艺术的诞生：1936年5月，中国旅行剧团在上海卡尔登剧场公演《雷雨》，连演三个月，场场客满。观众连夜排队，甚至有人从外地赶来观看。据统计，至1936年年底，全国上演了五六百场。戏剧商人们也纷纷从长江中下游的大中城市赶来，按照当时聘请京剧名伶的条件，争相邀请中国旅行剧团演出话剧；卡尔登剧场也公开声称，改为专业话剧剧场。如茅盾所说，"职业剧团的建立，长期公演话剧的固定剧场的出现，大演出的号召，旧戏与文明戏观众之被吸引"，这都是中国话剧"从幼稚期进入成熟期的标志"（茅盾：《剧运评议》）。

重要的是，大剧场培育了一代剧作家，而且从一开始就达到了很高的水平，出现了一批代表作：曹禺的《雷雨》《日出》《原野》三大巨作之外，还有夏衍的《上海屋檐下》，以及李健吾的《这不过是春天》、宋之的的《武则天》、陈白尘的《金田村》等。

曹禺的出现，可以说是中国现代话剧史上的奇迹。一方面，他一开笔就达到了中国话剧艺术的高峰，使中国现代话剧剧场艺术得以确立，并在中国观众中扎根，还影响、培育了此后各代剧作者、导演、演员，而且这样的影响力在80多年后的今天依然不减，成了真正不朽的经典，成为中国话剧艺术创造的新源泉；另一方面，他的创作从一开始就具有超前性，主要表现在两个方面：

其一，如研究者所说，和所有中国现代作家一样，曹禺的创作无疑充满了现实关怀；但他的不同寻常之处，在于同时又超越现实，追求隐藏于现实背后深处的人生、人性、人的生命存在的奥秘。"曹禺在作品中所体现的绝不是生活的表象，绝不仅仅是一种社会意识，而是高于现实的、具有形而上意义的人类意识、宇宙意识乃至宗教意识。"（孙庆升：《我的曹禺观》）

他的《雷雨》《日出》《原野》被称为"生命三部曲"是意味深长的。《雷雨》不仅是一部中国传统家庭与社会悲剧——下层妇女（侍萍）被离弃的悲剧，上层妇女（繁漪）个性受压抑的悲剧，青年男女（周萍、四凤）得不到正常爱情的悲剧，青春幻梦破灭（周冲）的悲剧，以及劳动者（大海）反抗失败的悲剧；它的戏剧意象里更蕴含了人的生命存在的困境："郁热"的生命编码里郁结着人超常态的欲望与对欲望的超常态的压抑，其所造成的巨大精神痛苦，形成交织着极端爱与恨的"雷雨式"的性格与情感力量；对"挣扎"与"残酷"的发现，又揭示了内心对宇宙间压抑着的人的本性、人不可能把握的某种不可知力量的无名恐惧。但在剧作者精心设计的"序幕"与"尾声"里又把这些郁热、愤懑与恐惧消解殆尽，进入宗教般的"悲悯"情境。《日出》在对"损不足以奉有余"的社会和"人之道"进行批判性审视的背后，又开掘出"人的被捉弄"的困境：这也是一种"宇宙的残酷"，而且连挣扎的悲壮之美都不配享有，只剩下人的愚蠢与卑琐的喜剧性。《原野》要处理的是与"爱"交织在一起的"复仇"主题，但探讨的重心，却由社会矛盾引发的复仇行为，转向复仇引发的内心矛盾，由外在命运的挣扎转向自身灵魂的挣扎：剧本主人公仇虎按"父仇子报"的传统实现了残酷的复仇，却无法摆脱内心深处的有罪感，被追赶到原始森林，出现精神幻觉，也逃脱不了"被复仇"的命运。——这样的对现实人生和人性、人的生命存在的双重开掘，使得曹禺的剧作具有现实的影响力，更具有超越时空的生命力。

其二，在艺术探讨上，曹禺也执着追求"大融合"的戏剧境界。这是从希腊悲剧与喜剧、莎士比亚，到易卜生、契诃夫、奥尼尔的大融合，中国传统戏剧艺术与西方戏剧艺术的融合，写实与写意、象征的融合，通俗的情节剧、佳构剧与高雅的心理剧的融合，戏剧与诗、戏剧与散文的融合，喜剧与悲剧的融合。可以说，中国现代话剧的主要外来与传统，以及民间的戏剧资源，全都在曹禺这里汇集；中国现代话剧主要的艺术探索与追求也都集中在曹禺这里呈现：这本身也是一个奇迹。这就为中国现代话剧的发展，提供了无限丰富的可能性，展现了多元的、自由创造的发展前景。同时，也就决定了曹禺戏剧在中国现代戏剧史上"既热闹，又寂寞"的命运：他是一位拥有最多读者与观众，最受导演、演员、舞台工作者青睐，又最不被理解的现代剧作家。

《日出》（节选）

曹禺

　　　　　　〔黄省三由中门进。

黄省三　（胆小地）李……李先生。

李石清　怎么？（吃了一惊）是你！

黄省三　是，是，李先生。

李石清　又是你，谁叫你到这儿来找我的？

黄省三　（无力地）饿，家里的孩子大人没有饭吃。

李石清　（冷冷地）你到这儿就有饭吃么？这是旅馆，不是粥厂。

黄省三　李，李先生，可当的都当干净了。我实在没有法子，不然，
　　　　我决不敢再找到这儿来麻烦您。

李石清　（烦恶地）哧，我跟你是亲戚？是老朋友？或者我欠你的，我
　　　　从前占过你的便宜？你这一趟一趟地，我走哪儿你跟哪儿，
　　　　你这算怎么回事？

黄省三　（苦笑，很凄凉地）您说哪儿的话，我都配不上。李先生，我
　　　　在银行里一个月才用您十三块来钱，我这儿实在是无亲无故，
　　　　您辞了我之后，我在哪儿找事去？银行现在不要我，等于不
　　　　叫我活着。

李石清　（烦厌地）照你这么说，银行就不能辞人啦。银行用了你，就
　　　　算跟你保了险，你一辈子就可以吃上银行啦，嗯？

黄省三　（又卷弄他的围巾）不，不，不是，李先生，我……我，我知
　　　　道银行待我不错，我不是不领情。可是……您是没有瞅见我
　　　　家里那一堆孩子，活蹦乱跳的孩子，我得每天找东西给他们
　　　　吃。银行辞了我，没有进款，没有米，他们都饿得直叫。并
　　　　且房钱有一个半月没有付，眼看着就没有房子住。（嗫嚅地）
　　　　李先生，您没有瞅见我那一堆孩子，我实在没有路走，我只
　　　　好对他们——哭。

李石清　可是谁叫你们一大堆一大堆养呢？

黄省三　李先生，我在银行没做过一件错事。我总天亮就去上班，夜
　　　　晚才回来，我一天干到晚，李先生——

李石清　（不耐烦）得了，得了，我知道你是个好人，你是安分守己
　　　　的。可是难道不知道现在市面萧条，经济恐慌？我跟你说过
　　　　多少遍，银行要裁员减薪，我并不是没有预先警告你！

黄省三　（踌躇地）李先生，银行现在不是还盖着大楼，银行里面还添
　　　　人，添了新人。

李石清　那你管不着！那是银行的政策，要繁荣市面。至于裁了你，
　　　　又添了新人，我想你做了这些年的事，你难道这点世故还不
　　　　明白？

黄省三　我……我明白，李先生。（很凄楚地）我知道我身后面没有人
　　　　挺住腰。

李石清　那就得了。

黄省三　不过我当初想，上天不负苦心人，苦干也许能补救我这个缺点。

李石清　所以银行才留你四五年，不然你会等到现在？

黄省三　（乞求）可是，李先生，我求求您，您行行好。我求您跟潘经
　　　　理说说，只求他老人家再让我回去。就是再累一点，再加点
　　　　工作，就是累死我，我也心甘情愿的。

李石清　你这个人真麻烦。经理会管你这样的事？你们这样的人，就
　　　　是这点毛病。总把自己看得太重，换句话，就是太自私。你
　　　　想潘经理这样忙，会管你这样小的事，不过，奇怪，你干了

三四年，就一点存蓄也没有？

黄省三　（苦笑）存蓄？一个月十三块来钱，养一大家子人？存蓄？

李石清　我不是说你的薪水。从薪水里，自然是挤不出油水来。可是——在别的地方，你难道没有得到一点的好处？

黄省三　没有，我做事凭心，李先生。

李石清　我说——你没有从笔墨纸张里找出点好处？

黄省三　天地良心，我没有，您可以问庶务刘去。

李石清　哼，你这个傻子，这时候你还讲良心！怪不得你现在这么可怜了。好吧，你走吧。

黄省三　（着慌）可是，李先生——

李石清　有机会，再说吧。（挥挥手）现在是毫无办法。你走吧。

黄省三　李先生，您不能——

李石清　并且，我告诉你，你以后再要狗似的老跟着我，我到哪儿，你到哪儿，我就不跟你这么客气了。

黄省三　李先生，那么，事还是一点办法也没有？

李石清　快走吧！回头，一大堆太太小姐们进来，看到你跑到这儿找我，这算是怎么回事？

黄省三　好啦！（泪汪汪的，低下头）李先生，真对不起您老人家。（苦笑）一趟一趟地来麻烦您，我走啦。

李石清　你看你这个麻烦劲儿，走就走得啦。

黄省三　（长长地叹一口气，走了两步，忽然跑回来，沉痛地）可是，您叫我到哪儿去？您叫我到哪儿去？我没有家，我拉下脸跟你说吧，我的女人都跟我散了，没有饭吃，她一个人受不了这样的苦，她跟人跑了。家里有三个孩子，等着我要饭吃。我现在口袋里只有两毛钱，我身上又有病，（咳嗽）我整天地咳嗽！李先生，您叫我回到哪儿去？您叫我回到哪儿去？

李石清　（可怜他，但又厌恶他的软弱）你愿意上哪儿去，就上哪儿去吧。我跟你讲，我不是不想周济你，但是这个善门不能开，我不能为你先开了例。

黄省三　　我没有求您周济我，我只求您赏给我点事情做。我为着我这
　　　　　群孩子，我得活着！

李石清　　（想了想，翻着白眼）其实，事情很多，就看你愿意不愿意做。

黄省三　　（燃着了一线希望）真的？

李石清　　第一，你可以出去拉洋车去。

黄省三　　（失望）我……我拉不动。（咳嗽）您知道我有病。医生说我
　　　　　这边的肺已经（咳）——靠不住了。

李石清　　哦，那你还可以到街上要——

黄省三　　（脸红，不安）李先生我也是个念过书的人，我实在有点——

李石清　　你还有点叫不出口，是么？那么你还有一条路走，这条路最
　　　　　容易，最痛快——你可以到人家家里去（看见黄的嘴喃喃
　　　　　着）——对，你猜得对。

黄省三　　哦，您说，（嘴唇颤动）您说，要我去——（只见唇动，听不
　　　　　见声音）

李石清　　你大声说出来，这怕什么？"偷！""偷！"这有什么做不得，
　　　　　有钱的人的钱可以从人家手里大把地抢，你没有胆子，你怎
　　　　　么不能偷？

黄省三　　李先生，真的我急的时候也这么想过。

李石清　　哦，你也想过去偷？

黄省三　　（惧怕地）可是，我怕，我怕，我下不了手。

李石清　　（愤慨地）怎么你连偷的胆量都没有，那叫我怎么办？你既
　　　　　没有好亲戚，又没有好朋友，又没有了不得的本领。好啦，
　　　　　叫你要饭，你要顾脸，你不肯做；叫你拉洋车，你没有力气，
　　　　　你不能做；叫你偷，你又胆小，你不敢做。你满肚子的天地
　　　　　良心，仁义道德，你只想凭着老实安分，养活你的妻儿老小，
　　　　　可是你连自己一个老婆都养不住，你简直就是个大废物，你
　　　　　还配养一大堆孩子！我告诉你，这个世界不是替你这样的人
　　　　　预备的。（指窗外）你看见窗户外面那所高楼么？那是新华百
　　　　　货公司，十三层高楼，我看你走这一条路是最稳当的。

黄省三　（不明白）怎么走，李先生？

李石清　（走到黄面前）怎么走？（魔鬼般地狞笑着）我告诉你，你一层一层地爬上去。到了顶高的一层，你可以迈过栏杆，站在边上。你只再向空，向外多走一步，那时候你也许有点心跳，但是你只要过一秒钟，就一秒钟，你就再也不可怜了，你再也不愁吃，不愁穿了。——

黄省三　（呆若木鸡，低得几乎听不见的声音）李先生，您说顶好我"自——"（忽然爆发地悲声）不，不，我不能死，李先生，我要活着！我为着我的孩子们，为我那没了妈妈的孩子们我得活着！我的望望，我的小云，我的——哦，这些事，我想过。可是，李先生，您得叫我活着！（拉着李的手）您得帮帮我，帮我一下！我不能死，活着再苦我也死不得，拼命我也得活下去啊！（咳嗽）

　　　　〔左门大开。里面有顾八奶奶、胡四、张乔治等的笑声。潘月亭露出半身，面向里面，说："你们先打着。我就来。"

李石清　（甩开黄的手）你放开我。有人进来，不要这样没规矩。

　　　　〔黄只得立起，倚着墙，潘月亭进。

潘月亭　啊？

黄省三　经理！

潘月亭　石清，这是谁？他是干什么的？

黄省三　经理，我姓黄，我是大丰的书记。

李石清　他是这次被裁的书记。

潘月亭　你怎么跑到这里来，（对李）谁叫他进来的？

李石清　不知道他怎么找进来的。

黄省三　（走到潘面前，哀痛地）经理，您行行好，您要裁人也不能裁我，我有三个小孩子，我不能没有事。经理，我跟您跪下，您得叫我活下去。

潘月亭　岂有此理！这个家伙。怎么能跑到这儿来找我求事。（厉声）滚开！

黄省三　　可是，经理——

李石清　　起来！起来！走！走！走！（把他一推倒在地上）你要再这
　　　　　样麻烦，我就叫人把你打出去。

　　　　〔黄望望李，又望望潘。

潘月亭　　滚，滚，快滚！真岂有此理！

黄省三　　好，我起来，我起来，你们不用打我！（慢慢立起来）那么，
　　　　　你们不让我再活下去了！你（指潘）你！（指李）你们两个说
　　　　　什么也不叫我再活下去了。（疯狂似的又哭又笑地抽咽起来）
　　　　　哦，我太冤了。你们好狠的心哪！你们给我一个月不过十三
　　　　　块来钱，可是你们左扣右扣的，一个月我实在领下的才十块
　　　　　二毛五。我为着这辛辛苦苦的十块二毛五，我整天地写，整
　　　　　天给你们伏在书桌上写；我抬不起头，喘不出一口气地写；
　　　　　我从早到晚地写；我背上出着冷汗，眼睛发着花，还在写；
　　　　　刮风下雨，我跑到银行也来写！（做势）五年哪！我的潘经
　　　　　理！五年的工夫，你看看，这是我！（两手捶着胸）几根骨
　　　　　头，一个快死的人！我告诉你们，我的左肺已经坏了，哦，
　　　　　医生说都烂了！（尖锐的声音，不顾一切地）我跟你说，我
　　　　　是快死的人，我为着我可怜的孩子，跪着来求你们。叫我还
　　　　　能够跟你们写，写，写——再给我一碗饭吃。把我这个不值
　　　　　钱的命再换几个十块二毛五。可是你们不答应我！你们不答
　　　　　应我！你们自己要弄钱，你们要裁员，你们一定要裁我！（更
　　　　　沉痛地）可是你们要这十块二五毛干什么呀！我不是白拿你
　　　　　们的钱，我是拿命跟你们换哪！（苦笑）并且我也拿不了你
　　　　　们几个十块二毛五，我就会死的。（愤恨地）你们真是没有良
　　　　　心哪，你们这样对待我，——是贼，是强盗，是鬼呀！你们
　　　　　的心简直比禽兽还不如——

潘月亭　　这个混蛋，还不给我滚出去！

黄省三　　（哭着）我现在不怕你们啦！我不怕你们啦！（抓着潘经理的
　　　　　衣服）我太冤了，我非要杀了——

潘月亭　（很敏捷地对着黄的胸口一拳）什么！（黄立刻倒在地下）

　　　　〔半晌。

李石清　经理，他是说他要杀他自己——他这样的人是不会动手害人的。

潘月亭　（擦擦手）没有关系，他这是晕过去了。福升！福升！

　　　　〔福升上。

潘月亭　把他拉下去。放在别的屋子里面，叫金八爷的人跟他拍拍捏捏，等他缓过来，拿三块钱给他，叫他滚蛋！

王福升　是！

　　　　〔福升把黄省三拖下去。

（原载 1936 年 6 月《文季月刊》第 1 卷第 1—4 期）

延伸思考

　　曹禺在《日出》开头引述了老子《道德经》里的一段话："天之道损有余而补不足；人之道则不然，损不足以奉有余。"在剧本中，大丰银行的经理潘月亭属于"有余者"。黄省三是社会的"不足者"，他本人是一个小职员，专门从事抄写工作，现已被辞退而失业；作者说他是"一个非常神经质而胆小的人"。李石清则由"不足者"努力挤上了"有余者"的地位，从小职员、经理秘书刚刚提升为银行襄理（相当于经理助理）。作者说他有一个"讨厌而又可悯的性格"：对上，他忍气吞声，谄媚逢迎，心里又恨他们；对下，他凶狠自负，却说他们"没有本事"。只是在夫人面前，他才吐露真情："我要起来，我要翻过身来。我要硬得成一块石头，我要不讲一点人情。我以后不可怜人，不同情人；我只要自私，我要报仇。"作者对李石清这样的为向上爬而两面做人的复杂性格的刻画，显然带有批判性；但他戏剧性的命运，无论是短暂幻想中的得意忘形，还是最终的失败，都会在观众的欣赏心理中，产生某种"人被作弄感"和"残酷感"。

● 作者的目的是要控诉"损不足以奉有余"的社会，但在剧本这一场里"有余者"潘经理只在最后才出场，作者主要着力于描写黄省三与李石清的冲突，这样写有什么用意？

● 欣赏戏剧作品要下功夫琢磨剧本的台词，曹禺的台词又特别适合舞台演出。请分角色朗读，并把握好以下几点：

（1）注意从人物的性格出发，读出剧中人的性格差异。例如，李石清给黄省三指明几条出路及黄省三的反应，是这场戏最触目惊心的台词，你能读出这背后的性格冲突吗？

（2）不仅要读出台词的表面意思，还要读出潜在的心理与感情。在李石清狠毒无情的言辞背后，你有没有读出其中难言的隐痛？

（3）要读出人物之间情感的交流与撞击，读出情感发展过程与其间的起伏。黄省三最后"不顾一切"地高喊"我不怕你们啦"，显然是这场戏的高潮。但这样的爆发，既是被对方逼出来的，也有一个酝酿的过程。请对黄省三在这场戏中的情感发展线索进行具体细致的分析。

（4）曹禺的台词特别讲究节奏与韵律。请重点剖析李石清"叫你要饭，你要顾脸，你不肯做……你再也不愁吃，不愁穿了"这一段台词，注意其句式的选择、组合所造成的语言节奏，并通过声音的高低、徐疾等朗读技巧来体现这样语言的音乐性。

● 《日出》的容量很大，它从不同角度塑造了众多人物形象，都给读者、观众留下了深刻的印象，也给演员的人物表演提供了很大的空间。有研究兴趣的同学，可以从中选择一个角度，对《日出》作进一步分析，不妨写出系列"人物论"。如《翠喜、"小东西"的悲剧》《陈白露、竹筠与方达生》《从对顾八奶奶、胡四、乔治张的刻画，看曹禺的语言艺术》《次要人物福升在戏剧结构中的作用》《不出场的"金八爷"论》等。《日出》还有一个不出场的群体：在第二幕的开头和全剧结束时，都精心设计了打夯的小工和他们的歌声，作为"日出"（或拥有与创造"日出"的力量）的象征。因此还可以设计一个研究课题：《〈日出〉里的声响》（二、四幕首尾的打夯声、喊号声外，还有第三幕的叫卖声、唱"叫声小亲亲"的声音）。

● 阅读、研究曹禺，最触目惊心之处，在于他的"剧作的命运"。人们空前热情地读着、演着、欣赏着、赞叹着他的戏剧，又肆无忌惮地曲解着、误解着、肢解着他的戏剧。他的剧本演出不计其数，却没有一次是完整地、按原貌演出的：无论作家本人如何抗议，《日出》的第三幕、《北京人》里有关"远古北京人"的描写，总是被删削；《雷雨》的"序幕"与"尾声"至今从未搬上舞台。长期以来，读者、观众、导演、演员、研究者们只能也只愿接受曹禺戏剧中为时代主流思潮所能容忍的部分，例如他的剧作中社会的、现实的、政治的内容，写实的、戏剧化的、悲剧性的艺术形式因素，而对与上述方面交融为一体的另一侧面，例如对人的生存困境的形而上的探讨，非写实的、非戏剧性的因素，特别是打破常规、突破传统的个人的天才创造，则不理解，不接受，还颇为大胆轻率地视其为局限，或大加讨伐，或有意忽略。某种意义上，曹禺这位天才剧作家正是被落后于他的时代所骂杀与捧杀的。这是现代文学，以至整个文学的阅读与研究中最为致命的问题。我们今天的读者，距离曹禺的时代已经相当遥远，他的剧作中现实的部分也逐渐陌生化，而其超越性的对人生、人性、人的生命存在的追问，他的具有形而上意义的人类意识、宇宙意识乃至宗教意识，或许更能引发我们的共鸣与思考：现在或许是一个重读曹禺这样的超越性作家、重新发现与发掘其作品的真正意义和价值的时机，不知读者朋友对此是否有意、有兴趣？

鲁迅：
"杂文"，终于找到的属于革命时代和自我生命的文体

1908 年 2 月	鲁迅《摩罗诗力说》发表（《河南》月刊第 2—3 号连载，收入《坟》）。
1908 年 8 月	《文化偏至论》发表（《河南》月刊第 7 号，收入《坟》）。
1918 年 8 月	《我之节烈观》发表（《新青年》第 5 卷第 2 号，收入《坟》）。
1918 年 9 月	《随感录·二十五》发表（《新青年》第 5 卷第 3 号，收入《热风》），其共发表"随感录"27 篇。
1919 年 11 月	《我们现在怎样做父亲》发表（《新青年》第 6 卷第 6 号，收入《坟》）。
1925 年 8 月	《论睁了眼看》发表（《语丝》第 38 期，收入《坟》）。
1926 年 1 月	《论"费厄泼赖"应该缓行》发表（《莽原》半月刊第 1 期，收入《坟》）。
1927 年 11 月	《略论中国人的脸》发表（《莽原》半月刊第 2 卷第 21、22 期合刊，收入《而已集》）。
1930 年 5 月	《"丧家的""资本家的乏走狗"》发表（《萌芽》第 1 卷第 5 期，收入《二心集》）。
1931 年 12 月	《"友邦惊诧"论》发表（《十字街头》第 2 期，收入《二心集》）。
1933 年 4 月	《现代史》发表（《申报·自由谈》，收入《伪自由书》）。
1933 年 6 月	《推》发表（《申报·自由谈》，收入《准风月谈》）。
1936 年 10 月	《女吊》发表（《中流》半月刊第 1 卷第 3 期，收入《且介亭杂文末编》）。
1936 年 10 月	17 日作《因太炎先生而想起的二三事》，是最后一篇未完成文稿。
1936 年 10 月	19 日晨 5 点 25 分逝世于上海。
1938 年 2 月	鲁迅艺术学院在延安成立。
1938 年 6 月	《鲁迅全集》20 卷本出版（鲁迅全集出版社）。
1946 年 10 月	唐弢编《鲁迅全集补遗》出版（上海出版公司）。
1946 年 10 月	《鲁迅书简》出版（鲁迅全集出版社）。

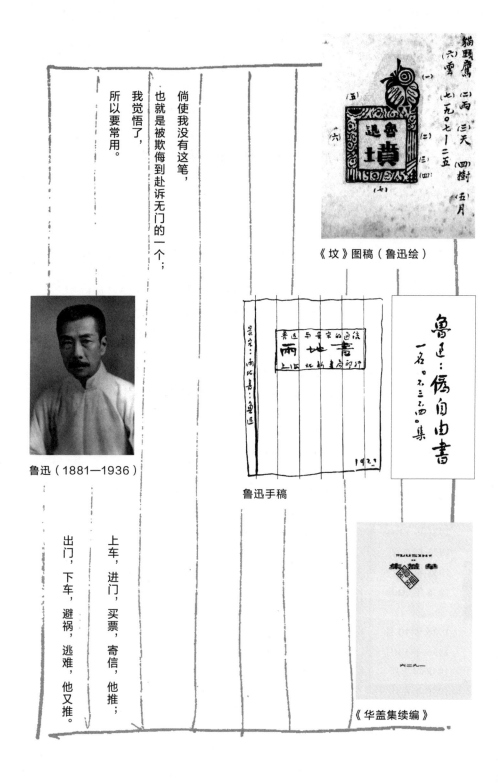

倘使我没有这笔，也就是被欺侮到赴诉无门的一个；我觉悟了，所以要常用。

《坟》图稿（鲁迅绘）

鲁迅（1881—1936）

鲁迅手稿

上车，进门，买票，寄信，他推；

出门，下车，避祸，逃难，他又推。

《华盖集续编》

"杂文"这样的文体，在"五四"时期即已萌生。1918 年 4 月《新青年》第 4 卷第 4 期起，就设立"随感录"栏目，倡导议论时政的杂感短论，重心显然在思想启蒙。李大钊、陈独秀、刘半农、钱玄同以及周氏兄弟（鲁迅、周作人）都是被称为《新青年》'随感录'作家群"的主要作者。而在鲁迅笔下，这样的杂感短论越来越趋向文学性，成了一种散文艺术的新文体：杂文。而鲁迅几乎倾注全部生命与心血于杂文创作，却要到现代文学的第二个十年。

这当然不是偶然的。正是在第二个十年的社会、历史巨变中，鲁迅完成了由"思想与文学的启蒙者"到"左翼鲁迅"的历史性进展，并因此在对社会发言和自我表达上提出了新的诉求，我们所说的"鲁迅体的杂文"，即应运而生。

鲁迅自觉意识到，社会大变动的革命时代，要求文学与正在进行时的现实生活发生更密切而及时的联系，用鲁迅的话来说，现代文学必须成为现代生活的"感应的神经，攻守的手足"，这也是左翼文学最基本、最重要的特质。鲁迅更敏锐地发现，现代都市日趋发达繁荣的报刊市场，现代传播（新闻媒体）对人的现代生活日益深刻的影响，都为文学与大变动时代的互动，提供了最有力的条件。正是在这样的社会、时代、历史条件下，杂文的意义与价值就被凸显出来，因为杂文就是一种报刊文体，是与现代传媒血肉相连，最具有现代性、先锋性的文体。可以说，杂文是鲁迅最终找到的最适合于他自己与时代关系的文体。杂文确实很像今天的网络文学，可以自由出入于现代中国各个领域，最迅速地吸纳瞬息万变的时代信息；然后从政治、社会、历史、伦理道德以及审美等诸多方面进行评价和判断，并用最简短、简洁，最具弹性的语言作出自己的回应；然后借助媒体传播，立即为广大读者所知晓与接受，并最迅速地得到社会反馈。而鲁迅不仅创造了真正属于他的文体，更找到了一种生活方式，一种生命存在的方式。

"左翼鲁迅"在自觉成为现实政治、经济、社会、思想、文化体制"异端"的同时，也必然成为现行文学观念、体制的"异端"，也就是说，鲁迅需要重新认识与定义：什么是"文学"，并重新建构"文学"。

鲁迅也正是在这样的"异端"（也可以说是"创新"）需求里，发现了"杂文"。就像他在《徐懋庸作〈打杂集〉序》里特意强调的那样，在"美国的文学概论"或中国"大学讲义"里，都"不能发现一种叫作杂文的东西"；"中国的这几年的杂文作者，他的作文，却没有一个想到'文学概论'的规定，或者希图文学史上的位置的，他以为非这样写不可，就这样写"。这是鲁迅最为看重的：杂文是一个未经规范化的文体，是无体之文；杂文的写作，一切出于内心的驱动，是为了最自由地对社会发言，最自由地表达自己；杂文这种"无体的自由体式"使鲁迅天马行空的思想艺术得到淋漓尽致的发挥，鲁迅也终于找到了一种突破既定文学观念的，全新的"文学"：将政治、社会、历史、伦理、哲学与审美融为一体的"文学"，这和鲁迅在《野草》里"将现代美术、现代音乐与现代文学融为一体"的实验一样，都属于"中国现代文学"的新文体、新创造。这两大创造都大大超前，其意义与价值，至今也未被文学界与学术界体认。

杂文就这样和《野草》一样，都成了"鲁迅的文体"。就像他自己所说，"'中国的大众的灵魂'，现在是反映在我的杂文里了"（《准风月谈》后记）。鲁迅的杂文不仅是现代中国社会、政治、历史、思想、伦理、文学、艺术、哲学等的百科全书，而且以其对中国现代国民的文化心理、行为准则、价值取向，以及民性、民情、民俗、民魂的深刻描绘，成为一部活的现代中国人的"人史"。人们说，要了解中国的特殊国情，就要了解创造这特别国情的中国人；而要了解中国人，就要认真读鲁迅的杂文。这是有道理的。

也是在这第二个十年里，中国出现了一批"鲁迅风"的杂文家。其中最有影响的，自然是瞿秋白。他的十几篇杂文被鲁迅收入自己的杂文集《伪自由书》《南腔北调集》和《准风月谈》里，如《王道诗话》《透底》《真假堂吉诃德》等，读者竟不能加以区别。而深受鲁迅影响的青年杂文家，则有唐弢、徐懋庸、聂绀弩等。人们很容易就注意到，这些"鲁迅风"的杂文家都是左翼作家，瞿秋白还是左翼的领袖人物，这当然绝非偶然："鲁迅体"的杂文，也是中国左翼文学的文体。

《推》

鲁迅

两三月前，报上好像登过一条新闻，说有一个卖报的孩子，踏上电车的踏脚去取报钱，误踹住了一个下来的客人的衣角，那人大怒，用力一推，孩子跌入车下，电车又刚刚走动，一时停不住，把孩子碾死了。

推倒孩子的人，却早已不知所往。但衣角会被踹住，可见穿的是长衫，即使不是"高等华人"，总该是属于上等的。

我们在上海路上走，时常会遇见两种横冲直撞，对于对面或前面的行人，决不稍让的人物。一种是不用两手，却只将直直的长脚，如入无人之境似的踏过来，倘不让开，他就会踏在你的肚子或肩膀上。这是洋大人，都是"高等"的，没有华人那样上下的区别。一种就是弯上他两条臂膊，手掌向外，像蝎子的两个钳一样，一路推过去，不管被推的人是跌在泥塘或火坑里。这就是我们的同胞，然而"上等"的，他坐电车，要坐二等所改的三等车，他看报，要看专登黑幕的小报，他坐着看得咽唾沫，但一走动，又是推。

上车，进门，买票，寄信，他推；出门，下车，避祸，逃难，他又推。推得女人孩子都跟跟跄跄，跌倒了，他就从活人上踏过，跌死了，他就从死尸上踏过，走出外面，用舌头舔舔自己的厚嘴唇，什么也不觉得。旧历端午，在一家戏场里，因为一句失火的谣言，就又是推，把十多个力量未足的少年踏死了。死尸摆在空地上，据说去看的又有万余人，人山人海，又是推。

推了的结果，是嘻开嘴巴，说道："阿唷，好白相来希呀！"

住在上海，想不遇到推与踏，是不能的，而且这推与踏也还要廓大开去。要推倒一切下等华人中的幼弱者，要踏倒一切下等华人。这时就只剩了高等华人颂祝着——

"阿唷，真好白相来希呀。为保全文化起见，是虽然牺牲任何物质，也不应该顾惜的——这些物质有什么重要性呢！"

六月八日

（原载 1933 年 6 月 11 日《申报·自由谈》，署名丰之余）

延伸思考

　　这是一篇典型的鲁迅式杂文。它由报纸上的一条社会新闻引发：一个卖报的孩子，被电车上的一位客人推下车碾死了。这在中国都市的街头是极常见的，人们司空见惯，谁也不去细想。鲁迅却念念不忘，想了两三个月，而且想得很深很广——

　　（1）首先要追问：推倒孩子的是什么人？——穿的是"长衫"，"总该是属于上等（人）"。

　　（2）由此而联想起上海马路上经常遇到的两种"横冲直撞"的人："洋大人"与"高等华人"。

　　（3）由此产生一系列"推"的联想："上车，进门，买票，寄信，他推；出门，下车，避祸，逃难，他又推。"——这似乎是一连串蒙太奇的动作，本身就是十分传神的都市图景。

　　（4）由此产生幻觉："推得女人孩子都跟跟跄跄，跌倒了，他就从活人上踏过，跌死了，他就从死尸上踏过……"——这是典型的鲁迅的"吃人"幻觉。你可以联想到鲁迅的《狂人日记》，还有那惨烈的呼叫："救救孩子！"

（5）由此又产生联想："死尸摆在空地上，据说去看的又有万余人，人山人海，又是推。"——这又是典型的鲁迅的"看客"恐惧。

（6）最后产生的是思想的一个飞跃，一个概括："要推倒一切下等华人中的幼弱者，要踏倒一切下等华人。这时就只剩下高等华人颂祝着——"鲁迅以其特有的思想穿透力，赋予"推"的现象以某种隐喻性，揭示了上海社会结构的不平等。这也是鲁迅对上海都市文明的一大发现。

这是典型的鲁迅杂文的思维与笔法：思维的起点和杂文的起笔，总是人们习以为常的具体生活现象；然后通过广泛联想，完成一个由"具象"到"幻象"到"抽象"的过程，"这一个"就变成了某种"类型"形象或者普遍现象的概括，具有了某种隐喻性，并超越时空，不断与后来（包括今天）的读者相遇，引发无尽的联想与思考。

● 最应该注意的，自然是鲁迅杂文的"表达"。人们惊异于鲁迅的联想力、想象力，以及相应文字的跳跃性；他的思维与表达更具有艺术家天生的形象性：在他那里，抽象的概括总会变为具体可触的形象，并自觉、不自觉地运用小说、电影、音乐、美术的手法，达到一种不露痕迹的融合。请仔细琢磨文中相应的文字，感悟、品味鲁迅这一独特的艺术表现力。

● 请注意：鲁迅的杂文，确实是由外在客观人事引发，但它真正关注与表现的，却是自己的主观反应。这一篇《推》从发现题材到写成文字，酝酿了两三个月，这是一个外在现实内化为心灵感悟的过程。因此，最后出现在鲁迅笔下的"推"的形象，就不再具有这条社会新闻本身的纯粹客观性，而在过滤、折射过程中发生了变异，主观化了：这是一种主、客体的新融合。这样，读者就能够通过杂文里的描述，看到、触摸到活生生的鲁迅。读鲁迅杂文，如果只看到其中的"大众灵魂"，而不注意与大众灵魂叠合在一起的鲁迅心灵的"歌哭"，那就没有真正读懂鲁迅的杂文。读者朋友，你读这篇《推》，对鲁迅的精神世界有什么新的发现与感悟，对你自己的内心世界有什么新的触动？

● 建议再读几篇和《推》同时收入《准风月谈》的杂文，如《"推"的余谈》
《踢》《爬和撞》《冲》等，通过这样的扩展性阅读，进一步体会鲁迅的杂文
思维与笔法。

1933

《现代史》

鲁迅

从我有记忆的时候起，直到现在，凡我所曾经到过的地方，在空地上，常常看见有"变把戏"的，也叫作"变戏法"的。

这变戏法的，大概只有两种——

一种，是教一个猴子戴起假面，穿上衣服，耍一通刀枪；骑了羊跑几圈。还有一匹用稀粥养活，已经瘦得皮包骨头的狗熊玩一些把戏。末后是向大家要钱。

一种，是将一块石头放在空盒子里，用手巾左盖右盖，变出一只白鸽来；还有将纸塞在嘴巴里，点上火，从嘴角鼻孔里冒出烟焰。其次是向大家要钱。要了钱之后，一个人嫌少，装腔作势地不肯变了，一个人来劝他，对大家说再五个。果然有人抛钱了，于是再四个，三个……

抛足之后，戏法就又开了场。这回是将一个孩子装进小口的坛子里面去，只见一条小辫子，要他再出来，又要钱。收足之后，不知怎么一来，大人用尖刀将孩子刺死了，盖上被单，直挺挺躺着，要他活过来，又要钱。

"在家靠父母，出家靠朋友……Huazaa！ Huazaa！"变戏法的装出撒钱的手势，严肃而悲哀地说。

别的孩子，如果走近去想仔细地看，他是要骂的；再不听，他就会打。

果然有许多人 Huazaa 了。待到数目和预料的差不多，他们就捡起钱来，收拾家伙，死孩子也自己爬起来，一同走掉了。

看客们也就呆头呆脑地走散。

这空地上，暂时是沉寂了。过了些时，就又来这一套。俗语说，"戏法人人会变，各有巧妙不同。"其实是许多年间，总是这一套，也总有人看，总有人 Huazaa，不过其间必须经过沉寂的几日。

我的话说完了，意思也浅得很，不过说大家 Huazaa Huazaa 一通之后，又要静几天了，然后再来这一套。

到这里我才记得写错了题目，这真是成了"不死不活"的东西。

四月一日

（原载 1933 年 4 月 8 日《申报·自由谈》，署名何家干）

延伸思考

猛一看，这是一篇描述鲁迅儿时记忆中的"变把戏"（又称"变戏法"）街头小景的速写。虽然写得绘声绘色，却不免让人怀疑这是否是鲁迅的作品，因为其他作家也能写出这样描述性的文字。读到最后，鲁迅才轻轻一点："到这里我才记得写错了题目，这真是成了'不死不活'的东西。"赶紧回过头来看题目："现代史"！这才恍然大悟：鲁迅写的是一篇"现代寓言"。再去重读全文，就读出了其中的种种隐喻，并联想起中国现代史上原先种种看不明白的事情：整个中国现代史不就是这样的"变戏法"："戏法人人会变，各有巧妙不同"，大家轮番上阵，尽管各自变的戏法不同，目的却是一个："向大家要钱"，盘剥老百姓，谋求和维护各自的利益。还要招呼周围的人不要戳穿："在家靠父母，出家靠朋友"。无数冠冕堂皇的历史叙述也都是这样靠"朋友"写出来的，目的也只有一个：不要"戳穿西洋镜"，让戏法继续变下去。鲁迅真是把中国现代历史的主宰者看透了，也把御用文人看透了：正是他们把中国"现代史"弄得不死不活。读者读到这里，也出一身冷汗：我们不也有意无意地充当了"变戏法"的看客？

● 这一篇《现代史》显示了鲁迅杂文思维与笔法的两个特点，颇值得注意。

首先是鲁迅违反常规的联想力：居然把庄严的"现代史"和骗人的"变戏法"这两个几乎不可能有任何关系的事联接在一起，在"形"巨大的反差中发现"神"的相通，可以把它称为"鲁迅式的荒谬联想"。联想的两端，一端是高贵者及其殿堂，一端是地上"最不干净的地方"，经鲁迅妙笔牵连，就达到了神圣（之人，之物）的戏谑化，高雅的恶俗化，其实揭示了更大的真实及内含的悲剧性。被嘲弄的自命高贵者一方，越不齿于此，越仿佛追摄其魂一般，摆脱不掉，自然视其为刻毒之极。——不妨从这一角度作扩张性阅读，读一读《小品文的危机》（收《南腔北调集》）、《商贾的批评》（收《花边文学》）、《新药》（收《伪自由书》）、《隐士》（收《且介亭杂文二集》）等，看看文人雅士与"烟花女子"，"批评家"与"孔雀翘尾巴时露出的屁眼"，"失势的党国元老"与"宫女泄欲余下的药渣"，文坛高士的"归隐"与官场俗子的"啖饭之道"，鲁迅如何妙笔牵连，借此体味鲁迅的"毒笔"之妙与深。

其次，本文联想的另一独到之处是，鲁迅写"现代史"，其实是在写"当代史"。就像鲁迅自己说的那样，"试将记五代、南宋、明末的事情的，和现今的状况一比较，就当惊心动魄于何其相似之甚，仿佛时间的流驶，独与我们中国无关"（《华盖集·忽然想到》）。人们都说鲁迅信奉进化论，但他直接感受到的，他的心理与情感体验到的，真正刻骨铭心的，是老中国的历史循环，是过去的不断"重来"。正是这历史的鬼魂与现实活人的循环、叠合，构成了鲁迅杂文另一个基本联想模式。从历史与现实重合的角度读《现代史》，你有什么新的感悟？

两粥一饭，

十二小时工作，

劳动强化，

工房和老板家庭的义务服役，

猪猡一般的生活，

泥土一般的作践——

《都会的一角》

《上海屋檐下》

夏衍（1900—1995）

夏衍《林家铺子》电影剧本手稿

血肉造成的「机器」，

终于和钢铁造成的机器不一样的……

夏衍《祝福》电影剧本手稿

第五节

夏衍等：

报告文学，左翼文学的文体

1929 年 11 月	郑伯奇、夏衍等成立上海艺术剧社。
1930 年 2 月	夏衍、鲁迅、柔石、阳翰笙、冯雪峰等 12 人召开"左联"筹备会。
1930 年 6 月	夏衍编辑《沙仑》月刊创刊于上海，仅出版一期。
1935 年 12 月	独幕剧《都会的一角》发表（《文学》第 5 卷第 6 号）。
1936 年 4 月	《赛金花》发表（《文学》第 6 卷第 4 号）。
1936 年 6 月	《包身工》发表（《光明》创刊号）。
1936 年 12 月	《自由魂》发表（后改名《秋瑾传》，《光明》第 2 卷第 1—2 号连载）。
1937 年 7 月	夏衍、张庚等 16 人开始集体创作三幕剧《保卫卢沟桥》，由上海剧作者协会扩大改组的中国剧作者协会组织百余人参演。
1937 年 8 月	《救亡日报》创办，郭沫若任社长，夏衍任主笔。
1937 年 11 月	《上海屋檐下》出版（戏剧时代出版社）。
1938 年 4 月	《包身工》出版（离骚出版社）。
1940 年 8 月	《心防》出版（新知书店）。
1941 年 5 月	《此时此刻集》出版（文献出版社）。
1942 年 7 月	夏衍、司徒慧敏、金山、宋之的等人在重庆创办中国艺术剧社。
1942 年 12 月	《法西斯细菌》发表（《文艺生活》第 3 卷第 3 期）。
1943 年 1 月	大型戏剧刊物《戏剧月刊》创刊，夏衍、陈鲤庭、刘念渠、吴祖光等主持。
1944 年 6 月	《第七号风球》出版（文聿出版社）。
1945 年 11 月	《新华日报》副刊发表对茅盾《清明前后》、夏衍《芳草天涯》四幕剧等的讨论记录，由此展开政治与文艺的关系论战。
1948 年 3 月	《劫余随笔》出版（海洋书屋）。
1949 年 5 月	《蜗楼随笔》出版（人间书屋）。

可以称为"左翼文体"的，还有"报告文学"。尽管在"五四"时期即有以瞿秋白的《饿乡纪程》《赤都心史》为代表的类似报告文学的通讯报道，但仍偏向于新闻范畴。正式由外国传入"报告文学"（从英语"reportage"译出）这一新的文体概念，并有意识地提倡这种文体，则是在现代文学的第二个十年，而且与左翼作家联盟直接相关。左联一成立，即学习苏联培育"无产阶级文学"的经验，号召盟员到工厂、农村去"开展工农兵通信运动"，并写作"通讯报道"。以后在左联的刊物上，又专门介绍捷克著名报告文学作家基希，在《光明》《中流》《文学界》等左联刊物上大力倡导报告文学，明确地将报告文学与无产阶级文学相联接。在1931年东北九一八事变和次年上海一·二八事变以后，报道战争状况的"通讯"便迅速流行起来。这些通讯不仅来自现实生活的"第一线"，有极强的时代性、新闻性，而且注意叙述文笔与结构，比较有文学性，这就有了鲜明的"报告文学"特征，以后就结集为阿英主编的《上海事变与报告文学》。到1936年，抗战形势危急，阶级矛盾与民族矛盾在日本侵略军压境下更趋尖锐。以基希访华和他的《秘密的中国》以及爱狄密勒《上海——冒险家的乐园》的翻译、出版为契机，中国报告文学的发展出现了一个高潮。这一年，夏衍的《包身工》、宋之的的《一九三六年春在太原》先后发表，茅盾主编《中国的一日》征集并出版。其中，夏衍的《包身工》"在中国的报告文学上开创了新纪录"（见1936年6月10日《光明》创刊号"社语"）。

从中国报告文学的诞生和最初发展的历史回顾里，不难发现，报告文学这一现代散文的新文体，从一开始就打上了鲜明的左联倡导的无产阶级文学痕迹。如鲁迅所说，中国的"劳苦大众历来只被最剧烈的压迫和榨取，连识字教育的布施也得不到，惟有默默地身受着宰割和灭亡。繁难的象形字，又使他们不能有自修的机会。智识的青年们意识到自己的前驱的使命，便首先发出战叫"，"无产阶级革命文学和革命的劳苦大众是在受一样的压迫，一样的残杀，作一样的战斗，有一样的运命，是革命的劳苦大众的文学"（鲁迅：《中国无产阶级革命文学和前驱的血》)。但中国无产阶级革命文学也因此面临一个基本矛盾：由于劳苦大众自身不能发出声音，只能由首先觉醒的知识青年代言，为他们发出"战叫"；但这些知识分子出身的作者并不了解劳苦大众的生活和他们的内心诉求，于是，就提出了一个深入到工农兵中去，熟悉他们的生活，改造自己的思想感情的问题。这也就决定了，报告文学的写作，不是开始于书斋里的冥思苦想，而先要有一个深入采访、体验、整理、提高的过程，然后以"文学"的形式"报告"自己的所见所闻、所思所想。

作为这一时期报告文学的典范，夏衍（1900—1995）的《包身工》最引人注目之处，就在于作者亲自到上海杨树浦一家日本人经营的东洋纱厂，调查了足足三个月，冒险进入与外界隔绝的"工房区"，请女工朋友帮助提供口述材料，详细地观察与了解"包身工"们，包括"她们的劳动强度，她们的劳动和生活条件，当时的工资制度"（夏衍：《回忆与感想》)，搜集了三万多字素材，最后写成九千多字的作品。《包身工》也就成了中国报告文学的奠基之作与代表作。

20世纪30年代报告文学的集大成之作是1936年茅盾主编的《中国的一日》。该书以1936年5月21日这一天在全国发生的事件为题，短短三个月便编辑出版了包括4市、20省、部分沦陷区、海陆空诸军种、华侨地区在内的近500篇文章，其中包括了学生、教员、工人、农民、军警等各阶层的作者。正是社会各阶层的广泛参与，使得《中国的一日》所含有的社会生活容量极大，比较充分地发挥了报告文学表现"现代中国的一个横断面"的功能，具有某种"社会历史档案"的性质。

1936

《包身工》（节选）

夏衍

已经是旧历四月中旬了，上午四点多一刻，晓星才从慢慢地推移着的淡云里面消去，蜂房般的格子铺里的生物已经在蠕动了。

"拆铺啦！起来。"

穿着一身和时节不相称的拷皮衫裤的男子，像生气似的呼喊。

"芦柴棒！去烧火。妈的，还躺着，猪猡！"

七尺阔，十二尺深的工房楼下，横七竖八地躺满了十六七个"猪猡"。跟着这种有威势的喊声，充满了汗臭、粪臭和湿气的空气里面，很快的就像被搅动了的蜂窝一般地骚动起来。打伸欠，叹气，寻衣服，穿错了别人的鞋子，胡乱地踏在别人身上，叫喊，在离开别人头部不到一尺的马桶上很响地小便。成人期女孩所共有的害羞的感觉，在这些被叫作"猪猡"的生物中间已经很钝感了。半裸体的起来开门，拎着裤子争夺马桶，将身体稍稍背转一下就会公然地在男人面前换替衣服。

那男人虎虎地向起身得慢一点的"猪猡"身上踢了几脚，回转身来站在不满二尺阔的楼梯上面，向着楼上的另一群生物呼喊。

"搀你的！再不起来？懒虫！等太阳上山吗？"

蓬头，赤脚，一边扣着钮扣，几个睡眼惺忪的"懒虫"从楼上冲下来了。自来水龙头边挤满了人，用手捧些水来浇在脸上；芦柴棒着急地要将大锅子里的稀饭烧滚，但是倒冒出来的青烟引起了她一阵猛烈的咳嗽。十五六岁，除出老板之外大概很少有人知道她的姓名，手脚瘦得像芦棒梗一样，于是大家就拿"芦柴棒"当作了她的名字。

这是杨树浦福临路东洋纱厂的工房。长方形的，用红砖墙严密地封锁着的工房区域，被一条水门汀的弄堂马路划成狭长的两块。像鸽子笼一般的分得很均匀，每边八排，每排五户，一共是八十户一楼一底的房屋。每间工房的楼上楼下，平均住宿着三十二三个"懒虫"和"猪猡"，所以，除出"带工"老板、老板娘、他们的家族亲戚，和穿拷皮衣服的同一职务的打杂、请愿警，……之外，这工房区域的墙圈里面住着二千左右穿着褴褛而专替别人制造纱布的"猪猡"。

但是，她们正式的集合名称却是"包身工"。她们的身体，已经以一种奇妙的方式，包给了叫作"带工"的老板。

*

四点半之后，没有影子和线条的晨光胆怯地显现出来的时候，水门汀路上和弄堂里面，已被这些赤脚的乡下姑娘挤满了。凉爽而带有一点湿气的朝风，大约就是这些生活在死水一般的空气里面的人们仅有的天惠。她们嘈杂起来，有的在公共自来水龙头边舀水，有的用断了齿的木梳梳掉拗执地粘在头里的棉絮。陆续地、两个一组两个一组地用扁担抬着平满的马桶，吆喝地望着人们身边擦过。带工的"老板"或者打杂的拿着一叠叠的"打印子簿子"，懒散地站在正门出口——好像火车站轧票处一般的木栅子的前面。楼下的那些席子、破被之类收拾掉之后，晚上倒挂在墙壁上的两张板桌放下来了。十几只碗，一把竹筷，胡乱地放在桌上，轮值烧稀饭的就将一洋铅桶浆糊一般的薄粥放在板桌的中央。她们的定食是两粥一饭，早晚吃粥，中午干饭，由老板差人给她们送进工厂里去。粥！它的成分可并不和一般通用的意义一样。里面是较少的籼米、锅焦、碎米，和较多的乡下人用来喂猪的豆腐的渣粕！粥菜？这是不可能的事了，有几个慈祥的老板到小菜场去收集一些莴苣菜的叶瓣，用盐卤渍一浸，这就是她们难得的佳肴。

只有两条板凳，——其实，即使有更多的板凳，这屋子里面也没有同时容纳三十个人吃粥的地位，她们一窝蜂的抢一般地盛了一碗，歪着头用舌头舐着淋漓在碗边外的粥汁，就四散地蹲伏或者站立在路上和门口。添粥的机会，除出特殊的日子——譬如老板、老板娘的生日，或者发工钱的日子之外，通常是很难有的。轮着揩地板、倒马桶的日子，也有连一碗也轮不到的时候。洋铅桶空了，轮不到盛第一碗的人们还捧着一只空碗，于是老板娘拿起铅桶，到锅子里去刮下一些锅焦、残粥，再到自来水龙头边去冲上一些清水，用她那双方才在梳头的油手搅拌一下，气烘烘地放在这些廉价的、不需要更多"维持费"（Maintain Cost）的"机器"们的前面。

"死懒！躺着死不起来，活该！"

*

四年前的"一·二八"战争之后，东洋厂家对于这种特殊的廉价"机器"的需要突然增加起来。据说，这是一种极合经营原则和经济原理的方法。有括弧的机器，终究还是血和肉构成起来的人类。所以当他们忍耐的最大限度超过了的时候，他们往往会很自然地想起一种久已遗忘了的人类所该有的力量。有时候愚蠢的"奴隶"会理会到一束箭折不断的理论，再消极一点他们也还可以拼着饿死不干。产业工人的"流动性"，这是近代工业经营最嫌恶的条件，但是，他们是决不肯追寻造成"流动性"的根源的。一个有殖民地人事经验的"温情主义者"在一本著作的序文上说："在这次争议（五卅）里面，警察力没有任何的威权。在民众的结合力前面，什么权力都是不中用了！"可是，结论呢？用温情主义吗？不，不！他们所采用的，只是用廉价而没有"结合力"的"包身工"来替代"外头工人"（普通的自由劳动者）的方法。

第一，包身工的身体是属于带工的老板的，所以她们根本就没有"做"或者"不做"的自由，她们每天的工资就是老板的利润，所以即使在生病的时候，老板也会很可靠地替厂家服务，用拳头、棍棒，或者冷水来强制她们去做工作。就拿上面讲到过的芦柴棒来做个例吧（其实，这样的事倒是每个包身工都有遭遇的机会）：有一次在一个很冷的清晨，芦柴棒害了急性的重伤风而躺在床（？）上了。她们躺的地方，到了一定的时间是非让出来做吃粥的地方不可的，可是在那一天，芦柴棒可真的不能挣起来了，她很见机地将身体慢慢地移到屋子的角上，缩做一团，尽可能的不占屋子的地位。可是，在这种工房里面，生病躺着休养的例子，是不能任你开的。很快的一个打杂的走过来了。干这种职务的人，大半是带工头的亲戚，或者在"地方上"有一点势力的"白相人"，所以在这种法律的触手及不到的地方，他们差不多有生杀自由的权利。芦柴棒的喉咙早已哑了，用手做着手势，表示身体没力，请求他的怜悯。

"假病！老子给你医！"

一手抓住了头发，狠命地往上一举，芦柴棒手脚着地，很像一只在肢体上附有吸盘的乌贼。一脚，踢在她的腿上，照例，第二第三脚是不会少的，可是打杂的很快地就停止了，后来据说，那是因为芦柴棒"露骨"地突出的腿骨，碰痛了他的足趾！打杂的恼了，顺手夺过一盆另一个包身工正在揩桌子的冷水，迎头泼在芦柴棒的头上。这是冬天，外面在刮寒风。芦柴棒遭了这意外的一泼，反射地跳起身来，于是在门口擦牙齿的老板娘笑了：

"瞧！还不是假病！好好的会爬起来，一盆冷水就医好了。"

这只是常有的例子的一个。

第二，包身工都是新从乡下出来，而且她们大半都是老板的乡邻，这一点在"管理"上是极有利的条件。厂家除出在工房周围造一条围墙，门房里置一个请愿警，和门外钉一块"工房重地，闲人莫入"的木牌，使这些"乡下小姑娘"和别的世界隔绝之外，完全将管理权交给了带工的老板。这样，早晨五点钟由打杂的或者老板自己送进工厂，晚上六点钟接领回来，她们就永没有和"外头人"接触的机会。所以，包身工是一种"罐装了的劳动力"，可以"安全地"保藏，自由地取用，绝没有因为和空气接触而起变化的危险。

第三，那当然是工价的低廉。包身工由"带工"带进厂里，于是她们的集合名词又变了，在厂方，她们叫作"试验工"和"养成工"两种。试验工的期间表示了厂家在试验你有没有工作的能力，养成工的期间那就表示了准备将一个"生手"养成为一个"熟手"。最初的工钱是每天十二小时，大洋一角乃至一角五分，最初的工作范围是不需要任何技术的扫地、开花衣、扛原棉、松花衣之类，一两个礼拜之后就调到钢丝车间、条子间、粗纱间去工作。在这种工厂所有者的本国，拆包间、弹花间、钢丝车间的工作，通例是男工做的，可是在殖民地，不必顾虑到"社会的纠弹"和"官厅的监督"，就将这种不是女性所能担任的工作，加到工资不及男工三分之一的包身工们身上去了。

*

包身工是没有"朋友"和帮手的。什么人都可以欺侮，什么人都看不起她们，她们是最下层的"起码人"，她们是拿莫温和小荡管们发脾气和使威风的对象。

*

有一次，一个叫作小福子的包身工整好了的烂纱没有装起，就遭了拿莫温的殴打，恰恰运气坏，一个"东洋婆"走过来了，拿莫温为着要在洋东家面前显出她的威风，和对"东洋婆"表示她管督的严厉，打得比寻常格外着力。东洋婆望了一会，也许是她不喜欢这种不"文明"的殴打，也许是她要介绍一种更合理的惩戒方法，走近身来，揪住小福子的耳朵，将她扯到太平龙头的前面，叫她向着墙壁立着，拿莫温跟着过来，很懂得东洋婆的意思似的拿起一个丢在地上的皮带盘心子，不怀好意地叫她顶在头上，东洋婆会心地笑了。

"地个（这个）小姑娘坏来西，懒惰！"

拿莫温学着同样生硬的调子说：

"皮带盘心子顶拉头浪，就勿会打瞌睏！"

*

两粥一饭，十二小时工作，劳动强化，工房和老板家庭的义务服役，猪猡一般的生活，泥土一般的作践——血肉造成的"机器"，终于和钢铁造成的机器不一样的，包身契上写明的三年期间，能够做满的不到三分之二。工作，工作，衰弱到不能走路还是工作，手脚像芦柴棒一般的瘦，身体像弓一般的弯，面色像死人一般的惨，咳着，喘着，淌着冷汗，还是被逼着在做工作。譬如讲芦柴棒吧，她的身体实在瘦得太可怕了，放工的时候，厂门口的"抄身婆"（检查女工身体的女佣人）也不愿意用手去接触她的身体：

"让她扎一两根油线绳吧！骷髅一样，摸着她的骨头会做怕梦！"

但是带工老板是不怕做怕梦的！有人觉得太难看了，对她的老板说：

"譬如做好事吧，放了她！"

"放她？行！还我二十块钱，两年间的伙食、房钱。"他随便地说，回转头来对她一瞪。

"不还钱，可别做梦！宁愿赔棺材，要她做到死！"

芦柴棒现在的工钱是每天三角八，拿去年的工钱三角二分做平均，做了两年，带工老板在她身上已经收入了二百三十块了！

还有一个，什么名字记不起了，她熬不住这种生活，用了许多工夫，在上午的十五分钟休息时间里面，偷偷地托一个在补习学校念书的外头工人写了一封给她父母的家信，邮票，大概是那同情她的女工捐助的了。一个月，没有回信，她在焦灼，她在希望，也许，她的父亲会到上海来接她回去，可是，回信是捏在老板的手里的。散工回来的时候，老板和两个打杂的站在门口，横肉的面上在发火了，一把扭住她的头发，踢，打，掷，和爆发一般的听不清的轰骂！

"死娼妓！你倒有本领，打断我的家乡路！

"猪猡，一天三餐将你喂昏了！

"揍死你，给大家做个榜样！

"信谁给你写的？讲，讲！"

血和惨叫使整个工房都怔住了，大家都在发抖，这好像真是一个榜样。打倦了之后，再在老板娘的亭子楼里吊了一晚。这一晚上，整屋子除出快要断气的呻吟一般的呼唤之外，绝没有别的声息，屏着气，睁着眼，十百千个奴隶在黑夜中叹息她们的命运。

*

看着这种饲养小姑娘营利的制度，我禁不住想起孩子时候看到过的船户养墨鸭捕鱼的事了。和乌鸦很相像的那种怪样子的墨鸭，整排地停在舷上，它们的脚，是用绳子吊住了的，下水捕鱼，起水的时候船户就在它的颈子上轻轻地一挤。吐了再捕，捕了再吐，墨鸭整天的捕鱼，卖鱼得钱的却是养墨鸭的船户。但是，从我们孩子的眼里看来，船户对墨鸭并没有怎样的虐待，因为船户总还得养活它们，喂饱它们，而现在，将这种关系转移到人和人的中间，便连这一点施与的温情也已经不存在了！

在这千万的被饲养者的中间，没有光，没有热，没有温情，没有希望……没有法律，没有人道。这儿有的是二十世纪的烂熟了的技术、机械、体制，和对这种体制忠实地服役着的十六世纪封建制下的奴隶！

黑夜，静寂的死一般的长夜。没有自觉，没有团结，还没有反抗——她们住在一个伟大的锻冶场里面，闪烁的火花常常在她们身边擦过，可是，在这些被强压强榨着的生物，好像连那可以引火，可以燃烧的火种也已经消散掉了。

不过，黎明的到来还是没法可抗拒的；索洛警告美国人当心枕木下的尸骸，我也想警告某一些人，当心呻吟着的那些锭子上的冤鬼。

一九三六,六,三，清晨

（节选自《包身工》，原载 1936 年 6 月《光明》创刊号）

延伸思考

《包身工》的最大特点与贡献就在于，中国的劳苦大众与基层工人、农民的真实生活与命运，第一次得以在文学上得到"不隔膜、有真情、具体可信并且鲜活"的表现。[参阅吴福辉：《夏衍的报告文学精品〈包身工〉》，收《中国现代文学编年史——以文学广告为中心（1928—1937）》] 中国 20 世纪 30 年代的工业化、现代化历史进程中最黑暗、残酷的一面：外国资本家在中国开设工厂所建立的最具"中国特色"的"包身工制度"，也第一次以文学的形式暴露于世人面前，留存于历史记载之中。夏衍在《包身工》里揭露："第一，包身工的身体是属于带工的老板的，所以她们根本就没有'做'或者'不做'的自由，她们每天的工资就是老板的利润，所以即使在生病的时候，老板也会很可靠地替厂家服务，用拳头、棍棒，或者冷水来强制她们去做工作。""第二，包身工都是新从乡下出来，而且她们大半都是老板的乡邻"，招进工厂就封闭起来，"永没有和'外头人'接触的机会"。这是"一种'罐装了的劳动力'，可以'安全地'保藏，自由地取用"。"第三，那当然是工价的低廉"，而且"在殖民地（的中国），不必顾虑到'社会的纠弹'和'官厅的监督'，就将这种不是女性所能担任的工作，加到工资不及男工三分之一的包身工们身上去了"。夏衍最后总结说："在这千万的被饲养者的中间，没有光，没有热，没有温情，没有希望……没有法律，没有人道。这儿有的是二十世纪的烂熟了的技术、机械、体制，和对这种体制忠实地服役着的十六世纪封建制下的奴隶！"

这样，夏衍的报告文学就以文学的形式揭示了 20 世纪 30 年代中国工业化、现代化的一个本质性方面：这是西方、日本资本主义生产方式与中国传统封建、奴隶制度的结合。从我们讨论的现代文学第二个十年建构的"都市文学"的角度看，以夏衍为代表的左翼作家实际上创造了中国现代都市文学的另一种模式：它以鲜明的无产阶级立场和阶级分析的方法，以"底层劳苦大众的命运"为中心，对中国特色的现代都市文明进行了独到而深刻的批判性审视与描述，并且形成了另一种创作方式、文学形式与文体。

报告文学就是这样的新文体，它的最大特点是自觉追求"政论性与文学性"的结合。在《包身工》里就体现为三大要素。其一，注重细节的捕捉和描述。如报告一开始，混乱中起床、抢粥、排队入厂打印子上工等场景里的细节呈现，读者立即进入具体的"典型环境"之中。其二，对人物形象的塑造。在"芦柴棒""小福子"以及"无姓名者"三个个体形象之外，还更注意包身工"群体形象"的展示。其三，贯穿全篇的议论，与重点"评述"。评述文字也像叙述文字一样形象生动，并极富感情色彩。像最后一句："我也想警告某一些人，当心呻吟着的那些锭子上的冤鬼"，就自有一种惊心动魄的力量。

● 本文最值得注意的，自然是那些细节描写：起床时"穿错了别人的鞋子，胡乱地踏在别人身上，叫喊，在离开别人头部不到一尺的马桶上很响地小便"等，如果不是现场观察，是绝对想象不出来的。或许可以由此了解、把握报告文学的特点。

● 当然，还有"典型环境"下的"典型人物"。文中对"芦柴棒"的描述是断断续续的，不妨把这些分散的描述连接起来，加以想象补充，写出一个完整的"芦柴棒"的故事，并作出你的分析。

● 在了解了"包身工"的命运以及"包身工"制度之后，你对 20 世纪 30 年代，以至整个中国工业化、现代化的历史，有什么新认识、新思考？在你看来，这样的中国特色"现代都市文明病"的文学表现，有什么意义？

第三编

民族解放战争年代现代文学的纵深发展

1937.7 — 1949.9

她打定了主意，便告訴柳原她打算回上海去。柳原却也不堅留，自告奮勇要送她回去。流蘇道：「那倒不必了。你不是要到星加坡去麼？」柳原道：「反正已經就擱了，再就擱些時也不妨事。上海也有事等着料理呢。」流蘇知道他還是一貫政策，唯恐衆人不議論他們倆。衆人越是說得鑿鑿有據，流蘇越是百喙莫辯，自然在上海不能安身。流蘇盤算着，即使他不送她囘去，一切也瞞不了她家裏的人。她是豁出去了，也就讓他送她一程。徐太見他們倆正打得火一般的熱，忽然要拆開了，詫異非凡，問流蘇，問柳原，兩人雖然異口同聲的爲彼此洗刷，徐太哪裏肯信。

在船上，他們接近的機會很多，可是柳原既能抗拒淺水灣的月色，就能抗拒甲板上的月色。他對她始終沒有一句紮實的話。他的態度有點淡淡的，可是流蘇看得出他那閒適是一種自滿的閒適——他拿穩了她跳不出他的手掌心去。

到了上海，他送她到家，自己沒有下車。白公館裏早有了耳報神，探知六小姐在香港和范柳原實行同居了。如今她陪人家玩了一個多月，又若無其事的囘來了，分明是存心要丟白家的臉。

流蘇勾搭上了范柳原，無非是圖他的錢。真弄到了錢，也不會無聲無臭的囘家來了，顯然是沒得到他什麽好處。本來，一個女人上了男人的當，就該死；女人給當給男人上，那更是淫婦；如果一個女人想給當給男人上而失敗了，反而上了人家的當，那是雙料的淫惡，殺了她也還汚不了刀。平時白公館裏，誰有了一點芝蔴大的過失，大家便炸了起來。逢到了眞正聳人聽聞的大逆不道，爺奶奶們與奮過度，反而吃吃艾艾，一時發不出話來。大家先議定了：「家醜不可外揚，」

張愛玲
《倾城之恋》
1946 年 11 月
山河图书公司原版

　　1937 年 7 月 7 日，北京卢沟桥一声炮响；8 月 13 日，上海一片大火，拉开了全面抗日战争的序幕。8 月 25 日，因战争被迫停刊的《文学》《文丛》《中流》《译文》四杂志联合起来，创办《呐喊》，在献词里宣称："大时代已经到了！民族解放的神圣的战争要求每一个不愿做亡国奴的人贡献他的力量"，"在民族总动员的今日，我们应做的事，也还是离不了文化——不过是和民族独立自由的神圣战争紧紧地配合起来的文化工作；我们的武器是一支笔"。或许正可以以此作为"第三个十年"即民族解放战争年代中国现代文学的起端。

　　由此而开始的，却是一次离乡背井，空前的大流亡——

　　1937 年 7 月 25 日，避难于日本东京的郭沫若，"别妇抛雏断藕丝"，踏上返回祖国的征途。

　　1937 年 8 月 12 日，沈从文孤身登上南行的列车，回到湘西家乡，动员苗族父老，"尽全力支持这个有关国家存亡的战争"。

　　1937 年 9 月 23 日，叶圣陶弃去刚买下的新居，带领全家老小八口人，离开家乡苏州，踏上艰难的流亡之路。

　　1937 年 11 月 15 日，山东济南在日本军队炮击下已是危城，老舍告别一家老小，只身南下。

　　1937 年 11 月 21 日，丰子恺带领自己的族人及亲戚十余口，离别苦心营造的家乡石门湾的"缘缘堂"。两个月后听到"缘缘堂被炸毁，只剩下一个孤零零的烟囱"的噩耗，丰子恺只说了一句："此犹破釜沉舟，断绝后路，从此一心向前，勇猛精进。"

　　整个国家、民族，以一个又一个的个人、家庭、家族为单位，由鸭绿江边直退到西南边陲。这是一次空前的大位移，政治、文化、教育、文学的中心从北京、上海这样的大都市，转向内地、边远地区。西南的重庆、昆明、贵阳、桂林，东南的金华、永安、上饶，西北的西安、延安，华北的山西，以及香港，日军占领下的上海，北平，东北沈阳、长春等地都集中了大批作家、文化人、文化机构、文化团体、出版发行机构，以及大中小学……形成了文化（文学）的"多中心"格局。"五四"开创的中国现代文学因此得以深入社会边缘和底层，向纵深发展。随着战争的持续与深入，随着地缘政治的变化，最终又形成了三大政治区域：国民党统治区、共产党领导的敌后抗日根据地，以及日本侵略军占领下的沦陷区，不同的政治制度、意识形态和文化政策都深刻影响和制约着文学的发展，为其打上了深深的印记。

更为重要的是，战争中的流亡，更是一种精神、生命的流亡。就像40年代走入文坛的贾植芳在晚年回忆中所说，"自1937年抗战开始，中国的知识分子就进入了另一个时代，再也没有窗明几净的书斋，再也不能从事缜密的研究，甚至失去了万人崇拜的风光"，"伴随的总是摆脱不尽的灾难和恐怖"，"只能在污泥里滚爬，在浊水里挣扎，在硝烟与子弹下体味生命的意义"。战争中断毁灭的不仅是中国工业化和现代化进程，不仅是民族、国家的生命，更是每一个中国人，每一个知识分子和作家自我个体生命存在的前提与基础。于是，就有了对生命存在的根本追问与探寻。这样，第三个十年的中国现代文学也就有了自己的中心意象：那气象博大而意蕴深厚的旷野；而旷野中的流亡者则是当然的中心人物。同时，也有了自己时代的主题：对民族、国家命运及个体生命存在的追问与探寻。

这样的追问与探寻，是建立在不同的战争体验基础上的。战争不仅影响、改变了人们的生活方式，更深刻影响和改变了人们的情感、心理状态、思维、审美方式，由此而形成战争体验的丰富性、复杂性与个体性，并直接导致了文学表达（选材、主题提炼、人物塑造、形式选择、审美内涵……）的多样性与个性化。不同作家、不同作品对国家与民族的命运和人的生命存在都有不同的发现与呈现，在艺术形式、语言以及审美形态上，都有不同的探讨。

再加上中国的抗日战争是第二次世界大战的有机组成部分，在政治、思想、文化、文学上与世界有了更广泛、更多元的交流与吸取；在民族战争中人们对中国的传统文化及哲学、文学都有了新的更为复杂的认识、体验与吸取：这都促成了这一时期文学创作多元化的创造与试验。这样的"战争"情境下的"人"，战争年代"文学"中的"人"，创造和接受战争文学的"人"，正是我们阅读与研究第三个十年的中国现代文学关注的中心。

特别令人珍惜的是，到了30年代后期，战争进入相持阶段，作家生活相对稳定，心态相对沉静，就出现了一批相对成熟的作品，而其作者面之广，文学体裁、题材之丰富，形式、风格之多样，都是现代文学史上从未有过的。

首先是20年代、30年代，老作家的创造出现了新的高潮。除了我们在下文中作专门分析的巴金、冯至、萧红、端木蕻良、艾青、丁玲、废名、张恨水、沙汀、张天翼等新的创造之外，这里还需要特别提及的，还有周作人《药味集》《苦口甘口》《立春以前》《知堂乙酉文编》《过去的工作》等散文集；郭沫若《屈原》《虎符》《孔雀胆》等历史剧作；茅盾《霜叶红似二月花》《腐蚀》等长篇小说；沈从文《长河》《如蕤集》等中短篇小说集、《湘西》《烛虚》等散文集；老舍《四世同堂》等长篇小说；曹禺《北京人》《家》等剧作；夏衍《法西斯细菌》《芳草天涯》等剧作；等等。更值得注意的是，40年代的战争环境养育了大批文学新人，并涌现了一批具有鲜明的创作个性、有潜力的作家，如张爱玲、赵树理、路翎、师陀、骆宾基、汪曾祺、孙犁、李季、无名氏、李拓之等，他们的创作不但将现代文学前20年的创造积累进一步吸取深化，将其提高到一个新的水平，更以其突破规范的、带有探索性的实验作品，为现代文学的新发展、新创造开辟了新的可能性，形成了一个多元、开放的态势，尽管这些创作在此后的实际发展中曾出现强制的历史中断，直到八九十年代才作为"出土文物"重新被发现，并在当代文学的新实验中获得新的生命延续。

第五章

不同战区、文学空间里的六大家

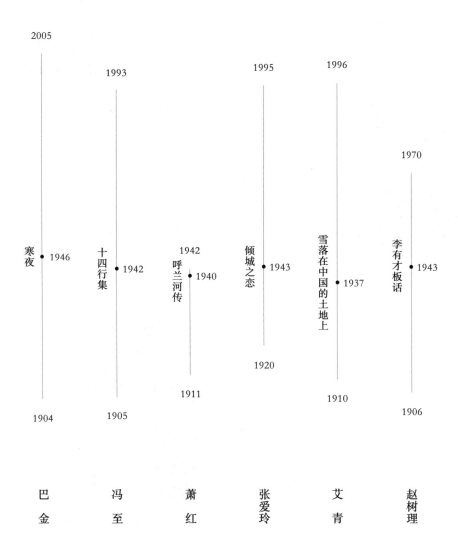

2005

1993

1995　1996

1970

寒夜　● 1946

十四行集　● 1942

1942
呼兰河传　● 1940

倾城之恋　● 1943

雪落在中国的土地上　● 1937

李有才板话　● 1943

1920

1911

1904　1905　1910　1906

巴　冯　萧　张　艾　赵
金　至　红　爱　青　树
　　　　玲　　　理

在这茫茫天地间
只有他一个渺小病弱的人
找不到一个立足安身的地方！

《寒夜》

巴金（1904—2005）

《家》手稿

第四病室
就是我们这个社会的缩影

《第四病室》

第一节

重庆：
巴金——战争中对"家庭、家族"的重新指认

1927 年 1 月	巴金在法国开始写作《灭亡》。
1929 年 1 月	《灭亡》发表(《小说月报》第 20 卷第 1—4 号),10 月出版(开明书店)。
1931 年 4 月	《家》发表(原题名《激流》,《时报》1931 年 4 月至 1932 年 5 月连载),1933 年 5 月出版(开明书店)。
1931 年夏	《雾》发表(《东方杂志》第 28 卷第 20—23 号),1932 年 5 月出版(新中国书局)。
1932 年 1 月	《雨》发表(《文艺月刊》第 3 卷第 1—6 期连载),1933 年 1 月出版(良友图书公司)。
1932 年 5 月	《春天里的秋天》发表(《时报》5—8 月连载),10 月出版(开明书店)。
1932 年 7 月	《新生》发表(《东方杂志》第 4—11 号连载),1933 年 9 月出版(开明书店)。
1933 年 12 月	创作《电》,1934 年发表(《文学季刊》第 1 卷第 2—3 期连载)。
1935 年 11 月	短篇集《神·鬼·人》出版(文化生活出版社)。
1936 年 4 月	《爱情三部曲》出版(良友图书公司)。
1938 年 2 月	《春》出版(开明书店)。
1938 年 5 月	创作《火》第一部,1940 年 9 月写完,12 月出版(开明书店)。
1939 年 10 月	创作《秋》,1940 年 5 月写完,7 月出版(开明书店)。
1941 年 3 月	创作《火》第二部,5 月写完,11 月出版(开明书店)。
1941 年 4 月	创作《火》第三部,9 月写完,1945 年 7 月出版(开明书店)。
1944 年 5 月	创作《憩园》,7 月写完,10 月出版(文化生活出版社)。
1944 年冬	创作《寒夜》,1946 年发表(《文艺复兴》第 2 卷第 1—6 期连载),1946 年年底写完,1947 年 3 月出版(晨光出版公司)。
1945 年 5 月	创作《第四病室》,7 月写完,1946 年 1 月出版(良友图书公司)。

1940 年 9 月 6 日，国民政府定重庆为陪都，重庆的政治中心地位由此确立。随着国家机关内迁，大量文化资源也集中于重庆。据统计，迁入重庆地区的高校共计 31 所，几乎占全国一半；在重庆的报刊、通讯社达 200 家以上，也占全国一半；1938 年 10 月，全国文艺界抗敌协会总部迁到重庆，其会刊《抗战文艺》也同时在重庆复刊；中央研究院等数百家科学研究机构、文化学术团体也纷纷汇集重庆。可以说，在中国近现代自然科学、社会科学、人文科学和教育、文学、艺术各领域享有盛名，并起到引领作用的精英，都到过重庆，或在重庆从事过教育、研究、创作与演出。

巴金（1904—2005）曾辗转于昆明、成都、桂林、贵阳、重庆等地，在重庆完成了他抗战时期最重要的代表作《寒夜》。

真正将中国大家庭及其儿女们在中国社会转型期的命运，作为始终如一的关注中心，而且为现代文学贡献了"现代长篇家庭、家族小说"的，无疑是巴金。他的起创于 30 年代、完成于 40 年代的"激流三部曲"《家》（1931—1933）、《春》（1936—1938）、《秋》（1939—1940），展示了一部四川成都高氏大家族盛衰变化史，一部家族内部各种生命成长、死亡的历史。在巴金笔下，"家"是扼杀生机、摧残人性的枷锁与牢笼。从这样毫不含糊且不容置疑的价值判断出发，演化出一系列二元对立结构："父"（高老太爷）与"子（孙）"（觉慧、觉民）的对立，"浪子"（克安、克定）与"逆子"（觉慧、觉民）的对立，"家庭"（高家）与"社会群体"（利群周报社）的对立，"礼教"（冯乐山）与"牺牲者"（鸣凤）的对立，等等。前者代表黑暗，后者象征光明，前者必然衰亡，后者一定胜利。作者的爱憎也十分鲜明：对着前者，他高呼"我控诉"；同时又热情宣告"青春是美丽的"。尽管写于三四十年代，却充满"五四"青春期的乐观主义和理想主义。倒是小说中的"灰色人物"——长子高觉新，处于"家长"与"逆子"家庭结构的两极之间，带有传统与现代两种文化中间尴尬、动摇的双重人格，具有更长远的思想与艺术生命力。而作者写到高老太爷临终时，现实生活的逻辑打破了他的二元对立模式，"父"与"子"两代人之间出现了短暂的理解。作者不由自主地唱出这曲挽歌，却更能打动读者的心。而作为作品插曲的对高家日常生活、风俗的描写，更使人想起《红楼梦》。虽然描写稍嫌粗疏，却也自有其价值。

但到了抗战后期，巴金写于1944年的《憩园》，1944—1946年的《寒夜》，1945年的《第四病室》，关注战乱里在黑暗中挣扎的"小人物"命运，就注入了对普通人生命存在的更多理解与同情，同时导致自我价值立场的复杂化与模糊化。《寒夜》里汪文宣的家庭，是觉慧们走出大家庭后建立的小家庭。尽管也存在着内含两种文化冲突的"父"辈（汪母）与"子"辈（曾树生）的冲突，但作者已经不再简单地站在"子"辈一边，而对双方都投以既理解又批评的悲悯眼光。对汪家的叛逆者曾树生来说，"家"不仅是黑暗的牢笼，也是能给自己以温馨的归宿；"社会"不再是光明的化身，唯一的出路，也同样险机重重。因此，她徘徊于"走"与"不走"之间，"离家"之后又"归来"。而男主人公汪文宣尽管也有过个性解放的信念和"教育救国"的理想，但一进入社会，就在艰难的生存危机面前消褪了锐气，变成了一个善良、卑微、软弱的小公务员，面对经济、精神压力导致的家庭破裂，完全无能为力，最后满怀怨愤地死去。巴金在战争中发现的，是他曾经寄以无限希望的"走出家庭"以后的"觉慧"们，在现实生活中无所归宿的生存困境，以及无法摆脱的、在既定伦理关系制约下的自身人性脆弱无力的困境。他的创作也因此发生了一个转变：由"青春的赞歌"转向"中年人的忧思"。在某种程度上，从第一、第二个十年进入第三个十年的中国现代文学，也经历了这样的从文学的青春期到中年期的变化。

而巴金对中国传统家庭、家族观念的转变，由彻底决裂到有所理解与同情，更是反映了战争年代里时代与文学思潮的变化：家庭的文化内涵悄悄转移，越来越成为传统的象征，成为流亡异土的游子心灵的家乡。于是，就出现了林语堂的《瞬息京华》这样以"介绍中国社会与文化"为目的的家族小说，小说的主旨就在说明"个人死去而家族永存"。老舍写于这一时期的长篇小说《四世同堂》，对中国传统家庭也给予了新的理解与评价。家长祁老爷子不再具有任何专制色彩，而成为大家族团结的中心与象征。小说还特意借自称"中国通"的英国人富善先生之口，对"四世同堂"的家庭结构作出这样的评价：既具有"凝聚力"，使各代人"在变化中还不至于分裂涣散"，又富有弹性，"各有各的文化，而又彼此宽容，彼此体谅"，这样的家庭能够承受侵略者"暴力的扫荡，而屹然不动"。小说女主人公韵梅多少被着意强化了的识大体、顾大局的自我牺牲精神，以及她从操持家庭走向关心社会的精神历程，都表现了作家的文化理想主义。

1946

《寒夜》（节选）

巴金

　　寒冷的冬天像梦魇似的终于过去了。春天给人们带来了希望。浓雾被春风吹散了。人们带笑地谈论战争的消息。

　　但是汪文宣的生活里并没有什么变化。他的身体仍旧是时好时坏。好时偶尔去外面走走，坏时整天躺在床上。母亲照常煮饭，打扫屋子，他生病时还给他煎药。小宣两个星期进城一次，住一个晚上，谈一两段学校的故事，话不多，这个孩子更难得有笑容。小宣回来时，屋子里听不见笑声，可是这个孩子一走，屋子更显得荒凉了。妻照常来信，寄款，款子一月一汇，信一星期一封，她从没有写过三张信笺，虽然字里行间也有无限深情。她始终很忙。但是他永远有耐心，他每星期寄一封长信去，常常编造一些谎话，他不愿意让她知道他的实际生活情况。写信成了他唯一的消遣，也可以说是他唯一的工作。

　　春天里日子变得更长，度日更成为一件苦事。他觉得自己快要丧失说话的能力了。他某一次受凉失去嗓音以后，就一直用沙哑的声音讲话。母亲更现老态，她的话也愈来愈少。常常母子两个人在房中对坐，没有一点声音。有时他一天说不上三十句整句的话。

　　时光像一个带病的老车夫拖着他们慢慢地往前走，是那样地慢，他有时甚至觉得车子已经停住了。

　　但是他仍然活着，仍然有感情，仍然有思想。他的左胸时常痛。他夜间常常出冷汗，他常常干咳。偶尔他也暗暗地吐一两口血——那只是痰里带血。痛苦继续着，并且不断地增加，欢乐的笑声却已成了远去了的渺茫的梦。

他没有呻吟，也没有抱怨。他默默地送走一天灰色的日子，又默默地迎接一天更灰色的日子。他的话更少，因为他害怕听见自己的沙哑声音。有时气闷得没有办法，他只好长叹，但是他不愿意让母亲听到他的叹声，他总是背着人叹息。

日子愈来愈长，也愈难捱。一个念头折磨着他：他的精神力量快要竭尽，他不能再拖下去了。

但是没有人允许他不拖下去。妻还是叮嘱他安心治病、等待她回来。钟老答应设法替他找适当的工作。母亲不断地买药给他吃，她拿回来的有中国的单方，也有西洋的名药。他不知道那些药对他的身体有无益处，他只是顺从地、断断续续地吃着。他这样做，大半是为了敷衍母亲。有一次母亲还拉他到宽仁医院去看病。他想起了妻寄来的介绍信，可是到处都找不着，原来母亲早已把它撕毁了。他又不愿意多花钱挂特别号，只挂普通号，足足等候了三个钟点。母亲已经让步到拉他去医院了，他也只好忍耐地等待他的轮值，不管候诊室里怎样拥挤，天井内怎样冷（那还是春天到来以前的事）。一个留八字胡的医生对他摆出一张冰冻了的面孔，医生吩咐他解开衣服，用听诊器听了听，又各处敲敲，然后皱着眉，摇摇头，又叫他穿好衣服，开一个方，要他去药剂室购了一瓶药水。医生似乎不愿意多讲话，只吩咐他下星期去"透视"。医生说照X光最好，不过"透视"费低。他出来在问询处问明了透视费的价目，他吐了吐舌头，默默地走出了医院。后来他又去过一次医院，那个医生仍旧吩咐他下星期去透视。他计算一下这一个月已经用去了若干钱，又猜想透视以后会有什么样的结果，他不敢再到医院去了。

"要来的终于要来，让它去罢，"他对自己说。他颇想"听命于天"了。事实上除了这里他的心也没有一个安放处。

*

　　那一叠信笺上全是她的笔迹，字写得相当工整，调子却跟往常的不同。她不再说她的"忙"和银行的种种事情。她吐露她的内心，倾诉她的痛苦。他的手跟着那些字颤抖起来，他屏住气读下去。那些话像一把铁爪在抓他的心。但是他禁不住要想："她为什么要说这些话呢？"他已经有一种预感了。

　　她继续吐露她的胸怀：

　　……我知道我这种脾气也许会毁掉我自己，会给对我好的人带来痛苦，我也知道在这两三年中间我给你添了不少的烦恼，我也承认这两三年我在你家里没有做到一个好妻子。是的，我承认我也有对不起你的地方（不过我并没有背着你做过什么见不得人的丑事情），有时我也受到良心的责备。但是……我不知道怎样说才好，我不知道怎样才能够使你明白我的意思……特别是近一两年，我总觉得，我们在一起不会幸福，我们中间缺少什么联系的东西，你不了解我。常常我发脾气，你对我让步，不用恶声回答，你只用哀求的眼光看我。我就怕看你这种眼光。我就讨厌你这种眼光。你为什么这样软弱！那些时候我多么希望你跟我吵一架，你打我骂我，我也会感到痛快。可是你只会哀求，只会叹气，只会哭。事后我总是后悔，我常常想向你道歉。我对自己说，以后应当对你好一点。可是我只能怜悯你，我不能再爱你。你从前并不是这种软弱的人！……

*

　　他在信笺上找到先前被打断了的地方，从那里继续读下去：

　　……我说的全是真话。请你相信我。像我们这样地过日子，我觉得并没有幸福，以后也不会有幸福。我不能说这全是你的错，也不能说我自己就没有错。我们使彼此痛苦，也使你母亲痛苦，她也使你我痛苦。我想不出这是为了什么。并且我们也没有方法免除或减轻痛苦。这不是一个人的错。我们谁也怨不得谁。不过我不相信这是命。至少这过错应该由环境负责。我跟你和你母亲都不同。你母亲年纪大了，你又体弱多病。我还年轻，我的生命力还很旺盛。我不能跟着你们过刻板似的单调日子，我不能在那种单调的吵架、寂寞的忍受中消磨我的生命。我爱动，爱热闹，我需要过热情的生活。我不能在你那古庙似的家中枯死。我不会对你说假话：我的确想过，试过做一个好妻子，做一个贤妻良母。我知道你至今仍然很爱我。我对你也毫无恶感，我的确愿意尽力使你快乐。但是我没有能够做到，我做不到。我自己其实也费了不少的心血，我拒绝了种种的诱惑。我曾经发愿终身不离开你，体贴你，安慰你，跟你一起度过这些贫苦日子。但是我试一次，失败一次。你也不了解我这番苦心。而且你越是对我好（你并没有对不起我的地方），你母亲越是恨我。她似乎把我恨入骨髓。其实我只有可怜她，人到老年，反而尝到贫苦滋味。她虽然自夸学问如何，德行如何，可是到了五十高龄，却还来做一个二等老妈，做饭、洗衣服、打扫房屋，哪一样她做得出色！她把我看作在奴使她的主人，所以她那样恨，甚至不惜破坏我们的爱情生活与家庭幸福。我至今还记得她骂我为你的"姘头"时那种得意而残忍的表情。

这些都是空话，请恕我在你面前议论你母亲。我并不恨她，她过的生活比我苦过若干倍，我何必恨她。她说得不错，我们没有正式结婚，我只是你的"姘头"。所以现在我正式对你说明。我以后不再做你的"姘头"了，我要离开你。我也许会跟别人结婚，那时我一定要铺张一番，让你母亲看看。……我也许永远不会结婚。离开你，去跟别人结婚，又有什么意思？总之，我不愿意再回到你的家，过"姘头"的生活。你还要我写长信向她道歉。你太伤了我的心。纵然我肯写，肯送一个把柄给她，可是她真的能够不恨我吗？你希望我顶着"姘头"的招牌，当一个任她辱骂的奴隶媳妇，好给你换来甜蜜的家庭生活。你真是在做梦！

他痛苦地叫了一声。仿佛在他的耳边敲着大锣。他整个头都震昏了。过了半天他才吐出一口气来。信笺已经散落在地上了，他连忙拾起来，贪婪地读下去。他的额上冒汗，身上也有点湿。

宣，请你原谅我，我不是在跟你赌气，也不是同你开玩笑。我说真话，而且我是经过长时期的考虑的。我们在一起生活，只是互相折磨，互相损害。而且你母亲在一天，我们中间就没有和平与幸福，我们必须分开。分开后我们或许还可以做知己朋友，在一起我们终有一天会变做路人。我知道在你生病的时候离开你，也许使你难过，不过我今年三十五岁了，我不能再让岁月蹉跎。我们女人的时间短得很。我并非自私，我只是想活，想活得痛快。我要自由。可怜我一辈子就没有痛快地活过，我为什么不该痛快地好好活一次呢？人一生就只能活一次，一旦错过了机会，什么都完了。所以为了我自己的前途，我必须离开你。我要自由。我知道你会原谅我，同情我。

　　我不向你提出"离婚"，因为据你母亲说，我们根本就没有结过婚。所以我们分开也用不着什么手续。我不向你讨赡养费，也不向你要什么字据。我更不要求把小宣带走。我什么都不要，我只要求你让我继续帮忙你养病。从今天起我不再是你的妻子，我不再是汪太太了。你可以另外找一个能够了解、而且比我更爱你、而且崇拜你母亲、而且脾气好的女人做你的太太。我对你没有好处，我不是一个贤妻良母。这些年来我的确有对不住你、对不住小宣的地方，我不配做你的妻子同他的母亲。我不是一个好女人，这几年我更变得多了。可是我自己也没有办法。离开我，你也许会难过一些时候，但是至多也不会超过一两年，以后你就会忘记我。比我好的女人多得很，我希望填我这个空位的女人会使你母亲满意。你最好让她替你选择，并且叫新人坐花轿行拜堂的大礼。……

　　他发出一声呻吟，一只手疯狂似的抓自己的头发。他的左胸痛得厉害，现在好像不单是左胸，他整个胸部都在痛。她为什么要这样凶狠地伤害他？她应该知道每一个字都是一根锋利的针，每根针都在刺痛着他的心。他在什么事情上得罪了她？她对他的恨竟然是这么深！单是为了自由，她不会用这些针刺对待一个毫无抵抗的人！想到这里，他抬起头呼冤似的长叹了一声。他想说："为什么一切的灾祸全落到我的头上？为什么单单要惩罚我一个人？我究竟做过了什么错事？"

　　没有回答。他找不到一个公正的裁判官。这时候他甚至找不到一个人来分担他的痛苦。他呆呆地望着天花板，他在望什么呢？他自己也不知道。

过了一些时候，他忽然想起了未读完的信，才埋下头把眼光放在信笺上继续读着：

（这里还有两行又四分之一的字被涂掉了，他看不出是些什么字。）我自己也不知道为什么要写了这许多话。我的本意其实就只是：我不愿意再看见你母亲；而且我要自由。宣，请你原谅我。你看，我的确改变得多了。这样的时代和这样的生活，我一个女人，我又没有害过人，做过坏事，我有什么办法呢？不要跟我谈过去那些理想，我们已经没有资格谈教育，谈理想了。宣，不要难过，你让我走罢，你好好地放我走罢。忘记我，不要再想我。我配不上你。但我并不是一个坏女人。我的错处只有一个：我追求自由与幸福。

小宣那里我不想去信，请你替我向他解释。我自己说不明白，而且说不定在不久的将来我就要失去做他母亲的权利。不过我希望你们不要误会，我并不是为了要同别人结婚才离开你，虽然已经有人向我求婚，我至今还没有答应，而且也不想答应。但是你也要了解我的处境，一个女人也不免有软弱的时候。我实在为我自己害怕。我有我的弱点，我又找不到一个知己朋友给我帮忙。宣，亲爱的宣，我知道你很爱我。那么请你放我走，给我自由，不要叫我再担"妻"的虚名，免得这种矛盾的感情生活，免得你母亲的仇恨把我逼上身败名裂的绝路……

请原谅我，不要把我看作一个坏女人。在你母亲面前也请你替我说几句好话。我现在不是她的"姘头"媳妇了。她用不着再花费精神来恨我。望你千万保重身体，安心养病。行里的安家费仍旧按月寄上。不要使小宣学业中断。并且请你允许我做你的知己朋友，继续同你通信。祝你健康。

倘使可能，盼早日给我回音，就是几个字也好。

树生 × 月 ×× 日

信完了，他也完了。他颓然倒在椅背上。他闭着眼睛，死去似的过了好一会儿。他忽然被母亲唤醒了。他吃惊地把胸部一挺，手一松，那一叠信笺又落在地上。

*

他听见母亲在房里唤他，他并不答应，却迈着大步急急走下了楼。但是到了大门口，他又迟疑起来。对着这一条街的灰尘，他不知道应该到哪里去。他站在门前人行道上，他的脚好像生了根似的，他朝东看看，又朝西看看。他的眼前尽是些漠不相关的陌生人影。在这茫茫天地间只有他一个渺小病弱的人找不到一个立足安身的地方！他寂寞，他自己也说不出是怎样深的寂寞。脸上的泪痕迹不曾干去。心里似乎空无一物。

*

他毫无目的地走着。他不是在"疾走"，也不是在"散步"。他怀着一个模糊的渴望，想找一个使他忘记一切的地方，或者干脆就毁灭自己。痛苦的担子太重了，他的肩头挑不起。他受不了零碎的宰割和没有终止的煎熬。他宁愿来一个痛痛快快的了结。

人碰到他的头，人力车撞痛他的腿。他的脚在不平的人行道上被石子砖块弄伤了，他几次差一点跌倒在街上。他的眼睛也似乎看不见颜色和亮光，他的眼前只有一片灰暗。他的世界里就只有一片灰暗。

*

到了家，他才稍稍心安。他一进屋坐下来就给树生写信。母亲同他讲话，他含糊地应着，一句话也没有听进去。他在信上写着：

收到来信，读了好几遍，我除了向你道歉外无话可说。耽误了你的青春，这是我的大不是。现在的补救方法，便是还你自由。你的话无一句不对。一切都照你所说办理。我只求你原谅我。

公司已允许我复职，我明日即去办公，以后请停寄家用款。我们母子二人可以靠我的薪金勉强过活。请你放心。这绝非赌气话，因为我到死还是爱你的。祝幸福！

文宣 ×× 日

他一口气写了这些话，并不费力。可是刚刚把信写好，他就觉得所有的力气全用尽了。好像整个楼房全塌了下来，他完了，他的整个世界都崩溃了。他绝望地伏在书桌上低声哭起来。

……

（节选自《寒夜》，部分原载 1946 年 8 月至 1947 年 1 月《文艺复兴》第 2 卷第 1—6 期；1947 年 3 月上海晨光出版公司初版）

延伸思考

巴金在《寒夜》的挪威文译本序里说，"我写文章如同在生活"，"汪文宣的身上有我的影子，我写汪文宣的时候也放进了一些自己的东西"。这当然不是指自己的具体生活经历，"放进去"的是战争带来的内心深处无处安身的寂寞无助感："欢乐的笑声却已成了远去了的渺茫的梦"，"精神力量快要竭尽"，"在这茫茫天地间只有他一个渺小病弱的人找不到一个立足安身的地方"，"他寂寞，他自己也说不出是怎样深的寂寞"。这寂寞无助既是现实的，更属于人性本体、生命本体：全篇笼罩的就是怎么也摆脱不掉的"寒夜"感。但这也是巴金内心的期待所在："寒夜"终将过去，历史走到尽头，一个新的乌托邦世界就要到来：既彻底绝望，又心怀新的梦想，这是我们阅读《寒夜》时必须把握的巴金及这一代作家精神世界的两个方面。

● 阅读、研究 40 年代的巴金及其创作，不妨从两个比较性阅读入手——
（1）巴金自己的两部主要代表作——《家》与《寒夜》的比较：既要注意它们在写作主旨、主题模式、形象塑造和文体、语言、风格上的差异变化，也要注意其内在的相通之处。

（2）40 年代两部关注家庭、家族命运的代表作——巴金《寒夜》与老舍《四世同堂》的比较：注意它们的相同、相异之处。

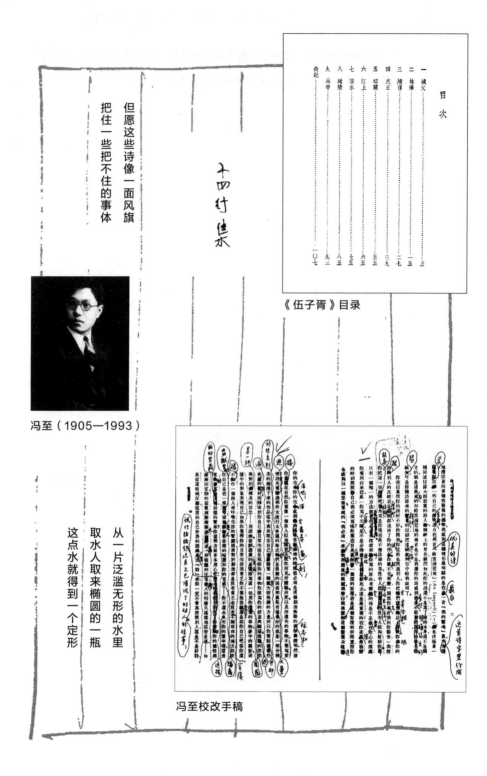

但愿这些诗像一面风旗
把住一些把不住的事体

十四行集

《伍子胥》目录

目次

一 城父 …………… 三
二 林泽 …………… 五
三 洧滨 …………… 五
四 昭关 …………… 二七
五 江上 …………… 三九
六 溧水 …………… 五五
七 延陵 …………… 七五
八 吴市 …………… 八三
九 …………… 九三
后记 …………… 一〇七

冯至（1905—1993）

从一片泛滥无形的水里
取水人取来椭圆的一瓶
这点水就得到一个定形

冯至校改手稿

昆明：
冯至——生命的沉思：追寻大自然与日常生活中的永恒

1925 年 10 月	陈翔鹤、陈炜谟、杨晦、冯至等在北京成立沉钟社。
1926 年 8 月	沉钟社《沉钟》半月刊创刊。
1927 年 4 月	冯至《昨日之歌》出版（沉钟社丛刊之二，北新书局）。
1929 年 8 月	冯至《北游及其他》出版（沉钟社）。
1936 年 10 月	《新诗》月刊创办，卞之琳、孙大雨、梁宗岱、冯至、戴望舒等为编委。
1940 年	卞之琳《慰劳信集》出版（明日社）。
1942 年 5 月	卞之琳《十年诗草》出版（明日社）。
1942 年 5 月	冯至《十四行集》出版（明日社）。
1943 年 6 月	朱光潜《诗论》出版（国民图书出版社）。
1943 年 9 月	冯至《山水》出版（国民图书出版社）。
1943 年 9 月左右	卞之琳长篇小说《山山水水》草稿写成（香港山边社 1983 年出版部分）。
1943 年 12 月	李广田《诗的艺术》出版（开明书店）。
1943 年	冯至中篇小说《伍子胥》写成。
1945 年 2 月	何其芳《预言》出版（文化生活出版社）。
1945 年 5 月	何其芳《夜歌》出版（诗文学社）。
1946 年 2 月	李广田长篇小说《引力》发表（《文艺复兴》第 1 卷第 2—6 期、第 2 卷第 1—2 期连载）
1946 年 9 月	冯至《伍子胥》出版（文化生活出版社）。
1949 年 1 月	王了一（王力）《龙虫并雕斋琐语》出版（上海观察社）。

1938 年 3 月，由原北京大学、清华大学、南开大学三校组成的西南联合大学在昆明正式成立，逐渐云集了中国现代文学元老级的人物，

其中一部分转型为纯正的学者，如闻一多、朱自清等；另一些人则一面进行学术研究，一面还不断有新的文学探索与作品创作。如冯至的《十四行集》《山水》《伍子胥》，李广田的长篇小说《引力》，卞之琳的长篇小说《山山水水》等。语言学家王力也以"王了一"的笔名写了不少白话小品文。任教于外文系的陈铨创作的《野玫瑰》就是在昆明首演。有意思的是，"五四"文学革命的对立面，"学衡派"的代表吴宓，也活跃在西南联大的讲台，构成了一道独特的风景。

西南联大刚成立就开始了将现代文学作品纳入大学课堂的试验。1938年年初编、1942年改定的《大一国文读本》就选入了鲁迅的《狂人日记》《示众》、徐志摩的《我所知道的康桥》、丁西林的《一只马蜂》、林徽因的《窗子以外》。沈从文不仅主讲大一国文，还开设了"各体文写作""现代中国文学"等课程。这样，西南联大就成了培养新一代作家的基地，其中的佼佼者穆旦（查良铮）、郑敏、杜运燮、袁可嘉、王佐良……都成了"中国新诗派"的代表性作家，直到20世纪80年代，诗坛还回荡着余响。

这正是战争提供的历史机遇：现代诗歌史上前二十年的代表性诗人，以及第三个十年新一代的诗人，同时聚集在中国西南一角——西南联大的校园里，由生命的沉潜进入艺术的、诗的沉潜，冯至（1905—1993）即其中最为成熟的代表性诗人。

冯至在抗战爆发后，行程几千里，观看了许多城市和乡村，经历了许多生命的死亡和挣扎，最后在西南联大的校园里，获得了一块栖息地。正是在著名的昆明郊区"林间小屋"的凝神默想里，冯至达成了生命与艺术的豁然贯通。他在战乱中获得了丰富的生命体验，却有别于浅尝辄止的同代人，他把中国土地上生活的沉重与灾难融入内心深处，将民族本位的、更具感性（非理性）的战争体验转化为个人与人类本位的生命体验和理性思考：他要在战乱的"大变动"里寻求人和宇宙生命的"不变"，在一切"化为乌有"的时代寻求不能化去的"永恒"。他终于有了两大发现："千年不变的古老中国土地上延续的日常生活"，以及"平凡的原野上，一棵树的姿态，一株草的生长，一只鸟的飞翔，这里边含有无限的永恒的美"。这也是他生命中的永恒记忆："昆明附近的山水是那样朴素，坦白，少有历史的负担和人工的点缀，它们没有修饰，无处不呈露出它们本来的面目：这时我认识了自然，自然也教育了我。在抗战期中最苦闷的岁月里，多赖那朴质的原野供给我无限的精神食粮。当社会里一般的现象一天一天地趋向腐烂时，任何一棵田埂上的小草，任何一棵山坡上的树木，都曾经给予我许多启示。在寂寞中，在无人可与告语的境况里，它们始终维系住了我向上的心情。它们在我的生命里发生了比任何人类的名言懿行都重大的作用。我在它们那里领悟了什么是生长，明白了什么是忍耐。"（《山水》后记）

冯至也因此进入"生命的沉思"状态，并转化出独特的"沉思的文学"。沉思的诗人在大自然和日常生活里，发掘出既属于时代又超越时代的人们不易发现的哲理，又纳入凝定的形式与确定的秩序里，创造出有法度的美：这就是冯至的《十四行集》。这就进入了"诗性哲学"的层面，达到了"知性与感性的融合"，"思与诗的融合"，中国现代诗歌因此而具有了形而上的哲学品格。这里显然存在歌德与西方存在主义哲学的影响，同时也具有东方哲学的底蕴：冯至在《里尔克——为十周年祭日作》里就说过，所要追求的存在经验和体验，"像是佛家弟子，化身万物，尝遍众生的苦恼一般"。

冯至更有文体和语言试验的高度自觉。《十四行集》最后一首可以视为冯至诗的艺术宣言："从一片泛滥无形的水里，取水人取来椭圆的一瓶，这点水就得到一个定形"。一面是无边无际的、不可把握的智性思想，一面是有形的感性呈现、形式的规范与定型：诗人正是要在两者的张力中，寻找自己的诗的存在形态。他试图将自然流动的美凝定为一种有法度的美，因此他选择了十四行诗体："'由于它的层层上升而又下降，渐渐集中而又解开，以及它的错综而又整齐，它的韵法之穿来而又插去'，它正宜于表现我要表现的事物；它不曾限制了我活动的思想，而是把我的思想接过来，给一个适当的安排。"（《十四行集》再版序）冯至完全采用现代白话口语，连关联词也很少使用，却将这种外来诗体形式运用自如，达到了内在诗情、哲思与外在形式的和谐。《十四行集》整体风貌所显示的庄严、单纯与从容，以及艺术上的相对完美，使它在现代诗歌史上成为一个独特的存在。

同时写于林间小屋的，还有散文集《山水》。依然是平凡的原野上，一株树的姿态，一个消失了的山村，朴素，坦白，少有历史的负担和人工的点缀。作家"赤裸裸地脱去文化的衣裳，用原始的眼睛来观看"（《里尔克——为十周年祭日作》)，就发现了人与自然、人与人之间的沟通与和谐，以及自然化的人与人化的自然共有的坚忍、沉潜与尊严。

1942 年，欲罢不能的诗人出人意料地写出一部中篇小说《伍子胥》。在经历了战乱之后再来重述这个古代的复仇、逃亡故事，伍子胥在诗人的意象中"渐渐脱去了浪漫的衣裳，而成为一个在现实中真实地被磨炼着的人"，一个"含有现代色彩的'奥地（德）赛'"（《伍子胥》后记）。在冯至笔下，伍子胥弃家逃亡无异于生命的投掷，其生命的弧线显示出一个有弹性的人生。小说共分九章，几乎每一章都是人生的一个"刹那"，每一个刹那都有停留与陨落，需要坚持与克服，是一个"死"与"变"的生命过程。冯至说："在变化多端的战争年代，我经常感到有抛弃旧我迎来新吾的迫切需求。所以我每逢读到歌德反映蜕变论思想的作品，无论是名篇巨著或是短小的诗句，都颇有同感。"（《〈论歌德〉的回顾、说明与补充》）从这个意义上可以说，《伍子胥》是古老的中国故事和歌德化"死与变"的"蜕化"观念、思想的遇合，且建立在冯至独特的战争体验基础上。因此，我们也可以说，《伍子胥》是一个独特的战争文本，作者没有直接描写战争，却刻意表现战争对普通人心灵的影响，最终归结于"永恒""宁静"与"平凡"："永恒"和"宁静"无疑是对战争中生命"瞬间生死"的突兀状态的反拨；而皈依"平凡"则是"英雄辈出"的战争年代里普通人的心声。从表面上看，《伍子胥》里"万古常新的画图"，流水般明净而深邃的叙述，与战争环境格格不入，但却从更深层次上表现了"战争"与"人"的生命的关系。

《十四行集》《山水》《伍子胥》堪称冯至的"三绝"。这生命的沉思，提供了不同于他人的另一种战争体验，并且以其艺术的完美、纯净，特立独行于40年代，以至整个中国现代文学之林。

《我们站立在高高的山巅》

冯至

我们站立在高高的山巅

化身为一望无边的远景，

化成面前的广漠的平原，

化成平原上交错的蹊径。

哪条路、哪道水，没有关联，

哪阵风、哪片云，没有呼应：

我们走过的城市、山川，

都化成了我们的生命。

我们的生长、我们的忧愁

是某某山坡的一棵松树，

是某某城上的一片浓雾；

我们随着风吹，随着水流，

化成平原上交错的蹊径，

化成蹊径上行人的生命。

（作于 1941 年，收《十四行集》，1942 年 5 月桂林明日社初版）

延伸思考

　　读冯至《十四行集》要抓住"生命的体验"这一环节。在本诗里，诗人选取了一个特定的视角——高高的山巅，站在那里，于一呼一吸之间，体验风吹水流式的生命。

● 试还原诗的情境，想象自己也处于高高的山巅；细细体验自我生命怎样融入大自然，达到"物我一体"的境界：那流动的生命（水、风、云、雾等）如何凝定在生命的静态（山、平原、路、树、蹊径等）之中。

1941

《我们天天走着一条小路》

冯至

我们天天走着一条熟路
回到我们居住的地方；
但是在这林里面还隐藏
许多小路，又深邃、又生疏。

走一条生的，便有些心慌，
怕越走越远，走入迷途，
但不知不觉从树疏处
忽然望见我们住的地方，

像座新的岛屿呈在天边。
我们的身边有多少事物
向我们要求新的发现：

不要觉得一切都已熟悉，
到死时抚摸自己的发肤
生了疑问：这是谁的身体？

（作于 1941 年，收《十四行集》，1942 年 5 月桂林明日社初版）

延
伸
思
考

　　这是另一种生命体验：如何看待我们自以为已经熟悉的，"身边"的日常生活、自然环境和自我的生命？这里有几个关键词：诗的一开始就提出"熟路"这一意象；然后不断以"隐藏""生疏""迷途"这样的抽象词语加以颠覆；自然引出第三节的意念提升——对"身边"的"事物"要保持一种新鲜的紧张感，不断有"新的发现"；最后一节更是引向"自己"——连发肤属于谁，都是可以提出"疑问"的。

● 不妨做一个尝试：每天从睡梦中醒来，都以第一次来到世界的婴儿的好奇心态和眼光，重新打量你早已熟悉的周围的人和花草树木，看看有没有新的"发现"。这样，就可以使你的生命始终处于流动状态，不断获得"新生"：这是一条真正通向生命的永恒之路。

● 反复吟诵，以体会诗与思相结合的"沉思的诗"的韵味。

● 如有兴趣，可以写一篇研究文章："'十四行诗体'在中国的发展：从朱湘到冯至"。

1942

《一个消逝了的山村》

冯至

在人口稀少的地带，我们走入任何一座森林，或是一片草原，总觉得它们在洪荒时代大半就是这样。人类的历史演变了几千年，它们却在人类以外，不起一些变化，千百年如一日，默默地对着永恒。其中可能发生的事迹，不外乎空中的风雨，草里的虫蛇，林中出没的走兽和树间的鸣鸟。我们刚到这里来时，对于这座山林，也是那样感想，绝不会问到：

这里也曾有过人烟吗？但是一条窄窄的石路的残迹泄露了一些秘密。

我们走入山谷，沿着小溪，走两三里到了水源，转上山坡，便是我们居住的地方。我们住的房屋，建筑起来不过二三十年，我们走的路，是二三十年来经营山林的人们一步步踏出来的。处处表露出新开辟的样子，眼前的浓绿浅绿，没有一点历史的重担。但是我们从城内向这里来的中途，忽然觉得踏上了一条旧路。那条路是用石块砌成，从距谷口还有四五里远的一个村庄里伸出，向山谷这边引来，先是断断续续，随后就隐隐约约地消失了。它无人修理，无日不在继续着埋没下去。我在那条路上走时，好像是走着两条道路，一条路引我走近山居，另一条路是引我走到过去。因为我想，这条石路一定有一个时期宛宛转转地一直伸入谷口，在谷内溪水的两旁，现在只有树木的地带，曾经有过房屋，只有草的山坡上，曾经有过田园。

过了许久，我才知道，这里实际上有过村落。在七十年前，云南省的大部分，经过一场浩劫，回、汉互相仇杀，有多少村庄城镇在这时衰落了。在当时短短的二十年内，仅就昆明一个地方说，人口就从一百四十余万降落到二十五万。这里原有的山村，是回民的，可是汉人的，是一次便毁灭了呢，还是渐渐地凋零下去，我们都无从知道，只知它们是在回人几度围攻省城时成了牺牲。现在就是一间房屋的地基都寻不到了，只剩下树林、草原、溪水，除却我们的住房外，周围四五里内没有人家，但是每座山，每个幽隐的地方还都留有一个名称。这些名称现在只生存在从四邻村里走来的砍柴、背松毛、放牛牧羊的人们的口里。此外它们却没有什么意义；若有，就是使我们想到有些地方曾经和人发生过关系，都隐藏着一小段兴衰的历史吧。

我不能研究这个山村的历史，也不愿用想象来装饰它。它像是一个民族在世界里消亡了，随着它一起消亡的是它所孕育的传说和故事。我们没有方法去追寻它们，只有在草木之间感到一些它们的余韵。

最可爱的是那条小溪的水源，从我们对面山的山脚下涌出的泉水；它不分昼夜地在那儿流，几棵树环绕着它，形成一个阴凉的所在。我们感谢它，若是没有它，我们就不能在这里居住，那山村也不会曾经在这里滋长。这清冽的泉水，养育我们，同时也养育过往日那村里的人们。人和人，只要是共同吃过一棵树上的果实，共同饮过一条河里的水，或是共同担受过一个地方的风雨，不管是时间或空间把它们隔离得有多么远，彼此都会感到几分亲切，彼此的生命都有些声息相通的地方。我深深理解了古人一首情诗里的句子："日日思君不见君，共饮长江水。"

其次就是鼠麹草。这种在欧洲非登上阿尔卑斯山的高处不容易采撷得到的名贵的小草，在这里每逢暮春和初秋却一年两季地开遍了山坡。我爱它那从叶子演变成的，有白色茸毛的花朵，谦虚地掺杂在乱草的中间。但是在这谦虚里没有卑躬，只有纯洁，没有矜持，只有坚强。有谁要认识这小草的意义吗？我愿意指给他看：在夕阳里一座山丘的顶上，坐着一个村女，她聚精会神地在那里缝什么，一任她的羊在远远近近的山坡上吃草，四面是山，四面是树，她从不抬起头来张望一下，陪伴着她的是一丛一丛的鼠麴从杂草中露出头来。这时我正从城里来，我看见这幅图像，觉得我随身带来的纷扰都变成深秋的黄叶，自然而然地凋落了。这使我知道，一个小生命是怎样鄙弃了一切浮夸，孑然一身担当着一个大宇宙。那消逝了的村庄必定也曾经像是这个少女，抱着自己的朴质，春秋佳日，被这些白色的小草围绕着，在山腰里一言不语地负担着一切。后来一个横来的运命使它骤然死去，不留下一些夸耀后人的事迹。

雨季是山上最热闹的时代，天天早晨我们都醒在一片山歌里。那是些从五六里外趁早上山来采菌子的人。下了一夜的雨，第二天太阳出来一蒸发，草间的菌子，俯拾皆是：有的红如胭脂，青如青苔，褐如牛肝，白如蛋白，还有一种赭色的，放在水里立即变成靛蓝的颜色。我们望着对面的山上，人人踏着潮湿，在草丛里，树根处，低头寻找新鲜的菌子。这是一种热闹，人们在其中并不忘却自己，各人盯着各人眼前的世界。这景象，在七十年前也不会两样。这些彩菌，不知点缀过多少民族童话，它们一定也滋养过那山村里的人们的身体和儿童的幻想吧。

这中间，高高耸立起来那植物界里最高的树木，有加利树。有时在月夜里，月光把被微风摇摆的叶子镀成银色，我们望着它每瞬间都在生长，仿佛把我们的身体，我们的周围，甚至全山都带着生长起来。望久了，自己的灵魂有些担当不起，感到悚然，好像对着一个崇高的严峻的圣者，你若不随着他走，就得和他离开，中间不容有妥协。但是，这种树本来是异乡的，移植到这里来并不久，那个山村恐怕不会梦想到它，正如一个人不会想到他死后的坟旁要栽什么树木。

秋后，树林显出萧疏。刚过黄昏，野狗便四出寻食，有时远远在山沟里，有时近到墙外，作出种种求群求食的噪叫的声音。更加上夜夜常起的狂风，好像要把一切都给刮走。这时有如身在荒原，所有精神方面所体验的，物质方面所获得的，都失却了功用。使人想到海上的飓风，寒带的雪潮，自己一点也不能作主。风声稍息，是野狗的噪声，野狗声音刚过去，松林里又起了涛浪。这风夜中的噪声对于当时的那个村落，一定也是一种威胁，尤其是对于无眠的老人，夜半惊醒的儿童和抚慰病儿的寡妇。

在比较平静的夜里，野狗的野性似乎也被夜的温柔驯服了不少。代替野狗的是麂子的嘶声。这温良而机警的兽，自然要时时躲避野狗，但是逃不开人的诡计。月色朦胧的夜半，有一二猎夫，会效仿麂子的嘶声，往往登高一呼，麂子便成群地走来。……据说，前些年，在人迹罕到的树丛里还往往有一只鹿出现。不知是这里曾经有过一个繁盛的鹿群，最后只剩下了一只，还是根本是从外边偶然走来而迷失在这里不能回去呢？反正这是近乎传说了。这美丽的兽，如果我们在庄严的松林里散步，它不期然地在我们对面出现，我们真会像是 Saint Eustache 一般，在它的两角之间看见了幻境。

两三年来，这一切，给我的生命许多滋养。但我相信它们也曾以同样的坦白和恩惠对待那消逝了的村庄。这些风物，好像至今还在述说它的运命。在风雨如晦的时刻，我踏着那村里的人们也踏过的土地，觉得彼此相隔虽然将及一世纪，但在生命的深处，却和他们有着意味不尽的关连。

1942 年写于昆明

（原载 1943 年西南联大学生自办刊物《文聚》第 1 卷第 4 期）

延伸思考

这是仍处于战乱困惑中的"我"，与历史上因战乱而"消逝"的"山村"的相遇，由此而引发了关于"生命"的沉思，主题词是"生命的关连"。

"我踏着那村里的人们也踏过的土地，觉得彼此相隔虽然将及一世纪，但在生命的深处，却和他们有着意味不尽的关连。"诗人突然理解了古人一首情诗的深意："日日思君不见君，共饮长江水"：只要"共同担受过一个地方的风雨"，彼此的生命就"声息相通"。

　　但更触动诗人情思的，却是没有随人间民族消亡而永存至今的山村里的"草木"。"我"不仅可以"在草木之间"感受历史的"余韵"，更被其色彩的绚烂与音调的和谐吸引，进而追思它的生命意义：正是这从杂草中"露出头来"的有着"白色茸毛的花朵"的鼠麴草，"一个小生命""一言不语"地"担当着一个大宇宙"；而雨季里山间"俯拾皆是"的新鲜的彩菌不知"点缀过多少民族童话"，"滋养过那山村里的人们的身体和儿童的幻想"；而那"高高耸立起来那植物界里最高的树木"，"它每瞬间都在生长，仿佛把我们的身体，我们的周围，甚至全山都带着生长起来"，我们面对它就"好像对着一个崇高的严峻的圣者"。诗人就这样从"消逝的山村"中永不消逝的一草一木里，感悟到宇宙生命的崇高，神圣与永恒。诗人深情地说："这一切，给我的生命许多滋养。"

● 这是典型的冯至式的散文：依然是诗与思的结合，感性的描述与理性哲思的相互渗透。我们阅读时，还是要从他的感性描述入手。比如他对草间菌子的红、青、褐、白、赭、靛蓝的色彩的迷恋，对山谷"风夜中的噪声"：风声、狗声、松林涛浪等的敏感，都值得细细品味，从中感悟作者的观察力与想象力。

● 当然，更可注意的，是冯至的哲思。应该说，他对我们习以为常的草木不平凡的意义的提升，很多都有些出乎意外，就更需要反复琢磨其内在逻辑，这也是一次很好的对我们思维能力的训练。

《伍子胥》（节选）

冯至

溧水

吴国，从泰伯到现在，是一个长夜，五六百年，谁知道这个长夜是怎样过去的呢？如今人人的脸上浮漾着阳光，都像从一个长久的充足的睡眠里醒过来似的。在这些刚刚睡醒了的人们中间，有一个溧水旁浣衣的女子，她过去的二十年也是一个长夜，有如吴国五六百年的历史；但唤醒她的，却是一个从远方来的、不知名的行人。

身边的眼前的一切，她早已熟悉了，熟悉得有如自己的身体。风吹动水边的草，不是同时也吹动她的头发吗，云映在水里，不是同时也映在她的眼里吗？她和她的周围，不知应该怎样区分，她不知道除了"我"以外还有一个"你"。

江村里的一切，一年如一日地过着。只有传说，没有记载，传说也是那样朦胧，不知从什么时候开的端，也不知传到第几代儿孙的口里就不往下传述了。一座山、一条水，就是这里人的知识的界限，山那边，水那边，人们都觉得不可捉摸，仿佛在世界以外。这里的路，只通到田野里去，通到树林的边沿去，绝不会通到什么更远的地方。但是近年来，常常听人提到西方有一个楚国了，间或听说楚国也有人到这里来；这不过只是听着人说，这寂寞的江村，就是邻村的人都不常经过，哪里会有看到楚人的机会呢？

寂静的潭水，多少年只映着无语的天空，现在忽然远远飞来一只异乡的鸟，恰巧在潭里投下一个鸟影，转眼间又飞去了：潭水应该怎样爱惜这生疏的鸟影呢。——这只鸟正是那挟弓郑、楚之间满身都是风尘的子胥。

子胥脚踏着吴国的土地，眼看着异乡的服装，听着异乡的方言，心情异样地孤单。在楚国境内，自己是个夜行昼伏的流亡人，经过无数的艰险，但无论怎样奇异的情景，如今回想起来，究竟都是自己生命内应有的事物；无论遇见怎样奇异的人，楚狂也好，昭关唱招魂曲的兵士也好，甚至那江上的渔夫，都好像是多年的老友，故意在他面前戴上了一套揭不下来的面具。如今到了吴国，一切新鲜而生疏。时节正是暮秋，但原野里的花草，仍不减春日的妩媚；所谓秋，不过是使天空更晴朗些，使眼界更旷远些，让人更清明地享受这些永久不会衰老的宇宙。这境界和他紧张的心情怎么也配合不起来。他明明知道，他距离他的目的地已经近了许多，同时他的心里却也感到几分失望。

他精神涣散，身体疲乏，腹内只有饥饿，袋里的干粮尽了，昨天在树林里过了一夜，今天沿着河边走了这么久，多半天，不曾遇见过一个人，到何处能够讨得一钵饭呢？他空虚的瘦长的身体柔韧得像风里的芦管一般，但是这身体负担着一个沉重的事物，也正如河边的芦苇负担着一片阴云、一场即将来到的暴风雨。他这样感觉时，他的精神又凝集起来，两眼放出炯炯的光芒。一个这样的身体，映在那个水边浣衣的女子的眼里，像一棵细长的树在阳光里闪烁着。他越走越近，她抬起头来忽然望见他，立即又把头低下了。

她见惯田里的农夫、水上的渔夫，却从不曾见过一个这样的形体，她并没有注意到他从远方走来，只觉得他忽然在她面前出现了，她有些惊愕，有些仓惶失措……

子胥本不想停住他的脚步，但一瞬间看见柳树下绿草上放着一只箪笥，里面的米饭还在冒着热气，这时他腹中的饥饿再也不能忍耐了。他立在水边，望着这浣衣的女子，仿佛忽然有所感触，他想：

——这景象，好像在儿时，母亲还少女样地年轻，在眼前晃过一次似的。

那少女也在沉思：

——这样的形体，是从哪里来的呢？在几时听父亲谈泰伯的故事，远离家乡的泰伯的样子和他有些相像。

他低着头看河水，他心里在说：

——水流得有多么柔和。

她心里继续想：

——这人一定走过长的途程，多么疲倦。

——这里的杨柳还没有衰老。

——这人的头发真像是一堆蓬草。

——衣服在水里漂浮着，被这双手洗得多么清洁。

——这人满身都是灰尘，他的衣服不定有多少天没有洗涤呢。

——我这一身真龌龊啊。

——洗衣是我的习惯。

——穿着这身沉重的脏衣服是我的命运。

——我也愿意给他洗一洗呢。

——箪筥里的米饭真香呀。

——这人一定很饿了。

一个人在洗衣，一个人伫立在水边，谁也不知道谁的心里想的是什么，但是他们所想的，又好像穿梭似的彼此感到了。最后她想，"这人一定很饿了，"他止芦苇一般弯下腰，向那无意中抬起头来的女子说：

"箪筥里的米饭能够分出一些施舍给一个从远方来的行人吗？"

她忽然感到，她心里所想的碰到一个有声的反应。她眼前的宇宙好像静息了几千年，这一刻忽然来了一个远方的人，冲破了这里的静寂，远远近近都发出和谐的乐声——刹那间，她似乎知道了许多事体。她不知怎样问答，只回转身把箪筥打开，盛了一钵饭，跪在地上，双手捧在子胥的面前。

这是一幅万古常新的画图：在原野的中央，一个女性的身体像是从草绿里生长出来的一般，聚精会神地捧着一钵雪白的米饭，跪在一个生疏的男子的面前。这男子是一个什么样的人呢？她不知道。也许是一个战士，也许是一个圣者。这钵饭吃入他的身内，正如一粒粒的种子种在土地里了，将来会生长成凌空的树木。这画图一转瞬就消逝了，——它却永久留在人类的原野里，成为人类史上重要的一章。

她把饭放在那生疏的行人的手里，两方面都感到，这是一个沉重的馈赠。她在这中间骤然明了，什么是"取"，什么是"与"，在取与之间，"你"和"我"也划然分开了。随着分开的是眼前的形形色色。她正如一间紧紧闭住的房屋，清晨来了一个远行的人，一叩门，门开了。

她望着子胥在吃那钵盛得满满的米饭，才觉得时光在随着水流。子胥慢慢吃着，全身浴在微风里，这真是长途跋涉中的一个小的休息，但这休息随着这钵饭不久就过去了。等到他吃完饭，把空钵不得不交还那女子时，感谢的话不知如何说出。他也无从问她的姓名，他想，一个这样的人在这样的原野里，"溧水女子"这个称呼不是已经在他的记忆里会发生永久的作用吗，又何必用姓名给她一层限制呢。他更不知道用什么来报答她。他交还她的钵时，交还得那样缓慢，好像整个的下午都是在这时间内消逝的一般。

果然，她把钵收拾起来后，已经快到傍晚的时刻了。她望着子胥拖着他的细长的身影一步步又走上路途，终于在远远的疏林中消逝。

这不是一个梦境吗？在这梦境前她有过一个漫长的无语的睡眠，这梦境不过是临醒时最后的一个梦，梦中的一切都记在脑里，这梦以前也许还有过许多的梦，但都在睡眠中忘却了。如今她醒了，面对着一个新鲜的世界，这世界真像是那个梦境给遗留下来的。

她回到家门，夕阳正照映着她的茅屋，她走进屋内，看见些日用器具的轮廓格外分明，仿佛是刚刚制造出来的。这时她的老父也从田地里回来，她望他望了许久，不知怎么想起一句问话：

"从前泰伯是不是从西方来的？"

"是的，是从西方。"

"来的时候是不是一个人？"

"最初是一个人——后来还有他的弟弟仲雍。"

这时暮色已经朦胧了她眼前一度分明的世界。她想，她远古的祖母一定也曾像她今天这样，把一钵米饭捧给一个从西方来的饥饿的行人。

（节选自《伍子胥》，收巴金主编《文学丛刊》第 8 集，

1946 年 9 月上海文化生活出版社初版）

延伸思考

　　这是"浣衣女"和"从远方来的"行人在溧水上的相遇，也是两种生命形态的相遇，由此展开的是"生命的蜕变"的沉思。

　　"浣衣女"已经过去的二十年的生命，"也是一个长夜，有如吴国五六百年的历史"。她所生活的江村的一切，也"一年如一日地过着"。"她和她的周围，不知应该怎样区分，她不知道除了'我'以外还有一个'你'"：这是一个隔绝的、不变的世界和生命。

　　而这位穿着"异乡的服装"的伍子胥，却是个"夜行昼伏的流亡人"。他"精神涣散，身体疲乏"，"空虚的瘦长的身体"，"负担着"说不清的"沉重"。他来到这"一切新鲜而生疏"的吴国，时节正是"暮秋"，原野花草不减春日妩媚，天空晴朗，本可"清明地享受这些永久不会衰老的宇宙"，但他无法排解内心的"紧张"与"失望"。

　　现在，他们"一个人在洗衣，一个人伫立在水边"，各自"沉思"，在心里说话，却又"好像穿梭似的彼此感到了"。"浣衣女"突然感到自己从"漫长的无语的睡眠"中"醒"了，"面对着一个新鲜的世界，这世界真像是那个梦境给遗留下来的"。而伍子胥呢，也突然发现，"这里的杨柳还没有衰老"，"水流得有多么柔和"，而"这双手洗得多么清洁"。他终于"芦苇一般弯下腰"，向那无意中抬起头来"的民间少女说："箪筥里的米饭能够分出一些施舍给一个从远方来的行人吗？"而"这钵饭吃入他的身内，正如一粒粒的种子种在土地里了，将来会生长成凌空的树木"。

就这样，深根在土地里，古老、原始的"不变"的生命，和四处"流亡"，在时代的"大变动"中日见"空虚"的生命，在历史性相遇中，都经历了生命的"蜕化"：旧我"死"去，"变"成了另一个新的自我。"这是一幅万古常新的画图"，所获得的生命的"变动"与"永恒"，将"永久留在人类的原野里，成为人类史上重要的一章"。

而这也都属于作者本人。冯至说，身处战乱之中，这"溧水的阳光，都曾经音乐似的在我的脑中闪过许多遍"，伍子胥也是"忧患中人"，他与"溧水边的浣纱女"的"遇合"，"的确很美"，正是自己"神往"的（《伍子胥》后记）。《伍子胥》确确实实是又一部冯至式的"战争文本"。

● 《伍子胥》是现代小说史上难得的"精致的文本"，值得反复揣摩。我曾被其深深吸引，情不自禁地对"这是一幅万古常新的画图"这段美文，作了文本细读，姑且抄录如下——
"在构成这段文字中心的'画图'中，只有四个中心词：'原野''女性（的身体）''男子''米饭'。对前两个中心词构成的中心意象，作者没有用任何修饰语。这是着意给读者让出想象的空间。——可以想见，这'原野'，这'女性的身体'，将会引出多少意味无穷的遐想啊：这正是一个极为丰富的'空白'。对男子，作者仅用了一个修饰语：'生疏的'，却交代了这位'女性'和'男子'的关系，暗示这不相识的'个体'生命就因为同是'人类'而产生了如此博大的同情、心的沟通与神性的融合：这同样会引出无尽的沉思。在'米饭'上作者也只以'雪白的'这一日常用词加以形容。'米饭'一词在文本中本是有某种象征意味的；现在'雪白的米饭'的词语组合却给人以实感，意蕴更见丰盛。而'雪白'与前面已经出现的'草绿'相映对，不仅照人眼亮，而且自有一种朴素、庄严，反过来成为对画图中的'人'（男性与女性）及整体氛围的暗示。'像是从草绿里生长出来的'，这也是一个常见的普通联想（比喻），但与'女性的身体'相组合，就产生了奇异的效果：通常以'花红'比喻女性，现在反用'草绿'，自会带来新奇的喜悦。

而'草绿里生长'引起的关于生命的联想，把浓重的生命意识灌注于'女性的身体'，以至整个画图之中，更是意味深长。下面'正如一粒粒的种子种在土地里了，将来会生长成凌空的树木'，本也是再普通不过的、来自人们日常生活的比喻，但用来描写吃饭的消化功能，初看是荒诞的，但如果联想到'吃饭'本身的寓意，这比喻就十分深刻，可以称得上'神来之笔'了。"从以上分析，可以看出，作者在自觉地进行两个方面的语言实验。作者着意选择日常的、普通的语言材料，通过精心组合、调动，达到新奇而丰厚的语言效果。作者所要开掘的，正是平凡人生的生活语言内蕴着的巨大艺术表现力；他所做的，是在'俗白中追求精致的美'的语言实验，也即日常用语的雅化；他要探讨的，是中国的白话语言在表现现代人的思维和情感上，究竟有多大的可能性（潜力）。另一方面，作者又着意洗尽铅华，精简一切不必要的修饰，留下尽可能多的空白，追求语言和意象的单纯美。作者的这一努力，贯穿于他这一时期的全部创作活动中：《伍子胥》（中篇小说）外，更有《十四行集》（诗歌）与《山水》（散文）。

读者如果有兴趣，不妨对本篇中另一段精美的文字：子胥与浣衣女在河边对望、各自沉思、无语中的交流，也作这样的文本细读。

● 我们还可以扩大视野，把冯至的语言实验放到整个现代文学史的语言实验中，进行历史的考察，就更有意思。在第一个十年里，鲁迅、周作人那一代的语言，大都有文（言）、白（话）的特点。到了第二个十年，就出现了老舍式的语言追求与实践："把顶平凡的话调动得生动有力"，"把白话的真正香味烧出来"。周作人对此作出了高度评价，并且提炼出一个"纯净的语体（文）"的概念。而到了第三个十年，这就成了许多作家的自觉追求。冯至之外，还有萧红、骆宾基、孙犁、赵树理……都有出色的试验，目的就是要"在日常生活中的白话口语基础上，创造富有艺术表现力的纯净的现代文学语言"。从"五四"倡导白话文写作，到第三个十年创造出成熟、精美的白话文学语言，这样一个历史进程是令人欣慰的。有兴趣的读者不妨将老舍的《骆驼祥子》萧红的《呼兰河传》骆宾基的《幼年》孙犁的《荷花淀》赵树理的《李有才板话》和冯至的《伍子胥》作一对读，好好欣赏、享受白话文学语言的魅力。

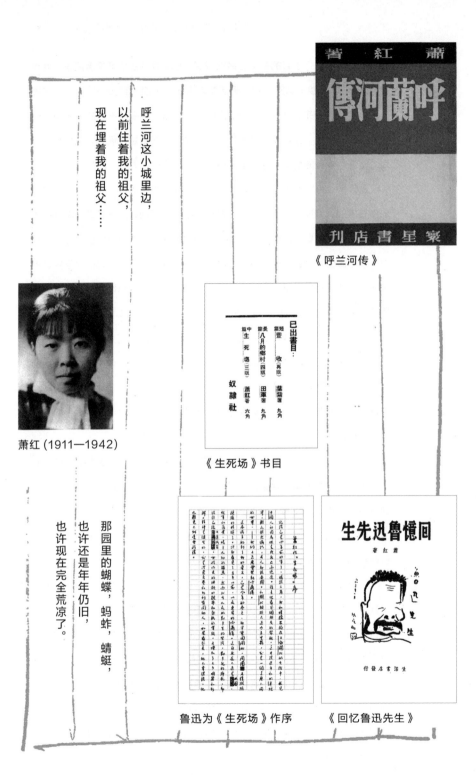

呼兰河这小城里边，以前住着我的祖父，现在埋着我的祖父……

《呼兰河传》

萧红 (1911—1942)

《生死场》书目

那园里的蝴蝶，蚂蚱，蜻蜓，也许还是年年仍旧，也许现在完全荒凉了。

鲁迅为《生死场》作序

《回忆鲁迅先生》

第三节

香港：

萧红——东北大地女儿的童心世界

1933 年 5 月	萧红《王阿嫂的死》发表（《国际协报》）。
1933 年 10 月	萧军、萧红《跋涉》出版（五画印刷社）。
1935 年 8 月	萧军长篇小说《八月的乡村》出版（奴隶丛书之一，容光书局）。
1935 年 12 月	萧红长篇小说《生死场》出版（奴隶丛书之一，容光书局）。
1936 年 4 月	萧红《手》发表（《作家》创刊号）。
1936 年 10 月	萧红《牛车上》发表（《文季月刊》第 1 卷第 5 期）。
1937 年 2 月	萧军《第三代》（后改名《过去的时代》）出版（文化生活出版社）。
1940 年 3 月	萧红《旷野的呼喊》出版（上海杂志公司）。
1940 年 4 月	萧红《后花园》发表（《大公报》）。
1940 年 6 月	《萧红散文》出版（大时代书局）。
1940 年 7 月	萧红《回忆鲁迅先生》出版（妇女生活社）。
1940 年 9 月	萧红《呼兰河传》发表（《星岛日报》9 月 1 日至 12 月 27 日连载）。
1941 年 1 月	萧红中篇小说《马伯乐》（上部）出版（大时代书局）。
1941 年 5 月	萧红长篇小说《呼兰河传》出版（上海杂志公司）。

　　1937 年战争爆发时，萧军和萧红都在上海，那几天他们一起度过了一个又一个不眠之夜，深深地思念已经沦陷的家乡。萧军对萧红说："将来我们回家的时候，先买两头驴，一头你骑着，一头我骑着……买驴子要买黑色的，挂上金黄的铃铛，走起来，咣嘟嘟，咣嘟嘟……"以后他们到武汉，去临汾，最后分手，萧军留在敌后，萧红南下香港。

正是在 1938—1941 年间，香港受英国殖民统治的特殊境遇，使它作为中国文化人的集散地、驻足点，以及通向世界的窗口的特殊作用得到了充分发挥，成为抗战时期中国文化、文学的中心之一。茅盾、夏衍、许地山、戴望舒、施蛰存、萧红、端木蕻良等著名作家都聚集于此，并留下了各自新的代表作。

萧红（1911—1942）作为"东北作家群"的代表性作家，早在 20 世纪 30 年代就已经初露头角，她的《生死场》和萧军的《八月的乡村》都因得到鲁迅的推荐而蜚声文坛。鲁迅赞赏她"女性作家细致的观察和越轨的笔致"也几乎成了萧红艺术特色的最好概括。萧红将自己的第一篇创作以《生死场》命名，表明她关注的是北中国儿女的生存状态："在乡村，人和动物一样忙着生，忙着死……"在沉重中露出一种悲悯感。但她的写作重心还是在表达民族危亡时刻的民族情感，显示鲁迅说的民族解放战争中中华民族"生的坚强"与"死的挣扎"。现在到了远离战场的香港，身心也都沉潜下来，就把她对沦陷的家乡的思念，转化为"回忆体小说"的创作，写下了《牛车上》《小城三月》《呼兰河传》《后花园》等短篇、中篇小说。萧红也因此找到了自己，留下了属于她的传世之作。

"回忆体小说"是一种特殊的战争体验的产物。如另一位 40 年代最有影响的女作家张爱玲所说，"人是生活于一个时代里的，可是这时代却在影子似的沉没下去，人觉得自己是被抛弃了。为要证实自己的存在，抓住一点真实的、最基本的东西，不能不求助于古老的记忆，人类在一切时代之中生活过的记忆，这比瞭望将来要更明晰、亲切"，"回忆与现实之间时时发现尴尬的不和谐，因而产生了郑重而轻微的骚动，认真而未有名目的斗争"（张爱玲：《自己的文章》）。"记忆"就成了 40 年代重要的诗学概念，其特点是"把经验或事物推到一定的距离（时间的，同时是空间的）之外"，进入生命与文学的"沉思"状态（袁可嘉：《今日文学的方向——"方向社"第一次座谈会记录》）。30 年代萧红就已经在关注"生与死"的生命存在；现在，处在有时间与空间距离的沉思中，对战争的感悟与思考，就既是"具体"的，"写实"的，坚守民族救亡的基本信念，又能够有所"超越"，进入有形而上意味的"象征"层面，进行人的生命存在的追问。她的回忆体书写里的流亡者身份就有了双重意义：既是因异族入侵而流亡，要表达对沦陷的国土与乡人的思念；更是一个失去了依靠与根基的生命流亡者，要思考与追索人性的根本，回到原始的生命形态："家园—大自然—家族—童年"成了她的"回忆体小说"的基本意象。

　　但萧红第三个十年的创造，最为人称道，并具有文学史意义的，还是研究者所说的，她所提供的真正美学意义上的"童心世界"。她最美的篇什（《呼兰河传》《小城三月》《后花园》）都是"'童心'对'世界'的覆盖"。所谓"童心世界"，不仅是指对"儿童印象"的书写和叙述中的"儿童视角"，更是指"儿童感受世界的方式（比如保有世界形象的'浑然性'的感受方式）以及表述方式（也是充分感性的），儿童对于世界的审美态度，等等"。由此产生的是萧红的语言特色：文字的稚拙、单纯、天真，"还有生动的直观性。这也正是儿童看世界、思考世界的特有方式：不是诉诸经验与理性（那是成人世界特有的），而是诉诸生动的直观"。（参阅赵园：《论萧红小说兼及中国现代小说的散文特征》）萧红小说里以逼近儿童的心态来还原幼年时期的自我形象，创造"童心世界"的努力，就远远超越了我们曾经讨论过的"五四"时期儿童的发现，周作人式的对童年印象的书写，而更具有人类学上追寻永恒的生命之根的意义。人类学的一个基本原理就是认定"人类个体发生和系统发生的程序相同，儿童时代又经过文明发达的历程"；因此，40年代萧红为代表的在文学中重构"童心世界"，用儿童的思维与眼光看待和表现世界的努力，实质上就是要回到生命的原初形态：在那里，"万物有灵"，物我合一，人和大自然，人与人，浑然一体，相互依存。在动荡的时代，只有这样儿童的、原始混沌的、诗意的世界才是健康、安全且稳妥的。（参阅范智红：《世变缘常——四十年代小说论》）

1940

介于小说、散文和诗之间的『回忆体』小说新样式

《呼兰河传》（节选）

萧红

第三章

一

呼兰河这小城里边住着我的祖父。

我生的时候，祖父已经六十多岁了，我长到四五岁，祖父就快七十了。

我家有一个大花园，这花园里蜂子、蝴蝶、蜻蜓、蚂蚱，样样都有。蝴蝶有白蝴蝶、黄蝴蝶。这种蝴蝶极小，不太好看。好看的是大红蝴蝶，满身带着金粉。

蜻蜓是金的，蚂蚱是绿的，蜂子则嗡嗡地飞着，满身绒毛，落到一朵花上，胖圆圆地就和一个小毛球似的不动了。

花园里边明晃晃的，红的红，绿的绿，新鲜漂亮。

据说这花园，从前是一个果园。祖母喜欢吃果子就种了果园。祖母又喜欢养羊，羊就把果树给啃了。果树于是都死了。到我有记忆的时候，园子里就只有一棵樱桃树，一棵李子树，为因樱桃和李子都不大结果子，所以觉得他们是并不存在的。小的时候，只觉得园子里边就有一棵大榆树。

这榆树在园子的西北角上，来了风，这榆树先啸，来了雨，大榆树

先就冒烟了。太阳一出来，大榆树的叶子就发光了，它们闪烁得和沙滩上的蚌壳一样了。

祖父一天都在后园里边，我也跟着祖父在后园里边。祖父带一个大草帽，我戴一个小草帽，祖父栽花，我就栽花；祖父拔草，我就拔草。当祖父下种，种小白菜的时候，我就跟在后边，把那下了种的土窝，用脚一个一个地溜平，哪里会溜得准，东一脚地，西一脚地瞎闹。有的把菜种不单没被土盖上，反而把菜子踢飞了。

小白菜长得非常之快，没有几天就冒了芽了，一转眼就可以拔下来吃了。

祖父铲地，我也铲地；因为我太小，拿不动那锄头杆，祖父就把锄头杆拔下来，让我单拿着那个锄头的"头"来铲。其实哪里是铲，也不过爬在地上，用锄头乱勾一阵就是了。也认不得哪个是苗，哪个是草。往往把韭菜当作野草一起地割掉，把狗尾草当作谷穗留着。

等祖父发现我铲的那块满留着狗尾草的一片，他就问我：

"这是什么？"

我说："谷子。"

祖父大笑起来，笑得够了，把草摘下来问我：

"你每天吃的就是这个吗？"

我说：

"是的。"

我看着祖父还在笑，我就说：

"你不信，我到屋里拿来你看。"

我跑到屋里拿了鸟笼上的一头谷穗，远远地就抛给祖父了。说：

"这不是一样的吗？"

祖父慢慢地把我叫过去，讲给我听，说谷子是有芒针的。狗尾草则没有，只是毛嘟嘟的真像狗尾巴。

祖父虽然教我，我看了也并不细看，也不过马马虎虎承认下来就是了。一抬头看见了一个黄瓜长大了，跑过去摘下来，我又去吃黄瓜去了。

黄瓜也许没有吃完，又看见了一个大蜻蜓从旁飞过，于是丢了黄瓜又去追蜻蜓去了。蜻蜓飞得多么快，哪里会追得上。好在一开初也没有存心一定追上，所以站起来，跟了蜻蜓跑了几步就又去做别的去了。

采一个倭瓜花心，捉一个大绿豆青蚂蚱，把蚂蚱腿用线绑上，绑了一会，也许把蚂蚱腿就绑掉，线头上只拴了一只腿，而不见蚂蚱了。

玩腻了，又跑到祖父那里去乱闹一阵，祖父浇菜，我也抢过来浇，奇怪的就是并不往菜上浇，而是拿着水瓢，拼尽了力气，把水往天空里一扬，大喊着：

"下雨了，下雨了。"

太阳在园子里是特大的，天空是特别高的，太阳的光芒四射，亮得使人睁不开眼睛，亮得蚯蚓不敢钻出地面来，蝙蝠不敢从什么黑暗的地方飞出来。是凡在太阳下的，都是健康的、漂亮的，拍一拍连大树都会发响的，叫一叫就是站在对面的土墙都会回答似的。

花开了，就像花睡醒了似的。鸟飞了，就像鸟上天了似的。虫子叫了，就像虫子在说话似的。一切都活了。都有无限的本领，要做什么，就做什么。要怎么样，就怎么样。都是自由的。倭瓜愿意爬上架就爬上架，愿意爬上房就爬上房。黄瓜愿意开一个谎花，就开一个谎花，愿意结一个黄瓜，就结一个黄瓜。若都不愿意，就是一个黄瓜也不结，一朵花也不开，也没有人问它。玉米愿意长多高就长多高，他若愿意长上天去，也没有人管。蝴蝶随意地飞，一会从墙头上飞来一对黄蝴蝶，一会又从墙头上飞走了一个白蝴蝶。它们是从谁家来的，又飞到谁家去？太阳也不知道这个。

只是天空蓝悠悠的，又高又远。

可是白云一来了的时候，那大团的白云，好像洒了花的白银似的，从祖父的头上经过，好像要压到了祖父的草帽那么低。

我玩累了，就在房子底下找个阴凉的地方睡着了。不用枕头，不用席子，就把草帽遮在脸上就睡了。

二

祖父的眼睛是笑盈盈的，祖父的笑，常常笑得和孩子似的。

祖父是个长得很高的人，身体很健康，手里喜欢拿着个手杖。嘴上则不住地抽着旱烟管，遇到了小孩子，每每喜欢开个玩笑，说：

"你看天空飞个家雀。"

趁那孩子往天空一看，就伸出手去把那孩子的帽给取下来了，有的时候放在长衫的下边，有的时候放在袖口里头。他说：

"家雀叼走了你的帽啦。"

孩子们都知道了祖父的这一手了，并不以为奇，就抱住他的大腿，向他要帽子，摸着他的袖管，撕着他的衣襟，一直到找出帽子来为止。

祖父常常这样做，也总是把帽放在同一的地方，总是放在袖口和衣襟下。

那些搜索他的孩子没有一次不是在他衣襟下把帽子拿出来的，好像他和孩子们约定了似的："我就放在这块，你来找吧！"

这样的不知做过了多少次，就像老太太永久讲着"上山打老虎"这一个故事给孩子们听似的，哪怕是已经听过了五百遍，也还是在那里回回拍手，回回叫好。

每当祖父这样做一次的时候，祖父和孩子们都一齐地笑得不得了。好像这戏还像第一次演似的。

别人看了祖父这样做，也有笑的，可不是笑祖父的手法好，而是笑他天天使用一种方法抓掉了孩子的帽子，这未免可笑。

祖父不怎样会理财，一切家务都由祖母管理。祖父只是自由自在地一天闲着；我想，幸好我长大了，我三岁，不然祖父该多寂寞。我会走了，我会跑了。我走不动的时候，祖父就抱着我；我走动了，祖父就拉着我。一天到晚，门里门外，寸步不离，而祖父多半是在后园里，于是我也在后园里。

我小的时候，没有什么同伴，我是我母亲的第一个孩子。

我记事很早，在我三岁的时候，我记得我的祖母用针刺过我的手指，所以我很不喜欢她。我家的窗子，都是四边糊纸，当中嵌着玻璃，祖母是有洁癖的，以她屋的窗纸最白净。别人抱着把我一放在祖母的炕边上，我不加思索地就要往炕里边跑，跑到窗子那里，就伸出手去，把那白白透着花窗棂的纸窗给捅了几个洞，若不加阻止，就必得挨着排给捅破，若有人招呼着我，我也得加速地抢着多捅几个才能停止。手指一触到窗上，那纸窗像小鼓似的，嘭嘭地就破了。破得越多，自己越得意。祖母若来追我的时候，我就越得意了，笑得拍着手，跳着脚的。

有一天祖母看我来了，她拿了一个大针就到窗子外边去等我去了。我刚一伸出手去，手指就痛得厉害。我就叫起来了，那就是祖母用针刺了我。

从此，我就记住了，我不喜欢她。虽然她也给我糖吃，她咳嗽时吃猪腰烧川贝母，也分给我猪腰，但是我吃了猪腰还是不喜欢她。

在她临死之前，病重的时候，我还会吓了她一跳。有一次她自己一个人坐在炕上熬药，药壶是坐在炭火盆上，因为屋里特别的寂静，听得见那药壶骨碌骨碌地响。祖母住着两间房子，是里外屋，恰巧外屋也没有人，里屋也没人，就是她自己。我把门一开，祖母并没有看见我，于是我就用拳头在板隔壁上，咚咚地打了两拳。我听到祖母“哟”的一声，铁火剪子就掉了地上了。

我再探头一望，祖母就骂起我来。她好像就要下地来追我似的。我就一边笑着，一边跑了。

我这样地吓唬祖母，也并不是向她报仇，那时我才五岁，是不晓得什么的。也许觉得这样好玩。

祖父一天到晚是闲着的，祖母什么工作也不分配给他。只有一件事，就是祖母的地棕上的摆设，有一套锡器，却总是祖父擦的。这可不知道是祖母派给他的，还是他自动的愿意工作，每当祖父一擦的时候，我就不高兴，一方面是不能领着我到后园里去玩了，另一方面祖父因此常常挨骂，祖母骂他懒，骂他擦得不干净。祖母一骂祖父的时候，就常常不知为什么连我也骂上。

祖母一骂祖父，我就拉着祖父的手往外边走，一边说：

"我们后园里去吧。"

也许因此祖母也骂了我。

她骂祖父是"死脑瓜骨",骂我是"小死脑瓜骨"。

我拉着祖父就到后园里去了,一到了后园里,立刻就另是一个世界了。决不是那房子里的狭窄的世界,而是宽广的,人和天地在一起,天地是多么大,多么远,用手摸不到天空。而土地上所长的又是那么繁华,一眼看上去,是看不完的,只觉得眼前鲜绿的一片。

一到后园里,我就没有对象地奔了出去,好像我是看准了什么而奔去了似的,好像有什么在那儿等着我似的。其实我是什么目的也没有。只觉得这园子里边无论什么东西都是活的,好像我的腿也非跳不可了。

若不是把全身的力量跳尽了,祖父怕我累了想招呼住我,那是不可能的,反而他越招呼,我越不听话。

等到自己实在跑不动了,才坐下来休息,那休息也是很快的,也不过随便在秧子上摘下一个黄瓜来,吃了也就好了。

休息好了又是跑。

樱桃树,明是没有结樱桃,就偏跑到树上去找樱桃。李子树是半死的样子了,本不结李子的,就偏去找李子。一边在找,还一边大声地喊,在问着祖父:

"爷爷,樱桃树为什么不结樱桃?"

祖父老远地回答着:

"因为没有开花,就不结樱桃。"

再问:

"为什么樱桃树不开花?"

祖父说:

"因为你嘴馋,它就不开花。"

我一听了这后,明明是嘲笑我的话,于是就飞奔着跑到祖父那里,似乎是很生气的样子。等祖父把眼睛一抬,他用了完全没有恶意的眼睛一看我,我立刻就笑了。而且是笑了半天的工夫才能够止住,不知哪里来了那许多的高兴。把后园一时都让我搅乱了,我笑的声音不知有多大,自己都感到震耳了。

后园中有一棵玫瑰。一到五月就开花的。一直开到六月。花朵和酱油碟那么大。开得很茂盛，满树都是，因为花香，招来了很多的蜂子，嗡嗡地在玫瑰树那儿闹着。

别的一切都玩厌了的时候，我就想起来去摘玫瑰花，摘了一大堆把草帽脱下来用帽兜子盛着。在摘那花的时候，有两种恐惧，一种是怕蜂子的勾刺人，另一种是怕玫瑰的刺刺手。好不容易摘了一大堆，摘完了可又不知道做什么了。忽然异想天开，这花若给祖父戴起来该多好看。

祖父蹲在地上拔草，我就给他戴花。祖父只知道我是在捉弄他的帽子，而不知道我到底是在干什么。我把他的草帽给他插了一圈的花，红彤彤的二三十朵。我一边插着一边笑，当我听到祖父说：

"今年春天雨水大，咱们这棵玫瑰开得这么香。二里路也怕闻得到的。"

就把我笑得哆嗦起来。我几乎没有支持的能力再插上去。等我插完了，祖父还是安然的不晓得。他还照样地拔着陇上的草。我跑得很远的站着，我不敢往祖父那边看，一看就想笑。所以我借机进屋去找一点吃的来，还没有等我回到园中，祖父也进屋来了。

那满头红通通的花朵，一进来祖母就看见了。她看见什么也没说，就大笑了起来。父亲母亲也笑了起来，而以我笑得最厉害，我在炕上打着滚笑。

祖父把帽子摘下来一看，原来那玫瑰的香并不是因为今年春天雨水大的缘故，而是那花就顶在他的头上。

他把帽子放下，他笑了十多分钟还停不住，过一会一想起来，又笑了。

祖父刚有点忘记了，我就在旁边提着说：

"爷爷……今年春天雨水大呀……"

一提起，祖父的笑就来了。于是我也在炕上打起滚来。

就这样一天一天的，祖父，后园，我，这三样是一样也不可缺少的了。

刮了风，下了雨，祖父不知怎样，在我却是非常寂寞的了。去没有去处，玩没有玩的，觉得这一天不知有多少日子那么长。

五

祖母已经死了，人们都到龙王庙上去报过庙回来了。而我还在后园里边玩着。

后园里边下了点雨，我想要进屋去拿草帽去，走到酱缸旁边（我家的酱缸是放在后园的），一看，有雨点啪啪地落到缸帽子上。我想这缸帽子该多大，遮起雨来，比草帽一定更好。

于是我就从缸上把它翻下来了，到了地上它还乱滚一阵，这时候，雨就大了。我好不容易才设法钻进这缸帽子去。因为这缸帽子太大了，差不多和我一般高。

我顶着它，走了几步，觉得天昏地暗。而且重也是很重的，非常吃力。而且自己已经走到哪里了，自己也不晓，只晓得头顶上啪啪拉拉地打着雨点。往脚下看着，脚下只是些狗尾草和韭菜。找了一个韭菜很厚的地方，我就坐下了，一坐下这缸帽子就和个小房似的扣着我。这比站着好得多，头顶不必顶着，帽子就扣在韭菜地上。但是里边可是黑极了，什么也看不见。

同时听什么声音，也觉得都远了。大树在风雨里边被吹得呜呜的，好像大树已经被搬到别人家的院子去似的。

韭菜是种在北墙根上，我是坐在韭菜上。北墙根离家里的房子很远的，家里边那闹嚷嚷的声音，也像是来在远方。

我细听了一会，听不出什么来，还是在我自己的小屋里边坐着。这小屋这么好，不怕风，不怕雨。站起来走的时候，顶着屋盖就走了，有多么轻快。

其实是很重的了，顶起来非常吃力。

我顶着缸帽子，一路摸索着，来到了后门口，我是要顶给爷爷看看的。

我家的后门坎特别高，迈也迈不过去，因为缸帽子太大，使我抬不起腿来。好不容易两手把腿拉着，弄了半天，总算是过去了。虽然进了屋，仍是不知道祖父在什么方向，于是我就大喊，正在这喊之间，父亲一脚把我踢翻了，差点没把我踢到灶口的火堆上去。缸帽子也在地上滚着。

等人家把我抱了起来，我一看，屋子里的人，完全不对了，都穿了白衣裳。

再一看，祖母不是睡在炕上，而是睡在一张长板上。

从这以后祖母就死了。

七

祖母死了，我就跟祖父学诗。因为祖父的屋子空着，我就闹着一定要睡在祖父那屋。

早晨念诗，晚上念诗，半夜醒了也是念诗。念了一阵，念困了再睡去。

祖父教我的有《千家诗》，并没有课本，全凭口头传诵，祖父念一句，我就念一句。

祖父说：

"少小离家老大回……"

我也说：

"少小离家老大回……"

都是些什么字，什么意思，我不知道，只觉得念起来那声音很好听，所以很高兴地跟着喊。我喊的声音，比祖父的声音更大。

我一念起诗来，我家的五间房都可以听见，祖父怕我喊坏了喉咙，常常警告着我说：

"房盖被你抬走了。"

听了这笑话，我略微笑了一会儿工夫，过不了多久，就又喊起来了。

夜里也是照样地喊，母亲吓唬我，说再喊她要打我。

祖父也说：

"没有你这样念诗的，你这不叫念诗，你这叫乱叫。"

但我觉得这乱叫的习惯不能改，若不让我叫，我念它干什么。每当祖父教我一首新诗，一开头我若听了不好听，我就说：

"不学这个。"

祖父于是就换一个，换一个不好，我还是不要。

春眠不觉晓，处处闻啼鸟。
夜来风雨声，花落知多少。

这一首诗，我很喜欢，我一念到第二句，"处处闻啼鸟"那"处处"两字，我就高兴起来了。觉得这首诗，实在是好，真好听，"处处"该多好听。

还有一首我更喜欢的：

重重叠叠上楼台，几度呼童扫不开。
刚被太阳收拾去，又为明月送将来。

就这"几度呼童扫不开"，我根本不知道什么意思，就念成"西沥忽通扫不开"。越念越觉得好听，越念越有趣味。

每当客人来了，祖父总是呼我念诗的，我就总喜念这一首。

那客人不知听懂了与否，只是点头说好。

八

就这样瞎念，到底不是久计。念了几十首之后，祖父开讲了。

"少小离家老大回，乡音无改鬓毛衰。"

祖父说：

"这是说小的时候离开了家到外边去，老了回来了。乡音无改鬓毛衰，这是说家乡的口音还没有改变，胡子可白了。"

我问祖父：

"为什么小的时候离家？离家到哪里去？"

祖父说：

"好比爷爷像你那么大离家，现在老了回来了，谁还认识呢？儿童相见不相识，笑问客从何处来。小孩子见了就招呼着说：你这个白胡老头，是从哪里来的？"

我一听觉得不大好，赶快就问祖父：

"我也要离家的吗？等我胡子白了回来，爷爷你也不认识我了吗？"

心里很恐惧。

祖父一听就笑了：

"等你老了还有爷爷吗？"

祖父说完，看我还是不很高兴，他又赶快说：

"你不离家的，你哪里能够离家……快再念一首诗吧！念春眠不觉晓……"

我一念起春眠不觉晓，又是满口地大叫，得意极了。完全高兴，什么都忘了。

但从此再读新诗，一定要先讲的，没有讲过的也要重讲。似乎那大嚷大叫的习惯稍稍好了一点。

"两个黄鹂鸣翠柳，一行白鹭上青天。"

这首诗本来我也很喜欢的，黄梨是很好吃的。经祖父这一讲，说是两只鸟，于是不喜欢了。

"去年今日此门中，人面桃花相映红。人面不知何处去，桃花依旧笑春风。"

这首诗祖父讲了我也不明白，但是我喜欢这首。因为其中有桃花。桃树一开了花不就结桃吗？桃子不是好吃吗？

所以每念完这首诗，我就接着问祖父：

"今年咱们的樱桃树开不开花？"

九

除了念诗之外，还很喜欢吃。

记得大门洞子东边那家是养猪的，一个大猪在前边走，一群小猪跟在后边。有一天一个小猪掉井了，人们用抬土的筐子把小猪从井里吊了上来。吊上来，那小猪早已死了。井口旁边围了很多人看热闹，祖父和我也在旁边看热闹。那小猪一被打上来，祖父就说他要那小猪。

祖父把那小猪抱到家里，用黄泥裹起来，放在灶坑里烧上了，烧好了给我吃。

我站在炕沿旁边，那整个的小猪，就摆在我的眼前，祖父把那小猪一撕开，立刻就冒了油，真香，我从来没有吃过那么香的东西，从来没有吃过那么好吃的东西。

第二次，又有一只鸭子掉井了，祖父也用黄泥包起来，烧上给我吃了。

在祖父烧的时候，我也帮着忙，帮着祖父搅黄泥，一边喊着，一边叫着，好像拉拉队似的给祖父助兴。

鸭子比小猪更好吃，那肉是不怎样肥的。所以我最喜欢吃鸭子。

我吃，祖父在旁边看着。祖父不吃。等我吃完了，祖父才吃。他说我的牙齿小，怕我咬不动，先让我选嫩的吃，我吃剩了的他才吃。

祖父看我每咽下去一口，他就点一下头。而且高兴地说：

"这小东西真馋。"或是"这小东西吃得真快。"

我的手满是油，随吃随在大襟上擦着，祖父看了也并不生气，只是说：

"快蘸点盐吧，快蘸点韭菜花吧，空口吃不好，等会要反胃的……"

说着就捏几个盐粒放在我手上拿着的鸭子肉上。我一张嘴又进肚去了。

祖父越称赞我能吃，我越吃得多。祖父看看不好了，怕我吃多了。让我停下，我才停下来。我明明白白的是吃不下去了，可是我嘴里还说着：

"一个鸭子还不够呢！"

自此吃鸭子的印象非常之深，等了好久，鸭子再不掉到井里，我看井沿有一群鸭子，我拿了秋秆就往井里边赶，可是鸭子不进去，围着井口转，而呱呱地叫着，我就招呼了在旁边看热闹的小孩子，我说：

"帮我赶哪！"

正在吵吵叫叫的时候，祖父奔到了，祖父说：

"你在干什么？"

我说：

"赶鸭子，鸭子掉井，捞出来好烧吃。"

祖父说：

"不用赶了，爷爷抓个鸭子给你烧着。"

我不听他的话，我还是追在鸭子的后边跑着。

祖父上前来把我拦住了，抱在怀里，一面给我擦着汗一面说：

"跟爷爷回家，抓个鸭子烧上。"

我想：不掉井的鸭子，抓都抓不住，可怎么能规规矩矩贴起黄泥来让烧呢？于是我从祖父的身上往下挣扎着，喊着：

"我要掉井的！我要掉井的！"

祖父几乎抱不住我了。

（节选自《呼兰河传》，原载 1940 年 9 月 1 日至 12 月 27 日香港《星岛日报》）

延伸思考

在《呼兰河传》里，"家园一大自然一家族一童年"这四大"回忆体小说"的基本意象，集中在"小城故事"的书写上：这是萧红的一个自觉的文学实验。"呼兰河这小城里边住着我的祖父"，这一句几乎可以看作全书的主题词。由此展开的是"城和人"的故事、"我和祖父"的故事。这里充溢着园子（大地）里大自然生命的自由，家族（祖父）对我的出于天性的爱，以及人（童年的我和祖父）共通的赤子之心。所要展现与探讨的生命课题是"东北大地女儿是如何长成的"，这是一次真正的人性与生命的"寻根"。

萧红更有文体创造的自觉，并且直言不讳：要有自己的"小说学"。"鲁迅的小说有些就不是小说"，"写《阿Q正传》《孔乙己》之类！而且至少在长度上超过他！"（聂绀弩：《萧红选集》序）。茅盾就赞扬萧红的《呼兰河传》"不像是一部严格意义的小说"，"在它于这'不像'之外，还有些别的东西——一些比'像'一部小说更为'诱人'些的东西：它是一篇叙事诗，一幅多彩的风土画，一串凄婉的歌谣"（茅盾：《呼兰河传》序）。萧红正是打破了小说写作的常规，将小说化解为散文。小说家最为看重的人物、情节都被淡化以至消解，不按时序而直接用场景结构小说：在萧红这里，"时间"是凝滞与循环的，她更注重"空间"的意义和转换。她要表达的，是回忆中碎片化了的人、事、景，以及她的感觉：既是直觉，又有依稀敏感到模糊的难以言说的象征意味。她真正想浓化的是内在和外在生命相融合的情致与韵味。这一切，就自自然然地创造出了一个介于小说、散文和诗之间的小说样式，人们通常称之为"散文化小说"和"诗化小说"。这其实是中国现代小说史中的一个潮流，萧红无疑是其中一位标志性的代表作家。

- 阅读《呼兰河传》，自然首先要对萧红所创造的"童心世界"里的"大自然"和"人"细加琢磨。像"我"看见的后花园："太阳在园子里是特大的，天空是特别高的"；还有"我"突然"异想天开"，给祖父戴花；自然还有"跟祖父学诗"……这些文字洋溢着的是未加任何修饰的语言的原生味，是从天性里自然流出的天籁之声，跃动着完整保存的赤子之心。不仅要用心去感悟，还要动情朗读，在高声喊叫里，你的生命也就升腾起来，明亮起来。

- 还要注意小说描述中儿童视角与成年视角的相互转换。那每一节结尾时隐时现的寂寞感，好些节开头不断重复的"我家是荒凉的"，以及全章最后一句"祖父几乎抱不住我了"，都属于今天的"我"回忆时的成年人的感觉，构成了整篇小说的潜流。与文章主体部分充满童趣的欢乐调子与成长之美形成鲜明对照，无疑增添了小说美感的厚度与深度。

我以为人在恋爱的时候，是比在战争或革命的时候更素朴，也更放恣的。

生命是一袭华美的袍，爬满了蚤子。

《传奇》

《流言》

张爱玲（1920—1995）

《传奇》增订本

《紫罗兰》

第四节

上海：

张爱玲——一个苍凉的手势，凡人世俗人生的审美观照

1938 年 5 月	《杂志》创刊。
1941 年 7 月	《万象》创刊。
1943 年 4 月	《紫罗兰》复刊。
1943 年 5 月	张爱玲《沉香屑·第一炉香》发表（《紫罗兰》第 2—4 期连载）。
1943 年 8 月	《沉香屑·第二炉香》发表（《紫罗兰》第 5—6 期连载）。
1943 年 8 月	《心经》发表（《万象》第 2—3 期连载）。
1943 年 9 月	《倾城之恋》发表（《杂志》第 11 卷第 6 期至第 12 卷第 1 期连载）。
1943 年 10 月	《天地》创刊。
1943 年 11 月	《金锁记》发表（《杂志》第 12 卷第 2—3 期连载）。
1943 年 11 月	《封锁》发表（《天地》第 2 期）。
1944 年 5 月	《红玫瑰与白玫瑰》发表（《杂志》第 13 卷第 2—4 期连载）。
1944 年 7 月	苏青《结婚十年》出版（天地出版社）。
1944 年 8 月	《传奇》出版（杂志社）。
1944 年 12 月	张爱玲《流言》出版（五洲书报社）。
1945 年	白鸥编《苏青与张爱玲》出版（沙漠书店）。
1946 年 11 月	张爱玲《传奇》（增订本）出版（山河图书公司）。

　　1941 年 12 月 8 日，太平洋战争爆发，日军进占租界，上海全部沦陷。日军在全面掌控上海后，开始把重心由军事进攻转向经济建设和文化经营。正是在这样的背景下，从 1942 年开始，上海文学艺术出现了一个畸形的繁荣局面。张爱玲（1920—1995）也恰于 1942 年 5 月初从香港回到上海，卖文为生。当她的中短篇小说《心经》《倾城之恋》《金锁记》《封锁》《红玫瑰与白玫瑰》等，源源不断地出现在《紫

罗兰》《万象》《杂志》和《天地》等当时上海颇具影响的文学杂志上时，立即震动了整个上海文坛。她的第一部中短篇小说集《传奇》于1944年出版时，短短五天内就被一抢而空。这确实是20世纪40年代文学以至整个中国现代文学史上的一个奇迹：张爱玲文学生涯的辉煌鼎盛时期只有四年（1942—1945），是特定时间（战乱时期）、空间（沦陷区的上海与香港）交汇下彗星般出现的天才；但她的作品却超越时空，直到21世纪还深刻地影响着海峡两岸暨香港的中国文学和海外华语文学。

张爱玲之引人注目，首先是她的生命、文学与现代都市的真正融合。尽管在现代文学的第一、第二个十年，已经出现了现代都市文学，但许多中国现代作家都是如沈从文那样，以一个"乡下人"的眼光来观察和表现现代中国都市；即使如老舍这样的市民诗人，所倾心的也是老市民的世界，而对现代化过程中的都市变迁怀有深刻的疑惧；而茅盾这样的左翼作家，更是以马克思主义阶级分析的眼光，把现代都市视为资本主义的罪恶深渊而予以拒绝和批判。只有张爱玲坦然宣称："我喜欢听市声。比我较有诗意的人在枕上听松涛，听海啸，我是非得听见电车响才睡得着的"（《公寓生活记趣》）。可以说，张爱玲才是中国现代作家中的第一个"现代大都市的女儿"，把生命融入现代都市的真正的"都市文人"，是她第一个由衷地唱出了现代都市文明的赞歌：这是张爱玲在中国现代都市文学中的独特地位与贡献所在。

更为重要的，是张爱玲的特殊战争体验中的都市认知与审美感知。张爱玲如此动情地谈到她在战争动乱中获得的刻骨铭心的生命体验："围城的十八天里，谁都有那种清晨四点钟的难挨的感觉——寒噤的黎明，什么都是模糊，瑟缩，靠不住。回不了家，等回去了，也许家已经不存在了。房子可以毁掉，钱转眼可以成废纸，人可以死，自己更是朝不保暮。像唐诗上的'凄凄去亲爱，泛泛入烟雾'，可是那到底不像这里的无牵无挂的虚空与绝望。人们受不了这个，急于攀住一点踏实的东西。"于是，人们重新发现了"吃"（饮食男女，日常生活）的"喜悦"，一件件人的"最自然，最基本的功能"，"突然得到过分的注意"。人们突然发现："冬天的树，凄迷稀薄像淡黄的云；自来水管子里流出的清水，电灯光，街头的热闹，这些又是我们的了……时间又是我们的了——白天，黑夜，一年四季——我们暂时可以活下去了，怎不叫人欢喜得发疯呢？"（《烬余录》）"日常生活"正是人们在失去一切的战乱中抓住的最稳定的，更持久永恒的人的生存基础。这里，一方面是对世俗生活与现实时空的超越，感受到所有时代、整个文明的"惘惘的威胁"而体味历史的"苍凉"，同时感受着人生无奈的虚无；另一面却因此而加深了对现时现刻的、具体可感的、真实的、最基本的世俗生活之美的鉴赏和依恋，并形成了"凡人比英雄更能代表这时代总量"的历史观，以及"素朴地歌咏人生的安稳"和"参差对照的写法"等写作的、美学的追求。于是，40年代的中国文坛，又拥有了这一个"苍凉的手势"——对世俗人生的审美的，人性的，生命的体验和观照；而这种体验与观照，又连接着历史与现实的两种时空："胡琴咿咿哑哑拉着，在万盏灯火的夜晚，拉过来又拉过去，说不尽的苍凉的故事。"（《倾城之恋》）

和大多数现代文学者对通俗文学的对立、鄙弃相反，张爱玲从不回避并且喜欢谈论自己的上海商业文化、通俗文学背景，说她"从小就是上海通俗小报的忠实读者"，对上海书摊上的小说《海上花列传》《歇浦潮》"推崇备至"，"一直想以写小说为职业"。最初人们几乎都把张爱玲看作海派通俗作家；但认真阅读她的作品，才真正认识到，这位走向式微的中国晚清士大夫文化的最后一个传人，这位上海滩的才女，她所具有的骨子里的古典笔墨趣味、感受方式以及表达上深刻的现代性。张爱玲完全自觉与自由地出入于"传统"与"现代"，"雅"与"俗"之间，并达到了二者的平衡与沟通：这正是她的特出所在，并且是她对中国现代文学的重大贡献。

1943

生命和文学与现代都市的真正融合，「文明废墟」上的虚无感和「想抓住什么」的刹那追求

《倾城之恋》（存目）

·张爱玲

（原载 1943 年 9 月—10 月《杂志》第 11 卷第 6 期至第 12 卷第 1 期）

作家王安忆评论说，《倾城之恋》是张爱玲"最好的小说之一"，也是"张爱玲与她的人物走得最近的一次，这故事还是包含她人生观最全部的一个"（王安忆：《世俗的张爱玲》）。《倾城之恋》的标题显然来自"倾国倾城"这个家喻户晓的成语，它原指君王迷恋女色而亡国，后来就演变成对女性美色的赞誉。在某种程度上，张爱玲的《倾城之恋》是对这一古老传统故事的现代改写或颠覆。女主人公白流苏不是因为貌美获得"倾城"之恋，而是"倾城"即战争带来的大都市（香港）的倾覆，使她赢得了"恋"之"圆满收场"。小说描写的"倾城"与"恋（爱）"都因此而获得了别样的意味。本来，小说的男女主人公："他"，一个"洋派的中国人"，"不过是一个自私的男子"；"她"，"一个真正的中国女人"，也"不过是一个自私的女人"。因此，他们的"恋"，充满了算计、真真假假、虚虚实实、半推半就、若即若离。但1941年12月8日，日本侵略军炮声一响，戏剧性地改变了一切。战火中"剩下点断墙颓垣，失去记忆力的文明人在黄昏中跌跌绊绊摸来摸去，像是找着点什么，其实是什么都完了"，"在这动荡的世界里，钱财，地产，天长地久的一切，全不可靠了。靠得住的只有她腔子里的这口气，还有睡在她身边的这个人"，他们也终于成了"一对平凡的夫妻"。但这于"文明的废墟"上所感悟的人生虚无和"想抓住什么"的意义追求，也只是一个"刹那"，然后一切恢复世俗，只剩下在"万盏灯火的夜晚"，胡琴"拉过来又拉过去"的"苍凉"。

● 全篇小说采用的是张爱玲式的"反高潮"结构方式：小说既充满了"艳异的空气"，结尾"香港的沦陷"更是"突发的跌落"，改变了人们对情节发展的预期。在主人公命运与关系的突转中，读者获得了对其人性及"这不可理喻的世界"的全新体验与认识。

● 细节描写繁复，是张爱玲小说公认的特点；而张爱玲的创造，在于细节描写的心灵化与意象的刻意营造。请注意作者在描述女主人公突遭轰炸及劫后种种的内心反应和变化时选用了哪些细节，并取得了怎样的艺术效果，作出你的分析。

● 张爱玲曾自诩"对于色彩、音符、字眼，我极为敏感"，"我学写文章，爱用色彩浓厚、音韵铿锵的字眼"（《天才梦》），并说作家是因为沉迷"文字的韵味"而"心甘情愿守在'文字狱'里"（《论写作》）。请以《倾城之恋》为例，对张爱玲的语言作一番赏析。

● 翻译家傅雷曾对张爱玲的《倾城之恋》提出尖锐的批评，认为小说的华彩胜过了骨干，两个主角的缺陷，也就是作品本身的缺陷。（参阅傅雷：《论张爱玲的小说》）张爱玲则辩解说："从腐旧的家庭里走出来的流苏，香港之战的洗礼并不曾将她感化成为革命女性；香港之战影响范柳原，使他转向平实的生活，终于结婚了，但婚姻并不使他变成圣人，完全放弃往日的生活习惯与作风。因之柳原与流苏的结局，虽然多少是健康的，仍旧是庸俗；就事论事，他们也只能如此。"（《自己的文章》）王安忆对张爱玲也有这样的质疑："张爱玲的世俗气便在那虚无的照耀之下，变得艺术了"，"当她略一眺望到人生的虚无，便回缩到俗世之中"（王安忆：《世俗的张爱玲》）。对这些批评、质疑，以及张爱玲的辩解，你有什么看法？

第五节

重庆—延安 :

艾青——根深植在"土地"上的诗人,面对"太阳"歌唱的"吹号者"

1932 年 7 月	艾青第一首新诗《东方部的会和》发表(《北斗》第 2 卷第 3、4 期合刊)。
1932 年 9 月	在狱中创作《透明的夜》(收入《大堰河》集)。
1933 年 5 月	《芦笛》发表(《现代》第 3 卷第 1 期,收入《大堰河》集),首次署名艾青。
1934 年 5 月	《大堰河——我的保姆》发表(《春光》第 1 卷第 3 期,收入《大堰河》集)。
1936 年 11 月	《大堰河》自印出版。
1937 年 7 月	创作《复活的土地》(收入《北方》集)。
1937 年 12 月	创作《雪落在中国的土地上》(收入《北方》集)。
1938 年 3 月	《北方》发表(《七月》第 2 集第 4 期,收入《北方》集)。
1938 年 5 月	《向太阳》长诗发表(《七月》第 3 集第 2 期)。
1938 年 11 月	《我爱这土地》发表(《十月文萃》旬刊,收入《北方》集)。
1939 年 4 月	《诗的散文美》发表(《广西日报》副刊《南方》)。
1939 年春末	创作《他死在第二次》长诗。
1940 年 6 月	《向太阳》出版(海燕书店)。
1940 年 9 月	《旷野》出版(生活书店)。
1941 年 9 月	《诗论》出版(三户图书社)。
1942 年 1 月	《北方》出版(文化生活出版社)。
1943 年 5 月	《黎明的通知》出版(文化供应社)。
1944 年 11 月	《雪里钻》出版(新群出版社)。
1946 年 6 月	闻一多《艾青和田间》发表(《联合晚报·诗歌和音乐》第 2 期)。

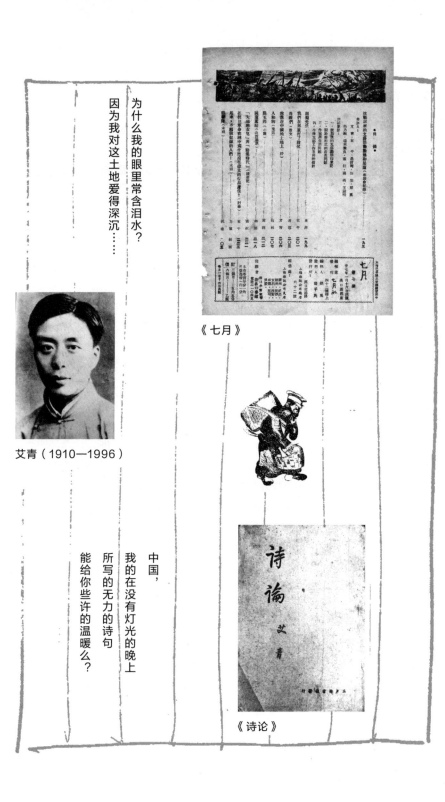

为什么我的眼里常含泪水？
因为我对这土地爱得深沉……

艾青（1910—1996）

《七月》

中国，
我的在没有灯光的晚上
所写的无力的诗句
能给你些许的温暖么？

《诗论》

诗人艾青（1910—1996）在抗战初期，一直作为"流亡者"，游走于中国北方（武汉、临汾，1938）与南国（桂林、衡山、重庆，1939—1940），直到 1941 年到了延安，才仿佛找到了栖息之地。当时，全国各地都有许多知识分子和年轻人，奔赴延安，去寻找生命的归宿。延安也迅速成为第三个十年中国政治、思想、文化、文学的中心之一。

1940 年，评论家冯雪峰对艾青的诗人特质和历史地位，作了这样的评定："艾青的根是深深地植在土地上"，是"在根本上就正和中国现代大众的精神结合着的、本质上的诗人"，"中国新诗的创造可以说正由他们在开辟着道路"（冯雪峰：《论两个诗人及诗的精神和形式》）。这里强调了艾青的两个侧面：作为"土地上的诗人"，他与中国"大地"（土地上的生命、传统、历史与现实）血肉相连；作为"大众诗人"，他又与中国革命相互纠缠在一起。他也因此在几代读者中产生持续的吸引力，并成为有世界影响的中国诗人。

艾青的诗歌创作从 20 世纪 30 年代即已开始，他的成名作《大堰河——我的保姆》就是一个地主阶级叛逆的儿子献给他的真正母亲——中国大地上善良而不幸的普通农妇的颂歌。"她的名字就是生她的村庄的名字"，而她又用自己的乳汁养育了"我"。这样的描述是来自生活的，但同时又赋予"大堰河"以某种象征的意义，而且可以把她看作永远与山河、村庄同在的中国农民的化身。诗人在描述"大堰河"的命运时，所强调的依然是她的平凡性与普遍性：不仅她的欢乐是平凡的，就连她的苦难也是平凡的，普遍的：这是一个沉默的大地母亲、生命的养育者的形象；沉默中蕴含着宽厚、仁爱、淳朴与坚忍。这样，在艾青的笔下，"大堰河"成了"大地—母亲（乳母）—农民—生命"多重意象的组合与纠结。

抗战硝烟四起，艾青就写下了《我爱这土地》——

假如我是一只鸟，

我也应该用嘶哑的喉咙歌唱：

这被暴风雨所打击着的土地，

这永远汹涌着我们的悲愤的河流，

这无止息地吹刮着的激怒的风，

和那来自林间的无比温柔的黎明……

——然后我死了，

连羽毛也腐烂在土地里面。

为什么我的眼里常含泪水？

因为我对这土地爱得深沉……

我们的祖国，贫穷落后，多灾多难，生活在这片土地上，痛苦多于欢乐，我们心中郁结着过多的"悲愤"，"无止息地吹刮着的激怒的风"；然而它毕竟是生我养我的祖国！即使为它痛苦到死，也不愿离开这土地——"死"了以后连"羽毛"也要"腐烂在土地里面"。这里所表达的是一种刻骨铭心、至死不渝的最伟大、最深层的民族感情和爱国情怀。"为什么我的眼里常含泪水？因为我对这土地爱得深沉……"艾青的这两句诗，真实而朴素，却来自诗人内心深处，来自民族生命和时代精神的最深处，因而具有不朽的生命力。

正是在这民族苦难中写出的土地之歌：《雪落在中国的土地上》《手推车》《北方》《乞丐》《旷野》《农夫》《土地》等在读者中广泛流传的名作，形成了研究者所说的"艾青式的土地的诗学"，其"表现形式是艾青诗作中'农民''土地''民族'相互叠加的意象网络，而其内在的美感支撑则是流淌于诗行中的深厚、凝重而又朴素、博大的总体风格"（吴晓东：《战争年代的诗艺历程》）。

更让诗人动心、动情的，更是在全民抗战中民族的新生："我们的曾经死了的大地，在明朗的天空下，已复活了！"（《复活的土地》）于是，又有了"太阳"的意象："从黑暗的年代，从人类死亡之流的那边，震惊沉睡的山脉，若火轮飞旋于沙丘之上，太阳向我滚来"（《太阳》）；有了"太阳之歌"："太阳／它更高了／它更亮了／它红得像血"，"太阳是美的／且是永生的"，"我们仰起了沉重的头颅／从濡湿的地

面 / 一致地 / 向高空呼嚷 / '看我们 / 我们 / 笑得像太阳！'"（《向太阳》）。诗人也终于在民族解放战争中找到了自己的位置："当太阳以轰响的光采 / 辉煌了整个天穹的时候，他以催促的热情 / 吹出了出发号"（《吹号者》）。艾青说，《吹号者》是"对于'诗人'的暗喻"（《为了胜利——三年来创作的一个报告》）：这样一个"脚踏大地，面对太阳歌唱"的"吹号者"，正是艾青其人、其诗的最好写照与象征。

　　不难看出，艾青抗战初期在中国大地流亡中写下的这些"阳光照耀下的土地之歌"，实际上内含着一种浪漫主义的激情与想象；但他最后到了延安，面对他从未见过的新社会，就似乎有了落地的感觉。这也正是和艾青一样到延安寻求"精神的皈依"的知识者和青年共同的感受。同样留学法国的老作家陈学昭就这样写道："我们像逃犯一样地，奔向自由的土地，呼吸自由的空气；我们像暗夜迷途的小孩，找寻慈母的保护与扶持，投入了边区的胸怀"，"边区是我们的家"（《边区是我们的家》）。这样，艾青和中国诗人们所苦心构建和追寻的"土地—农民—母亲—家庭—民族"的意象叠合，就最后落实为党领导的新政权、新社会。艾青也就有了《黎明的通知》的新歌唱："趁这夜已快完了，请告诉他们 / 说他们所等待的就要来了"。那"白日的先驱，光明的使者"，"将带光明给世界 / 又将带温暖给人类"，"请所有的人准备欢迎"，"用虔诚的眼睛凝视天边"，并终将获得"最慈惠的光辉"。——这又是一个乌托邦的新幻觉。但永远向往乌托邦世界，不也正是诗人的特性？尽管最后也要为之付出代价。

1937

《雪落在中国的土地上》

艾青

雪落在中国的土地上，
寒冷在封锁着中国呀……

风，
像一个太悲哀了的老妇，
紧紧地跟随着
伸出寒冷的指爪
拉扯着行人的衣襟，
用着像土地一样古老的话
一刻也不停地絮聒着……

那从林间出现的，
赶着马车的
你中国的农夫
戴着皮帽
冒着大雪
你要到哪儿去呢？

告诉你
我也是农人的后裔——
由于你们的
刻满了痛苦的皱纹的脸
我能如此深深地
知道了
生活在草原上的人们的
岁月的艰辛。

而我
也并不比你们快乐啊
——躺在时间的河流上
苦难的浪涛
曾经几次把我吞没而又卷起——
流浪与监禁
已失去了我的青春的
最可贵的日子，
我的生命
也像你们的生命
一样的憔悴呀

雪落在中国的土地上
寒冷在封锁着中国呀……

沿着雪夜的河流，
一盏小油灯在徐缓地移行，
那破烂的乌篷船里
映着灯光，垂着头
坐着的是谁呀？

——啊，你

蓬发垢面的少妇，

是不是

你的家

——那幸福与温暖的巢穴——

已被暴戾的敌人

烧毁了么？

是不是

也像这样的夜间，

失去了男人的保护，

在死亡的恐怖里

你已经受尽敌人刺刀的戏弄？

咳，就在如此寒冷的今夜，

无数的

我们的年老的母亲，

都蜷伏在不是自己的家里，

就像异邦人

不知明天的车轮

要滚上怎样的路程……

——而且

中国的路

是如此的崎岖

是如此的泥泞呀。

雪落在中国的土地上，

寒冷在封锁着中国呀……

透过雪夜的草原

那些被烽火所啮啃着的地域，

无数的，土地的垦殖者

失去了他们所饲养的家畜

失去了他们肥沃的田地

拥挤在

生活的绝望的污巷里：

饥馑的大地

朝向阴暗的天

伸出乞援的

颤抖着的两臂。

中国的苦痛与灾难

像这雪夜一样广阔而又漫长呀！

雪落在中国的土地上

寒冷在封锁着中国呀……

中国

我的在没有灯光的晚上

所写的无力的诗句

能给你些许的温暖么？

一九三七年十二月二十八日夜间

（原载 1938 年《七月》第 2 集第 1 期）

延伸思考

全诗一再回旋着这样的旋律："雪落在中国的土地上，寒冷在封锁

着中国呀","中国的路 / 是如此的崎岖 / 是如此的泥泞呀","中国的苦痛与灾难 / 像这雪夜一样广阔而又漫长呀"。这渗透诗人灵魂、永远摆脱不掉的忧郁，是构成艾青诗歌艺术个性的基本要素之一。我们可以把它叫作"艾青式的忧郁"。艾青回忆说，他从小就从乳母那里感染了"农民的忧郁"；以后在异国流浪，又感染着"漂泊的情愫"；现在在战争的危难中，与这"古老的土地"所"养育"的"世界上最艰苦与最古老的种族"感时愤世、忧国忧民的传统产生心灵的契合，就把内在的忧郁气质升华到时代的高度，艾青称之为"土地的忧郁"。其中浸透着诗人对生养自己的土地、民族、农民极其深刻的爱，及对生活、社会、人生的忠实与思索。诗人说，"叫一个生活在这年代的忠实的灵魂不忧郁，这有如叫一个辗转在泥色的梦里的农夫不忧郁，是一样的属于天真的一种奢望"(《诗论》)。因此，当许多人都还沉湎在对战争前途廉价的乐观时，艾青就"在战争中看见了阴影，看见了危机"(《为了胜利——三年来的创作的一个报告》)。他的忧郁，正产生于对中国抗战长期性、艰苦性的深刻认识与体验之中。可以说，"艾青式的忧郁"正是时代情绪、民族传统、西方文化影响与艾青个人气质的一种契合。艾青的成功很大程度上正是仰赖于这种浑然天成的契合。艾青的忧郁是建立在对美好生活的执着追求与坚强信念基础之上的，他的忧郁给读者的是更加深沉的力量。诗人自己说，应该"把忧郁与悲哀，看成一种力"(《诗论》)。

● 阅读与欣赏艾青的这一代表作，自然首先要注意他所倡导的"自由诗体"。艾青说，自由诗体是"新世界的产物"，"受格律的制约少，表达思想感情比较方便，容量比较大——更能适应激烈动荡、瞬息万变的时代"，"自由体的诗带有世界性的倾向"(《和诗歌爱好者谈诗》)。艾青还专门提倡"散文美"。他说，散文"不修饰的美，不需要涂抹脂粉的本色，充满了生活气息的健康"，对他充满了"诱惑"。他强调"口语是美的，它存在于人的日常生活里，它富有人间味，它使我们感到无比的亲切"(《诗的散文美》)。艾青还特别看重诗的"调子"："调子是文字的声音与色彩、快与慢、浓与淡之间的变化与和谐"（《诗论》）。可以看出，艾青的"散文美"，既是对自然本色，对贴近人的日常生活，对朴素、洗练、亲切的诗的风格的追求，又是对口语化的诗的语言与更注意"调子"的自由诗体的追求。我们要通过深情朗读与细心琢磨，来体味艾青式自由诗体的特点：奔放与约束之间的协调，在变化里取得统一，在参错中取得和谐，在运动中取得均衡，在繁杂里取得单纯。

● 艾青说，一首诗里面"没有色调，没有光彩，没有形象——艺术的生命在哪里呢"（《诗论掇拾》），这也是我们阅读与欣赏艾青诗的艺术要特别注意的另一个要点：不要忘了，艾青投身于文学和艺术，是以美术家起步的。不妨把前文分析里提到的艾青书写"土地"和"太阳"的代表诗作，合在一起赏析：注意在表现"土地"意象与主题时，诗人所使用的灰、紫、黄的色调与黯淡的光；在表现"太阳"意象与主题时，所使用的就是通红、金色、浅黄、浅蓝，或强烈或温柔、明洁的光。可以说，灰黄与金红是艾青的两种基本色调，表现着他所拥抱的世界的两个侧面，真值得好好品味。

● 许多研究者都注意到，在现代文学第三个十年的战争年代，许多作家都和艾青一样自称"地之子"。作家王西彦甚至以"眷恋土地的人"称呼其小说的主人公，特意写到这位庄稼汉在经历了离乡背井的流浪生涯回到家乡时，所做的第一件事，就是"伏倒身子，在地上爬行着，双手摸弄着每一块焦黑的泥土"，喃喃地祈祷。他的"凭吊"既是"对那死去的爹的，也是对于脚下这受难的土地的"。作家这些极富象征性的描写，使他笔下的土地之恋具有了某种"宗教"意味。我们也因此注意到，在战争年代对"土地"的体认，是"现实"的，如艾青这样，将土地与农民、母亲、国家、民族联接在一起；但对另一些作家，土地更是与自我生命本体相纠结，而赋予出某种形而上的"象征"，更是"宗教"的意义。作家端木蕻良在他的《土地的誓言》里，就这样声称："土地是我的母亲，我的每寸皮肤，都有着土粒；我的手掌一接近土地，心就变得平静。我是土地的族系，我不能离开她。"他还说，"土地传给我一种生命的固执。土地的沉郁的忧郁性，猛烈地传染了我，使我爱好沉厚和真实，使我也像土地一样负载了许多东西"，"土地使我有一种力量，也使我有一种悲伤"，"我活着好像是专门为了写出土地的历史而来"

（端木蕻良：《我的创作经验》）。而作者急于传达给读者的，正是土地"神话似的丰饶，不可信的美丽，异教徒似的魅感"（端木蕻良：《土地的誓言》）。有兴趣的读者不妨将端木蕻良的"土地的历史"（《土地的誓言》《大地的海》《大江》等）与艾青的"土地之歌"对照起来读，或许能够多少领悟战争年代"土地"书写的丰富与复杂性。

第六节

山西：
赵树理——"农民中的圣人"，"农民书写"的独创与丰厚

1935 年 2 月	赵树理《盘龙峪》发表（《中国文化建设协会山西分会月刊》第 1 卷第 2—4 期连载，未写完）。
1942 年 5 月	延安文艺座谈会召开。
1943 年 2 月	鲁艺《兄妹开荒》等剧在延安春节秧歌盛大活动中演出。
1943 年 9 月	《小二黑结婚》出版（华北新华书店）。
1943 年 12 月	《李有才板话》出版（华北新华书店）。
1944 年 3 月	《孟祥英翻身》出版（华北新华书店）。
1946 年 3 月	《李家庄的变迁》出版（华北新华书店）。
1946 年 8 月	周扬《论赵树理的创作》发表（《解放日报》）。
1947 年 5 月	短篇集《福贵》出版（华北新华书店）。
1947 年	朱自清在清华大学讲《李有才板话》等作品。
1947 年	《小二黑结婚》等小说译成英文（美国作家杰克·贝尔登译）。
1948 年 10 月	《邪不压正》发表（《人民日报》10 月 13 日、16 日、19 日、22 日连载）。
1949 年 5 月	《田寡妇看瓜》发表（《大众日报》）。

　　"土地"与"农民"的天然联系，使得当人们以宗教的圣洁感谈到"土地"的时候，也同样以宗教的眼光投向与"土地"融为一体的"农民"。一个偶尔闯入中国抗日战争的美国医生曾经这样谈到他终生难忘的瞬间印象：乘着轮船穿过三峡时，突然陷入了两岸炮火的夹击。透过阵阵烟雾，猛然看见堤岸后面的田野里，有一个年老的农民，驱着一头水牛，正在执犁而耕。尽管炮火轰响，子弹横飞，他竟毫无所动，依然有旋律地在同一片土地上走来走去，掘出的犁沟，和平时所掘出

模范不模范，从西往东看；
西头吃烙饼，东头喝稀饭。

《李有才板话》

赵树理（1906—1970）

《李家庄的变迁》茅盾序

每个知识青年及翻身群众
不可不读，
每个文艺工作者
尤不可不读

《邪不压正》

的，完全一个样子。当战火停息，人们看见了一个被毁灭的世界："堤岸上散布着倒下的旗子和静躺着的弯曲的人体"，"平坦的田野上，被打出许多洞穴，唯一的树丛——一个竹林——被削去了它的头顶"；"只有那个农夫，那条水牛，那个耕犁，却丝毫没有改变，还是本来的样子"。船继续被炮火中断的航行，"那执犁的人，渐渐离远，在夕阳中划出了一个轮廓"，并且在这位美国医生的感觉中，幻化成"有一种魔术在身"的神秘的"象征"，一个瞬间的永恒（贝西尔：《美国医生看旧重庆》）。生活在中国这块土地上与农民有着血肉联系的中国作家，也许不会有这样的神秘感，但他们在战争中对农民永恒的生命价值的认识，却要更为深刻。废名就谈到农民"从容"地在大自然赐予的土地上耕作、生活，"尽着生命之理"，就是"中国民族所以悠长之故"。侵略者入侵，又被赶走；统治者上台，又下台。这都是来去匆匆的历史过客，农民却是历史的永恒因素，只要普通的乡下人活着，中国就有希望。不仅是废名，我们所关注的 20 世纪 40 年代的小说家沈从文、师陀等，都有着类似的思考与发现。他们笔下的"农民"形象多少具有某种抽象的、形而上的象征意义，这有别于二三十年代现代作家对农民的认识与刻画，研究者称之为"农民形象的意义膨胀"。（参阅赵园：《人与大地——中国现当代文学中的农民》）

　　但我们这里所要讨论的第三个十年最有影响的赵树理（1906—1970）的农民书写，却不同于废名、沈从文、师陀的"人类学"观照，他更是一种"政治学、社会学、文化学"意义上的观照。而这正符合时代的需要：中国的抗战，特别是党领导下的抗战，某种程度上是一次"以农民为主体的民族解放战争"。如毛泽东所说，"农民——这是中国军队的来源。士兵就是穿起军服的农民"，"农民——这是现阶段中国民主政治的主要力量。中国的民主主义者如不依靠三亿六千万农民群众的援助，他们就将一事无成"，"农民——这是现阶段中国文化运动的主要对象。所谓扫除文盲，所谓普及教育，所谓大众文艺，所谓国民卫生，离开三亿六千万农民，岂非大半成了空话？"毛泽东因此提出，"中国广大的革命知识分子应该觉悟到将自己和农民结合起来的必要"，"农民正需要他们"，"他们应该热情地跑到农村中去"，"了解农民的要求，帮助农民觉悟起来，组织起来，为着完成中国民主革命中一项极其重要的工作，即农村民主革命而奋斗"（毛泽东：《论联合政府》）。应该说，赵树理正是在中国抗战和中国民主革命的时代大潮下，应运而生。他最后被定位为"赵树理方向"，也非偶然。

于是，人们注意到了赵树理的三大身份：他是真正从农民阶层中成长起来的；他是接受了"五四"传统的现代作家、现代知识分子；他又是一个具有革命理想的共产党员、革命干部。可以说，"农民—知识分子—党"构成了赵树理精神与心理结构的三个层面。它们之间相互依存，又相互纠缠、矛盾，形成张力，这又造成了赵树理身份的暧昧。最后导致赵树理的农民书写的复杂性与丰富性，超出了人们的想象，却也正是其魅力所在。

赵树理从不否认，甚至有机会还要强调他与鲁迅代表的"五四"启蒙主义传统的精神联系，但他同时又处处表现出自己的异质性。这主要是"五四"启蒙主义的知识分子始终处于农民之外，鲁迅自己也承认，他对农民为主体的"沉默"的中国国民是"隔膜"的，他所写的是"我的眼里"看见的国民（农民）。也就是说，在第一、第二个十年的中国现代文学里，农民形象是一种"知识分子视角"的反映。事实上，真正的农民并没有进入中国现代化的历史进程及其文学书写；同时现代文学作品（包括鲁迅的《阿Q正传》）也没有与农民发生任何关联。赵树理因此宣称："（我）不想做文坛文学家，我只想上'文摊'，写些小本子，夹在卖小唱本的摊子里去赶庙会"，"一步一步地去夺取那些封建小唱本的阵地。做这样一个文摊文学家，就是我的志愿"（李普：《赵树理印象记》）。他认为自己能够成为一个最终被农民接受的"文摊文学家"，最大的条件，就是他是农村生活里的"局中人"，不同于临时下农村体验生活的旁观者，农民是"内在"于自己生命之中的。"他们每个人的环境、思想和那思想所支配的生活方式、前途打算，我无所不晓。当他们一个人刚要开口说话，我大体能推测出他要说什么"（《决心到群众中去》），他是把农民的事"当作自己一家人的事"来讲来写(《对〈金锁〉问题的再检讨》):这就达到了"写农民"与"写自己"的统一。更重要的是,赵树理与农民之间息息相通的生命血肉联系:他说自己与农村"有母子一样的感情","离的时间过久了,就有些牵肠挂肚,坐卧不宁","老怕说的写的离开了农民的心气儿"。这就深刻地影响了赵树理的精神气质,他的思维、心理、情感方式都是农民化了的。赵树理还是农民命运的思考者,农村社会理想的探索者与改造农村的实践者。应该说,像赵树理这样将自我生命与农民融为一体的作家、知识分子,在中国现代文学史、现代知识分子精神史上,都是前所未有的。赵树理的农民书写,就像周扬所说的那样,"农民的主人公地位不只表现在通常文学的意义上,而是代表了作品的整个精神、整个思想。因为农民是主体,所以在描写人物、叙述事件的时候,都是以农民直接的感觉、印象和判断为基础的。他没有写超出农民生活想象之外的事件,没有写他们所不感兴趣的问题"(周扬:《论赵树理的创作》),这在中国乡土文学与现代文学史上,也是前所未有的。

但如果把赵树理称作"农民的代言人",也是过于简单化的。赵树理既"在农民其中",又"在农民其上",既有维护农民利益和权利的一面,又有超越农民,由农民问题出发,思考更大、更根本的社会问题以及追求农村和社会更大变革与解放的理想的一面,赵树理自称"农民中的圣人",是有一定道理的。赵树理的农民书写是以"塑造革命带来农村历史变化中的农民形象"为己任的。如果说鲁迅主要揭露中国农民精神上的创伤,赵树理则主要表现在党领导的农村变革中,农民在政治、经济翻身的同时实现的精神上的翻身——农民思想、心理的变化,人的地位和家庭内部关系(长幼关系、婚姻关系、婆媳关系)的变化。因此,他不但写出了未觉醒的老一代在新时代的尴尬的喜剧性(如《小二黑结婚》里的二诸葛、三仙姑,《李有才板话》里的老秦等),更以极大的热情塑造农村新人的形象(如《小二黑结婚》里的小芹、二黑,《传家宝》里的金桂等),描写新人出现的社会环境,以讴歌革命的理想与实践。

　　但赵树理又不同于后来的许多"工农兵文学"的作者，他们是"为党写作"，为歌颂党而歌颂农民；赵树理始终"为农民写作"。他有自己独特的价值观：把维护农民的生存、温饱、发展、尊严的权利作为第一要务，也是自己的第一要职；把农民是否获得真实利益，作为衡量社会是否健康，国家和党的政策是否正确的最重要的标准。赵树理因此把他的农民化的文学创作，称为"问题小说"："我写的小说，都是我下乡工作时在工作中所碰到的问题，感到那个问题不解决会妨碍我们工作的进展，应该把它提出来。"（《当前创作中的几个问题》）这表明，赵树理对中国农村、农民的观察与表现，有一个中心问题，即"农民在党领导的社会变革中，是否得到真实的利益"，也即"党的政策是否实际地（而不仅仅在理论宣言上）给农民带来好处"。因此，当他发现党领导的农村变革确实使农民在政治、经济、思想上获得了某种程度的解放，就发出由衷的赞歌；但发现党的政策和干部违背了农民的利益，出了问题，也必然要用文学的形式进行揭露和提醒，这就是他的农村小说内在的批判锋芒。赵树理小说里的歌颂性与批判性，都来自他对党和农民关系的不同体认，表现了他自己"党（革命）的立场"与"农民立场"的一致和矛盾，从一个特定角度表现了赵树理的文学与政治的复杂关系，也决定了他的创作的命运。

《李有才板话》（节选）

赵树理

一　书名的来历

阎家山有个李有才，外号叫"气不死"。

这人现在有五十多岁，没有地，给村里人放牛，夏秋两季捎带看守村里的庄稼。他只是一身一口，没有家眷。他常好说两句开心话，说是"吃饱了一家不饥，锁住门也不怕饿死小板凳"。村东头的老槐树底有一孔土窑还有三亩地，是他爹给留下的，后来把地押给阎恒元，土窑就成了他的全部产业。

阎家山这地方有点古怪：村西头是砖楼房，中间是平房，东头的老槐树下是一排二三十孔土窑。地势看来也还平，可是从房顶上看起来，从西到东却是一道斜坡。西头住的都是姓阎的；中间也有姓阎的也有杂姓，不过都是些在地户；只有东头特别，外来的开荒的占一半，日子过倒霉了的杂姓，也差不多占一半，姓阎的只有三家，也是破了产卖了房子才搬来的。

李有才常说："老槐树底的人只有两辈——一个'老'字辈，一个'小'字辈。"这话也只是取笑：他说的"老"字辈，就是说外来的开荒的，因为这些人的名字除了间长派差派款在条子上开一下以外，别的人很少留意，人叫起来只是把他们的姓上边加个"老"字，像老陈、老秦、老常等。他说的"小"字辈，就是其余的本地人，因为这地方人起乳名，常把前边加个"小"字，像小顺、小保等。可是西头那些大户人家，都用的是官名，有乳名别人也不敢叫——比方老村长阎恒元乳名叫"小囤"，别人对上人家不只不敢叫"小囤"，就是该说"谷囤"也只得说成"谷仓"，谁还好意思说出"囤"字来？一到了老槐树底，风俗大变，活八十岁也只能叫小什么，小什么，你就起上个官名也使不出去——比方陈小元前几年请柿子洼老先生给起了个官名叫"陈万昌"，回来虽然请闾长在闾账上改过了，可是老村长看账时候想不起这"陈万昌"是谁，问了一下闾长，仍然提起笔来给他改成陈小元。因为有这种关系，老槐树底的本地人，终于还都是"小"字辈。李有才自己，也只能算"小"字辈人，不过他父母是大名府人，起乳名不用"小"字，所以从小就把他叫成"有才"。

在老槐树底，李有才是大家欢迎的人物，每天晚上吃饭时候，没有他就不热闹。他会说开心话，虽是几句平常话，从他口里说出来就能引得大家笑个不休。他还有个特别本领是编歌子，不论村里发生件什么事，有个什么特别人，他都能编一大套，念起来特别顺口。这种歌，在阎家山一带叫"圪溜嘴"，官话叫"快板"。

比方说，西头老户主阎恒元，在抗战以前年年连任村长，有一年改选时候，李有才给他编了一段快板道：

村长阎恒元，一手遮住天，
自从有村长，一当十几年。
年年要投票，嘴说是改选，
选来又选去，还是阎恒元。
不如弄块板，刻个大名片，
每逢该投票，大家按一按，
人人省得写，年年不用换，
用他百把年，管保用不烂。

恒元的孩子是本村的小学教员，名叫家祥，民国十九年在县里的简易师范毕业。这人的像貌不大好看，脸像个葫芦瓢子，说一句话眏十来次眼皮。不过人不可以貌取，你不要以为他没出息，其实一肚杭脏计，谁跟他共事也得吃他的亏。李有才也给他编过一段快板道：

鬼眏眼，阎家祥，

眼睫毛，二寸长，

大腮蛋，塌鼻梁，

说句话儿眼皮忙。

两眼一忽闪，

肚里有主张，

强占三分理，

总要沾些光。

便宜占不足，

气得脸皮黄，

眼一挤，嘴一张，

好像母猪打哼哼！

像这些快板，李有才差不多每天要编，一方面是他编惯了觉着口顺，另一方面是老槐树底的年轻人吃饭时候常要他念些新的，因此他就越编越多。他的新快板一念出来，东头的年轻人不用一天就都传遍了，可是想传到西头就不十分容易。西头的人不论老少，没事总不到老槐树底来闲坐，小孩们偶尔去老槐树底玩一玩，大人知道了往往骂道："下流东西！明天就要叫你到老槐树底去住啦！"有这层隔阂，有才的快板就很不容易传到西头。

抗战以来，阎家山有许多变化，李有才也就跟着这些变化作了些新快板，又因为作快板遭过难。我想把这些变化谈一谈，把他在这些变化中作的快板也抄他几段，给大家看看解个闷，结果就写成这本小书。

作诗的人，叫"诗人"；说作诗的话，叫"诗话"。李有才作出来的歌，不是"诗"，明明叫作"快板"，因此不能算"诗人"，只能算"板人"。这本小书既然是说他作快板的话，所以叫作"李有才板话"。

二　有才窑里的晚会

李有才住的一孔土窑，说也好笑，三面看来有三变：门朝南开，靠西墙正中有个炕，炕的两头还都留着五尺长短的地面。前边靠门这一头，盘了个小灶，还摆着些水缸、菜瓮、锅、匙、碗、碟；靠后墙摆着些筐子、箩头，里面装的是村里人送给他的核桃、柿子（因为他是看庄稼的，大家才给他送这些）；正炕后墙上，就炕那么高，打了个半截套窑，可以铺半条席：因此你要一进门看正面，好像个小山果店；扭转头看西边，好像石菩萨的神龛；回头来看窗下，又好像小村子里的小饭铺。

到了冷冻天气，有才好像一炉火——只要他一回来，爱取笑的人们就围到他这土窑里来闲谈，谈起话来也没有什么题目，扯到那里算那里。这年正月二十五日，有才吃罢晚饭，邻家的青年后生小福，领着他的表兄就开开门走进来。有才见有人来了，就点起墙上挂的麻油灯。小福先向他表兄介绍道："这就是我们这里的有才叔！"有才在套窑里坐着，先让他们坐到炕上，就向小福道："这是那里的客？"小福道："是我表兄！柿子洼的！"他表兄虽然年轻，却很精干，就谦虚道："不算客，不算客！我是十六晚上在这里看戏，见你老叔唱焦光普唱得那样好，想来领领教！"有才笑了一笑又问道："你村的戏今年怎么不唱了？"小福的表兄道："早了赁不下箱，明天才能唱！"有才见他说起唱戏，劲上来了，就不客气地讲起来。他讲："这焦光普，虽说是个丑，可是个大脚色，唱就得唱出劲来！"说着就举起他的旱烟袋算马鞭子，下边虽然坐着，上边就抢打起来，一边抢着一边道："一出场：当当当当当令 × 令当令 × 令……当令 × 各拉打打当！"他煞住第一段家伙，正预备接着打，门"拍"一声开了，走进来个小顺，拿着两个软米糕道："慢着老叔！防备着把锣打破了！"说着走到炕边把胳膊往套窑里一展道："老叔！我爹请你尝尝我们的糕！"（阴历正月二十五，此地有个节叫"添仓"，吃黍米糕）有才一边接着一边谦让道："你们自己吃吧！今天煮的都不多！"说着接过去，随便让了让大家，就吃起来。小顺坐到炕上道："不多吧总不能像启昌老婆，过个添仓，派给人家小旦两个糕！"小福道："雇不起长工不雇吧，雇得起管不起吃？"有才道："启昌也还罢了，老婆不是东西！"小福的表兄问道："那个小旦？就是唱国舅爷那个？"小福道："对！老得贵的孩子给启昌住长工。"小顺道："那么可比他爹那人强一百二十分！"有才道："那还用说？"小福的表兄悄悄问小福道："老得贵怎么？"他虽说得很低，却被小顺听见了，小顺道："那是有歌的！"接着就念道：

张得贵，真好汉，

跟着恒元舌头转：

恒元说个"长"，

得贵说"不短"；

恒元说个"方"，

得贵说"不圆"；

恒元说"砂锅能捣蒜"，

得贵就说"打不烂"；

恒元说"公鸡能下蛋"，

得贵就说"亲眼见"。

要干啥，就能干，

只要恒元嘴动弹！

他把这段快板念完，小福听惯了，不很笑。他表兄却嘻嘻哈哈笑个不了。

小顺道："你笑什么？得贵的好事多着哩！那是我们村里有名的吃烙饼干部。"小福的表兄道："还是干部啦？"小顺道："农会主席！官也不小。"小福的表兄道："怎么说是吃烙饼干部？"小顺说："这村跟别处不同：谁有个事到公所说说，先得十几斤面五斤猪肉，在场的每人一斤面烙饼，一大碗菜，吃了才说理。得贵领一份烙饼，总得把每一张烙饼都挑过。"小福的表兄道："我们村里早二三年前说事就不兴吃喝了。"小顺道："人家那一村也不行了，就这村怪！这都是老恒元的古规。老恒元今天得个病死了，明天管保就吃不成了。"

正说着，又来了几个人：老秦（小福的爹）、小元、小明、小保。一进门，小元喊道："大事情！大事情！"有才忙道："什么？什么？"小明答道："老哥！喜富的村长撤差了！"小顺从炕上往地下一跳道："真的？再唱三天戏！"小福道："我也算数！"有才道："还有今天？我当他这饭碗是铁箍箍住了！谁说的？"小元道："真的！章工作员来了，带着公事！"小福的表兄问小福道："你村人跟喜富的仇气就这么大？"小顺道："那也是有歌的：

　　一只虎，阎喜富，

　　吃吃喝喝有来路；

　　当过兵，卖过土，

　　又偷牲口又放赌，

　　当牙行，卖寡妇……

　　什么事情都敢做。

　　惹下他，防不住，

　　人人见了满招呼！

你看仇恨大不大？"小福的表兄听罢才笑了一声，小明又拦住告诉他道："柿子洼客你是不知道！他念的那还是说从前，抗战以后这东西趁着兵荒马乱抢了个村长，就更了不得了，有恒元那老不死给他撑腰，就没有他干不出来的事，屁大点事弄到公所，也是桌面上吃饭，袖筒里过钱，钱淹不住心，说捆就捆，说打就打，说教谁倾家败产谁就没法治。逼得人家破了产，老恒元管'贱钱二百'买房买地。老槐树底这些人，进了村公所，谁也不敢走到桌边。三天两头出款，谁敢问问人家派的是什么钱；人家姓阎的一年四季也不见走一回差，有差事都派到老槐树底，谁不是荒着地给人家支？……你是不知道，坏透了坏透了！"有才低声问道："为什么事撤了的？"小保道："这可还不知道，大概是县里调查出来的吧？"有才道："光撤了差放在村里还是大害，什么时候毁了他才能算干净，可不知道县里还办他不办？"小保道："只要把他弄下台，攻他的人可多啦！"

　　远远有人喊道："明天到庙里选村长啦，十八岁以上的人都得去……"一连声叫喊，声音越来越近，小福听出来了，便向大家道："是得贵！还听不懂他那贱嗓？"进来了，就是得贵。他一进来，除了有才是主人，随便打了个招呼，其余的人都没有说话，小福小顺彼此挤了挤眼。得贵道："这里倒热闹！省得我跑！明天选村长啦，凡年满十八岁者都去！"又把嗓子放得低低的："老村长的意思叫选广聚！谁不在这里，你们碰上告诉给他们一声！"说着抽身就走了，他才一出门，小顺抢着道："吃烙饼去吧！"小元道："吃屁吧！章工作员还在这里住着啦，饼恐怕烙不成！"老秦埋怨道："人家听见了！"小元道："怕什么？就是故意叫他听啦。"小保道："他也学会打官腔了：'凡年满十八岁者'……"小顺道："还有'老村长的意思'。"小福道："假大头这回要变真大头啦呀！"小福的表兄问小福道："谁是假大头？"小顺抢着道："这也有歌：

　　　刘广聚，假大头：
　　　一心要当人物头，
　　　抱粗腿，借势头，
　　　拜认恒元干老头。
　　　大小事，强出头，
　　　说起话来歪着头。
　　　从西头，到东头，
　　　放不下广聚这颗头。

一念歌你就清楚了。"小福的表兄觉着很奇怪，也没有顾上笑，又问道：

"怎么你村有这么多的歌？"小顺道："提起西头的人来，没有一个没歌的，连那一个女人脸上有麻子都有歌。不只是人，每出一件新事，隔不了一天就有歌出来了。"又指着有才道："有我们这位老叔，你想听歌很容易！要多少有多少！"

小元道："我看咱们也不用管他'老村长的意思'不意思，明天偏给他放个冷炮，揽上一伙人选别人，偏不选广聚！"老秦道："不妥不妥，指望咱老槐树底人谁得罪起老恒元？他说选广聚就选广聚，瞎惹那些气有什么好处？"小元道："你这老汉真见不得事！只怕柿叶掉下来碰破你的头，你不敢得罪人家，也还不是照样替人家支差出款？"老秦这人有点古怪，只要年轻人一发脾气，他就不说话了。小保向小元道："你说得对，这一回真是该扭扭劲！要是再选上个广聚还不是仍出不了恒元老家伙的手吗？依我说咱们老槐树底的人这回就出出头，就是办不好也比搓在他们脚板底强得多！"小保这么一说，大家都同意，只是决定不了该选谁好。依小元说，小保就可以办；老陈觉得要是选小明，票数会更多一些；小明却说在大场面上说个话还是小元有两下子。李有才道："我说个公道话吧：要是选小明老弟，保管票数最多，可是他老弟恐怕不能办：他这人太好，太直，跟人家老恒元那伙人斗个什么事恐怕没有人家的心眼多。小保领过几年羊（就是当羊经理），在外边走的地方也不少，又能写会算，办倒没有什么办不了，只是他一家五六口子全靠他一个人吃饭，真也有点顾不上。依我说，小元可以办，小保可以帮他记一记账，写个什么公事……"这个意见大家赞成了。小保向大家道："要那样咱们出去给他活动活动！"小顺道："对！宣传宣传！"说着就都往外走。老秦着了急，叫住小福道："小福！你跟人家逞什么能？给我回去！"小顺拉着小福道："走吧走吧！"又回头向老秦道："不怕！丢了你小福我包赔！"说了就把小福拉上走了。老秦赶紧追出来连声喊叫，也没有叫住，只好领上外甥（小福的表兄）回去睡觉。

窑里丢下有才一个人，也就睡了。

（节选自《李有才板话》，1943 年 12 月华北新华书店初版）

　　这是一篇典型的赵树理式的"问题小说"，提出了一个"党领导下的革命政权有可能因为党的干部的官僚主义作风和被收买而变质，危害农民利益"的重大问题。这显然是鲁迅所开创的清醒地正视人生、反对瞒和骗的现实主义战斗传统在新的历史条件下的发展。这里选摘的两节，第一节写李有才这位民间"板人"及阎家山的环境，第二节则通过小福的表哥来到李有才家的所见所闻，展开故事。这本身就是一个暗示：只有走进农民的土窑，了解他们的日常生活、喜怒哀乐，才能真正认识中国农村的真实。

　　《李有才板话》最吸引人之处，即在其所创造的"评书体现代小说"。赵树理一直不满意于包括鲁迅《阿Q正传》在内的现代新小说不能进入农民的窑洞，吸引农民的依然是章回体旧通俗小说的现实，他尝试对以说唱文学为基础的传统小说的结构方式、叙述方式、表现手段进行扬弃、改造和新的创造，以适应农民的欣赏水平和审美习惯。赵树理的追求，还不止于此：他更自觉地倡导民间形式的运用与推广，他强调"群众的传统能产生艺术"，并且是其他传统（古代、外国、新文学）不能"代替"的（《"普及"工作旧话重提》）。在他看来，农民不仅是物质生产者，也是精神财富的创造者；农民艺术和农村文化是不能小觑和抹杀的。因此，他在农民民间说书艺术基础上创造"评书体现代小说"，不仅要创造农民欣赏现代文学的条件，而且还要尝试用民间艺术来参与、改造和丰富现代文学的创造。

　　《李有才板话》的阅读与欣赏，当然不能忽视全篇明白如话、朗朗上口的快板语言。研究者注意到了解放区工农兵文学的两种语言倾向。一是以周立波的《暴风骤雨》为代表的，对老百姓方言、土语、歇后语的大量运用，周立波甚至预言："农民语言用在文学和一切文字上，将使我们的文学和文字再来一番巨大的革新。"（周立波：《〈暴风骤雨〉

是怎样写成的?》)另一种是赵树理式的:"不但在人物对话上,而且在一般叙述的描写上,都是口语化的","他几乎很少用方言、土语、歇后语这些","他尽量用普遍的、平常的话语,但求每句话都能适合每个人物的特殊身份"(周扬:《论赵树理的创作》)。日常生活里的大白话,到了赵树理的笔下,就有了生命,而且有一种令人解颐的幽默效果。如诗人邵燕祥所说:"他从民族语言特别是民间口语宝库中提炼的、臻于炉火纯青的艺术语言,为母语文学留下无法替代的贡献。"(邵燕祥:《插错"搭子"的一张牌——重新解读赵树理》推荐序)

　　《李有才板话》的另一个特色,是强烈的地方色彩、地方气息。无论是小说开头写李有才的窑洞、待客的软米糕、念歌听歌的习惯,还是结尾写全村高唱"高梆戏",都充溢着晋东南那一方水土的民俗、民风、民性。如同老舍创造了"文学北京"一样,赵树理也创造了"文学山西"。

● 要细心体会赵树理"评书体现代小说"的特点。全篇借李有才的板话来介绍人物,展开故事,李有才所扮演的就是"说书人"的角色。并形成特殊的叙述方式:把描写融化于讲述之中,少有静止的景物和心理描写,在情节的矛盾冲突中,用行动和言语展现人物性格,而且讲究情节的连贯、完整和集中;小说以"有才窑里的晚会"解开矛盾,以"'板人'作总结"结束,有头有尾,不枝不蔓,有一个"大团圆"的结局,这都是为了满足农民"听故事"的心理与审美需求。

● 把阅读重心放在赵树理的语言艺术上,可对以下几个片段作具体分析:作者怎样介绍阎家山的建筑格局和称谓?怎样描写李有才的窑洞?怎样写张富贵的出场,以及人们的反应?细加琢磨,更要体味其中语言的魅力。

● 我们已经结识了鲁迅笔下的农民和沈从文的农民,现在又结识了赵树理的农民,以后还会结识孙犁的农民,等等。注意一边读,一边研究,最后写一篇"中国现代文学里的农民形象",这是极有意义,极有意思、意味的。

第六章

战争文学的多元探索

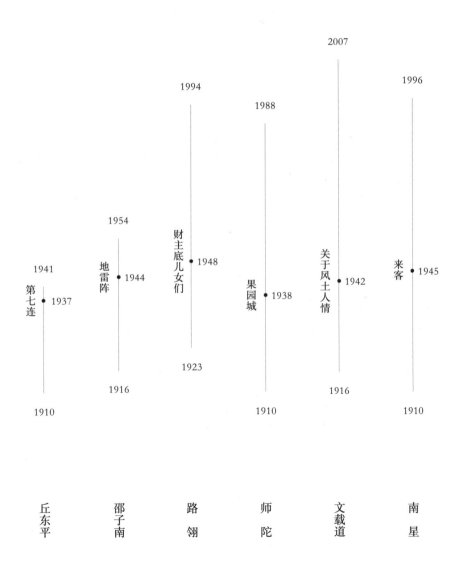

民族与阶级本位的英雄主义、浪漫主义的战争文学

　　抗日战争爆发时，作家巴金这样谈到中国老百姓和他自己的第一反应："（上海）大世界（商场）前面炸弹爆发的那一天，我在电车里看见两边马路上一群一群的难民，身上带血，手牵着手沉默地往西走去。全是些严肃的面容，没有恐怖或悲痛的表情，好像去赴义、去贡献一个重大的牺牲"，"一个人的生命是容易毁灭的，群体的生命就会永生"，"上海的炮声应该是一个信号。这一次全中国的人真的团结成一个整体了。我们把个人的一切全交出来维持这个'整体'的生存……'整体'的存在也就是我们个人的存在。我们为着争我们民族的生存虽至粉身碎骨，我们也不会灭亡，因为我们还活在我们民族的生命里"（巴金：《生与死》）。另一位第二个十年最有影响的作家茅盾在所写的《写于神圣的炮声中》一文中，也这样写道："我以幸生于今世，作为我们民族走上神圣的历史阶段时微末的一分子。"这里充溢着的为"民族的生存"而"赴义""贡献""牺牲"的"神圣"感和英雄主义气概，和将"个人的存在"融入"民族"的"整体"中而获得"永生"的浪漫主义想象与情怀，代表了一种理想主义的战争观。因此，在抗战一开始，就出现了一个"狂欢的气氛和参军冒险的热情"，战争就成了一个"盛大节日"。

　　中国的作家、知识分子也义不容辞地投身于这充满英雄主义精神的全民抗击的时代潮流之中。这是成立于 1937 年 8 月的作家"西北战地服务团"的"宣言"："我们愿意赴疆场，实行战地服务。我们愿意

以我们的一切贡献于抗日前线，与前线战士共甘苦，同生死，来提高前线战士的民族自信心和民族牺牲性，唤醒动员和组织战地的民众来配合前线的作战。"这样，"为战争服务"就成了几乎所有作家的共同选择。由此而形成的是一种全新的"战争文学观"。郁达夫在《战时的小说》里，这样写道："反侵略的战争小说，所描写的，大抵是战争的恐怖，与人类理性的灭亡。欧战（按：指第一次世界大战）后各作家所作的小说，自然以属于这一类的为最多。这种小说，好当然不能说它们不好，但我总还觉得是太消极一点。所以，我想，我们在这次战争之后，若不做小说则已，若要做小说，就非带有积极性的反战小说不可。"所谓"积极性的反战小说"，就是和历史乐观主义的战争观相适应的"新英雄主义、浪漫主义的战争文学"。不仅大后方的重庆《新华日报》发出"写我们时代的英雄人物"的号召（1943 年 11 月 24 日《新华日报》），华北抗日根据地的作家孙犁也大声疾呼要创造"战时的英雄文学"，塑造农民的战士英雄形象（孙犁：《论战时的英雄文学》），就是在沦陷区的北平也有评论家撰写文章，强调"新英雄主义、新浪漫主义"是"新文学之健康性的基础和依据"（上官筝：《新英雄主义、新浪漫主义和新文学之健康的要求》）。孙犁在他的文章里还作了这样的阐释："文学在本质上就是战争的东西，希腊最早的史诗和各悲剧，都是表现战争和英雄事业的"；"人民喜欢英雄故事。他们对战士、对英雄表示特有的崇敬，在民间有大量的歌颂英雄的口头文学"；而反侵略的革命战争的时代，更是一个"战斗的时代，英雄的时代"，"生活本身就带有浓烈的浪漫主义色彩"，因此，在他看来，塑造浪漫主义的典型，集体的、个人的英雄人物，完全是符合规律的。他因此而肯定（规定）了文学的"悲壮"风格："悲哀的作品可以挫伤我们的斗志，但悲壮的作品却可以激发人们的健康的战斗的感情。"

这样的英雄主义、浪漫主义的小说观，有自己的世界观与相应的思维方式、文学观念和文学表达方式。它怀有对人的理性力量以及意识形态的夸大了的自信，坚信战争的一切都是按照人或者某些集团所能驾驭的必然规律进行；因此，他们理解的文学的真实性，就是文学如实反映战争的这种必然规律，提供为意识形态照亮的明晰的文学图景，并由此产生了他们的文学典型观："典型"即"本质"，即战争发展必然规律的体现，文学（事件、环境、人物性格）的典型化，就是"集中地有意识地抓住要害（或说本质），删削某些偶然的表面的现象"（何其芳：《关于"客观主义"的通讯》）。为塑造这样本质化的文学典型，又形成了一种固定的矛盾高度集中、充分尖锐化、戏剧化的情节模式，和封闭式的结构模式（一篇小说就是一个矛盾的解决，一个戏剧动作的完成，而且是一种人们可以驾驭的必然性的完成），以及审美判断、审美感情高度纯化与强化的审美趣味与风格。其目的就是要制造战争神话，制造信仰、信念、意识形态神话，以及被英雄化了的群体自身的神话。

这样的集体英雄主义的文学也深刻影响到了文体的选择，强调"有选择、有计划地描写壮烈事件中最典型的事件"，就形成了文学创作的纪实倾向与新闻化倾向。在抗战初期，报告文学的兴盛，及报告文学对小说的渗透，小说与报告文学界限的模糊，绝非偶然。当时所有文艺刊物都以十之七八的篇幅发表报告文学，这些作品立即在时刻关注战争进展的读者中不胫而走。文学青年更是主动拿起笔来，以至这一时期的报告文学"约三分之一的作者完全出自新进的文艺者之手"，他们都是"以实践者的地位，深入了各种（抗战）工作的内层"，然后如实写下自己的真实观察与感受，"给读者带来了不加修饰的战争真实情况"，于是具有了一种特殊的价值：这是"当代人写当代史"（以群：《抗战以来的报告文学》）。正是在这样的基础上，抗战初期涌现出一大批新兴作家，如丘东平（代表作《第七连》）、骆宾基（代表作《东战场别动队》）、曹白（代表作《杨可中》）、碧野（代表作《北方的原野》《太行山边》）、萧乾（代表作《刘粹刚之死》《血肉筑成的滇缅路》）、范长江（代表作《西线风云》）等。

当战争进入相持阶段，战争逐渐失去特殊光彩，成为日常生活，大后方的文学也就开始了新的探索和多元化的发展。在共产党领导的敌后游击战区，主要以报告文学与报告文学体的小说为载体的英雄主义、浪漫主义的战争文学，不但得以延续，而且有了新的发展。如果说，抗战初期英雄主义、浪漫主义的战争文学是以民族为本位的，其磅礴的战斗激情与理想主义都是以民族主义精神作为其内在底蕴，现在共产党领导的抗战越来越具有为革命解放运动做准备的意义和价值，阶级的观念就逐渐内在地改变了民族主义的内涵，阶级话语已经由抗战前期的隐在变为了一种显在。抗战中后期在被称为"解放区"的敌后根据地，兴起了一股"新英雄传奇"的创作潮流，涌现了一大批新人新作。代表作有：邵子南的《地雷阵》、华山的《鸡毛信》等短篇小说；柯蓝的《洋铁桶的故事》，马烽、西戎的《吕梁英雄传》，孔厥、袁静的《新儿女英雄传》等长篇小说。这些"新英雄传奇"所写的人民英雄，尽管依然以民族主义为思想基础，但他们能够从自发反抗走向自觉斗争，从没有力量的普通农民成为战斗集体中的英雄，关键在于党的引导。在这些作品里，阶级的话语在意识形态上已经远远高于一般的民族话语。这样，民族本位的英雄主义、浪漫主义战争文学就发展成了阶级本位、党本位的英雄主义、浪漫主义战争文学。在文学形式上，也有相应的变化，主要是更加具有党倡导的工农兵文学的特色，更注重老百姓"喜闻乐见"的传统、通俗、民间的形式的运用。

历史便安排给他
另一条和高尔基、杰克·伦敦
都不相同的道路……
作一个时代的与士兵的
「带枪的人」

《第七连》

丘东平（1910—1941）

《七月》

座谈会记录

丘东平：
"作家—士兵"的合一

1935 年 9 月	丘东平《沉郁的梅冷城》出版（天马书店）。
1937 年 6 月	丘东平《将军的故事》出版（北新书局）。
1937 年 11 月	范长江等《西线风云》出版（大公报馆）。
1937 年 12 月	丘东平作《第七连——记第七连连长丘俊谈话》。
1938 年 5 月	梅英编《长江战地通讯专集》出版（开明书店）。
1938 年 5 月	碧野《北方的原野》出版（上海杂志公司）。
1938 年 5 月	碧野《太行山边》出版（汉口大众出版社）。
1939 年 6 月	丘东平《第七连》出版（联华书局）。
1941 年 6 月	茅盾《白杨礼赞》发表（《文艺阵地》第 6 卷第 3 期）。
1943 年 3 月	曹白《呼吸》出版（星原书屋）。
1945 年 12 月	丘东平《茅山下》出版（韬奋书店）。
1946 年 2 月	以群《论抗战以来的报告文学》作为代序发表（作家书屋）。

　　丘东平（1910—1941）是抗战初期被胡风寄予厚望的"七月派"作家。他在童年时即卷入故乡海陆丰党领导的农民运动；抗战开始参加十九路军，参与上海"一·二八"抗战全过程；之后驰骋长城古北口外；又活跃于上海"八一三"战场，继而出没于山东战场；后来又参加新四军，在敌后战斗中献出了自己的生命。评论家因此说他是"从'底层'来的东方的作家"，"被苦难的奴隶的命运枷锁着的祖国要求他，不仅是一个持笔的文艺作家，还得做一个时代的当兵的'带枪的人'"（石怀池：《东平小论》）。这样的"作家—士兵"的合一，构成了中国英雄主义战争文学的一大特色。

《第七连》（节选）
记第七连连长丘俊的谈话

丘东平

……

敌人的猛烈的炮攻又开始了。

敌人的准确的炮弹和我们中国军的阵地开了非常厉害的玩笑。炮弹的落着点所构成的曲线完全一致。密集的炮火，使阵地的颤动改变了方式，它再不像弹簧一样地颤动了。它完全变成了溶液，像深渊的海似的泛起汹涌的波涛。

我们的团长给了我一个电话机。他直接用电话对我发问：

——你能不能支持得住呢？

——支持得住的，团长。我答。

——我希望你深切地了解，这是你立功成名的时候，你必须深明大义，抱定与阵地共存亡的决心！

我仿佛觉得，我的团长是在和我的灵魂说话，他的话（依据我们中国人和鬼的通讯法）应该写在纸上，焚化，——而我对于他的话也是从灵魂上去发生感动，我感动得几乎掉下泪来。我不明白那几句僵尸一样的死的辞句为什么会这样地感动我。

——团长，你放心吧！我自从穿起了军服，就决定了一生必走的途径，我是一个军人，我已经以身许给战斗。

于是我报告他第三排的排长如何违反命令的情形，他叫我立即把他枪毙。但第三排的排长已经受伤回来了，我请求团长饶恕了他。那中年的四川人挂着满脸的鲜血躺在我的近边，团长和我在电话中谈话他完全听见的。他以为我就要枪毙他，像一只癫狂的野兽似的逃走了，我以后再也没有碰见他。

夜是人类天然的休息时间，到了夜里，敌我两方的枪炮声都自然地停止了，弟兄们除了一半在阵地外放哨之外，其余的都在壕沟里熟睡起来。我的身体原来比别人好，我能继续支持五天五夜的时间在清醒中，我围着一张军毡，独自个在阵地上来往，看着别的人在熟睡而我自己醒着，我感受到很大的安慰，我这时候才对自己有了深切的了解，我很可以做这些战士的朋友。

我的鼻管塞满着炮烟，浑身烂泥，鞋子丢了，不晓得胶住在那处的泥浆里，只好把袜子当鞋。我的袋子还有少许的炒米，但我的嘴脏得像一个屎缸，这张嘴老早就失却了吃东西的本能，而我也不晓得这时候是否应该向嘴里送一点食物。

第二天拂晓，我们的第二排，由何博排长率领向敌人的阵地出击。微雨停止了，晓色朦胧中，我看见二十四个黑色的影子，迅速地跳出了战壕。约莫过了二十分钟的样子，前面发出了机关枪声，敌人的和我们的都可清楚地判别出来。这枪声一连继续了半个钟头之久，我派了三次的支援兵去接应，一个传令兵报告我排长已经被俘虏了。我觉得有些愕然，只得叫他们全退回来。

原来何博太勇敢了，到了半路他吩咐弟兄们暂在后头等着，自己一个人前进到相距两百米突的地方去作试探，恰巧这时候有一小队的敌人从右角斜向左角的友军的阵地实行暗袭，给第二排的弟兄碰见了，立即开起火来，但排长却还是留在敌人的阵地的背面。天亮了，排长何博不愿意把自己的地位暴露，在我们的阵地前面独战了一天，直到晚上我们全线退却的时候方才回来。他已经伤了左手的手掌，我和他重见的地点是在南昌陆象山路六眼井的一个临时医院里，因为我也是在这天受了伤的。

这天的战况是这样的：

从上午八点起，敌人对我们开始了正面的总攻。这次总攻的炮火的猛烈是空前的，我们伏在壕沟里，咬紧着牙关，忍熬这不能抵御的炮火的重压，对于自己的生命，起初是用一个月，一个礼拜来计算，慢慢地用一天，用一个钟头，用一秒，现在是用秒的千分之一的时间。

"与阵地共存亡"，我很冷静，我刻刻地防备着，恐怕会上这句话的当。我觉得这句话非常错误，中国军的长官最喜欢说这句话，我本来很了解这句话的神圣的意义。但我还是恐怕会受这句话的愚弄，人的"存"和"亡"在这里都不成问题，而对于阵地的据守，却是超越了人的"存""亡"的又一回事。

我这时候的心境是悲苦的，我哀切地盼望在敌人的无敌的炮火之下，我们的弟兄还能留存了五分之一的人数，而我自己，第七连的灵魂，必须还是活的，我必须亲眼看到一幅比一切都鲜丽的画景，我们中华民国的勇士如何从毁坏不堪的壕沟里跃出，如何在阵地的前面去迎接敌人的鲜丽的画景。

但敌人的猛烈的炮火已击溃了右侧方的友军的阵地。

我们出击了，我们，零丁地剩下了的能够动员的二十五个，像发疯了似的晕蒙地，懵懂地在炮火的浓黑的烟幕中寻觅着。我清楚地瞧见，隔着一条小河，和我们相距约二十米突的地方，有一大队的敌人像潮水似的向着我们右侧被冲破了的缺口涌进。他们有一大半是北方人，大叫着"杀呀！——杀呀！"用了非常笨重，愚蠢的声音。挺着刺刀，弯着两股。

我立刻一个人冲到我们本阵地的右端，这里有一架重机关枪，叫这重机关枪立即快放。

这重机关枪咨嗇地响了五发左右就不再继续了。

——坏了。

那射击手简单地说着，随即拿起了一支步枪，对着那密集的目标作个别的瞄准射击。

我们一齐地对那密集的目标放牌楼火。但敌人的强大的压迫使我们又退回了原来的壕沟。

右侧方的阵地是无望了，我决定把我们的阵地当作一个据点扼守下去，因此我在万分的危殆中开始整顿我们的残破的阵容。而我们左侧方的友军，却误会我们的阵地已经被敌人占领，用密集的火力对我们的背后射击。为了要联络左侧方的友军，我自己不能不从阵地的右端向左端移动。

这时候，我们的营长从地洞里爬出来了。他只是从电话听取我的报告，还不曾看到这阵地成了个什么样子。他的黧黑的面孔显得非常愁苦。他好像从睡梦里初醒似的爬出来了，对我用力地挥手。一颗子弹射中了他的左肺，他咳了两声就倒下了。

敌人的炮口已经对我们直接瞄准了，从炮口冲出的火焰可以清楚地瞧见着。

我开始在破烂不堪的阵地上向左跃进，第二次刚刚抬起头来，一颗炮弹就落在我的身边，我只听见头上的钢帽铛地响了一声，接着晕沉了约莫十五分钟之久。

我是决定在重伤的时候自杀的，但后来竟没有自杀。我叫两个弟兄把我拖走，他们拖了好久，还不曾使我移动一步。这时候我突然发觉自己还有一副健全的腿，自己还可以走的。我伤在左颈，左手和左眼皮。鲜红的血把半边军服淋得透湿。

当我离开那险恶的阵地的时候，我猛然记起了两件事。

第一，我曾经叫我的勤务兵在阵地上拾枪，我看他已经拾了一大堆了，他退下来没有呢？那一大堆的枪呢？

第二，我的黑皮图囊，我在壕沟里曾经用它来垫坐，后来丢在壕沟里。记得特务长问我：

——连长，这皮袋要不要呢？

我看他似乎有"如果不要，我就拿走"的意思，觉得那图囊可爱起来，重新把它背在身上。

不错，现在这图囊还在我的身边。

1937 年 12 月 21 日 汉口

（节选自《第七连》，原载 1938 年《七月》第 1 集第 6 期）

  《第七连》是丘东平的代表作。这部作品中最引人注目之处，在于它发出的是上海"八一三"战事第一线战斗者的声音。叙述者第七连连长谈到自己"以身许给战斗"的决心，"灵魂"深处发生的"感动"，以及他所描述的"我们中华民国的勇士如何从毁坏不堪的壕沟里跃出，如何在阵地的前面去迎接敌人的鲜丽的画景"，都有一种震撼力。但更难能可贵的是，叙述者不回避自己和战友外貌的"愁苦"与心境的"悲苦"，特别是在体认"共存亡"的"神圣"性的同时，又产生的可能被"愚弄"的担忧。这都极其真实，是不在其中的旁观者难以想象的，更是那些廉价的歌颂者难以理解的。但丘东平却如实写出，这就突破了英雄主义、浪漫主义战争文学的局限，显示出现实主义文学的魅力。应该说，丘东平的《第七连》同时具有浪漫主义与现实主义两种战争文学的因素，构成了内在的矛盾与张力。因此，在历史的现场，它引起的反响是不同的：许多读者都为七连连长和他的战友的献身精神所感动，但也遭到了"正统文坛"的"暴露黑暗"的批评，这也恰恰是倡导"战斗的现实主义的文学"的胡风特别欣赏之处。

- 今天的读者阅读这篇真实描述 80 多年前的战争的现场实录，首先要注意的，就是那些战争实景、实况的文字，那"完全变成了溶液，像深渊的海似的泛起汹涌的波涛"的阵地，那战士"像发疯了似的晕蒙地，懵懂地在炮火的浓黑的烟幕中寻觅"的出击，那"鼻管塞满着炮烟，浑身烂泥，鞋子丢了"的"我"的狼狈形象……细细体味，想象，努力进入或接近"战争的现场"，并说出你自己的感受。
- 然后，要深入文本内部，仔细琢磨"我"作为现场指挥者的所见所闻所想，以及相互统一又充满矛盾的内心活动，并进而分析作者着意追求的两种战争文学叙述的内在张力，以体会丘东平创作的复杂性与丰富性。

邵子南：
"英雄的成长"

1944 年 9 月	邵子南《李勇大摆地雷阵》发表（《解放日报》9 月 21 日—24 日连载）。
1945 年 6 月	马烽、西戎《吕梁英雄传》发表（《晋绥大众报》1945 年 6 月 5 日至 1946 年 8 月 20 日连载，原题《民兵英雄传》）。
1945 年 12 月	柯蓝《洋铁桶的故事》出版（冀中新华书店）。
1947 年 5 月	邵子南短篇集《李勇大摆地雷阵》再版（东北书店）。
1947 年 7 月	柳青《种谷记》出版（光华书店）。
1947 年 9 月	邵子南《地雷阵》收入《解放区短篇创作选》第 1 辑出版（东北书店）。
1947 年 9 月	康濯《我的两家房东》收入《解放区短篇创作选》第 1 辑出版（东北书店）。
1947 年 10 月	刘白羽《勇敢的人》出版（东北书店）。
1948 年 4 月	周立波《暴风骤雨》（上）出版（东北书店）。
1948 年 9 月	草明《原动力》出版（东北书店）。
1949 年 5 月	周立波《暴风骤雨》（下）出版（东北书店）。
1949 年 5 月	孔厥、袁静《新儿女英雄传》发表（《人民日报》5 月 24 日至 7 月 12 日连载）。
1949 年 7 月	全国第一次文代会在北京召开。
1949 年 11 月	华山《鸡毛信》出版（大连新华书店）。

　　如前所述，抗战中后期在解放区，兴起了一股"新英雄传奇"的创作潮流，涌现了一大批新人新作。邵子南（1916—1954）的《地雷阵》就是其中的代表作。邵子南参加过西北战地服务团，也是延安鲁艺的一员。《地雷阵》是一篇典型的革命英雄主义的战争文学作品。

《李勇大摆地雷阵》

邵子南（1916—1954）

李勇要变成千百万，
千百万的民兵要像李勇，
敌人要碰上千百万李勇地雷阵，
管教他一个一个，
一个一个都送终！

《解放区短篇创作选》

《中流》

《地雷阵》（节选）

邵子南

地雷像个大西瓜，

翻开地皮埋上它；

浇上了鬼子的血和肉，

让它开一朵大红花！

这是晋察冀民兵唱的《地雷歌》。多少民兵都学会了埋这玩意儿——抱着大大小小的"西瓜"，口里不言语，眼里笑眯眯的。这"西瓜"是铁的，里面还有火药，"西瓜"藤子又十分细。你要触动了"西瓜"藤啦，就请你扭一下秧歌舞，跌到地下。不拉你，你再也莫想起来，起来还得进棺材。这号铁皮药瓢"西瓜"，大的要几个人抬，小的一个人能拿上三五个。

一九四三年春天，日本鬼子已经吃亏吃够了，怕了地雷，写信给武装部讲条件。武装部不跟他讲条件，却说："你来吧，不会嫌少的，够你吃的啦！"

瞧吧，日本鬼子走大道，大道寸步难行；走小道，小道的雷也响得一样的厉害。他就只有窜啦，在麦苗上窜，在水里头拖着那只牛皮靴蹄子窜——没有走的样儿，只好叫他是窜嘛——慢慢地麦苗水边也会咬人啦。日本鬼子看好地形，说是："好架机关枪啦！"扛着机关枪上山头，一架，"轰"连机关枪带人飞上去又跌下来，枪使不得，人也使不得啦。日本鬼子进村也好，走道儿也好，学会了画圈圈，还压上"小心地雷！"的纸条儿。一个村，他可以画上百十个圈圈。圈来圈去，还是走不得，动不得，挪不开脚步，一碰就响。爆炸手们都知道：

> 管你骑马坐轿，
> 管你费尽心机；
> 我要埋上地雷，
> 你就寸步难移。

可是出了李勇，地雷战那才算得更有声有色。

李勇是阜平五丈湾人民，从小就跟着父亲养种着不大点子不打粮食的嘎咕地，吃着多半树叶，少半粮食。长到抗战开始，他是个又黄又瘦，个子不高的少年。

他一看见八路军，就嚷着要当兵去。父亲把他关起来。他钻了一个空子，总算溜出来了，骗着八路军，说是："跟老的说好了的。"穿上一身崭新的黄军装，坐也不是，立也不是，催着出发。

队伍就不出发，慢慢地做饭吃，吃了还睡觉。他就巴望着他父亲不要寻到他那儿来。昏头昏脑，寻到随便哪儿去也好！不敢到八路军来也好！

究竟年轻，没想到大人寻人的本事。——突然，父亲站在他跟前。他要溜出去，父亲拦住大门，一巴掌就把他打了个跌，给硬逼着脱军装，李勇直哇哇啼哭。军装脱下来，军装又拿走了。他穿上便衣，一吓就满身大汗闹湿了，又给硬逼着走。

走一路，他哭了一路。见着庄稼他就钻，钻进去又给抓出来；走不了几步，又钻。走完二十几里地回到了家，父儿俩都累得不成样子。他直嚎了一夜，第二天又不吃饭。

"老虎不吃儿。"当老的跟他妥协啦，尽向他说好的，把他制住了。他也休想再能跑出去了。

很快，他成了共产党员。一直他都是青年们的头儿。谁受了欺负，找上了李勇，只要李勇一吆喝，青年们一窝蜂跟了去，那是"天不怕，地不怕"！他性子又急，像干透了的劈柴，一点就着火，一着就没完。共产党在五丈湾，使得穷小子、娃娃、妇女，都能说话，能办事；那李勇还不是"鱼儿见水，龙归大海"吗？入了党，他自个儿整整乐了好几天，就是走路也唱唱打打的了。

人们说："这娃娃拾了好东西，发财了吧？"

一阵乐劲过去，李勇说话像个大人了，正正经经问起村里的事来。

后来，人们选了他当抗先队长。组织民兵，他当了武委会主任，又改为中队长。凭着他积极、勇敢、心眼灵，学会了使枪使雷：在使枪上，虽不说百发百中，却也打得不差码子；在使雷上，他能够在平光水滑的打麦场上，把地雷埋上，无踪无影，好爆炸手也找不出来。各种地雷阵，游击战，麻雀战，更是头头是道。

只是在一次反"扫荡"里，父亲被日本鬼子杀死了。"生要见人，死要见尸！"李勇找了两天一夜，找着了，他也昏倒过去了。醒转来，他成了他娘、他妹、他弟弟的当家人，还不到二十岁。把父亲埋了，眼见的生活更加困难，闷了几天，就拾掇出一副担子，找好秤，和乡亲们对落出几个本钱，到四外赶集，卖粉面去。

一九四三年，五月十一日，他挑着担子，到邓家店赶集，忽听见一人叫他：

"李勇！"

他抬头见是区里大队长。就说：

"下乡呀？"

大队长说："下乡！日本鬼子来啦！奔袭我们阜平。"就把情况儿告诉他，还说："可能打你们村过，地雷，你们得准备嘞！"

李勇顺口就说："那我就回去吧！"

大队长点了点头，又说："雷要响得了呀！"

李勇说："好的。"把担子放下了。

大队长说："你这担子？"

李勇说:"不要紧,我交给个熟人好了!"

一回头,看见个空手熟人,把担子交代清楚,李勇撒开腿,一个跑步去了。大队长看着,暗自说:"哼,我还以为他要埋怨情况儿变化得快呢!这小子,就是利索!"

回到村里,把民兵掌握起来,李勇在五丈湾附近,看好日本鬼子要走的道儿,仔仔细细地布置了个地雷阵,专等日本鬼子到来。正是:

鬼子来,

就把地雷埋!

管教他,

来了就倒下,

倒下就起不来!

这一天,日本鬼子没来,第二天,五月十二日早晨,是一个阴天。日本鬼子从那长满枣树、榆树、槐树,绿荫荫的道儿上露头了。枣儿花香,露水重,片片叶儿下垂,十分好的去处。日本鬼子在那儿露头,欢喜死了伏在北边小坡上的李勇和他的游击组爆炸组。

眼睁睁看着日本鬼子朝地雷阵走去,李勇气也不出啦,众人也一二十只眼睛都是看定一个方向。日本鬼子进了地雷阵,一个进去了,一个进去了,又一个进去了。李勇就等着地雷响。那聚精会神的神情呀,真是:

耳不旁听,

目不旁视。

忘了自己,

忘了旁人!

什么都不想了!千种聪明,万种本事,全丢开了!只干一件事:"注意!"这种情况打惯游击的老乡都知道。这么趴着,趴一天半天,真只当一会儿事，不饿不冷，太阳晒着不热，不撒尿，不拉屎，说他傻不是傻，说他痴不是痴；头儿仰着，嘴儿闭着，脸上皮肉死；就是眼睛向前直视；谁的手动一动，众人心头麻烦死；风儿不吹，鸟儿不叫——呀，太阳早偏了西。

他们等着地雷响，地雷不响，日本鬼子一个一个擦着地雷边过去了。过一个，李勇脸上变一种颜色。连过三个，李勇脸黑了。这个黑法，好比乌云堆满了，好比那无底洞儿黑沉沉，好比那黑夜只等电闪光。

诸位，地雷厉害是厉害，就这个缺点，踩不着，它不响。一条宽宽的道儿上，哪有那容易就端端踩着？就再窄的道儿，也有脚前脚后，也没有非踩着不可的道理。我们有好多的地雷阵就这样白糟蹋了。这才急死人呀！谁也没想出好法子过。

好一个李勇，灵机一转："他不踩地雷，我得叫他踩！拿枪打，怕他不乱；乱了，怕他不踩！"心里这么想，拿出大枪瞄。回头轻声向众人说："打！"

群人说："打不得！"

"不敢暴露目标！"

"不打，他不踩地雷！"李勇说着就是一枪。

那一枪，好比鹞子扑小鸡，好比长江归大海，枪子直落到头前那个日本鬼子的头上。李勇头一抬，还说："走，走那么快干什么？"

日本鬼子这边顿时一阵大乱，前拥后挤，这个的枪碰着那个的脑袋，前面的手拐撞坏了后面的眼睛，头儿还得东张西望，脚下又要赶奔前程。天崩地塌般一声响，一股蓝烟升起，尘土飞扬——雷响了！这下子，红的白的闹了一地，好像日本鬼子卖豆花，担子翻了；长腿，短胳膊，脑袋，烂皮，碎肉，摆了遍地，好像日本鬼子在学《水浒传》里孙二娘开人肉作坊；军帽，军衣，飞上树梢，枪筒，子弹，摆了一地，好像日本鬼子在开杂货铺。这边闹成一团，且慢些说。

那边李勇的脸，早变了颜色，好比那日出乌云散，好比那雪地梅花开，好比那闷热天气下大雨，好比那黑夜森林着了火。李勇红着脸孔，忍不住，急说：

"打！趁这乱劲！"

一阵枪子，就像乱鸦投林，都找着了自己的对象。这时，日本鬼子顾着辨明情况，打呢？还是顾着跑呢？自然啰，"三十六计，走为上计"。该跑！——呀，道儿在那儿摆着，谁又知道那"葫芦里卖的什么药？"——日本鬼子看见路旁，朝南有个缺口，一条岔道通向河滩，"狗急跳墙"，就像洪水崩决似的向那涌去。各自拼腿长，赌力大，推着挤着，争先恐后，狗抢骨头一般。

那边李勇笑了，说："跑得好，早给你们算好啦！"

"轰！"比前一番更大的雷响了，日本鬼子挨得也结实。重重叠叠，比堆罗汉还热闹。

李勇再打一枪，打倒骑马的军官，收了场。日本鬼子嚎着到了河滩。李勇第一个站起，众人也会意地站起。李勇红着脸孔，大声说：

"追他狗娘的！"

一下子李勇脸上成了青苍苍的。所谓"威风凛凛，杀气腾腾"，无非这个样子——他们就追下去了。

这一仗非同小可，打开了地雷战的新局面。诸位，记着：在地雷战术里边，从李勇起，加上了大枪。这叫作"大枪和地雷结合"的战术思想。北岳区党委公布他是"模范共产党员"，武装部和军区聂司令员都嘉奖了他，号召全体民兵向他学习。不到两个月，从南到北，从东到西，在好大的地面上，人们唱开了一支歌：

不怕敌人疯狂进攻，

我们民兵有的是英雄，

满山遍野摆开了地雷阵！

啊！聪明勇敢的要算李勇！

五月十二日那天早晨，

敌人向那五丈湾前进，

敌人走进了李勇地雷阵！

啊！聪明勇敢的要算李勇！

李勇拿起了他的快枪，
一枪就打死了一个敌人，
敌人乱跑就爆发了地雷阵！
啊！聪明勇敢的要算李勇！

两个地雷炸倒了三十三，
一枪又打死骑马的军官，
敌人哭啼啼就离开了地雷阵！
啊！聪明勇敢的要算李勇！

李勇要变成千百万，
千百万的民兵要像李勇，
敌人要碰上千百万李勇地雷阵，
管教他一个一个，一个一个都送终！

（节选自《地雷阵》，原载 1944 年 9 月 21 日—24 日《解放日报》）

延伸思考

　　所选的这一段，不但展现了"我们民兵有的是英雄，满山遍野摆开了地雷阵"的全民抗日的壮丽情景，而且生动具体地描述了"英雄是怎样炼成的"的历史过程："聪明勇敢的要算李勇"，他怎样在少年时"一看见八路军，就嚷着要当兵去"；又如何加入共产党，有如"鱼儿见水，龙归大海"，"自个儿整整乐了好几天，就是走路也唱唱打打的了"；直到一次反"扫荡"里父亲被日本鬼子杀死了，他"成了他娘、他妹、他弟弟的当家人",这才真正"长大";以后被区大队长任命为村民兵队长,承担起保卫家乡、反击日本侵略军的历史重任;最后在地雷战中智勇双全的李勇,凭着"大枪和地雷相结合"的创造,而被评为"模范共产党员",成为全边区家喻户晓的民兵战斗英雄,而且"李勇要变成千百万,千百万的民兵要像李勇"。——这是一个地地道道的农村孩子,在共产党领导、指引下,在边区民兵的战斗群体中,成长起来的"新儿女英雄传"。

它的表现形式也具有鲜明的"新英雄传奇"特色:语言的口语化、通俗化,叙述的故事化、说书化,情节的步步推进、悬念的设置,都考虑到所写对象以及解放区读者的特定审美需求。

● 如果通过片段的赏析产生了阅读兴趣,不妨翻读全文:小说下半部进一步讲述了一个"英雄的成长"故事:怎样由民族英雄变成自觉的阶级战士,就更加突出了党的领导作用,显示出解放区"工农兵文学"强烈的意识形态特点,颇可琢磨。

● 阅读的重心可以更集中在小说语言、形式的民间性和大众化的特色上。这是一个"说书体小说"的自觉尝试:叙述者不断插入"诸位"这样的称谓,俨然一副"说书人"的姿态;全篇始终以唱词贯穿;描述的语言也充满说书的语调与情趣,诸如"那边李勇的脸,早变了颜色,好比那日出乌云散,好比那雪地梅花开,好比那闷热天气下大雨,好比那黑夜森林着了火",这都值得好好品味。还有这一段:"天崩地塌般一声响,一股蓝烟升起,尘土飞扬——雷响了","这下子,红的白的闹了一地","好像日本鬼子在学《水浒传》里孙二娘开人肉作坊":这顺手拈来的《水浒传》典故很能显示新说书与传统小说、民间说书的继承与发展关系。

流亡者文学：

个体本位的英雄主义、浪漫主义，又反思英雄主义、浪漫主义的战争文学

从前文的讨论可以看出，抗战初期中国的战争文学有两大特点：这是一种民族本位的，集体英雄主义的，战争理想主义、浪漫主义的文学；其关注与描写的中心是"壮烈（的战争）事件中最典型的事件"，因此具有鲜明的纪实倾向与新闻化倾向。茅盾很快就发现和提出了其中的问题：过于注重全民抗战中集体英雄主义的事件，就有忽略战争中的"人"，特别是个体的人的危险。因此他强调必须"从'事'转到'人'"，并预言这将是下一阶段文学发展的趋向。（茅盾：《八月的感想》）而随着此后战争局势的发展，特别到中后期进入"持久战"阶段，战争日常生活化，战争带来的个体生命存在的危机，日益凸显出来，战争文学的重心就逐渐由"民族救亡"转向"个体生存"的主题，人们关注与思考的，不仅是民族的存亡，更是个体的生存：个体生命存在状态的自审与生命价值的追寻。

正是在这样的战争形势与文学发展的新变化的背景下，出现了"流亡者文学"。而且这有着深厚的历史与现实基础：中国40年代知识分子（作家）首先是作为一个战乱中在饥饿与死亡线上挣扎的，真实的、现实的"流亡者"而存在，这使他们自身的精神气质打上了"流亡者"的烙印——战争中成长起来的作家贾植芳就说他是个"浪迹江湖"的知识分子（贾植芳：《在这个复杂的世界里——生活回忆录》），著名评论家李健吾在评价老作家萧军时也说"他有十足的资格做一个流浪人"（李健吾：《萧军论》）；而且他们对自身和外部世界的关注，也必然集中于战争中"人"的生命存在（境遇、形态、价值与意义）

的体验与发掘。这种体验与发掘也有不同层面：国家、民族的群体生命体验之外，更有战争阴影笼罩下的个体生命体验与个体生命境遇的观照，也即"战争"与"人"，以及"战争"与"文学"的真实思考。

于是，就有了"旷野中的流亡者"的核心形象与中心意象。"流亡者文学"的代表性作家路翎就宣称，他的代表作《财主底儿女们》就是要表达一种"1937年冬季流动"在中国大地上的"旷野"境遇、体验、情怀："这样冷，这样落雨，这样荒凉啊！一个人，没有家，没有归宿，没有朋友，就像影子一样啊！"——"人"（流亡者）陷入了"绝望"的深渊，"旷野"也露出了它哲学上的全部"残酷"性。

但战争中的"人"，中国的知识者，并没有从这"绝望"与"残酷"的生命体验深入下去，而是突然转变了方向：在旷野上响起了"归来"的呼唤，寻找软弱、孤独的个体赖以支撑自己的"归宿"，成了时代的心理需求。流亡者文学的主题也由"流亡"转向"追寻精神的皈依"。

为了追寻生存的皈依，作家们重新发现了"土地"—"大自然"—"农民"—"家庭（家族）"—"女性"—"传统文化"的人类学、生命存在意义上的永恒价值。这自有其深刻性的一面，但推到极端，将其诗化、浪漫化，抽象化、符号化，就变成了一种现代神话、现代崇拜。特别是将其作为消解一切精神痛苦的归宿，就必然导致将真实的生存困境转换成虚幻的精神崇高，也是一种自我的英雄化。从孤独、绝望的旷野里走出的，是一批又一批的信徒、使徒；文学作品中的流浪汉、跋涉者的形象，也就成了与"战士"一样的"新英雄"。这是另一种形态的英雄主义、理想主义、浪漫主义的战争文学；不同之处，仅在于由民族本位、阶级本位，变成了个体本位。著名的文学史家勃兰兑斯曾谈到19世纪波兰文学的浪漫主义倾向，使得"文学中的人物，尽管他们遭到历史外部接踵而来的艰辛困厄，却终究不是大不幸的人"，"这些诗人很自然地感到自己义不容辞，要向读者说几句安慰人心引起希望的话，因而他们不去运用自己的想象力以探测苦难的最深处"（勃兰兑斯：《十九世纪波兰浪漫主义文学》）。这几乎说的就是

20世纪40年代的中国文学。正如一位研究者所说，"'苦难'终于没有引出更深刻的觉悟"，中国抗战时期的"流亡者文学"，"在'哲学'面前停住了"（赵园：《艰难的选择》）。

但同样是英雄主义、浪漫主义的战争文学，个体本位的书写相比民族本位、阶级本位的书写，在艺术表现形式上，还是有不同的追求，显示出不同的特色。如果说后者如前文讨论中所说，更注重情节的传奇性、外在矛盾冲突的尖锐性、场景的集中和精心设置的结构，是一种"戏剧化的小说"，那么，个体本位的战争文学，就更注重内心的体验，既是具体的、特殊的，又内蕴着某种形而上的意味，是写实与象征的融合，更是一种"现代小说"。

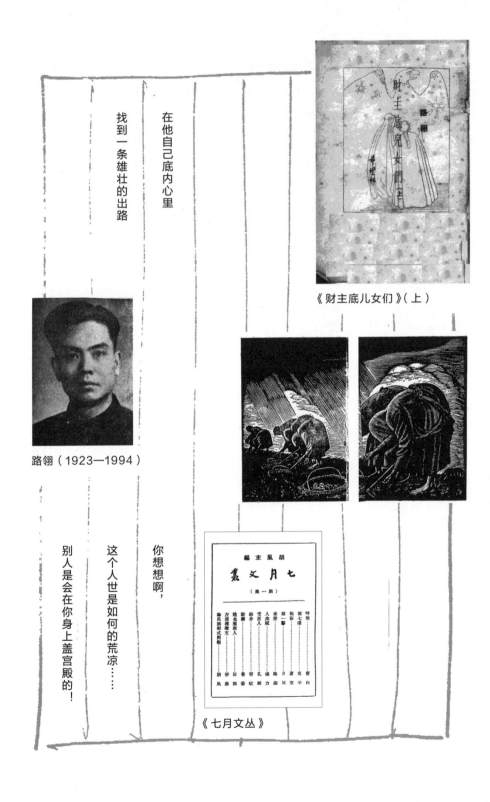

在他自己底内心里

找到一条雄壮的出路

《财主底儿女们》（上）

路翎（1923—1994）

你想想啊，

这个人世是如何的荒凉……

别人是会在你身上盖宫殿的！

《七月文丛》

路翎：
永远的"流亡者"

1943 年 3 月	路翎中篇小说《饥饿的郭素娥》出版（希望社）。
1944 年 5 月	《蜗牛在荆棘上》发表（《文艺创作》第 3 卷第 1 期）。
1945 年 7 月	《青春的祝福》出版（希望社）。
1945 年 11 月	长篇小说《财主底儿女们》（上）出版（希望社）。
1946 年 12 月	《求爱》出版（海燕书店）。
1948 年 2 月	长篇小说《财主底儿女们》（下）出版（希望社）。
1948 年 11 月	四幕剧《云雀》出版（希望社）。
1949 年 8 月	《在铁链中》出版（海燕书店）。

路翎（1923—1994）无疑是战争年代培养出来的年轻一代中最有特色，也最具争议性的作家。胡风这样概括他的文学追求：书写"历史事变下面的精神世界底汹涌的波澜和它们底来根去向"（胡风：《财主底儿女们》序）。他的代表作《财主底儿女们》就具有了"心理历史小说"的特征，当之无愧地成为展示中国知识分子心灵历程的史诗。

小说选择"财主底儿女"——中国封建大家庭的后代作为描写对象。第一部展现的是"战争之前"大家庭内部的溃败：无论是大小姐蒋淑珍这位"具有全部封建美德的贤妻良母、孝女慈姐"的过早离世，大少爷蒋慰祖落入赤裸裸的"禽兽道德泛滥的疯狂"，还是蒋家"第一个逆子"蒋少祖走出家门，心灵最后又"转向古代"，都在预兆着"过去的年代"必然为时代所淘汰。路翎真正关注、用力、用心的，是对第二部"战争年代"中成长起来的，蒋家小儿子蒋纯祖，作为中国"新一代"知识分子的发展道路与心灵历程的历史考察和艺术表现。

在路翎的笔下，"1937年的青年"蒋纯祖在战争烈火中经历的内心炼狱，共分三个阶段。他首先成了"旷野中的流浪汉"，经历了精神与心理的巨大震荡，在"黑夜"（黑暗）与"火焰"（光明）、"绝望"与"希望"、"残酷"与"温柔"、"憎恨"与"爱"、"孤独"与"沟通"、"悲凉"与"温暖"、"悲观"与"乐观"、"现实"与"梦"、"个体"与"群体"之间，来回撞击，旋转，而最后几乎是本能地、避重就轻地选择了后者：旷野上响起了"归来"的呼唤，燃起了"希望"的火光。而这种"生命的皈依"，几乎是不可避免地要转向"现实政治的皈依"：蒋纯祖走上了到中国共产党领导的人民革命运动中去寻找真理与出路的新的精神历程，陷入了理想主义与浪漫主义的幻觉之中。这几乎是抗日战争中所有进步知识分子共同的历史选择与心灵之路。小说写到这里，就是一部典型的个体本位、英雄主义、浪漫主义的战争小说。

但路翎对战争中知识分子精神历程的历史考察与艺术表现却并不止步于此。他笔下的蒋纯祖，很快就发现了革命的阴暗面，又经历了乌托邦理想的破灭，开始了心灵新的困惑与挣扎。路翎的小说也就突破了英雄主义、浪漫主义的战争小说模式，用批判现实主义的眼光与笔法揭示出，在蒋纯祖所在的演剧队里，教条主义如何建立了"一个个性征服另一个个性"的"权威"统治，许多人都"在热烈的想象里"陷入盲从。蒋少祖最后为维护"心灵自由"，离开革命队伍，又陷入了虚无主义和纵欲的泥潭，沦为找不到出路的新的流浪汉。这样只留下问题而不予"正确答案"的小说结局，更能引发读者的深思。可以说，浪漫地寻求希望的热潮，与现实绝望的冷流，两者间的相互激荡，构成了路翎小说的内在心理内容，并逐渐向后者倾斜；这也就意味着路翎最终拒绝了通往"天堂"的皈依之路，成为"走向地狱之门"的永远的流亡者。小说初版封面特地选用了但丁《神曲·地狱篇》的插图，意味深长。路翎比他的导师和友人胡风更为悲观与绝望，支撑路翎生命与写作的根本取向是悲剧性的人生理念和自踏死地的殉道精神。路翎作品里的浪漫主义、英雄主义更多受到胡风的影响，也常常得到胡风的肯定；但究其根本，仍是对他内心深处绝望的一种反抗，在这一基本点上，路翎其实更接近鲁迅。

路翎在艺术上也自有自觉的追求，就是胡风所概括的，突破传统现实主义的"朴素性和单纯性"，向着更注重人物内心开掘的现代现实主义发展。胡风认为，这样努力写出"具有全部复杂性的心理的人"，是对鲁迅以《狂人日记》为开端的"灵魂的写实主义"的继承与深化（胡风：《论现实主义的路》）。作家深入到人物内心深处，挖掘隐蔽的、病态的、阴暗沉重的心理，尽力把握每一个瞬间最微妙的变化，加以艺术的强化，以表现心理的突变，追求心理活动戏剧性变化的幅度、速度与力度，这种强化"不是个人激情某种个别的病态的夸张"，而是潜在时代"社会矛盾的明确表现"（卢卡契：《托尔斯泰和现实主义的发展》），与尖锐社会矛盾冲突的揭示，取得了有机统一。这种表现现代中国人（知识分子）心理、情感状态的复杂性、变幻性、深刻性的心理刻画，相比单纯、静止的心理描写当然是一个新的突破。同时，对心理活动的历史背景、社会基础的明确揭示，又与割裂历史背景的，追求纯心理学、生理学的复杂性、原始性的心理刻画，明确地划清了界限。这都是路翎的小说创作对中国现代心理历史小说的发展所作出的贡献。

路翎小说的语言也具有极大挑战性：在语言的民族化、大众化成为主要潮流的 40 年代，他却逆流而动，着意强化了语言的欧化色彩，拒绝使用古语、土话、俗语，坚持现代白话文学语言的引领作用。路翎提出了一个深刻的命题：在批判"精神奴役创伤"的同时，也要反抗"语言奴役创伤"；而反抗之路，就是"趋向知识的语言"（《胡风路翎文学书简》）。这是路翎从他的逆向性思维出发，针对民族化、大众化的主流思潮，提出的一个反命题，即仍要坚持对传统思想、文化、语言的变革，坚持对世界思想、文化、语言的开放与借鉴，坚持对国民精神（思想、文化、语言）的改造与革新。这里所表现出的"死不媚俗"的先锋性与启蒙性，正是路翎创作的特异性所在。

《财主底儿女们》（节选）

路翎

　　朱谷良，蒋纯祖，和李荣光，依照着徐道明底指示行路，天亮的时候到达了一个村镇。天寒冷，枯黄色的丘陵上大雾弥漫。丘陵上的那些杂乱地生长着的黑色的松柏树是静悄悄地隐藏在雾中，雾气在树杆间轻轻地舒展，漂浮；人们走过的时候，发觉有水滴从树枝上落下，滴在枯草里。广漠的丘陵上的这种唯一的响动是给从战火中逃亡的疲惫了的人们暗示了一种和平的梦境。

　　浓厚的雾在这片旷野上漂浮着。各处的田地里，是完好地生长着小麦和豆类；在田地中间的各个池塘，是呈显出一种神秘的安宁的气象。这一切环绕了这个藏在大雾中的，无声息的，房屋稠密的村镇。在长江两岸的富庶的平原上，是随处可以发现这种村镇，好像它们是那些人民们，在某一天里突然互相同意，结成了同盟，在旷野中飞翔，任意地降落在各个处所，而建设起来的。人们走在平原上，就有一种深沉的梦境。那样的广漠，那样的忧郁，使人类底生命显得渺小，使孤独的人们处在一种恍惚的状态中，而接触到虚无的梦境：人们感觉到他们底祖先底生活，伟业与消亡；怎样英雄的生命，都在广漠中消失，如旅客在地平线上消失；留在飞翔的生命后面的，是破烂了的住所，从心灵底殿堂变成敲诈场所的庙宇，以及阴冷的，平凡的，麻木的子孙们。在旷野中行走，穿过无数的那些变成了奇形怪状的巢穴了的村镇，好像重复的，固执的唤起感情一样，重复的，固执的人类图景便唤起一种感情来；而在突然的幻象里，人们便看见中国底祖先了；人们便懂得那种虚无，懂得中国了。和产生冷酷的人生哲学同时，这一片旷野便一次又一次地产生了使徒。

朱谷良们，是怀着戒备，在这一片旷野中行走的。对于和平的生活底毁灭，人们已再无惋惜，虽然蒙在浓雾下面的大地以它底神秘的，庄严的声音和动作在表露着它底宁静的渴慕。这片大地是就要获得新的经验；人类底各种战争，是随处在爆发。

*

"你想想啊，这个人世是如何的荒凉，饱经风霜的像我这样的人，是如何的辛酸！"因为敌意的企图，石华贵以悲伤的，消沉的，动人的声音说，虽然这是很奇怪的。这个老练的漂泊者，在这种斗争里，是有着特殊的表现力；于是蒋纯祖底想象就被他带到黑暗的，落着冷雨的旷野上去了。"我是十六岁就离开家乡，到现在是整整二十年，"石华贵继续说，手平放在桌上，向蒋纯祖凄凉地微笑，"像今天这样的夜里，老弟，我就想起我一生里的所有的事情来了！"他亲切地看着蒋纯祖。"这样冷，这样落雨，这样荒凉啊！一个人，没有家，没有归宿，没有朋友，就像影子一样啊！老弟，年轻的时候，是要奋斗，要向上的呀！是要不动摇，是要爱护自己，也爱护别人！对于我自己，我是觉得很惋惜的呀！我底大伯向我说：'吓，这个小子很有才！'那是我十五岁的时候，到处讨人喜的呀！但是现在我才看得清楚，人，是要走一条血淋淋的路，是天老爷在冥冥中注定的啊！"他闭嘴，点头，他底眼睛甜蜜地笑着。他专向蒋纯祖说话，好像朱谷良不存在。朱谷良是严肃地看着他。"所以，老弟，毕竟说来，我们这些渺小的人是不负责任的！我们是在黑夜里——啊，外面的雨落大了啦！"他停顿。蒋纯祖感到一阵寒凉，听到雨声，"我们是在黑夜里面啊！"他甜蜜地继续说，他底这种精力底效果，是完全地感动了蒋纯祖。即使是明白了起来，戒备着的朱谷良，也感到黑夜，风雨，人底凄凉愚昧的一生，而觉得自己是广漠的大地上的一个盲目的漂泊者了；是那种信仰，使他成为一个英勇的行进者，但有时他觉得，这种行进，他自己底半生，无非是痛苦的漂泊。而常常地，这种凄凉的胸怀激起了一种热情，养育了他。

"是的，兄弟们，"石华贵，在那种天才的沉迷里，甜蜜地，柔和地笑着说，以手托腮，"黑夜里面的冷雨，是听得多么清楚啊！一滴，又一滴，你觉得你是孤零零的，而你底朋友是漂零在天边，他们把你忘记了！你是靠什么活着的呢！人生底创伤啊，你底心是变冷了！到今天为止，你仍旧是你父母送你到世上来的时候那样赤裸，那么，你就赤裸裸地死去，被埋了吧！别人是会在你身上盖宫殿的！……"

*

逃亡到这样的荒野里，他们这一群是和世界隔绝了——他们觉得是如此。在最初，他们都以为很快地便会到达一个地方；虽然不知是什么地方，却知道那是人类在生活着的、有他们底朋友和希望的地方。在这个共同的希望下，他们结集了起来。但在三天的路程里，由于荒凉的旷野，并由于他们所做的那一切破坏，他们底感觉便有了变化。他们觉得他们已经完全隔绝了人世；他们是走在可怕的路程上了，不知道自己是从什么地方来，也不知道要到什么地方去。唯一知道的，是他们必得生存，而一切东西都可能危害他们底生存。在这种漂流里，人们底目的，是简单的，但在各种危害他们，以及他们认为是危害他们的事物面前，尤其是在暧昧的、阴暗的事物面前，各人都企图使一切事物有利于自己，他们底行为便不再简单；而他们从那个遥远的世界上带来，并想着要把它们带回到那个遥远的世界上去的一切内心底东西，一切回忆、信仰、希望，都要在完全的赤裸和无端的惊悸中，经受到严重的考验。在一切人中间，朱谷良最明白这种考验。

好像是，他们是在地狱中盲目地游行，有着地狱的感情。那一切曾经指导过他们的东西，因为无穷的荒野，现在成了无用的。石华贵是失去了他底乐天的、豪放的性情。蒋纯祖是失去了他底对善良的自然的信念。朱谷良，某些瞬间，在那种无端的惊悸里，想到他底信仰所寄托的那个亲密的人群是从地面上消失了；并且永远消失了。人们底回忆模糊了起来；回忆里的那一切，都好像是不可能的。但他们心中是确实地存在着他们各自底感情，希望，和信仰。是这些感情，希望，和信仰在战栗。在赤裸荒野中，人们竭力掩护自己，因而更赤裸，经受着严重的考验。

人们是互相结集得更紧，同时互相戒备得更凶。那几个兵士们，发觉到朱谷良和石华贵之间的阴险的竞争就踌躇了起来。在石华贵底骄横的统治下——因为朱谷良的缘故，石华贵统治得更骄横，表示他底权威是天定的，他是什么都不怕——兵士们便渐渐地倾向于冷淡的、但温和的朱谷良了。在那种骄横里，石华贵是相当疏忽的；他是常常疏忽的。发现了他底群众底这种叛变，他便个别地恐吓他们，使他们沉默。同时他便使出江湖上的人们所有的老练的手腕来，在一些奇怪的感情和表现里，使朱谷良知道他是他底朋友。但在这片赤裸的荒野中，他底老练的手腕，是变得幼稚、露骨，一看便明了。

在发现木船的前一天，一个兵士病重，跌倒在路上了。大家轻轻地遗弃了他。大家都想到，和这同样的命运，是在等待着他们每一个人。

木船行走了一天，下午搜索了一个村镇，他们底财富便增加起来了，有了粮食、酒肉、木柴、棉被，以及鸡鸭。大家都为这种收获欢喜，于是在他们之间便有了未曾有过的亲善的感情。这种空气，是和一个家庭里面所有的空气相似，而且，在旷野中——这时候，他们底仇敌，是他们以外的企图危害他们的一切——他们结合得更紧。看到朱谷良对石华贵所表露的那种真实的亲善——朱谷良，微笑着，用很低的声音请石华贵把一床花布被单递给他，以便使他把舱棚上的破洞塞起来——蒋纯祖和年青的兵士们是感到无上的幸福，他们甚至不想隐瞒这种幸福。朱谷良底温和的、愉快的声音和石华贵所回答的快乐的大声，在阴惨的旷野中给予了无比的光明。

黄昏时，木船在荒凉的沙岸旁停泊。天色阴沉。严寒，沙岸冻结。江流在不远的地方弯曲，江身狭窄起来，水流急湍。沙岸后面是险峻的土坡，上面有大片的杂木林，木船停泊时，有大群的乌鸦飞过江流，发出轻微的、谨慎的拍翅声，投到那些高而细瘦的、赤裸着的树木里去。

丁兴旺抱着木柴到滩上去生火，石华贵不同意，向他咆哮，他发出兴奋的笑声。这个年青的兵士，在兴奋中，有了快活的感情，并且丰富地想象到，在这个晚上，什么是最美好的。他专心，沉静，生着了火，拍手召唤他底伙伴们。大家钻出舱，立刻感到，在这个晚上，火焰是最美好的。丁兴旺叉腰站在火旁，以明亮的、含笑的眼睛看着他们。

大家抖索着——显然是故意抖索着——拥到火旁。火焰明亮，浓烟在无风的空中上升，寒气解消。大家轮流地，沉默地饮酒；大家注视着饮酒的人。丁兴旺躺下来，两手托腮，向着火。在大家底沉默中，觉得沉默是赞许，丁兴旺开始唱歌。

他用沉静的、柔和的声音唱歌。他脸上的那种固执的、阴暗的线条溶解。在歌声间歇的时候，大家沉默着，他无声地发笑，他底失落了门牙的嘴甜美如婴儿。

从各种危险里暂时解脱，人们宝贵这种休憩。在沉静中发出来的歌声保护了人们底安宁的梦境。人们觉得，严寒的黑夜是被火焰所焦燥，在周围低低地飞翔，发出轻微的、轻微的声音。歌声更柔弱，黑夜更轻微，而火焰更振奋。歌声静止，火焰落寞，黑夜怀疑地沉默；人们回头，发现了黑暗的沙滩、土坡、林木和闪着白光的汹涌的江流。

歌声再起来，黑夜底轻微的动作再开始，江流声遥远，火焰振奋。人类是孤独地生活在旷野中；在歌声中，孤独的人类企图找回失去了的、遥远了的、蒙眬了的一切。年青的、瘪嘴的兵士是在沉迷中，他为大家找回了温柔、爱抚、感伤、悲凉、失望和希望，他要求相爱，像他曾经爱过，或在想象中曾经爱过的那样。显然地，唱什么歌，是不重要的。朱谷良和蒋纯祖，尤其是蒋纯祖，是带着温暖的、感动的心情听着那些他们在平常要觉得可笑的、在军队中流行的歌曲。他们觉得歌声是神圣的。他们觉得，在这种歌声里，他们底同胞，一切中国人——他们正在受苦、失望、悲愤、反抗——在生活。

*

人们底脸孔和四肢都冻得发肿。脚上的冻疮和创痕是最大的痛苦。在恐惧和失望中所经过的那些沉默的村庄、丘陵、河流，人们永远记得。人们不再感到它们是村庄、丘陵、河流，人们觉得，他们是被天意安排在毁灭的道路上的可怕的符号。人们常常觉得自己必会在这座村落，或这条河流后面灭亡。不知怎样，蒋纯祖忽然惧怕起那些弯曲的、水草丛生的、冻结的小河来，他觉得每一条河都向他说，他必会在渡河之后灭亡。朱谷良相信，在那些荒凉的、贫弱的、发散着腐蚀的气味的林木后面，他便必会遇到他底艰辛的生命底终点。朱谷良是在心里准备着穿过林木。人们底变得微弱的理智，不能和这些林木和小河相抗。假若旷野底道路是无穷，那么人们底生命便渺小而无常。

人们是在心里准备着渡过河流和穿过林木。石华贵严肃地想到，他是曾经几乎被张大帅枪毙；无数的枪弹曾经穿过他底头顶，他是不该期待比那条河流后面的毁灭更好的终点的。丘根固，这个笨拙的、沉默的兵士，这个在和平的岁月，是一个严刻的兄长的人，是抱负着人们在荒凉的农村里常常遇到的那种虚无的感情，而一面用一种兵士底态度冷淡地想到他底穷苦的家。那两个年青人，刘继成和张述清，是在一种迷胡中想到死去是不可避免的，而凄迷地在想象中逃入他们底亲人底怀抱。蒋纯祖，同样地逃入了他底亲人底怀抱，但同时想着，在这个世界上，他是再不能得到爱情和光荣了。人们是带着各自底思想奔向他们所想象的那个终点。这个终点，是迫近来了；又迫近来了；于是人们可怕地希望它迫近来。旷野是庄严地覆盖着积雪。

（节选自《财主底儿女们》，上部 1945 年 11 月重庆希望社初版，

下部 1948 年 2 月上海希望社初版）

延伸思考

你想过，"战争"对于"人"，意味着什么吗？

战争，把"人"突然置于非常境地，抛到无边无际的"旷野"中，"荒凉的或焚烧了的村落间"，"人们是可怕地赤裸"……

　　战争，把"人"突然置于非常境遇，成了绝对孤独的、几乎是绝缘（隔断了一切缘分）状态下的生命存在，不过是"广漠的大地上的一个盲目的漂泊者"，不过是"被天意安排在毁灭的道路上的可怕的符号"……

　　战争，把"人际"关系也置于非常状态：平日不可能有交往的人（如小说中的蒋家小少爷蒋纯祖、工人乐谷良、下级军官徐道明、逃兵石华贵）聚集一起，都成了旷野上的流亡者，彼此之间发生了极为复杂的生命的纠缠……

　　而"人"一旦处于非常态，就自然地将常态下被遮蔽的人性的善善恶恶无所顾忌地全部抖搂出来：这是一个认识与表现人性复杂性、矛盾性、丰富性的大好时机，对于以展现人性为目的的文学，尤其如此。

　　路翎正是自觉地抓住了这一历史机遇，进行他"挖掘人性之深"的文学创造，将胡风所说的鲁迅开创的中国现代文学"灵魂的写实主义"传统推到了一个新阶段。像路翎这样，着意挖掘战争年代人性的善恶和"心灵奴役的创伤"，并达到了相当的广度与深度，在40年代的战争文学里，并不多见，十分难能可贵。

　　我们的阅读也应该由此入手。首先注意到的，是作者关注的中心——财主儿女的年青一代蒋纯祖，因战争而与最下层的工人、军人（不是书本上抽象的被理想化的"人民"，而是现实生活中一个个具体的人）相遇，不是居高临下，而是站在同一地位，甚至是更低的地位，与他们生死与共地相处，这就引发了巨大的心灵震荡：普通民众中蕴藏的伟大庄严的力量和他们的一切精神弱点，都同时以最尖锐的形式赤裸裸地展现在敏感的、曾经对"人民"有着种种幻想的青年知识分子面前，使他们的思想感情与心理发生极端激烈、复杂的急剧变化。蒋纯祖也因此开始"懂得中国了"，懂得它的力量与软弱，它的富饶与贫困，它的伟大与不幸。

　　逃亡到与世界隔绝的旷野里，"人"（蒋纯祖和他的同行者）又有了"虚无"的体验。"一切内心底东西，一切回忆、信仰、希望"，"一切曾经指导过他们的东西，因为无穷的荒野，现在成了无用的"而陡然失去。没有了记忆的人，既没有了过去，也没有了未来，"唯一知道的，是他们必得生存"。"活着"成了一切，为活着，可以放弃一切，也可以不顾一切，人性内在的恶，也就无所顾忌地释放出来，毁灭一切，也毁灭了自己。

这样，在兽性的残杀中，"人"（蒋纯祖）也同样赤裸裸地表演了，或者说发展了他精神上的全部丑恶，"他常常地软弱，恐惧，逃避，顺从"，以至学会了虚伪。这样，蒋纯祖没有因为经历一次内心的炼狱，而达到纯净，却产生了"冷酷的人生哲学"。他不再单纯，"荷着野心，又觉得自己卑微，以孤独为慰藉"，"他景仰这个人，因为这个人可以满足他底需要。在他得到了他所需要的，或者证明了这种需要是不可能得到的那个时候，他便会遗忘这个人"。

但经历了旷野流亡的蒋纯祖也不复平静，在他一次次陷入个人名誉、地位、情欲的狂热追逐时，又一再地在心灵深处响起旷野的呼喊，这使他焦灼不安，绝望地企求"拯救自己"；同时响起的是"归来"的呼喊：中国的知识者无力承受绝望，直面生命的沉重与残酷，必然要寻求心理的平衡与补偿。路翎的小说里，也出现了这样的场面："大家抖索着……拥到火旁"，人们"用沉静的、柔和的声音唱歌"，"从各种危险里暂时解脱，人们宝贵这种休憩"，要在绝望中找回希望，在严酷中找回温柔、爱抚，在个体的孤独中找回集体的沟通，在黑暗里找回光明，一句话，寻找生命的"归宿"。这样的选择，从根底上也是出于人的本性、本能，似乎无可非议，却无法成为终结：在小说的描述中，"走出旷野"才只是开始，蒋纯祖的人生选择和心灵探寻，还有更长、更艰难的路要走。

● 路翎与胡风都对"小说的描写，作者的见解愈隐蔽愈好"的美学观提出质疑。路翎认为，正是"要尊重读者的想象力，作者不需多说话"这类似是而非的观念，导致了小说中"叙述的摒弃"，"作者较深层次的感情由所谓含蓄而逃亡"，他要做出自己的"反抗"，恢复"叙述"与"分析"在小说中的地位（《胡风路翎文学书简》)。《财主底儿女们》正是这样"反抗"的心理分析小说的自觉试验。小说里叙述与分析语言的交融，实际上是主、客体生命的交融，具有强烈的"主观战斗精神"，值得认真体味与分析。

● 路翎心理小说的另一大特点，即创造了一种巨浪狂潮式的，大起大落、瞬息之间发生激烈情绪转折和神经颤动的心理描写艺术。这样心理的突兀描述也曾引起批评、质疑。有兴趣的读者可以在文本细读基础上作出分析。

师陀：
跋涉者的漂泊之旅

1936 年 5 月	芦焚（师陀）《谷》出版（文化生活出版社）。
1937 年 1 月	芦焚（师陀）《里门拾记》出版（文化生活出版社）。
1937 年 3 月	芦焚（师陀）《黄花苔》出版（良友图书公司）。
1937 年 5 月	芦焚（师陀）《谷》、曹禺《日出》、何其芳《画梦录》获得《大公报》文艺评奖。
1938 年 9 月	芦焚（师陀）短篇《果园城》写成。
1938 年 11 月	芦焚（师陀）《江湖集》出版（开明书店）。
1941 年 7 月	芦焚（师陀）中篇小说《无望村的馆主》出版（开明书店）。
1946 年 5 月	师陀《果园城记》出版（上海出版公司）。
1946 年 6 月	师陀、柯灵合著剧本《夜店》出版（上海出版公司）。
1947 年 6 月	师陀《结婚》出版（晨光出版公司）。
1948 年 6 月	师陀《大马戏团》出版（文化生活出版社）。

　　"小城"系列小说，是"流浪者文学"的一个自觉试验与独特创造。它的开创者师陀（1910—1988）在谈到代表作《果园城记》时，这样写道："这小书的主人公是一个我想象中的小城"，"我有意把这小城写成中国一切小城的代表，它在我心目中有生命，有性格，有思想，有见解，有情感，有寿命，像一个活的人"（《果园城记》序）。作家观察、思考、描写的中心，始终是"人"与作为中国文化基础的"小城文化"的关系。而抗战时期独居于上海沦陷区的作者，最为关注的，是从小城走出的"跋涉者"。他曾经这样为他们画像："一看便知是涉过千山万水的老行脚。但所带行李却万般轻简，肩际仅斜佩了尺把长

我有意把这小城

写成中国一切小城的代表，

《果园城记》

目次

序 .... 一
果园城 .... 一
邮差先生 ...... 一三
城主 .... 二七
傲骨 .... 三七
刘爷列传 ...... 五九
贺文龙的文稿 .. 六九
八五

《果园城记》目录

师陀（1910—1988）

它在我心目中有生命，有性格，

有思想，有见解，有情感，有寿命，

像一个活的人。

《结婚》

的一个小包，其中不过是些薄衣单袜。"（《行脚人》）应该说，这样的跋涉者在 20 世纪 30 年代即已出现，他们是在工业化、现代化时代，从农村到现代大城市来寻求出路，而找不到自己栖身之地的都市流浪者，师陀（当时的笔名是芦焚）在他的《江湖集》等作品里已有描述。而在 40 年代的战争年代，整个知识界都成了这样的跋涉者、旷野里的流亡者。处于异族统治的压抑和自我生命无所着落的困境之中的作者，和许多和他一样苦苦挣扎探索的作者与读者，就自然怀念起自己出生之地的小城文化，反省与思考走出小城的跋涉者的命运。这也正是《果园城记》描述的核心。其实，我们已有讨论的萧红的《呼兰河传》也是这样的回归、反思之作：这是抗战时期的一个文学潮流。

师陀笔下的跋涉者经历了三个阶段的生命、精神发展历程。

他们为什么要"走出"生养自己的小城？于是，我们注意到《果园城记》和师陀许多作品里的人物，都一个个凝神远望高空和远方，似乎神往着另一个地方，仿佛在渺不可及的地方，正有着什么妙不可言的东西诱引着他们；这里也寄寓着作家自己最美好的童年记忆：从六七岁起，"每到夏天和秋天，我们便在旷野上露宿"，"我原来应该做一个农夫，然而大地无涯，天陲时时向我引诱，于是我幻想做一个旅客"（《上海手札》）。这背后隐含着极为丰富的生命内涵：既有出于生命本性"远走高飞"的欲求，也有对小城里小市民的灰色人生的本能厌倦，更有着对现代城市生活的美好想象与无限向往。这样神往远方的生命形态的艺术展现，跋涉者形象的塑造，都赋予了《果园城记》某种浪漫主义的梦幻色彩，也充分发挥了作者自身的理想主义。

但跋涉者远离小城，生活在现代大都市里，从梦幻跌入现实，就有了完全不同但却极其真实的感受：身居闹市，淹没在熙熙攘攘的人群之中，突然失去了自己的声音。人们匆匆从各方面走来，又匆匆散向各方，竟没有坐下闲谈的时间与机会，就陷入了陌生、寂寞与孤独之中，竟然突然发现另一种形态的生命的枯萎、虚假：人们"哭得恰是时候，笑得恰合分际，但是，我从他们的一颦一笑的背后，常常看到的是一个吃人的血淋淋的大口"（《夏侯杞》）。由此发出"我们得到没有期待的，失去我们期待的"哀叹（《上海手札》），触目惊心地发现不知道自己"是谁"和"要到何处去"的新的生存危机（《果园城记》序）。于是又响起了"归去"的呼唤，"哪怕中间有着若干距离"，也要归去，寻觅那"失去的乐园"（《失乐园》）。这样，跋涉者在走出"远方"的梦幻之后，又落入了"小城（故土）"的梦幻之中：摆脱不掉的浪漫主义情怀，大概也是这一代知识者的特质吧。

但作者师陀还是清醒的：他的《果园城记》写的就是跋涉者"归去"之后的困境。"他"走到大街，在任何一条街岸上都能看见"狗正卧着打鼾，它们是决不会叫唤的，即使用脚去踢也不"，"在每家人家门口……坐着女人"，"她们正亲密地同自己的邻人谈话，一个夏天又一个夏天，一年接着一年，永没有谈完过"（《果园城》）；"他"走进人家，"屋子里陈设仍旧跟好几年前一样，迎面仍旧供着熏黑了的观音神像"（《期待》）；他遇到了城里的老居民，他们生活的每一步都按着"成规"，一个模子里铸出的"类似"，不但没有了自己，也没有了"记忆"（《葛天民》）。"他"突然发现，对于朝思暮想的家乡，自己不过是一个陌生的"客人"：这些永远"不大实际的灵魂"与这永远"不变"的小城从根底上是不能相容的，如果不想滞留在小城，就只有选择"一见"之后又匆匆"离去"。但他们还"飞"得动么？"离去—归来—再离去"，"人"事实上已经陷入永远走不出去的怪圈，哪里也不是灵魂的安置处。

但永远是理想主义、浪漫主义者的作者却不想让自己和读者陷入悲观——哪怕是深刻的悲观。于是又精心设置了另一类小城中人：渔夫的儿子、水鬼阿嚏、邮差先生，他们都生活得"既尊贵又从容"，有一种"接近自然"的魅力。这样，作家笔下小城的"不变"就有了双重性：既表现着停滞不前的历史惰性，又显示着历史积淀下来的具有长久生命力的精神力量，两者纠缠为一体，就产生了"归来"与"离去"的选择困境。师陀的小城文学书写也因此具有了"浪漫"与"反浪漫"的双重性：既充溢着理想主义的"期待（梦幻）"，又面对着生命的荒诞、虚无的"现实"。师陀本人也和路翎一样，成了永远的跋涉者与流亡者，永远走在漂泊之旅上。这或许正是我们所讨论的战争年代"流亡者文学"的本质，这也是它和最后有所皈依的民族本位、阶级本位的英雄主义、浪漫主义的战争文学的区别所在。

《果园城记》在写作上也自有追求。这就是研究者所说的，把多个短篇结构成一个富有内在联系的系统整体，"是一种兼采长篇与短篇之长而自成一体、独具特色的现代小说体式"，具有"寓合于分、互文互补的特长和整体大于部分之合的优势"（解志熙：《现代中国"生活样式"的浮世绘——师陀小说叙论》）。

师陀在抗战时期，还写有中长篇小说《无望村的馆主》《结婚》、《荒野》（未完稿）、《马兰》，以及戏剧《大马戏团》、《夜店》（与柯灵合著）等，都产生了很大影响。

1938

《果园城》

师陀

果园城，一个假想的西亚细亚式的名字，一切这种中国小城的代表，现在且让我讲一讲关于它的事罢。我是刚刚从车站上来，在我的脑子里还清楚地留着那个容易生气的，总是喋喋不休的老人的面貌。

"你到那里去，先生？"当火车长长叫起来的时候，他这样问我。

我是到那里去的？他这一问，唤醒了我童年的记忆，从旅途的疲倦中，从乘客的吵闹中，从我的烦闷中唤醒了我。我无目的地向窗外望了一眼。这正是阳光照耀着的下午，越过无际的苍黄色平野，远处宛如水彩画的墨影，应着车声在慢慢移动。

"到果园城。"我答应着，于是就走下车站来了。

现在你已经明白，在半小时之前我还没有想到我这一次拜访；我只是从这里经过，只是借了偶然的机缘，带着对于童年的留恋之情来的。我有数日的空闲时间，使我决定在这里小作勾留，变更了事前准备好直达西安的计划。

果园城，听起来是个怎样动人哀愁的地方呵！在这里住着我的一家亲戚。可怜的孟林太太，她永远穿着没有镶滚的深颜色的衣服，喜欢低声说话，用仅仅能够听见的声音。

"放低些，"她做一个手势。她倾听着，仿佛外面正有人打门或者进行着可怕的事变，断断续续地说："只要能让别人听懂就行了，别哇哇啦啦的……"

于是她絮絮地解说孟林先生的死。

关于孟林先生的为人我不十分清楚；我只知道他是严厉的人，曾在这里做过小官，后来买了点财产就永久住下来了。他待她并不好，因为她从来没有生过儿子，只有一个女儿。可是我永远没有听见她说过她丈夫的坏话，她敬重他，她只说他的脾气并不和善。现在你更进一层知道，这位太太是在威焰之下战战兢兢过生活的，她因此厌恶任何暴力。当我小的时候，我父亲每年带我来看他们一次；后来我入了学校，父亲老了，我仍旧奉命独自来看他们。他们家里没有男子，我到了之后，又奉着孟林太太的命令，去看和他们有来往的本城的人家。到他们家里来在我是一种快乐，我从未觉得我是客人，恰恰相反，我是在自己家里一般。

然而我多少年没有来过了呀！自从父亲死后，已经三年，五年，七年——唉，整整的七年！并不是我们的感情有了变化，并不是我们中间已经疏远，完全不是，乃因为我没有这种方便，生活不给我机会。

我在河岸上走着，从车站上下来的时候我没有雇牲口，我要用脚踩一踩这里的土地，我怀想着的，先前我曾经走过无数次的土地。我慢慢地爬上河岸，在长着柳树以及下面生着鸭跖草、蒺藜和蒿蓟的河岸上，我遇见一个脚夫。我闪开路让他过去；他向我瞟了一眼，看出我没有招雇他的意思，赶了驴子匆匆地跑过去了。他是到车站上去接生意的，他恐怕误事，在追赶他已经错过了的时间。你怎样看这种畜生？它们永远很瘦，活着不值三十块钱，死了不过两块。但是一匹驴子顶重要的是一双长耳朵，否则它们决不如现在的这样可爱，人们对于它们决不会这样欢喜。现在他们正到车站上去，在车站上，偶然会下来一个在外面作客的果园城人，或一个官员的亲戚——他是来找差事的，再不然，单单为了几个盘缠，让果园城人看一看他的好神气。我缓缓向前，这里的一切全对我怀着情意。久违了呵！曾经走过无数人的这河岸上的泥土，曾经被一代又一代人的脚踩过，在我的脚下叹息似的沙沙地发出响声，一草一木全现出笑容向我点头。你也许要说，所有的泥土都走过一代又一代的人；而这里的黄中微微闪着金星的对于我却大不相同，这里的每一粒沙都留着我的童年，我的青春，我的生命。就在这岸上，我曾无数次背了晚风坐着，面向将堕的红红的落日。你曾看见夕阳照着静寂的河上的景象吗？你曾看见夕阳照着古城树林的景象吗？你曾看见被照得嫣红的帆在慢慢移动着的景象吗？那些以船为家的人，他们沿河顺流而下，一天，一月……他们直航入大海。春天过去了，夏天过去了，秋天也过去了，他们从海上带来像龙女一样动人的消息。

唉唉，我已经看见那座塔了。我熟知关于它的各种传说。假如你问这城里的任何居民，他将告诉你它的来历：它是在一天夜里，从一个仙人的袍袖里遗落下来的，当很久很久，没有一个老人的祖父能记忆的时候以前。你也许会根据科学反对这意见，自以为很容易地就驳倒了，可是他们——那些人类中最善良的果园城人——却永远不相信科学；他们有丰富的掌故知识，用完全像亲自看见的言辞证明这传说确实可靠，你即使问遍全城也得不到第二种回答。

"这是真的，先生。"他们会说。

这是真的呢，它看见在城外进行过的无数次只有使人民更加困苦的战争，许多年青人就在它的脚下死去；它看见过一代又一代的故人的灵柩从大路上走过，他们带着关于它的种种神奇传说，平安地到土里去了；它看见多少晨夕的城内和城外的风光，多少人间的盛衰，没有人数得出的白云从它头上飞过。可是它仍能置身世外的矗立城颠，丝毫没有受到损害。如果是凡人的手造起来的，这是能够相信的吗？这里我特别记起那城坡上的青草，短短的青草，密密的一点也看不出泥土的青草，整个城坡全在青色中，当细雨过后，上面缀满了闪闪的珠子。这时便能看见白羔跳跟，一面往城上攀登。

忽然我懊悔我没有雇那脚夫的驴子。长耳朵先生会一路上超然地摇着尾巴，把我载进城去，穿过咚咚响的门洞，经过满是尘土的大街。我熟悉这城里的每一口井，每一条衢巷，每一棵树木。它的任何一条街没有两里半长，在任何一条街岸上你总能看见狗正卧着打鼾，它们是决不会叫唤的，即使用脚去踢也不；你总能看见猪横过大路，即使在衙门前面也决不会例外。它们低了头，哼哼唧唧地吟哦着，悠然摇动尾巴。在每一家人家门口——此外你还看见——坐着女人，头发用刨花掁得光光亮亮，梳成圆髻。她们正亲密地同自己的邻人谈话，一个夏天又一个夏天，一年接着一年，永没有谈完过，她们因此不得不从下午谈到黄昏。随后她们的弄得手上身上脸上全是尘土的孩子催促了，一遍又一遍地嚷了：

"妈，妈，饿了啊！"

这只消看她们脸上热烈的表情，并且不时用同意的眼光瞟一下她们的朋友，就知道那饥饿的催促并不曾在她们心里生根。她们要一直继续下去，直到她们的还没有丢开耕作的丈夫赶了牲口，驶着拖车，从城外的田野里回来。

假使你不熟悉这地方情形，仅仅是因为旅行的方便或必要从这里经过的客人，你定然会伫足而观，为这景象叹息不止。

"幸福的人们！和平的城！"

这里只有一家邮局。然而一家也就足足够了，谁看见过它那里曾同时走进去两个人，谁看见过那总是卧在大门里面的黄狗，曾因为被脚踩了而跳起来的呢？它是开设在一座老屋里面，那偏僻的老屋，若不是本城的居民，而又没有别人领导，决不会一下子就找到它。它应该开在通衢上吗？它从来没有想到要这样办的理由。

倘若你的信上没有贴邮票，口袋里又忘记了带钱，那不要紧，你尽可大胆走进去，立刻就有一个老人站起来。这是邮差先生，同时又兼理着邮务员的职务。可是他决不会因此忙得透不过气来，他仍旧有足够的时间在公案上裁花，帽子上的，鞋上的，钱袋上的，枕套上的，女人刺绣时用的花样。他把抽空裁成的花样按时交给收货人，每年得到一笔例外的收入。这时他放下刀剪，从公案旁边站起来了，和善地在柜台后面向你望着。

"有邮票吗？"你不等他招呼就抱歉地抢着问。

"有，有；不多罢？"他笑着回答你，不住地点头。

"忘记带钱了，行吗？"

"行，行，先生，"他又点头。"信带来了罢？我替你贴上。"

　　他从抽屉里摸出邮票，当真用唾沫湿了给你贴上。他认识这城里的每一个人，并非因为他是邮差，而是他在这里生活了数十年的结果。他也许不知道你的名字，甚至你的家，但是他相信你决不会不把钱送来。

　　此外这里还有一家中学，两家小学，一个诗社，三个善堂，两个也许四个豆腐作坊，一家槽坊；它没有电灯，没有工厂，没有一家像样的店铺，所有的生意都被隔着河的坐落在十里外的车站吸收去了。因此它永远繁荣不起来，不管世界怎样变动，它总是像那城头上的塔样保持着自己的平静，猪仍旧可以蹒跚途上，女人仍可以坐在门前谈天，孩子仍可以在大路上玩土，狗仍可以在街岸上打鼾。

　　一到了晚上，全城都黑下来，所有的门都关上：工咚，工咚……纵然有一两家迟了些，也只是黑洞洞的什么全看不见。于是天主教堂的钟声响起来了，让我们听起来，它是安息的钟声；可是和谁都没有关系，它在风声中响也好，在雨声中响也好，它响它自己的。原来这一天的时光这就完了。

　　"天晚了？"

　　"晚了。"

　　在黑暗的街上两个相遇的人招呼。只有十字街口还亮着火光，慢慢地也一盏一盏地减少下去，一盏一盏地吹熄了。虽然晚归者总是借了星光在路上摸索，只能听见自己的脚声，却是谁也没有感到不便。

　　然而正和这城的命名一样，这城里最多的还是果园。只有一件事我们不明白，就是它的居民为什么特别喜欢那种小苹果，他们称为沙果或花红的果树。立到高处一望，但见属于亚乔木的果树从长了青草的城脚起一直伸展过去，直到接近市屋。在中国的任何城市中，只看见水果一担一担从乡间来，这里的却是它自己的出产。假使你恰恰在秋天来到这座城里，你很远很远就闻到那种香气，葡萄酒的香气。累累的果实映了肥厚的绿油油的叶子，耀眼得像无数小小的粉脸，向阳的一部分看起来比搽了胭脂还要娇艳。

　　你有空闲时间吗？不一定要像这里可敬的居民一样悠闲，也无须那种雅趣，你可以随便择定一个秋光晴和的下午，然后缓缓地散步去拜访那年老的园丁。你不要为了馋涎摘取他的果子，万勿这样干，即使是当了他的面，对于道德毫无损害也不要。他会生气。并不是他太小器，也不是他要将最好的留给自己，仅仅为了爱护自己工作的收获，他将使你大大难堪，他会坐在果树底下告诉你那塔的故事，还有已经死去的人的故事。

"一个古怪的老人，"他开始这样对你讲了。接着他说老人有三个美丽的女儿——永远是三个女儿。你也许已经怀疑到它的真实，但这有什么关系呢，在他——这园丁不是完全一样的吗？并且当你听到这第三个女儿的悲惨结局，你的怀疑会慢慢变成惆怅。在园丁的朴实言语中，传说中的古怪老人和他的女儿重新复活过来，又得到生息，他们活活地在你前面，正像他们昨天还在这个城里。

然而即使在这讲故事中间他也没有忘记自己的职守。他已经发见——其实应该说他已经听见一个牧童溜下青青的城坡，蹑脚蹑手地进了园子。

果园正像云和湖一样展开，装饰了这座古老的小城。当收获季节来了，这里便充满工作时的窸窣声，小枝在不慎中的折断声，而在这一片响声中又时时可以听见忙碌的呼唤和笑语。人们将最大最好的，这种酸酸的，甜甜的，像葡萄酒一样香，像粉脸一样美丽的果实放在篮里，再装进筐，于是一船一船运往几座大城，送上消化永远不良的人们的食桌。

自顾絮絮地唠叨，我反倒忘记早已走过葛天民先生管理的林场了。那些无花果和印度槭叶树曾经修剪过几次？那些小梧桐树，还有合欢树已经被绅士们移植并且长出新的来了吗？我不记得，我不记得……我只记得当七年前我离开这里的时候，葛天民先生穿了雪白的小衫，正蹲在一小丛玫瑰树旁边监督工人们掘土。这个没有嗜好过着一种闲适生活的为人淡泊而又与世无争的人，他大概是向自己请过假了。我不记得林场上有他的影子。

现在我走进这个过着简单而有规律的生活的城的深深的城门洞了，即使我把脚步尽可能放轻，它仍旧发出咚咚的响声。并没有人注意我。其实，我应该说，除开不远的人家门前坐了两个妇人，一面低头做针工，一面在谈着话的，另外我并没有看见别的谁，连一条走着的狗也没有看见。

真是久违了啊！

街上的尘土仍旧很深，我要穿过大街看看这里有过怎样的变化吗？我希望因此能遇见一两个熟人吗？你自然能想到我取的是经过果园这一条路。我熟知这城里的每一条路每一条小径的走法。从城门弯过去，沿着城墙——路上横着从城头上滚下来的残砖，可是并不妨碍行人的脚步走过，用这里人的说法，那不过几步路——于是果园就豁然在前面现出来了。从果园里穿过去，一直到孟林太太家的后门，没有一条路比这里更使人喜欢走了。那些被果实压得低垂下来的树枝轻轻抚摩着你的鬓颊，有时候拍打肩背，仿佛是老友的亲昵的手掌。

唉，装饰着这个小城的果园！我来的已经晚了，蜂子似的嗡嗡着的收获期已经过去。抬头一望，只见高高的天空，在薄暗静寂的空气中，缝隙中偶然间现出红红的第一片腊叶。除了我之外，深深的林子里没有第二个人，除了我的脚步，听不出第二种声音。

"放松一点，别惊破这里的寂静！"

仿佛是谁的声音，一种熟识的久违了的声音在我身边响着。我真想独自睡一觉，一直睡到黄昏，睡到一睁眼从红了第一片的叶缝中看见晚霞，从远处送来两个果园城人相遇时的招呼和道别声。

"晚了？"

"晚了。"

初时我怅然听着，随后我站起来，像一个远游的客人，一个荡子，没有人知道地来了一次，又在没有人知道中走掉，身上带着果园城的泥土，悄悄走回车站。

"箱子也都放好了吗？"

"请回去罢。"

车站上道别的声音又起来了。

我懊悔我没有这么办。我懊悔我没有在果园里睡一觉，身上带着果园的泥土，悄悄离开这个有过"一个古怪的老人和三个美丽的女儿"的，和平的然而凄凉的城了；我已经站在孟林太太的庭院里，考虑着应不应该惊动她喜欢的清静。

我忘记告诉你她是一个怎样清洁的好太太了，所有的寡妇几乎全喜欢清静，一种尼姑的奇癖。她的庭院里永远看不见一根干草，一堆鸡粪，没有铺过砖的地面总是扫得像水洗过一样。

现在我立着的仍旧是像水洗过的庭院，左首搭了一个丝瓜棚架，但是夏天的茂盛业已过去，剩下的惟有透着秋天气息的衰老了；在右首，客堂的窗下是一个花畦，花草只有并不珍奇的寥寥几种：锦球，蜀葵，石竹和凤仙。关于后面一种，这地方有一个更可贵的名字，人们把它叫作"桃红"。凡有桃红的人家都有少女，你听说过这谚语吗？这是我们前代的人们还不知道有一种出自海外的化学颜料，那些少女们是用了这比绢还美丽鲜艳的花瓣染指甲的，并且直到现在，偏僻地方的少女仍旧自家种了来将她们可爱的小指甲染成殷红。

在这一瞬间我想起一个少女，一个像春天一样温柔，长长的像一根杨枝，而端庄又像她的母亲的女子，她会裁各样衣服，她绣一手出色的花，她看见了人或说话的时候总是笑着，却从来不发出声音。这就是比我年长三岁的素姑小姐，孟林太太的唯一女儿，现在是二十九岁了，难道她还没有出嫁吗？

当这时，不管出嫁或不曾出嫁，一阵哀伤的空虚已经在等待我了。大槐树顶上停着一匹喜鹊。这幸灾乐祸的鸟徒增寂寥地叫了两声，接着又用喙去梳理羽毛。偶尔有一片黄叶飘摇着飘摇着从空中落下来，此外再也听不见声息。

我踌躇地站了片刻，在这使人感到空荡荡的庭院里，始终没有人走出来。忽然我听见堂屋的左首发出一声咳嗽，这是孟林太太的咳嗽。我要叫喊吗？我有些气促，决不定应否打破这保持了五年，十年，甚至已经二十年的岑寂。

为通知主人有人来搅扰他们，我特意放响脚步走上台级。房子里仍旧像七年前我离开时一般清洁，几乎可以说完全没有变动。所有的东西——连那些大约已见过五回油漆的老家具在内，全揩擦得照出人影，光光亮亮看不出一点灰尘。长几上供着的孟林先生的遗像，是从我第一次看见起就没有移动过的；旁边摆两只花瓶，从花饰以及色彩上可以看出是明窑出品，里面插着月季花，大概在三个月以前就干枯了。

在使人感到沉重的，满布了阴影的空气中，在静得连最不容易在这里生存的苍蝇的飞动都可以清楚听出的静寂中，我预备在上首雕镂的老旧的太师椅上坐下。恰在这时，空中起了细微到几乎听不见的震动，接着从里面小门里探出一个女人的头来，是我们在这种地方常常看到的，穿着褪了色的蓝布衫，那种约有四十岁光景，为了什么而生气似的，像一个女巫，或者更像一个女校长听差的女仆。（原来曾经在孟林太太家住了十年的一个，后来我听说她两年前死了。）她惊讶地望着我，然后低低地，发怒地问道：

"你有什么事？"

我说明了我的来历，女仆像影子似的退进去了。我听见里面叽咕着，约摸有五分钟，随后是开关奁橱的响声，整理衣服声，轻轻的脚步声和孟林太太的咳嗽声。女仆第二次走出来，向我招招手。

"请里面坐。"她说着便径自走出去。声音是神秘的，单调而且枯燥。

我走进的时候，孟林太太正坐在雕花的几乎占去半间房子的红木床上，靠了上面摆着奁橱的妆台，结着斑白的小发髻的头同下陷的嘴唇轻轻地不住弹动。她并没有瘦得绉折起来，反而更加肥胖起来了。可是一眼就能看出，她失去一样东西，一种生活着的人所必不可缺少的精神。她的锐利的目光到那里去了？她的我最后一次看见她时还保持着的端肃、严正、灵敏又到那里去了？可敬的孟林太太，你是怎样变了啊？

她打手势让我坐在窗下的长桌旁边。我刚才进来时她大概还在午睡，也许因为过于激动，一时间失措地瞠然向我望着。最后她挣扎一下，马上又萎顿地坐了下去。

"几年了？"她困难地喘了一口气说。

我诧异她的声音是这样大；那么她的耳朵原是很好的，现在毫无疑问已经聋了。

"七年了啊！"我尽量提高声音回答她。

她仍旧茫然地频频瞅着我，似乎不曾听懂。就在这时素姑小姐从外面走进来，她长长的仍旧像一根杨枝，仍旧走着习惯的细步，但她的全身是呆板的，再也看不出先前的韵致；她的头发已经没有先前茂密，也没有先前黑；她的鹅卵形的没有修饰的脸蛋更加长了，更加瘦了；她的眼梢已经显出浅浅的皱纹；她的眼睛再也闪不出神秘的动人的光。假使人真可以比作花，那她便是插在明窑花瓶里的月季，已经枯干，已经憔悴，现在纵然修饰，她还遮掩得住她的二十九岁吗？

我的惊讶是不消说的。可爱的素姑小姐，你也怎样变了啊！

她惨淡地向我笑了笑，轻轻点一下头，随后默然在孟林太太旁边坐下。我们于是又沉默了。我们不自然地坐着，在往日为我们留下的惆怅中，我们思想着我们在过去数年中断绝了的联系。放在妆台上的老座钟——原是像一个老人样咯咯咯咯响的——不知几时停了。阳光从窗缝中透进来，在薄暗的空中照出一条淡黄的线。孟林太太家原来并不这样冷清，我很快地想起我们曾怎样亲自动手做点心，素姑怎样送我精工刺绣的钱袋，我们怎样提了竹篮到果园去买花红——唉，七年！在我们不知中时间并不曾饶恕我们，似乎凡是好的事情全过去了。

"你老了呢。"孟林太太为难地说，接着好像要改正自己。

我用眼睛去找素姑，她不知几时——并且不知为了什么她已经躺在孟林太太的背后，隔着妆台，我看见她的苍白而又憔悴的脸，她的在暗中显得乌黑的眼正灼灼地望着我。我觉得眼泪拥塞了我的咽喉，要涌出眼眶来了，我要说不出一个字了。

"我们都要老的。"我勉强敷衍着说。

那为了什么而生气似的，像一个女巫，或者更像女校长的听差的女仆，已经送上茶来。仍旧是先前的样子，每人一只盖碗。

一九三八年九月二十二日

（收《果园城记》，1946 年 5 月上海出版公司初版）

　　这里写的是"我"（作者在《果园城记》序里明确说，"我不知道他的身份，性格，作为，一句话，我不知道他是谁，他要到何处去"：这大概就是一个永远的跋涉者、流亡者）"回归"后所看到的"有生命，有性格，有思想，有见解，有情感，有寿命，像一个活的人"的"果园城"。阅读这篇小说，就要牢牢抓住"果园城"这个"像一个活的人"的特殊的描述对象。它具体、可见可触、真实，又活在"我"的"童年记忆"中，是情趣化、内心化、模糊化的。小说也正是以这样梦幻般的记忆为开端："果园城，听起来是个怎样动人哀愁的地方呵！""你曾看见夕阳照着古城树林的景象吗？你曾看见被照得嫣红的帆在慢慢移动着的景象吗？"此刻"我"特别记起的是"那城坡上的青草，短短的青草，密密的一点也看不出泥土的青草，整个城坡全在青色中，当细雨过后，上面缀满了闪闪的珠子"。只要来到这里谁都要"叹息不止"："幸福的人们！和平的城！"但走着走着，特别是走进依然是"像水洗过的庭院"，"我"就感到"秋天气息的衰老了"，"一阵哀伤的空虚已经在等待我了"，"静寂"中，"沉重的，满布了阴影的空气"向"我"袭来……"我"终于见到要拜访的老人孟林太太，"一眼就能看出，她失去一样东西，一种生活着的人所必不可缺少的精神。她的锐利的目光到那里去了？她的我最后一次看见她时还保持着的端肃、严正、灵敏又到那里去了？可敬的孟林太太，你是怎样变了啊？""假使人真可以比作花，那她便是插在明窑花瓶里的月季，已经枯干，已经憔悴了。——这"变了""干枯""憔悴"的，岂止是小城里的老人，更是整个"果园城"啊：她绝不是我们可以皈依的"精神家园"！读者朋友，当你和小说中的"我"，以及其背后的作者一起，终于发现小说所有迷人的童年回忆，不过是一场"梦幻"式的描述，你有什么感觉？又有怎样的反思？

- 师陀这样谈他的创作追求："用旧说部的笔法，写一部散文体的小说。"首先要注意的，自然是它的"旧说部的笔法"，即小说的叙述方式。小说采用的是传统说部的"对话"体，全篇始终有倾听叙述的"你"的存在，背后还有"果园城"这个潜在的对话者。而整个叙述又像是一个个电影镜头的缓缓推动，同时响起的是解说者（作者）的娓娓评说。整个叙述调子，沉静而感伤，自有一种说不出的感人力量，值得细细品味。

- 写"不是小说的小说"，是 40 年代相当一部分作者的自觉追求。汪曾祺曾有这样的阐释："我们宁可一个短篇小说像诗，像散文，像戏，什么也不像也行，可是不愿意它太像个小说"，"一个短篇小说是一种思索方式，一种情感形态，是人类智慧的一种模样"（汪曾祺：《短篇小说的本质》）。这或许有助于我们对师陀所设想、追求的"散文体的小说"的理解：《果园城记》的"散文体式"及"诗性"都很明显，也确实是一种"思索方式"与"情感形态"。有意思的是，周作人提出这类散文化的诗性小说还往往有一种"气味"，我们读《果园城记》也真的感到有一种无形的"味儿"。有兴趣的读者不妨在反复琢磨后，作出分析。

- 作者对《果园城》的记忆与描述，处处都显示出他对声响、色彩与气味的特殊敏感，构成他的诗性语言的一大特色。如小说写到"天主教堂的钟"；写到果园里"葡萄酒的香气"；还有被称为"沙果或花红的果树"的"肥厚的绿油油的叶子"，"耀眼得像无数小小的粉脸"，"看起来比搽了胭脂还要娇艳"；还有"高高的天空，在薄暗静寂的空气中，缝隙中偶然间现出红红的第一片腊叶"……都情不自禁，笔下生辉。试把有关文字抄录下来，一一评点。

- 建议阅读全书，注意篇与篇之间的"互文互补"。

第三节

日常生活的美学发现与展示：
凡人的反（非）英雄主义、反（非）浪漫主义的战争文学

我们在讨论身处上海沦陷区的张爱玲的战争文学书写时，曾将其概括为"对世俗人生的审美的、人性的生命体验与观照"，并特别注意与强调她的"凡人比英雄更能代表时代的总量"的历史观。现在，我们在考察其他沦陷区的战争文学时，也发现了这样的倾向与特点：它已经构成了 20 世纪 40 年代中国战争文学的一大潮流。而它特别盛行在沦陷区，显然由其被入侵者占领的地缘政治环境所决定：当文学中的民族意识受到打压，个体生命意识就被推到文学图景的前景位置，得到了一次历史性的凸现。这也决定了文学形式的选择：沦陷区散文（小品文）得到更为充分的艺术表现，是很自然的。周作人在《〈近代散文抄〉序》里，曾将文学分为"民族的集团的文学"与"个人的文学"，而称小品文为"个人文学之尖端"。这样的小品文的兴盛，很容易联想起"五四"时期的散文，两者之间显然有一种继承关系，但也有时代的差异：如果说，"五四"时期散文中的个人性是以思想启蒙运动为其背景与动因，那么，40 年代沦陷区的散文则是战争背景下对个体生命存在的关怀与探讨，并由此获得了一种特殊的价值。

特别值得关注与研究的是，沦陷区文学对人个体生命存在的观照，更集中于普通的"凡人"，而非战场上的"英雄"；特别在意于人的"日常生活"。张爱玲说她在战乱中的"香港重新发现'吃'的喜悦"，并且说，"真奇怪，一件最自然，最基本的功能，突然得到过分的注意"（张爱玲：《烬余录》）。另一位沦陷区作家纪果庵在一篇名为

《林渊杂记》的散文里，津津有味、不厌其烦地记述了乡间种种平凡琐细的事情，又万分感慨地写道，这日常生活中的吃喝玩乐，"幼时觉得真乃稀松平常，但现在想想，实在已是很不容易实现的境界"，连人事的纠纷，有意义与无意义的争吵，"这种太平时的麻烦，现在想着都成可爱"。这确实是战乱中真实而独特的生命体验。纪果庵还谈到，正是在随时可能失去一切的战乱中，他更珍惜"没有传奇成分的人生，没有戏剧性的平凡日子"，并且深深感到，自己注目于生活（生命）中的"常"，"人之恒情"，却偏偏活在"需要忘记与狂想"，"需要热与血"的大变动时代，因而陷入极大矛盾之中（纪果庵：《知己篇》）。这种摆脱英雄主义、浪漫主义的人生与文学的努力，以及由此产生的矛盾与挣扎的痛苦，都给现代文学带来了某些新的东西。

于是我们注意到，40年代的沦陷区，几乎所有有影响的作家，周作人、张爱玲之外，还有苏青、胡兰成、文载道、纪果庵、柳雨生、沈启无、毕基初、唐弢、柯灵、林榕、南星等，都在他们的散文里，从各个不同层面，留下了对人的日常生活的生命意义、美学价值的关注与发现，传达出各具特色的意趣与品味。那些写身边琐事的散文，借用文载道对明代小品的评价，所记虽"生活中的一肢一节，而琐琐写来，都涉笔成趣"（文载道：《关于风土人情》）。大量的回忆过去之作，也不是简单的怀旧，"'天翻地覆的大变动'之后，所留下来的，却是经过千锤百炼之余的一种生的执着"（文载道：《关于风土人情》）。而热衷于"抄古书"本质上又是一种"重读"，即从动乱的生命体验出发，用一种新的眼光去重新发现历史，是现实生命与历史生命的一次对话，将"辽远"的世界"身边化"（纪果庵：《小城之恋》）。大量关于乡村、童年的回忆，也是"人穷而反本"，是处于"围困"中的现实的人对生命存在本源及归宿的初始性、本真状态的一种追寻（纪果庵：《语稼》）。同样被重新发现的还有大自然，所谓避难山中"颇得武陵之乐"，身处无限时空中的空灵感、自由感令人称羡不已（吴雨苍：《白茆山中漫记》）。这样，我们就在沦陷区风行一时的随笔里，发现了外在文字与内在生命的沉潜，沉潜于身边日常生活的体味、童年和乡村的记忆，以及历史与自然生命的沉思之中。这是失落一切之后的解脱，是极度绝望中的宁静。这解脱与宁静浸透着生命的苍凉感，就有了一种特殊的美感："忧患时的闲适"，"寂寞的不寂寞之感"（周作人：《文载道〈文抄〉序》）。

文载道：
"欲说还休的无言之恸"

1938 年 5 月	文载道《论〈西行漫记〉作者埃狄加·施乐及其演词》发表（《文汇报》）。
1939 年 7 月	孔另境、文载道等合集《横眉集》出版（世界书局）。
1941 年 6 月	文载道《星屋小文》出版（文化生活出版社）。
1942 年 12 月	文载道《关于风土人情》发表（《古今》第 13 期）。
1944 年 6 月	文载道《风土小计》出版（太平书局）。
1944 年 11 月	周作人《文载道〈文抄〉序》发表（新民印书馆）。
1998 年 12 月	文载道散文入选钱理群主编《中国沦陷区文学大系·散文卷》（广西教育出版社）。
2008 年 5 月	《文以载道——金性尧先生纪念集》出版（上海古籍出版社）。
2009 年 8 月	《金性尧全集》出版（上海百家出版社）。

　　周作人在 1944 年所写的《文载道〈文抄〉序》里，谈到沦陷区的新、老作家即所谓"旧雨今雨"时，特别谈到"在今雨中间，有两位可以提出来一说"，一位是北人纪果庵，再一位就是南人文载道，并且介绍称文载道的《风土小记》"其中多记地方习俗风物，又时就史事陈述感想"。周作人提醒读者注意：这些沦陷区文人之作，多是"忧患时文学的一式样"：文人时时感到"泽水"（洪水）在后面，却无力走"政治之路"以成就救国救民之"事功"，只能"拿着诚实无匹的心情"作画著文，但其内在的抒写对象依然是"自己的国与民及其运命"，于是就有了一种"忧患时的闲适"，即写闲适之文，抒忧患之情的特殊风格与气息。

　　文载道（1916—2007）即日后成为著名学者的金性尧。他既是散文家，也是出版家。

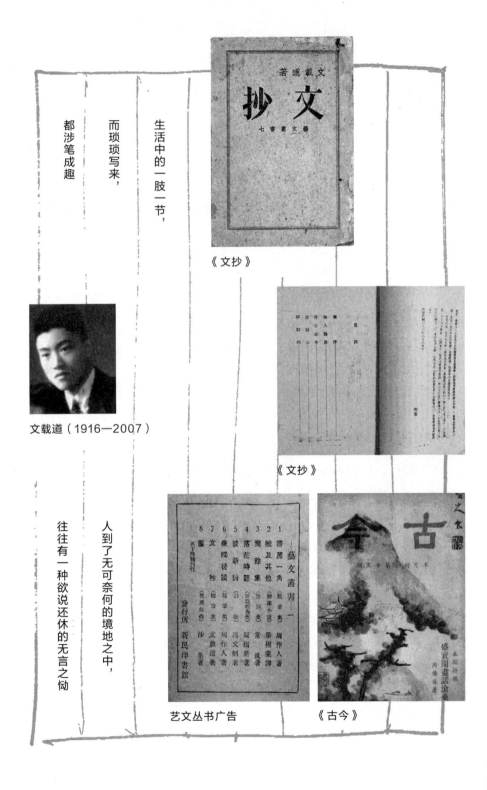

生活中的一肢一节，

而琐琐写来，

都涉笔成趣

文载道（1916—2007）

往往有一种欲说还休的无言之怆

人到了无可奈何的境地之中，

《文抄》

《文抄》

艺文丛书广告

《古今》

1942

《关于风土人情》

文载道

　　今年的盛夏中，于病榻上看了一点记载风土节候之作，不禁深深地引起了风土人情之恋。然一面亦有感于胜会之不再，与时序的代谢，诚有宁为太平犬，莫作乱离民之感。有时一个人在孤灯相对，或午夜梦回时默想这已逝的流光，和多难的万方，更加显出情绪的波澜万端，仿佛觉得此身缺少了安排的所在。犹记羽琌馆主诗云："瓶花帖妥炉香定，觅我童心二十年。"于是又陡然地将思绪驰骋于儿时的一刹了。自然，这样的一种感伤和怅触，恐怕不论古今中外，也正是"人同此心"，不过在此时此地，尤其易于感兴罢了。而且这跟见花落泪对月生悲遇见婊子当作"佳人"的"才子病"，似乎颇有截然不同之处。而这不同，也还是植根于各人感情的浮和实、真和滥的上面。所以杜少陵的城春草木之悲，李后主的小楼东风之痛，就成为俯视百代的绝唱了。

　　人到了无可奈何的境地之中，往往有一种欲说还休的无言之恸，觉得俯仰啼笑，仿佛一无是处。而人类之配称得起"高等动物"者，其大半也正在于此。因此世上最可悲而致命的病症，不论个人或民族，怕也正是麻木罢！

　　这里要说到我的故乡了。鄞人原是一个水乡小民，正是周黎庵君所谓"浙东之氓"。那边所有的交通工具，也完全是依靠于"乘风破浪的船"。虽然没有什么名山胜迹可以称道，但在明末的清师入境，和鸦片战争英兵登陆时，也曾发挥过我民族的力量呢！不过现在所留下来的旧迹，却早已荒芜剥落了。

说到土产方面，除了普通的蔬果之外，较著名的，只有在梅雨霏微时，颇有万紫千红之致的杨梅，以及嚼来清脆有声的蕃薯。而前者的色味与形态，因为富于水分的缘故，更觉鲜美而有玲珑之姿，值得耐心咀嚼，令人容易想起南国的荔枝，更想起唐人的"一骑红尘妃子笑，无人知是荔枝来"的诗句了。其次，为了滨海的原因，出产的自以鱼介为大宗了。但因此也养成了我们的嗜咸腥的习性，跟湖南人的爱辣，苏州人的喜甜，成为东南人食性中的三种特征。而且我疑心这和三处的方言，未始不有点儿关系。但可惜年来由于交通的阻梗，有许多新鲜的海产，现在就颇难尝到。例如有几种食品如虾涎、望潮、面条鱼之类，最理想的食法，应该于网得之后，即须"就地正法"，则吃来方不失其鲜腴之致，而至多只限于隔宿而食。这从"食不厌精"而论，即一般的食品，也应该以新鲜为上乘，不过对于水族动物，则愈"鲜"者才始愈"美"，似乎和黄酒之"越陈越好"者适得其反。近年来虽然叨科学的光，有冷气和罐头保藏之法，但较之原来风味却已减逊许多，倒不如索性像乡下那样的借助于日光之力，曝之使干，以为不时之需，而成佐酒或消闲之"绝妙小品"，不过外乡人却未必喜欢吃罢？

我有时想，食味的真正价值，怕不在于食品的本身，主要还在食品中的风土性和它的诱惑力，以及食时的情调，由此而引起食者的心理与情绪的配合，这样才称得到"享受"，而"生活的艺术"也备于此中了。知堂老人尝以住在古老的北京城吃不到精炼的或颓废的有历史性的点心而认为一种缺陷。可为上说的注脚。又如在鲁迅先生笔下的叠满着酒鬓的鲁镇酒店，于一角阴暗的破壁中，看到了孔乙己那样的人物，一面闻着刚刚煨就的茴香豆，则纵非陶公信徒，怕也未有不醺然欲滴的了。如果碰着岁暮天寒，则白香山的"晚来天欲雪，能饮一杯无"的诗句，无论如何要脱口而出了。同时我们也了解了刘伶的"死便埋我"的心理。但这与世纪末式的疯狂变态自又有不同。还有如我们总觉得端午吃粽子，中秋吃月饼，元旦饮橄榄茶，也比平日两样一点，无论在心理或兴趣方面——虽然味觉大抵差不多。如果我的说法，别人也有同感的话，那末，前述的"食品的价值不在于食品的本身"之说，也还勉强可以成立了。这原因在于什么地方呢？在于我们的日常生活上，需要一点小小的变化而已。这是一种自然的要求，与方巾派口中的"良风美俗"固然牵扯不上，而于什么什么"家"笔下的"封建遗毒"，似乎也有点殊途而不同归。

从上引的鲁迅先生小说说来，可见凡是泥土气息浓厚的作品，她的感人的力量也必深刻，卓然地显出其酽酽的人情味，正如我们听不自然的"国语"，远不如听无改动的乡音来得愉快，盖乱头粗服有时究胜于浓装艳抹。这也不仅仅省去我们的一阵恶心而已。

中国号称以农立国，全国人口中农民占十分之八。如果慎终追远地说来，则我们不只有猩猩的血液，而且还有农民的气息，对于一切乡国之爱，在后天的"教训"之外，一部分是应该算到先天方面去的。而对于故乡，长住的时节也许并不觉得怎样爱慕，但如一旦作客得长久了，却在在地易于引起眷念、关心和亲切，所谓他乡遇故知，就不患三寸不烂舌无掉弄之处。实在胜过洞房花烛，或金榜题名。以我个人而论，每次尝到新入市的鱼介之类，慢慢地就会在记忆中浮起一个粼粼的影子，接着就波荡起来，于是我俨然像驾着一叶征帆，顺流而下了。我自己知道是一个感情质的人，"喜怒不形于色"自分此生大概做不到的了。语云："闻鼙鼓之声则思将帅之臣"，可见因某一的暗示而使哀乐，爱憎特别发达者，虽对象不同，而兴比则一。这在朱光潜先生的"文艺心理学"中，据说叫作物我同一的移情作用。但这里无讨论之必要；不过想从书上再找一个移情作用的实例出来，这便是著名的张翰秋风莼鲈的故事。据晋书（九十二卷）张翰传：

"张翰字季鹰，吴郡吴人也。……齐王冏辟为大司马东曹掾，冏时执权。翰谓同郡顾荣曰：天下纷纷，祸难未已，夫有四海之名者求退良难，吾本山林闲人，无望于时，子善以明防前，以智虑后。荣执其手怆然曰：吾亦与子采南山蕨，饮三江水耳。翰因见秋风起，乃思吴中菰菜莼羹鲈鱼脍曰：人生贵得适志，何能羁宦数千里以要名爵乎？遂命驾而归。著首丘赋，文多不载。俄而困败，人皆谓之见机。"

这看来跟陶公的不为五斗米折腰有点仿佛。但事实上，自然还是为了"天下纷纷，祸难未已"，正是明哲保身之道；而且不失为魏晋人物的作风。所谓狐死首丘——而他却连这篇"首丘赋"都懒于留下。这在积极的人看来，难免要说他是逃避现实，其实呢，正如知堂老人所说耕田的长沮、桀溺，并没有跟孔仲尼有什么大分别，所不同者，一个还在讲道，一个却不讲道而已。这种人在表面看来，也许十分的消极冷淡，但在他们的内心，又那一个不是饱经忧患，热泪盈眶呢！无怪五柳先生的笔下，写得最出色的，还是飞盖入秦庭的荆卿。羽琌馆主说得好，莫信诗人竟平淡，二分梁父一分骚，又说，吟到恩仇心事涌，江湖侠骨恐无多。这才说出了陶公的心事！而张季鹰的看见秋风一起，便想到莼羹鲈鱼，以至命驾而归，主要固在于想得一个"首丘"，借此向齐王脱身。但人在乱离之中，往往容易向大自然生出惊奇、咨嗟与留恋，亦正是人情之常。现在我们如果看到莼菜，就不免要想到西湖的山光水色，由山光水色而想起了种种现状，于是"人世几回伤往事，山形依旧枕寒流"的名句，又轻轻地起自我们心底了。

古人说诗是穷而后工的。我以为一切记载风土、节候、景物的著述，也以出诸遗民的笔下者最有声色。无论写景，记物，道故实，谈胜迹，虽然娓娓道来，却无不含着至性至情，成为"笔锋常带情感"之作。从前读过周译"域外小说集"中波兰显克微支的"灯台守"等作，至今还想到那个茕然一身，年迈无依，在昏暗屹立，碧海无际的夜塔中老人的影子！而最后还免不了飘流颠簸。波兰人热爱其故国和宗教，曾力图独立，故显克微支也以这类荒凉冷酷，孤幼绝望者为题材，宜其紧紧地扣着读者的心弦。后来又读过叶天寥的"甲行日注"，觉得每则寥寥数十言，虽所写的多是流亡时的乡情野色，但触处牢愁，几无一而非麦秀黍离之痛！尤其是他们都是在热闹中冷静下来，在享乐后肩着艰辛，这时方始觉得甜酸苦辣咸，五味杂陈，而都须咬着牙根咽下去，真有谢枋得天地寂寥山水歇之概。一时觉得什么事都看得大彻大悟，百无牵挂。一时又觉得仿佛有一枚东西，时刻地在啮着他的心！这里且抄上几则来看吧：

"十七日（乙酉九月）乙丑，晴暖。初又来，云田园尚犹如故，室庐亦幸偷存，故乡风景则半似辽阳以东矣，但村人未吹芦管耳。"

"初九日（丁亥十二月）乙亥，晴。晚间枯林戛响，斜月皎幽，东窗对影，一樽黯绝。颜子之乐自在箪瓢，予不堪忧者，家国殄瘁，岂能忘心？李陵所云，胡笳互动，边声四起，独坐听之，不觉泪下。"

"十六日壬午，晴，大风，冷。夜，风浪恬静，明月东升，照薄纸窗上，如轻绡可鉴。远远闻吹笛声；虽地非山阳，而感同向秀，旧游之思，亦不止中散一人矣。"

乙酉距丁亥已两年余，而拳拳故国之思，始终未减，令人肃然而又泫然。午梦堂遭陵谷迁变之外，其膝下的儿女，也半因困顿而死，集家国之恸于一身，真不复有生人之趣。然而这却已越出普通的风土记载之外了。其次，在明遗民中，这里还想起张宗子来。他的代表作自然是《陶庵梦忆》。其中所记虽为旧日流连之胜，或当时生活中的一肢一节，而琐琐写来，都涉笔成趣，可称为文情并茂，而转折多姿。内容虽不及午梦堂的声泪俱下，但如果先看一看其"自序"，则似乎也不在午梦堂之下；所谓"五十年来，总成一梦。今当黍熟黄粱，车旅蚁穴，当作如何消受？遥思往事，忆即书之。持向佛前，一一忏悔。不次岁月，异年谱也。不分门类，别志林也。偶拈一则，如游旧径，如见故人，城郭人民，翻用自喜，真所谓痴人前说不得梦矣。"换一种说法，人们在"天翻地覆的大变动"之后，所留下来的，却是经过千锤百炼之余的一种生的执着——由此而出发的对于过去的彻骨的眷念，如陆士衡所谓"嗟大恋之所存，故虽哲而不忘"者！

张宗子的小品文，在明末中确可算得戛戛独造，别有天地，不同于时辈的浮佻，纤靡。例如卷三《湖心亭看雪》云：

"崇祯五年十二月，余住西湖。大雪三日，湖中人鸟声俱绝。是日更定矣，余拏一小舟拥毳衣炉火，独往湖心亭看雪淞雾沆砀，天与雪与山与水上下一白。湖上影子惟长堤一痕，湖心亭一点，与余舟一芥，舟中人两三粒而已。到亭上，有两人铺毡对坐，一童子烧酒，炉正沸，见余大喜曰：湖中焉得更有此人！拉余同饮，余强饮三大白而别。问其姓氏，是金陵人，客此。及下船，舟子喃喃曰：莫说相公痴，更有痴似相公者！"

明末士大夫的享乐法，原是极为讲究而洒脱。上述的看雪云云看来固然简单平凡，但一旦形诸笔墨，却令人感到清新而又风趣。比起当时那般巨绅达官的花天酒地，一塌糊涂的豪奢情形，陶庵毕竟要蕴藉得多了。而这些过眼烟云，在"国破家亡，无所归止"时的陶庵想来，真也成为一番"孽"，所谓"种种罪案，从种种果报中见之"，而非"持向佛前，一一忏悔"不可了。我们如从这个角度来看，则"梦忆"中所记载的一切陈迹，似乎皆足以令人感到沉痛悱恻，感到低徊反复而不能自已，如他自己所说，如"劫火猛烈，犹烧之不失也"！再说得迂旧一点，则世上最可悲矜的，也惟有"孤臣孽子"之心！

我们在日常生活中，不妨需要一点变化，一份享受，如行云流水，有纹彩，有波澜，有光，也有声。然而同时还有一个条件，即应该有节制。那种"今朝有酒今朝醉"的放纵恣肆作法，就决非健康的人生观。这里，还是让我们结束历史上的哀乐，而正视现实，认真做人吧！

三十一年十一月先小雪二日

（原载 1942 年 12 月《古今》第 13 期）

延伸思考

文载道的这一篇《关于风土人情》即周作人所说"就史事陈述感想"之文。我们也正可以由此而进入沦陷区文人的内心世界。

先要进入那特殊的氛围。我们注意到文载道另一篇著名的散文：《夜读》。文章一开头就点明他是在"雪夜闭门读禁书"，并特意介绍他的书斋曾名为"星屋"，现"易为辱斋"，"盖自乱战以还，聊以志感而已"。文章的重心在描述"夜读"的环境与心境："'万物静观皆自得'，世上有许多事情，往往在静观中，在无意中，会得到人生哲理的启示。如《论语》'子在川上'一章，即表现出生命的无常的意义。"我时常在读到书上的或一问题时，即掩卷冥索。或闻远处啼叫之声，则辄涉遐想。至声音中之最凄厉难堪者，在我的印象中，当推深宵老妪卖长锭之声，于寂静寥廓的夜气中，忽然聆此悠长的一串，不啻对此身作当头一棒。于是由此复联带的想起乡间的招魂。"

《关于风土人情》此文一开始就说自己"到了无可奈何的境地之中，往往有一种欲说还休的无言之恸"。应该说正是这"欲说还休"构成了全篇基本的言说方式与结构方式。"说"什么呢？说"故乡"，谈"土产"，想"食味的真正价值"，讲"乡音"和"农民"，"向大自然生出惊奇"，更眷恋"人情之常"，向往人性之"至性至情"，珍惜"天翻地覆的大变动"后留下的"生的执着"：这其实都是在"招魂"，招回了人的生存之根，于是，"一时觉得什么事都看得大彻大悟，百无牵挂"了。但"一时又觉得仿佛有一枚东西，时刻地在啮着他的心"：忘不了这都是人"在乱离之中"的自我慰藉。这些思念、追索也就戛然而止，只觉得"甜酸苦辣咸，五味杂陈，而都须咬着牙根咽下去"。但还是摆脱不了"招魂"的诱惑，于是，又沉浸于"生活中的一肢一节……都涉笔成趣"的对日常生活"有节制"的"享受"里。这样说说止止，止止说说，就形成了一种纠缠：既是文字的，更是一种心境。而文章在"让我们结束历史上的哀乐，而正视现实，认真做人吧"的呼唤里收尾，最后归结为一种积极的人生态度，更是难能可贵，意味深长。

● 在某种意义上，这是一篇读书札记，自然要旁征博引：忽而周作人的"生活的艺术"，鲁迅的茴香豆，忽而白香山的"晚来天欲雪，能饮一杯无"，明遗民张宗子"拏一小舟拥毳衣炉火"，"独往湖心亭"看"天与雪与山与水上下一白"；还有波兰人显克微支"年迈无依，在昏暗屹立，碧海无际的夜塔中老人的影子"……这些不同时代不同国度的"忧患"之士，都被作者在夜读中招之即来，聚集一堂，互述衷肠。今天我们来读此文，也仿佛置身其间，你有什么观察与感想？

● 旁征博引的目的在"陈述感想"。本文随处可见的，即作者精彩纷呈、画龙点睛的点评。诸如"食味的真正价值，怕不在于食品的本身，主要还在食品中的风土性和它的诱惑力，以及食时的情调，由此而引起食者的心理与情绪的配合，这样才称得到'享受'"；"人在乱离之中，往往容易向大自然生出惊奇、咨嗟与留恋，亦正是人情之常"；"我们在日常生活中，不妨需要一点变化，一份享受，如行云流水，有纹彩，有波澜，有光，也有声。然而同时还有一个条件，即应该有节制。那种'今朝有酒今朝醉'的放纵恣肆作法，就决非健康的人生观"，等等。这都需要认真琢磨。

南星：
"径直到诗境中去生活"

1937 年 6 月	南星诗集《石像辞》出版（新诗社）。
1940 年 6 月	南星诗集《离失集》出版（中国图书杂志公司）。
1944 年 4 月	纪果庵散文集《两都集》出版（太平书局）。
1945 年 4 月	南星散文集《松堂集》出版（新民印书馆）。
1947 年 3 月	南星诗集《三月·四月·五月》出版（文艺时代社）。
1982 年 6 月	南星诗入选圣野、曹辛之、鲁兵编《黎明的呼唤》诗集（四川人民出版社）。
1991 年 1 月	刘福春《寻诗散录·南星和他的诗集》发表（《中国现代文学研究丛刊》）。
1998 年 12 月	南星散文入选钱理群主编《中国沦陷区文学大系·散文卷》（广西教育出版社）。
2010 年 8 月	南星散文集《甘雨胡同六号》出版（海豚出版社）。

　　杜南星（1910—1996），原名杜文成，"南星"是笔名。他既是沦陷区有名的散文家，也是诗人，还有许多翻译作品行世。如果说文载道是上海沦陷区代表作家之一，那么在当时的北平沦陷区，南星则很有代表性。他与张中行是北大同学，张有《诗人南星》一文，可见其为人。文中说："如果以诗境为标准而衡量个人之生，似乎有三种情况：一种是完全隔膜，不知，当然也不要；另一种，知道诗境之可贵，并有寻找的意愿；还有一种，是跳过旁观的知，径直到诗境中去生活。南星可以说是最后一种。"南星的诗与文，都可作如是观。

《松堂集》

我至今没有发现它的网或住处，但总觉得它不是一个远客。

南星（1910—1996）
刘福春摄

冬輯
　朧雪
　冬天
　雪的回憶
　十一月

秋輯
　虞山秋旅記
　菊花
　十月之晨
　南國的五月
　心境的秋

　熱與冷
　書生的一週間

徐蔚南　南星　穆木天　史衞斯　倪貽德　許欽文　李一冰　庻錫如　葉永蓁　趙景深　芬盾

《现代散文集》

总觉得对那几个死者有些歉意，因为它们是我的最小的客人。

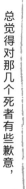

《石像辞》

《离失集》

1945

背后的悲凉

《来客》

南星

夜了。有一个不很亮的灯，一只多年的椅子，我就可以在屋里久坐了。外面多星辰的天，或铺着月光的院子，都不能引动我。如果偶然出去闲走一会，回来后又需要耽搁好久才会恢复原有的安静。但出乎意料的是只要我一个人挨近灯光的时候，我的客人就从容地来了，常常是那长身子的黑色小虫。它不出一声地落在我的眼前，我低下头审视着，它有两条细长的触角，翅合在身上，似乎极其老实并不会飞的样子。我伸出一个手指，觉到那头与身子都是坚硬的，尤其是头，当它高高地抬起又用力放下去时就有一种几乎可以说是清脆的声音。我认识它，它是我所见过的"叩头虫"，我对它没有丝毫的厌恶，它的体态与声音都是可赞美的。它轻轻缓缓地向前爬行，不时抬起头来敲击一下。如若用手指按住它的身子，它就要急敲了，我不愿意做这事。但不留住它，它会很快地飞到别处，让我有一点轻微的眷恋。

又有一种更小的飞虫，双翅上满敷着银色的粉，闪耀出银色的光辉。我不知道它的名字。有人说叫作"白蛉"，夜间咬人的，但我并不十分相信。我看不出它的嘴一类的东西。它落在桌上，两翅微颤着，似乎带一些可怜的神气。不幸一次因为有许多只结队地来扰乱我，又不受我的驱赶，我打死了几个，那翅上的银粉也剥落下来。其后它们绝迹不来了，直到现在，我仍没有遇到过一次，想来总觉得对那几个死者有些歉意，因为它们是我的最小的客人。

不到桌上来而永远徘徊在墙上的是有许多条腿的敏捷的虫。它的身子是灰白色，腿上还有些暗黑色花纹，但我并没有看得十分清楚，因为我发现它时有一点恐怖。那么多的腿很足以让人的眼睛不舒服，不过，与蜈蚣比起来，又是温和得多的了。我叫它"钱串子"，这自然不是各地通行的名字。当它见了人或灯光时，并不转动身子，仿佛在注视什么，直到我用一根小棍敲着墙的时候。它走得非常迅速，不久就完全找不到了。这屋子永远是潮湿的，所以它不愿轻易离开，我还注意到它已经在这儿生了儿女。但它们吃什么呢，整天地伏在潮湿的墙洞里面？

第二种在我屋墙上爬行的虫只有八条腿，而且走得很慢，一步一步地，像一个病者或老人。那是蜘蛛。但并不和在院中常见的完全深黑色的身子，看去有些笨重，伏在一个大网上的一样。我的蜘蛛的腿特别长，深灰色的细瘦的身子，带着文雅而庄重的态度。只有见了它时我像是遇到旧相识，我们各自没有惊慌，并以友谊的眼光互相睨视。有时它走到我的书上来，停一停然后回到墙上。我至今没有发现它的网或住处，但总觉得它不是一个远客。

许多日子以前，我在书架上翻一堆旧书，在一本下面，发现两个大小不同的蠹鱼，没有等到我捉，它们就钻到看不见的地方去了。那时候我想不出捉它们的方法，倘用手，似乎是不合适的。后来，它们渐渐地跑到放在桌上的书缝子里来，而且毫不畏惧地爬上墙，在我的眼前跑来跑去了。那种敏捷的程度不下于那多腿的虫。或者它们也是多腿的，因为细小得不到我的注意。对它们我特别觉得嫌厌；但当我检视了我的书，并没有发现几个破洞时，也就不很关心了。

别的虫少有到这屋里来的。上面说过几种，虽然也常常相见，却不能破除每夜的寂静。我想念着那灶虫，那柔和的有力的歌者，它每到天黑时就开始唱起来，几乎可以整夜不息。那声调虽没有高低长短的变化，我听着决不觉得厌烦，它会引领着我的沉思，给我以微凉的感觉，让我幻想着已经到了秋天的日子；它也不让我的心里凄凉或伤感，只有异样的安宁。它喜好庭院中的风露，所以这屋里得不到做它的住处的光荣了。

我见得到不同的虫，但它们都奏不出夜的音乐，除了那敲击着这桌子的叩头虫，叮叮的，声音是那样沉闷，枯索。自然，在我的来客中它已是很高贵的了。

（收《松堂集》，1945 年 4 月新民印书馆初版）

延伸思考

本文的构思，最见特色之处，在于把叩头虫、白蛉、钱串子、蜘蛛、蠹鱼等小生物，都亲昵地称为（想象为）夜间来访的客人；无意中打死几只白蛉，白蛉就此绝迹，"我"后悔不已，"总觉得对那几个死者有些歉意，因为它们是我的最小的客人"。作者以极其细致、亲切的笔调，描述着与那只态度"文雅而庄重"的"我的蜘蛛"的友谊："只有见了它时我像是遇到旧相识，我们各自没有惊慌，并以友谊的眼光互相睇视。有时它走到我的书上来，停一停然后回到墙上。我至今没有发现它的网或住处，但总觉得它不是一个远客。"

这字里行间流露出来的对一切生物的博爱与同情，对自然生命的亲切与和谐感，都来自人（自我）的生命与自然的生命同一化与亲和感的省悟，显示出一种积极肯定的生命意识。将其置于生命毁灭的战争背景下，就有一种特别感人的力量。这都值得细细品味。

● 这是一个语言、情感、心理都"细致入微"的文本，我们的阅读也要分外精心与细心。你看作者对每一个小虫的声音、动作、体态，特别是和"我"的关系的观察与描述：叩头虫"清脆"的声音，"轻轻缓缓"的动作，"从容"的体态，我对它"轻微的眷恋"；白蛉"两翅微颤"，神气"可怜"，而被我"驱赶""打死"；"钱串子"自有多条"敏捷"的腿，还有"暗黑色花纹"，我却对它有一点"恐怖";蜘蛛"走得很慢","像一个病者或老人",态度却"文雅而庄重",我见到它像是遇到"旧相识",彼此"以友谊的眼光互相睇视";蠹鱼则"毫不畏惧"地在我面前"跑来跑去",比多腿的虫还"敏捷",我对它特别觉得"嫌厌";而灶虫这"整夜不息"的"柔和的有力的歌者",不仅能"破除每夜的寂静",还"引领"我的"沉思",给我以"微凉的感觉"和"异样的安宁",让我永远"想念"。你有没有感受、体会到字里行间的从容、安宁、亲切背后的几分寂寞与悲凉的气味?

第七章

现代文学发展的新趋向

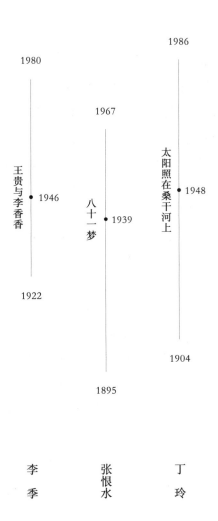

"五四"新文学走向边远地区和底层民间社会

　　1937 年 8 月 13 日，淞沪会战爆发，上海戏剧界立即组成 13 个救亡演剧队赴前线、敌后演出；1938 年 2 月，国民党军事委员会政治部在武汉成立，演剧队的活动从此被纳入国家体制，成立的 10 个抗战演剧队、4 个抗敌宣传队和 1 个孩子剧团，被派往全国各战区开展抗日演剧宣传。像洪深、金山带领的演剧二队 14 人沿途演出，观众成千上万，常常是台上台下，吼声一片，观众跟着演员流泪，高呼抗战口号，齐唱救亡歌曲。有的观众甚至一天不吃饭，随着流动舞台跑遍全城连看多场演出。看演出不过瘾，就自己组织业余剧团当演员。田汉为宣传队题字："演员四亿人，战线一万里。全球作观众，看我大史戏。"这样的壮观，是现代文学史上前所未有的。

　　演剧队作为"移动剧团"，还把话剧的种子撒向全国最边远的地区，贵州、云南、新疆等地都有了现代话剧的演出。演剧队更走出国门，到南洋、缅甸一带演出。这样，如戏剧界前辈欧阳予倩所说，话剧这一产生于大城市里的新兴艺术，就"从锦绣丛中到了十字街头；从上海深入了内地；从都市到了农村；从社会的表面，渐向着社会的里层"（欧阳予倩：《戏剧在抗战中》）。

　　于是，就有了我所说的"贵州（边远地区）文化和"五四"新文化的历史性的相遇"。剧宣四队的部分成员于 1944 年年底，来到贵州安顺演出话剧《岁寒图》（陈白尘作）与《国家至上》（老舍、宋之的作），安顺市民也因此第一次在自己家乡看到了现代话剧的专业演出。演出队的作曲家宋扬还到附近苗寨采风，创作了《读书郎》，后来在全

国传唱，这也是少数民族音乐第一次被吸纳到现代音乐的创造中。特
别引人注目的，是 1938 年 2 月，西南联大组织的"湘黔滇旅行团"，
300 余名师生从长沙出发，徒步进入贵州，沿着镇远—贵阳—安顺—
普安一线，横穿贵州进入云南。旅行团中有闻一多、曾昭抡、潘光旦
等著名教授，学生中也有后来成名的诗人穆旦（查良铮）、学者任继愈
等。他们沿途采风，写生，留下了《西南三千五百里》（钱能欣）、《西
南采风录》（刘兆吉）等日记和民歌精选本，闻一多在安顺还留下了写
生作品。以后曾昭抡、潘光旦等都应邀回安顺讲学，徐悲鸿也在安顺
举办画展。（参阅杜应国：《安顺抗战纪事》，收《安顺城记》）可以说，
向来的"化外之民"安顺市民与少数民族正是通过这些"下江人"的
来临，得以直接感受新文化的风采。其潜移默化的影响是深远的。这
样不期而遇的结果，促进了贵州文化自身的现代化过程。正是抗战时
期，贵州创办了公立贵阳师范学院、私立清华中学及青岩、榕江乡村
师范学校等现代学校，以贵阳文通书局为代表的现代出版业，《文讯》
《贵州日报·新垒》等现代刊物和副刊，都有具有全国影响的大学教
授、学者、编辑参与，直接和"五四"开创的现代新文化接上了轨。
贵州普通百姓，特别是年轻一代，也因此得以第一次看电影，第一次
看写实手法的话剧，第一次唱抗战歌曲，第一次逛现代书店……正是
通过这一个又一个的第一次，"五四"新文化运动所创造的新思想、新
文化、新知识、新思维、新形式、新美学，才由少数中心地带，扩散、
深入到贵州这样的边远地区、社会底层，为普通老百姓和年轻一代所
接受，并渗透到他们的日常生活中。这意义深远的变化，是在抗日战
争中发生和实现的：或许这才是 20 世纪 40 年代文学、文化的真正价
值所在。而且，也正是这样的历史性相遇，贵州文化的独特价值也第
一次呈现在世人面前。在某种意义上可以说，西南联大师生沿途采风、
考察，也是一次"寻根"：第一次从中国大地、大地上的文化和人民
那里汲取精神资源。闻一多在给《西南采风录》写的序言里，就指出，
"五四"新文化过分的精致化、精英化已经面临"天阉"的危机，急需
到"野蛮，原始"的保留了淋漓生命元素的非正统、非中心的民间边

缘文化上汲取精神、文化资源。这样，贵州文化也获得了直接参与中国现代文化、现代文学创造的机遇：这同样具有一种历史意义。

抗战时期不仅戏剧"上门"，各种文学艺术也都在努力接近大众。于是，就有了"诗歌走向街头"的种种试验。1937年10月19日，在武汉举行的鲁迅逝世周年纪念大会上，著名演员王莹和诗人柯仲平等朗诵了纪念鲁迅的诗篇，受到各方的肯定，诗歌朗诵运动就在武汉等地逐渐开展起来。1940年11月，中华全国文艺界抗敌协会还成立了"诗歌朗诵队"，将诗歌朗读运动推向高潮，遍布重庆、桂林、昆明、香港等地。延安则多次举办"诗歌、民歌演唱晚会"（1938），创作了组诗《黄河大合唱》（1939），迅速传遍大江南北，又发起了街头诗运动：1938年8月7日这一天，柯仲平、田间等30余位诗人走上延安街头，把他们创作的百余首短诗贴在墙壁、岩石和门板上，还写成诗传单散发，在街头朗读，延安仿佛成了诗的海洋。1942年9月，延安文化俱乐部还设置了"艺术台"，办起了"街头画报""街头诗""街头小说"等三种大型墙报。类似的试验之后又推广到晋察冀边区等地。

抗战结束，进入40年代后期的解放战争时期，在共产党的领导下，"工农兵群众文艺活动"更加有声有色地开展起来。首先是国民党统治区受共产党影响的学生运动中的文艺活动，以群众歌曲、活报剧、漫画及朗诵诗四种形式，在学生集会，特别是各种广场营火晚会上集中表演、展现，产生了巨大影响。而群众歌咏活动更是遍布大、中、小学校和百货、交通、水电、纺织等行业。当时就有"哪里有共产党领导的革命运动，哪里就有歌声"的说法：工人、学生、店员面对军警的围捕，高唱《团结就是力量》《坐牢算什么》相互激励；齐唱《你这个坏东西》，怒斥特务；深情高歌《你是灯塔》，低唱《山那边好地方》，抒发革命理想。《茶馆小调》那样的讽刺歌曲，也能于嘲笑（既是对统治者，对小市民社会，也是对自己内心的怯弱）中消解、战胜恐惧，并转化为反抗的激昂：这都把群众歌曲的革命功能发挥到了极致。而群众性的诗朗诵运动则深刻影响了这一时期专业诗人的创作。在学生集会和文艺晚会上，经常朗读艾青的《火把》，绿原的《复仇》

《你是谁》《终点，又是一个起点》，以及袁水拍的《马凡陀山歌》。其影响之大，还引起了正热衷于总结中国新诗经验的朱自清的关注，写下了《论朗诵诗》的专论。

党还在解放军部队里，设置"文（艺）工（作）团"的专门组织，作为部队政治工作的有力工具，以实现"枪杆子与笔杆子相结合"的理想。在文工团组织下，部队发动了"兵写兵的群众运动"，大力提倡"枪杆诗"的写作，战士纷纷把他们的战斗决心、立功计划写成快板，贴在枪杆上，既是自省，也激励了士气。在群众创作基础上，还出现了一批以毕革飞为代表的部队快板诗人。

同一时期在"土改"后的北方农村，民间演剧活动也闹得红红火火。仅山西太岳地区 22 个县的统计，临时性秧歌队有 2200 多个，农村剧团有 700 多个，农民演员有 12400 余人。（参阅穆之：《群众翻身，自唱自乐》，收荒煤编：《农村新文艺运动的开展》）左权县的五里埌是一个仅有 145 户人家、609 口人的小村庄，春节期间演出了一个以"翻身乐"为主题的大型广场秧歌剧，全村 84% 户人家、45% 的村民都参加了演出，还有全家合演，父子、夫妻、公媳、兄媳、师生合演的，"这是一个狂欢的大海"（夏青：《翻身乐》，收《农村新文艺运动的开展》），这更是民间话语、形式与现代革命话语、形式之间的结合与相互渗透。

这就谈到了一个重要话题：当 40 年代的现代文学走向底层民间社会，在将"五四"新文化、新文学（现代文化、文学）向中国民间普及时，也同时发现了农民文化、民间文化和民族文化的特殊魅力，深入了解、感受到了农民化的生活方式、情感表达方式、审美方式，也会产生不同程度的吸引力，这些新发现新感受都会潜移默化地融入自己的新创作中。党倡导的"为工、农、兵（底层人民）服务"的文学，能够引起他们的某种共鸣，也非偶然。他们的创作也就更加自觉地从农民文化、民间、民族文化中吸取资源。就诗歌的创作而言，本来早期白话诗人就有征集民间歌谣的传统，而且开始了"新诗歌谣化"的最初尝试。在 30 年代的中国诗歌会的诗人那里，还成为一种更加自觉的诗歌运动。现在战争的客观环境使诗人走进农村底层社会，和农民直接接触，同呼吸共命运。现代艺术与民间艺术的结合与相互吸取，主客观条件都已经具备，再加上党的倡导，在敌后根据地（解放区），诗歌民间资源的新吸取与新创造，现代诗歌的大众化、民谣化，就自然成为创作的主流，并且迅速涌现出了李季的《王贵与李香香》、张志民的《王九诉苦》《死不着》、田间的《赶车传》等代表作。

李季：将民间爱情叙事纳入革命叙事

1937 年	各地上演《放下你的鞭子》。
1938 年	延安发起街头诗运动。
1938 年 1 月	田间《给战斗者》发表（《七月》第 1 集第 6 期）。
1945 年 4 月	延安上演《白毛女》歌剧。
1946 年 9 月	李季《王贵与李香香》发表（《解放日报》9 月 22 日—24 日连载）。
1946 年 10 月	袁水拍《马凡陀山歌》出版（生活书店）。
1946 年 11 月	李季《王贵与李香香》出版（太岳新华书店）。
1947 年 2 月	田间长诗《她也要杀人》出版（海燕书店）。
1947 年 9 月	张志民作《死不着》长诗。
1948 年年初	阮章竞歌剧《赤叶河》出版（太岳新华书店）。
1948 年 6 月	袁水拍《马凡陀山歌》续集出版（生活书店）。
1949 年 5 月	阮章竞长诗《漳河水》出版（太行文艺社）。

考察以李季（1922—1980）为代表的敌后根据地（解放区）的诗歌创作时，不可忽视党的思想、话语的支配性影响。党倡导和组织诗人到工农兵中去采风，对新、老民间歌谣进行收集、整理、加工，目的是要同时进行"人与诗的改造"。改造的结果，使新诗创作发生了根本性的变化：把吸取民间诗歌资源的合理追求推向极端，民间诗歌资源成为发展新诗的主要、甚至唯一的资源；"诗的歌谣化（民歌化）"成为新诗发展的主要方向。由此决定了 20 世纪 40 年代后期解放区诗歌创作的基本面貌与特点：其一，和新歌谣一样，"颂歌"（歌唱革命

山丹丹开花红姣姣，
香香人材长得好

《王贵与李香香》

李季（1922—1980）

不是闹革命穷人翻不了身，
不是闹革命咱俩也结不了婚

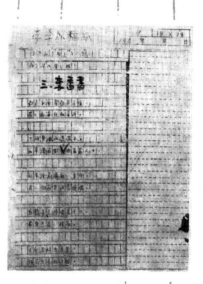

《王贵与李香香》手稿

带来的新思想、新生活,歌唱革命政党、政权、领袖与军队)成为新诗的主要内容与体式;其二,抒发个人感情被视为小资产阶级情调,由此导致诗人主体的消失,诗人成为大众(阶级)的代言人;其三,同时导致"抒情的放逐",趋向于群众斗争与劳动生活的如实叙述;其四,追求语言的朴实、易懂,大量采用口语、土语入诗,以普通不识字的工农兵能听懂为新诗通俗化的标准;其五,尽量吸收、借用民谣的形象原型、体式、表现手法、韵律与语言,追求自然、自由,又富有节奏感的音乐效果。

1946

《王贵与李香香》（节选）

李季

山丹丹开花红姣姣，香香人材长得好。

一对大眼水汪汪，就像露水珠在草上淌。

二道糜子碾三遍，香香自小就爱庄稼汉。

地头上沙柳绿蓁蓁，王贵是个好后生。

身高五尺浑身都是劲，庄稼地里顶俩人。

玉米开花半中腰，王贵早把香香看中了。

王贵赶羊上山来，香香在洼里掏苦菜。

赶着羊群打口哨，一句曲儿出口了：

"受苦一天不瞌睡，合不着眼睛我想妹妹。"

停下脚步定一定神，洼洼里声小像弹琴。

"山丹丹花来背洼洼开，有哪些心思慢慢来。"

"大路畔上的灵芝草，谁也没有妹妹好！"

"马里头挑马不一般高，人里头挑人就数哥哥好！"

"肚里的话儿乱如麻，定下个时候说说知心话。"

"天黑夜静人睡下，妹妹房里把话拉。"

"满天的星星没月亮，小心踏在狗身上！"

*

吃一嘴黄连吃一嘴糖，王贵娶了李香香。

男女自由都平等，自由结婚新时样。

千难万难心不变，患难夫妻实在甜。

王贵笑得说不出来话，看着香香还想她！

双双拉着香香的手，难说难笑难开口：

"不是闹革命穷人翻不了身，不是闹革命咱俩也结不了婚！"

"革命救了你和我，革命救了咱们庄户人。

一杆红旗要大家扛，红旗倒了大家都遭殃。

太阳出来一股劲地红，我打算长远闹革命。"

过门三天安了家，游击队上报名啦。

羊肚子手巾缠头上，肩膀上背着无烟钢。

十天半月有空了，请假回来看香香。

看罢香香归队去，香香送到沟底里。

沟湾里胶泥黄又多，挖块胶泥捏咱两个。

捏一个你来捏一个我，捏的就像活人脱。

摔碎了泥人再重和，再捏一个你来再捏一个我。

哥哥身上有妹妹，妹妹身上也有哥哥。

＊

房子后边土坡坡，瞭见寨子外边黄沙窝。

沙梁梁高来沙窝窝低，照不见亲人在哪里。

房子前边种榆树，长得不高根子粗；

手扒着榆树摇几摇，你给我搭个顺心桥！

"人家都说雁儿会带信，捎几句话儿给我心上的人：

你走时树木才发芽，树叶落净你还不回家。

马儿不走鞭子打，人不能回来捎上两句话。"

"一夜想你合不着眼，炕围上边画你眉眼。

叫一声哥哥快来救救我，来得迟了命难活。

我要死了你莫伤心，死活都是你的人。"

＊

听见枪响香香笑，十成是咱游击队打来了。

人逢喜事精神爽，翻起身来跳下炕。

走起路来快又急，看看我亲人在哪里？

队长跟前请了假，王贵到上院来找她。

满院子火把亮又明，不见我妹妹在哪里？

远远瞭见一个新媳妇，上身穿红下身绿。

马有记性不怕路途长，王贵的模样香香不会忘。

羊肚子手巾脖子里围，不是我哥哥是个谁？

两人见面手拉着手，难说难笑难开口。

一肚子话儿说不出来，好比一条手巾把嘴塞。

挣扎半天王贵才说了一句话：

"咱们闹革命，革命也是为了咱！"

（节选自《王贵与李香香》，原载 1946 年 9 月 22 日—24 日《解放日报》）

延伸思考

长诗《王贵与李香香》以"公元一九三〇年，有一个故事出在三边"开篇，显然是在追求陕北说书的叙述语调。第一部"崔二爷收租""王贵揽工""李香香""掏苦菜"，尽管转借了大量陕北民歌素材，但也注入了阶级矛盾和斗争的新观念，如"人人都说三边有三宝，穷人多来富人少"之类。第二部从"闹革命"到"自由结婚"，都是将民间爱情叙事纳入革命叙事，"不是闹革命穷人翻不了身，不是闹革命咱俩也结不了婚"，可谓点睛之笔。第三部"崔二爷又回来了"，情节戏剧性地急转："羊肚子手巾"中爱情遭受磨难；"我要死了你莫伤心，死活都是你的人"——磨难中更见忠贞；以及最后的团圆，有情人终成眷属。这些无一不是对民间传统戏曲歌谣的故事原型的变体与发展，却融入了革命意识：爱情的曲折、磨难，是因革命的曲折、磨难所造成；对爱情的忠贞也即对革命的忠贞；最后也是革命的胜利促成了情人的团圆。到诗的结尾："挣扎半天王贵才说了一句话：'咱们闹革命，革命也是为了咱！'"此时长诗的男女主人公已经从普通的农民成长为把个人命运自觉与革命相联系的革命战士。这样，诗人就将民间歌谣、戏曲"情人罹难而团圆"的模式，创造性地转化为"在革命与爱情的考验中成长为新人"的革命诗歌的新模式。

● 阅读、研究《王贵与李香香》，重点自然是诗人怎样自觉吸取民歌资源，写出大众化、民谣化的新诗。

李季曾深情地谈到他到民间采风时的感受："我将永远不会忘记，当我背着背包，悄然地跟在骑驴赶骡的脚户们的队列之后，傍着一眼望不到头的长城，行走在黄沙连天的运盐道上，拉开尖细拖长的声调，他们时高时低地唱着'信天游'，那轻快明朗的调子，真会使你忘记了你是在走路；有时，它竟会使你觉得自己简直变成了一只飞鸟……另外，在那些晴朗的日子里，你隐身在一丛深绿的沙柳背后，听着那些一边掏着野菜，一边唱着的农村妇女们的纵情歌唱；或者，你悄悄地站在农家小屋的窗口外边，听着那些盘坐在炕上，手中做着针线的妇女们的独唱或对唱，这时，她们大多是用'信天游'的调子，哀怨缠绵地编唱对自己爱人的思念。只有在这时候，你才会知道，记载成文字的'信天游'，它是已经失去了多少倍的光彩了。"（《我是怎样学习民歌的》）让李季如此动心动情的，不仅是民间艺术的魅力，更是农民心灵的光彩，由此产生的生命交流与共鸣，使得诗人一旦提起笔来，"信天游"的旋律就会自然流动于其间，而且焕发出在民歌基础上进行新创造的激情。

"信天游"本是一种抒情的民歌体，每两句为一节，表达一个比较完整的意思，多用以对唱和联唱；现在诗人仍以两句为一节，但并不构成独立意义单位，而是以数十节合为一章，赋予标题，构成一个相对完整的情节。然后，以"章"连缀成"部"，三"部"合为一诗，叙述了一个长篇故事。这样，就完成了民间抒情诗体向现代叙事诗的转化，同时又保留了信天游诗体浓郁的抒情色彩，这主要得力于对传统"比兴"手法的借用。如"山丹丹开花红姣姣，香香人材长得好"，前一句是"比"，启发读者对香香姣好形象的联想；同时又是"兴"，形成一种美好的氛围，创造了一种诗的意境。"信天游"的每节中的两行是押韵的，音节也大体一致，节与节之间允许换韵。这样，既具有鲜明的节奏感，运用又相对自由、宽松。《王贵与李香香》一方面可以看作民间文学与农民文化对现代新诗的一种渗透与改造，另一方面则是利用民间形式进行革命宣传、启蒙教育的一个尝试：这两个方面都对以后新诗的发展产生了深远的影响。不妨结合现代新诗的发展历史，对这一影响的得失，作出你的评价。

雅、俗对立趋于消解与相互融合

所谓"雅、俗"对立，是通常所说的"新、旧文学"之争。实际上如研究者所说，是指"白话精英文学"与"市民通俗文学"的对峙，这是从"五四"文学革命开始的。他们有着不同的文学理念与追求。如果说，"五四"时期的白话精英文学注重于思想启蒙，市民通俗文学在文学功能上则侧重于趣味性、娱乐性、知识性和可读性。二者因此也有不同的对象：白话精英文学的读者主要是新式学堂出身的学生、留学生，及以他们为主体组成的"五四"先进知识分子阶层；而市民通俗小说的读者是沿着传统章回体一路下来的受众：旧派市民。这也就决定了他们对传统小说的态度，白话精英文学要进行的是从思想到文学语言、形式的全面改革，求"新"促"变"；而市民通俗小说则相对保守，强调对传统小说的延续与继承，追求"稳"而"不（少）变"。但两者却都是现代都市政治、经济、文化的产物，与现代商业市场息息相关。这就决定了他们内在的"现代化"的发展欲求与方向。只是白话精英文学选择激进主义的文学革命，而市民通俗小说则相对保守与滞后。这就产生了两个方面的后果：从长远看，他们必然殊途同归；但在20世纪20年代初，他们却是竞争对手。如研究者所说，1912年（民国元年）到1917年，这是市民通俗小说"鸳鸯蝴蝶—礼拜六派"的繁盛期，在文学市场上占据支配性地位。此时方兴未艾的"五四"新文学要立住脚，就必须打破这样旧派小说的垄断地位，于是就有了新文学阵营从1917年开始的持续批判黑幕小说和鸳鸯蝴蝶派的运动。旧派小说最终败退下来，但也没有止步，而是更自觉地转向市民中下层，形式上更转向通俗，同时艰难地加强自身"现代性"，以免被时代列车甩掉。

到了30年代，这样的雅、俗和新、旧对峙又出现了新的变化。首先是市民读者的变化：随着晚清进新式学堂读书的少年，一批一批地成了有文学阅读能力的成年人，不仅刺激了市民通俗文学的新发展，也内在地促进其进行现代化的悄悄变革。据统计，到30年代，新文学的先锋小说和市民通俗小说的出版比例，大概是三比一或二比一。双方的竞争也进入了新的阶段。新文学方面，左翼文学在反省"五四"文学时，提出其最大的缺失是没能掌握下层读者，于是就有了"大众化"的讨论，强调"旧形式"的借鉴与"大众语"的运用，并开始了"大众小说"和"方言小说"的尝试，尽管并不成功。更引人注目的是，在新文学内部产生的"海派"，他们天然地需要与市民读者沟通，于是也就开始了"由雅向俗移动"的试验，并且出现了徐訏的《鬼恋》这样的代表作。市民通俗小说方面，随着30年代大都市的发展，城市公务员、职员、店员等新式市民大量涌现，也促成其逐步努力取得"现代质"，于是就在30年代，出现了以张恨水为代表的"社会言情小说"，依然强调言情的娱乐性，但加入了更多的社会关注，并且出现了《金粉世家》这样"具有现代意义的通俗巨制"和"以国语（现代白话语）姿态出现"的《啼笑因缘》这样俗雅相趋的代表作。

到了40年代的抗战时期，主客观条件都使得"五四"先锋文学与市民通俗文学进入了力求和解、融合的时代。首先是党派性强烈的激进文学被爱国统一战线的抗战文学代替，1938年成立的全国文艺界抗敌协会推举张恨水为理事，就标志着新文学作家与通俗作家联合关系的形成。在全国各地，都有大量民间旧艺人主动用他们所擅长的地方传统戏曲的形式，参与爱国宣传活动，田汉领导的政治部第三厅也明确把"旧剧改革"作为重点工作之一。这就在戏剧领域率先实现了新、旧艺术工作者的联合，为新、旧艺术的融合提供了组织条件和保证。更重要的是，正是在战争这样新的历史条件下，无论是出于抗战动员民众的宣传需要，还是出于战争带来无情灾难后，老百姓要求用娱乐性的文学艺术进行精神的平复、治疗的需要，都为通俗文学的发展提供了新的空间；而通俗文学自身也因为担负着或直接或间接为战争服务的社会功能，也就必然要向新文学靠拢，特别是对已经完全定型、成为常规的新文学的现实主义文学传统有所吸取。而"五四"先锋文学这一面，在战争条件下，走向边远地区和底层民间社会以后，也出现了大众化、民族化、民间化的新趋势，也越来越自觉地从所谓"旧传统、旧形式"中汲取新资源。这样，到了现代文学发展的第三个十年，大规模的雅、俗对立，就成为不可能了。

于是，在40年代的三大政治区域，都出现了涉及新、旧文学和雅、俗文学关系的大讨论。首先是1939—1942年间，由共产党领导的敌后根据地发起，之后扩展到国民党大后方统治区的"民族形式问题的论争"。这场论争涉及的问题很广，但如何看待和处理"民族形式和民间形式的关系"以及"民族形式与'五四'新文化运动的关系"问题，始终是争论的焦点。有人主张，在批判了其消极因素以后，民间形式应该成为民族形式的"中心源泉"，民族形式是民间形式的最后"归宿"（向林冰：《论"民族形式"的中心源泉》）。而茅盾与胡风并不否认"民间形式中的某些部分，尚具有较高的艺术性"，却同时又坚持"民间形式只是封建社会所产生的落后的文艺形式"，是"应该被淘汰的"（茅盾：《旧形式、民间形式与民族形式》）：他们要捍卫的是"五四"新文学的先锋性。在沦陷区的上海，在市民社会上影响最大的《万象》杂志，于1944年明确提出要推动新的"通俗文学运动"。其倡导者认为，中国文学本来只有一种，"五四"后出现了"新和旧的分别"："新文学继承西洋各派的文艺思潮，旧文学则继承中国古代文学传统"，"新文学具有新的思想和意识，但欧化的形式使得普通大众望而生畏"，"旧文学的表现形式在中国虽然具有较强的适应性，但有些思想意识明显地落后于时代"。他们因此强调，新、旧文学两军对垒已经严重阻碍了中国文学的发展，现在应该将新、旧文学的优点结合起来，建立一种新的"通俗文学"，"使新的思想和正确的意识可以借通俗文学而介绍给一般大众读者"（陈蝶衣：《通俗文学运动》）。倡导者对通俗文学的写作提出了具体要求：（1）题材忠于现实；（2）人物个性描写深刻；（3）不背离时代意识。这实际上是要求通俗文学向新文学靠拢，实现他们理想的新、旧与雅、俗交融。应该说，这反映了抗战时期的时代要求。

正是在这样"雅俗交融"的时代文学新思潮下，通俗小说更自觉地开始了"现代化"的新努力与新实验。主要表现在两个方面。一，加强了文学的现实批判性，加强了历史、文化的探索精神，社会的主题更深入、更重大，用言情来探索人生、探索人性的意念更显著。其最主要的代表就是张恨水，他在抗战时期创作的《大江东去》《虎贲万岁》《八十一梦》《魍魉世界》《五子登科》《巴山夜雨》，如研究者所说，"将通俗小说创作旨趣的严肃性，提高到前所未有的程度"，跟随"新文学的步伐"，"使通俗小说表现社会的本事膨胀到极致"。另一位影响很大的通俗作家刘云若则在他的代表作《粉墨筝琶》《小扬州志》里写尽了现代市民复杂的人性表现。而这一时期令人瞩目地崛起了"北派武侠通俗小说"，其五大家：还珠楼主（代表作《蜀山剑侠传》）、宫白羽（代表作《十二金钱镖》《偷拳》）、郑证因（代表作《鹰爪王》）、王度庐（代表作《鹤惊昆仑》）、朱贞木（代表作《七杀碑》）的作品，都对"武"的核心——"侠"的精神，进行了现代阐释：不仅表现武侠社会在现代社会的困境，而且以侠的世界来批判现实，赋予其某种隐喻性，还以侠的人格、生命境界的开拓，来肯定现代人的抗争、反省。二，通俗小说的另一实验，是移步换形地将文体形式和自己的审美情感，更多地向"雅"的方向转化。这一时期最畅销的言情小说，秦瘦鸥的《秋海棠》，已无章回形式，多采用新文学手法。北派武侠小说的章回体式也发生了各种变通，叙述人称多变，描写加强，以人物为中心的结构大量运用，在诸多方面都进行了新尝试。

先锋文学方面，则出现了张爱玲这样具有新、旧文学品质的作家，研究者评论她的小说"使得现代小说有了贴近新市民的文本，既是通俗的，又是先锋的，既是中国的，又是现代的，是中国文化调教出来足以面对世界的"。她出现于现代文学第三个十年，显然具有象征意义。同时期的徐訏（代表作《风萧萧》）、无名氏（代表作《北极风情画》《塔里的女人》《野兽·野兽·野兽》），都是集通俗与先锋于一身，雅俗交融为一体，这绝非偶然。［本节内容参考、引述了吴福辉的相关研究成果，参阅《中国现代文学三十年》（修订本）中"市民通俗小说"（一）（二）（三）］

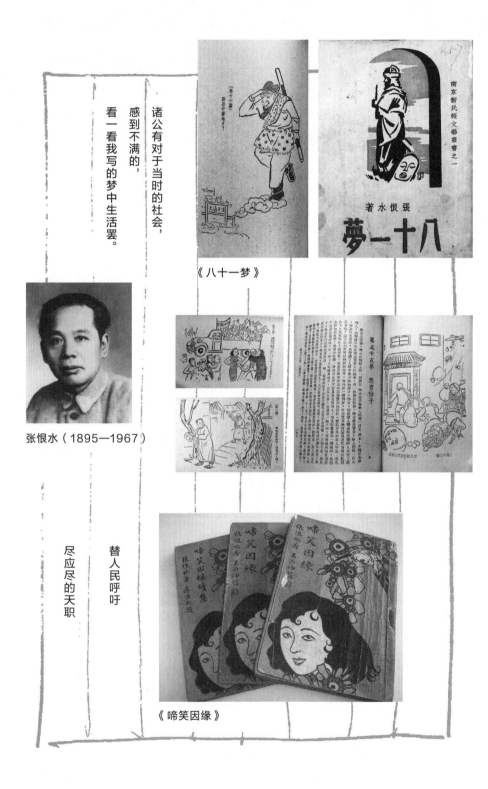

诸公有对于当时的社会，
感到不满的，
看一看我写的梦中生活罢。

《八十一梦》

张恨水（1895—1967）

替人民呼吁
尽应尽的天职

《啼笑因缘》

张恨水：
将个体生命融入国家、民族、社会、民众之中

1926 年 10 月	张恨水《春明外史》出版（世界日报社，三册，至 1929 年 8 月出完）。
1930 年 12 月	《啼笑因缘》出版（三友书社）。
1935 年 11 月	《金粉世家》出版（世界书局）。
1939 年 12 月	《八十一梦》发表（《新民报》1939 年 12 月 1 日至 1941 年 4 月 25 日连载）。
1940 年 6 月	林语堂《京华烟云》（中译本）出版（东风书店）。
1941 年 2 月	秦瘦鸥《秋海棠》发表（《申报》2 月—12 月连载）。
1942 年 3 月	《八十一梦》出版（新民报社）。
1942 年 7 月	秦瘦鸥《秋海棠》出版（金城图书公司）。
1943 年 12 月	《丹凤街》（又名《负贩列传》）出版（教育书店）。
1946 年 1 月	《大江东去》出版（新民报社）。
1946 年 10 月	《虎贲万岁》（又名《武陵虎啸》）出版（百新书店）。
1948 年 5 月	《胭脂泪》出版（万象书屋）。
1957 年 11 月	《五子登科》出版（上海文化出版社）。

　　1937 年 8 月 15 日，日本飞机空袭南京，将张恨水（1895—1967）的手稿化为灰烬，他辛辛苦苦创办的《南京人报》被迫停刊，他自己也避难于故乡潜山。他还曾计划回大别山打游击，向政府有关部门申请备案，却遭到拒绝。张恨水"非常的愤慨"："爱国"居然也如此之难。于是他开始创作描写游击队的小说，竟然被安徽当地的统治者认为不符合他们的政治要求而阻拦其发表，最后腰斩。这番曲折，反而更激发了张恨水的爱国主义激情，也加深了他对抗战时期中国现实政

治的关注与认识。因此，他1939年来到重庆，重新拿起笔来时，写作对他就有了一种特殊的意义：不仅仅是为了谋生，满足读者的娱乐要求，也是为了表达自己对现实的关注与思考，更是一种对国家与社会的责任，用他自己的话说，就是要"替人民呼吁"，"尽应尽的天职"（《我的写作生涯》）。这样，就在国难、家难、个人之难当头之际，张恨水的个体生命融入国家、民族、社会、民众之中，通过自己的亲身经历，理解与接近了新文学作家的写作观念与追求。

这在他抗战时期影响最大的作品《八十一梦》里，得到了淋漓尽致的发挥。他所面对的是战争进入持久阶段，各种社会矛盾、制度弊端、人性弱点都彻底暴露的大后方国民党统治区的种种黑暗现实，此时的战争文学也由抗战初期歌颂光明的浪漫主义转向暴露黑暗的现实主义，在大后方出现了暴露与讽喻小说的创作热潮，并出现了张天翼的《华威先生》、沙汀的《在其香居茶馆里》、艾芜的《山野》、靳以的《众神》等代表性作品。这些作家大多是新文学作家。张恨水自觉地加入了这一创作潮流，他说，"文艺不一定要喊着打败日本，那些间接有助于胜利的问题，那些直接间接有害于抗战的表现，我们都应当说出来"，绝不能"讳疾忌医"。他也迅速成为暴露、讽喻小说的重要代表性作家。这是顺理成章的。

但张恨水依然保留了自己作为通俗作家的创作习惯与优势，即对读者需求与接受的特别重视。在他看来，"中国的小说，还很难脱掉消闲的作用"，我们固然不能"以供人消遣为己足"，但也不能忽视"看小说消遣还是普遍的现象"。他因此提出，"用平常的手法写小说，而又要替人民呼吁，那是不可能的事"，这就需要在写小说的手法上格外下功夫。他还提到了"大后方的报纸杂志受检查"的现实，"我既靠写作为生，就决不能写好了东西而'登不出来'"，所以"我虽然要写人民生活"，也得在"写作技术"上动脑筋。于是，张恨水就"使出了中国文人的老套，'寓言十九托之于梦'"，"既是梦，就不嫌荒唐，我就放开手来，将神仙鬼物，一齐写在书里"。他也在书的叙述方式、结构上作了新的设计："书中的主人翁，就是我。我做一个梦，写一个梦，各梦自成一段落，互不相涉，免了做社会小说那种硬性融化许多故事于一炉的办法。这很偷巧，而看的人与人很干脆的一个印象。"《八十一梦》果然在读者中引起了强烈反响，"在大后方是销路最多的一部，延安也翻过版"，普遍反映就是两个字："痛快"！张恨水自己则说："我写的那种手法，自信是另创一路。"（《我的写作生涯》）

1939

《八十一梦》（节选）

张恨水

第三十六梦　天堂之游

身子飘飘荡荡的，我不知是坐着船还是坐着汽车，然而我定睛细看，全不是，脚下踏着一块云，不由自主地尽管向前直飞。我想起来，仿佛八九岁的时候，瞒着先生看"西游记"，我学会了驾云，多年没有使用这道术，现在竟是不招自来了。

我本没有打算到哪里去，既是踏上了云头，却也不妨向欧洲一行，看看英、德在北海的海空大战。于是手里掐着诀，口喝一声："疾！"施起催云法来。糟了，我年久法疏，催着云向前，不知怎么弄错了，云只管高飞。我待改正我的航线时，抬头一看，只见云雾缥缈之中，霞光万道，瑞气千条，现出一座八角琉璃的楼阁。楼前竖立着一块直匾，金字辉煌，大书："南天门"。咦！我心想，乱打乱撞，跑到天上来了。上天堂是人生极难得的事，到了这里，这个机会不能错过，便索性催了云向前去。

到了南天门，云消雾散，豁然开朗，现出一块大地，夹道洋槐和法国梧桐，罩着下面一条柏油路，流线型的汽车，如穿梭一般地走着。

"天上也跑汽车？"我正这样奇怪着，不知不觉下了云端，踏上大地。但我要向南天门走去，势必穿过马路中心的一片广场，无如这汽车一辆跟着一辆跑，就像一条长龙在地面上跑，哪里有空隙让我钻过去？

我站着停了一停脚，只见广场中间，树立了一具大铁架，高约十丈。在铁架中间，嵌着铁条支的大字，漆了红漆，那字由上至下，共是八个，乃是："一滴汽油一滴脂膏"。我想，究竟神仙比人爽直，这"一滴汽油一滴血"的口号，他们简直说明了血是人民的脂膏。但血字天上也用的，就是路边汽车速度限制牌下，另立了一张标语牌，上写："滚着先烈的血迹前进。"这标语奇怪却罢了，怎么会有"先烈"字样呢？难道天上也起了革命？我对于所见，几乎至蚂蚁之微，觉得都有一种待研究的价值。

忽然，有一只巴掌按住我的肩膀，问道："你是哪里来的？要到哪里去？"我回头看时，是位身材高大的警察。

我望了他，还没有答复，他又道："你是一个凡人。你凡人为什么到天上来？"

我对于他这一问，当然答复不出来，根本我就是无所谓而来的。警察道："那很好！我们邓天君，正要找个凡人问问凡间的事情呢。"

说着，带了我走进南天门，向门旁一幢立体式的洋房子里走去。

在那门框的大理石上，横刻了一行很大的英文乃是"Police office"，这英文字我算认得，译出汉字来是警察署。天上应该有天文。而我所来的，是管辖中国的一块天，据我寸见，应该用汉文。不然，为什么天上都说汉话呢？但周围找了一遍，除了这块英文招牌，实在没有其他匾额。无疑地，我是被带到了警察局。好在我自问也并没有什么罪，且随了警察走进去。这立体式的洋房里面，一切都是欧化的布置。

那巡警带我乘着电梯，上了几层楼，先引着见过巡长，坐在待审室里，自行向上司报告去了。

不多一会，出来两个人，很像洋式大饭店的"茶房"打扮，穿着两排铜钮扣的青制服，向我一鞠躬，笑道："督办有请。"

我心里又奇怪了，守南天门是几位真君，在"封神榜""西游记"上早已得着这消息了，怎么变成了督办？且随着这位茶房走去，看督办却是何人？

推开一扇玻璃的活簧门，远远看到一位穿绿呢西服的胖子，上前相

536

迎。我不用问他姓名，我已知道他是谁。他生了一副黑脸、长嘴、大耳朵，肚皮挺了起来，正是戏台上"大闹高老庄"的猪八戒。

我笑道："哦！是天蓬元帅。"

我情不自禁的这一声恭维，恰中了他的下怀。他伸手和我握了一握，让我在一边蓝海绒沙发上相对坐了。

他笑道："我已接了无线电，知道足下要到。"说了这句，声音低了一低，把长嘴伸到我肩上，笑道："那批货物，请今晚三点钟运进南天门。这座天门是我把守，我不查私货，你放心运过来就是了。至于要晚上运进来，那不过遮遮别人耳目，毫无关系。"

他说这话，我有点不解，但我又仿佛有人托我从东海龙王那里带一批洋货来。便道："有猪督办作主，我们的人就很放心。但是南天门过了，三十三天，只进一关，后面关卡还多呢。"

猪八戒张开大嘴，哈哈大笑道："你们凡人究竟是凡人，死心眼儿，一点不活动。这南天门既归我管，货运到了我这里，就可以囤在堆栈里，把龙宫商标撕了，从从容容地换一套土产品商标。天上的货在天上销行，不但不要纳税，运费还可以减价呢，三十三天怎么样？九十九天也通行无阻。管货运的这个人，提起来，密斯脱张也该晓得，就是托塔天王的儿子哪吒。这两年天上布成了公路网，因为他会骑风火轮，正好利用。这交通机关的天神，你也应当联络联络。"说着，猪八戒在西装袋里掏出一张电报货单来看了一看。一拍大腿道："这批羊毛可惜来晚了三天。"

我是个新闻记者，少不得乘机要探一下消息，便问道："羊毛市价下落了吗？"

猪八戒道："虽没有大跌，却是疲下来了。你不知道，因为天上羊毛缺货，现在受着统制，改为公卖了；这货要早到三天，人会抢着收买囤积。于今大批的羊毛，由我堆栈里向人家仓库里搬，未免打眼，只好我自己囤起来了。"

我笑道："天蓬元帅调到南天门来洪福很好。"

猪八戒将肚子一挺，扇了两扇大耳朵，笑道："实不相瞒，我这样做，也事出无奈。我除了高老庄那位高夫人之外，又讨了几位新夫人。

有的是董双成的姊妹班，在瑶池里出来的人，什么没见过，花得很厉害。有的是我路过南海讨的，一切是海派。家用开支浩大，我这身体，又不离猪胎，一添儿女，便是一大群，靠几个死薪水，就是我这个大胖子，恐怕也吃不饱呢。密斯脱张远道而来，我得请请你，你说罢，愿意吃什么馆子？"

我道："那倒不必。请猪督办给我一点自由，让我满天宫都去游历一下。"

猪八戒垂着脑袋想了一想，点点头道："这个好办。"

就按着电铃，叫进一个茶房来，说是"请王秘书拿一封顾问的聘书来"。

茶房去了，又进来一位穿西装的少年，手里拿着整套公事，猪八戒扯着他到客厅一边，唧咕了几句。那西装秘书，就用这边写字台上现成笔墨，在公事上填了我的名字。原来这聘书连文字和签字，都早已写好了的，现在只要填上人名字就行。

猪八戒笑着将公文接过，递到我手上来，笑道："虽然这是拿空白公文填上的，但也有个分别。奉送密斯脱张这样头等的顾问，截至现在为止，还只二十四位呢。"说着，又给了我一个证章，笑道："公事你收着罢，不会有多少地方一定要查看你的公事。你只挂了这证章，就有许多地方可去。你若要到远一些的地方去，我有车子可送你。"

我笑道："坐汽车？"随着摇了两摇头。

猪八戒道："你不要信街上贴的那些标语。我坐我自己的车子，烧我自己的汽油，干别人屁事！"

我听到猪八戒这样说，分明是故意捣乱，我更不能坐他的汽车了。当时向他告辞，说是要去游历游历。

猪八戒握着我的手，一直送到电梯口上来。他笑道："假如找不到旅馆，可以到'天堂银行'去，那里五六两层楼都招待着我的客人。"

我知道住银行的招待所，比住旅馆要舒服得多，便道："我极愿意住到那里去，请猪督办给我介绍一下。"

猪八戒笑道："何必这样费事？密斯脱张身上挂的那块证章就是介绍

人。要是密斯脱张愿意住那里的话，我们晚上还可以会面。"

说着，连连将大耳朵扇了几扇，低声笑道："许飞琼、董双成晚上都到那里去玩的。"

这猪八戒是著名的色中饿鬼，我倒相信了他的话。

他向我高喊着："谷突摆！"我们分手了。

出得南天门警察署，便是最有名的一条天街，这时，我已作了天上的小官，不是凡人了，便坦然地赏鉴一切。据我看，名曰天上，其实这里的建筑，也和北平、南京差不多，只是路上来来往往的人，和凡间大为不同。有的兽头人身，有的人头兽身，虽然大半都穿了西装，但是他那举动上，各现出原形来。大概坐在汽车上的，有的是牛头、象头、猪头；坐在公共汽车里的，獐头、猴头；自然人头的也有一部分，但就服装上看来，人头的总透着寒酸些。

我正观望着，有一个赶着野鸡马车的沿着人行路溜，就向我兜揽生意。那赶车的穿的是古装，头戴青纱头巾，身穿蓝布圆领长衣，是个须发皓白的人头。手里举着一枝尺来长的大笔，当了马鞭子。车子上坐着两男一女：一个男子是狗头，一个男子是鼠头，穿了极摩登的西服；那女子是穿了银色漏纱的长旗袍，桃花人面，很有几分姿色，可是在漏纱袍的下面，却隐隐约约地露出了一截狐狸尾巴。我原想搭坐一程，赏赏这公共马车的滋味。可是还不曾走进马车时，便有一阵很浓厚的狐骚臭气，向人鼻子里猛袭过来。我一阵恶心上涌，几乎要吐了出来。我站住了脚步，让这马车过去，且顺着人行路走。

走走看到两个科头穿布长袍的人，拦腰系了藤条，席地而坐，仿佛像两个老道。他们面前摆了好些青草，有一个木牌子放在上面，牌上写了四个字："奉送蕨薇"。这倒引起了我的好奇心，便向这两人看了一看。

其中有一个年纪大的，须长齐胸，拢着大袖向我拱了两拱道："足下莫非要蕨薇，请随便拿。"

我看这人道貌岸然，便回揖道："请问老先生，摆着这蕨薇在这里，是什么意思？"

那人笑道："在下伯夷。"指着地面上坐的人道："这是舍弟叔齐。

终日在首阳山上采蕨薇，尽饿不了。因知此间有很多没饭吃的人，特意摊设在街头，以供同好。"

我道："谨领教。难道天上还有没饭吃的人吗？"一言未了，只见一个彪形大汉，身穿儒服，头戴儒冠，腰上佩了一柄剑，肩上扛了一只米口袋，匆匆而来，到了面前向伯夷叔齐深深两揖道："二位老先生请了。弟子是仲由。敝师今日又有陈蔡之厄，特来请让些蕨薇。"

我一看，这是子路了。他说敝师有"陈蔡之厄"，莫非孔夫子又绝了粮？

伯夷笑道："子路兄，你随便拿。可是我有一言奉告，请回复尊师，不要管天上这些闲事。作好人，说公道话，那是自找苦恼。"

子路一听，满面通红，盛了一口袋蕨薇转身就走。

这倒叫我为难了，我站在这里，自然可以听听两位大贤的高论；可是跟了子路走去，又可以见见"先师"。我是向哪里去好呢？我正犹疑着，那子路背了一口袋蕨薇，已经向大路走去。我想，纵不跟了他去，至少也当追着他问他几句话，于是情不自禁地，顺着他后影，也跟了去。

约莫走有几十步路，忽然有一辆流线型的汽车，抢上前去，靠着人行路边停住。车门开了，有个穿着笔挺西装的男人下来，拦着子路的去路站定。

子路走向前问道："有何见教？"那男子深深点头道："我是梁山泊义士毛头星孔明。"

子路听说是绿林，先是怒目相视，随后又哈哈大笑起来，因骂道："你这家伙也不睁开你的贼眼。我随夫子到处进道德，说仁义，只落得整日饿饭，现时在伯夷、叔齐那里讨了一些蕨薇拿回去权且度命。天上神仙府，琼瑶玉树，满眼都是，你一概不问，倒来抢我这个穷书生。但是，我仲由是不好惹的，纵然是一袋子蕨薇，也不能让你拿去，你快快滚开，莫谓吾剑之不利也。"

孔明一鞠躬笑道："大贤错了。我们弟兄虽然打家劫舍为生，却也知道个好歹。我即使有眼无珠，也不会来抢大贤。"

子路将布袋丢在地上，已提手按剑柄，要拔出来；听了这话，就按剑不动，瞪着眼道："既不抢我，拦住我的去路作什么？"

孔明道："不才忝为圣门后裔，听说先师又有'陈祭之厄'，我特备了黄金百两，馒头千个……"

子路不等他说完，大喝一声道："住口！我夫子圣门，中华盛族，人人志士，个个君子，以仁义为性命，视钱财如粪土，万姓景仰。你也敢说圣裔两字？你冒充姓孔，其罪一；直犯诸葛武侯之名，其罪二；在孔氏门徒面前，大言不惭，自称义士，你置我师徒于何地？其罪三。我夫子'割不正不食'，肯要你的赃款吗？"说毕呛啷一声，一道银光夺目，拔出剑来。

那孔明见不是头路，扭转头，抢上了汽车，呜的一声开走了。

子路插剑入鞘，瞪着眼睛望了，自言自语地道："这是什么世界？"缓缓地弯下腰去，拾起那一袋子蕨薇。

我见他怒气未息，就不敢再跟了他走，只好远远地站住。见"先师"这个机会，只好放过，让他走了。

我站在路边，出了一会神，觉得"天堂"这两个字，也不过说着好听，其实这里是什么人物都有，倒不必把所看到的人都估计得太高。因此我虽然在路边走着，却也挺胸阔步地走。不要看这是人行道上，所有走路的人，都是人头人身。偶然虽也有两三个兽头的，杂在人堆里走，不像坐在汽车、马车上那些兽头人神气。

我正站着，前面有一群人拦住了去路，看时，有的是虾子头，有的螃蟹背，七手八脚，有的架梯子，有的扯绳子，忙成一团，正在横街的半空，悬上长幅横标语。我看那上面写的是："欢迎上天进宝的四海龙王"。下面写着："财神府谨制"。这在凡间，也算敷衍人情的应有故事，我也并不觉得有甚奇异之处。可是自这里起，每隔三五家店面，横空就有一幅标语，那文字也越来越恭维。最让我看着难受的：一是"四海龙王是我们的救命菩萨"，一是"我们永不忘四海龙王送款大德"。下面索性写着"五路财神赵公明率部恭制"。这都罢了，还有百十名虾头蟹背的人，各拿了一叠五彩小标语，纷纷向各商店人家门口去张贴。上面一律写着："欢迎送钱的四海龙王"。

正忙碌着，有人大声喊起来："我的门口，我有管理权。我不贴这标语，你又奈我何？"

我看时，也是一位古装老人，虽然须髯飘然，却也筋肉怒张。他面红耳赤地将一位贴标语的虾头人推出了竹篱门。那虾头人对他倒相当的客气，鞠着躬笑道："墨先生，你应当原谅我们，我们是奉命在每家门口贴上一张标语，将来纠察队来清查，到了你府上，独没有欢迎标语，上司要说我们偷懒的。"

那人道："这绝对无可通融。四海龙王不过有几个钱，并不见得有什么能耐。你们这样下身份去欢迎他，教他笑你天上人不开眼，只认得有钱的财主。我不能下这身份，我也不欢迎他的钱。我墨翟处心救世，赴汤蹈火，在所不辞，什么四海龙王，我不管那门账！……"

说到这里，许多散标语的人，都拥过来了。其中一个身背鳖甲，上顶龟头的人，将绿豆眼一翻，淡笑道："墨翟先生，你有这一番牢骚，你可以到四大天王那里去登记，他们一高兴，也许大者拨几十万款子，让你开一所工厂；少也拨一两万元，让你去办一种刊物，鼓吹墨学，可也养活了你一班徒子徒孙。你在大门口和我们这无名小卒，撒的什么酸风！"

这一番话，不是打，胜于杀，把这位墨老先生气得根根胡子直竖，跳起来骂道："你这些不带人气息的东西，也在天上瞎混？你不打听打听你墨老夫子是一个什么角色？"

他这样大喊着，早惊动了在屋子里研究救国救民的徒弟，有一二十人，一齐抢了出来，这才把这群撒标语的人吓跑。

墨翟向那些徒弟道："我们苦心孤诣，在这里熬守了三年，倒为这些虾头鳖甲所侮辱。虽然我们若可救世，死而无悔，但这样下去，却不生不死得难受。你们收拾行李，我即刻引你们上西天去。"

于是大家相率进篱笆门去了。

我在旁边看着，倒呆了。这位墨老夫子有点傻，已有二千多年了，还在谈救世。

叹了一口气，我信步所之，也不辨东西南北，耳边送来一阵铮铮的琵琶声。站定了脚步时，原来走到一条绿荫夹道的巷子里来了。这巷子两边，都是花砖围墙，套着成片的树林，在树叶子里露出几角泥鳅瓦脊，和一抹红栏杆，乐器声音正由这里传来。我觉得糊里糊涂走着，身子乏力，脊梁上只管阵阵地向外排着汗珠，突然走到这绿巷子里来，觉得周身轻松了一阵，便站定了脚，靠着人家一堵白粉墙下，略微休息一下。

就在这时，有几位衣冠齐整的人，一个穿着长袍马褂，一个穿着西装，狗头兔耳，各有两只豺狼眼，四粒老虎牙，轻轻悄悄，走了过来。在他们后面，有个人头人推着一辆太平车子，上面成堆地堆着黄白之物，只看他们那瞻前顾后的神气，恐怕不会是作好事，在我身边，有一丛蔷薇架，我就闪在树叶子里面，看他们要作什么？

就在这时，那两个狗头人，走到白粉墙下，一扇朱漆小门前，轻轻敲了两下。那门"呀"的一声开了，一个垂鬓丫环，闪出半截身体来。这个穿长袍马褂的，在头上取下帽子，深深地鞠了个躬，笑道："不知道夫人起床没有？"

丫环道："昨夜我们公馆里有晚会，半夜方才散会，所以夫人到现时还没有起床。二位有什么事见告？"

穿西装的挤上前去，也是一鞠躬，笑道："夫人没有起床，也不要紧，我们在门房里等一下就是。"

丫环笑道："门房？那里有点人样的人才可以去的。二位尊容不佳，那里去不得。"

穿西装的笑道："我们也知道。无奈我有这一车子东西，要送与夫人，不便在路上等候。"

丫环道："既是这样说，就请二位进园子来，在那假山石后厕所外站站罢。别的地方是不便适应的。"

我想，人家送了一车子金银上门，按着"狗不咬疯屎"的定理说起来，这丫环却不该把这两个送礼的轰到厕所里去。

我正犹疑着，这两位送礼人，已经一同推了那辆车子进去，给了三个铜钱，将那个推车子来的车夫，打发走了。

就在这时，有个卖鲜花的人，挽了一篮子鲜花，送到耳门口交那丫环带了进去。丫环关门走了。

我走将出来，正好遇着那个花贩子，便和他点点头，说一声："请教。"那人看我是个凡人，便上下打量了一番，问我道："这里不是阁下所应到的地方，莫非走错了路？"

我道："我是由凡间初到天上的，糊里糊涂走来，正不知道这是哪里？"

那人笑道："这地方是秦楼楚馆的地带。"

我道："哦！原来如此！刚才有两个人送了一车金银到这耳门里去，那丫环倒要他们到厕所外面去候着，那又是什么缘故？"

花贩向耳门一指道："你问的就是这地方吗？"

我点点头。

他道："这是一位千古有名的懂政治的阔妓女李师师家里。"

我道："既是李师师家里，有钱的人，谁都可以去得，为什么刚才这丫环无礼，连门房都不许他两人去？"

花贩笑道："你阁下由人间走到天上，难道这一点见识都没有？他家里既有门房，非同平常勾栏院可知。李师师是和宋徽宗谈爱情的人，他会看得上狗头狗脑的人？他们也没有这大胆子来和李师师谈交情。他那整车子黄的、白的是来投资的。"

我听了这话，恍然大悟，怪不得那两个狗头称李师师做"夫人"了。

花贩笑道："看你阁下这种样子，倒有些探险意味。在这门口，有所大巷子，那是西门庆家里。你到那里去张望张望，或者可以碰到一些新闻。"我想，这不好，到天上来要看的是神仙世界，不染一点尘俗才好，怎么这路越走越邪？但是到了这里，却也不能不顺这条路直走。出了这巷子口，果然坐北朝南，有一所大户人家，那里白粉绘花墙，八字门楼，朱漆大门，七层白石台阶上去，门廊丈来深，四根红柱落地。在那门楼上立了一块横匾，上面大书"西门公馆"。左右配挂一副六字对联，上联是"厉行礼义廉耻"，下联是"修到富贵荣华"。我大吃一惊，西门庆这样觉悟，厉行"礼义廉耻"。

我正犹疑着，只见一批獐头鼠目、鹰鼻鸟喙的人，各各穿了大礼服，分着左右两班，站在西门公馆大门楼下台阶上。同时，也就有一种又臭又膻的气味，随着风势，向人直扑了来。

就在这时，有个小听差跑了出来，大声叫道："西门大官人，今天有十二个公司要开股东会，没有工夫会客，各位请便，不必进去了。"

这些人听了这话，大家面面相觑，作声不得。早是呜的一声，一辆流线型的崭新汽车，由大门里冲了出来。那些在门口求见的人，在躲开汽车的一刹那中，还忘不了门联上"礼义廉耻"中的那个"礼"字，早是齐齐地弯腰下去，行个九十度的鞠躬礼。

那汽车回答的，可是由车后喷出一阵臭屁味的黑气来。那车子上的人，我倒很快地看到，肥头胖脑，狐头蛇眼，活是一个不规矩的人。身上倒穿着蓝袍黑马褂，是一套礼服。我心想，这是何人？由西门庆家冲出来？心里想着，口里是情不自禁地喊了出来。

身后忽有一个人轻轻地道："你先生多事。"我回头看时，有一个衣服破烂的老和尚，向我笑嘻嘻地说话。我看他浑身不带禽兽形迹，又穿的是破衣服，按着我在天上这短短时间的经验，料着这一定是一位道德高尚的僧人，便施礼请教。

老和尚笑道："我是宝志，只因有点讽刺世人，被足下同业将我改为济颠和尚，形容得过于不堪。好在我释家讲个无人相、无我相，倒也不必介意。"

我听说，果然猜着不错，是一位高僧，便先笑了。宝志知道我笑什么，因道："虽然穿破衣服的不一定是志士仁人，但穿得周身华丽的，也未尝没有自好之士。好在天上有一个最平等的事，无论什么坏人，必定给你现出原形来。刚才过去的，就是西门庆。他不是小说上形容的那般风流人物了。"

我道："既然坏人都现出原形来，为什么坏人在天上都这样威风得了不得呢？"

宝志笑道："你们凡间有一句话，'见怪不怪，其怪自败'。天上不是这样，天上是'见怪不怪，下学上爱'。"

我对于"下学上爱"这四个字，还有点不大理会，偏着头沉吟一会，正待想出个道理来，那宝志便又出了他那滑稽老套，却在我肩上一拍道："不要发呆，人人喜欢的潘金莲来了。"

我看时，一辆敞篷汽车，上面坐着一个妖形女人，顾盼自如的，斜躺了身子坐在车子上。我心里也正希望着这车子走得慢一点才好，看看到底是怎么一个颠倒众生的女人。倒也天从人愿，那汽车到了我面前，便"吱呀"一声停住。只见潘金莲脸色一变，在汽车里站立起来，这倒让我看清楚了，她穿了一套入时的巴黎新装，前露胸脯，后露脊梁，套着漏花白绸长衣，光了双腿，踏着草鞋式的皮鞋，开了车门，跳下车来。街心里停下车子来，这是什么意思？我正疑惑着。潘金莲却直奔站在路当中指挥交通的警察。我倒明白了，这或者是问路。可是不然，她伸出玉臂，向警察脸上，就是一个巴掌劈去。警察左腮猛地被她一掌，打得脸向右一偏。这有些凑近她的左手，她索性抬起左手来，又给他右腮一巴掌。两耳巴之后，她也没有说一个字，板着脸扭转身来，就走上车去，那汽车开着就走了。

看那警察摸摸脸腮，还是照样尽他的职守。我十分奇怪，便向宝志道："我的佛爷，天上怎么有这样不平的事？"

宝志笑道："宇宙里怎么能平？平了就没有天地了。譬如地球是圆的，就不能平。"

这和尚故意说得牛头不对马嘴，我却是不肯撒手，追着问道："潘金莲能够毒死亲夫，自然是位辣子。可是在这天上，她有什么……"

宝志拍拍我的肩道："你不知道西门大官人有钱吗？她丈夫现在是十家大银行的董事与行长，独资或合资开了一百二十家公司。"

我道："便是有钱，难道天上的金科玉律也可以不管？"

宝志道："亏你还是个文人，连'钱上十万可以通神'这句话都不知道。"

我笑道："我哪算文人？我是个文丐罢了。"

宝志笑道："哦？你是求救济到天上来的，我指你一条明路。西天各佛现在办了一个'普渡堂'，主持的是观音大士，你到那里去哀告哀告，一定在杨枝净水之下，可以得沾些油水。"

我听了这话，不由脸色一变道："老禅师，你不要看我是一位寒酸，叱而与之，我还有所不受。你怎么教我去受观音的救济？换一句话说，那也等于盂兰大会上的孤魂野鬼，未免太教斯文扫地了。"

宝志将颈一扭，哈哈大笑道："你还有这一手，怪不得你穷。我叫你到普渡堂去，也不一定教你去讨吃讨喝。这究竟是天上一个大机关，你去观光观光也好。"

我笑道："这倒使得，就烦老禅师一引。"

宝志道："那不行。我疯疯颠颠信口开河，那有口不开的阿弥陀佛，最讨厌我这种人。让我来和你找找机会看。"说着，他掐指一算，拍手笑道："有了有了，找着极好的路线了。"

说着，扯了我衣袖转上两个弯，在十字路口，一家店铺屋檐下站住。

不多一会，他对了一辆汽车一指，究竟"佛有佛法"，那车子直奔我们身边走来停住。车门开了，下来一位牛头人，身着长袍褂，口衔雪茄，向宝志点头道："和尚找我什么事？莫非又要募捐？"

宝志笑道："不要害怕，我不会拦街募捐。我这里有一位凡间来的朋友，想到普渡堂去瞻仰瞻仰大士，烦你一引。"他又向我笑道："你当然看过'西游记'，这位就是牛魔王。他的令郎红孩儿，被大士收伏之后，作了莲花座前的善财童子，是大士面前第一个红人儿。你走他令尊的路子，他无论如何，不能拒绝你进门了。"

我才晓得小说上形容过的事情，天上是真有。便向牛魔王一点头道："我并不需要救济，只是要见见大士。"

牛魔王笑道："这疯和尚介绍的人，我还有什么话说？就坐我的车子同去。"

我告别了宝志，坐着牛魔王的车子，直到普渡堂去。

牛魔王在车上向我向道："阁下希望些什么？可以直对我说。我听说普渡堂在'无底洞开矿'，可以……"

我笑道："大王错了。我不是工程师，我是个穷书生。"

牛魔王笑道："那更好办了。普渡堂现办有个'庵庙灯油输送委员会'，替你找一个送油员当。"

说着话，车子停在一所金碧辉煌的宫殿门前。一下车就看到进进出出的人都是胖脑肥头的。他们挺着大肚子，又有一张长嘴，虽是官样，而仪表却另成一种典型。

我低声问道："这些长嘴人，都是具有广长之舌的善士吗？"

牛魔王笑道："非也！俗言道得好，'鹭鸶越吃越尖嘴'。"

我这才恍然。

此群人之后，又有一批人由一旁小道走去，周身油水淋漓，如汗珠子一般，向地下流着。

牛魔王道："此即送油委员也。因为昼夜地在油边揩来揩去，弄了这一身。油太多了，身上藏不住，所以人到哪里，油滴到哪里。阁下无意于此吗？"

我向他摇摇头道："我无法消受。我怕身上脂肪太多了，会中风的。"

说着话，我们走过了几重堂皇的楼阁，走到一幢十八层水泥钢骨的洋房面前，见玻璃砖门上，有镂金的字，上写"善财童子室"。

牛魔王一来，早有一位穿着青呢制服专一开门的童子，拉开了玻璃门让我们进去。我脚踏着尺来厚的地毯，疑心又在腾云。向屋子里一看，我的眼睛都花了。立体式的西式家具，乱嵌着金银钻石；一位西装少年，齿白唇红，至多是十四五岁，他架了腿，坐在天鹅绒的沙发上，周围站着看他颜色的人，黑胡子也有，白胡子也有，西洋人也有。谁都挺直地站着，听他口讲指画。他见牛魔王来了，才站起身来相迎。

牛魔王介绍着道："这是大小儿，善财童子。"又将我介绍道："这是志公介绍来的张君。"

善财见我是疯和尚介绍来的，也微笑着点个头道："How do you do？"

我瞪了两眼，不知所以，接着深深地点个头道："真对不起，我不会英语。可以用中国话交谈吗？"

牛魔王道："我们都是南瞻部洲大中华原籍，当然可以说中国话。我有事，暂且离开，你们交谈罢。"于是他走了。

善财请我也在天鹅绒的沙发上坐下。我有点儿惭愧，辛苦一生，未尝坐过这样舒适的椅子。我极力地镇定着，缓缓坐了下去，总怕摩擦掉了一根毛绒。

善财童子也许是对宝志和尚真有点含糊，留我坐下之后，却向那些站着的长袍短褂朋友，摇了两摇头，意思是要他们出去。我不知道他们怎么那样道法低微，受着这小孩子的颐指气使，立刻退走。而且还鞠了一个躬。

善财见屋中无人，才笑道："志公和我们是好友，有他一张名片，我也不能不招待足下，何必还须家严送了来？而且我也正要请志公出来帮忙，在盂兰大会之外，另设几个局面小些的支会。每一个支会里都有一个支会长，十二个副支会长。每个支会之下，有九十六组，每组一个组长，一百二十四个副组长。"我听了这话，不觉"呵呀"了一声道："好一个庞大的组织！"

善财童子道："也没有多大的组织，不过容纳一两万办事人员而已。"

我道："大士真是慈悲为本。这样庞大的组织所超度的鬼魂，总有百十万。将来欧战终了，对那些战死的英魂，都救济得及。"

善财童子道："那是未来的事，现在谈不到。这次超度的人数，我们预计不过一两千鬼魂而已。"

我想，小孩子到底是小孩子，纵然成仙成佛，童心是不会减少的。超度一两千鬼魂，倒要动员一两万天兵天将，十个人侍候一个孤魂野鬼，未免太周到了。因问道："用这么些个办事人，给不给一点车马费呢？"

善财童子笑道："这也是寓救济于服务的办法，当然都有正式薪金。便是一个勤务仙童，每月也支薪水一百元。我办事认真，我酬劳也向来不薄。我打算在这些支会里，添五百名顾问，招待客卿，大概每位客卿，可以支伕马费一千二百元。这点意思，请你回复志公就是了。"

我听了这些话，觉得这小子还是想吃唐僧肉那副狂妄姿态。说多了话，他看出了我是个凡夫俗子，会一脚把我踢下九霄云。我没长翅膀，又没带航空伞，知难而退罢。于是起身告辞道："先生这番好意，在下已十分明了了，我马上去答复志公。不敢多打搅。"

善财起身送到门口，问道："你要不要我派人送？飞机、汽车都现成。"

我自然不敢领受，道谢了一番。走出他这个院落，心里倒有些后悔，多少凡人朝南海，睡里梦里，只想见一点观音大士的影子，我今天见着了大士寸步不离的侍卫，怎么不去拜访拜访呢？

正这样踌躇，只见一辆小跑车风驰电掣向这小院里直冲了来，恰是到我面前，便已停住。车门开了，出来一位十四五岁的小姑娘，她虽是天上神仙，却也摩登入时，头上左右梳上两个七八寸的小辫，各扎了一朵红辫花。上身穿一件背心式的粉红西服，光了两条雪白的大腿，踏着一只漏帮的红绿皮鞋。由上到下，看她总不过是一个洋娃娃之流，没有什么了不得。我想着，这个小女孩子，怎么胡乱地向机关里闯？可是这位小姐，不但闯，真是乱起来，她周围一望，似乎是想定心事了，然后回转身跑到汽车上去，将那喇叭一阵狂按，仿佛像凡间的紧急警报一样。

这种声音，自然惊动了各方面的人前来看望。这些人里面：有锦袍玉带的；有戏装佩剑的；至于身穿盔甲，手拿斧钺的天兵，自是不消说的。他们齐齐地跑着上前，围了那小女孩子打躬作揖，齐问："龙女菩萨何事？"

我这才恍然大悟，原来是这位法力无边的女仙。若根据传说，好像她也是一位罗刹公主，至少是一员女张飞；于今看起来，却也摩登之至。

那龙女道："什么事？你们都应该负责。我刚才在九霄酒家请客，菜做得不好也罢了，那些人只管偷看我，这是政治没有办得好的现象。来，你们和我去拿人！"

她说时，说什么"柳眉倒竖，杏眼圆睁"；恰恰是一副苹果脸儿紧绷着，两条玉腿，地上乱跳。吓得文武天官，个个打颤，面面相觑。

龙女喝道："你们发什么呆？快快派了队伍跟我走。"

说着，那些身披甲胄，手拿斧钺的天兵，各各把手一招，七八辆红漆的救火车，自己直驰前来。于是龙女驾了小跑车在前，救火车队紧随在后，响声震地，云雾遮天，同奔了出去。

我想，这一幕热闹戏，不可错过。心里一急，我那自来会的腾云法，就实行起来。手里一招催云诀，跟着那团云雾追了上去。究竟凡人不及神仙，落后很远。我追到一片瓦砾场上，见有一个九层楼的钢骨架子还在，架子上直匾大书"九霄大酒家"。龙女的小跑车已不知何在，那救火

550

车队，已排列着行伍，奏凯而还。我落下云头，站在街上，望了这幢倒塌楼房，有点发呆。难道不到两分钟，他们就捣毁了这么一座酒楼？

正在沉吟着，却听到身后有微叹声，连说："天何言哉！天何言哉！"

回头一看，一人身穿青袍，头戴乌纱，手拿朝笏，颇像一位下八洞神仙，他笑道："老友，你不认识我了吗？"

他一说话，我才明白，是老友郝三。我惊喜过望，抓住他身上的围带道："我听说你在凉州病故了，心里十分难过，不想你已身列仙班，可喜可贺。"

郝三笑道："你看看我这一身穿戴，乌烟瘴气，什么身列仙班！"

我道："你这身穿着，究竟不是凡夫俗子。"

郝三道："实不相瞒，玉帝念我一生革命，穷愁潦倒而死，按着天上铨叙，给了我一个言官做，在九天司命府里，当了一位灶神。"

我道："那就好，孔夫子都说'宁媚于灶'，俗言道得好，'灶神上天，一本直奏'。你那不苟且的脾气，正合作此官。不过你生前既喜喝酒，又会吟诗，直至高起兴来，将胡琴来一段反二黄。于今你作了这铁面无私的言官，你应当一切都戒绝了。魏碑还写不写呢？"

郝三笑道："一切是外甥打灯笼——照旧。此地到敝衙门不远，去逛逛如何？还有一层，你我老友张楚萍，也作了灶神，你也应该去会会他。"

我道："到底天上有公道，我的穷朋友，虽不得志于凡间，还可扬眉于天上。好好好，我们快快一会。"

郝三道："在我们衙门面前，小酒馆很多，我们去便酌三杯。"

于是我二人一驾云，一驾阴风，转眼到了九天司命府大门前。

那衙门倒不是我们凡夫俗子想的那么煤烟熏的。一般朱漆廊柱，彩画大门，在横匾上，黑大光圆，写了六个字："九天司命之府"。一笔好颜字。

郝三笑道："老张，你看我们这块招牌如何？"

我连声说："好好。"

郝三笑道："又一个实不相瞒,这是我们的商标。我们这是清苦衙门,薪俸所入,实不够开支,就靠卖卖字、卖卖文,弄几个外快糊口。敝衙门虽无他长,却是文气甚旺,诗书画三绝,天上没有任何一个机关可以比得上我们。"

说着话,我们到了一爿小酒馆里,找了一个雅座坐着。

郝三一面要酒菜,一面写了一张字条去请张楚萍。

我笑道："凡间古来作言官的,都是一些翰林院,自然是诗酒风流。你们九天司命,千秋赫赫有名的天府,密迩天枢,哪里还有工夫干这斗方名士的玩意?"

郝三斟上一杯酒,端起来一饮而尽,还向我照了一照杯。低声道:"我现在是无法,以我本性说,我宁可流落凡间,作一个布衣。反正是不在其位,不谋其政。于今作了一位灶神,应该善恶分明,据说密迩天枢,可是……就像方才龙女小姐那一分狂妄,我简直可以拿朝笏砍她。然而……"

我道:"你既有这分正义感,为什么不奏她一本呢?"

郝三将筷子夹了碟子里的呛蚶子,连连地向我指点着道:"且食蛤蜊。"

我一方面陪了他吃酒,一面向屋子四周观望,见墙上柱上,全是他司命府的灶君所题或所写的。便沉吟着笑道:"我不免打一首油送你:'司命原来是个名,乌纱情重是非轻……'"

一首诗未曾念完,忽听得外面有人插嘴道:"来迟了一步,你们已经先联起句来了。"随了这话,正是我那亡友张楚萍。他一般的青袍乌纱,腰围板带,较之当年穿淡蓝竹布长衫,在上海法租界里度风雨重阳,就高明得多了。

我一见之下,惊喜若狂,抓了他的衣袖,连连摇撼着道:"故人别来无恙?"

楚萍两手捧了朝笏道:"依旧寒酸而已。"

郝三让他坐下,先连着对干了三杯。

楚萍笑道:"你刚才的那半首打油诗,不足为奇。我有灶神自嘲七律一首，说出来，请你干一杯酒罢。"便念道：

"没法勤劳没法贪，半条冷凳坐言官。明知有胆能惊世，只恐无乡可挂冠。

多拍苍蝇原痛快，一逢老虎便寒酸。吾侪巨笔今还在，写幅招牌大众看。"

我笑道："妙诗妙诗！不想一别二十年，先生油劲十足了。"

楚萍笑道："我们在司命府干了两三年，别无他长，只是写字作诗的工夫，却可与天上各机关争一日短长。"

郝三笑道："这是真话。你这次回到凡间，可以告诉凡人，以后腊月二十三日，不必用糖果供我们灶神了。反正我们善既难奏，恶也难言，吃了凡人的糖，食了天上俸禄，全无以报，真是惭愧之至。"

说到这里，大家都有些没趣，继续着喝酒。我向来涓滴不尝，今天他乡遇故知，未免多饮三杯，只觉脑子发胀，人前仰后合，有些坐不住。

楚萍问道："老张，你预备在哪里寄宿？"

我含糊地说着是"天堂银行"。

楚萍道："你凭着什么资格，可以住到那里去？"

我说是"猪八戒介绍的"。

这两位老友听着默然，并没有说话，我也就昏昏沉沉地睡着了。醒来时，二友不见，桌上有一张纸条，还是打油诗一首：

交友怜君却友猪，天堂路上可归欤？故人便是前车鉴，莫学前车更不如！

我看了这首诗，不觉汗下如雨。你想，我还恋着如此天堂吗？

（节选自《八十一梦》，原载 1939 年 12 月 1 日至 1941 年 4 月 25 日

重庆《新民报》副刊《最后关头》）

　　这里所选的《天堂之游》是读者反映最"痛快","最能引起共鸣"的一篇。张恨水果然"放开手来",将中国历史传说、小说与民间通俗文学等里边几乎所有为中国老百姓特别是市民耳熟能详的大大小小的"人物",全部请到书中：猪八戒、伯夷、叔齐、子路、孔明、墨子、李师师、西门庆、济颠和尚、潘金莲、牛魔王、善财童子、龙女等逐一登场,还有无数人头兽身或兽头(牛头、象头、鼠头、狗头、猪头、猴头)人身的怪物。但又全部变形,而且也都变了身份,都现代化和摩登化了,看似荒唐,不可思议,忍不住要"昂头大笑一阵",但笑完了,回头一想,小说中的每一个人物,其言词和行为哪一样不曾在自己身边实实在在地发生着？可以说把生活里昏天黑地的真实与五花八门的丑闻都写深写透了,更是戳穿了国民党政府蓄意制造的"地上天堂"梦的真相。这荒唐中的真实,虚构梦里的真梦,具有了某种象征与寓意以至预言性。张恨水在小说的"楔子"里说："诸公有对于当时的社会,感到不满的,看一看我写的梦中生活罢。"其实,在几十年后的今天,有心的读者重读张恨水的这篇"天堂之梦",也会有一种现实感,甚至会依然高喊"痛快"。这其间的缘由,或许是最值得深思的。

● 阅读这篇"天堂之梦",应紧紧抓住其"荒唐中的真实,虚构梦里的真梦"这一基本特点。文本中"猪八戒""伯夷、叔齐、子路、孔明、墨子""西门庆、潘金莲、李师师、善财童子、龙女"这三组人物,其所揭示的中国政界、学界、商界及背后人性的种种黑暗,以及其所颠覆的我们的历史想象与记忆,可以细加琢磨,作出解析。

● 此篇的最后,出现了非传说的、世俗中的"我"的已逝"老友"郝三、张楚萍。郝三和楚萍已是灶神。三人在"天堂"相聚,饮酒赋诗：

"故人便是前车鉴；莫学前车更不如！"

"我"看了不觉汗下如雨，自问：

"我还恋着如此天堂吗？"

读者朋友，你看了有什么感想？

作家与文学的皈依，"新小说"的诞生

20 世纪 40 年代，许多左翼知识分子、青年知识分子，都把希望的目光，转向共产党领导的延安。这样的历史选择，自然有政治、经济、思想、文化的原因，也有深刻的心理动因。30 年代曾以《预言》与《画梦录》震动文坛的何其芳，有人问他："你怎么来到延安的？"他这样回答：靠着"美、思索、为了爱的牺牲"这三个思想"走完了我的太长、太寂寞的道路，而在这道路的尽头就是延安"（何其芳：《一个平常的故事》）。他还谈到，人们来到延安，就像"突然回到久别的家中一样"（何其芳：《从成都到延安》）。当何其芳宣布延安是他的探索之路的"尽头"时，就赋予了延安一种超越现实的终极意义；而且，正像"回到久别的家中"这一直观感受所暗示的那样，这终极目的地也正是人的个体生命、心灵的最后归宿。就像我们前文的讨论中一再提到的，在战争毁灭了一切的年代，许多从孤独、绝望的"旷野"里走出的"流亡者"，都曾到土地—农民（人民）—家庭中去寻找皈依之地，这一切作为归宿的象征地，最后都外化为一个实体——延安；而延安本身也是一个概念的集合体，即意味着（象征着）敌后抗日根据地的军队、政权，以及它们的领导者中国共产党：它们也最终成为许多作家和知识分子的"精神归宿"，并赋予其一种绝对的至美至善性、神圣性和终极价值。何其芳深情地宣布，他和延安的知识分子已经从党领导的中国革命中，找到了从根本上消除一切"不幸"与"痛苦"的那把"最后的钥匙"（何其芳：《论快乐》），自己因此获得了"新生"，并且要用"今日之我"否定"旧日之我"，即个人主义的自我，绝对皈依于革命的群体，"像一个小齿轮在一个巨大的机械里和其他无数的齿轮一样快活地规律地旋转"，将"我""消失在它们里面"（何其芳：《一个平常的故事》）。

更重要的是，作为领导者的党从夺取革命的全面胜利的战略目标出发，也向知识分子、作家发出了号令。这就是在 1942 年 5 月 2 日至 23 日召开的延安文艺座谈会。毛泽东在讲话中，第一次明确、系统地阐释了党的文艺思想、路线和政策，提出文艺要为工农兵服务，重视普及，重视中国老百姓喜闻乐见的民族、民间形式，这符合中国基本国情，也是对敌后根据地文艺运动经验的总结，这是和底层人民有着血肉联系的左翼知识分子、作家所乐于接受的。讲话的基本精神和主题，是提倡"党的文学"，强调"革命文艺是整个革命事业的一部分"，是"革命机器中的'齿轮和螺丝钉'"，"服从党在一定革命时期内所规定的革命任务"。这就必须保证党对文艺的绝对领导，一切"站在党的立场，站在党性和党的政策的立场"，"知识分子出身的文艺工作者"必须"把自己的思想感情来一个变化，来一番改造"，"把立足点移过来"，而绝不能"按照小资产阶级知识分子的面貌来改造党，改造世界"，"依了你们，实际上就是依了大地主大资产阶级，就有亡党亡国的危险"。由此开启了一个作家与文学的新时代。

在延安文艺座谈会结束以后，大批革命根据地的作家都纷纷响应讲话的号召，"长期地无条件地全心全意地到工农兵群众中去，到火热的斗争中去"，"观察、体验、研究、分析一切人，一切阶级，一切群众，一切生动的生活形式和斗争形式"，在这基础上写出新的"工农兵文艺"和"党的文学"，而且也确实出现了一批代表性作家和作品。如李季的长诗《王贵与李香香》，贺敬之、丁毅的新歌剧《白毛女》，赵树理的短篇、中篇小说《小二黑结婚》《李有才板话》《李家庄的变迁》，以及丁玲的《太阳照在桑干河上》，周立波的《暴风骤雨》，柳青的《种谷记》，欧阳山的《高干大》等长篇小说。

1952 年，《太阳照在桑干河上》《暴风骤雨》和《白毛女》均获得了斯大林文艺奖，这意味着延安文艺得到了世界（至少是社会主义阵营）的关注和承认。这是一种人们并不熟悉的全新的文艺。早在丁玲于 1930 年发表短篇小说《水》，凸显农民觉醒与反抗的群像描写时，该小说就被权威的马克思主义批评家冯雪峰誉为"新的小说的一点萌芽"（冯雪峰：《关于新的小说的诞生》）；现在，冯雪峰又在《〈太阳照在桑干河上〉在我们文学发展上的意义》里，将其称为"我们社会主义现实主义在现时的比较显著的一个胜利"。冯雪峰所说的"新的小说"，实质上就是"社会主义现实主义小说的新模式"，这正是延安文艺座谈会讲话所倡导的"党的文学"。现在在丁玲、周立波等新作里，得到了相对完整的体现，而且以后逐渐成为小说乃至整个中国文学创作的主导性模式。

《桑干河上》

我好像一谈到农民，

心里就笑，

就十分高兴，

我是比较喜欢他们的。

要同情他们保守落后，

同情他们的脏

（自然不是赞成这些）。

这样关系就搞好了。

丁玲（1904—1986）

《太阳照在桑干河上》各国译本

丁玲手稿

丁玲：
"怎么也离不开这块土地"

1928 年 2 月	丁玲发表《莎菲女士的日记》(《小说月报》第 19 卷第 2 号)。
1928 年 10 月	《在黑暗中》出版(开明书店)。
1930 年 1 月	《韦护》发表(《小说月报》第 21 卷第 1—5 号连载)。
1931 年 9 月	丁玲任主编的"左联"机关刊物《北斗》创刊。
1931 年 9 月	《水》发表(《北斗》第 1 卷第 1—3 期连载)。
1939 年 3 月	《一年》出版(生活书店)。
1941 年 6 月	短篇小说《我在霞村的时候》发表(《中国文化》第 2 卷第 1 期)。
1941 年 11 月	《在医院中时》发表(《谷雨》第 1 卷第 1 期)。
1942 年 8 月	《在医院中》发表(《文艺阵地》第 7 卷第 1 期)。
1948 年 9 月	《太阳照在桑干河上》出版(光华书店)。

1946 年，丁玲(1904—1986)响应号召，参加晋察冀土地改革工作团，深入河北涿鹿县温泉屯的土改运动，与农民朝夕相处，产生了感情，留下了终生难忘的记忆，"怎么也离不开这块土地"，决心要写出农民、农村的变化。于是，就有了《桑干河上》(后改名为《太阳照在桑干河上》)的创作。但开始却不被地方某些干部和文艺界领导看好，经毛泽东身边的胡乔木、萧三、艾思奇审阅，一致认为"这是一本最早的最好的表现了农村阶级斗争的书"。在毛泽东直接批准下，小说于 1948 年 9 月由东北光华书店出版，一次印了 5000 册，并迅速译为俄文，获得 1951 年度斯大林文艺奖。修订本由人民文学出版社出版，从 1950 年到 1954 年间累计印数近 30 万册。可以说，《太阳照在桑干河上》从写作到出版、产生影响，都在毛泽东的关照之下，这显

然具有某种象征意义。1979 年《太阳照在桑干河上》重印时，丁玲在前言中特地回忆说，"那时我总是想着毛主席，想着这本书是为他写的，我不愿辜负他对我的希望和鼓励"。这或许有文学的成分，但也确实反映了丁玲创作的自觉。

《太阳照在桑干河上》（节选）

丁玲

三十七　果树园闹腾起来了

暖水屯的人们都你跟我说，我跟你说着："嗯，十一家地主的园子都看起来了，说有十一家咧，贫农会的会员都在那里放哨呢。""唉，是哪十一家咧，怕都是要给清算的吧？""说是只拣有出租地的，富农的让他自己卖。""那不成呀！富农就不清算了么？""说不能全清算呀！有的户要清算的，那时要他交钱就成，这好办。""这也对，要是把全村的都卡起来，农会就只能忙着卖果子，还闹什么改革，地还得要分嘛！"……

一会，红鼻子老吴又打着锣唱过来了。他报告着卖果子委员会的名单，和委员会的一些决定。

"着呀！有任天华那就成呀！他是一个精明人，能替大伙儿打算，你看他把合作社办得多好，哪个庄户主都能挂账，不给现钱，可还能赚钱呀！"

"哈，李宝堂也是委员了，他成，果园的地他比谁也清楚，在果子园里走来走去二十年了，哪一家有多少棵树，都瞒不过他，哪一棵树能出多少斤果子，他估也估得出来，好好坏坏全装在他肚子里。"

"照情况看来这一回全给穷人当权着呢。侯忠全的儿子也出头了，这不给他的老头子急坏了么！"

人们不只在巷子里和隔壁邻舍谈讲，不只串亲戚家去打听，不只拥在合作社门外传播消息，他们还到果子园去；有些人是指定有工作的，有些妇女娃娃就去看热闹。

曾经听说过要把全村果树都卡起来的十五家富农，如今都露出了笑容，他们互相安慰也自己给自己安慰道："咱说呢，共产党就不叫人活啦，还能没有个理！"于是也全家全家地赶快出发到园子里，把熟了的果子全摘下来，他们怕落后了吃亏，要把果子赶早发出去。

那被统制下来了的十一家，也派人到园子来，他们有的来向大伙要求留下一部分，有的又想监视着那些农民看他们能怎么样，会不会偷运，把些小孩子也派来，趁大伙忙乱的时候，孩子们就抱些回家去，哪怕一个果子也好，也不能随便给人呀！

当大地刚从薄明的晨曦中苏醒过来的时候，在肃穆的，清凉的果树园子里，便飘起了清朗的笑声。这些人们的欢乐压过了鸟雀的喧噪。一些爱在晨风中飞来飞去的有甲的小虫，不安地四方乱闯。浓密的树叶在伸展开去的枝条上微微地摆动，怎么也藏不住那一累累的沉重的果子。在那树丛里还留得有偶尔闪光的露珠，就像在雾夜中耀眼的星星一样。那些红色果皮上有一层茸毛，或者是一层薄霜，显得柔软而润湿。云霞升起来了，从那密密的绿叶的缝里透过点点的金色的彩霞，林子中反映出一缕一缕的透明的淡紫色的、浅黄色的薄光。梯子架在树旁了。人们爬上了梯子，果子落在粗大的手掌中，落在篾篮子里，一种新鲜的香味，便在那些透明的光中流荡。这是谁家的园子呀！李宝堂在这里指挥着。李宝堂在园子里看着别人下果子，替别人下果子已经二十年了，他总是不爱说话，沉默地，像无所动于衷似的不断工作。不知道果子是又香又甜似的，像拿着的是土块，是砖石那末一点也没有喜悦的感觉。可是今天呢，他的嗅觉像和大地一同苏醒了过来，像第一次才发现这葱郁的，茂盛的，富厚的环境，如同一个乞丐忽然发现许多金元一样，果子都发亮了，都在对他映着眼呢。李宝堂一面指挥着人，一边说："这园子原来一共是二十八亩，七十棵葫芦冰，五十棵梨树，九棵苹果，三棵海棠，三十棵枣，一棵核桃。早先李子俊他爹在的时候，葫芦冰还多，到他儿子手里，有些树没培植好，就砍了，重新接上了梨树。李子俊没别的能耐，却懂得养梨，告诉咱们怎么上肥，怎么捉梨步曲，他从书上学来的呢。可惜只剩这十一亩半。靠西北角上五亩卖给了江世荣，紧南边半亩给了王子荣，一个钱也没拿到。靠洋井那三亩半还卖得不差，是顾老二买的，剩下七亩半，零零碎碎地卖给四五家人了。这些人不会收拾，又只个半亩，亩多的，就全是靠天吃饭，今年总算结得不错。"

有些人就专门把这些装满了果子的篮子，拿到堆积果子的地方。人们从这个枝上换到那个枝上，果子逐渐稀少了，叶子显得更多了。有些人抑制不住自己的欢乐，把摘下的大果子，扔给在邻树上摘果子的人，果子被接住了，大家就大笑起来，果子落在地上了，下边的人便争着去拾，有的人拾到了就往口里塞，旁边的人必然大喊道："你犯了规则啊，说不准吃的呀，这果子已经是穷人们自己的呀！""哈，摔烂了还不能吃么，吃他李子俊的一个不要紧。"

也有人同李宝堂开玩笑说："宝堂叔，你叨咕些什么，把李子俊的果园分了，就打破了你看园子这饭碗，你还高兴？"

"看园子这差事可好呢，又安静，又不晒，一个老人家，成天坐在这里抽袋把烟，口渴了，一伸手，爱吃啥，就吃啥，宝堂叔——你享不到这福了。"

"哈，"李宝堂忽然成了爱说话的老头，他笑着答道："可不是，咱福都享够了，这回该分给咱二亩地，叫咱也去受受苦吧。咱这个老光棍，还清闲自在了几十年，要是再分给一个老婆，叫咱也受受女人的罪才更好呢。哈……"

"早就听说你跟园子里的果树精成了亲呢，要不全村多少标致闺女，你都看不上眼，从来也不请个媒人去攀房亲事，准是果树精把你迷上了，都说这些妖精喜欢老头儿啦！"

一阵哄笑，又接着一阵哄笑。这边笑过了，那边又传来一阵笑，人们都变成好性子的人了。

果子一篮一篮地堆成了小山，太阳照在树顶上，林子里透不进一点风。有些人便脱了小褂，光着臂膀，跑来跑去，用毛巾擦脸上的汗，却并没有人说热。

比较严肃的是任天华那一群过秤的人。他们一本正经目不斜视地把

564

称过的果子记在账上，同时又把它装进篓子里。

李子俊的女人在饭后走来了。她的头梳得光光的，穿一件干净布衫，满脸堆上笑，做出一副怯生生的样子，向什么人都赔着小心。

没有什么人理她，李宝堂也装着没有看见她，却把脸恢复到原来那末一副古板样子了。

她瑟瑟缩缩地走到任天华面前，笑着道："如今咱们园子不大了，才十一亩半啦，宝堂叔比咱还清楚啦，他爹哪年不卖几亩地。"

"回去吧，"那个掌秤的豆腐店伙计说了，"咱们在这干活穷人们都放心，你还有什么不放心的。你们已经卖得不少了！"

"尽她待着吧。"任天华说道。

"唉，咱们的窟窿还大呢，春上的工钱都还没给……"女人继续咕噜着。

在树上摘果子的人们里面不知是谁大声道："嘿，谁说李子俊只会养种梨，不会养葫芦冰？看，他养种了那么大一个葫芦冰，真真是又白又嫩又肥的香果啦！"

"哈……"旁树上响起一片无邪的笑声。

这个女人便走到远一点的地方坐下来。她望着树，望着那缀在绿树上的红色的珍宝。她想：这是她们的东西，以前，谁要走树下过，她只要望人一眼，别人就会赔着笑脸来奉承来解释。怎么如今这些人都不认识她了，她的园子里却站满了这末多人，这些人任意上她的树，践踏她的土地，而她呢，倒好像一个不相干的讨饭婆子，谁也不会施舍她一个果子。她忍着被污辱了的心情，一个一个地来打量着那些人的欢愉和对她的傲慢。她不免感慨地想道："好，连李宝堂这老家伙也反对咱了，这多年的饭都喂了狗啦！真是事变知人心啦！"

可是就没有一个人同情她。

她不是一个怯弱的人，从去年她娘家被清算起，她就感到风暴要来，就感到大厦将倾的危机。她常常想方设计，要躲过这突如其来的浪潮。她不相信世界将会永远这样下去。于是她变得大方了，她常常找几件旧衣送人，或者借给人一些粮食；她同雇工们谈在一起，给他们做点好的吃。她也变得和气了，常常串街，看见干部就拉话，约他们到家里去喝酒。她更变得勤劳了，家里的一切活她都干，还常常送饭到地里去，帮着拔草，帮着打场。许多只知道皮毛的人都说她不错，都说李子俊不成材，还有人会相信她的话，以为她的日子不好过——她还说今年要不再卖地，实在就没法过啦！可是事实上还是不能逃过这灾难，她就只得挺身而出，在这风雨中躲躲闪闪地熬着。她从不显露，她和这些人中间有不可调解的怨恨，她受了多少委屈啊！她只施展出一种女性的千依百顺，来博得他们的疏忽和宽大。

她看见大伙的工作又扩展开来了，便又走远些，在四周逡巡，舍不得离开她的土地，忍着痛苦去望那群"强盗"。她是这样咒骂他们的。

到中午时候，人们都回家吃饭去了。园子里显得安静了许多。她又走回来，巡视那些树，它们已经不再好看了，它们已经只剩下绿叶，连不大熟的果子都被摘下来了。她又走过那红色的果子堆成的小山，这在往年，她该多么的欢喜啊！可是现在她只投过去憎恨的视线。"嗯，那树底下还坐得有人看着呢！"

她通过了自己的园子，到了洋井那里，水汩汩地响着，因为在水泉突出来的地方，倒覆了一口瓦缸，水在缸底下涌出来，声音听起来非常清脆，跟着水流便成了一条小渠。这井是他们家开的，后来同地一道卖给顾老二了。顾老二却从来没有改变水渠的道路，也就是说从来没有断绝他们家的水源。这条小渠弯弯曲曲地绕着果子园流着，它灌溉了这一带二三十亩地的果子。她心想："唉，以前总可惜这块地卖给别人了，如今倒觉得还是卖了的好！"

顾涌的园子里没有人，树上的果子结得密密层层，已经有熟透了的落在地上了。他的梨树不多，红果却特别大，这人舍得上肥和花工；可是，还不是替别人卖力气。她感觉到这三亩半园子也被统制了，把顾老二也算在她们一伙，她不禁有些高兴，哼，要卖果子就谁的也卖，要分地，就分个乱七八糟吧。

可是当她刚刚这样想的时候，却听到一阵年轻女人的笑声。接着她看见一个穿浅蓝衣服的影子晃了过去，谁呢？她在脑子里搜寻着，她走到一条水渠边，有一棵柳树正从水渠那边横压了过来，倒在渠这边的一棵梨树上。梨树已经大半死去，只留下一根枝子，那上边却还意外地结着一串串的梨。她明白了对面是谁家的园子，"哼！是他们家呀！"

她已经看见那个穿浅蓝布衫的黑妮，正挂在一棵大树上，像个啄木鸟似的，在往下边点头呢。树林又像个大笼子似的罩在她周围。那些铺在她身后的果子，又像是繁密的星辰，鲜艳的星星不断地从她的手上，落在一个悬在枝头的篮子里。忽地她又缘着梯子滑了下来，白色的长裤就更飘飘晃动。这时她的二嫂也像一个田野间的兔子似的跳了过来，把篮子抢了过去，那边她姐姐又叫着了："黑妮！你尽贪玩呀！"

黑妮是一个刚刚被解放了的囚徒。她大伯父曾经警告她道："村子上谁也恨咱那个兄弟，咱们少出门，少惹事，你一个闺女家千万别听他的话，防着他点，是是非非你都受不了啦！"黑妮听了他的话，坚决不去找程仁，干脆地答复了二伯父道："你们要再逼咱，咱就去告张裕民。"但不管怎样，家里总还是不放松她，死死地把她扭着，不让她好好呼吸一口新鲜空气。正在无法摆脱的时候，却一下晴了天，今天全家都喜笑颜开，当他们听到十一家果地被统制的消息时候，其中却没有钱文贵三个字，都会心地笑了。二伯父已经不再在院里踱来踱去，他躺在炕上，逍遥地摇着一把黑油纸扇。伯母东院跑到西院，不知忙什么才好。妇女们都被打发到园子里来了，钱礼就去找工人雇牲口。黑妮最感到轻松，她想他们不会再逼迫她了。她悄悄地向顾二姑娘说道："二嫂，别怕咱爹，哼！他如今可是沾的咱二哥的光啦！"

李子俊的女人却忍不住悄悄地骂道："好婊子养的，骚狐狸精！你千刀万剐的钱文贵，就靠定闺女，把干部们的屁股舐上了。你们就看着咱姓李的好欺负！你们什么共产党，屁，尽说漂亮话；你们天天闹清算，闹复仇，守着个汉奸恶霸却供在祖先桌上，动也不敢动！咱们家多了几亩地，又没当兵的，又没人溜沟子，就倒尽了霉。他妈的张裕民这小子，有朝一日总要问问你这个道理！"

她不能再看下去了！她发疯了似的往回就跑，可是又看见对面走来了许多吃过午饭的人，还听到他们吆牲口的声音，她便又掉转头往侧边冲去，她不愿再看见这些人，她恨他们，她又怕不能再抑制住自己对他们的愤恨，这是万万不准透露出来的真情。她只是像一个挨了打的狗，夹着尾巴，收敛着恐惧与复仇的眼光，落荒而逃。

人们又陆续地麇聚到园子里了。侯清槐带领着运输队。两部铁轮子大车停在路上等装货，连胡泰的那部胶皮轱辘也套在那里，还加了一匹骡子。顾涌不愿跟车，没出来，李之祥被派定站在这里，拢着缆绳，举着一根长鞭子。他已经展开了笑容，不像前一向的畏缩了，他觉得事情是有希望的。一串串的人扛着篾篓子，从园子深处朝这边走来了。只听见侯清槐站在车头上嚷道："老汉，你下去！到园子里捡捡果子吧，找点省劲的干！唉，谁叫你来的！"

这话是朝后边那辆铁轮车上的郭全说的。这老头戴了一顶破草帽，穿一件旧蓝布背心，连身也不反过来说："谁也没叫咱来，咱自个儿来的。咱自个儿还搁着两棵半果树没下呢。老头怎么样，老头就不办事了？！"他忽然看见那小个儿杨亮也扛着一篓果子走过来，不觉便去摸了一下那两撇八字胡，也高声道："咱老头还能落后，老杨！到咱这里来！装车是要会拾掇，又不要蛮力，对不对？"

"啊！是你！你的果子卖了么？"杨亮在车旁歇了下来，拿袖子擦脸上的汗。又向旁边搜寻着。

"没呢，咱那个少，迟几天没关系。"郭全弯着腰接过送上来的篓子。

杨亮想起那天他们谈的事，便问道："和你外甥商量了没有？打定了主意么？"

"什么？"他凝视着他一会，忽然明白了，笑了起来："啊！就是那事啊！唉，别人成天忙！你看，小伙子都嫌咱老了干不了活啦！嗯，没关系，咱老了，就少干点，各尽各的心！"

杨亮看见一个年轻女人也站到身边来，她把肩头上沉重的篓子慢慢地往下移，却急喊道："郭大伯，快接呀！"

她是一个瘦条子女人，黑黑红红的面孔，眉眼都细细地向上飞着。头发全向后梳，又高高地挽了一个髻子，显得很清爽。只穿一件白布的男式背心，两条长长的膀子伸了出来，特别使人注目的，是在她的一只手腕上，戴了好几道红色的假珠钏。

"嘿，坐了飞机呀！"一个走过来的年轻农民笑说道，"你真是妇女们里面的代表，羊栏里面的驴粪球啦！"

那女人决不示弱，扭回头骂道："你娘就没给你生张好嘴！"

"对！咱这嘴就是笨，咱还不会唱'东方红太阳升'呢，哈……"谁也没有注意他给大家做的鬼脸，但大家都笑了。还有人悄悄说："欢迎唱一个！"

"唉！看你们这些人呀！有本领到斗争会上去说！可别让五通神收了你的魂！咱要是怕了谁不是人！"她蓦转身走回去了。她走得是那样的快和那样的轻巧。

"谁呀？这妇女不赖！"杨亮觉得看见过这女人，却一时想不出她的名字，便问郭全。

郭全也挤着眼笑答道："羊倌的老婆，叫周月英，有名的泼辣货，一身都长着刺，可是个天不怕地不怕的女人，开起会比男人们还叫得响。算个妇女会的副主任咧。今天她们妇女会的人也全来了。"

"扛了一篓子果子，就压得歪歪扭扭叫叫喊喊的，还要称雄呢！"

"称雄！不成，少了个东西啦！"

于是大家又笑了。

一会，车子上便堆得高高的，捆得牢牢的。侯清槐得意洋洋，吆喝了一声，李之祥便挥动长鞭，车子慢慢地出发了。三辆车，一辆跟着一辆。在车后边，是从园子里上好了驮子的十几头骡子和毛驴，一个长长的行列，跟车的人，押牲口的人在两旁走着，有些人便靠紧了路边的土墙，伸长着头，目送着这个热闹的队伍。有些人也不愿立刻回园去，挤在园门口，指指点点赞谈着。这比正月的龙灯还热闹，比迎亲的轿马还使人感到新鲜和受欢迎啊！这时郭全也靠墙站着，轻轻地抹着他那八字胡，看行列走远了，才悄悄地问他身旁的杨亮道："这都给了穷人吗？"

文采也到园子里来了，他的感觉完全和过去来这里不同。他以前曾被这深邃的林地所眩惑。他想着这真是读书的胜地啊！也想着是最优美的疗养所在。他流连在这无边的绿叶之中，果子便像散乱的花朵。他听着风动树梢，听着小鸟欢噪，他怡然自得，觉得很不愿离开这种景致。可是今天呢，他被欢愉的人们所吸引住了。他们敏捷，灵巧，他们轻松，诙谐，他们忙而不乱，他们谨慎却又自如。平日他觉得这些人的笨重，呆板，枯燥，这时都只成了自己的写真。人们看见他来了，都向他打招呼，他却不能说出一句可以使人发笑的话，连使人注意也不可能。他看见负指挥总责的任天华，调动着，巡视着，计算着，检点着，又写些什么。谁也来找他，来问他，他一起一起打发了他们，人们都用满意的颜色离开他。可是他仍是像在合作社的柜房里一样，没一点特别的神气，没一点特别的模样，只显出他是既谦和又闲暇的。

胡立功更明确地说道："这要换上咱们来办成么？"

当然文采还会自慰：这到底只是些技术的，行政的事，至于掌握政策农民们就不一定能够做到。但他却不能不在这种场面里，承认了老百姓的能力，这是他从来没有想到的，更不能不承认自己和群众之间，还有着一层距离。至于理由何在，是由于他比群众高明还是因为他对群众的看法不正确，或者只是由于他和群众的生疏，那就不大清楚，也不肯多所思虑了。

他们没有在这里待许久，便又回去，忙着布置昨天商量好的事去了。

园子里却仍旧那末热闹，尤其当太阳西斜的时候，老婆子们都挂着拐杖走来了。这是听也没听过的事呀！财主家的果子叫穷人们给看起来，给拿到城里去卖。参加的人一加多，那些原来有些怕的，好像怀了什么鬼胎的人，便也不在乎了。有些本来只跑来瞧瞧热闹的，却也动起手来。河流都已冲上身来了，还怕溅点水沫吗？大伙儿都下了水，人人有份，就没有什么顾忌，如今只怕漏掉自己，好处全给人占了啦！这件事兴奋了全村的穷人，也兴奋了赵得禄张裕民几个人，他们满意着他们的坚持，满意着自己在群众中增长起来的威信，村上人说他们办得好咧。他们很自然的希望着就这末顺利下去吧，这总算个好兆头。他们不希望再有什么太复杂，太麻烦的事。

（节选自《太阳照在桑干河上》，1948 年 9 月光华书店初版）

　　由于丁玲创作的自觉，《太阳照在桑干河上》成为党的文学、社会主义现实主义文学模式的"样板"，是顺理成章的。丁玲和周立波的小说获斯大林文艺奖后好评如潮也都集中在这一点："中国还没有过像这两部作品一样的，从整个过程来反映农民土地斗争的作品"，作品"相当真实地表现了农村各个阶级的面貌和心理，和它们之间的斗争"（陈涌：《暴风骤雨》），"其划时代的意义就在于"，"劳动人民不仅在经济政治上成为国家社会的主人公，而且也成为文艺作品和戏剧舞台上的主人公，从而使我国的文艺出现新面貌，发展到一个新阶段"（林蓝：《战士与作家》）。

　　但在仔细阅读与研究后，人们又发现，在丁玲、周立波这样 20 世纪 30 年代的左翼老作家的新作里，在体现了社会主义现实主义新模式的基本特征，具有某种典范性的同时，又在不同程度上对新模式有所背离，用当时的说法是所谓"旧写实主义"的残余。这就形成了两种话语、创作模式的既互渗又矛盾对立的复杂关系，从另一个角度说，也是一种丰富性。

　　人们经常提到的是，尽管作家竭力要突出与歌颂党所领导的革命力量，但小说给读者印象最为深刻的，却是黑妮这样农民革命中的边缘人物，心地纯洁、光明的少女。丁玲自己也说"我收到读者的信，最多的是询问黑妮"。于是就有了这样的回忆："在土改的时候，有一天我看到从地主家的门里走出一个女孩子来，长得很漂亮，她是地主的亲戚。她回头看了我一眼，我觉得那眼光表现出很复杂的感情。只这么一闪，我脑子忽然就有了一个人物。"丁玲解释说："尽管作者不注意她，没有发展她，但因为是作者曾经熟悉过的人物，喜欢过的感情，所以一下就被读者所注意了。"（《生活、思想与人物》）显然，在黑妮这个人物的创造过程中，丁玲是凭着自己的艺术直觉与情感，写自己熟悉的生活，这都是现实主义创作（甚至是文学创作）的写作常规；她不自觉地暂时离开了用党的路线、政策去对生活进行理性分析、筛选的社会主义现实主义的创作模式，反而获得了意外的成功。这确实耐人寻味。

小说以富裕中农顾涌作为第一个出场人物，写他对土地的眷恋、渴望，字里行间也充满了同情，这都相当出格。因为在当时的"土改"政策里，富裕中农是被当作富农而成为打击对象的。丁玲在参加斗争会时，有了自己的独立观察与认识，就面临着一个"作家在生活中所看到的、所感受到的是什么"与"政策规定的也即应该怎样的"这之间的选择。但丁玲却自觉或不自觉地选择了按照"是怎样的"现实主义原则写作，而不按"应该是怎样的"原则去写社会主义现实主义模式所要求的"本质的真实"。（《生活、思想与人物》）顾涌这个人物的塑造也因此立住了脚，被读者承认与接受，这是意味深长的。

小说确实着力描写了"土改"中的"新人"，突出暖水屯的支部书记张裕民、农会主任程仁的主人公地位，但重心却放在对他们在"土改"过程中心理负担的描写上。尽管冯雪峰作了理论分析，强调农民"在现实上进行阶级斗争的同时"，必须也"在自己的头脑里进行阶级斗争"（冯雪峰：《〈太阳照在桑干河上〉在我们文学发展上的意义》），但以后在批判丁玲与冯雪峰时，批判者指责他们是在贩卖胡风的"精神奴役创伤"理论（王燎荧：《〈太阳照在桑干河上〉究竟是什么样的作品》）。丁玲在70年代后期获得平反以后，作了这样的辩护："从丰富的现实生活来看，在斗争初期，走在最前边的常常也不全是崇高、完美无缺的人；但他们可以从这里前进，成为崇高、完美无缺的人。"（《〈太阳照在桑干河上〉重印前言》）这是典型的丁玲的思维与矛盾：她既坚持尊重现实生活的丰富性与复杂性，但也不放弃对崇高的、完美无缺的乌托邦理想的追求，这可能是她在现实主义与社会主义现实主义两种创作方法与模式间徘徊的更内在的原因。

● "果树园闹腾起来了"是《太阳照在桑干河上》的第 37 章（全书共 58 章）。小说只写到土地改革运动的一个环节："财主家的果子叫穷人们给看起来，给拿到城里去卖"，这只是为小说后半部要写的"决战"和"翻身乐"做准备，却触动了村子里各阶层，所有男女老少，闹得人心"闹腾"，是农村社会大变动的一个前兆。作家敏锐地抓住这一瞬间，让她小说里的人物全部登场，又以她特有的思想与艺术敏感，把描写的重心放在人物内心的反应，笔下也因此生辉。像替别人看果子、下果子已经 20 年的长工李宝堂，总是"沉默地，像无所动于衷似的不断工作。不知道果子是又香又甜似的，像拿着的是土块，是砖石那末一点也没有喜悦的感觉"，"可是今天呢，他的嗅觉像和大地一同苏醒了过来，像第一次才发现这葱郁的，茂盛的，富厚的环境，如同一个乞丐忽然发现许多金元一样，果子都发亮了，都在对他映着眼呢"。还有那个"穿浅蓝布衫的黑妮"，今天是一个"刚刚被解放了的囚徒"，"正挂在一棵大树上，像个啄木鸟似的，在往下边点头呢"，"树林又像个大笼子似的罩在她周围。那些铺在她身后的果子，又像是繁密的星辰，鲜艳的星星不断地从她的手上，落在一个悬在枝头的篮子里"。那位"天不怕，地不怕"，"开起会比男人还叫得响"的妇女会副主任周月英，"黑黑红红的面孔，眉眼都细细地向上飞着。头发全向后梳，又高高地挽了一个髻子，显得很清爽"，今天又特地"只穿一件白布的男式背心。两条长长的膀子伸了出来，特别使人注目的，是在她的一只手腕上，戴了好几道红色的假珠钏"：最吸引丁玲的从来都是女性形象。她自然没有忘记园子的主人地主李子俊，其老婆的反应：她也出现在现场，"头梳得光光的，穿一件干净布衫，满脸堆上笑，做出一副怯生生的样子，向什么人都赔着小心"，她"舍不得离开她的土地，忍着痛苦去望那群'强盗'"，"她恨他们，她又怕不能再抑制住自己对他们的愤恨，这是万万不准透露出来的真情。她只是像一个挨了打的狗，夹着尾巴，收敛着恐惧与复仇的眼光，落荒而逃"。这都是速写图，寥寥几笔，就写出了农村巨变中的人心悸动。而给人影响最深刻的，却是作家对时代情绪的整体把握，那充溢全篇的明朗、清爽的氛围与调子，不仅在丁玲自己的作品中，就是在整个中国现代文学史上，都是罕见的。丁玲作品的魅力即在于此。这都值得细心体味。

● 更应该关注的，自然是丁玲的语言："当大地刚从薄明的晨曦中苏醒过来的时候，在肃穆的，清凉的果树园子里，便飘起了清朗的笑声。这些人们的欢乐压过了鸟雀的喧噪。一些爱在晨风中飞来飞去的有甲的小虫，不安地四方乱闯。浓密的树叶在伸展开去的枝条上微微地摆动，怎么也藏不住那一累累的沉重的果子。在那树丛里还留得有偶尔闪光的露珠，就像在雾夜中耀眼的星星一样。那些红色果皮上有一层茸毛，或者是一层薄霜，显得柔软而润湿。云霞升起来了，从那密密的绿叶的缝里透过点点的金色的彩霞，林子中反映出一缕一缕的透明的淡紫色的、浅黄色的薄光。"可以说丁玲把女性观察力的细腻、敏锐，对色彩、形态及其背后生命状态的特殊感悟都表达得淋漓尽致，从而形成了在类似题材作品里难得的，丁玲式的诗性。有兴趣的读者不妨把根据地四大作家——赵树理、丁玲、孙犁、周立波——的小说语言异同与各自的贡献，作一综合性的阅读、讨论与研究。

● 最后还要说的是，丁玲所独具的创造力、行动力与影响力，使她在现代文学史、知识分子精神史以及妇女运动史上都具有一种特殊的地位与价值。她无疑是可以和我们前文讨论的第三个十年"六大家"并列的最具代表性和影响力的现代作家。无论是她 30 年代的代表作《梦珂》《莎菲女士的日记》《水》，还是 40 年代的《在医院中》《我在霞村的时候》《太阳照在桑干河上》等小说，以及《我们需要杂文》《三八节有感》等杂文，都受到普遍关注，引发激烈争论。这从一个侧面反映和提出了时代思想与文学的重大问题，也就具有了独特的研究价值。有兴趣的读者也不妨对 40 年代最有影响的三位女作家——张爱玲、丁玲、萧红——的思想与文学，作一比较性的阅读、讨论与研究。

第八章

文学发展的新的可能性

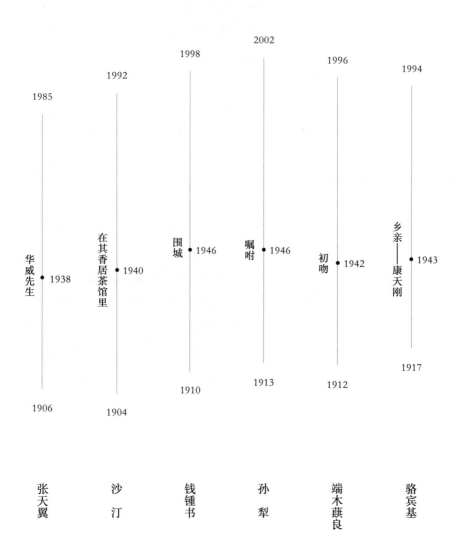

1906　　　　　1904　　　　1910　　　　　1913　　　　1912　　　　1917

张天翼　　　沙汀　　　钱锺书　　　孙犁　　　端木蕻良　　　骆宾基

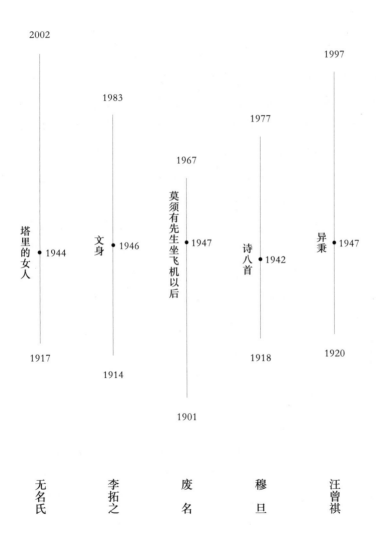

2002

1983

1997

1977

1967

塔里的女人 ● 1944

文身 ● 1946

莫须有先生坐飞机以后 ● 1947

1947

诗八首 ● 1942

异秉 ● 1947

1917

1914

1918

1920

1901

无名氏

李拓之

废名

穆旦

汪曾祺

和现代文学发展的前二十年相比，战争年代的现代文学呈现出更加开放的多元化发展的态势。

这一时期，二三十年代的老作家的创作出现了新的高峰，形成了相对成熟的中国现代文学规范（模式）。更难能可贵的是，出现了一大批突破规范的，带有探索性的实验性的作品。早在战争一开始的1937年，就有了这样的呼吁："我们刚从旧传统的桎梏解放出来"，绝不能再"作茧自缚，制造新传统的桎梏套在身上"，"应该有多方面的调和的自由的发展，我们主张多探险，多尝试，不希望某一种特殊趣味或风格成为'正统'"（朱光潜：《我对于本刊的希望》）。而战争所引发的整个社会生活和人们的生活阅历、经验与思想的巨大变动，正提供了这样的机会，许多在战争中成长起来的新一代作家自觉进行文学"探险"和"尝试"，他们相当部分的创作都是非主流的作品，不受（或基本不受）主流意识形态影响，也不受（基本不受）时尚（读书市场）的制约，几乎完全受动于作家的自我内心欲求与艺术实验的趣味，但也因此具有某种超前性，其艺术探索的深度与广度都超过了此前二十年所作的探索，而且从起点上，都达到了相当的水平，也就为现代文学未来的发展提供了新的可能性。

这样的探索是多方面的。

首先是文体的渗透与变化："戏剧化的小说"与"非（反）戏剧化的小说"；"不是小说的小说"的倡导；抒情小说的试验，抒情与哲理的结合："淡化情节，不注重结构与人物刻画，同时拒绝诗化，追求叙述、描写与议论相结合"的"散文化小说"；"报告文学体"的小说；回忆体的"过去进行式"的小说；"写实"（客观化）与"象征"（抽象化）的融合；等等。在文体（小说，散文，诗歌，戏剧之间）的渗透之外，更有哲学、历史、民俗学、宗教等向文学的渗透。

一个有趣的现象：诗人写小说（冯至《伍子胥》、卞之琳《山山水水》），戏剧家写小说（夏衍《春寒》），散文家写小说（李广田《引力》），学者写小说（钱锺书《围城》）；也还有小说家写戏剧（茅盾《清明前后》、路翎《云雀》）。这样的越界写作都给文体的创变带来新的活力，也提出了新问题。

文学语言的发展与变化同样引人注目。关于语言的几次大讨论：民族形式论争中的语言问题，解放区对"党八股"的批判，香港等地关于"方言文学"的论争。（茅盾：《再谈方言文学》；邵荃麟、冯乃超：《方言文学问题论争总结》）自觉地将古语引入小说，典故的化用（废名），坚持语言的"欧化形态"（路翎），袭用旧小说的词语，用"过时的词汇"表达时、空的距离（张爱玲），方言、土语、歇后语等农民语言的自觉运用（周立波），追求人物对话、叙述描写的口语化，尽量用普通、平常的话，少用方言、土语（赵树理），等等。

40年代，在环境、背景、修养很不同的作家那里，都产生了在日常生活的白话口语基础上，创造富有艺术表现力的"纯净的语体"的努力。用老舍的话来说，就是"把顶平凡的话调动得生动有力"，"把白话的真正香味烧出来"。这是"白话"而又"艺术化"的语言，标示着白话终于成了文学语言。从胡适提出"国语的文学，文学的国语"的理想，到40年代，中国现代汉语文学语言开始成熟，这是一个值得大书特书的历史成果。

这其中又有不同的语言资源：萧红、骆宾基——来自童年（自然）的充满直觉、质感的本色语言；孙犁、赵树理——来自民间文化的充满泥土味的语言；老舍——来自北京市民的干净、漂亮的语言；冯至——来自学院的生命沉思中的具象与抽象相结合的诗化语言。

文学风格问题也不可忽视。

首先注意的是文学风格与时代文化氛围的关系：从抗战初期历史沸腾期的急就章的粗犷，到抗战中后期历史沉潜期的典雅、细腻与厚重。

还有风格的多样性。不同风格的讽刺小说：张天翼式，沙汀式，钱锺书式，老舍式。童年记忆的差异：萧红，骆宾基，端木蕻良。工农兵文学的不同风貌：赵树理，孙犁，丁玲。

作家的几副笔墨：端木蕻良、路翎都是这方面的代表。即使萧红这样以《呼兰河传》的明丽、纯真征服了众多读者的作家，也有《马伯乐》这样的嘲讽、冷峻之作。

长篇小说史诗性的追求：一个历史时代的全景式的、动态的、大规模的反映（茅盾《霜叶红似二月花》）；广阔地展现"一代人的心理动向"（路翎《财主底儿女们》）；对民族历史文化的反思（老舍《四世同堂》）；哲学意蕴的自觉追求（无名氏《无名书》前三卷）；沉郁、凝重、博大的美学风格。

端木蕻良写了一部未完成的长篇小说《大时代》：20世纪40年代的中国文学正是这样一个"大时代的文学"，也构建了一个文学大发展的格局。尽管以后的历史发展相当严峻：40年代的许多实验性作品都被强迫遗忘，出现了现代文学发展中的断裂现象。但40年之后的80年代、90年代，它们中的一部分（如汪曾祺与以穆旦为代表的"九叶派"诗人等）又被作为"出土文物"而重新发现、发掘，并在当代小说、诗歌新实验获得了新的生命延续。

第一节
_____

张天翼：
坚守文学的批判功能，创造集现实性、超越性于一身的典型形象

1929 年 4 月	张天翼《三天半的梦》发表（《奔流》第 1 卷第 10 期）。
1931 年 3 月	《二十一个》发表（《文学生活》第 1 卷第 1 号）。
1934 年 4 月	《包氏父子》发表（《文学》第 2 卷第 4 号）。
1935 年 7 月	中篇小说《清明时节》发表（《文学》第 5 卷第 1 号）。
1938 年 2 月	沙汀、艾芜、周文、舒群、蒋牧良、聂绀弩、张天翼、陈白尘、罗烽等合著《华北的烽火》连载发表（《救亡日报》）。
1938 年 4 月	《华威先生》发表（《文艺阵地》创刊号），引发关于抗战文学暴露问题的讨论。
1938 年 11 月	《"新生"》发表（《文艺阵地》第 2 卷第 2 期）。
1942 年 1 月	长篇童话小说《金鸭帝国》发表（《文艺杂志》第 1 卷第 1 期至第 2 卷第 6 期连载）。
1943 年 1 月	《速写三篇》出版（文化生活出版社）。
1949 年 11 月	《论阿 Q》出版（耕耘出版社）。

　　张天翼（1906—1985）早在 20 世纪 30 年代即凭借《包氏父子》《清明时节》等短篇、中篇讽刺小说成为左翼青年作家的代表之一，引起了鲁迅的注意，鲁迅在 1933 年 2 月 1 日写给张天翼的信中，欣慰地指出他已经克服了早期创作"有时失之油滑"的缺憾，逐渐"切实起来"。到抗战时期，张天翼的小说讽刺艺术更走向成熟，其标志性作品，就是 1938 年武汉失守前创作、发表的《华威先生》。那时的中国，无论是战争气氛，还是文坛空气，都是一片昂扬，速胜论到处弥漫，与民族尊严、自信纠缠一起，不易分辨。可是张天翼自有广阔的历史视角，有敏锐的政治、社会观察的眼光，他透过一片光明，一眼看到

他永远挟着他的公文皮包。
并且永远带着他那根老粗老粗的
黑油油的手杖。

《文艺阵地》创刊号

张天翼（1906—1985）

把帽子一戴，
把皮包一挟，
瞧着天花板点点头，
挺着肚子走了出去。

《文学》

《论阿Q》

了潜伏的黑暗，通过华威先生这个典型人物的塑造，揭示了民族矛盾掩盖下的社会矛盾，尖锐地提出了一个重大政治问题：如果不认真解决国内政治腐败问题，就不可能真正有效、有力地应对和解决外来侵略者带来的民族危机。

华威先生正是一个政党官僚的典型。研究者指出，"五四"以来，新文学作品已刻画过的官僚形象中，大都带有浓厚的封建色彩，官绅集于一身，如鲁迅《离婚》中的七大人之类。华威先生却真正是个新派，是一个现代政党政治的官僚，即所谓的"党棍"和"政治掮客"。他能说会道，满口"革命政治"，大谈"一个领导中心"。他没日没夜地忙于开会，忙于发言，忙于打进一切抗日组织，只是为了到处伸手攫取会议的领导权。这是他性格的核心：强烈的权欲力，俨然要扮演一个"抗战领导者"的历史角色。为此不惜一切手段，用尽心机，所有言语、行动都极具表演性，用表面的洒脱、不拘形迹掩饰自己的野心。但一旦触犯权威地位和利益，又能随时仰脸跳骂，露出一派泼皮相，"我是流氓我怕谁"？可以说，张天翼把和专制体制结为一体的新官僚形象书写得淋漓尽致。（参阅吴福辉：《锋利·新鲜·夸张——试论张天翼讽刺小说的人物及其描写艺术》）

应该说，这是抗战以来第一部揭露社会、体制黑暗的文学作品，也因此引起了强烈反响。特别是日本一家刊物译载了《华威先生》，将其作为污蔑中国抗战的宣传材料，更是引发了国内一片非议之声，认为小说"暴露了中国抗战阵容的弱点，增强了日本侵略者的信念，起到了'灭自己的威风，长他人的志气'的消极作用"，由此而展开了一场论争，焦点是"怎样看待抗战的现实，以及怎样看待文学作品的社会效果（功能与责任）"两大问题。以茅盾为代表的《华威先生》的支持者明确指出，"现实决不如一些盲目的乐观者所理解的那样，是新同旧的'一刀两断'，而是互相掺错，互相矛盾"，"在光明的另一面，却也有着黑暗"。知识分子和作家"应该把对黑暗的暴露视同'自我批判'。我们要勇敢地面对黑暗……不怕黑暗的暴露，只怕黑暗的隐藏"（王西彦：《当〈华威先生〉发表的时候》）。张天翼自己在回应文章里，也坚定地表示，一定要维护文学的"批判"性，"我们决不惧怕真实"（《关于〈华威先生〉赴日——作者的意见》）。可以说，正是张天翼的《华威先生》开启了现代文学第三个十年的暴露、讽喻小说的创作潮流，而文学的"歌颂与暴露"问题，如何看待文学的批判功能、作用与使命的论争则长期延续了下去。

值得注意的是，围绕《华威先生》的论争中，有评论者明确提出了"华威先生的时代还没有死去"的命题。论者认为，"华威先生是中国国民精神病状的凝结和综合"，因此特别提到张天翼的一个论述："我们民族中的每一个分子，都把自身检查一下，看还带有阿Q灵魂原子没有"，"事实上，自从你这个阿Q被创造出来之后，我们民族许多有良心的艺术家都在怀着极大热情，在不断地做着这些洗涤灵魂的工作。这也可以说我们中间现在的许多作品，是在重写阿Q正传"。在评论者看来，这正是张天翼写作《华威先生》的"用心之苦"（蒋星煜：《论华威先生——华威先生的时代还没有死去》）。这是一个重要提醒：张天翼塑造的华威先生的形象，不仅具有尖锐的现实针对性，更有历史的预见性和某种超越时代的因素。这样的现实性与超越性的融合，正是一切真正的文学典型的基本特质。研究者因此断定，"华威先生在中国现代文学的人物画廊里，可以在阿Q、吴荪甫、周朴园、觉新、祥子之后，居有他的一席之地的"（吴福辉：《锋利·新鲜·夸张——试论张天翼讽刺小说的人物及其描写艺术》），这是有道理的。

1938

《华威先生》

张天翼

转弯抹角算起来——他算是我的一个亲戚。我叫他"华威先生"。他觉得这种称呼不大好。

"嗳，你真是！"他说。"为什么一定要个'先生'呢。你应当叫我'威弟'。再不然叫'阿威'。"

把这件事交涉过了之后，他立刻戴上了帽子：

"我们改日再谈好不好？我总想畅畅快快跟你谈一次——唉，可总是没有时间。今天刘主任起草了一个县长公余工作方案，硬叫我参加意见，叫我替他修改。三点钟又还有一个集会。"

这里他摇摇头，没奈何地苦笑了一下。他声明他并不怕吃苦：在抗战时期大家都应当苦一点。不过——时间总要够支配呀。

"王委员又打了三个电报来，硬要请我到汉口去一趟。这里全省文化界抗敌总会又成立了，一切抗战工作都要领导起来才行。我怎么跑得开呢，我的天！"

于是匆匆忙忙跟我握了握手，跨上他的包车。

他永远挟着他的公文皮包。并且永远带着他那根老粗老粗的黑油油的手杖。左手无名指上戴着他的结婚戒指。拿着雪茄的时候就叫这根无名指微微地弯着，而小指翘得高高的，构成一朵兰花的图样。

这个城市里的黄包车谁都不作兴跑，一脚一脚挺踏实地踱着，好像饭后千步似的。可是包车例外：叮当，叮当，叮当——一下子就抢到了前面。黄包车立刻就得往左边躲开，小推车马上打斜，担子很快地就让到路边，行人赶紧就避到两旁的店铺里去。

包车踏铃不断地响着。钢丝在闪着亮。还来不及看清楚——它就跑得老远老远的了，像闪电一样快。

而——据这里有几位抗战工作者的上层分子的统计——跑得顶快的是那位华威先生的包车。

他的时间很要紧。他说过——

"我恨不得取消晚上睡觉的制度。我还希望一天不止二十四小时。抗战工作实在太多了。"

接着掏出表来看一看，他那一脸丰满的肌肉立刻紧张了起来。眉毛皱着，嘴唇使劲撮着，好像他在把全身的精力都要收敛到脸上似的。他立刻就走：他要到难民救济会去开会。

照例——会场里的人全到齐了坐在那里等着他。他在门口下车的时候总得顺便把踏铃踏它一下：叮！

同志们彼此看看：唔，华威先生到会了。有几位透了一口气。有几位可就拉长了脸瞧着会场门口。有一位甚至于要准备决斗似的——抓着拳头瞪着眼。

华威先生的态度很庄严，用种从容的步子走进去，他先前那副忙劲儿好像被他自己的庄严态度消解掉了。他在门口稍为停了一会儿，让大家好把他看个清楚，仿佛要唤起同志们的一种信任心，仿佛要给同志们一种担保——什么困难的大事也都可以放下心来。他并且还点点头。他眼睛并不对着谁，只看着天花板。他是在对整个集体打招呼。

会场里很静。会议就要开始。有谁在那里翻着什么纸张，窸窸窣窣的。

华威先生很客气地坐到一个冷角落里，离主席位子顶远的一角。他不大肯当主席。

"我不能当主席，"他拿着一支雪茄烟打手势。"工人抗战工作协会的指导部今天开常会。通俗文艺研究会的会议也是今天。伤兵工作团也要去的，等一下。你们知道我的时间不够支配：只容许我在这里讨论十分钟。我不能当主席。我想推举刘同志当主席。"

说了就在嘴角上闪起一丝微笑，轻轻地拍几下手板。

主席报告的时候，华威先生不断地在那里刮洋火点他的烟。把表放在面前，时不时像计算什么似的看着它。

"我提议！"他大声说。"我们的时间是很宝贵的：我希望主席尽可能报告得简单一点。我希望主席能够在两分钟之内报告完。"

他刮了两分钟洋火之后，猛地站了起来，对那正在哇啦哇啦的主席摆摆手：

"好了，好了。虽然主席没有报告完，我已经明白了。我现在还要赴别的会，让我先发表一点意见。"

停了一停。抽两口雪茄，扫了大家一眼。

"我的意见很简单，只有两点，"他舔舔嘴唇。"第一点，就是——每个工作人员不能够怠工。而是相反，要加紧工作。这一点不必多说，你们都是很努力的青年，你们都能热心工作。我很感谢你们。但是还有一点——你们时时刻刻不能忘记，那就是我要说的第二点。"

他又抽了两口烟，嘴里吐出来的可只有热气。这就又刮了一根洋火。

"这第二点呢就是：青年工作人员要认定一个领导中心。你们只有在这一个领导中心的领导之下，抗战工作才能够展开。青年是努力的，是热心的，但是因为理解不够，工作经验不够，常常容易犯错误。要是上面没有一个领导中心，往往要弄得不可收拾。"

瞧瞧所有的脸色，他脸上的肌肉耸动了一下——表示一种微笑。他往下说：

"你们都是青年同志，所以我说得很坦白，很不客气。大家都要做抗战工作，没有什么客气可讲。我想你们诸位青年同志一定会接受我的意见。我很感激你们。好了。抱歉得很，我要先走一步。"

把帽子一戴，把皮包一挟，瞧着天花板点点头，挺着肚子走了出去。

到门口可又想起了一件什么事。他把当主席的同志拽开，小声儿谈了几句。

"你们工作——有什么困难没有？"他问。

"我刚才的报告提到了这一点，我们……"

华威先生伸出个食指顶着主席的胸脯：

"唔，唔，唔。我知道我知道。我没有多余的时间来谈这件事。以后——你们凡是想到的工作计划，你们可以到我家里去找我商量。"

坐在主席旁边的那个长头发青年注意地看着他们，现在可忍不住插嘴了：

"星期三我们到华先生家里去过三次，华先生不在家……"

那位华先生冷冷地瞅他一眼，带着鼻音哼了一句——"唔，我有别的事，"又对主席低声说下去：

"要是我不在家，你们跟密司黄接头也可以。密司黄知道我的意见，她可以告诉你们。"

密司黄就是他的太太。他对第三者说起她来，总是这么称呼她的。

他交代过了这才真的走开。这就到了通俗文艺研究会的会场。他发现别人已经在那里开会，正有一个人在那里发表意见。他坐了下来，点着了雪茄，不高兴地拍了三下手板。

"主席！"他叫。"我因为今天另外还有一个集会，我不能等到终席。我现在有点意见，想要先提出来。"

于是他发表了两点意见：第一，他告诉大家——在座的人都是当地的文化人，文化人的工作是很重要的，应当加紧地做去。第二，文化人应当认清一个领导中心，文化人在文抗会的领导中心的领导之下团结起来，统一起来。

五点三刻他到了文化界抗战总会的会议室。

这回他脸上堆上了笑容，并且对每一个人点头。

"对不住得很，对不住得很：迟到了三刻钟。"

主席对他微笑一下，他还笑着伸了伸舌头，好像闯了祸怕挨骂似的。他四面瞧瞧形势，就拣在一个小胡子的旁边坐下来。

他带着很机密很严重的脸色——小声儿问那个小胡子：

"昨晚你喝醉了没有？"

"还好，不过头有点子晕。你呢？"

"我啊——我不该喝了那三杯猛酒，"他严肃地说。"尤其是汾酒，我不能猛喝。刘主任硬要我干掉——嗨，一回家就睡倒了。密司黄说要跟刘主任去算账呢：要质问他为什么要把我灌醉。你看！"

一谈了这些，他赶紧打开皮包，拿出一个纸条——写几个字递给了主席。

"请你稍为等一等，"主席打断了一个正在发言的人的话。"华威先生还有别的事情要走。现在他有点意见：要求先让他发表。"

华威先生点点头站了起来。

"主席！"腰板微微地一弯。"各位先生！"腰板微微地一弯。"兄弟首先要请求各位原谅：我到会迟了一点，而又要提前退席。……"

随后他说出了他的意见。他声明——这文化界抗敌总会的常务理事会，是一切救亡工作的领导机关，应该时时刻刻起领导中心作用。

"群众是复杂的。工作又很多。我们要是不能起领导作用，那就很危险，很危险。事实上，此地各方面的工作也非有个领导中心不可。我们的担子真是太重了，但是我们不怕怎样的艰苦，也要把这担子担起来。"

他反复地说明了领导中心作用的重要，这就戴起帽子去赴一个宴会。他每天都这么忙着。要到刘主任那里去联络。要到各学校去演讲。要到各团体去开会。而且每天——不是别人请他吃饭，就是他请别人吃饭。

华威太太每次遇到我，总是代替华威先生诉苦。

"唉，他真苦死了！工作这么多，连吃饭的工夫都没有。"

"他不可以少管一点，专门去做某一种工作么？"我问。

"怎么行呢？许多工作都要他去领导呀。"

可是有一次，华威先生简直吃了一大惊。妇女界有些人组织了一个战时保婴会，竟没有去找他！

他开始打听，调查。他设法把一个负责人找来。

"我知道你们委员会已经选出来了。我想还可以多添加几个。由我们文化界抗敌总会派人来参加。"

他看见对方在那里踌躇，他把下巴挂了下来：

"问题是在这一点：你们委员是不是能够真正领导这工作？你能不能

够对我担保——你们会内没有汉奸，没有不良分子？你能不能担保——你们以后工作不至于错误，不至于怠工？你能不能担保，你能不能？你能够担保的话，那我要请你写个书面的东西，给我们文抗会常务理事会。以后万一——如果你们的工作出了毛病，那你就要负责。"

接着他又声明：这并不是他自己的意思。他不过是一个执行者。这里他食指点点对方的胸脯：

"如果我刚才说的那些你们办不到，那不是就成了非法团体了么？"

这么谈判了两次，华威先生当了战时保婴会的委员。于是在委员会开会的时候，华威先生挟着皮包去坐这么五分钟，发表了一两点意见就跨上了包车。

有一天他请我吃晚饭。他说因为家乡带来了一块腊肉。

我到他家里的时候，他正在那里对两个学生样的人发脾气。他们都挂着文化界抗敌总会的徽章。

"你昨天为什么不去，为什么不去？"他吼着。"我叫你拖几个人去的。但是我在台上一开始演讲，一看——连你都没有去听！我真不懂你们干了些什么？"

"昨天——我去出席日本问题座谈会的。"

华威先生猛地跳起来了：

"什么！什么！日本问题座谈会？怎么我不知道，怎么不告诉我？"

"我们那天部务会议决议了的。我来找过华先生，华先生又是不在家——"

"好啊，你们秘密行动！"他瞪着眼。"你老实告诉我——这个座谈会到底是什么背景，你老实告诉我！"

对方似乎也动了火：

"什么背景呢，都是中华民族！部务会议决的，怎么是秘密行动呢。……华先生又不到会，开会也不终席，来找又找不到……我们总不能把部里的工作停顿起来。"

"混蛋！"他咬着牙，嘴唇在颤抖着。"你们小心！你们，哼，你们！你们！……"他倒到了沙发上，嘴巴痛苦地抽得歪着。"妈的！这个这个——你们青年！……"

五分钟之后他抬起头来，害怕地四面看一看。那两个客人已经走了。他叹一口长气，对我说：

"唉，你看你看！现在的青年怎么办，现在的青年！"

这晚他没命地喝了许多酒，嘴里嘶嘶地骂着那些小伙子。他打碎了一只茶杯。密司黄扶着他上了床，他忽然打个寒噤说：

"明天十点钟有个集会……"

（原载 1938 年 4 月 16 日《文艺阵地》创刊号）

延
伸
思
考

这是一个有趣的阅读讽刺作品的话题与视角："笑"是怎样产生的？仔细考察读者在欣赏讽刺作品时的心理反应，揣摩在怎样的情境之下会发出笑声：这大概很有意思。于是，我们在张天翼的《华威先生》里读出了逐步推进的七个层面的叙述与描写——

（1）小说一开头：我叫他"华威先生"，他却说："嗳，你真是！为什么一定要个'先生'呢。你应当叫我'威弟'。再不然叫'阿威'。"——你看他多谦和！然后，他申明自己"没有时间"，因为别人"硬"要叫他参加会议。他"没奈何地苦笑了一下"，表白他"并不怕吃苦：在抗战时期大家都应当苦一点"。——你难道不为他的热心抗战、不辞劳苦的精神深深感动，并且肃然起敬吗？然后，作者描绘他的形象："永远挟着他的公文皮包"，"永远带着他那根老粗老粗的黑油油的手杖。左手无名指上戴着他的结婚戒指……小指翘得高高的构成一朵兰花的图样"——他是多么的洒脱啊！

（2）就在这时候，不动声色的作者给华威先生安排了一个小动作：华威先生来到难民救济会，在门口下车的时候，"顺便把踏铃踏它一下：叮！"这是一个细微的，稍不注意就会忽略过去的下意识动作，但敏感的作者却把它抓住了，并且用类似电影特写镜头的方式加以廓大，以揭示人物内心隐蔽着的心理状态：这一声"叮"，正是特意告诉人们：我，华威先生来了！这让人想起了封建社会出门要清道的皇帝——一点不错，这正是一种君临一切的心理状态，这隐蔽的心理与小说开头那自称"威弟""阿威"的谦和的外部表现，是怎样的不协调啊！于是，读者的心上，也"叮"地响了一声：噢，不对，华威先生这个人——不那么简单！

（3）但聪明的作者却引而不发，又回过头来继续写华威先生的外部动作："态度很庄严，用种从容的步子走进去"——依然那样洒脱；"很客气地坐到一个冷角落里"——还是那样谦和。但此时读者的心理已经发生微妙变化，这华威先生的洒脱、谦和的第二次再现，却使人觉得有点别扭，似乎感到了某种做作，但也只是"隐隐的感觉"。

（4）突然间，华威先生有了强烈的外部动作。他大声说"我希望主席能够在两分钟之内报告完"；他"猛地站了起来"，"对那正在哇啦哇啦的主席摆摆手"，打断了主席的话。——洒脱的外衣脱落，露出粗鲁；谦和的外衣脱落，露出霸道：人物内丑外美的矛盾第一次暴露在读者面前。

（5）在读者心理上对华威先生已经有了底之后，再听他演说："第一点，就是……"，"这第二点呢就是……只有在这一个领导中心的领导之下，抗战工作才能够展开"——官话连篇：读者心里嘀咕了一句。再看他的面部表情："脸上的肌肉耸动了一下——表示一种微笑"——虚伪：读者下了结论。最后是一连串的动作："把帽子一戴，把皮包一挟，瞧着天花板点点头，挺着肚子走了出去"——活脱脱的一幅漫画，在读者心目中，完成了一个官僚的形象。此时读者对于华威先生已经由"不知"到"稍知"到"知"，由表入里地通过被作者夸张了的外部动作逐渐看清了他的内心世界，识破了他虚伪的本质。华威先生的形象也就由"可敬"向"可笑"转化。但暂时，读者还不会笑。

（6）尽管此时读者的心理已经处于"已知"状态，但小说中的人物华威先生还处于"无知"状态——一切讽刺人物都不可能看清自己，他们永远沉浸于自我陶醉之中。"无知"的华威先生继续表现：左一声"主席"，"腰板微微地一弯"；右一声"各位先生"，"腰板微微一弯"——这是华威先生"洒脱""谦和"的外部动作的第三次重现（按：重现，正是喜剧的一个基本手法）。但这一回，在"已知"其底细的读者心里，不过是小丑的表演，所引起的心理反应必然是丑恶与可笑。——这时，华威先生由"正人君子"转化为"小丑"，才产生了喜剧，产生了笑。

（7）但这时的笑声，还不够大，因为华威先生外表的美与内心的丑的对比还不够强烈。作者需要选择适当时机，运用夸张的手法，增强对比的强度，以达到最大的喜剧效果。"妇女界有些人组织了一个战时保婴会，竟没有去找他！"还有新组织一个座谈会，也没有告诉他！华威先生就暴跳如雷了。你看他："把下巴挂了下来""食指点点对方的胸脯""猛地跳起来""嘴巴痛苦地抽得歪着"；你听他："你能不能够对我担保""混蛋！……你们小心！你们，哼，你们！你们！""妈的！这个这个——你们青年！"这是失去了常态的华威先生，疯狂的华威先生，却是最真实的华威先生。平时半隐半现的"外美内丑"的矛盾突然间如此醒目如此强烈地摆在读者面前，一下子全部翻一个身，露出了本相。读者面对着这仰脸跳骂的泼皮相，再回顾他雍容华贵的君子相，终于哗然大笑！——就在这笑声中，埋葬了这个历史小丑。

● 首先要注意的是，张天翼塑造人物的特殊手法：他写人从不自经历下手，兴趣也不放在故事上，着力点常是人的性格中最刺目的特征和外现的形态，在其中取下一段，廓大了给读者看，只是一个人生片段，一鼻，一嘴，一眼，就构成了一个活生生的小官僚。如研究者所说，这种写法，就造成了张天翼人物的"雕塑性"：脸相凸起，线条简洁，描写单纯，不惜将其他手段都隐退到字面之后，他追求的是"笨重沉闷的心理描写最好能够避免，每个人物都拿举动来说明，写景也愈少愈妙"（张天翼：《文学大众化问题征文》，参阅吴福辉:《锋利·新鲜·夸张——试论张天翼讽刺小说的人物及其描写艺术》)。请通过文本细读琢磨这种写法。

● 更不可忽视的是张天翼的讽刺语言艺术。他以写对话著称，也自诩能"把人们嘴里说得出的话写到纸上"(《创作的故事》)。他笔下的华威先生的特长就是逢场说话，都被作家栩栩如生地一一录下：高喊"一个领导中心"时，词语是干干巴巴的；低声谈起喝酒时，才露出玩笑的活泼口气；说客气话时，气度雍容华贵；可一发凶，便粗话连篇，急不择言。但不管怎样，只要一吐口，读者都能判断：这就是华威先生！张天翼的讽刺语言的风格就是这样：明快，冷峭、尖刻，真值得好好琢磨。(参阅吴福辉:《锋利·新鲜·夸张——试论张天翼讽刺小说的人物及其描写艺术》)

第二节
——

沙汀：
四川文化中深沉的喜剧感与诗意

1932 年 10 月	沙汀《法律线外的航线》出版（辛垦书局）。
1936 年 6 月	《兽道》发表（《光明》创刊号）。
1936 年 7 月	《土饼》出版（文化生活出版社）。
1937 年 7 月	《苦难》出版（文化生活出版社）。
1938 年 2 月	沙汀、艾芜、周文、舒群、蒋牧良、聂绀弩、张天翼、陈白尘、罗烽等合著《华北的烽火》连载发表（《救亡日报》）。
1940 年 11 月	《随军散记》出版（知识出版社）。
1940 年 12 月	《在其香居茶馆里》发表（《抗战文艺》第 6 卷第 3 期）。
1941 年 4 月	《磁力》发表（《抗战文艺》第 7 卷第 2、3 期合刊）。
1943 年 5 月	《淘金记》出版（文化生活出版社）。
1944 年 5 月	《奇异的旅程》（即《闯关》）出版（当今出版社）。
1945 年 4 月	《困兽记》出版（新地社）。
1946 年 2 月	《播种者》出版（华夏书店）。
1947 年 1 月	《呼嚎》出版（新群出版社）。
1947 年 5 月	《沙汀杰作选》出版（新象书店）。
1948 年 7 月	《还乡记》出版（文化生活出版社）。
1948 年 8 月	《堪察加小景》出版（文化生活出版社）。

　　我们在前文的讨论中谈到，战争年代现代文学走向边远地区，走向民间社会；正是在这一过程中，二三十年代受现代文化的召唤，走出山乡来到大都市，却创造了乡土文学的鲁迅所说的"侨寓作家"，现在也都纷纷回到自己的家乡。他们的创作也因此具有了更多地方色彩，也可以说，开启了地方文学、文化的创造，这也构成了战争时代的现

《沙汀杰作选》

服兵役

抓壮丁

没有生过娃娃当然会说生娃娃很舒服！

今天怎么把你个好好先生遇到了呵！

……你个老哥子真是！

沙汀（1904—1992）

《闯关》

《奇异的旅程》

《播种者》

《困兽记》

代文学、文化的一大特色。在这方面，最突出的代表就是沙汀。

1904 年 12 月，沙汀（1904—1992）出生于四川安县城关西街一个地主家庭。1926 年 22 岁时毕业于四川省立第一师范学校；1927 年加入中国共产党，又回到安县筹办国民党县党部，任县教育局局长；1929 年，安县发生农民暴动，沙汀受牵连而被迫离开家乡去上海；1931 年 27 岁时开始文学创作，和艾芜联名写信给鲁迅，表示要将自己所"熟悉的下层人物——在现时代大潮流冲击圈外的下层人物，把那些在生活重压下强烈求生的欲望和朦胧反抗的冲动，划画在创作里"。鲁迅回信中嘱咐他们"不必趋时"，"不必硬造一个突变式的革命英雄"，"但也不可苟安"，"没有改革，以致沉没了自己"（《关于小说题材的通信》）。沙汀在这一时期的代表作《代理县长》《在祠堂里》都是以四川地方官僚和底层女性的悲喜剧为题材，开始显示自己的创作特色。抗战开始，沙汀就离开上海，回到成都。1938 年 6 月至 1939 年到延安鲁迅艺术学院文学系任教一年半，1939 年冬回到四川，之后就再也没有离开。开始住在重庆郊区，写作长篇小说《淘金记》和短篇小说《在其香居茶馆里》。1941 年因国民党密令缉捕而隐居于距县城九十里的睢水关和大山区刘家沟，闭门写作，长达三年之久，有时一天写六七千字，先后完成了三大长篇小说《淘金记》《困兽记》《还乡记》、短篇小说《堪察加小景》（后改名《一个秋天晚上》）等代表作。

从沙汀的生命历程与创作历程中，不难看出，他与自己的家乡——四川这块土地的血肉联系。研究者因此感受和注意到"他创作的基色，不折不扣是一种散放泥土气息的深黑色"（吴福辉：《怎样暴露黑暗——沙汀小说的诗意和喜剧性》），并且称沙汀为"四川社会的叙事诗作者"（杨晦：《沙汀创作的起点和方向》），"他用优美的诗意的文字写出了地方色彩很浓的乡村故事"〔王瑶：《中国新文学史稿（上）》〕。沙汀也就自觉或不自觉地继承与发展了前文所讨论的李劼人的写"地方志"式的乡土"诗史"传统，而且自有特点。这就是研究者所说的，是他对"川人"内在的精神气质、性格、语言的发掘与展现："沙汀身上充满的，便是由川西北的崇山峻岭，由那些山村、乡镇、田坎、街巷、集市、茶馆造成的西南农民深沉的喜感",它根植于底层人民"重压下苦壮生长的乐观天性","东方式的睿智",以及"四川人特有的那一份质朴、从容、浓烈、诙谐的气质"(吴福辉:《怎样暴露黑暗——沙汀小说的诗意和喜剧性》)。这也正是沙汀讽刺艺术的最大特色。

于是,我们就注意到,沙汀的讽刺对象有二,一是四川农村基层政权里的昏庸官僚,这些封建性较强的旧派官僚,比起那类诡诈阴险的新官僚,还是小巫见大巫;另一类是四川农村光棍式的流氓市侩。而沙汀的独到之处,在于他把"憎厌深深地藏到笑脸背后",他笔下的反面人物因此充满了喜剧感,"达到了反映现实的尖锐性与喜剧性的完美统一"(吴福辉:《怎样暴露黑暗——沙汀小说的诗意和喜剧性》)。

更引人注目的,是沙汀对人物形象的塑造,也紧紧抓住与突出四川人的性格特征。他笔下的正面人物,大都具有"憨,偏,谐"这三大特色;而反面人物呢,也是"蠢,横,油"三个字。这样的既具有典型性,又有浓厚地方性的喜剧人物,确实是"沙汀创造典型的一绝"(吴福辉:《怎样暴露黑暗——沙汀小说的诗意和喜剧性》)。

当然,最迷人的,还是沙汀的讽刺、喜剧语言对四川方言的自觉运用,那些四川所特有的方言、谚语、段子,幽默、质朴、独特的表达,他都是顺手拈来而出神入化。

而研究者更感兴趣的是沙汀讽刺语言里的"诗性",这或许更是沙汀讽刺语言的独特之处。研究者强调,绝不能认为只有作者感情的奔放,流泻,方可言诗,"还有一种诗意。作成它的不是幻想而是真实,而是向生活深处掘发的成就"(李健吾:《于伶的剧作并及〈七月流火〉》)。沙汀的讽刺的诗意正在"笔锋直插生活的底蕴",表达时却极具"控制力","不是感情的放纵,而是感情的潜藏。不露声色,却使你更感觉到深层的心之跃动"(吴福辉:《怎样暴露黑暗——沙汀小说的诗意和喜剧性》)。

1940

《在其香居茶馆里》

沙汀

坐在其香居茶馆里的联保主任方治国，当他看见正从东头走来，嘴里照例叫嚷不休的邢么吵吵的时候，简直立刻冷了半截，觉得身子快要坐不稳了。

使他发生这种异状的原因是：为了种种糊涂措施，目前他正处在全镇市民的围攻当中，这是一；其次，么吵吵的第二个儿子，因为缓役了四次，又从不出半文钱壮丁费，好多人讲闲话了；加之，新县长又宣布了要认真整顿"役政"，于是他就赶紧上了封密告，而在三天前被兵役科捉进城了。

而最为重要的还在这里：正如全镇市民批评的那样，么吵吵是个不忌生冷的人，什么话他都嘴一张就说了，不管你受得住受不住。就是联保主任的令尊在世的时候，也经常对他那张嘴感到头痛。因为尽管么吵吵本人并不可怕，他的大哥可是全县极有威望的耆宿，他的舅子是财务委员，县政上的活跃分子，都是很不好沾惹的。

么吵吵终于一路吵过来了。这是那种精力充足，对这世界上任何事物都采取一种毫不在意的态度的典型男性。他时常打起哈哈在茶馆里自白道："老子这张嘴么，就这样：说是要说的，吃也是要吃的；说够了回去两杯甜酒一喝，倒下去就睡！……"

现在，么吵吵一面跨上其香居的阶沿，拖了把圈椅坐下，一面直着嗓子，干笑着嚷叫道：

"嗨，对！看阴沟里还把船翻了么！……"

他所参加的那张茶桌已经有三个茶客，全是熟人：十年前当过视学的俞视学；前征收局的管账，现在靠着利金生活的黄光锐；会文纸店的老板汪世模汪二。

他们大家，以及旁的茶客，都向他打着招呼：

"拿碗来！茶钱我给了。"

"坐上来好吧，"俞视学客气道，"这里要舒服些。"

"我要那么舒服做什么哇？"出乎意外，幺吵吵横着眼睛嚷道，"你知道么，我坐上席会头昏的，——没有那个资格！……"

本分人的视学禁不住红起脸来。但他随即猜出来幺吵吵是针对着联保主任说的，因为当他嚷叫的时候，视学看见他充满恶意地瞥了一眼坐在后面首席上的方治国。

除却联保主任，那张桌子还坐得有张三监爷。人们都说他是方治国的军师，实际上，他可只能跟主任坐坐酒馆，在紧要关头进点不着边际的忠告。但这并不特别，他原是对什么事都关心的，而往往忽略了自己。他的老婆孩子经常在家里挨饿，他却很少管顾。

同监爷对面坐着的是黄牦牛肉，正在吞服一种秘制的戒烟丸药。他是主任的重要助手，虽然并无多少才干，唯一的本领就是毫无顾忌。"现在的事你管那么多做什么哇？"他常常这么说，"拿得到手的就拿！"

牦牛肉应付这世界上一切经常使人大惊小怪的事变，只有一种态度：装作不懂。

"你不要管他的，发神经！"他小声向主任建议。

"这回子把蜂窝戳破了。"主任方治国苦笑说。

"我看要赶紧'缝'呵！"捧着暗淡无光的黄铜烟袋，监爷皱着脸沉吟道，"另外找一个人去'抵'怎样？"

"已经来不及了呀。"主任叹口气说。

"管他做什么呵！"牦牛肉眨眼而且努嘴，"是他妈个火炮性子。"

这时候，幺吵吵已经拍着桌子，放开嗓子在叫嚷了。但是他的战术依然停留在第一阶段，即并不指出被攻击的人的姓名，只是影射着对方，正像一通没头没脑的谩骂那样。

"搞到我名下来了！"他显得做作地打了一串哈哈，"好得很！老子今天就要看他是什么东西做出来的：人吗？狗吗？你们见过狗起草么，嗨，那才有趣！……"

于是他又比又说地形容起来了。虽然已经蓄了十年上下的胡子，幺吵吵的粗鲁话可是越来越多。许多闲着无事的人，有时候甚至故意挑弄他说下流话。他的所谓"狗"，是指他的仇人方治国说的，因为主任的外祖父曾经当过衙役，而这又正是方府上下人等最大的忌讳。

因为他形容得太恶俗了，俞视学插嘴道：

"少造点口孽呵！有道理讲得清的。"

"我有啥道理哇！"幺吵吵忽然板起脸嚷道，"有道理，我也早当了什么主任了。两眼墨黑，见钱就拿！"

"吓，邢表叔！……"

气得脸青面黑、身材瘦小的联保主任方治国，一下子忍不住站起来了。

"吓，邢表叔！"他重复说，"你说话要负责呵！"

"什么叫作负责哇？我就不懂！表叔！"幺吵吵模拟着主任的声调，这惹得大家忍不住笑起来，"你认错人了！认真是你表叔，你也不吃我了！"

"对，对，对，我吃你！"主任解嘲地说，干笑着坐了下去。

"不是吗？"幺吵吵拍了一巴掌桌子，嗓子更加高了，"兵役科的人亲自对我大哥说的！你的报告真做得好呢。我今天倒要看你长的几个卵子！……"

幺吵吵一个劲说下去。而他愈来愈加觉得这不是开玩笑，也不是平日的瞎吵瞎闹，完全为了痛快，他认真感觉到愤激了。

他十分相信，要是一年半年以前，他是用不着这么样着急的，事情好办得很。只需给他大哥一个通知，他的老二就会自自由由走回来的。因为以往抽丁，像他这种家庭一直就没人中过签。但是现在情形已经两样，一切要照规矩办了。而最为严重的，是他的老二已经抓进城了。

他已经派了他的老大进城，而带回来的口信，更加证明他的忧虑不是没有根据。因为那捎信人说，新县长是认真要整顿兵役的，好几个有钱有势的青年人都偷跑了，有的成天躲在家里。幺吵吵的大哥已经试探过两次，但他认为情形险恶。额外那捎信人又说，壮丁就快要送进省了。

凡是邢大老爷都感觉棘手的事，人还能有什么办法呢？他的老二只有当炮灰了。

"你怕我是聋子吧，"幺吵吵简直在咆哮了，"去年蒋家寡母子的儿子五百，你放了；陈二靴子两百，你也放了！你比土匪头儿肖大个子还要厉害。钱也拿了，脑袋也保住了，——老子也有钱的，你要张一张嘴呀？"

"说话要负责呵！——邢幺老爷！……"

主任又出马了，而且现出假装的笑容。

主任是一个糊涂而胆怯的人。胆怯，因为他太有钱了；而在这个边野地区，他又从来没有摸过枪炮。这地区是几乎每个人都能来两手的，还有人靠着它维持生计。好些年前，因为预征太多，许多人怕当公事，于是联保主任这个头衔忽然落在他头上了，弄得一批老实人莫名其妙。

联保主任很清楚这是实力派的阴谋，然而，一向忍气吞声的日子驱使他接受了这个挑战。他起初老是垫钱，但后来他尝到甜头了：回扣、黑粮，等等。并且，当他走进茶馆的时候，招呼茶钱的声音也来得响亮了。而在三年以前，他的大门上已经有了一道县长颁赠的匾额：

尽瘁桑梓

但是，不管怎样，正像他自己感觉到的一般，在这回龙镇，还是有人压住他的。他现在多少有点失悔自己做了糊涂事情，但他佯笑着，满不在意似的接着说道：

"你发气做啥呵，都不是得外人！……"

"你也知道不是外人么？"幺吵吵反问，但又并不等候回答，一直嚷叫下去道，"你既知道不是外人，就不该搞我了，告我的密了！"

"我只问你一句！……"

联保主任又一下站起来了，而他的笑容更加充满一种讨好的意味。

"你说一句就是了！"他接着说，"兵役科什么人告诉你的？"

"总有那个人呀，"幺吵吵冷笑说，"像还是谣言呢！"

"不是！你要告诉我什么人说的啦。"联保主任说，态度装得异常诚恳。

因为看见幺吵吵松了劲，他察觉出可以说理的机会到了。于是就势坐向俞视学侧面去，赌咒发誓地分辩起来，说他一辈子都不会做出这样胆大糊涂的事情来的！

他坐下，故意不注意幺吵吵，仿佛视学他们倒是他的对手。

"你们想吧，"他说，摊开手臂，蹙着瘦瘦的铁青的脸蛋，"我姓方的是吃饭长大的呀！并且，我一定要抓他的人做啥呢，难道'委员长'会赏我个状元当么？没讲的话，这街上的事，一向糊得圆我总是糊的！"

"你才会糊！"幺吵吵叹着气抵了一句。

"那总是我吹牛呵！"联保主任无可奈何地辩解说，瞥了一眼他的对手，"别的不讲，就拿救国公债说吧，别人写的多少，你又写的多少？"

他随又把嘴凑近视学的耳朵边低声道：

"连丁八字都是五百元呀！"

联保主任表演得如此精彩，这不是没原因的，他想充分显示出事情的重要性，和他对待幺吵吵的一片苦心。同时，他发觉看热闹的人已经越来越多，几乎街都快扎断了，漏出风声太不光彩，而且容易引起纠纷。

大约视学相信了他的话，或者被他的态度感动了，兼之又是出名的好好先生，因此他斯斯文文地扫了扫喉咙，开始劝解起幺吵吵来。

"幺哥！我看这样呵：人不抓，已经抓了，横竖是为国家……"

"这你才会说！"幺吵吵一下撑起来了，眯起眼睛问视学道，"这样会说，你那么一大堆，怎么不挑一个送起去呢？"

"好！我两个讲不通。"

视学满脸通红，故意勾下脑袋喝茶去了。

"再多讲点就讲通了！"幺吵吵重又坐了下去，接着满脸怒气嚷道，

"没有生过娃娃当然会说生娃娃很舒服！今天怎么把你个好好先生遇到了呵：冬瓜做不做得甑子？做得。蒸垮了呢？那是要垮呀，——你个老哥子真是！"

他的形容引来一片笑声；但是他自己并不笑。他把他那结结实实的身子移动了一下，抹抹胡子，又把袖头两挽，理直气壮地宣告道：

"闲话少讲！方大主任，说不清楚你今天走不掉的！"

"好呀！"主任一面应声，一面懒懒退还原地方去，"回龙镇只有这样大一个地方哩，我会往哪里跑？就要跑也跑不脱的。"

联保主任的声调和表情照例带着一种嘲笑的意味，至于是嘲笑自己，或者嘲笑对方，那就要凭你猜了。他是经常凭借这点武器来掩护自己的，而且经常弄得顽强的敌手哭笑不得。人们一般都叫他作软硬人：碰见老虎他是绵羊，如果对方是绵羊呢，他又变成了老虎了。

当他回到原位的时候，牦牛肉正在吞服着戒烟丸，生气道：

"我白还懒得答呢，你就让他吵去！"

"不行不行，"监爷意味深长地说，"事情不同了。"

监爷一直这样坚持自己的意见，是颇有理由的。因为他确信这镇上正在对准联保主任进行一种大规模的控告，而邢大老爷，那位全县知名的绅耆，可以使这控告成为事实，也可以打消它。这也就是说，现在联络邢家是个必要措施。何况谁知道新县长是怎样一副脾气的人呢！

这时候，茶堂里的来客已增多了。连平时懒于出门的陈新老爷也走来了。新老爷是前清科举时代最末一科的秀才，当过十年团总，十年哥老会的头目，八年前才退休的。他已经很少过问镇上的事情了，但是他的意见还同团总时代一样有影响。

新老爷一露面，茶客们都立刻直觉到：幺吵吵已经布置好一台讲茶了。茶堂里响起一片零乱的呼唤声。有照旧坐在座位上向堂倌叫喊的，有站起来叫喊的，有的一面挥着钞票一面叫喊，但是都把声音提得很高很高，深恐新老爷听不见。

其间一个茶客，甚至于怒气冲冲地吼道："不准乱收钱啦！嗨！这个龟儿子听到没有？……"

于是立刻跑去塞一张钞票在堂倌手里。

在这种种热情的骚动中间，争执的双方，已经很平静了。联保主任知道自己会亏理的，他正在积极地制造舆论，希望能于自己有利。而幺吵吵则一直闷着张脸，这是因为当着这许多漂亮人物面前，他忽然深痛地感觉到，既然他的老二被抓，这就等于说他已经失掉了面子！

这镇上是流行着这样一种风气的，凡是照规矩行事的，那就是平常人，重要人物都是站在一切规矩之外的。比如陈新老爷，他并不是个惜疼金钱的角色，但是就连打醮这类事情，他也没有份的；否则便会惹起人们大惊小怪，以为新老爷失了面子，和一个平常人没多少区别了。

面子在这镇上的作用就有如此厉害，所以幺吵吵闷着张脸，只是懒懒地打着招呼。直到新老爷问起他是否欠安的时候，这才稍稍振作起来。

"人倒是好的，"他苦笑着说，"就是眉毛快给人剪光了！"

接着他又一连打了一串干燥无味的哈哈。

"你瞎说！"新老爷严正地截断他，"简直瞎说！"

"当真哩！不然，也不敢劳驾你哥子动步了。"

为了表示关切，新老爷深深叹了口气。

"大哥有信来没有呢？"新老爷接着又问。

"他也没办法呀！……"

幺吵吵呻唤了。

"你想吧，"为了避免人们误会，以为他的大哥也成了没面子的角色了，他随又解释道，"新县长的脾气又没有摸到，叫他怎么办呢？常言说，新官上任三把火，又是闹起要整顿役政的，谁知道他会发些什么猫儿毛病？前天我又托蒋门神打听去了。"

"新县长怕难说话，"一个新近从城里回来的小商人插入道，"看样子就晓得了：随常一个人在街上窜，戴他妈副黑眼镜子……"

严肃沉默的空气没有让小商人说下去。

接着，也没有人敢再插嘴，因为大家都不知道应该如何表示自己的感情。表示高兴吧，这是会得罪人的，因为情形的确有些严重；但说是严重吧，也不对，这又会显得邢府上太无能了。所以彼此只好暧昧不明地摇头叹气，喝起茶来。

看见联保主任似乎正在考虑一种行动，牦牛肉包着戒烟丸药，小声道：

"不要管他！这么快县长就叫他们喂家了么？"

"去找找新老爷是对的！"监爷意味深长地说。

这个脸面浮肿、常以足智多谋自负的没落士绅，正投了联保主任的机，方治国早就考虑到这个必要的措施了。使得他迟疑的，是他觉得，比较起来，新老爷同邢家的关系一向深厚得多，他不一定捡得到便宜。虽然在派款和收粮上面，他并没有对不住新老爷的地方，逢年过节，他也从未忘记送礼，但在几件小事情上，他是开罪过新老爷的。

比如，有一回曾布客想抵制他，抬出新老爷来，说道：

"好的，我们到新老爷那里去说！"

"你把时候记错了！"主任发火道，"新老爷吓不倒我！"

后来，事情虽然照旧是在新老爷的意志下和平解决了的，但是他的失言一定已经散播开去，新老爷给他记下一笔账了。但他终于站了起来，向着新老爷走过去了。

这个行动，立刻使得人们很振作了，大家全都期待着一个新的开端。有几个人在大声喊叫堂倌拿开水来，希望缓和一下他们的紧张心情。幺吵吵自然也是注意到联保主任的攻势的，但他不当作攻势看，以为他的对手是要求新老爷调解的；但他猜不准这个调解将会采取一种什么方式。

而且，从幺吵吵看来，在目前这样一种严重问题上，一个能够叫他满意的调解办法，是不容易想出来的。这不能道歉了事，也不能用金钱的赔偿弥补，那么剩下来的只有上法庭起诉了！但一想到这个，他就立刻不安起来，因为一个决心整饬役政的县长，难道会让他占上风？！

幺吵吵觉得苦恼，而且感觉一切都不对劲。这个一向坚实乐观的汉子，第一次遭到烦扰的袭击了，简直就同一个处在这种境况的平常人不差上下：一点抓拿没有！

他忽然在桌子上拍了一掌，苦笑着自言自语道：

"哼！乱整吧，老子大家乱整？"

"你又来了！"俞视学说，"他总会拿话出来说嘛。"

"这还有什么说的呢？"幺吵吵苦着脸反驳道，"你个老哥子怎么不想想呵：难道什么天王老子会有这么大的面子，能够把人给我取回来么？！"

"不是那么讲。取不出来，也有取不出来的办法。"

"那我就请教你！"幺吵吵认真快发火了，但他尽力克制着自己，"什么办法呢？！——说一句对不住了事？——打死了让他赔命？……"

"也不是那样讲。……"

"那又是怎样讲呢？"幺吵吵终于大发其火，直着嗓子叫了，"老实说吧，他就没有办法！我们只有到场外前大河里去喝水了！"

这立刻引起一阵新的骚动。全都预感到精彩节目就要出现了。

一个站在阶沿下人堆里的看客，大声回绝着朋友的催促道：

"你走你的嘛，我还要玩一会！"

提着茶壶穿堂走过的堂倌，也在兴高采烈叫道：

"让开一点，看把脑袋烫肿！"

在当街的最末一张茶桌上，那里离幺吵吵隔着四张桌子，一种平心静气的谈判已经快要结束。但是效果显然很小，因为长条子的陈新老爷，忽然气冲冲站起来了。

陈新老爷仰起瘦脸，颈子一扭，大叫道：

"你倒说你娃条鸟呵！……"

但他随又坐了下去，手指很响地击着桌面。

"老弟！"他一直望着联保主任，几乎一字一顿地说，"我不会害你的！一个人眼光要放远大一点，目前的事是谁也料不到的！——懂么？"

"我懂呵！难道你会害我？"

"那你就该听大家的劝呀！"

"查出来要这个啦，——我的老先人！"

联保主任苦涩地叫着，同时用手掌在后颈上一比：他怕杀头。

这的确也很可虑，因为严惩兵役舞弊的明令，已经来过三四次了。这就算不作数，我们这里隔上峰还远，但是县长对于我们就全然不相同了：他简直就在你的鼻子前面。并且，既然已经把人抓起去了，就要额外买人替换，一定也比平日困难得多。

加之，前一任县长正是为了壮丁问题被撤职的，而新县长一上任便宣称他要扫除役政上的种种积弊。谁知道他是不是也如一般新县长那样，上任时候的官腔总特别打得响，结果说过算事，或者他硬要认真地干一下？他的脾气又是怎样的呢？……

此外，联保主任还有一个不能冒这危险的重大理由。他已经四十岁了，但他还没有取得父亲的资格。他的两个太太都不中用，虽然一般人把责任归在这做丈夫的先天不足上面。好像就是再活下去，他也永远无济于事，做不成父亲。

然而，不管如何，看光景他是决不会冒险了。所以停停，他又解嘲地继续道：

"我的老先人！这个险我不敢冒。认真是我告了他的密都说得过去！……"

他佯笑着，而且装作得很安静。同幺吵吵一样，他也看出了事情的诸般困难，而他首先应该矢口否认那个密告的责任。但他没有料到，他把新老爷激恼了。

新老爷没有让他说完，便很生气地反驳道：

"你这才会装呢！可惜是大老爷亲自听兵役科说的！"

"方大主任！"幺吵吵忽然直接地插进来了，"是人做出来的就撑住哇！我告诉你：赖，你今天无论如何赖不脱的！"

"嘴巴不要伤人呵！"联保主任忍不住发起火来。

他态度严正，口气充满了警告气味；但是幺吵吵可更加蛮横了。

"是的，老子说了：是人做出来的你就撑住！"

"好嘛，你多凶呵。"

"老子就是这样！"

"对对对，你是老子！哈哈！……"

联保主任响着干笑，一面退回自己原先的座位上去。他觉得他在全镇的市民面前受了侮辱，他决心要同他的敌人斗到底了，仿佛就是拼掉老命他都决不低头。

联保主任的幕僚们依旧各有各的主见。牦牛肉说：

"你愈让他愈来了，是吧！"

"不行不行，事情不同了。"监爷叹着气说。

许多人都感到事情已经闹成僵局，接着来的一定会是谩骂，是散场了。因为情形明显得很，争吵的双方都是不会动拳头的。那些站在大街上看热闹的，已经在准备回家吃午饭了。

但是，茶客们却谁也不能轻易动身，担心有失体统。并且新老爷已经请了幺吵吵过去，正在进行一种新的商量，希望能有一个顾全体面的办法。虽然按照常识，一个二十岁的青年人的生命，绝不能和体面相提并论，而关于体面的解释也很不一致。

然而，不管怎样，由于一种不得已的苦衷，幺吵吵终于是让步了。

"好好，"他带着决然忍受一切的神情说，"就照你哥子说的做吧！"

"那么方主任，"新老爷紧接着站起来宣布说，"这一下就看你怎样，一切用费幺老爷出，人由你找，事情也由你进城去办，办不通还有他们大老爷——"

"就请大老爷办不更方便些么？"主任嘴快地插入说。

"是呀！也请他们大老爷，不过你负责就是了。"

"我负不了这个责。"

"什么呀？！"

"你想，我怎么能负这个责呢？"

"好！"

新老爷简捷地说，闷着脸坐下去了。他显然是被对方弄得不快意了；但是，沉默一会，他又耐着性子重新劝说起来。

"你是怕用的钱会推在你身上吧？"新老爷笑笑说。

"笑话！"联保主任毫不在意地答道，"我怕什么？又不是我的事。"

"那又是什么人的事呢？"

"我晓得的呀！"

联保主任回答这句话的时候，带着一种做作的安闲态度，而且嘲弄似的笑着，好像他是什么都不懂得，因此什么也不觉得可怕；但他没有料到幺吵吵冲过来了。而且,那个气得胡子发抖的汉子,一把扭牢他的领口就朝街面上拖。

"我晓得你是个软硬人!——老子今天跟你拼了!……"

"大家都是面子上的人,有话好好说呵!"茶客们劝解着。

然而,一面劝解,一面偷偷溜走的也就不少。堂倌已经在忙着收茶碗了。监爷在四处向人求援,昏头昏脑地胡乱打着旋子,而这也正证明着联保主任并没有白费自己的酒肉。

"这太不成话了!"他摇头叹气说,"大家把他们分开吧!"

"我管不了!"视学边往街上溜去边说,"看血喷在我身上。"

牦牛肉在收捡着戒烟丸药,同时叽叽咕咕嚷道:

"这样就好!哪个没有生得有手么?好得很!"

但当丸药收捡停当的时候,他的上司已经吃了亏了。联保主任不断淌着鼻血,左眼睛已经青肿起来。他是新老爷解救出来的,而他现在已经被安顿在茶堂门口一张白木圈椅上面。

"你姓邢的是对的!"他摸摸自己的肿眼睛说,"你打得好!……"

"你嘴硬吧!"幺吵吵气喘吁吁地吐着牙血,"你嘴硬吧!……"

牦牛肉悄悄向联保主任建议,说他应该马上找医生诊治一下,取个伤单。但是他的上司拒绝了他,反而要他赶快去雇滑竿。因为联保主任已经决定立刻进城控告去了。

联保主任的眷属,特别是他的母亲,那个以悭吝出名的小老太婆,早已经赶来了。

"咦,兴这样打么?"她连连叫道,"这样眼睛不认人么?!"

邢幺太太则在丈夫耳朵边报告着联保主任的伤势。

"眼睛都肿来像毛桃子了!……"

"老子还没有打够!"吐着牙血,幺吵吵吸口气说。

别的来看热闹的妇女也很不少,整个市镇几乎全给翻了转来。吵架打架本来就值得看,一对有面子的人物弄来动手动脚,自然也就更可观了!因而大家的情绪比看把戏还要热烈。

但是,正当这人心沸腾的时候,一个左腿微跛,满脸胡须的矮汉子忽然从人丛中挤了进来。这是蒋米贩子，因为神情呆板，大家又叫他蒋门神。前天进城赶场，么吵吵就托过他捎信的，因此他立刻把大家的注意一下子集中了。那首先抓住他的是邢么太太。

这是个顶着假发的肥胖妇人，爱做作，爱饶舌，诨名九娘子。她颤声颤气问那米贩子道：

"托你打听的事情呢？……坐下来说吧！"

"打听的事情？"米贩子显得见怪似的答道，"人已经出来啦。"

"当真的呀！"许多人吃惊了，一齐叫了出来。

"那还是假的么？我走的时候，还在十字口茶馆里打牌呢。昨天夜里点名，他报数报错了，队长说他没资格打国仗，就开革了；打了一百军棍。"

"一百军棍？！"又是许多声音。

"不是大老爷面子大，你就再挨几个一百也出来不了呢。起初都讲新县长厉害，其实很好说话。前天大老爷请客，一个人老早就跑去了：戴他妈副黑眼镜子……"

米贩子叙说着，而他忽然一眼注意到了么吵吵和联保主任。

"你们是怎样搞的？你牙齿痛吗？你的眼睛怎么肿啦？……"

（原载 1940 年 12 月 1 日《抗战文艺》第 6 卷第 3 期）

延
伸
思
考

小说写的是抗战后期国民党统治区最为尖锐的"服兵役，抓壮丁"的问题。但作者并没有正面揭露其给底层民众带来的灾难及其形成的悲剧，而是选取了一个喜剧的角度：写地方上的联保主任方治国为迎合新县长，扬言要"整顿兵役"的"大志"，把粮绅邢么吵吵一再缓役的儿子密告，从而引发了一场恶斗，借此暴露底层乡绅社会"劣绅化"

的种种黑暗——这才是作者在兵役问题背后所发现的真正的社会危机。而这场内斗又写得有声有色：一开始便激化，邢么吵吵取攻势，是挑战示威而非说理；方治国取守势，软软地抵挡，也不时露出狼牙。情节时紧时松，几次起伏后，峰回路转，趋向顶点。"正当这人心沸腾的时候"，一个人称"蒋米贩子"的"左腿微跛，满脸胡须的矮汉子忽然从人丛中挤了进来"，"见怪似的答道，'人已经出来啦'"。高潮陡然跌落，以一个果戈理《钦差大臣》式的哑场戛然而止。蒋米贩子又补充一句："起初都讲新县长厉害，其实很好说话。前天大老爷请客，一个人老早就跑去了：戴他妈副黑眼镜子……"这才是点题之笔：国民党政府高谈实行"新政"，不过是演一场"闹剧"。

● 阅读、欣赏这篇小说，要抓住三个要点：

（1）首先是小说提供的社会环境与地方文化背景。四川特有的所谓"吃讲茶"的"茶馆文化"——么吵吵一开始就"布置好一台讲茶"："茶堂里响起一片零乱的呼唤声。有照旧坐在座位上向堂倌叫喊的，有站起来叫喊的……其间一个茶客，甚至于怒气冲冲地吼道：'不准乱收钱啦！嗨！这个龟儿子听到没有？……'"茶堂里里外外挤满看热闹的闲人，"全都预感到精彩节目就要出现了。一个站在阶沿下人堆里的看客，大声回绝着朋友的催促道：'你走你的嘛，我还要玩一会！'提着茶壶穿堂走过的堂倌，也在兴高采烈叫道：'让开一点，看把脑袋烫肿！'"还有作者对人物身份的设置：联保主任（方治国），"大哥是全县极有威望的耆宿，舅子是财务委员"的粮绅（邢么吵吵），十年前的视学（俞视学），前征收局的管账（黄光锐），纸店的老板（汪二），联保主任的军师（张三监爷）和他的助手（黄牦牛肉），科举时代最末一科的秀才、曾经哥老会的头目（陈新老爷）……这就构成了一个乡绅社会。尽管他们大都是"过时"人物，却依然支配着中国底层社会，乡镇一旦有事，必要参与。作家也正要通过他们如何干预、表演，而揭示中国乡绅社会文化的千姿百态；对我们读者来说，也正是一个了解已经完全陌生化的乡绅文化的机会。

（2）作者最为用心的，自然是人物的刻画。他对自己的描述对象早已烂熟于心，总能够用最简洁的语言作一概括，然后用人物的说话与行动细加展现。这是幺吵吵："这是那种精力充足，对这世界上任何事物都采取一种毫不在意的态度的典型男性"，"不忌生冷"，"什么话他都嘴一张就说了"，"老子这张嘴么，就这样：说是要说的，吃也是要吃的；说够了回去两杯甜酒一喝，倒下去就睡"。还有这位联保主任："是一个糊涂而胆怯的人"，"胆怯，因为他太有钱了；而在这个边野地区，他又从来没有摸过枪炮。这地区是几乎每个人都能来两手的"，"声调和表情照例带着一种嘲笑的意味，至于是嘲笑自己，或者嘲笑对方，那就要凭你猜了。他是经常凭借这点武器来掩护自己的，而且经常弄得顽强的敌手哭笑不得。人们一般都叫他作软硬人"。连只是一旁凑热闹的配角儿，作家也自有独到观察，往往一语道破：说到那位军师张三监爷，强调他"对什么事都关心的，而往往忽略了自己"，却不忘轻轻点一句"他的老婆孩子经常在家里挨饿"，这个人物就复杂化，耐人寻味了。而这位军师的"助手"黄牦牛肉呢，也只有两句：他"唯一的本领就是毫无顾忌"，他常常说"拿得到手的就拿！"，就活生生让人忘不了了。沙汀真的是把中国社会的人情世故，中国的人性、国民性看清、看深、看透了。他笔下的讽刺典型也就回味无穷，以致我们今天也会感到他们就在身边。这都值得反复琢磨。

（3）读者最感兴趣的或许是作家对四川方言的运用自如。随便抄录几句幺吵吵的粗话：一进茶馆就寻衅闹事："看阴沟里还把船翻了么！"对好好先生的劝架也是一下子顶回去："没有生过娃娃当然会说生娃娃很舒服！今天怎么把你个好好先生遇到了呵：冬瓜做不做得甑子？做得。蒸垮了呢？那是要垮呀，——你个老哥子真是！"张口就是充满喜剧感的夸大其词，让人忍俊不禁。

● 沙汀的《在其香居茶馆里》很容易让人联想起另一位左翼作家吴组缃的代表作《一千八百担》，小说的副题为"七月十五日宋氏大宗祠速写"，从头至尾着眼于宋家各房十几个人物为争夺宗祠积谷的丑恶表演。小说以全部"白描"工笔式对话组成，众多人物都活灵活现，和沙汀的《在其香居茶馆里》相比，在构思与写法上，都有相通之处，但却自有安徽文化的大家族背景。有兴趣的读者，可将两篇对照起来看，或许会别有一番味道。

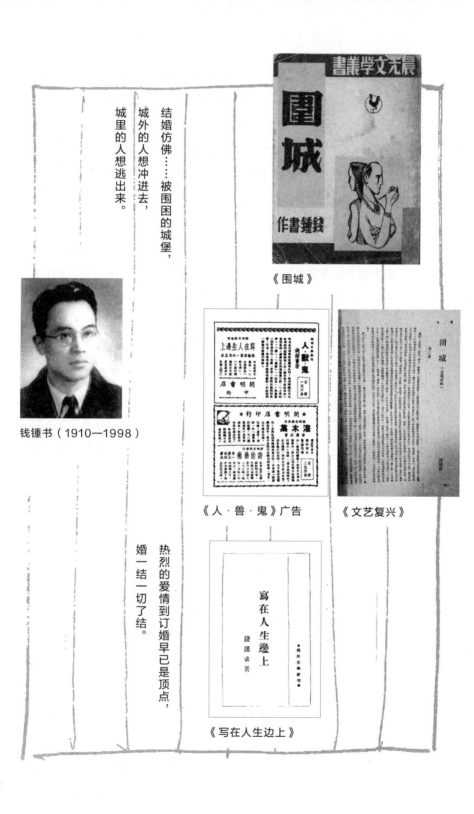

結婚仿佛……被围困的城堡，城外的人想冲进去，城里的人想逃出来。

《围城》

钱锺书（1910—1998）

《人·兽·鬼》广告　　《文艺复兴》

热烈的爱情到订婚早已是顶点，婚一结一切了结。

《写在人生边上》

第三节

钱锺书：
西化知识分子的自嘲、自省，悖论式的机智与反讽

1941 年 12 月	钱锺书《写在人生边上》出版（开明书店）。
1944 年 1 月	杨绛剧本《称心如意》出版（世界书局）。
1945 年 1 月	杨绛剧本《弄假成真》出版（世界书局）。
1946 年 2 月	钱锺书长篇小说《围城》发表（《文艺复兴》第 1 卷第 2 期至第 2 卷第 6 期连载）。
1946 年 6 月	钱锺书短篇小说集《人·兽·鬼》出版（开明书店）。
1947 年 5 月	钱锺书《围城》出版（晨光出版公司）。
1947 年 7 月	杨绛剧本《风絮》出版（上海出版公司）。

在 20 世纪 40 年代的讽刺艺术以至现代文学话语体系里，钱锺书（1910—1998）都是一个异样的存在。

他首先是一个外来的"闯入者"，以一个学者的身份写现代讽刺小说。他那具有知识容量的书面讽刺语言，是其他讽刺作品所没有的，显得特别新奇。但钱锺书也只是在 1946、1947 年连续写作、出版了短篇小说集《人·兽·鬼》，长篇小说《围城》，将自己过剩的知识和才华在文学领域外溢、自炫一番，就悄然退去。

和张天翼、沙汀们的左翼立场不同，钱锺书是一个自由主义者。他并非不关心政治，也不乏政治敏感，但却自觉地远离政治，40 年代盛行的"歌颂与暴露"的文学思潮与他无关：他置身在时代潮流之外。

他也没有张天翼、沙汀们的底层情结，与 40 年代平民化的思想和文学趋向相反，他始终坚持精英立场，坚守精英文化。他的小说《猫》生动地描述了一个由教授、学者、作家、记者名流组成的文化沙龙，

钱锺书也正是在这样的文化环境与氛围里，写出了他的讽刺作品。

如果说张天翼、沙汀们注重于从"五四"传统、地方民间文化传统、俄罗斯和苏联文化传统里吸取思想与文学资源，那么，钱锺书更关注的是对中国古代文化和西方文化的吸取；但也不同于胡适这样的早期西化知识分子更多地吸取西方启蒙主义、浪漫主义、现实主义文化传统，钱锺书最早接触到西方现代主义文化，他的创作具有明显的反浪漫主义的倾向。

钱锺书也没有40年代强烈的民族、阶级意识。他在1946年12月《围城》初版本"序"的开场白里明确表示："在这本书里，我想写现代中国某一部分社会，某一类人物。写这类人，我没忘记他们是人类，还是人类，具有无毛两足动物的基本根性。"这样自觉的人类意识，在40年代的中国，几乎是绝无仅有的。

但钱锺书也自有独立的话语体系与言说方式。研究者将它分为三个层面。

首先是社会批判的层面：钱锺书有自己的社会关怀，但不同于左翼知识分子对社会、阶级矛盾的关注和对政治体制的批判，他关注的是人性、人与人关系中的弊端和人生病态。在写到小说主人公方鸿渐等由上海赴内地三闾大学一路的遭遇时，也呈现出社会下层千奇百怪的黑暗面，构成了一个个令人绝倒的讽刺片段。而三闾大学内部人事上的明争暗斗，也道出了中国知识社会某些官场化的内幕。

其次，钱锺书真正倾心的，是西化知识分子的自省，对现代文明、文化，及其导致的"中国摩登"的批判。这集中体现在他对方鸿渐思想、性格的描述与分析中。方鸿渐留学欧洲，四年倒换了三所大学，却"心得全无"。原因就在他发现物质文明高度发达的西方正处在普遍的精神危机之中，现代教育不能给人提供可以安身立命的精神信仰和人生意义，西方人曾经引为骄傲的理性已经破产。而他心向往之的自由恋爱与真正的爱情，也都如"对面船舱的灯光"，还没来得及叫喊就远去了，"这一刹那的接近，反见得暌隔的渺茫"。方鸿渐更在摩登的洋场和职场上，发现"生存竞争渐渐脱去文饰和面具，露出原始的狠毒"。"在小乡镇时，他怕人家倾轧；到了大都市，他又恨人家冷淡"，"拥挤里的孤寂，热闹里的凄凉"，"心灵也仿佛一个无凑畔的孤岛"。正是现代的生存危机诱发了方鸿渐的精神危机，使他对人生产生了深深的迷惘感、虚无感和荒诞感。但他又没有敢于在绝望中抗战困境的存在勇气，在生活中总是怯于行动而惯于延宕，延宕不下去了就凭盲目冲动去碰运气，这样一种既被动又盲动的性格，使得现实生活里的，钱锺书笔下的"方鸿渐"，就成了"一个无力适应现代的生存压力和摩登的时代时尚的'现代主角'（modern hero）即'非英雄'（anti-hero）的角色"，"一个在人生的虚无与存在的荒诞面前逃避自由选择、放弃自觉自为的存在者的典型"。在研究者看来，"这样一个现代的'非英雄'角色，一个逃避自由选择的存在典型，无疑是新文学史的首创"，钱锺书的《围城》也成了一部"反摩登"的现代小说。（参阅解志熙：《摩登与现代》第三节"深入存在之域与意识之流：《围城》等小说的现代性分析"）也许更值得注意的是，这些"现代"文化的批判，对包括钱锺书自己在内的西化知识分子来说，更是一种自我批判和反省。首先要笑的是自己——这样的讽刺就具有了"自嘲"性：这或许正是《围城》讽刺艺术的实质。

最后，钱锺书这样具有人类意识的知识分子、作家，对现代文化的批判，对现代人生存困境的反思，必然会提升到对人的基本根性即所谓"人性的堕落"、人的基本存在的追问，进入形而上的现代哲学层面。于是，就有了"围城"的意象：不仅是主人公方鸿渐的经历，而且连全书的内在结构，都是一个生命存在的根本困境："不断渴求冲出'围城'，然而冲出之后总又落入另一座'围城'。"（温儒敏：《〈围城〉与叔本华》）这也是小说一再强调的主旨所在：一切都如同"被围困的城堡，城外的人想冲进去，城里的人想逃出来"，即使是结婚，也"仿佛金漆的鸟笼，笼子外面的鸟想住进去，笼内的鸟想飞出来，所以结而离，离而结，没有了局"。人的生命存在就如同"一无可进的进口，一无可去的去处"那样荒诞和虚无。《围城》的这一层面，与西方现代主义文学中普遍存在的人类困境的感受与精神的孤独感息息相通，在热辣的自我嘲讽中，也有掩饰不住的悲凉气氛。研究者引述米兰·昆德拉的说法："对于小说家有三种基本的可能性：他讲述一个故事，他描述一个故事，他思考一个故事"（米兰·昆德拉：《小说的智慧》），认为钱锺书尽管也在讲述、描述，但他根本上是在"思考"，是"以喜剧的方式来'讲述'，而以悲剧的方式来'思考'"（范智红：《世变缘常——四十年代小说论》）：这点出了钱氏小说的真正特点。

这也决定了《围城》的叙述、描写、结构、语言，都如研究者所说，"和20年代至30年代以来充满了浪漫情调和理想诉求的新文学叙事传统大异其趣"，而"独出心裁地运用了反仿、反讽和悖论"，显示出一种"悖论式的机智"。研究者指出，"所谓反讽，原是一种假装无知、正话反说或反话正说的修辞、辩论技巧，在古希腊戏剧、柏拉图的哲学对话和中国的《庄子》中就颇为常见。在西方现代主义文学和哲学中，反讽已发展成为一种思想方式以至于哲学态度"。现在在钱锺书这里，作为一个"精于反讽思维的智者"，他也是频繁而出色地利用反讽技巧来表达自己对摩登世风和现代人生的讽喻。而且其运用也不限于语言修辞技巧的层面，而被作者提升为思想和想象的方法，以至看待整个人生、思考一切存在的基本态度。《围城》也因此真正体现了"形式即内容"和"风格即人"的统一，其语言艺术、艺术思维本身就包含着思想的智慧和分析的锋芒，这在中国现代小说的创作里，具有某种超前性。（参阅解志熙：《摩登与现代》第三节"深入存在之域与意识之流：《围城》等小说的现代性分析"）

1946

《围城》（存目）

钱锺书

（原载 1946 年 2 月至 1947 年 1 月《文艺复兴》第 1 卷第 2 期至第 2 卷第 6 期）

　　为《围城》作节选非常难。尽管小说似乎也自有中心：如研究者所说，小说从表面上看，是写"爱情故事"，而且是一个男人（方鸿渐）和四位女性的感情纠葛；还有一个"'编年体'的流浪汉小说结构"，写小说中男女主人公战乱中由上海到内地任教前前后后一路流浪；但其漫谈的笔法加入了妙趣横生的议论，有一种"源自智力游戏的特殊娱乐性"，沉醉其中，就应接不暇，不知道选什么、不选什么了。（参阅范智红：《世变缘常——四十年代小说论》）这才或有所悟：大概这就是《围城》的特色所在？这才注意到钱锺书的夫人杨绛的一个看法："《围城》的作者呢，就是个'痴气'旺盛的锺书。我们俩日常相处，他常爱说些痴话，说些傻话，然后再加上创造，加上联想，加上夸张，我常能从中体味到《围城》的笔法。"（杨绛：《记钱锺书与〈围城〉》）研究者也认为，《围城》里随处可见的"离题"的议论，绝非闲笔，而恰恰是小说"主题"的"不断复现"，看似"暂时抛开情节"，全是"傻话"，却恰恰"强化了小说对于复杂主题的表现力"。因为这里集中了钱锺书最想表达的"痴话"，即大多数人从不去想，也想不到，看似怪异，却极其独到、深刻的钱式思考与话语：他对"人性的堕落"、社会方方面面的病态的突然醒悟与联想，他最想思考、探究的"人类生存（比如最基本的爱情婚姻、职业或说事业）经历中那些隐秘的、不易察觉的矛盾，困境与困境中的失落"，等等。（参阅范智红：《世变缘常——四十年代小说论》）

　　《围城》里最吸引我们的即兴发挥的"痴话""傻话"，断断续续，无前无后；我们的阅读也随意一些，着眼于感悟与联想：就算做一次"智力游戏"吧。

● 阅读与研究《围城》这样具有文学史意义的作品，除了文本细读之外，还有一个视角，就是从考察接受史来认识其独特之处与意义；而《围城》的接受史又特别富有戏剧性，正适合作这样的阅读试验。

《围城》于1946年2月起在《文艺复兴》杂志上连载时，就引起了关注。尽管有赞美的言辞，但更多的是批评，这大概是我们前文所讨论的《围城》在40年代后期的文坛中所具有的异质性导致的。但到了1948年，突然出现了一批严厉的批评文章：先是署名"方典"（即王元化）的《论香粉铺之类》，认为在《围城》里"看不到人生，看到的只是像万牲园里野兽般的那种盲目骚动着的低级的欲望"，"有的只是色情"和"油腔滑调的俏皮话"，因此断定《围城》是关于女人的"百科全书"和"香粉铺"。署名"无咎"（即巴人）的文章则指责《围城》不是用社会学的观点而是"用生物学的观点"，"来写出几个争风吃醋的小场面"。另一位作者张羽的文章就将《围城》定性为"绅士文学"的"吹牛"，类似于"鸳鸯蝴蝶派小说"。研究者发现，这其实是一场有组织的文化批判运动，批判对象除了《围城》，还有路翎、骆宾基、沈从文等的小说，原因就是这些作家作品都属于资产阶级和小资产阶级文学，但在读者中却有很大吸引力，就需要通过大批判，肃清其影响，为新中国的文学发展树立新的方向。（参阅钱理群：《南方大出击——1948年3月》，收《1948：天地玄黄》）

这样，包括《围城》在内的这类文学在新中国成立后被强迫遗忘，就成了它们的宿命。《围城》重新引起注目，是30年后的1979年，夏志清写于1961年的《中国现代小说史》中文版在香港出版，对《围城》给予了最高评价，将其誉为"中国近代文学中最有趣和最用心经营的小说，可能亦是最伟大的一部"。另一位香港著名的文学史家司马长风在他1978年出版的《中国新文学史》里，也给《围城》以充分肯定。在此前后，《围城》迅速被译成英、俄、法、德、日、捷克、挪威等国文字，被视为"现代中国经典"和"中国文学史上的经典"。在八九十年代，《围城》也成了大陆出版、发行、阅读、研究的热门，被改编为电影，更是在一般民众中引起强烈反响。这固然是由国外热传到国内的影响所致，但也有时代的内在原因：随着中国的对外开放以及自身现代化历史进程的不断推进，西方现代主义及反思现代

620

化的思潮，都同时传入中国，引发了中国思想、学术、文学界延续至今的现代化和反思现代化的热潮。在这样的背景下，钱锺书《围城》当年对现代文化及人类存在的困境的超前性的思考，就自然引起格外重视。但在具体评价与分寸掌握上，也一直存在不同意见。历史发展到今天，无论中国还是世界，又有了许多新的变化。读者在新的时代背景下，重读钱锺书写于 70 多年前的《围城》，不知有什么新的感受、认识和评价？

● 与《围城》的接受史相关的，还有"《围城》的版本和修改"的问题，这也是我们进入《围城》的另一个视角。研究者注意到，《围城》初刊于《文艺复兴》第 1 卷第 2 期（1946 年 2 月）至第 2 卷第 6 期（1947 年 1 月）；1947 年 5 月由上海晨光出版公司初版单行本；1980 年 10 月人民文学出版社出版新一版；1981、1982、1985 年连印 3 次，1980 年版算是定本。研究者发现，从初刊本到晨光初版本，从初版本到人文新版本，有两次全面、系统的修改；新一版到定本，作者又小改 3 次。据统计，修改总计3000 余处，涉及内容变动 1000 余处。

研究者进一步研究，又发现，《围城》的初刊本与今天读者看到的定本之间，"出入大矣"。其主要的不同，一是初刊本有许多对"肉"及有关事物的描写，多少带点"肉书"的痕迹。初版本作了大量删改，定本就差不多是"洁本"了。二是初刊本有许多枝节或闲笔，这本是"学者写小说"的一大特色和优势，是一种一般作者写不出来的"钟摆"艺术。现在定本删得很干净，没有了枝蔓的感觉，其中的"味道"也没有了。三是定本删去了许多外语原文，只留中文或只用音译，读者读起来自然省事，但也没有了初刊本自我炫耀的原意与原味儿。还有一些关键话语的删节，例如方鸿渐与鲍小姐闹得正热乎时，说了一段话："明天？世界上没有明天。'明天'是日历本撒的谎，别相信它。只有今天是真的。"定本无此话。这不仅是及时行乐的"情话"，还有对理解整个文本的意义的暗示：小说主人公就是一个"没有明天"的人。（参阅金宏宇：《〈围城〉的修改与版本"本"性》）了解了这些版本与修改的情况，有兴趣与条件的读者可以将《文艺复兴》上的初刊本与人文社的定本对照起来，作文本细读与研究，当会有许多收获。

孙犁：
战争中的女人是足以对抗丑的极致的"美的极致"

1943 年 4 月	孙犁《爹娘留下琴与箫》发表（《晋察冀日报》）。
1943 年 5 月	《第一个洞》发表（《晋察冀日报》）。
1945 年 5 月	《荷花淀》发表（《解放日报》）。
1945 年 7 月	《村落战》发表（《解放日报》）。
1945 年 8 月	《芦花荡》发表（《解放日报》）。
1946 年 9 月	短篇集《荷花淀》出版（东北书店）。
1946 年	《嘱咐》写成。
1948 年 8 月	《种谷的人》发表（《石家庄日报》）。
1949 年 7 月	短篇集《芦花荡》出版（群益出版社）。
1949 年 8 月	短篇集《嘱咐》出版（天下图书公司）。
1949 年 8 月	短篇集《荷花淀》再版（三联书店）。
1949 年 9 月	《荷花淀》入选《高级中学国文》（上海联合出版社）。
1949 年 11 月	《钟》发表（《文艺劳动》）。

前文的讨论中谈到，处于战乱中的流亡者往往会有寻求皈依的心理需求，而作为皈依的对象又各有选择：土地、农民、大自然、儿童、革命等。作为"人之母"的妇女，自然是其中的中心。这样，"女人"，特别是"战争中的女人"，就成为战争时代的文学不可或缺的主人公之一，许多作家都对妇女有新的发现，不仅政治、思想、社会、文化上的发现，更是美学的发现。而这样的发现与艺术表现又是多元化的。

许多研究者都注意到，在现代文学第三个十年里，作家笔下的妇女形象，有一个从西方式的解放型妇女向东方型传统妇女转向的趋向。举出的范例有：曹禺《家》《北京人》里的瑞珏、愫芳，郭沫若《虎

《芦花荡》

她们的爱情，
那些妇女内心的柔情，
性格上的刚毅，
不值得作家细心地表现出来吗？

孙犁（1913—2002）

《高级中学国文》目录　　《文艺劳动》

忽然见到关于白洋淀水乡的描写，
刮来的是带有荷花香味的风，
于是情不自禁地感到新鲜吧。

《荷花淀》

符》里的魏太妃，老舍《四世同堂》里的韵梅等。

我们这里要讨论的，是战争年代里劳动妇女的形象。如研究者所说，中国现代文学史上历来有描写劳动妇女的传统，但多是描述她们所受的苦难（鲁迅《祝福》、叶圣陶《一生》、柔石《为奴隶的母亲》、罗淑《生人妻》等）。也有描写劳动妇女身上闪光品质的，如沈从文的《边城》、艾芜的《南行记》，但她们都处在时代潮流圈外，着重发掘的是其受伤的灵魂美或原始的灵魂美。但在抗战时期的革命根据地里，作家所要表现的，却是解放了的新时代劳动妇女的灵魂美。这也最能显现党倡导的"工农兵文学"的特点、成就与贡献。这一时期最有影响的革命根据地作家，赵树理、丁玲、康濯、孔厥等人作品里的劳动妇女形象都给人们留下了深刻印象，开创了"五四"以来女性文学崭新的一页。而孙犁（1913—2002）正是其中最有特色的一位。

他的特殊之处，在于自有独立的革命观、妇女观和美学观。在他看来，革命不仅仅是拿着枪杆战斗，抗击侵略者，夺取国家政权，更是在革命战斗中涤荡旧的污泥浊水，创造美的生活，美的心灵与性格。他一再谈到，农村青年妇女"在抗日战争年代，所表现的识大体、乐观主义，以及献身精神，使我衷心敬佩到五体投地的程度"（《关于〈荷花淀〉的写作》），"她们的爱情，那些妇女内心的柔情，性格上的刚毅，不值得作家细心地表现出来吗？"（吕剑：《孙犁会见记》）在他看来，这些农村青年劳动妇女身上表现出的是一种"美的极致"，而文学的本质、本职就是表现这"美的极致"（《文学和生活的路》）。他的美学观又是宁愿省略丑的极致，以表现纯化的美为追求，即"把人生和人物美化了成全了"，使人物比现实形象"更完美更有生气"（《谈风格》），也就不由自主地将他的主人公普通农村妇女诗化，以至圣洁化。他坦言，"人生的悲欢离合，总是与她们（女人）有关，所以（我）常常以崇拜的心情写到她们"（《孙犁文集》自序）。他因此倡导"战争浪漫主义"，"生活本身就带有浓烈的浪漫主义色彩"，认为塑造浪漫主义的典型，塑造集体的、个人的英雄人物，是文学的使命（《论战时的英雄文学》）。在他的作品里，同样表现抗日战争，却不着重表现战争的残酷和反抗的壮烈，也不表现农民的苦难与心灵的重负，而努力挖掘农村妇女内在的灵魂美和人情美。这是另一种形态的浪漫主义、英雄主义的战争文学。

而孙犁追求"美的极致"的美学观的形成，也是自有渊源的。他深情地对来访者谈到，"我很喜欢普式庚、梅里美、果戈理和高尔基的短篇小说，我喜欢他们作品里的那种浪漫主义气息，诗一样的调子，和对于美的追求。我也喜欢契诃夫，他的短篇写得又多又好，他重视单纯、朴素、简练、真挚，痛恶庸俗和做作"，"但我最喜欢的还是鲁迅，我们这一位前一代的伟大作家"，"我非常注意他（鲁迅）的抒情的方法，叙述和白描的手法，特别是他作品中那种内在的精神，对人生态度的严肃，和对他的人物命运的关注。很少有作家像他那样，在人物身上倾注了那么多、那么深的感情"。孙犁还特别喜欢《红楼梦》，曹雪芹对众多女性的描写，都在孙犁心里留下深刻印象，"他甚至能背诵其中的若干片段"。来访者还注意到孙犁的美学追求、文学风格和他个人精神气质的内在契合："给我的印象是淳朴、清爽，有点温文尔雅，那一双笼着水光的眼睛，始终凝神地沉静地倾听别人的讲话，他的眼里隐藏着一种发自内心深处的微笑。"（参阅吕剑：《孙犁会见记》）这样温雅沉静的"人"与温雅沉静的"美学"的融合，才是孙犁作品的魅力所在。

由此也决定了孙犁及其作品的历史命运。他的《荷花淀》于1945年5月15日在延安《解放日报》发表以后，编辑部就收到一位读者的来信，提到他周围人的不同反应："有些同志认为是充满健康、乐观的情绪，写出了从斗争中锻炼出来的新的人物的新生活，新性格。而另外一些同志则说是'充满小资产阶级情绪'，缺少敌后艰苦战斗的氛围。"（余务群：《我们要求文艺批评》）研究者分析说，这样两种截然不同的反应，正揭示了孙犁创作的两重性：一方面，他的作品充溢着革命浪漫主义精神，真诚地歌颂"新的人物的新生活、新性格"，和根据地的主流文学有着一致的政治倾向；但另一方面，他又强烈表现个人的"精致、唯美的艺术趣味"。这样的艺术趣味在早期延安文学中一度存在过，"但文艺整风之后，就被当作资产阶级或小资产阶级的艺术特征遭到批判和放弃"，现在孙犁却在"一个并不起眼的边缘位置开始他的艺术构建"，就不得不处于尴尬的地位：他既凭借革命立场得以存在，又因自己的美学选择而继续处于边缘位置。（参阅袁盛勇：《〈荷花淀〉与孙犁的诗意追求》）尽管他的作品达到了相当高的艺术水平，也有自己的读者，但却始终被周扬这样的文艺界领导和理论权威所忽略，这当然不是偶然。孙犁的真正价值也要等到八九十年代的改革开放时代才被文学界、研究界关注和体认：这本身也自有一种历史意义。

1946

《嘱咐》（节选）

孙犁

　　黄昏时候，他走到了自己的村边，他家就住在村边上。他看见房屋并没烧，街里很安静，这正是人们吃完晚饭，准备上门的时候了。

　　他在门口遇见了自己的女人。她正在那里悄悄地关闭那外面的梢门。水生热情地叫了一声：

　　"你！"

　　女人一怔，睁开大眼睛，咧开嘴笑了笑，就转过身子去抽抽搭搭地哭了。水生看见她脚上那白布封鞋，就知道父亲准是不在了。两个人在那里站了一会。还是水生把门掩好说："不要哭了，家去吧！"他在前面走，女人在后面跟，走到院里，女人紧走两步赶到前面，到屋里去点灯。水生在院里停了停。他听着女人忙乱地打火，灯光闪在窗户上了，女人喊："进来吧！还做客吗？"

　　女人正在叫唤着一个孩子，他走进屋里，女人从炕上拖起一个孩子来，含着两眼泪水笑着说：

　　"来，这就是你爹，一天价看见人家有爹，自己没爹，这不现在回来了。"说着已经不成声音。水生说：

　　"来！我抱抱。"

　　老婆把孩子送到他怀里；他接过来，八九岁的女孩子竟有这么重。那孩子从睡梦里醒来，好奇地看着这个生人，这个"八路"。女人转身拾掇着炕上的纺车线子等等东西。

水生抱了孩子一会，说：

"还睡去吧。"

女人安排着孩子睡下，盖上被子，孩子却圆睁着两眼，再也睡不着。水生在屋里转着，在那扑满灰尘的迎门橱上的大镜子里照看自己。

女人要端着灯到外间屋里去烧水做饭，望着水生说：

"从哪里回来？"

"远了，你不知道的地方。"

"今天走了多少里？"

"九十。"

"不累吗？还在地下溜达？"

水生靠在炕头上。外面起了风，风吹着院里那棵小槐树，月光射到窗纸上来。水生觉着这屋里是很暖和的，在黑影里问那孩子：

"你叫什么？"

"小平。"

"几岁了？"

女人在外边拉着风箱说：

"别告诉他，他不记得吗？"

孩子回答说：

"八岁。"

"想我吗？"

"想你。想你，你不来。"孩子笑着说。

女人在外边也笑了，说：

"真的！你也想过家吗？"

水生说：

"想过。"

"在什么时候？"

"闲着的时候。"

"什么时候闲着？……"

"打过仗以后，行军歇下来，开荒休息的时候。"

"你这几年不容易呀？"

"嗯，自然你们也不容易。"水生说。

"嗯？我容易，"她有些气愤地说着，把饭端上来，放在炕上。"爹是顶不容易的一个人，他不能看见你回来……"她坐在一边看着水生吃饭，看不见他吃饭的样子八年了。水生想起父亲，胡乱吃了一点，就放下了。

"怎么？"她笑着问，"不如你们那小米饭好吃？"

水生没答话。他拾掇了出去。

回来，插好了隔扇门。院子里那挤在窝里的鸡们，有时转动扑腾。孩子睡着了，睡得是那么安静，那呼吸就像泉水在春天的阳光里冒起的小水泡，愉快地升起，又幸福地降落。女人爬到孩子身边去，她一直呆望着孩子的脸。她好像从来没有见过这个孩子，孩子好像是从别人家借来，好像不是她生出，不是她在那潮湿闷热的高粱地，在那残酷的"扫荡"里奔跑喘息，丢鞋甩袜抱养大的，她好像不曾在这孩子身上寄托了一切，并且在孩子的身上祝福了孩子的爹："那走得远远的人，早一天胜利回来吧！一家团聚。"好像她并没有常常在深深的夜晚醒来，向着那不懂事的孩子，诉说着翻来覆去的题目：

"你爹哩，他到哪里去了？打鬼子去了……他拿着大枪骑着大马……就要回来了；把宝贝放在马上……多好啊！"

现在，丈夫像从天上掉下来一样。她好像是想起了过去的一切，还编排那准备了好几年的话，要向现在已经坐到她身边的丈夫诉说了。

水生看着她。离别了八年，她好像并没有老多少。她今年二十九岁了，头发虽然乱些，可还是那么黑。脸孔苍白了一些，可是那两只眼睛里的光，还是那么强烈。

他望着她身上那自纺自织的棉衣和屋里的陈设。不论是人的身上，人的心里，都表现出是叫一种深藏的志气支撑，闯过了无数艰难的关口。

"还不睡吗？"过了一会，水生问。

"你困你睡吧，我睡不着。"女人慢慢地说。

"我也不困。"水生把大衣盖在身上，"我是有点冷。"

女人看着他那日本皮大衣，笑着问：

"说真的，这八九年，你想起过我吗？"

"不是说过了吗？想过。"

"怎么想法？"她逼着问。

"临过平汉路的那天夜里，我宿在一家小店，小店里有个鱼贩子是咱们乡亲。我买了一包小鱼下饭，吃着那鱼，就想起了你。"

"胡说。还有吗？"

"没有了。你知道我是出门打仗去了，不是专门想你去了。"

"我们可常常想你，黑夜白日。"她支着身子坐起来，"你能猜一猜我们想你的那段苦情吗？"

"猜不出来。"水生笑了笑。

"我们想你，我们可没有想叫你回来。那时候，日本人就在咱村边。可是在黑夜，一觉醒了，我就想：你如果能像天上的星星，在我眼前晃一晃就好了。可是能够吗？"

（节选自《嘱咐》，原载 1949 年 3 月 24 日《进步日报》）

延伸思考

我们不妨作一次文本细读：

水生出外打仗，在一个静静的冬夜里，他回来了。

"他在门口遇见了自己的女人。"——这是自己心上的人。八年中，日思夜想，现在终于见到了！多少话，潮水般向外喷涌……"水生热情地叫了一声：'你！'"——说出来的，只有一个字，却抵得上千言万语。

再看看水生嫂："女人一怔"——谁的声音，这么熟悉？"睁开大眼睛"——那是谁？水生！不是做梦吗？真的是他！是他！"咧开嘴笑了笑"——他回来了！终于回来了！"就转过身子去抽抽搭搭地哭了"——八年的苦情一直强忍着，现在突然有了依靠，就再也忍不住，也不必忍了。这一"怔"一"睁"一"笑"一"哭"，把夫妻久别重逢的复杂心理，写得如此精细真切，用笔却这样简洁。这"简而细"正是孙犁语言的一大特色。

水生夫妻终于相见，他们可以畅述衷情了。然而，深知中国农村夫妻之间的关系，以及他们表达感情的方式的作者，懂得这个时刻还没有到来，他要寻找一个最能打开心灵窗户、感情闸门的时机。时机终于等到：深夜，"院子里那挤在窝里的鸡们，有时转动扑腾"——这是以动衬静：周围是真正地静了，静极了。"孩子睡着了，睡得是那么安静，那呼吸就像泉水在春天的阳光里冒起的小水泡，愉快地升起，又幸福地降落"——这是水生和水生嫂眼睛里的孩子的睡相，这更是写水生和水生嫂此时此刻的心情：在这动乱的战争年代，他们感到内心的"安静"；在这严冬的晚上，他们感到了"春天的阳光"；生活是如此的严酷，他们却感到了生活的"愉快"和"幸福"。把孩子的呼吸，比作泉水在春天阳光里冒起的小水泡，这联想极其雅致优美，却又质朴通俗，显示了孙犁语言的又一个特色："雅而俗"。

好了，他们可以好好地倾诉别后离情了。然而，还需要一个感情的媒介物。于是，"女人爬到孩子身边去，她一直呆望着孩子的脸"——这里又出现了一个静场，一个停顿；同时，这也是内心活动最澎湃、最紧张、最热烈的时刻："她好像从来没有见过这个孩子，孩子好像是从别人家借来，好像不是她生出，不是她在那潮湿闷热的高粱地，在那残酷的'扫荡'里奔跑喘息，丢鞋甩袜抱养大的，她好像不曾在这孩子身上寄托了一切，并且在孩子的身上祝福了孩子的爹：'那走得远远的人，早一天胜利回来吧！一家团聚。'好像她并没有常常在深深的夜晚醒来，向着那不懂事的孩子，诉说着翻来覆去的题目：'你爹哩，他到哪里去了？打鬼子去了……他拿着大枪骑着大马……就要回来了，把宝贝放在马上……多好啊！'"——这一连串五个"好像"，像是一个个电影镜头从眼前景拉向了历史的深广画面。作者着力描写的是两个镜头:"在潮湿闷热的高粱地"里,水生嫂抱着孩子,奔跑喘息,丢鞋甩袜;"在深深的夜晚",水生嫂摇着睡着的孩子,想象着、描绘着丈夫"拿着大枪,骑着大马"的形象。这一动一静,前者集中表现了水生嫂八年生活的艰难,后者集中展示了水生嫂八年中内心世界的信念与期待,仅仅两个镜头,就写出了水生嫂八年生活的历史,心灵的历史,概括了如此深厚、丰富的历史内容,这"少与多"的统一,语言"形象性"与历史"概括性"的统一,也显示了孙犁语言的特色。

"现在,丈夫像从天上掉下来一样"——又从历史拉回现实。想起了过去的一切,还编排好那准备了好几年的话,现在要向已经坐到身边的丈夫诉说了——终于要说了,但是仍然没有说。用沉默来表示最丰富的内心话语,这正是中国传统农村妇女表达感情的特殊方式。

趁水生嫂"欲说不说"的时刻,作者把笔转向水生。"水生看着她"——焦点仍在水生嫂,通过水生的眼睛看水生嫂。"离别了八年,她好像并没有老多少。她今年二十九岁了,头发虽然乱些,可还是那么黑"——写外貌。"脸孔苍白了一些,可是那两只眼睛里的光,还是那么强烈"——眼睛是灵魂的窗子,从外表到内心,写灵魂。"不论是人的身上,人的心里,都表现出是叫一种深藏的志气支撑,闯过了无数艰难的关口"——这才点出,水生嫂思想者性格的核心,那"美"的闪光:"深藏的志气"。

"'还不睡吗?'过了一会,水生问"——似乎是无话找话,却由此打开了感情的闸门:"说真的,这八九年,你想起过我吗?""怎么想法?""胡说。还有吗?"——这是真正的小夫妻之间的情话。水生的憨厚,水生嫂在丈夫面前的娇态,都跃然纸上。而水生嫂的娇态,正是对前面"深藏的志气"那刚强性格的一个必不可少的补充。

"'我们可常常想你,黑夜白日'。她支着身子坐起来,'你能猜一猜我们想你的那段苦情吗?'"——用开玩笑的方式倾诉苦情,仍然准确地把握夫妻之间表达感情的特殊方式。

"'猜不出来。'水生笑了笑"——粗心的、憨厚的丈夫!"'我们想你，我们可没有想叫你回来。那时候，日本人就在咱村边。可是在黑夜，一觉醒了，我就想：你如果能像天上的星星，在我眼前晃一晃就好了。可是能够吗？'"——这里有思念的柔情，识大体的志气；这里有诗的幻想，也有最深沉的痛苦，这一切表现得那么直率，却又是这般含蓄；这感情浓醇如酒，表达出来的言语却清淡如水：这"直而含"，"浓而淡"，也同样是孙犁语言的特点。

孙犁说过，"从事写作的人，应当像追求真理一样去追求语言"，"用追求真理一样认真、执着的精神追求语言的艺术美"——这就是孙犁。

● 《嘱咐》与《白洋淀》是公认的最能体现孙犁追求"美的极致"精神的代表作。我们现在已经对《嘱咐》作了文本细读，读者朋友，你能不能也对《白洋淀》作一次文本细读，看看能读出什么新的味道？

● 还可以将根据地作家歌颂劳动妇女的作品，如赵树理的《孟祥英翻身》、康濯的《我的两家房东》、孔厥的《一个女人翻身的故事》，以及孙犁的《芦花荡》《吴召儿》《丈夫》等，合起来作综合性阅读、讨论与研究。

端木蕻良：
粗犷与温馨两种对立美学因素的对衬与交织

1936 年 8 月	端木蕻良《鹭鸶湖的忧郁》发表（《文学》第 7 卷第 2 号）。
1937 年 4 月	《〈大地的海〉后记》发表（《中流》第 2 卷第 3 期）。
1937 年 6 月	《憎恨》出版（文化生活出版社）。
1938 年 5 月	《大地的海》出版（生活书店）。
1939 年 5 月	《科尔沁旗草原》出版（开明书店）。
1939 年 12 月	《风陵渡》出版（上海杂志公司）。
1940 年 5 月	《江南风景》出版（大时代书局）。
1942 年 9 月	《初吻》发表（《文学创作》创刊号）。
1946 年 5 月	《新都花絮》出版（知识出版社）。
1947 年 7 月	《大江》出版（晨光出版公司）。

端木蕻良（1912—1996）在 20 世纪三四十年代颇引人注目的"东北作家群"里，是一个独特的存在，这是由他特殊的经历与身份决定的。端木蕻良说他的生命"是降落在伟大的关东草原上……奇异的怪恣的草原的构图，在儿时，常常在深夜的梦寐里闯进我幼小的灵魂"（《大地的海》后记）。另一方面，作为科尔沁旗草原上拥有一二千垧土地的豪门巨富曹家的公子，端木是在仆婢成群的温馨女儿国里长大的，从小就拥有的贵族生活经历和教养，形成了他精美的艺术趣味与感觉，与前述阔大瑰奇的旷野情怀几乎是同时深刻地融入了他的灵魂与生命之中。

此后端木蕻良在大学学习期间，接受了革命的理论，分析他所熟悉的"草原上所有的社会结构"，就有了《科尔沁旗草原》等最初的创

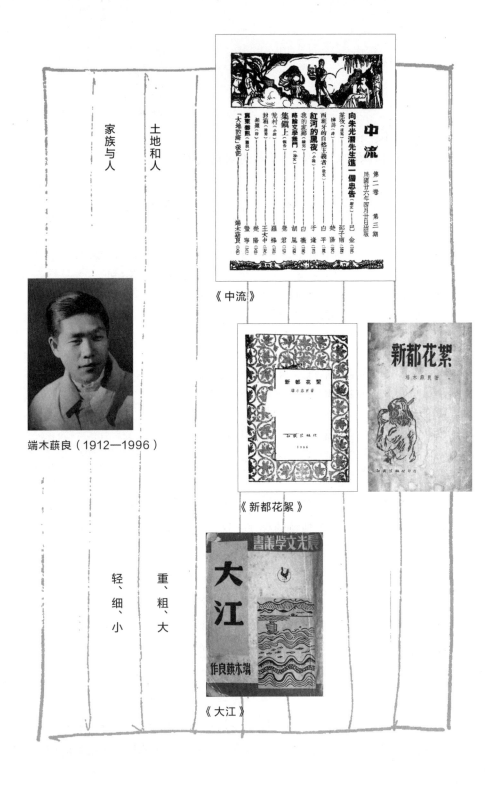

家族与人　土地和人

端木蕻良（1912—1996）

《中流》

《新都花絮》

轻、细、小　重、粗、大

《大江》

作。小说的中心题旨是"知识分子与土地",描写的重点是贵族知识分子丁宁与土地的主宰丁氏家族。现代文学的两大主题:"土地和人"和"家族与人"就在端木蕻良的这些作品里合为一体,敏感的研究者也就从中感受到了"粗犷"与"温馨"两种对立美学因素的"对衬与交织"(司马长风:《新文学史话》)。但人们普遍感受和关注的还是端木这些作品里的磅礴雄浑之气,作者自己似乎也像《大地之海》中"北国的旷野"里的那株"独立的秃了皮的大松树",更看重土地和人的生命,以至艺术中的"重,粗,大"。端木对"土地与人"的认识与表现也有变化:如果说,在《科尔沁旗草原》里,他对"土地"主要是一种政治经济学、历史学的把握与发现,渗透着明确的阶级意识;那么,到了《大地的海》,就转入了人类学的视角:"土地"从背景里走出,成为小说真正的主宰和支配者:作家笔下的人物,"受了符咒的催促似的,毫不迟疑地向大海走去。大海以一种浑然的大力溶解了他。在一个小小的旋涡的转折中,他便沉落了,不见了"。字里行间充满了对于"大自然"(土地)类似宗教的皈依与神秘感。这些出于阶级意识或人类学意识,对"土地与人"关系的把握与描述,固然给读者带来了某种启示以至震撼感,但却始终存在不能"把构思的宏伟性与结实的生活血肉统一起来"的遗憾,作品的形象往往不堪承受作者理性思考所赋予的意义。这就造成了端木蕻良最初的创作,在艺术上既生气勃勃,才华毕露,又处处可见生硬的败笔,如研究者所说,"多半像是未完成的艺术品"(赵园:《端木蕻良笔下的大地与人》)。

1942年,刚刚经历了萧红的早逝,蛰居在桂林——抗战时期另一个文学中心,昔日创作的雄阔背景暂时远去,几年来动荡紧张的心情也得到舒缓,处于孤独中的端木蕻良,在回顾、反省自己的爱情生活的同时,大概也在反思创作的得失。(参阅雷锐:《论端木蕻良在桂林创作的风格转换》,收《桂林抗战文化研究文集》之五)他回到了真正属于自己的、同时代作家中少有的贵族童年生活的记忆,反观自然生命,回到了最能展现自己才能的诗性追求,出入于现实与梦境之中。也正是在这一时期,他开始了《红楼梦》的研究,写出了《向〈红楼梦〉学习描写人物》这样有着精辟艺术见解的论文，并尝试写作以《红楼梦》人物为题材的戏剧，如《林黛玉》《晴雯》。据说他还曾有过续写《红楼梦》的计划。可以想见，对童年生命的回忆与再度体验，对《红楼梦》艺术的反复品味与研究，在这一时期端木蕻良的精神生活中，浑然一体，互融互生。其结果就是产生了《初吻》和《早春》这样同时具有现实与梦幻的"女人世界"与"儿童世界"，精致、温馨、缠绵之作。而这一时期他写的神话、民间故事新编《蝴蝶梦》《雕鹗堡》，则别具一种神秘、典雅之美。在端木蕻良的艺术画廊里，既有"重""粗""大"，也有"轻""细""小"，显示了一种多样性与丰富性，以及少有的艺术创造的潜力。

1942

《初吻》

端木蕻良

鸟何萃兮蘋中，罾何为兮木上——

我父亲的静室是很宽大的，但他不常在里边，他常在的地方是会客室和书房。

他虽然不在静室里边，但这里的东西，每天都由专人来擦抹揩拭。香炉里的檀香每刻都不息，神龛里的长明灯也永远点着。这静室的南面是一面大炕，炕上铺着三寸厚白羊毛的炕毡，毡上铺着蓝哈拉全镶沿黑大云子卷的炕蒙子，炕蒙子上边铺着一层香黄色的西藏驼衬绒。绒毡上摆着成对的云龙献寿黄缎靠枕，下边还铺着两块瓦合叶的千针行的厚褥垫，也都是清一色黄丝绒夹丝的百幅宫缎做的。炕的中间横放着一张琴桌，桌子是花梨木的，两边铺着黄绸的桌衬倒垂下来。桌上放着木函的经卷，《楞严经》《妙法莲华经》《大悲贤忏》《地藏菩萨真经》《金刚经》《达道图》《随坛经》《太阳经》。还有《堪舆指归》、秘本《龙山虎势全图》，《地学发微》，还有一些手抄本的诗集。桌上放的都是这一类的书。还有一本叫作《醒世恒言》，是我父亲最宝贵的一本书，凡是有母鸡打鸣了，或是街西头老王家的芦花灰鸡下了个软皮蛋，或者天上出了个三环套日，或者月亮旁边有了个双晕，我父亲就打开了这本《醒世恒言》，在上边用朱笔勾了双圈，越重要的灵异圈的就越多。然后又用墨笔写上，

"某年某月某日验于壬癸方"，或者某年某月某日某地怎样了，后多少日果验等等的字样。

我父亲的静室靠北边是三个佛龛，正中的高些，两旁的矮一点，都是描金的透瓏的佛橱，橱前静悄悄地悬着日月光明百宝法幢旗，飞龙舞狮祥云结彩幡。橱里画着一排紫竹林，冲着一串珠子在飞着的金翅鸟。坐在九节莲花上的观音大士像，全是用赤金叶子铸了的。橱前还有一个白玉的玉观音，腰肢向一边扭转着，差不多是除了些珍珠缨络之外，身上是裸着的。佛橱上边有我父亲用竹子刻的自制的对联："观入空潭，云彩花光都是幻，音出虚谷，玉台明镜本来空"。横在上边的四个字，是"得自在天"。

我常常到静室里去，都是等着我父亲不在里边的时候，我才走进去。我去静室里边的次数一定比我父亲多，但他都不知道这些。这静室里的每一件法器，每一张佛像，或是每一枝香花，都是我所熟习的，差不多我都闭着眼睛就可以找到它们。每样东西都用手摸过，凡是可以掀开来看的，我就看到里边去，看看里边还有什么。我知道好些事物，譬如那个古铜的法铃里的小锤也是一个小铃铛。西藏传来的披着紫甲的瓷金刚，背后的火焰是活动的，拿下来也可以的，波斯门香是香面子，用来熏着点的，焚香的铜炉是宣德年间造的。插杨柳枝的花瓶的鹦哥绿，釉子的光采是像水浇了似的。那白玉的半裸的观音上边，还题着两句词："登欢喜地，现自在身"。下边刻一个蛛丝篆的小红印章"玄石"两个小字。还有父亲的大铜仿键子，拼起来是个长键子，拆开来是个仿圈，笔洗旁边是两只螃蟹，放水放得正合式的时候，螃蟹的眼睛里就透出两粒小水珠儿来，像是活了的。

但是这些我都不大注意，我的心专注意在一张画像上。这张画像会使我迷离恍惚了，我常常做颠倒了事，都是为了她，常常如醉如痴的也都是为了她，常常听不见母亲在房里喊我的声音也都是为她。我那时已经会在爸爸的藏书室里偷偷看过许多奇奇怪怪的书了，而且非常的懂，非常的明白，但是却还不能知道这张画画的是谁的像。那画上边只题着："戊辰年桂月熏沐敬绘"，下边小印，是鸟虫书，我不能认识，我也不能找人去问。在我爸爸的静室里，只有这张画是我没有用手摸过的。我仿佛用眼睛看还来不及，已经想不起用手去摸了，我仿佛被什么炫迷了，仿佛有千奇百怪的珍珠宝贝，摆在我的面前，使我不知道先触摸哪一件是好了，我常常怔在那儿用眼睛看她。我觉得这张画我很愿意看。我虽然很小，但是已经很会看女人了。那时我的哥哥正在闹婚姻潮，全城好看的姑娘的庚帖都往我母亲手里送，灶君爷板儿上的八字帖子，都压满了。我二哥来信告诉我母亲，说让我去看，我看中了就行。我母亲常常带我偷着去相看人家的姑娘去，那些姑娘们总是预先被她们的妈爹或者姨娘娣妹们装饰得典雅而不露痕迹，差不多每次都是由她们的亲属寻找出一个理由，或者一个以上的理由，让姑娘出来给我母亲装烟倒茶，或者劝我们吃点心，假设再熟了一点儿的，或者论起来还沾着一点儿亲眷儿的，那些姑娘们还要赶着向我母亲叫二姑，或者经她娘家来论亲就叫二姨，还得陪在一起谈些好听的话儿。大概总是把最好听的讲完了之后，她的母亲就给她一个眼色，让她去了，免得再求好，反落个不是。有的聪明的母亲，事先总使自己的女儿稍稍知道一点儿，使她知道这事对于她是过分的重要，这事才是她生命的开端。所以早早就暗示给她，让她答对得好一点儿。有的姑娘们虽然知道了，还得装出不能脸红，因为要是脸红了，便是说她已知道这是相看她的来了，知道了而还出来装烟，不是太脸儿大了吗？所以就不能脸红。但是当我母亲有时拉着人家的手要看的时候，她才可以显示脸红。但红到什么程度，这要看拉手时说的什么话了，要是母亲说，"这手生得真巧，一定是镶啦沿啦的都会做！"这时那个被相看的姑娘的脸上可以微微一红，但这得站在一旁侍候着。要是母亲稍稍大意一点儿地说："这手真是能干儿，一定是个里里外外都打点得到的。"这时这个姑娘脸得相当的红，但还得表示尊重在这里的客人，勉强地站在旁边侍候着，不过等不了多久，便可以掀开帘子回到自己房去了，倘使她不脸红，便是她太不机灵了，倘使她不走开，便是她太中意要嫁了。倘使这家的姑娘，是和我们家有过交往的，或者是厮熟了的，这些姑娘们有时便拉着我的手去到她们自己的房里去吃果子，或者谈闲磕儿，问长问短，总是把最温柔的事物询问出来。但是这

640

些都是极含蓄的，极微细，极不容易听出马脚来的。因为她们知道我母亲回到家里要询问我，问她们问我的到底是些什么话儿，她们都知道这一遭，所以都准备了许多的话，好使我母亲顺我嘴里听来对她有好印象，或者她们做出很细微很优美的事物，使我记起来好告诉我的母亲。每次相看了一个姑娘的时候，要是有几分中意了，我母亲便让我给二哥写信，信写得很详细，尤其是对那姑娘的长相，身段和家世，都是由我母亲叮咛又叮咛了，嘱咐又嘱咐了，写得满满的。

　　我差不多统统知道了女人们的秘密了，因为我天生日长在女人堆里，她们有什么事我都知道了。她们有什么都不避讳我，我从她们的话里知道多少平常想象不到的，我从她们的动作里，看见许多别的动物所从来没有过的动作。我知道她们在帘子外面说的话和在帘子里面说的话怎么两样，我知道她们嘴里说的话和心里说的话怎么两样，我知道她们眼里看的和手里做的怎么两样，我又知道她们想要做的和故意做的怎么两样，我知道她们虽然做了和还要做的怎么两样，我知道她们嘴里喜欢的和心里喜欢的怎么两样，我知道她们敢喜欢的和不敢喜欢的怎么两样，我知道她们想喜欢的和要喜欢的怎么两样，我知道她们装出来的喜欢和装出来的不喜欢，怎么两样……

　　但是这些女人都没有画上的那个女人使我惊奇。我简直奇怪了，我像是走进了一种魅道，我不能战胜那种魅道，而且我也不能说清楚了那魅道是什么，或者我简直也不知道那魅道到底是些什么，对我要发生些什么，甚至已经发生了些什么，我都不能够理解或者知道，总之，我是着了迷了。我那时正随着我姑姑们的国学老师作诗，我虽然是个很小的小孩子，但是已经会作绮情诗。我作的诗是"谁家玉笛暗飞声，坐弄飞音惹恨潮，调寄同情应沾臆，同情最是海天遥，银镫共照人不共，余音坐涌心花焦……"五十多岁的老师，会打扬琴会弹筝，对我非常器重，常常在我父亲面前称道我，所以我小时候差不多有了神童之誉。又能画画，又能吟诗，又能写酬拜的信，我父亲写回信，有时都找我代笔。我的哥哥们的才华都不如我，有许多人求我画画，有许多人见着我的父亲都说"虎门无犬子"，"雏凤清于老凤声"，所以我父亲最喜欢我，常常对我讲一些超过我年龄所能理解的心里话。但是自从我作了那首诗之后，我姑姑们的老师，有一次（我做好了诗都给他去批改的）便对我的姑姑们说："他还是一个小孩子，最不应该发哀凉之音……这话应该对他说明。"他大概下边还要说："在这样小小的年纪，便作哀怨之思，长此以往，当非福寿之辈……"但是他不好意思说出口来。所以，我最小的姑姑偏问他："他诗作得好吗？"老先生点点头："诗作得绝顶的好……"我的最小的姑姑便回来傻着告诉我说："老先生说你的诗好得透顶，你好好地多多地作罢！"我听了便喜欢。从那之后，我便作两种诗，一种是给先生看的，一种是给我自己看的。我那时到处去翻我父亲的诗来看，我想看更多的诗，我知道人家七岁就能作诗，我现在已经太晚了，我想做得更多更好成为一个真正的神童。我到处去找诗。忽然有一次，我在父亲的抽屉里找出一些没头没脑的诗来，也不知道是谁作的，也不知道什么年代的本子，也不知道是写些什么的诗，那诗是这样的：

暂到瑶台病客忙，梦中重改旧诗章，月明露冷群仙散，惟有飞琼爱许郎。
宝髻蓬松裙袖斜，寻芳暂驻紫云车，九华妃子尘心动，掇尽人间碧奈花。
眉娘新试道家装，不愿金环赐凤凰，海上紫云齐拥护，月宫同待舞霓裳。
玉虚同宴遇仙姑，赐我灵飞六甲符，火枣冰桃都不食，殷勤只欲见羊珠。

我压根儿不懂这诗里是什么意思，但是我看了诗之后，便有几分不快之感。连忙把诗合上，便走开了，走开之后，我又回转来，把诗详详细细地又看了一遍，这才决定再也不来看了，便默默地走开了，走得很凄凉，很沉重，很有心事的样子。

那一天我觉得有点儿头痛，我的母亲问我怎的了，我说没有什么，晚饭我吃得很少，我母亲摸摸我的头很热，便拉着手一定问我到哪儿去了，她想知道是不是遇见了"撞尅"。我有几分生气，便说："我作诗作累了。"我母亲听了，便骂我父亲。"什么神童玉女的，天天胡扯，听你父亲放任你们，哪里有这样小小的孩子，天天就会吟诗作画的，人家放牛的孩子，在这样大小，还只会打滚儿呢，哪有这样大的孩子，就要知道天下事呢？"于是就让我五姑姥姥的女儿灵姨，领我出去玩去。"你领兰柱到花园里去玩去，他一定是关在屋里闷得慌了……哪有这个道理的，明儿个我把你的诗本子画册儿叫人都拿去烧了。"

我完全忘了诗的事，我和我的灵姨玩得很好。我们到后花园的水池子去弄水玩，因为水已经给落下来的花瓣儿盖满了，我们用草把水面上的花瓣儿拨开，再向水里照。我们两个约定谁也不看谁，只是在水里看着彼此的脸，我在水里向她笑笑，她也在水里向我笑笑，我向她皱鼻，她也向我皱鼻，我向她作鬼脸，她也向我作鬼脸，总之我们两个都彼此不真的来看谁，只看水里映出来的影子，我们作了许多花样，玩腻了，我们便去采杏花。我爬到最高的枝子上，想剪一枝开得最爆的下来。但灵姨一定要我剪下那枝苞儿最多的花枝来，她说那个插瓶不容易谢，可以开几天呢，我说反正花枝多得很，谁还等她慢慢地开，今天插了最繁枝明天谢了不会再剪一枝最繁枝儿来吗，天天开得火爆爆的该多好，但是她说："不要糟蹋那花儿吧，那花儿一年开一次，也不容易呀，谁能让你抢着空儿来糟蹋呀！"

我骑在树干上，一声不响，还是去剪我自己选的那一枝。灵姨一看我去剪那最繁枝，便和颜悦色地跟我说："好孩子，你剪那一枝带骨朵的给我，我抱你下来。"我鼓着腮帮子说："我才不希罕你抱呢！"我顶能爬树，极细的树，我也能爬到尖顶上去，直到树顶都摇晃了。但是我想了一下，便说："你真的抱我呀！""不骗你，我一直把你抱到妈妈的炕头上，放在妈妈的怀里，叫妈妈拍着你睡觉玩。"我便再向前边爬，去剪骨朵儿最多的那曼枝去了。我剪了下来，便招她在下面等我。当我爬下来要落地的时候，灵姨便跑过来接我，我一只手勾在她的脖子上，她从树上把我抱下来。

我还有点儿生气，便把杏花向她身上一推说："你的花，给你吧！"我的手正碰在她的胸部。我觉得有什么又软又滑的感觉，我有些奇怪了，向她的胸部注视了一下。灵姨脸微微地红了。小声地对我说："好孩子，下来自己走吧！"本来她答应的话是把我抱到妈妈那里的，但是现在她变卦了，本来我还可以纠缠她的，一定要她去抱我到妈妈那里去，到了妈妈那儿我好告她，说出我的道理怎样怎样，好让妈妈评评理，但是我也好像有了罪了似的，我也好像严肃了一会儿似的，迷惘惘地从她怀里落下地来。但她马上就活泼起来了，和我商量着插哪个花瓶里好看，瓶里要放池子里的水，不放井水，把哪一些茸枝剪下来……拉着我的手我们两个一边谈着一边向正房里走。快到正房了，她问我是不是我的头不痛了。我早已忘记了这回事，便回她："是我方才头疼了吗？"她用尖尖的手指画在脸上羞我道："不是你疼，难道说是我疼吗？"我把她拉着我的手使劲地摆了下说："都是我妈妈说的，我没有说疼。"灵姨说："二姑以为你画画儿画多了。"我拉住她的手停在那儿问她："灵姨，明儿个我给你画一个像，好不好？"灵姨用手端起我的下颏，深深地看了我一下，笑着说一声好。

我很高兴，一直跳到妈妈那儿去要花瓶，去要大剪刀，去要池子里的水，和灵姨一直忙了大半天，把花儿供在妈妈房里，妈妈在那儿弄麝香丸，不大搭理我们，我们只弄花，也不搭理她。我很疲倦，很早就睡了。

夜里我做了一个很奇怪的梦，醒了时一五一十地对妈妈讲，但一些又记不起来了，于是又睡着了。我似乎觉着身上向下沉落，一会儿比一会儿地沉落下去。我似乎觉得我陷落在软绵绵的什么里边，我睁开眼睛看着，眼前白茫茫的一片，全是白的，我用手指轻轻地去触一下，又都是有些儿香有些儿腻。花，是花，桃花，杏花，梨花，是一片花的海。我家住在杏树园子胡同，前边，后边，左边右边到处都是杏花，还有李子花，梨花，樱桃花。杏花最多，杏花有洋巴旦杏，桃核大杏，白杏……梨花有香水梨，白梨，凤梨，马蹄黄，红绡梨……最多的是香水梨……这些花都约定了在一天开，开得像雪盆似的，杏花的干子像蓝色的烟雾似的。蓝苍苍的，花朵便从这上浮出来，越浮越多，像肥皂的泡沫似的突然地淹没了蓝色的海，眼前什么都看不见了，只是一片白，桃花也是白的了，樱桃花也是白的了，杏花也是白的了，李子花也是白的了，白的烟雾喷上来。就像一团浪花，怦然地碰在礁石上，就这样地擎立在天空上，忘记了落下来。白色的花朵毫不吝惜地绽开来，毫不吝惜地落下来，一阵风丝儿吹过，一只小鸟儿弹腿，花瓣儿便哗哗地落下来，像洒粉似的落下来，池塘的青色便不见了，都盖满了花瓣。小道上的足迹都盖满了，人们便践踏着花儿走过，觉得脚上有点儿烦腻腻的。

　　在我的窗子上，我什么都看不见，只看见白色的什么压下来，一直捕到我的脸上，眼上，手上，心上，团团地围绕着我的都是白，我几乎不能动一动了。我似乎被一些什么软绵绵的东西缠住了，我似乎闻不到什么香气，我只觉得有几分凉爽，又有几分烦躁，像埋在春天的雪地上的小虫子似的。我想翻出去透一下气，又觉得这柔软的土，是这样的温暖，舍不得出去，我迷惘地没有思想地躺着。云彩向我飞来，天空向我飞来，云彩从我的胸部腹部走过，天空从我的胸部腹部走过，水流从我的耳畔，哗哗地响着，把我带到很远的远方。白色的冰的花朵开向着我，白色的柔软的绒毛擦摩着我，很快地，我向下沉落下去，我大声地喊了起来，便醒转来了，我把头拼命地向被里边缩进去，我蜷侧在被子里，轻轻地发着娇声喊妈妈。在清早起不管我是叫谁，但是第一声总是叫妈妈的，而且不管是谁来服侍我，都不好，只有妈妈来服侍我才是最好，但是妈妈来看我的时候，是很少的，通常都是保姆来看。这就是我一天不快的根源，倘要在被缝里看见是保姆来了，我就发脾气想找碴儿，不是这儿不对了，便是那儿不对了，而且我捡着什么就扔什么，一点儿也不听说。倘要是我在被缝里看见是妈妈过来了，我便撒娇和妈妈歪缠，在被里打滚儿，很难得起来，冬天便说要烤衣服，夏天便说要洗澡，妈妈很愉快地来亲我，抱我，我在妈妈的怀里揉来揉去，不肯马上起来，像有一团热雾似的妈妈的脸向着我，我把脸贴在妈妈的胸上，竟说一些个怪话，告诉我昨天梦见什么了，今天要吃什么了，妈妈很快地就要停止我的胡闹了。她把眼睛放得正经起来，告诉我昨天什么什么不对了，今天应该怎样怎样才是对了。因为我父亲放任我们，所以妈妈觉得管教我们是她的责任。妈妈的眼睛一放得正经，我就生气。而且不希望她再来了，我就埋怨她，妈妈便再好好地周旋我，之后，去料理正事去了。我总是因为妈妈不好好和我玩而生气，妈妈的忙和妈妈的道理对我都没有用处的，但是妈妈总以为她的对，父亲该多好，一切都随我们的便，父亲要是妈妈该多好。而且妈妈的颜色要是不会变该多好……我醒转来，我就叫妈妈，一声连一声地叫，把头缩在被里不出来，我的决定是一定得妈妈走来我才答应把头从被子里伸出来。我迷糊糊地滚在软松松的被褥里，觉着有些热，又有些急，忽然我觉得妈妈坐在我的旁边了。我真开心极了，我闭着眼睛去亲妈妈的嘴唇，把脸埋在妈妈的乳房里，我说："妈妈，我做了一个梦，我梦见和灵姨……"忽然有一只手推开我，悄声地对我说："谁是你的妈妈……"我睁开眼一看，我看果然不是，我就更歪缠地扑过去，"是我妈，你就是……"我看见灵姨撇撇嘴，啐了一口道："谁稀罕！"然后脸上现出机灵的笑，眼睛深深地看进我的眼睛里。她看出来我不懂她的话，她便顺着我的视线看过我这边来，把头顶门儿顶着我的头顶门儿，然后匀出手来给我穿衣裳。我和她打了，闹了，揉搓了，腻够了，听见妈妈喊我们了，妈妈埋怨我们为什么穿得这样久，灵姨用眼睛瞪了我一下，我们才算穿好了衣服。

我很久不进爸爸的静室里去了，那一天黄昏的时候，我偷偷地走进去，外边的院子好像昏暗了，但南园子的花光还是明亮的，照过来仿佛这屋子里也是亮的。当我不知道为什么又走进父亲的静室来的时候，我突然看见了那幅画像，那画用淡淡的杏色的绢裱的，画又细又长，下边用檀香木做画轴，画的顶上边还垂下来一串珠珞的穗子来。

我脸上发烧起来，心也卜卜地跳，手好像不好使了，我好像第一次看到这张画。那像相当的高，我站在下边就觉得更高了，我把她前边的小香炉搬下去，我立在那小紫檀凳上，站上去细细地看。

我第一次站得这样高，第一次站得和那画像里边的人的脸一边儿高。那是一张古装的妇女的画像，下边好像是烟雾，好像是水……仿佛她是走在水上，仿佛她是含着轻愁，仿佛她又是在微笑……我不知为了什么轻轻地和她亲嘴……迷迷惘惘的我走出了那座宽大的静室，我回头看了它一下，我觉得更高大了，我觉得它和我有一点儿陌生了，可是它又和我有一种秘密的联系，一种说不出的迷惑，我痴痴地不能讲出，也不能想出……就在那一天我生病了，我发了很高的热，而且常常说着呓语……

在我清醒的时候，非得妈妈来侍候我不可，我的大嫂为了要减轻妈妈的疲劳，要替代妈妈来看护我，我便把东西掷过去，不要她进来。亲戚邻舍来看我的很多，但是我都不见，我那个屋子不许任何人进来，只许我母亲和我在那里。保姆送东西，都送在外屋。我把豹皮铺在炕上，太师椅子放在炕上，炕上也是床上，也是地下，我要坐起来就坐在大椅上，我从窗子里向外看着白云似的杏花……母亲侍候我吃药……灵姨有时候在窗外看我……大夫不知道我到底闹的什么病，他告诉我母亲，说这是叫"苦春"，我母亲慌了，问他怎样治才能好，大夫说："立了夏就好了，你看鹅毛飞不起来的时候，小少爷的病就好了。"

到了夏天，我病好了之后，我的二哥便一定要我去天津念书去，我母亲虽然舍不得我走得那么远，但是怕不依着我，我再生一次病，于是就答应下来了。

……

三年之后，我又生病了，我的哥哥叫我停学回家去休养。那时我已踢得一脚好足球，盘得一手好杠子了。我回到家里正是大秋天，我和我的大表哥——大祥哥天天到大地里去玩。我从来没有接近这大地，现在真是心花怒放……觉得什么都是好的，什么都是新奇的。十四岁的男孩子愿意骑马就骑马，愿意打枪就打枪，坐在拉粮车上放飞似的跑，躺在黄金的禾秆上晒太阳，拿起青脆的大萝卜，摔在地上裂开了来吃，在地头上摊开"铺子"烧毛豆吃，捉住小鸡放在火上烤……站在小山岗上从这头向地那头儿来喊，打着小鞭子咔咔地响，骑着不备鞍子的马在斜坡上径下放……

我的家在我眼前都变了。从前我所能看见的所能想到的现在很少能看见很少能想到了，我现在看的想的都是从前我所看不到想不到的……这是一个新世界……

有一天，我一个人打着脆轻轻的鞭梢，在田里跑，看见那梭头青的大蚂蚱在我的面前小鸢鹰似的飞旋着，我一定要捉它下来，我捉下了蚂蚱之后，我便把它的翅子拉下来，外边那层硬翅不要，我要里边那层新绿色的透明的薄翅儿，我拉下了很多，我把秫秸里边的瓤儿用指甲掏空了，便把透明的翅子放在里边留下来。

我在草棵子里蹚出一只呱呱青的大蚂蚱来，它飞起来真像只漂亮的绿燕子，可是骄傲得又像一只小飞鹰。我跟踪着它，把方才收集的那些各色各样的珍贵奇异的翅子，费了我多大的机智，敏捷手段和心血而捕获来的，放在太阳底下放光、放在月亮底下发亮的翅子，都抛到九霄云外了。我就要那一个，最好的那一个，没有那一个那一切的好都是多余的，都是对我没有丝毫价值的。我跟踪那骄傲的蚂蚱儿，它是多么骄纵，多么快活，多么得意，它刚落下来就又飞起，飞了一个抹斜的半圆，又飘飘地飞起来，往上折，往上折，又跌下来，下来再兜一个圈子，翻上去，我看得清清楚楚的。这翅子等一会儿便是我的，我要轻轻地折下那透明的闪耀着欢喜的光芒的翅子了……那蚂蚱飞得恁快，转眼已经飞过壕沟去了。秋天的田虽然割了，但垄上还是不好走的，因为每条垄都没有破坏，都长得很高。我拔着红色的靴子在一望无际的大野上追逐着，我把白绒的短上衣放在手上，我就是预备用这件衣服夹捕它的。那蚂蚱飞翔得更美，圈子兜得更圆，一会儿便飞到我的身边来了，我站起了，抖起衣服，一下子扑过去，扑着了。我慢慢地掀开我铺在地上的短上衣，怕它突然地得着机会飞走了，我把衣服都掀起来的时候，什么都没有，什么都不见了，我抬头一看，白色的一动不动地停着，太阳懒洋洋晒在我的身上。各色各样的蚱蜢，在田野里飞。紫色的、土色的、黄色的、苍绿色的、花的、蛇色的穿梭似的飞，但是我一眼就看见了我的那一个。

　　我绕过田垄去，它向一个草垛上边飞去，我绕过草地，它落在地窖的一棵特别长的青草上。我又一扑没有扑着，这回它落在个小草堆的尖头上，我毫不犹疑地向尖顶上一身纵去，我把全身都投在小草堆上，草堆立刻陷落下去，我的头已经探过草堆的这边来了，我看见了一个姑娘，有点儿像画上的像，又有点儿像灵姨的模样，把她吓了一跳。她本来坐着在编织一些什么呢，现在连忙想站了起来，但一看出是我来便又坐下了。她又惊又喜地睁大了眼睛看住我，但是眼睛马上变小了，脸上画出一种顽皮的笑：

　　"你没有捉住蚂蚱，你捉住我了。"

　　我一个鹞子翻身翻过去，偎在她的旁边急急地说："灵姨，怎么会是你呢？"

她带着几分怨忧的样子说："为什么会不是我呢？"

我一连串地问她："为什么不去看我去呢，你住在哪儿，为什么一点儿也没有听见你的风声呢，你为什么不知道我回来呢？"

我问她："你为什么不去看我妈去呢？"

提起我妈妈，她脸上现出自嘲的笑容来，然后还是用马莲仔仔细细地编织小东西，我说：

"灵姨，你为什么不搭理我，难道你不跟我好了吗？"灵姨正把一段狗尾草放在嘴里咬着呢，听了我的话，便捧过我的脸儿来，把眼秀媚地眯缝了一下，用牙把草秆使劲地咬了一下，便说：

"你长大了，你长得好高，我几乎不认识你了。就你一个人来的吗？谁跟着你呢？"我说：

"就我自己来的，我特意找你来的，我早知道你一个人在这儿。"但我心里真难过，假如我真的知道她一个人在这儿而我是特意来看她的该多好，灵姨意味深长地一笑，妩媚地看我一眼，等了一会儿才说：

"你不知道的还多呢！你太小了啊！"然后又对自己嘲讽地笑了一下。我有点惶惑，急急地在她的脸上身上看着，想看出一些什么不同来。灵姨比从前更漂亮了，脸上的红潮更涌了，她的上唇的中部尖得特别分明，她的嘴唇在动的时候，像是活了似的。她的唇在翕合的时候最好看，像一粒滚动着的红樱桃。她的胸部，比从前更突出了，仿佛有一种温柔的风吹进在衣袂里，把衣服胀满起来了。她把她做的一个小马莲垛儿，放在我手心里，然后把我的手指按下去，叫我握住。我觉得有点儿不好，她一定是要走了，我就拉住她的手，问她：

"你在哪儿住？"她指着地头上那座白房子给我看。我又犯了我的老毛病，和她纠缠起来，我说："不行，你一定得告诉我怎么一回事！"

灵姨喷了一口气，看着我眼里透出愉快的光辉，然后用两手抱了一下膝头，把头放在两膝中间，将脸向上翻着，把膝头轻轻地摇了两下，眼睛向上看我，嘴儿仍旧紧紧地闭着。等了一会子，才幽幽地说："我早就知道你回来了。"我听了就跳起来，叫着："灵姨，是我妈妈欺负你了吗？我去问她去，你为什么不在我们家了呢？一定是我妈妈的主意！"

她摇摇头，然后说：

"小孩子，你什么都不懂得，吃完晚饭你到那白房里来吧！"说完她并不站起身来，她反而把身子平铺在草地上，在地上折下一个草秆儿来，一段一段地用指甲儿折着，然后回眸对我问道：

"好孩子告诉我，灵姨好不好？"我爬到她的跟前，还像我从前和她在一起的时候一样说：

"灵姨顶好，我就喜欢灵姨！"我因过于痛苦，止不住热泪进出来，呜呜嗬嗬地大哭起来，她把她的头偎在我的怀里，她自言自语地说：

"灵姨不好了！"用手抚弄着我的头发。她忽地抱着我的头，找着我的脸，来和我贴脸，她亲得很使劲，好像在咬我一样。等我抬起头来看时，我看见她两颗大的眼泪含在眼里，然后她用一个轻淡的笑把眼泪抹去。她的眼像似在说："你太小了，你什么都不懂呀！"

我真着急，我真想说："我什么都懂呀，为了你，我死了都可以，什么事我都可以做！"但是因为我还太小，我只知道，害怕和惶惑，而且贪着看她一切，我完全陷在一个大的迷惘里，我自己觉得为什么这样不足轻重呢？为什么许多事大人都不告诉我呢？为什么他们都背着我来进行一些奇奇怪怪的事物呢？……

她说："你回去吧，可是不要告诉妈妈！"我完全受伤了，小小的心完全裂开了，我在别人眼前是个小孩子，我恨透了我的妈妈，一定是她欺负了灵姨……小小的心完全开向着灵姨。我像她的保护人似的，我一定给她复仇，不管欺负她的是谁，我都打死他……我还站在那儿不走，灵姨看见我还站着不走，便转过脸儿来，回到我的跟前，深深地静静地和我的嘴亲了又亲。

我觉得我的嘴唇上停留着一种新剥的莲子的那颗小绿心子似的苦味，可是又带着几分凉丝的甜味。那软的带着点甜的感觉还停留在我的嘴唇上，可是我的眼睛里流下来的泪把它冲咸了……那沉沉的咸味刺醒了我的神经，我才记起应该回家了。灵姨回过头来向我作手势，招呼我，叫我赶快回家，我痴痴地走，她为什么不送我回家，一定是和妈妈打仗了，我去质问妈妈去，但是后来我想还是在去了那白房子之后再说，我带着抑郁的惆怅回家去了。

在吃饭的时候，妈妈问我今天都做什么玩了，碰到什么人了，我都支支吾吾地混过去。在我的手心里我还热烈地握着那颗编织得小小的马莲垛儿，就是在吃饭的时候我也能闻出它扩散出的清香来。

母亲说我一定玩累了，晚饭后在院子里玩一会儿，就可以了，不要出去了。我都答应下来，潦潦草草地吃完了晚饭，我便向老门倌赚开了大门向北地里跑去，我走得很快，好像后边便有千军万马要追上来将我拉回去似的。

远远地我便看见了那白房子。我觉得它是那样的远，离我这样远……我看看路上也没有行人，也没阻碍，我很高兴……但是不大一会儿，一个拉草车往岔道上转过来，走在我的前头，我想赶过它去，将他落在后边，但是因为我太小，将它落下了一会儿，它就又赶上我来了。它差不多和我并齐了走，草装得很多，两边都扫在地上了，它遮在我前边，使我有时看不见那白房，心里感到十足的气闷。

快到那白房子前边了，我的心热热地跳起，而且我记起我自己的嘴唇，一直到现在也还有点儿异样，它还有着馥郁郁的热和甜丝丝的凉。我用上牙咬着嘴唇，加快地走着，忽然我看见我的父亲骑着那匹新买的快马从那白房子的院子里冲出来了，他的眼凶起起地向着草车这儿瞟了一眼，他的脸上满脸的怒气。那马一扭脖，被我父亲重重地打了一马鞭，便向北去了，远远地还听那烈马咦咦地叫……

我的全身都战栗了，我不知道为什么，我身子要倒向地下去。我竭力镇定，我站稳了，我看住了那白房子，拉草车的车夫说：

"小少爷，你累了吧，上车顶来吧，你爬不上来我抱你上去！"

他的最后的一句话激怒了我！我顶不愿人家说我是小孩子，我气得连他理都没有理，我拔开脚跑了似的跑到那白房子……

灵姨正当着门坐着嘤嘤地摇纺锤子，看见我，她便跳起来，拉着我的手向外跑。

那时那个草车正走到她的门前，赶车的崔老爷儿是个聋子，灵姨用手和他比画了半天，便把我拉到车顶上去，我们两个坐在车顶上的草堆里一摇三晃地走着。

这时暮色从四面儿上来，远远的村落都变成苍黑色了，灰色的光像雾似的一会儿比一会儿浓了，我心里重压着什么都说不出来。灵姨轻轻地说："你的爹爹用马鞭打了我。"

"他为什么欺负你呢！"但我想到他是我父亲，更愤怒的话就在舌头上结住了。

她淡淡地说："因为他又喜欢了别人！"

我一头栽到她的怀里，就大哭起来，我伤心极了。灵姨的头发，不知道什么时候散开了，暖苏苏地覆在我的头上。车摇晃着，我哭得不能自已，后来就昏沉沉地睡在她的怀里了，我感到有一种红色的热雾笼罩着我，在暗中我好像看见灵姨的红热的嘴唇招呼着我，我仿佛又听见妈妈爱抚的声音轻轻地呼着我……

三十一年七月十五日穷一日之力写成于桂林

（原载 1942 年 9 月《文学创作》创刊号）

延伸思考

小说写的是古老的"始乱终弃"的故事。我们所关注的，是作家选择的叙述视角。首先是将故事置于"男人的世界"与"女人的世界"的对立之中，这或许可以称为《红楼梦》的眼光吧。小说的叙述者"我"就是一个贾宝玉似的人物，小说以这样一个女性依恋者的眼光来"看女人（世界）"与"看男人（世界）"。而"我"生活里的"女人"有两类：画像上的女人，那是梦幻中的存在；母亲与灵姨，本来是现实的存在，但"我"看她们，却常常产生种种幻觉，她们之间不断"互幻"，其实是二位一体的，而且和"我"有一种神秘的联系。"我"所看见并沉醉其间的与画上女人相融合的母亲、灵姨，她们的自然生命的高贵、纯洁，也都如同"梦中花，水中烟"，不过是一种幻美。这里《红楼梦》的意味确实是相当浓的。但"我"一旦离开了原先选定的回忆的姿态，进入现实之中，看到的就是小市民女性的虚伪、虚荣，以及对金钱、权势的依附，于是就出现了与梦幻的调子相对立的嘲讽与批判，这或许是小说暗含的另一种更内在的调子，大概就是端木蕻良在其小说选的自序中提到的作品后面的"潜流"：这也是一种丰富性。

小说中"我"看见的"男人世界"里的"男人"，就只有父亲一个人。小说的开头父亲没有出场，却暗藏在"我"对静室陈设的精细、沉闷的铺叙里，似乎是超凡脱俗的；小说的结尾，"骑着快马冲出来的，满脸怒气的父亲"，"重重地打了一马鞭"，不仅显示出"男人世界"的残酷，而且把前面苦心营造的"女人世界"的幻美全部颠覆：作家讽刺、批判的潜流也因此冒了一个头。

端木蕻良要进一步展现的，更有"儿童世界"与"成年世界"的对立，这就是研究者特别关注的小说的"儿童视角"。人们津津乐道，也应该是我们阅读的重点的两个场面："我"与灵姨"两个约定谁也不看谁，只是在水里看着彼此的脸"，还有"我"在田野里捉蚂蚁，都是真正的"儿童的世界"，不仅活生生地展现出儿童的心理、神态，而且展现了儿童所特有的将一切（自我以及外部世界）梦幻化的思维特点。有研究者认为，《初吻》的最大特点即"儿童视角获得了相对的自足性"，"成年叙事者干预的成分甚少"，从而"保持了相对原生的儿童形态"（吴晓东：《回溯性叙事中的"儿童视角"》，收钱理群主讲：《对话与漫游——四十年代小说研读》）。当然，端木蕻良笔下的儿童世界也并非总是这般自由而无忧无虑。据儿童心理学的研究，儿童期其实是一个充满压抑感、焦虑感的困惑时期。小说里隐约显现出儿童内心的压抑、迷惘，以至"儿童反儿童化"的倾向，尽管生命原始时段的困惑，与成熟期的精神痛苦并不同质，但毕竟是人精神长河的源头，自有内在的贯通。小说正是通过这样既充满梦幻也不无困惑的"童年回忆"，更深刻地揭示出现实的生存困境，端木作品中严峻的潜流，也就在于此。这些都值得细加琢磨。

● 我们在前文论述里，提到"作家的几副笔墨"也是 40 年代文学多元化的一大特点，除了这里讨论的端木蕻良，最重要的代表性作家，就是路翎。他的小说总体风格是投入、狂躁、酷烈，长篇小说《财主底儿女们》之外，还有中篇小说《饥饿的郭素娥》等；但在他的短篇小说集《求爱》里却有客观、节制、冷峻、深厚之作，也有构思别致、幽默、诙谐、留有余地的"袖珍型"作品。有兴趣的读者不妨对路翎作品的几副笔墨也作一番讨论与研究。

● 前文谈到的《红楼梦》对端木蕻良创作《初吻》《早春》的影响，是一个认识端木的艺术创造的重要视角。弄清这一点，就可以理出其创作发展的一条线索：从《科尔沁旗草原》里对"红楼梦式的、仆婢成群的府邸"的描写，到这一时期的《红楼梦》的研究，《初吻》的自觉借鉴，《红楼梦》题材剧本的创作，直到晚年长篇小说《曹雪芹》的创作，都一路走来，顺理成章。《红楼梦》对现代文学的影响，是一个重大的研究课题。有兴趣的读者不妨从研究"端木蕻良与《红楼梦》"开始，作一次有益的尝试。

● 在 40 年代，采用"儿童视角"的小说创作是一个带有共性特征的小说史倾向。我们已有讨论的萧红的《呼兰河传》，这里讨论的端木蕻良的《初吻》，以及下文还要讨论的骆宾基的《幼年》，都是其中的代表作。在分别讨论后，还需要有一个综合的研究，既可以相互比较，分析其不同的尝试与得失；更需要探索其叙事学、诗学、文学史的意义。这也是一个值得一试的课题。（参阅吴晓东：《回溯性叙事中的"儿童视角"》，收钱理群主讲：《对话与漫游——四十年代小说研读》）

他觉得世间上唯有她是最美丽的，

唯有得到她是最幸福的！

为什么不爱这最美的呢？

骆宾基（1917—1994）

《混沌》

《五月丁香》

《北望园的春天》

有月亮何必去摘星星呢！

就是没有月亮可摘，

他也不要摘星星！

《边陲线上》

骆宾基：
从战场到大山的还乡之路

1937 年 9 月	骆宾基《在夜的交通线上》发表（《烽火》第 4 期）。
1938 年 5 月	《大上海的一日》出版（烽火社）。
1942 年 4 月	《边陲线上》出版（文化生活出版社）。
1943 年 5 月	《乡亲——康天刚》发表（《文学报》第 1 卷第 1 期）。
1944 年 5 月	《姜步畏家史》第一部《幼年》出版（三户图书社）。
1947 年 1 月	《混沌——姜步畏家史》出版（新群出版社）。
1947 年 8 月	《五月丁香》出版（建文书店）。
1947 年 8 月	《北望园的春天》再版（星群出版公司）。
1994 年 8 月	《混沌初开——姜步畏家史》（含《幼年》《少年》两部）出版（北京十月文艺出版社）。

我们在前文的讨论中谈到，20 世纪 40 年代的战争文学，有一个从抗战初期历史沸腾时期急就章的粗犷，到抗战中后期历史沉潜期的典雅和细腻的发展过程。骆宾基（1917—1994）的创作就是一个典型。

这是 1938 年 7 月 1 日《烽火》第 17 期上的广告词："在抗战期间活跃的报告文学者中，骆宾基先生是最杰出最受人注意的一个。"骆宾基亲自参加了 1937 年 8 月 13 日爆发的上海大血战，先在防护团，后又转入别动队，在战场前线写下七篇"实录"，集成《大上海的一日》一书，茅盾评论称是"用血用怒火写成的作品"，断言其某些篇目"将在我们的抗战文艺史上占一个永久的地位"（茅盾：《〈大上海的一日〉》）：这是当代人写的当代史。后来又有在《文艺阵地》上连载的《东战场别动队》，写沪战中一支由工人和知识分子组成的别动队未经军训仓促上阵的故事，如研究者所说，"在环境描写、事件叙述、细节捕捉、形象描绘等方面明显借鉴了小说技巧"（尹鸿禄：《大后方散文论稿》）。这样的"报告文学小说化和小说报告文学化"的文体渗透，是抗战初期文学的一大特点；也显示了作者的创作才华，预示着其之后的更大发展。

1940 年骆宾基来到桂林，找到了文学发展的新天地。桂林在战前只是内地边缘省份的城市，抗战时期的特殊位置和环境造就了它与文学的因缘：它正处于抗战政治文化的缓冲地带。当时广西的地方势力与中央久有矛盾，趁中央政府内迁重庆之机，为扩张实力而创造了相对宽松的政治、思想、文化环境，桂林就成了南北文化流动的理想集散地。许多大专院校、研究机构、报纸杂志、出版社都云集于此，这里成了文人的聚集所。在桂林居住超过两年以上的，就有柳亚子、欧阳予倩、熊佛西、艾芜、王鲁彦、巴金、夏衍、田汉、端木蕻良、骆宾基、邵荃麟等著名作家。研究者如此描述桂林的创作环境：如果说远离战场的"昆明有余裕来沉思、体验战事"，那么"桂林却距战火不即不离。好似迫在眼前，又可从容构想"（吴福辉：《桂林：战时"文化城"的戏剧潮出版潮》，收《插图本中国现代文学发展史》）。我们这里讨论的两位东北籍作家端木蕻良和骆宾基都在桂林写出了他们新的开拓之作，可以说是天时地利人和所致。

骆宾基从前线来到西南大后方，处于相对安定、从容又孤寂的环境中，就自然沉浸在对千万里外已失去的故土梦萦魂绕的怀恋之中，同时陷入比这念旧更深的，对人生和自我的思悟里。于是，在桂林写出了三大艺术精品：短篇小说《乡亲——康天刚》、长篇小说《幼年》和短篇小说《北望园的春天》。

《乡亲——康天刚》唤起的，是骆宾基这个东北汉子最深远的，具有寻根意义的，祖辈"闯关东"的历史记忆。小说中，没完没了地念叨的"乡亲"有双重含义，既是深山里的东北老乡，更是海滨的山东老乡。而小说里的"乡亲"也有两类。一类是现实的存在：孙把头当年"抱着寻求财富的愿望"来到东北崇山峻岭，认定"什么事情都是安排定了的",必须"安分守命"。他说自己就是"不向高里望",只顾埋头"卖力气,做打头的长工","实在的,一步一步来"。果然他三年后就有了一百垧熟地,娶了个俄国老婆。另一位乡亲姜云峰选择当半土匪,每年定期"巡山",向种烟土、寻山参、砍林子的抽税。十七年后再见时也成了气大财粗的山中之王。而作家着力描写的另一类"乡亲——康天刚",却是一条"不一步一步来,尽向高处望"的不寻常的"汉子",说话也掷地有声:"我是有月亮不摘星星的"。他自有一套人生哲学:"人哪!只活一辈子;有的百把十岁,有的四五十岁,都有这么入土的一天,没有第二辈子的。有些人呢,在这辈子里,整天有口粗饭吃就知足了;有些人呢,就不了。不是到头都一死吗?那么我要活的幸福,有意义。真的,就是这样!乡亲!人就是命运的主儿!"作家显然赋予他的主人公以某种逆反现实的思想者的品质,他的经历、命运都有某种传奇性、梦幻性:他离乡背井,跑关东,窜深山,硬要摘下那谁也不知去处的老山参。十七年就这么过去,康天刚"一年比一年苍老,眼光一年比一年犀利,而且冷酷,脸色也一年比一年顽强,甚至于面对着好心肠的伙伴,也没有一点改变。永远是用冷酷的眼光,仿佛瞭望某种遥远的东西,那样望着近前的人"。尽管在"疲倦而且昏眩"的那一夜某个瞬间,他也怀疑是否"每一步都走错",但很快"又全部恢复了原有的高傲",他决心以死示守,把和自己生死相依的乌耳狗"抛向深的涧谷"。却又鬼使神差,在寻找乌耳狗的尸迹时,在二十丈悬崖底下,找到了千年老山参,自己却"像一座巨塔那样倾倒了"。临终时,他"望着所有的乡亲们",欣慰于自己"到底没有俯首认命",又惦念着乌耳狗最后"入土"。读者也终于明白,作家实际要写的是一篇探求人的生命意义的"寓言"。他在"乡亲——康天刚"里注入的,是自己远离家乡,在战乱中四处流亡的生命体验和感悟。读者在"乡亲——康天刚"身上看到的,正是我们在前文里一再讨论的,也曾在路翎、师陀笔下出现的,也是永远"向远方凝眸"的漂泊者与流浪汉。这是一个渗透着作家主体情怀、时代精神的乡土回忆,是现实与梦幻的有机统一。

长篇小说《混沌初开——姜步畏家史》的写作本身就是一个长长的故事。最初作家在桂林与香港写出了一部名为《人与土地》的长篇小说，但太平洋战争后，该小说却在战乱中被焚毁，散失（骆宾基：《姜步畏家史》第一部自序）。后又重写，题为《幼年》（又名《混沌》），于1944年由桂林有名的三户图书社出版发行。第二部《少年》写于1945年到1946年春天，是从桂林大撤退后在重庆郊区创作的。到40年后的1985年，作家又产生了重写的念头，一直到1988年年底才完稿，写成就又一次患脑血栓病倒了。最后于1994年由北京十月文艺出版社以《混沌初开》为名（内含《幼年》《少年》两部）出版，距离《少年》的出版，竟然"经历了整整半个世纪的岁月，这在出版史上大概也是相当罕见的"，作者说"我的心里真是感慨万千"（《混沌初开》后记）。

有意思的是，文化艺术出版社版《幼年》的自序中还特意提到《幼年》早年的封面："全版是一幅独立的渗有红辉的米黄色的单色画。版面的一角，是一个抱膝而坐的孩子与一只相依为伴的羊羔，给人一种梦幻的感觉，仿佛把人带入一个童话世界一样。"作家认为这一种"童年的梦幻和情趣，这也许更符合本书的风格"。这当然是一个重要的提示。《混沌初开》唤起的同样是战争中回乡的"梦幻的感觉"，但不同于《乡亲——康天刚》式的传奇人生记忆，而是童年时代的"童话世界"。于是就有了研究者最为关注的，相应的艺术表现上的"儿童视角"：骆宾基的《幼年》和萧红的《呼兰河传》、端木蕻良的《初吻》，被公认为40年代中国现代文学中的"童年追忆与儿童视角"文学潮流的三大代表作。打开《幼年》扑面而来的，就是"我"第一次跟随母亲到河边去，"仿佛没有看见宽阔的水流，以及河南岸的绿野、羊群，只是觉得这里有各种各样的声音"，"特殊的、古怪的、发自什么地方"的声音，"顺声寻望"，什么也望不见，却又引起无穷的"好奇心"；"我""仰望到的"的只是"锯木架子，是那样高大，如冲云霄"，后来才知道只是离地一丈四尺高，但当时的感觉却是"奇怪"："为什么站在那样高的木头上的人，不会坠落下来。我一直望着他，仿佛不一会儿,他就会站不住,就会跌落下来似的"。还有"我"第一次近距离看小妹妹:"妹妹是一个红脸的婴孩,趋前就有股乳腥气,我只觉得她的小的手指和小的脚趾很有趣","看见母亲是那么喜欢她,自己也就爱摸她光滑细致的小脸,爱抵触她的腮颊,爱把手指伸到她口里让她咬"。"我"从母亲看妹妹的眼光里,感觉到"欢欣的深切",尽管并不清楚这是为什么,"只是觉得母亲眼光愉快而幸福,我也就切身感到愉快而幸福,并用这愉快而幸福的眼光去看她而已"。这样的儿童眼光、儿童心理的亲切而细腻的展现背后,可以分明感觉到,作家自己也在用"愉快而幸福的眼光"望着他笔下的人物;最后,连我们读者也有了一种愉快而幸福的感觉。这样,"人物(母亲与儿童)—作家—读者"三位一体的感觉,正是骆宾基的《幼年》魅力所在。

研究者则进一步分析说,和端木蕻良《初吻》的"儿童视角获得相对的自足性"不同,在骆宾基的《幼年》里,可以随时看到、感觉到"成年叙事者"的存在。不仅在某些章节的开头直接现身:"这一切我都记得很清楚,仿佛昨天一样","在这里我只能把记忆中的最清楚的一片断一片断联系起来";而且在具体的儿童视角回忆与叙事中渗透进成年叙事者当下的主体感受与认识。有研究者因此认为,骆宾基的《少年》"对于儿童意识与儿童眼中的世界的表现实际上表达的是作者对于日常生活的诗情发现"(范智红:《世变缘常——四十年代小说论》)。这也是其儿童视角与萧红的《呼兰河传》不同之处。小说经常提到"我"模模糊糊听到父辈们彼此之间的谈话,与和自己谈话时的"语调不同,而又有着无限的隐忧"。骆宾基可以说更加自觉地要写"小城故事","为一个代表着老中国的乡土生存形态的小城,在文化学、民俗学乃至人类学层面立传"。《幼年》《少年》就是要写出珲春这个满、汉、回、朝四民族杂居共处的边境小城的社会家族变迁史。这就意味着作者试图"以儿童有限的经历和视域及单纯的思维能力,去再现尽可能广阔而复杂的外部世界,以个体的童年成长史去展示'家史'",小说的叙事也因此呈现出一种内在的矛盾,时时以成年叙事者的分析性语言和判断去弥补童年理解力的不足,不断让叙述者的声音穿越当下与童年的时空：这也正是骆宾基的《幼年》与《少年》"回溯性叙事"的独特之处。（参阅吴晓东：《回溯性叙事中的"儿童视角"》，收钱理群主讲：《对话与漫游——四十年代小说研读》）

骆宾基的第三篇精品《北望园的春天》，写的是生活在当下后方生活里的东北老乡，他们背井离乡，又处于现实的政治低气压环境之中，就引发出了内心深刻的寂寞感和人生沧桑感。如果说，这样的寂寞感、沧桑感在前述回忆性作品里，还处于隐约可见的背景地位，在《北望园的春天》里就走到前台，直抒胸臆了，所采用的依然是感伤的抒情笔调。

1943

《乡亲——康天刚》

骆宾基

一

乡亲——康天刚第一次离开立马峰，已经是在关东山满了三年的期限。三年来，没有挖到一棵人参，脸上也看出是老了，眼角裂开一道道皱纹，尤其是在笑的时候，全不像只有三十岁的人。离海南家的时候，穿的是土布的农民式短袄，现在穿的还是那件的底子，不过补的一块一块的，看不出原先那种色调了。

现在他从关炮手那里，借来一具雪车和坚厚的羊皮外衣，套上猎户的那匹俄罗斯种的公马，把手指插入嘴里，打声响亮彻野的呼哨，两手抖抖马缰绳——那缰绳从公马的阔嘴的左右分作两股，为的是便于车夫坐在雪车上驾驶而延展很长——呼唤一声骚达子（那时公马已经扬蹄），他把身子用力向雪车的干草上一抛，又抖抖马缰，雪车就开始移动，逐渐迅速地飞驶开去。骚达子也就高声吠叫着，追逐野兔子那样随着雪车奔窜——一会儿就越过雪车，高吠着一直奔窜前去。康天刚就把两手插入无指的狗皮手套里，安然坐在雪车上。公马不用人指使，一百四十里的冰道，傍晚就可以赶到了，没有大风。雪刚停止，无际的晴空托着一轮暖阳，正是冬季探友的好日子。

这是爱新觉罗氏家族入主中国以后，算是"江山一统"的太平年月。

正像京戏里任何一朝皇帝出场时所说的"风调雨顺，国泰民安"的时代。

皇朝发祥地的解禁圣旨颁布不久，就是说三年以前，乡亲——康天刚就到关东来了，抱着寻求财富的希望，和普通那般跑关东的山东农民一样，充满了冒险的精神。

康天刚本来是乐天任性的人，欢喜唱小曲、拉胡琴、玩鸟、打猎，一直没想他该怎样来建立家业。因为和三里外的邻村的财主闺女发生了爱情——他是雇在财主家做长工的——等到财主知道他和自己闺女的关系，想要拆散他们，已经晚了，而且知道闺女抱着誓不改嫁的决心的时候，就答应康天刚：若是三年以内，他能够置买二十亩小麦地，另外再有耕地的牲口和一辆送肥的农车，那么他绝不再苛求，准备把他的闺女嫁给他。财主是中年丧妻不娶的人，平日自然极钟爱她。

他闺女也首肯了这个口约。康天刚回到自己的村庄，就贱价卖掉自己仅有的半亩祖茔墓地，以便及早动程到关东山。当时，关东山在山东农民的脑子里，是块遍地金沙的宝地，除了闯关东，康天刚想：是没有别的方法在三年以内成就这样一份家产的。

给他暮年的母亲，只留下两间祖屋，临走母亲嘱咐他，到关东山无论运气是好是歹，要常常找人给她带口信。那时还没有邮局，许多到海北的山东农民往往一离家门就失去音信。又说："我自己呢你就不用挂心。反正本族的户数多，冬天帮着人家推磨，秋天帮着人家打场，春夏有的是野菜，总能凑合着过的；不过只有一样不安心，就是昨晚做了个不祥的梦，恐怕咱们不能见面了呢！梦见掉了牙不见血，也不疼，不太吉利！"

"你别想这些，咱们一不杀人，二不偷盗，会有什么不吉利呢。"

"吆！可难说呢！"她流下泪来笑着说，"我自己老的这样，牙口眼色，越来越不济事，说不定有个三长四短，眼前就你一个亲人，又隔着渤海……"

"不会呀！"康天刚笑着安慰她，"老天保佑，说不定我今年年底就回来了。"

这样康天刚就离开乡井，带着几件替换的衣裳，另外还有地主女儿送给他的一件瓷的观音像，祝福他在观音老母的庇护下能够早日发财，及时回家；实际上她秘密默祷着，愿他不要变心，或给关东山的黄金迷住了，忘记了遗留在海南守约的自己。

那时没有汽船，他搭的是依靠风力的帆船，那帆船挂着三张白布篷，在无边无际的海里，飘荡了整整三个月，因为半途曾经迷失了方向，等待到达如今叫作大彼得湾，望见渔船和海鸥的时候，康天刚已经和全船乡亲饿了五天啦！

在海参崴——大概是一八六〇年以后吧！俄罗斯亚历山大二世的东"西伯利亚政府"的主脑穆拉威耶夫，刚刚占领了这块土地——那辽满两族土人杂居的城市，康天刚只休息了两天就和那些同船来的旅伴们分手了。有一个名叫姜云峰的乡亲，指示给他到吉林省境的路程，说是第一天，他可以在地名卢锅的镇市住宿。那里有许多制盐的乡亲，尤其是孙把头，为人很义气，若是碰到他，说不定还能搭上访山帮的伴，让他们送你到省境去，然后祝福他有好运气——至于他自己，要歇几天，进山找"干这行的朋友"。说话时手指做着捻弄胡子的姿势。康天刚到现在才明白，原来在船上交了个"胡子"朋友，立刻觉得遍地白雪荒山的关东山，确乎和人口稠密的山东不同。两人分手，还约定交秋再碰面。姜云峰说："开春再入吉林边境去玩玩。"

路上，康天刚越发觉得这地界着实和海南不同。远远近近，全是重叠的高峰峻岭，而且岭峰还遗留着冬季的白雪，快到三月了，还看不见一点绿色。所有的岭峰全长着森林，峡地和宽谷又一色是草原，这都是他第一次见到的，那么广阔无际，那么丰富、稠密，一片一片，无尽无止地展开去，地面不露一块土，足证它们是一年到头，没有人动过，冬季任性自衰自败，春季任性自长自生，无怪乎说关东山富庶。在山东不要说森林，就是河崖草都偷也偷着挖光了，哪有抛在地上不管的呢！起初，他还想着搭木帮，入山砍木头；后来想起姜云峰的话，为什么不搭访山帮去采参呢？他是抱着有月亮不摘星星的雄心的。

走到卢锅，果然找到孙把头。这是个背胸相当宽厚的汉子，满脸红红的，仿佛刚从热水浴盆里走出来的人。和他相离三年了，康天刚还清楚记得初次见面的印象。那时候，他就留着一撮蓬草式的胡须，辫子是割掉了，只剩着丰厚的辫尾，穿着破羊皮袄，敞着胸，衣扣全破了，用一块粗布扎着腰。一知道他是从海南新出来的乡亲，而且特意找他的，就把康天刚带到自己所盖的洋草房子里去。从墙上摘下酒葫芦来说："乡亲，这是海参崴的'伏特卡'，尝尝吧。这地界没有咱们海南家的高粱酒，都吃这个。我是一滴也不要沾的，原是预备来人什么的。咱们在这碰到就无亲也带八分亲了，你得当作在自己家里才成哪！"他又说："你尽管坐下喝，关东山是不讲礼道的，也不要让。"又问他："海南家的收成怎么样？哪村哪乡受到旱灾？"说着说着越发亲近了。看来康天刚提出的庄名和本乡有声望的人物，孙把头也都知道，并且还能说出每人的特点。譬如："东旺庄衙役，还是那么能喝呀！每次都用棍子挑着个大酒坛赶集！""李家洼的老刀笔还没有死吗？真是祸害一千年，每年赶山，都是衣领后插着把扇子，谁见了不让路三尺呢！"最后孙把头告诉他，在这里可以多住几天。他现在新领了一块山地，预备开春垦荒，若是他愿意留在这里，他情愿一年给康天刚七十吊羌帖的劳金，或者他也想领块荒山的话，那么就合股开垦；他出牲口，康天刚出力。

当时康天刚想："我要七十吊羌帖有什么用呀！把七十吊羌帖看得这么重；可是在我，一点也不济事，就是干两年回家也置买不了能养得住两匹牲口的地亩呀！就是合股垦荒地，也不是一年两年就见成效的营生，况且我还预备年底回海南呢！"就辞了，决定去访山。访山就是挖人参，吃山的人是忌讳说明它的。

"为什么访山呢？"孙把头说，"那都是心高望远的人走独门，掷骰子想一把掷出三个六点来，全得凭运气、手红；那当然，说不定几个月能访到棵百把年的老山货，可是背运，三年五年也未见访着一棵参苗子。还是卖力气，做打头的长工吧！这是实在的，一步一步来。"

康天刚笑着说："卖力气，我就不用卖掉祖茔地过海来了！"

现在回想起来，康天刚只有苦笑。还有什么可说呢？三年真的一棵参苗也没见，不过还有着自信，那就是再看今年这三百六十天了。

他现在就是去卢锅探望他的乡亲孙把头，托他找人向家带个口信，让海南家那个守约的闺女，再延期一年。他想今年年底一定会走运的，因为败运也是三年一转的，虽然他确又不相信什么运气。

这时候雪车已经离开山道，在一道河流的坚固冰面上飞驰着。冰面又宽又平，向山谷之间伸展开去。两边全是白雪掩盖的草原，显得极空旷极辽阔，而又云树不分的渺茫，一切全是白的和灰的；只有偶尔那树枝上雪块坠地的声音，才使人注意到雪车越过森林蓬茂的山脚，原来空旷也并不辽阔。康天刚现在对无边无际的富庶山野，完全没有兴趣了。虽然抽了袋烟，想提提神，可是在那永远是单调的白雪灰云的河道上，永远是马蹄子在冰面上起落的单调声音里，终于袖手打起盹来。

路还远着呢！

二

拖着雪车奔驰在坚雪道上的公马，突然扬鼻打起啸声。康天刚醒来一看，太阳已经落西，雪车早已离开所走的冰面，而且旷谷周围，起了大风，雪屑满空飞舞。不过从公马的一连串响鼻的声音里，意识到距离卢锅是不远了。为了避免再沉湎到睡眠中去，就跳下雪车，让公马就着自己的脚步缓缓走。这样，还可以活活周身的血，实在他的两脚冻得有点儿疼呢！不久，公马打起第二次响鼻，它的眼睛也放出光来，竖着两耳，向前侦听。康天刚就想，快到了。可是伸展在眼前的辽阔雪野，又一点村庄的痕迹看不到，尤其是风高雪狂，连树木的黑影也望不清楚。慢慢地发现许多野雉的爪迹和狗的吠声，康天刚的雪车才走进半里外还不能十分确定的卢锅村。

一群孩子在村口站着望他。他们追逐那些飞到人家附近找觅食物的野雉，现在他们望见雪车来了，都想能认识他是谁。是本村的呢，还是父亲的故旧？等到彼此互望着，知道谁也不认识他的时候，就有年纪较大的孩子，提议坐雪车，一哄地迎奔前去。

康天刚向他们笑着说："小狗拾的，等进了庄再坐，马累了一天啦！"

一个两腮冻得红红的孩子，穿着大人的短袄当长袍，他说："你是不是来卖狍子肉和狐狸皮的？"

"孩子，我是卖鹿牙和象角的。"康天刚有趣地向他睁大眼睛说。又问："孙把头在村子吗？"

"你找姞姞领你去吧！"他笑着就向一个八岁的梳着两条垂肩长辫的女孩子叫："姞姞！找你爸爸的呢！"

那是一个俄国孩子。有着黄头发，海蓝色眼睛。

康天刚想：怎么孙把头成家了吗？那么一定是个寡妇了。

他猜得不错，等刚一见孙把头，他就拥抱起他来说："你是天上落下来的惊人呀！"然后回头高声招呼起玛达嫂来。康天刚问他："还认识我吗？"也没得到他的答话。尽是吩咐姞姞把公马卸下来，自己就拉着康天刚的热手（因为刚脱出皮手套），走进一所有玻璃窗的房子。

"乡亲，你老了呢！"孙把头说，"我在后窗就望见你了。我说这是谁呢？我不敢认，后来越看越像你……唉，我成了家呢！还是先说你吧！你怎么样？"

这时候，玛达嫂走进来。脸面和孙把头一样的红。肌肉粗壮而有力，腰胸一般肥胖。进来时，用裙子擦着手，说了句什么。

"你看，她还问干什么呢？客人来啦！还问干什么？拿伏特卡来——你那是做什么？挤牛奶吗？别挤了。烧苏布汤去吧！"

玛达嫂用眼睛向康天刚笑着，表示歉意，表示不知道怎样说话来迎接为丈夫所喜欢的这位客人。又用围裙擦擦手。可以看出来，这一次是宣告要下厨房了。

"牲口呢？"她用熟练的中国话说。

"牲口，牲口……牲口牵到牲口棚去呀！"孙把头说，"你不用动，她会摆布。其实她满精明，给我喊得喊昏了——你坐坐，还是我出去看看吧！"

康天刚一个人望着这泥壁光平而洁净的屋子，望着有窗帷的玻璃窗，望着平整的油漆地板，白布罩的饭橱，觉得一切是这样富美，一边脱掉挂着雪屑的羊皮外衣，心里是急于要知道孙把头是怎样在三年内治富的，并有若干财富。

"姑姑去领这康大叔到河冰眼洗洗。在冰水里泡泡，不会冻伤的。"孙把头回过脸来说。

康天刚很熟悉地通过后门，走到后山脚的小河崖下。姑姑总是用出神的眼光望着他，在她出神望他的时候，他就做着猴子眨眼那样迅捷的眼风，取悦她。心想母亲那样粗笨，怎么会生出这样一个漂亮的女孩子。走到石凿的冰口，姑姑指给他可以坐下洗脚的石头，就独自像山羊羔子般跳着跑开了。

洗脚回来，孙把头又在他脚前掷下一双短腰毡靴，说是："这还是你前一次穿过的哪！"然后把西窗帏拉开，这样屋子更亮一点。于是聚在宽长的桌子周围用晚饭了。孙把头照例还是不沾滴酒，只给客人亲手斟。

"乡亲——我说你留在这按部就班地干，不是也和我一样了吗？"孙把头开始说，"你知道。我现在有一百垧熟地了呢！还有三百垧荒地没有开。虽说背着千把块的债，可是我也给你讨了个嫂子。"他向玛达嫚望了一眼，"我就是不向高里望……还是先说你的吧，我也从'来往跑山的'口里听说过你不大得意。你说吧！我这里听呢！"

"有什么说的哪！"康天刚笑着说，"咱们各人有各人的看法。"

"那么你还想回到山里去吗？"

"天然哪！"尽管他是怎样地微笑，孙把头却也觉出一种感叹而且有点气馁的印象，"我是有月亮不摘星星的，况且已经花了三年的日子。"

"乡亲！为什么你不一步一步来，尽向高处望呢！"孙把头说话时望了一眼姑姑。

因为姑姑看着康天刚使刀叉的手嗤嗤笑。玛达嫚向他说："这样！这样！"两手做着刀叉切排骨的姿势。

"乡亲，你知道咱们不是外人，才这样说。你是太贪了，人不能不知足！"因为玛达嫚说："拿来，拿来！"孙把头的话给打断了。

康天刚因为排骨滑到盆式盘子的外面，意欲用手推它进去，可是两手全握着餐具，不知是放下刀子妥当呢，还是放下叉子妥当。孙把头就想：我的话，他一点也听不入耳哪！

玛达嫚用围裙擦擦手，接过康天刚的刀叉替他切。康天刚这才抬起头来说："哪！怎么样，不能不知足，还怎么样，你说呀！"其实他只听见末尾这句话，并不是因为太饿了，想急于吃东西，而是根本他对孙把头这话，不啻一个读书的人听农民讲《三字经》那样不入心。所以等到玛达嫚把刀叉放在盘里，推给他，而且她露出不看他是怎样吃，更用眼睛制止姑姑不要向他望而姑姑偷着望的时候，康天刚又没听见孙把头是说些什么了。孙把头看见康天刚故意用刀片挑着肉块向嘴里送，装作嬉弄姑姑，实在是藉以解嘲。心里想：他是完完全全没有注意我说什么！

康天刚也想：这个女孩儿确乎是可爱，那老家伙可蠢死了。陪送三百垧熟地，我也不要呢；而他却很满足并以此自骄呢！

"乡亲！"

"什么？"

"那么你说说，你这三年里……你看，我说你又不听；我要听，可是，你嘛！又不说。"

"说什么呀，你全知道，我倒霉就是了。三年访不到一棵山货，一年换一个访山帮，这样下去恐怕没有山帮敢搭我这个霉气伙计了。"

"那么你还回去吗？"

"我说过嘛，当然要回去的。"

"你来是做什么呢？"

"我来是看看你呀！乡亲。"

"那么……乡亲！我不留你就是了，愿意在这多住几天，就多住几天；愿意什么日子走呢，就走。乡亲！你知道，我新添了辆车呢！两匹挺壮的公马。等明天咱们哥儿俩去看，放在地户那儿呢！"孙把头叹息着说，"若是你来的那年，听我的话，咱们哥儿俩，不都是大粮户了？唉！你老是要摘月亮呢！"

哥儿两个大声笑起来。晚餐吃得满愉快。餐后，又谈了一会子闲话，康天刚就到厨房去睡觉了。在谈闲话当中，康天刚托付孙把头有便人向海南带口信，就说今年年底要回家。至于那个守约的闺女的事情，他是从来没有向他的朋友提过的。

　　三年前康天刚就是在这厨房住宿过的，那时还有新鲜木材和油漆的气味，现在则充满了牛乳味以及油气。最大的不同，就是三年前，这是一座新盖的住房，而如今是降做厨房了。

　　康天刚打开窗，想使屋里的空气调换一下，不料风势很大，推不开；用力推开一半，那窗又借着风力自动地朝两边外墙打去，冷风立刻侵入，且扑灭木棒火烛。他想起三年前，也曾有过同样的情景，不过那是春末第一次雷雨的黄昏，而现在是冬末的夜晚。

　　他还记得那时候，他打开窗，窗户也这么有力地自动地朝外墙两边打去，他听见一声画眉的婉转娇鸣，仿佛一般起风的日子，或是傍晚百鸟归巢的时候，人们所听见的短促的悦耳的鸟鸣一样。似乎向它们的同伴说："快呀！暴风雨快来了！"或是："快呀！天要黑了，我们得赶快回巢！"如今呢！春天还很遥远，外边只有狂啸的北风的声音。关上窗，风声就隐约不清，因为门窗边缘都钉有一条条狗皮，自然，不透风，再加墙壁又坚，所以听不见外面的风声响了。这也和三年以前一样。

　　康天刚没有重新点燃木棒火烛。在黑影里，面窗站立很久，又叹息一声，想倒在炕上睡觉，可是好久也睡不着。在他脑子里有两个念头，一个是怀疑自己：果真命运安排妥当，年年走下坡路吗？一个是对于他的乡亲孙把头的幸福的怀疑：不错，他是成家立业了，可是她又丑又蠢呀……是的，他很满足……于是他又想到若是三年前真的和他合股开荒，自己确也不至于像今天这样了。最后另一个念头又讥笑道："莫非你真的相信鬼运气吗？那么在海南娶一个傻丫头就算了，何必穿山过海跑到这百里不见一个村子的关东山呢！不是要摘月亮吗？这才决意把她娶过来，这才跑关东，这才访山。"他又想起她——那个财主闺女的两只撩人的眼睛来。想起在他离海南家那年的清明节日的黄昏，在她后院独自一个人打秋千的情景来。春燕在秋千左近飘着，蝙蝠在暮影里飘着，她的鬓发和轻柔的衣襟也在空间飘着，真是妖魅一样的迷人呀！他觉得世间上唯有她是最美丽的，唯有得到她是最幸福的！为什么不爱这最美的呢？山里同样生着树木和人参，为什么不采人参而去砍木头呢？这正和他要娶她一样，有月亮何必去摘星星呢！就是没有月亮可摘，他也不要摘星星！

他想到这许多的道理，但尽管他是怎样深入地去思索它们，终于抵挡不住一个念头在脑里飘起来，这就是三年前他若安分守命地垦荒，他现在可以回海南成亲了。

半夜他起来给那匹俄罗斯种公马加了草料，回来还是不得入睡。直到头遍鸡叫，才昏昏沉沉似睡非睡地打起盹来。

三

第二天，康天刚就想回到山里去。孙把头堵着牲口棚门口，不让他牵出公马来，无论他的乡亲怎样坚决，他是要留下他去看看他的那百十垧熟地、新置买的牲口和车辆，才肯放他走的。并在当天下午邀他骑马到后山上去打围。

这些事情都满意地履行之后，孙把头在回来的路上和他说："乡亲！你不信不成，就说咱们哥儿俩打的这只兔子吧！咱们想也想不到的。咱们是出来打野雉的，可是就碰到它。什么事情都是安排定了的，为什么咱们单巧在瞄准那只野雉的时候，就看到它呢？那只本来该死的逃过了，而我们连想也没想到的这只兔子，却送到咱们枪口上来！"说话时，孙把头一直盯住康天刚的眼睛，想从他的眼睛里辨出他的反应来。他们是并着马头走的。只见康天刚的嘴唇苦笑了一下，他的眼睛望着前面，足征他的脑子确是在思索孙把头说的话，可是他没有作声。孙把头虽则也不作声，但那眼睛仿佛一定要获得他一句话才肯离开他的脸，结果是连康天刚的注视都没有得到。

"乡亲！你想什么？"

"没有什么！"

"嗐！"孙把头自嗟自叹地叹了一声，表示对于不能折服他的乡亲的惋惜："我昨天还想留下你，我可以给你九十吊羌帖一年的劳金！"他低声无力地说，"你知道，我看见了咱们一块土上生长的人，分外亲呢！我还想预先支给你，那么春天可以买几匹马驹子在这一放……愿意领荒呢，也中，秋景天咱哥儿俩赶车到海参崴去玩他一个月，该多好呀！可是你不会的？"望着康天刚又一次的远望前方的苦笑，他又加重声音说，"怎么样？我知道你不会的嘛！"

"乡亲！"康天刚也低声说，仿佛一般人经过长久的深思，而虚心下气地把衷心话说出来的口气一样，"人哪！只活一辈子；有的百把十岁，有的四五十岁，都有这么入土的一天，没有第二辈子的。有些人呢，在这辈子里，整天有口粗饭吃就知足了；有些人呢，就不了。不是到头都一死吗？那么我要活得幸福，有意义。真的，就是这样！乡亲！人就是命运的主儿：我要今天回山里就今天回山里，我要打兔子就打到兔子。我不开枪，兔子就不会到咱们手里来；我不套马，雪车也不会把我拖到山里去。人就是命运的主儿！"

到底康天刚第三天早晨离开卢锅了。孙把头和玛达嫚送他到村外。只住了两天的工夫，姑姑见了他，不是像山羊羔一样跳开去了，不是用出神的眼睛凝视着他——就是他向她挤眉弄眼也不嬉笑地凝视他了；而是一见，就用两腿盘在康天刚身上打秋千。因为康天刚是那样一个愉快活泼的汉子，只要一见他就像从他身上得到生命力似的，就受到他的感染而顿觉生命的幸福似的。他会把手指插入嘴里打很响的尖哨子，又会给姑姑唱小调，编装蟋蟀的草笼子。所以当康天刚抓着马缰绳，要想抖抖它，使那匹公马拔脚飞跑的当儿，姑姑又一次用两手抱紧他的腿，尽管康天刚怎样地说："我还来哪！再给姑姑带个黄鹂来！一叫唧流唧流地……"她还是摇头不放手，她低着头，用脚踢康天刚的靰鞡的靴尖。

玛达嫚在一旁站着，两手毫无意义地抓着围裙襟，提到腰前，既不擦脸也不擦手。躬身在姑姑身边说："听话！"接着是两句俄国话。康天刚虽是听不懂，可明白是骗孩子放手；但她嘴唇所飘浮的笑容，又明明白白是赞美姑姑对客人的阻拦。她的眼睛洋溢着热情的光辉，仿佛说："姑姑多着人喜欢呀！"并且把这意思，用眼睛传达给康天刚。只有这时，才看见抓住她手里的围裙确实是有用的，她擦了一下嘴巴。

到底姑姑给孙把头拖开了。她还伸出一只胳膊一只腿，向外挣扎。康天刚就抖抖马缰，立刻跳上雪车，打起尖哨，回头向着姑姑摆着手，说句俄国话：“道需但妮！”

"那么，就这样吧！乡亲！年底我们等着吃你的喜酒吧！"孙把头高声说，不是因为康天刚的雪车走远了，而是因为风狂雪啸的声音大。

"好了，你们回去吧！"

"年底一定来的呀！"

"当然要回来啦！"

这时候雪车载着康天刚飞驰开去，还听见孙把头叫道："把外衣穿上，出村子风更冷了！"

"知道啦！回去吧！外边挺冻的。"康天刚回头喊，"别忘记，托人向海南带个口信呀！"

孙把头两手当作传声筒，说了句什么。康天刚没有听清楚，只见玛达嫂的头巾在风里急速地抖摆，两眼望着他，孙把头和姑姑也都两眼望着他。他就把手在空中扬了扬，转过身来，叹息着，满心不愉快而且怅惘地望着尖尖的两只马耳。瞬间抖抖身子，披起羊皮外衣来。那雪车在坚实的雪道上，又飞速地奔驰开去了。

四

十七年过去了，康天刚没有再到卢锅去探问他的乡亲。

十七年当中，康天刚换了十六个访山帮，每年他都是被新加入的那个采参集团所摒弃。起初，是因为访不到人参，说他的霉气沾染了大家，末后变作人人见到他，就觉得败兴，就觉得不愉快，即使秋底挖到几棵草参，也找个借口驱逐开他。乡亲——康天刚一年比一年苍老，眼光一年比一年犀利，而且冷酷，脸色也一年比一年顽强，甚至于面对着好心肠的伙伴，也没有一点改变。永远是用冷酷的眼光，仿佛瞭望某种遥远的东西，那样望着近前的人。实际上他对伙伴们倒没有什么敌意，正像赌牌九：一连打开的全是"毕十"，这时候就是面对昔日心欢的友人，也变成不服输的赌徒那种冷酷而激怒的神情了。

这年，乡亲——康天刚的两腿受了风湿，精神顿然颓唐。本来他的头发，已经花白，盘在头上的辫子，就细弱得很可怜了，现在又时常脱发，同时脸色也更加憔悴，而且也越加沉默了。走起路来，脚步迟钝，两膝有时竟抖得支撑不住上身的重量。

这时候，他的爱狗骚达子已经半途抛弃他，死在白头山快满五周年了。现在陪伴他的是一匹叫乌耳的白狗，它也和主人一样的倔强，常和野狼厮咬。为了保护乌耳的生命，乡亲——康天刚在它的脖子上套了项圈，那项圈有着大半环密密的尖钉，可见乌耳是怎样被它主人所心爱。也正因为乌耳是康天刚的爱物，伙伴们遇见了，总是憎恶地驱逐它。偶尔也有人借乌耳故意大声威胁它的主人："再他妈进伙房来，就杀了它！""到秋非赶它们出去不可，整天汪汪地跑进跑出，咬杀人凶手呵！"也有心肠软的伙计招呼康天刚："乡亲，把你的狗唤出去，它又到墙角上刨土，搜寻把头养的那两只兔子哪！"而康天刚常常一句话不说，就进伙房把乌耳驱赶出来。有一天，把头双喜对他说："喂！"——他是连声伙计都不屑叫他的——"你看夏末了，山里还没露红，他们说你把霉气带给我们了……以后不用你进山，在伙房里烧饭吧！省得出入口，冲犯了山沟的喜气。再说你的腿又生毛病……"从那次以后，康天刚就搬到伙房去住，伙房的伙计就代他随着大帮早出晚归地去访山了。

伙房立在峰顶上，地基比伙屋高出五尺，门口就是一个岩石形成的悬崖。康天刚一打发走挑饭的伙计，就坐在门口休息。望着远近的高拔山峰，望着两山之底的深谷，望着白云以及飘荡在低谷之空的苍鹰，抽两袋旱烟，又好预备午饭或晚饭了。

有天黄昏，康天刚坐在门口休息，突然听见一声马的嘶鸣。那乌耳就跳起来，抖抖耳朵，吠着窜出去。这声马嘶是不足稀奇的。"线上的"碴头哥儿们，每年巡两次山。巡山就是抽税，遇到种烟土的要三二百两烟土；碰见打围的，收几十张狐狸皮。至于砍伐林子的木帮，访山的参帮，把头们下山时要向当家的去献喜礼。但这一回，那三个骑者之中，有一个是他面熟的，直到近前，他才想起：这是姜云峰。他的脸色顿然闪出生命复活的光辉，仿佛一匹久经战争的老马，突然听见冲锋军号声

674

而竖起耳朵。

他的脸上现着十七年来的第一次光辉，嘴唇露着十七年来的第一次的微笑："下马歇歇吧！"他说。

"老头子！离白头峰是不是还有三十里路了？"

"也就是三十里路吧！"

康天刚知道他是不会认出来的。知道自己是和二十年前迥然不同了。至于姜云峰呢，只比从前壮实一些而已，面目一丝没改。两眼犀利，满腮半圈短的胡芽。他又问："你们的把头是双喜吗？"那时，两脚摆着马镫，显然要催马奔跑了。

"是双喜！"康天刚说，"乡亲！你还认不出我来吧！你看——我就是和你一起在大彼得湾登岸的康天刚呀！"

"康天刚？"姜云峰迟疑会子，并没有吃惊，只是注视着他。在一个飞黄腾达的将军，遇见初入伍时的同等列兵，而且望见那列兵的穿戴比当年更褴褛的时候，是用这样具有怜悯性的眼光看他的。逐渐有一道波纹，从他脸上泛起来。他说："真是……二十年了。你怎么样？没回海南家去看看吗？"

"没有。想是想回去的，就这么空着手回去吗？"康天刚仰脸苦笑着。而姜云峰却是冷静地俯脸望着他。因为他骑在马上，那两道俯射的眼光，就越发使人觉得骑者的高贵，康天刚萎缩而且可怜。实际上姜云峰不是骄矜的人，而是望着这个二十年前并无深交的乡亲那种衰老的样子，一时不知道怎样来表示他的亲切和关怀。

"你的腿怎样了？"

"受湿……寒气，那还是两年前在……"

"我看你还是回海南家去吧！这个样子，还在外边混什么？"

"是想回去呀！可是隔着一个大海，光是两条腿没有用呀……"

那时候，姜云峰的两个随身伙伴，又攀鞍上马。他们在这两位乡亲谈话的时候，进伙房去喝足了水："走啦吧！"

"走，走，"姜云峰说，并且用两脚摆着马镫，借以抵击马股，"这里有一百吊羌帖，你收着！我还有事情……回头若是有空，再来看你。"

康天刚的脸色苍白了，趋前一步。那时，姜云峰用力勒着马缰，以便把百吊羌帖递到康天刚手里，可是那马躬着长颈，望见它的伙伴都跑开去了，而转着身子，不住地长啸。康天刚又趋前一步，脸色更苍白了，他的眼睛锐利地盯视着那一百吊羌帖，而且随着马身旋转一周，到底把那羌帖接到了手。那马立时扬蹄飞奔开去。乌耳也吠着追逐下去。

康天刚当时望着远去的姜云峰背影，久久站在那里不动；而他握有一百吊羌帖的手却颤抖着——完全是不自觉地颤抖着。最后马蹄声消逝，周围复归于平静，偶尔又能听见草虫的畅鸣。

康天刚回到伙房，颓然坐在炉口的矮脚凳子上。仿佛要休息一下，现在他确是疲倦而且昏眩了。他合住眼，又仿佛有着重忧的人，考虑某种决定之前，先养养神，或是先冷静冷静头脑一样，用手抚着脑袋。他的脸色依然是苍白的，握着羌帖的那只手，也依然抖着。

最后，他叹息一声，仿佛竭力摆脱身上某种不愉快的感情那样，抖抖衣裳，把腰巾解开，重新扎上，同时把一百吊羌帖的票子塞在胸口里，动手烧起茶来。这是每天伺候那些伙计不可缺少的饮料。一切都是井井有序，和往常一样。

天一黑，就听见鹿鸣和狍子群迅速地跳跃奔跑的声音，不久有了老远传来的响亮话声，是伙计们回来过宿了。康天刚独自一人，看守着这间单间伙房，伙房西首是访山帮的宿棚。所以除了来提晚茶的小伙计，大白日没有人进来的。康天刚照例不点灯火，往日早躺在炕上睡了，今晚却静坐在矮板凳上发呆。他听见乌耳吠声，足征它是一直追逐着姜云峰的公马，或许直等遇见山谷里的伙计才放弃它，末后跟随他们一齐回来的。往日，康天刚会大声叫："乌耳！乌耳！"可是今晚他不喊。

他所想的却又不关于那一百吊羌帖，而是想海南家的那个守约的闺女。因为母亲老了自然活不到现在，若是回海南只有那个守约的闺女一个扑头了。可是"人家"也一定孩子成群，说不定娶过儿媳妇作婆婆了。他回海南，究竟有什么味道呢！况且又没有赚下一点家底。他又想起卢锅的孙把头：说不定"人家"有千把晌放牲口的大草地了！又想起姑姑也该出嫁而且抱孩子了！在这许多念头当中，最使他痛心的是不该当初拒绝了孙把头每年七十吊羌帖的劳金；不该不按部就班像孙把头所说："一步一步来。"总之，他是每一步都走错的：若是当初不爱那财主闺女，随便娶一个，不管是丑是俊，那么他不必卖掉祖茔闯关东山了；若是一见孙把头就留下，即使不合股垦荒，三年也满可以回海南置起二十亩麦地了；若是第二次去探望他，能回心转意，也不至于落到今天这样地步——竟伸手去接这一百吊钱的票子。

到现在他明白了，他是不能够回海南家的；而且吃惊过去对生活的追求力，到底他为什么还能这样坚定地作山客呢！自己心上的人儿，已经不知给谁作母亲了。他的生活还有什么意义呢？

这天晚上有月亮，满窗月辉，满门口月辉。康天刚起身轻声唤着："乌耳！乌耳！"蹲下来并向它卧处，伸着手摸索。那乌耳昂头向他注目，突然竖立直耳朵，仿佛望一个陌生人一样，两眼在阴影里发出绿火。忽然鼻吟一声，受伤一般夹尾跃过康天刚的肩膀，跑出屋去。

"乌耳！乌耳！"康天刚轻声叫着，跟到门口，他看见乌耳远远地立在岩崖上，向他注视。

月光又白又亮，苍茫夜空，是那么圣洁，展布着星斗的阵列。远近的山尖、树木，清清楚楚。康天刚在门口伫立许久，轻声招呼乌耳两次，乌耳远远注视它的主人，不近前也不远逃，立在那岩崖上完全不动。

康天刚最后回来，脚踏高脚凳子，从灶王的供板上取下那座白瓷的菩萨像，口里喃喃着："你老，是她送给我的，也跟我去吧！既不能给人降福，又不能给人生财，留在世上作什么。"就走出门口。那时乌耳鼻吟一声，问左首逃开去。康天刚没有追它，在岩崖上把瓷像敲碎，又收集了破瓷片，全部抛向山涧去。仿佛现在他又全部恢复了原有的高傲，一手抛去，那些破瓷片就抛得很远很远……故意不去寻望乌耳，他想回到伙房去守候它，他是不愿死后，遗留一件他所心爱的东西在这世界上的。足有两炷香的工夫，除了耳熟的鹿鸣和夜枭凄厉啸声，尽是一片草蚊的哄闹和虫鸣。不久，他听见窗下的草响，辨别出是乌耳回来了，但是又归寂然，仿佛乌耳是伏在窗下了。康天刚又轻声召唤它两声，听见乌耳重新跑去的动静，足征刚才的草响确乎是它，而卧伏在窗下的猜想也没有错。又不久，康天刚望见门口的月辉下，现出乌耳的颈部，仿佛它也在窥探主人的动静。那两道眼光，发着绿的火焰，康天刚就闭上眼睛。再启目观望它的时候，乌耳的头部低俯下，显然嗅着屋里的气息，试探着向门里落腿。康天刚二次闭上眼睛。

终于乌耳给他抓住了。那匹灰毛大狗呜咽着，摆头晃脑，企图脱出他主人的两手。然而康天刚抓得很紧，并把它的带刺钉的颈圈脱下来，这样两手可以扼紧它的脖子，使它吠不出声。拖到门口，乌耳就倒下来，用前爪抓着他的手，两只后爪也向空刨跃。

"月亮有红圈啦！"康天刚听见伙计宿房有人说。可以听出说话人是站在门口小解。

康天刚立刻又把乌耳拖回几步。这次一手握住它的嘴巴，一臂挟住它的身子，又听见外面一声困乏思睡的"喔——呵"声和进门的脚步，这才挟着乌耳，走到悬崖石上。

"我就来！你先走一步吧！"随着话声，乌耳已被抛向深的涧谷去。乡亲——康天刚又回伙房，拾到从乌耳颈上脱下来的有刺钉的颈圈，就是他心爱的这条公狗的东西，他也不让它遗留在这人世间的。

他第三次走到悬崖上，他的脚抖着，这次他向山涧望了望，要找出乌耳的尸迹，以便投落有刺钉的皮圈。在这瞬间，他突然失神地站在悬崖上不动了，手里还握着刺钉皮圈。

原来就在离他立足处二十丈深的悬崖底下，一个岩石围绕的泉水口旁，有只千把年的老山参，枝粗叶壮，周围野草都向它俯着头，永远跪拜着它一样。月光映射着泉水，那老山参的影子是清清楚楚的，可以分辨出是只"四品叶"。

康天刚又环顾四周，看看是不是有人望他，又注视一会子那棵挺然而立的山参，骤然急步向伙计们的宿房走去。一只脚光着，因为和狗搏斗时失落了鞋，但他没有觉到，走得是那么匆忙，手里还握着乌耳的颈圈，而且脸色变成完全是死尸样那种惨白。

五

"乡亲，乡亲！起来，起来！"乡亲——康天刚发出颤抖着的低微的声音，在每个伙计的耳旁呼唤。他们全是并头睡在暖炕上，在月辉下显着魔鬼似的暗绿的脸色。而乡亲——康天刚有如一个神秘的幽灵，一个一个去晃动他们的肩膀。不管睡者醒了没有，他任何人头前也不久停，按着行列一个一个地送着轻呼："乡亲！起来！"

"就在那边，乡亲们！一棵山货——四品叶……就在那边。"他向在月辉下睁大眼睛的伙计们说。

于是似醒未醒地立刻坐起来；已经醒来的眼睛立刻就闪出一夜未曾瞌睡的赌徒的那种眼光。他们你望望我，我望望你。

"就在那边……乡亲们……一棵四品叶！"

突然他们明白了，发出大声的呼唤，有人点起了木棒火烛，烛光的光辉，又使这一群流浪汉的脸色发红了。他们激动、吵嚷，高声骂着忘记携铲子的伙计，用拳头有力敲打着还未爬起来的懒汉的肩膀。一个人嘴里说着："在哪里？在哪里？"提着铲子跑出去了。两个人说着："在哪里？在哪里？"提着铲子跑出去了。无数的乡亲们说着同样的话，提着同样的东西跑出去了，手里也同样擎着木棒火烛。

现在完全是火烛的行列，火烛的世界，到处是红光，到处是红辉。

"在哪里呀？乡亲！"最先跑出去的回来问。

"就在那边……悬崖下，深有二十丈的那口冷泉……"康天刚的声音更低弱，更颤抖了。若是持火烛者稍微留心一下，他可以看出康天刚需要一个乡亲的看护，可是这个红脸的高大汉子，没有注意他现在是一种怎样可怕的脸色，就跑出去了。

康天刚两膝抖着，坐在炕脚下的矮凳上。他的手里还紧紧握着亡狗的项圈。火烛前，他的脸色是惨白的，月辉下他的脸色又是暗绿的，从他那直望前方的渺茫神气上看，可以知道他是在和生命做最后的挣扎。他的嘴唇发紫，口角挂着一滴血液。

终于康天刚倾倒了，像一座巨塔那样倾倒了。

当他醒来，天已经黎明。周围的烛光依然辉煌的。环绕在他周围的乡亲们，脸色是同样的又红又亮。他们有的跪着一只脚，有的蹲着。他发现自己是睡在地上，他从那些围绕着他的乡亲们的眼光中，知道他自己的生命是无望了，他反而很安静，很愉快。仿佛以前他从来未曾有过这样的安静和这样的愉快。烛火辉煌而又恰当黎明，他觉得仿佛大年除夕一样。他听见双喜把头说："乡亲！山神为了你，赐给我们福了。你安安静静的……"他的两个点漆的黑眼睛间，有泪水了，而且立刻把脸埋在双手里，抽泣着说："老二……把山货请过来，给……咱们的乡亲看看。"

从前康天刚觉得双喜是又丑陋又阴险，现在觉得他的眼睛是又聪明，又英俊，他望着所有的乡亲们，都是豪杰一样的雄伟而且高大。当他用那迟钝而安静的眼睛环望着他们的时候，每个遇见他的眼光的人，都低下了头。倒不是惭愧，而是因为悲恻，不忍望这双不久就要离开他们的眼睛。那时候乡亲——康天刚的嘴角透出幸福的微笑，他现在不能发音来表达他内心里无比的快乐和安慰，夜半他想投崖自尽时候所想到的结论，和他现在所想的完全相反。从前他觉着步步走错了，现在觉着步步走对了。从前觉着他不该攀山望日追求那个财主的闺女，更不该舍弃一年七十吊羌帖的劳金，如孙把头所说"走独门"；现在他觉着他是应该有月亮不摘星星的。他到底没有俯首认命。虽然他自己是得不到什么了，然而他把这幸福带给了他周围的乡亲们，他用眼睛，表示他内心的欣喜、满足和骄傲；用眼睛表示他对哭泣的伙伴烦恼，他觉得大家全该快乐的。他望了望那个捧在一人的双手里的老山货，他们是用柔软的羊须草包扎它的。他又微笑了。

"……你有什么话吗？"双喜问，"……我们无论怎样是把你送回海南去的。"

说前一句，康天刚摇摇头；说后一句，康天刚的嘴唇露出黎明前第三次的微笑。后来，他的眼睛陷入沉思，只见他动了动左手，他的乡亲们到现在才看见那个乌耳的颈圈。

双喜叫人找乌耳去，康天刚摇摇头。双喜问："那么它跑掉了吗？死了吗？在什么地方？那我们能找到它的，你放心。我知道……让它也入土就是了。”

没有过三次鸡叫，康天刚就停止了呼吸。双喜一手埋着脸，一手给他掩上眼皮。

秋天，装殓康天刚的珍贵的棺木，运往海南他的故乡。在路过卢锅的时候，孙把头举行了一次路祭。他那时，已经有了个十七岁的男孩子，他正在海参崴读书，两个女儿还留在家里（大的一个已经订了亲）。所以他生活得满幸福；唯一的苦恼，就是因为车轮子没换，以致半年多农车没法用，眼看秋收了，修理车具的铁匠和木匠还没有来。至于姑姑，嫁给外村的地主了，据说丈夫年纪比她大三十岁，她也挺知足而且过得满愉快。只是玛达嫂最近不大健康，常咳嗽。

1943 年于桂林

（原载 1943 年 5 月 10 日《文学报》第 1 卷第 1 期）

延
伸
思
考

在总体上把握了这篇《乡亲——康天刚》的题旨以后，我们的阅读重点就要放在作品的具体描述上。

我们注意到，小说主人公念念不忘的两个女人——“女人”在这样的梦幻式作品里总是不可或缺的存在。“他又想起她——那个财主闺女的两只撩人的眼睛来”，“他”就是因为“她”而来闯关东的；永远留在记忆里的是离开时的“黄昏”，“她”在后院独自一个人打秋千的情景：“春燕在秋千左近飘着，蝙蝠在暮影里飘着，她的鬓发和轻柔的衣襟也在空间飘着，真是妖魅一样的迷人呀！”“他觉得世间上唯有她是最美丽的，唯有得到她是最幸福的！”康天刚的人生目标就在这一瞬间确定：“为什么不爱这最美的呢？山里同样生着树木和人参，为什么不采人参而去砍木头呢？这正和他要娶她一样，有月亮何必去摘星星呢！就是没有月亮可摘，他也不要摘星星！"

还有那位孙把头的女儿娃娃："娃娃见了他，不是像山羊羔一样跳开去了，不是用出神的眼睛凝视着他——就是他向她挤眉弄眼也不嬉笑地凝视他了；而是一见，就用两腿盘在康天刚身上打秋千。因为康天刚是那样一个愉快活泼的汉子，只要一见他就像从他身上得到生命力似的，就受到他的感染而顿觉生命的幸福似的。"——女人、儿童才是康天刚这样具有生命力的"汉子"的知音，骆宾基的笔下也因此生辉。

不可或缺的，自然还有大山里的动物。先是那匹公马，"打起第二次响鼻，它的眼睛也放出光来，竖着两耳，向前侦听"。十七年后陪伴康天刚的是"一匹叫乌耳的白狗"，"它也和主人一样的倔强，常和野狼厮咬"。那天晚上，他"轻声唤着：'乌耳！乌耳！'"，"乌耳昂头向他注目，突然竖立直耳朵，仿佛望一个陌生人一样，两眼在阴影里发出绿火。忽然鼻吟一声，受伤一般夹尾跃过康天刚的肩膀，跑出屋去"，"远远注视他的主人，不近前也不远逃，立在那岩崖上完全不动"。

更有大自然的背景：康天刚坐在"立在峰顶"的伙房门口，"望着远近的高拔山峰，望着两山之底的深谷，望着白云以及飘荡在低谷之空的苍鹰"。"这天晚上有月亮，满窗月辉，满门口月辉"，"月光又白又亮，苍茫夜空，是那么圣洁，展布着星斗的阵列。远近的山尖、树木，清清楚楚"……

包括作者在内的"东北汉子"正生存于这样的"女人—儿童—马和狗"［动物—大山深谷（大自然）］之间，从而获得了生命的磅礴、神奇、圣洁与纯净：《乡亲——康天刚》也因此获得了一种独特的诗性。

● 可以做一些比较性阅读与思考。首先是骆宾基自己的战争年代的作品：从《大上海的一日》《东战场别动队》到《乡亲——康天刚》，到《幼年》《少年》，再到《北望园的春天》，这其间反映的现代文学第三个十年不断进行艺术探索的精神与历程，应该认真梳理。

● 战争年代的三大东北作家萧红、端木蕻良和骆宾基创作的相似与相异，其所表现的艺术创造力，同样能够显示现代文学第三个十年文学创作的丰富性与复杂性。如果再把他们三位的创作与其他东北作家如萧军（《第三代》）、草明（《原动力》）、爵青（《欧阳家底人们》《废墟之书》）、袁犀（《手杖》《绝色》《暗春》）、山丁（《绿色的山谷》）等的创作联系起来作综合性阅读与讨论，那么对现代文学史上的"东北作家群"也会有许多新的体认。

第七节

无名氏：
通俗、先锋两栖作家

1942 年 6 月	无名氏《北极风情画》出版（无名书屋）。
1943 年 3 月	徐訏《风萧萧》发表（《扫荡报》连载）。
1943 年 7 月	无名氏《予且短篇小说集》出版（太平书局）。
1944 年 10 月	无名氏《塔里的女人》出版（无名书屋）。
1946 年 11 月	徐訏《阿剌伯海的女神》出版（夜窗书屋）。
1946 年 12 月	无名氏《野兽·野兽·野兽》出版（无名书屋）。

我们首先要关注与讨论的，是无名氏作品的接受史。无名氏（1917—2002）于 40 年代出版了代表作《北极风情画》和《塔里的女人》，立刻引起出版界和读书市场的巨大反响。一两年内，各地翻版书达 23 种，三四年内，每种总数估计印了 100 版以上。1946 年至 1949 年，作家又推出了长篇系列小说《无名书》的前三卷《野兽·野兽·野兽》《海艳》《金色的蛇夜》，尽管在战乱之中，也引起了广泛关注。以后几十年（1949—1982）中，无名氏本人隐居杭州，他的这些著作却在海外一直畅销。在国内，1951 年后无名氏的全部著作在各地书店停止发售。但在 1966 年至 1976 年中，《塔里的女人》《北极风情画》又以手抄本形式在民间流传。1981 年，湖南某杂志社编的《中篇小说选》里，选用了这两本书，算是无名氏在大陆复出，但很快就遭到一些人的批判。1976 年《无名氏全书》在香港刊行，不到五六个月就印了四五版。无名氏本人又于 1981 年至 1983 年将《塔里的女人》和《北极风情画》作了大幅修改、增补，距初版已是 40 年后。（参阅《塔里的女

整个世界好像已经崩溃

我们是唯一的活在风里的生命

《北极风情画》

无名氏（1917—2002）

无名氏作品

男女的接触正像琴弓与琴弦，接触得越微妙，越自然，越艺术，发出来的声音愈动听，愈和谐。

《塔里的女人》

人》序言）但在 80 年代无名氏的创作还是引起了大陆学术界的关注。1987 年出版的钱理群、吴福辉、温儒敏等撰写的《中国现代文学三十年》中，在 40 年代"洋场小说"一节，就提到了无名氏的《塔里的女人》与《北极风情画》，尽管评价不高，但这毕竟是其第一次进入大陆文学史。在 1998 年出版的《中国现代文学三十年》（修订本）里，又对无名氏的创作重新定位："无名氏集通俗、先锋于一身，两种写作前后并举，而他本质上是一个用文学来探索生命意义的纯文学作家。"

无名氏的创作在抗战后期一出场即引起巨大反响，以后历尽曲折，最后还是得到了应有的文学史地位，这当然不是偶然的。一个重要原因就是，他以自己的独特方式创造性地处理了"爱情"这一文学的，也是人生的重要主题。战争中的爱情，战争对婚姻——这一人的基本存在方式的影响，这本身就是一个战争年代的时代大话题，特别是到了抗战后期，战争日常生活化后，爱情生活、婚姻问题，就更成为每一个普通人都不可回避的人生大事，引发了诸多矛盾，无尽苦恼，焦虑，描写爱情的文学作品也因此获得了广大的阅读市场。研究者由此指出，无名氏的《塔里的女人》和《北极风情画》正是"立意用一种新的媚俗手法来夺取广大的读者，向一些自命为拥有广大读者的成名文艺作家挑战"（司马长风：《中国新文学史》）。所谓"媚俗"，就是重视读者大众的阅读需求，自觉满足文学市场的供给需求：这都是"通俗作家"的特点与优势。在小说出版之初，许多人都把它看作"新式言情小说"，关注的就是这样的通俗性。但无名氏又有自己独特的思想与艺术追求，他强调，"新的艺术不只表现思想，也得表现情绪，不，应该表现生命本身。生命起源自川流不息的大江河，汹汹涌涌直奔前去。艺术必得借情绪来象征这种大生命的奔流"，描画了大生命，作品才能"代表一个世界的总和"（转引自黄芩：《〈野兽·野兽·野兽〉重版赘言》）。他在《塔里的女人》和《北极风情画》里，就是自觉地将生命意识吹进爱情故事的躯壳里，透过男女感情世界探讨人的个体生命的秘密：这就使他的创作，具有了某种超越性、先锋性。正是这样"通俗、先锋的两栖性"，构成了无名氏爱情小说的特殊魅力。

　　无名氏用笔的先锋性还表现在，尽管他关注的是战争中的爱情，但他并没有采取描述战乱中爱情悲喜剧的写实手法，而是虚拟了两个具有象征性、梦幻性的故事。两篇小说都选择"华山"作为背景。《北极风情画》一开头，故事叙述者就说："在华山两个月，我没有一个朋友，却又有成千成万朋友，它们就是山、树、草、石、鸟、太阳。这个时期，我不再是'社会人'，而是'自然人'，像五十万年前我们的祖先'北京人'似的。"小说要展现的，是属于人的本性，是原始生命本体的爱情。《北极风情画》里的"风情"即属于无名氏的概念，他有明确的界说："生命的进程本身绝不是数字或逻辑的"，"了解与分析是清醒的，绝不是沉醉的。因此它们只能有极冲淡轻微的快乐，却没有极深沉极狂酣的快乐"，"拿理智来衡量快乐是不正常的，只有拿风情才能正常地来衡量快乐"，快乐是"有血有肉的感觉"（《沉思试验》）。《北极风情画》写一个韩国军人林和波兰女教师奥蒂利亚奇异的爱情。女主人公以斯拉夫民族宗教般的狂热，把非理性的情欲（特别是性欲），也即人的"魔性"，发挥得淋漓尽致。而同时，男女情爱又唤起了女性的"母性"，以及男性对母性的依恋。母子之情外，还有兄妹之情：这就意味着在爱情生活中，必定要重新体验个体生命发育全过程中的全部情感、欲念。当小说的男女主人公或漫步在幽幽月光之下，"四只眼睛在月光中缠在一起，每一只眼睛里都闪射出月光的明亮"，或狂奔于暴风雪之中，"整个世界好像已经崩溃"，"我们是唯一的活在风里的生命"，就达到了"我，你，它（自然）"的融合，这两个个体生命，人与自然生命"冥合为一个生命"的境界，既是艺术的，也是宗教的，纯真的爱情原本与之相通。我们也由此懂得，小说男女主人公，以及作者自己，对于爱情内含的生命体验，实质上是一种"寻求"，对健全的人性与真、善、美的人生境界热烈而执着的追求，孕育着无名氏式的"追寻"主题。

　　与追寻主旋律交织一体的是否定、怀疑、危机与幻灭的旋律：如果说小说女主人公生活在19世纪浪漫主义的梦幻世界，那么男主人公就多少感染了20世纪怀疑主义的现代气息。在相爱的刹那，男主人公不仅在女主人公眼里看见了"天堂"，也同时看见了"地狱"；在狂恋之中，竟然产生如坠"深渊"的感觉；在爱情达于"最高峰"时，却为"太美太甜"的"绝对"境界，"过度"追求，感到了一种"奇怪的迷惘"，"奇怪的疲倦"：追寻终于落入了自身的"陷阱"，小说也就完成了从"追寻"到"幻灭"的过程。

作家明确地将《塔里的女人》称为《续北极风情画》，实际是对爱情及其内孕的生命形态的另一种选择，进行了整体意象的转换："月亮""泉水"代替了"太阳"和"火"，由"非理性"的一端转向"理性"的另一面，也可以说是新的方向的"追寻"。小说里南京医生兼提琴家罗圣提与名媛黎薇的爱情，精致，典雅，洒脱，适度，把每一个细枝末节都艺术化，也趣味化了；同时另有一种贵族化的华贵风采，又隐隐流露出几分忧郁，一丝柔情：这都自有它的特殊魅力。但敏锐的作者依然发掘出其内在矛盾与危机，小说也有了一个出乎意料的结局：男主人公最终还是理性地抛弃了女主人公。作者也由此宣示了一个"真理"："女人永远在塔里，这塔或许由别人造成，或许由她自己造成"，人，特别是容易沉迷在幻想中的女性，很难逃脱从"寻求"到"幻灭"的悲剧，它源于人的本性自身。

我们也因此明白，无名氏绝不会止于对爱情及背后的人的个体生命存在的关注、思考与文学展现，他更有对时代、社会、人类"大生命"的关怀、思考与文学展现。于是就有了《野兽·野兽·野兽》《海艳》《金色的蛇夜》三卷本。如研究者所说，特别是《野兽·野兽·野兽》，以20世纪20年代北伐战争与国共两党斗争的"以青年为主体的中国革命"历史作为背景，其主题是"生命在政治革命斗争中的体味经历"，"把社会改造问题化归为'生命问题'来讨论。从'生命'的观点而对现实政治，特别是对党派斗争，作出深刻的批判"。小说的前半部表现出青年人对革命的"强烈追求，为理念理想而献身的圣者的风姿"，"一方面是自然生命之要求伸展，一方面是理性生命之对公平正义的向往"。小说的后半部展示的，是国共分裂及党的内争，"原先的理想主义逐渐为机会主义现实主义所取代，人的魔性逐渐显露"，

"历史似乎陷在'一反一正，正复为反'的公式之中"。作家在面对无情的现实时依然不愿放弃对历史"合题"的追求。无名氏的《野兽·野兽·野兽》三卷本，和他的《塔里的女人》《北极风情画》一样，都只写出了反反正正的前半截，后半截的"合题"始终没有写出来。（参阅黄芩：《〈野兽·野兽·野兽〉重版赘言》）这是一个永远的梦想；而人，尤其是作家，总是要做梦的。

1944

《塔里的女人》（节选）

无名氏

　　苦闷中，一个月夜，我独自坐房里看窗外月亮，想着人生中的许多神秘事。四个多月前，我在落雁峰巅邂逅那个怪客，他用《北极风情画》在人生中为我打开一扇窗子，逼我看清窗外的一些神秘现象。这些现象，过去曾经常出现我身边，但我并未看出它们的意义，直待这怪客开了一扇窗子后，素日最平凡的事，这才显示特殊的光辉，特殊的意义。

　　现在，觉空能不能在人生中给我打开另一扇窗子呢？

　　我渴望知道生命中的一些神秘、一些特殊、一些不平凡。

　　月光太美，我不想睡。我凭窗坐着，把脸孔沉浸于月光中。

＊

　　刚一坐定，放下提琴匣，我就回转身来，开始巡视四周。

＊

　　才望了不久，我就注意到一个红衣女孩子。

＊

　　……她竟向我这边走过来了。我终于看清她的脸了。啊，天！这是怎样一副脸？！这又是谁给她创造的一副脸？！——这正是一副我所害怕的脸！一副带安格尔女像俊美画风的鹅蛋形的脸。一双又大又亮的眼睛，像两座又黑又深沉的地狱，透射出一片又恐怖又诱惑的魅力，叫你忍不住想堕落。与这两座黑暗地狱相对照的，是那副比罂粟花还鲜红的菱形小嘴，它是那样饱满、强烈、甜蜜，简直给人一种想"冲过去"的勇气。如果说这双眼睛与这张嘴是为害人而生的，那么，她的头发是为救人而生的。它浓极了，也黑极了，似一片黝黯的丰茂的森林，里面潜伏了无穷的和平与温柔，一种叫人驯顺的柔美情调。唯一破坏它的，是鬓边那朵鲜致的红蔷薇花，它簪插在这张粉脸旁，似乎并不是一种装饰，而是一种警告："哼，小心点，别碰我，当心那叫你流血的刺！"

一点也不假，有生以来第一次，我发现了这样一个绝顶美人，不折不扣的十足美人！从她的面孔表情上，我看出她的灵魂正和她的装束一样，红极了，也强烈极了。她整个人似乎不是一片血肉，而是一把红毒毒的火，走到哪里，烧到哪里；她的每一个动作，每一个震颤，都是火的飞翔，火的舞蹈。人可以从她身上呼吸到一种地腹熔岩的气味。我望完了，不禁在心里喊道：

"啊，好一个美人！简直是火焰的化身——任何接触她的人，全会给烧死的！"

*

我终于演奏了。

我把整个灵魂和思想放在琴弦上。

从第一个音开始，全场就静下来。在墓园式的宁谧中，只有我的提琴声在响。一阵又一阵的琴音，从弦上涌出来，像泉水似的，涌现得那样自然，柔和，好像并不是我用手指创造它们的，而是自有宇宙以来，它们一直就是这样涌泻的。在银弓弦上跳着、蹦着、冲着、驰着。一会儿是诗人散步，一会儿是三级跳，一会儿是悠悠泛舟，一会儿是花式溜冰，一会儿是爵士舞。我的长弓在弦上滑翔着，忽快忽慢，忽轻忽重，它所接触的似乎并不是弦，而是少女的芬芳的肉体，少女的香馥的心。在每一个接触里，包含着宇宙间最深沉的真理，最幽魅的旋律，最旖旎的欢乐与悲哀。奏着奏着，我觉得自己的肉体与灵魂整个解放了。我变成一只神秘的鸟，从青云飞上青云，从大气层飞上大气层。我的翅膀充满了全部苍穹，拥抱了所有的云彩，它们突然膨胀了，膨胀了，膨胀得和气球一样大，忽而又缩小了，缩小了，缩小得像一粒星子。我飞，飞，飞，往前往后飞，向左向右飞，朝东南西北飞，飞过来，飞过去，飞不倦，飞不停。千千万万的声音在我心里响，千千万万的情感在我心里流，我没有眼泪，没有笑，只有飞，飞，飞。——终于，我的翅膀没有了，万千声音也没有了，我从一片辽远的梦中睁开眼睛，台下一阵轰雷式的掌声把我从梦中惊醒了。我这才意识到：曲子奏完了。

*

当我经过短梯，准备"下台"时，偶一抬头，迎面正碰见那红衣少女。她一看是我，立刻很冷静地停下步子，很冷静地仰起头，用一种极古怪极深沉极神秘的眼睛狠狠瞪了我一下。在这一"瞪"里，我咀嚼到一整个海洋所蕴蓄的意义与滋味，如果我是一个"感情古董家"，这意义与滋味，至少可以供我玩赏一辈子。但我当时却装作什么也不懂，若无其事地，然而极骄傲地回瞪了她一眼，接着，我昂首挺胸，极傲慢地踱下台。

一场喜剧就这么演完了。

谁又知道它究竟是不是喜剧？

*

下了汽车，才踏入教堂，迎面便走来一个极美丽的黄衣女人。

你说是谁？

正是黎薇！

她显然也是唱诗班的一员，特来参加合唱的。

那天晚会上的她，尽管像一簇猩红的火焰，形象异常强烈，但在幢幢灯影之下，依旧有点显得模糊暧昧，浑身似罩着一片朦胧神秘的美。这种美，弹性很大，可伸可缩，可展可敛，却又捉摸不定，仿佛是一个猜不透的谜。今晨，在明亮的阳光下，遮盖着她周身的那层暧昧幕纱揭去了，她的肉体与灵魂的美，像一个原始野人，赤裸裸地暴露出来。我这才开始发现：她的美不仅是凝固性的，也是流动性的。她的安格尔女像型的脸孔，虽然有着纯粹画面美，但在这画面上，却还渗透了另外一些活泼泼的东西，仿佛月光被海水渗透似的。这点东西，自然很难借笔墨形容。一定要描绘，我只能说：这是一个有大感情的女子，她外表的冷静，只是火口的外壳，专用来掩饰她内在的熔岩硫磺的；这种火热熔岩，映衬着朝夏的朝阳光，更是有意无意地闪露出来。许多朋友都告诉我：她平日骄傲极了，冷酷极了，在男子群里，她一直保持着女皇的姿态，仿佛连风都不该吹动她的黑发似的。可是，我的眼睛告诉我：这个女子的傲慢并不是她本性，在她性灵的最深底层，那种精神的内核空间，另外还有一种可爱的色素，原形质。

*

我的生活原则是："七分事业，三分女人。"这里所谓事业，指我的医学与音乐。这里所谓女人，代表一种纯粹友谊。我对女人的兴趣，与其说是生物学的，不如说是美学的。许多男人很重视女人肉体和官能满足，把它看成一件大事，甚至是爱情的最高结晶。如果这种理论能圆满成立，那么，街头上的野狗最懂得爱情了，公狗一遇见母狗，除了满足原始欲望，再没有第二个观念。我的恋爱观念，自然和这类男人不大相同。在我的眼中，我爱把女子看成大自然的一部分，是一种自然品：静静的植物、素食的禽鸟；是花草树木、鸽子画眉。摘一朵花簪入瓶内，捕一只鸟关在笼中，不仅不人道，也不美丽。我宁愿看花开在园里，看鸟飞在天上，不愿看花开在我手上，看鸟走在我肩上。我很少带冲动意味欣赏女子肉体，一个女人的肉体美，只有和精神美融合一致时，我才注意它。我观赏一个女子的形体，与鉴赏希腊雕刻维纳斯裸像，并没有多大区别，我的品赏的着眼点完全是美学。基于这种态度，我认为男女关系也是一种美学，一种艺术。男女的接触正像琴弓与琴弦，接触得越微妙，越自然，越艺术，发出来的声音愈动听，愈和谐。在我的客厅内，有时也出现一些美丽小姐，但我只和她们保持一种纯粹的友谊，一种美学的关系，仿佛她们只是一些浮雕，一些风景画，来装饰来美丽我的客厅的。我把女子看成一种装饰，许多人或许会反对。其实，普天之下，哪一样存在不是装饰？"人"这种两足动物，对宇宙也不过是一种装饰。蓝天与阳光，对我们也不过是一种装饰。推而广之，政治家的通电宣言，外交家的条约协定，又何尝不是一种装饰？不同的是，这一切装饰中，女人是超越一切的最高装饰而已。

　　我对女子的感情，既很少生理意味，它们自然不会狂热。在我一生中，没有一个女子（即使是最美丽的）的美，能给予我一种大风暴的影响，叫我的感情起翻江倒海的作用，像法国浪漫派作家所写的爱情一样。我常常想：也许，只有在一种情形下，我内心的火焰，才能真正冲出来，燃烧得像个毁灭体。这情形是：一个最美慧女子，用整个生命来爱我，无条件地爱我的一切长处和短处，并愿为这种情感支付任何最高代价，从而表现出一种令人不能忍受的痴情。同时，她也能欣赏我的上述恋爱观点。一个平凡女子无条件地爱一个人并不难，难在一个最美慧的女子爱一个人而不讲条件。假使有一天，我碰见这样一个女人，我当然得把我的全部生命交给她。

　　根据上面的理论，按目前情形，我对黎薇自然不可能有进一步的接触。第一，她这时是社交界的宠儿，年轻人心目中的上帝，在她身边，早充满了一队又一队的俘虏。她骄傲他们，正像非洲黑人骄傲颈上的一串串珍珠宝石。在这种骄傲下，她不会轻易迁就我的。第二，她既不能迁就我，我也未便迁就她。我更没有迁就她的必要。她虽然很高贵，很动人，但我并没有占有她的欲望。我所发生兴趣的，只是她的纯粹的美。对于这种美，我只要远远对她望两眼，就够了，并不需要我怎样太接近。对于她的奇异美貌，我既然只能抱欣赏态度，就不会崇拜，更不会发迷。不会崇拜，发迷，自然就不会受她支配，做她的奴隶。第三，从经验上，我知道，对付一个骄傲女子的最好武器，就是骄傲。假如她对你说："将来我要做全世界女皇。"那么，你不妨回答她："将来我要做整个太阳系各行星的国王。"第四，这或许是一个最大理由了，我的事业心颇重，我总希望事业所给予我的安慰，远超过女人所给予我的。我常常想起培根的话："一切伟大而有价值的人（凡可以记忆得到的，无论古人今人），里面从没有一个会迷入恋爱而达到狂热的程度，可见伟大的精神和伟大的事业不容许这种不健全的热情。"

*

　　为了实践我的恋爱观，在和黎薇的交往中，不由而然的，我显得比较纯洁、自然、诚恳。这三个特点，当我们参加任何集会时，发挥得很是显著。许多人在一起玩儿时，大家都以黎薇为中心，尽可能卖弄自己，表现自己，仿佛上演一出极卖力气的戏。这种时候，我总躲在一边，很少对她说什么，做什么，最多不过微笑而已。但当我发现她被他们烦扰得有点厌倦时，我会轻轻走过去，温柔地问她："怎样？感觉疲倦吗？您该休息一下了。"如果是夏天，我会遣人送她一把扇子；如果是冬天，我会叫人递给她一杯热热红茶；假使她流汗，我传给她洁净的手帕；假如她不舒服，我为她准备最适用的药品；如若她疲倦，我给她一杯葡萄酒；如果她头晕，我把汽车开得特别慢；假使她怕太阳，我把墨镜借给她；如果她心烦，我会讲笑话，或奏琴为她消遣……这一切零星服务，自然并不难，难在时机适当，态度适当。当我照顾她时，她能从我身上呼吸到一种母爱，一种纯人与纯人之间的同情。在一个大集会里，许多男子恶俗地纠缠她时，她不由而然地就想到我，愿意躲在我的身边，受我的荫庇，保护。或多或少，她已感到：在她的友谊圈子内，只有我是比较无私的，给而不取的。

近半年过去了，我们的友谊始终很平凡，很平静；但在这平凡与平静中，却又存在了一点不平凡、不平静。我们从未正式相互表示过什么，一直保持严正的师生关系，不过，在这种拘谨与沉默中，我们却说不出的觉得接近，默契。

*

日记里关于我的部分太多太长，我无法一一转录。我只能摘要举一些例子在下面，略略证明黎薇的情感、思想和内心斗争。

……

×月×日

今夜校庆五周年，开晚会，我担任总招待兼司仪。

有生以来第一次，我遇见一个极残酷的人：罗圣提。他演了一出即兴戏来玩弄我，讽刺我。他的目的达到了。在掌声中，当他提着琴下台时，他用最傲慢最冷酷的眼光望了我一眼，这一望，比钢刀还锐利，直刺入我的心坎。直到现在执笔，一想起这件事，我周身还抖颤。我恨他，恨他，恨他，恨他，恨他，恨他，……

很少有男子不在我面前发抖。

没有一个男子敢这样玩弄我！

啊！罗圣提！我恨他！恨他！恨他！恨他！恨他！恨他！恨他！恨他！……

×月×日

上午在圣心堂参加唱诗，邂逅罗圣提。出于我的意料，他竟对我和蔼极了，温柔极了。我绝未想到：这样一个残酷的魔鬼，也会有如此可亲的态度。人真是一个奇怪的动物。为了报复他，我本该摆出最骄傲的脸色，故意不理他的。但说不出为什么，当时却忘记报复了。他的笑吟吟的面孔似乎传染了我，事后我很后悔。不过，报复的机会有得是！将来我总要给他一个难堪的。

×月×日

报复罗圣提其不是易事，他仿佛知道我要报复，尽可能疏远我，连招呼一下也不。我的美丽对他好像毫无影响。真怪，世界上竟有男子用一副岩石视觉来对待女子的美。

×月×日

一次又一次想报复罗，总不成。说也奇怪，渐渐地，我觉得罗并不像我所想的那样可恨了。今天我听他和一位小姐谈话，风度是那样娴雅，话语是那样体贴，我开始发现了他的动人处。不过，我得警惕自己。最可怕的魔鬼也有可爱的时刻。

×月×日

罗实在可爱。在任何团体活动里，他总是那样落落大方，潇洒出尘，一点不自私，不卖弄。比较起他来，许多男子都显得粗鄙少文，幼稚可笑，更说不上什么风度高贵了。

*

×月×日

晚上，玄武湖畔有露天音乐会，罗奏了两支小夜曲，太美了。在银白色月光下，他浑身银白色装束是那样英俊动人，却又纯洁如处子，忍不住叫人想多看他几眼。奏完了，他独自踱到湖边，斜欹着一株柳树，似乎在沉思什么。他那派幽静，真像一个超脱的诗人。我趸过去，想和他谈谈，他却转身走了。多怪啊！

罗的提琴有一种特殊味道。提琴是灵活的最完整的表现器。他有一颗优美的灵魂，所以才泽泻出这样优美的琴音。个性又是音乐的泉源，源头圣洁，流水才圣洁，音乐才圣洁。我相信罗有一泓最纯粹的个性。

*

×月×日

是时候了，我必须和盘托出一切了。我想，我得把我最内核的灵魂空间全部向他赤裸。我心之深处最后一个秘密暗室，也得对他敞开，让他笔直走进来，瞥见室内一切陈设：每一只花瓶、每一朵花、每一盏灯……

真正，我再不能忍耐了。我们之间的长期哑剧，或者说，那种梅特林克式的"静的戏剧"，应该结束了。我愿为此付出最高的代价。那些XY的命运，一部分操在我手里，一部分则由他掌握。属于我这一部分的，我将无条件地奉献一切。属于他那部分的，直到此刻止，是个谜，至少，还是个谜。可我不管了，大不了上刀山，下油锅，甚至蒙受比这二者更可怕的侮辱。我有勇气、有决心，准备承担一切。

当然，我这一场灵魂裸体画展，必须开幕得很自然，很美丽。我绝不能像一般女孩子那样蠢！

唉，天知道，我是在害怎样一场可怕的热病！

*

玄武湖上这一天是一座分水岭，把我和黎薇的友谊截然分成两半。这以前，它有点像捉迷藏，双方都在互摸互捉，互闪互避，这以后，蒙住视觉的布没有了，我们睁开眼睛，认清对方的眼耳口鼻、胸膛与四肢，以及整个形体所在地。我们赤裸裸地袒露出自己的灵魂与肉体，不再有一点一滴隐藏与顾忌。

在这一天之前，我似乎从没有真活过，也从没有真尝过什么叫真幸福，真感情，真友谊。比较起这以后的任何一秒钟来，我过去的整三十二年都是一团空虚，一个谎骗，一堆黑暗。从这一天起，我才算有了真光，真亮，真的实在。我真宁愿拿我三十二年生命来换这样的一天，一小时，甚至一秒钟。假如生命里没有"真"，就是活一千年，一万年，又有什么意义？什么结果？

我用我三十二岁的心来换黎薇二十六岁的心，"换"得一点不牵强，不做作，好像自有地球的第一天，就注定要有这一"换"。啊，天！"换"得多幸福啊！在每一吻里，我们的心交换着；在每一抱里，我们的心交换着；在每一笑、每一抚、每一触里，我们的心交换着。我占有了她的灵，她占有了我的灵，像野兽占有洞窟，云彩占有天空，斑鸠占有鹊巢。

没有真爱过的人，绝不会了解我们的深情，真爱过而对生命缺少艺术感的人，更难品味我们的深情。我们的情有时很沉很沉，有时很静很静，有时像狂狮的瀑布，有时像安详的溪流，有时像疯狂的尼采，有时像宁静的康德，有时在奔、在跳、在舞，有时在静、在躺、在睡。没有一个人类字眼真能形容我们的情。没有一种例证真能代表我们的情。没有一个梦真能象征我们的情。只有我自己能咀嚼它，玩味它，体验它。

我的预测没有错：一个骄傲冷酷的少女不爱人则已，一旦真爱了，这爱一定是出奇的强猛，出奇的叫人抖颤。经过一段长时间的压制，黎薇终于对我倾射出全部的情感。它果然是奇异的强，奇特的热。在她的情感大流中，我尝到比海岸还深度的温柔，比海水蓝更叫我惊讶的幸福。

*

我们的爱情，虽说已达到最高峰，但对衬着峰顶的强烈的亮光，山谷底那些模糊的阴影，同时也开始出现了，上升了，并且越来越显明。这阴影就是现实。我们究竟是人，究竟离不开地球。是人，离不开地球，就必须接受现实。有时，闭上眸子，游泳于梦幻边缘时，我们也自以为摆脱了现实，甚至击退了它。但只要一睁开眼，它就又紧紧抱住我们。一个人想推倒它，正像推不倒翁，才一撒手，它就又站起来了。

我和黎薇之间的现实，就是我们的环境，以及我们爱情的可能结果。这环境与结果，过去，我也偶然朦胧想过，但并不认为很重要，觉得为时还早，所以常常偷懒，故意对自己装聋作哑，不去理它。可是，这"不去理"的同义词只是"暂时"，不是"永久"。这"暂时"的同义词又只是"一年半载"，而不是"三年五载"。

这"现实"的分量，一天天沉重起来，终于逼得我不能不理了。

*

这"残酷"是：我早已有了一个妻子。

*

在生活里，总有一些可怖的东西，令人不安地潜伏着。当你十七八岁时，你可以挥舞堂·吉诃德的长矛，攻打一切你认为可厌的；你心目中，几乎不识"可怖"为何物。哪怕最"可怖"的——死亡，有时对你也不过轻如毛羽。在一个人一生中，这是你最爱对世界、对社会，甚至对全宇宙负责的时刻，实际上，却往往不真负责。这样一种年龄，对我早过去了，我已达到开始不想对世界负责的年龄，实际上，有时，我倒真想负点责。

可我发现：那些"可怖"的东西，越来越多。国家、社会、法律、伦理，全带点可怖性质。然而，眼前最可怖的，却是黎薇的年龄，我的年龄。仿佛像做噩梦似的，我忽然认真发现了，她现在已是二十九岁，我是三十五岁。

神仙说"山中无岁月"，我要说，爱情空间无岁月。上述那种噩梦感觉，正是这种爱情心理学的必然结晶。

一个少女二十八岁时，还可以混充"二十几岁"，一到二十九，却接近等于"三十"的同义词。像薇这样一个姑娘，为什么三十不字？而先后向她求婚的又那么多？这个"？"是一个巨大压力，无论在她家庭内，她社交圈内，或社会上。她尽可凭仗自己是独女，取得双亲特别宠爱，可以找各式各样理由，解除这种压力，并且也收获相当效果，但对社会物议，特别是家庭的亲友，她能捧出什么样的堂皇理由，像大弥撒中捧出辉煌圣器一样？除非她扮隐士，毫不与社会（包括亲友）接触，否则，那个"？"会像可恶的黄蜂，不断辛辣地缠绕她飞翔。

当然，我的年龄，也会同样制造出那些"？"，但我的家庭和薇的情形迥异，我所受的社会压力，也比她轻一些。我是一个有骨架的男人，无视舆论的后果，大不了落得一个"古怪老处男"的评论。

可是，这个"古怪老处男"和一个"古怪老处女"的过从形迹，一旦被人发现后，事情就不简单了。直到此时止，谢谢薇的特殊机警、智慧，且和我紧紧配合，她的两老也还未发觉我们有可疑处。他们实心实意，只把我们看作师生关系，仅较通常情形更亲密点罢了。然而，时间到底长了，我们双方朋友，难免不发现蛛丝马迹，从而对这种师生友谊画上"？"。尽管我们还未听到什么，但流言蜚语正像定时地雷，万一炸药埋好，到时候，轰然一声，终会席卷一切的。就目前情形论，自始至终，我们还不得不保密，这个，理由很多。千言万语一句话，保密比不保密对我们更有利。但保密也有它的时限。

所有这些，全属于上述那种"可怖"的因素。

我们究竟不是伊甸园的亚当夏娃，面前开展的是无限时间。就是他俩，真尝禁果后，上帝还大加惩罚呢！

一句话，只要一天还活在人间，包围纯粹爱情幸福四周的，就绝不是无限时间。

一天天的，我敏感到这个限点，薇也一样。

怎么办？

*

她的两手离开钢琴，突然抓住我的手，抓得很紧很紧。她睁着那双大大的黑眼睛瞪视着我，望了许久，似乎要直接望入灵魂最深处。在她视觉里，有许多许多极微妙的东西，这些东西所给我的感觉，是超言语超形容的。在这许多微妙东西中，只有一个东西，我可以用言语形容：它叫作"痛苦"。这痛苦纠缠住她的目光，好像蛛网捉住飞虫，不管她怎样努力挣扎，掩饰，始终是徒劳无功。在这个时候，我如果希望她脸上出现笑容，不啻希望沙漠开蔷薇花。

她不开口，用痛苦的眼睛瞪视着我，越望越深沉。她的双手抓住我的手，也越抓越紧张，像两只钢钳子似的。

她这副神情是严重得古怪，我立刻预感到什么不幸，我浑身禁不住抖颤起来。

才一抖颤，我的理智登时抬了头。一种男性自尊心逼我咬牙暗暗想："哼，我能担负任何人所不能担负的！要来的让它来吧！"

我索性把她拉到豆紫色长沙发上，抱在我怀里。我用火热的眼睛深深注视她，一面注视，一面急促地道：

"爱，你发生什么事了吗？你的脸色为什么这样苍白？这样难看？你从来不是这样的。你一定发生了什么事！告诉我吧！薇！最爱的薇！你放心！圣提自信他的肩膀还相当硬：能担当任何人所不能担当的！有什么话，你尽管说出来吧！"我觉得我的心在出血。

起初，她只摇头，咬紧牙关，一句话不讲。最后，给我逼急了，她终于抬起头来，用一种极凶恶极可怖的眼色凝视着我，像法官宣读判决书似的，慢慢地，一个字又一个字地，说出下面的话：

"我的一切事情都决定了。我们的一切关系，我都告诉他（指方）了。从今天起，我们是完了！"

*

她用那双又深沉又神秘又强烈的古怪眼色瞑望着我，望着望着，突然用一种惨绝人寰而又极冷酷的声音，一个字一个字地道：

"六年以前，在与你认识见你第一面的那一晚，我的印象是：你是世界上最残酷的人！六年以后，在与你离别见你最后一面的今天，我的印象依旧是：你是世界上最残酷的人！"

说完这几句话，她头也不回地走了。

我听见重重的大门关闭声。我立刻昏倒在地上。

*

最后，我要仿效《北极风情画》上那位怪客的最后的话，对你说出我最后的话——也是我在人生大海里所捕得的仅有的四尾小鱼。我在这大海里捕了近五十年的鱼，只获得这四条。

第一条鱼——当幸福在你身边时，你并不知道它，也不珍惜它。当你知道它、珍惜它、寻找它时，它已经没有了！也再找不到了。

第二条鱼——为别人牺牲太大了，有时别人不仅不会得到幸福，反而得到痛苦。

第三条鱼——在生命中，"偶然"虽然可怕，但比"偶然"更可怕的是"自我意识"（也可以解释作自尊心），这"自我意识"或"自尊心"是许多悲剧的主要因素。

第四条鱼——真正的幸福是刹那的、短暂的，不是永久的。

*

我又想起刚才那个故事，那些琴声，那些流水，它们像四周月光一样，渗透我的灵魂、浸透我的意识。月光是这样美，夜是这样美，树是这样美，可我却觉得说不出的哀凉。

我独自徘徊着。满天星斗，寂无一语。它们只沉默地闪耀着。一只黑色鸟飞过去了，没有叫声，只有翅膀的摇动声，声音极轻极轻。远远地，偶然一两声犬吠，洪亮而美丽，使夜显得分外静了。真奇怪，夜为什么这样静？这样美？美得不能再美了，美得叫我有点感到凄楚了。我只觉得四周一切似梦似幻，如诗如画，有无限的透明，有无限的空灵，越是透明空灵，我愈感到模糊朦胧。我望着满院子俏丽的月光，心头忍不住有点酸酸的。

（节选自《塔里的女人》，1944 年 10 月无名书屋初版）

延伸思考

小说一开始，作者无名氏就意味深长地说，《北极风情画》的写作，"在人生中为我打开一扇窗子，逼我看清窗外的一些神秘现象"，"素日最平凡的事，这才显示特殊的光辉，特别的意义"；现在，又要写《塔里的女人》，能不能"打开另外一扇窗子呢"？"我渴望知道生命中的一些神秘、一些特殊、一些不平凡。"

接着，就讲了一个"我"（罗圣提，医生兼音乐演奏家）与"她"（黎薇，一个迷恋音乐的女人）的美丽而怪异、神秘的爱情故事。当读者既被吸引又感到困惑时，作家才缓缓道出其中的特殊与不凡之处。

一切源于我的"七分事业，三分女人"的"生活原则"及人生观、生命观、爱情观："我爱把女子看成大自然的一部分，是一种自然品"，"我的品赏的着眼点完全是美学"，"我认为男女关系也是一种美学，一种艺术。男女的接触正像琴弓与琴弦，接触得越微妙，越自然，越艺术，发出来的声音愈动听，愈和谐"，"我把女子看成一种装饰"，"其实，普天之下，哪一样存在不是装饰？'人'这种两足动物，对宇宙也不过是一种装饰。蓝天与阳光，对我们也不过是一种装饰"。——其所追求的爱情、人生、人的生命存在，正是浪漫主义的极致，其背后是那个战争动乱的时代，最吸引知识分子的乌托邦主义；不同于同时期的左翼知识分子的革命乌托邦，无名氏这样深受西方思想影响的知识精英，向往的是一种现代乌托邦。

但当小说里的人物，特别是女主人公，以及我们读者都为之迷恋不已时，清醒的作者与男主人公，却突然凸显了"山谷底那些模糊的阴影"，并一语点破："这阴影就是现实"，"我们究竟是人"，"离不开地球，就必须接受现实"，"我和黎薇之间的现实，就是我们的环境，以及我们爱情的可能结果"。于是，另一种人生哲学、生命选择就浮现出来："在生活里，总有一些可怖的东西，令人不安地潜伏着。当你十七八岁时，你可以挥舞堂·吉诃德的长矛，攻打一切你认为可厌的；你心目中，几乎不识'可怖'为何物"；但已经三十五岁的"我"，却再也不能作堂·吉诃德，不能不面对"那些'可怖'的东西，越来越多"的现实，深深感到"国家、社会、法律、伦理，全带点可怖性质"：这正是我们的男女主人公面临的爱情危机所在。"我"这才向女主人公和我们读者坦言：他"早已有了一个妻子"；如果他和原配离异而与女主人公结合，就必须面对"国家、社会、法律、伦理"的巨大压力，这又是他无法对抗的：不仅因为"无力"，更有内在原因。我们也因此注意到，其原先的爱情理性背后隐含的"男性中心主义"：那"小心别落入她的圈套"的防范和心机，"对付一个骄傲女子的最好武器，就是骄傲"的计算与手段。我们也终于发现了男女主人公爱情观与人生哲学的根本区别：黎薇尽管有出身贵族的女性的高傲、冷漠和矜持，但一旦真正爱上了，就"用整个生命去爱"，"无条件地爱其一切长处和短处，并愿为这种情感支付任何最高代价"。这就是男性现实的，不免自私、妥协甚至虚伪的爱，与女性梦幻中的，因而是无私、彻底、真诚的爱的根本冲突，这从根底上显示了人性的现实主义与浪漫主义的两个侧面。

这就有了最后的结局："我"抛弃了"她"，"她用那双又深沉又神秘又强烈的古怪眼色瞑望着我"，"突然用一种惨绝人寰而又极冷酷的声音，一个字一个字地道：'……你是世界上最残酷的人！'"

小说的结尾是，"我"在人生"大海里"总结出的四条人生哲学，以及对女性命运的概括："女人永远在塔里，这塔或许由别人造成，或许由她自己造成。"但在 80 年代的修改里，这句却被删去，只留下一句话："关于这个，读者将来自会知道。"

留下的，还有这样的余味："一切似梦似幻"，"有无限的透明，有无限的空灵"，"我愈感到模糊朦胧"，"心头忍不住有点酸酸的"。

● 我们的阅读和讨论，还要落实到文学表达与语言上来。我们注意到，无名氏的语言，既艳丽，有吸引眼球的通俗性，又深沉，充溢着先锋派的诗性和哲思。要抓住这三大特点，细致玩味：那女性形体美的展示，"简直是火焰的化身"，你在生理与心理上有何感受？那"千千万万的声音在我心里响，千千万万的情感在我心里流"，"只有飞，飞，飞"的演奏中的感觉，那"天是蓝的，水是蓝的，我们的心也是蓝的"，"有时很沉很沉，有时很静很静，有时像狂猘的瀑布，有时像安详的溪流"的爱情中的感受，你从中体味到怎样的诗意？还有，对那些爱情哲学、生命哲学天马行空的言说，人生大海中捕得的"四尾小鱼"的议论，你有什么看法？

● 文学史家所说的 40 年代"典型的通俗、先锋两栖作家"，除了我们这里讨论的无名氏之外，还有一位徐訏（1908—1980）。他毕业于北京大学哲学系，又获得巴黎大学哲学博士学位，却热心于写宣扬哲学玄思的通俗小说。他的成名作《鬼恋》七年内印行 19 版；1943 年连载于《扫荡报》的代表作《风萧萧》一纸风行，以至该年被称为"徐訏年"。《风萧萧》是多角恋爱与间谍战的混合型故事，现实与浪漫共存，大雅大俗，正是作家所追求的"书斋的雅静与马路的繁闹的融合"。小说男主人公"我"置身于舞女白苹（象征银色）、交际花梅瀛子（象征红色，太阳）、海伦小姐（象征白色，灯光）三位女性情爱纠葛之中。而三位女性各代表一种人生态度，或追求"暂时"，或追求"永久"；对情爱和性爱的渴求，既现实又超越，更有真正的情爱稍纵即逝的悲剧感。而作家的描述，又着重于对人物潜意识心理的挖掘，有的还直接运用弗洛伊德心理分析的方法表现复杂的人性，作品的景象、事件、人物、对话都具有象征的意味，显示了某种先锋性。（参阅《中国现代文学三十年》（修订本）第二十三章）将无名氏、徐訏的作品对照起来读，或许可以对 40 年代文学的通俗性与先锋性的交融趋势有更深的体味。

● 无名氏自己在回顾小说的命运时，谈到"文革"中他的小说以手抄本的方式流传，还有这样一个小故事：一位少女纠集了十二个小青年，躲在她的未婚夫阁楼上，分为两组，限定大家在一天之内，将她私存的《北极风情画》与《塔里的女人》全部抄完，以免红卫兵抄家时搜去原书，从此绝种（见《塔里的女人》1983 年版序言）。这就有了一个有意思的研究课题：在我们对原著作了认真阅读与讨论以后，能不能对这样的"文革阅读"现象，作一个解释与分析？

李拓之：
自觉追求繁复、华丽、堆砌、雕琢与妖艳、怪异的美

1946 年 11 月	李拓之作《文身》（收《焚书》）。
1948 年 9 月	李拓之《焚书》出版（上海南极出版社）。
1980 年 8 月	李拓之编著《散曲述略》（油印本，厦门大学中文系古典文学教研室）。
1987 年 12 月	郑朝宗选编《李拓之作品选》出版（海峡文艺出版社）。
1990 年 12 月	李拓之作品入选《中国新文学大系（1937—1949）》小说卷（上海文艺出版社）。
1999 年 8 月	钱理群主讲《对话与漫游——四十年代小说研读》出版（上海文艺出版社）。

　　这也是一位被遗忘的作家。李拓之（1914—1983）抗战时期远离家乡福州，在重庆、上海一带的流浪生活中写作了短篇小说集《焚书》，于 1948 年 9 月由上海南极出版社出版，之后就从文坛上消失了。最早提到李拓之的是无名氏，他认为，《焚书》是 40 年代最好的小说之一。直到 1986 年，福建海峡出版社出版了《李拓之作品选》，选编者厦门大学郑朝宗教授在序里才对李拓之的小说给予了高度评价："这些都取材于中国历史，有根有据，却不胶柱鼓瑟，而是变化多端，有些地方作者的想象力大得可惊。笔墨的精妙，风格的多样，也令人钦佩不置。"90 年代上海文艺出版社出版的《中国新文学大系（1937—1949）》小说卷选入李拓之的作品。而《焚书》引起学术界的关注，大概要等到 1993 年。这一年北京大学中文系的一位博士生研究"现代心理小说"，第一次明确提出，李拓之的《焚书》是施蛰存开创的心理分

颠覆男性世界的女性解放

李拓之（1914—1983）

她要跳出这窗槛，走入深篁丛莽中，化为一只叛逆去咬碎这当前的残酷和羞耻！

《焚书》

《李拓之作品选》

析的历史小说的继续与发展，并且具有鲜明的艺术个性，在中国现代心理分析小说与历史小说的发展中作出了独特贡献，可以说是一个不可缺少的环节；因而在 40 年代小说史，以至整个中国现代小说史上，应该有他的位置。我自己在研究无名氏时注意到他对李拓之的高度评价，又在这位博士生的研究的启发下，1996 年在北大中文系开设"40 年代小说研究"课程时，就向学生引荐了《焚书》，这是李拓之的作品第一次进入大学课堂，学生们进行了热烈的讨论与争论。但在学术界与教学界都没有任何反应，直到现在，李拓之依然被冷落一旁。我却念念不忘，就将其正式写入我的这本书。

《文身》

李拓之

北中原的季夏是炎酷的。六月杪的薰风到深夜子时以过，还不曾吹散蓼儿洼一带的滞热。虽则这周围八百里的水泊，堤岸边秋枫已经显出浅红，蟋蟀和蟏蛸也在深草丛中开始夕鸣了。白昼的暑蒸是可以想象的，因为山田里待收割的禾稻，一支一支头晕似的倒卧下来，连岩层石壁都在悄悄吐散太阳晒过的气息。而前后寨山凹里酒店的灯光，躲在树叶缝中闪闪如醉眸，这分明是小喽啰们为了排遣伏暑的烦躁，在那里买酒过夜呢。

大寨里忠义堂上众头领夜宴才罢。筵席上残剩着整大块的牛蹄和马肝，七零八落的山梨皮和野栗壳，高高的兕觥，矮矮的犀爵，大大小小的金罍、铜斗、壶卢瓠、铁砧俎、解腕尖刀……壁间插满乱晃晃的火把，几案上烛盘站着狠狠光焰的大蜡炬，它们挥发欢呼豪犷的余威，光波向四周有力地扩张、辐射，如锐利的箭矢奔驰在这一连串围隔着红锦幛的九座大厅堂的各角落。许多头领们都已起身回寨睡去了。在边数起第三座锦幛中，只剩下女头领一丈青扈三娘喝得两颊晕起朝霞，她偎倚在母大虫顾大嫂的肩膀上，一手端起醒酒汤，一手料理她蓬乱的云鬓。她的酒量怎及得顾大嫂呢——顾大嫂是满大碗的一口气喝了十几碗，才拍手狂笑，以至于将发髻上野秋葵抖落酒碗中。她笑扈三娘太怯弱了，喝酒的气力都不及男人，亏她练得一双好青鸾刀。但这时非帮她醒酒不可，于是，她用手指按住扈三娘的脖子，在雪蟒蛟似的后颈上，摸捏出两条发酵的砂痕，再在她眉心鼻梁之间，撮剪出一点媚红的痣，烛光下的一丈青简直像一位西域观音女模样，比起她和矮脚虎结婚仪典那一夜更为俏丽了。这种按摩手术是祖传秘诀，非有一身拳脚能耐的人轻易学不来的。一丈青展眸向顾大嫂一笑，仿佛回答她这流星般的眼珠子，连壁上半出鞘的刀光剑影都闪动起森寒娇艳的锋芒来。

她扶着顾大嫂走出围幛。喽啰们醉得东歪西倒地满地睡着，人静了，夜风冉冉吹过窗幔，冲散了一丈青眉间的杀气。她今晚显得很温文柔顺，掠起长袖，露出手尖，向壁间取下一柄火把，两个人穿花似的走过宴堂。她眼睛尖快，当走入当中一座围幛中时，忽见一只胖大肉团晃荡荡横在座角。她以为是未被吃掉的大祭牲呢，定睛一看，却是花和尚鲁智深，他脱得光溜溜醉倒沉檀交椅上，睡得十分浓饱。

"咦！这和尚。"一丈青不由吃一惊。

"别动他！不是好惹的。"顾大嫂拉她走开。

"怕什么？"一丈青生来拗癖气，她偏要停足看一看。反正花和尚是睡着的，况且她这时已经眄到这个白胖人体上，隐隐跳跃着绚烂璀璨的光采，如五色陆离的毛毛虫，在那里爬动。有一种诱惑的力，逼使她举起火把向花和尚全身上下照一照。

在火光下，花和尚的大脑袋包着花巾，掩过浓眉，在一只红糟隆鼻和一张血腥大口之畔，是刮得光鲜的一部络腮渗赖胡子的芽根。交椅上的长幅豹皮遮住他的下半身，袒褪了全部左肩膊和半爿胸脯。在臃肿而虬络的筋肉上，露出一帧极其工巧的刺绣图案。他的皮肤是古铜色的，肉素是属于丰足的脂肪质。肩部至肘部，刺绘着深蓝色铁线描的交结流云和间架对月，中间距隔着三枚朱红色的圆太极。胸膛正中一丛黑毛里隐约见一方泥金回文，周围旋绕着黯金色的连环、古钱、双斧、攀戟的滚边栏杆，这之外是黑檀色鸥吻形的水波浪，向腹部撒泼地泻去。这样把各个不同拼成相同，构成充满壮奇奔放气氛的画面，显然这是关西名手所雕饰，把花和尚这人的性格完全给摹刻出来了。一丈青看得发呆，她急于要细谛这鸥吻形的水波浪到底在腹部以下是描成怎样的脉纹？她颤巍巍伸出好奇的纤手去摸那脐眼上盖着的豹皮。不提防顾大嫂一把抓住她："要死的！当心秃驴……"话还未了，花和尚一转身鼻尖起了轻雷，又打起浓浊鼾声睡过去。吓得一丈青夹脖子涌起羞红，回过脸去，火把的焰穗散落满身。她俯首看自己时，这才发现在几张交椅纵横的缝隙，正挺卧着一个黑汉子，这人不是短命二郎阮小五是谁？他只穿一条红绸裤子，上半身是全裸的。当她们把交椅移开以后，吱吱发出叫声的火把，照见阮小五满身紫槟榔色的皮肉，筋络狞恶地缠结而又隆起，一疙瘩一疙瘩地看了教人牙齿发痒。一刹中一丈青的视线又给这奇异的男人肉体所吸住，她不由拉过顾大嫂并排蹲下去细看：一个塌鼻的阔面孔，铜钱般几颗大黑麻点，唇角向左右弓起，咬的紧紧的，显出凶狠和强毅。他的肉素是胆质的，肌体扎实坚韧，翘肩阔胛如一排铁墙。一丈青突而悟到他是个游泳健者，想起自己丈夫三寸丁的肢架，又短又小，简直是一副活动髑髅。她情不自禁地去抚摩阮小五毛氄氄的胸脯，审视时：胸前绣一只青面獠牙的豹头，刺纹凹陷深入，色泽浓泼沉淀，几乎全部是用青靛来髹漆。那豹子亮晶晶恶眼，像一匹噬人瘦狗！即使一丈青的柔润指尖化一阵春风抚拂过阮小五的胸腔，也不能慰解或抑平他那燃烧炽烈的满腔怒火，他的横膈膜是一座决了水的堤坝，使他心涛起落，胸腹波动，仿佛听见这个深山水怪在月黑风高中顿足不平挥刀狂叫！一丈青的手指灼伤了，那滚烫的胸脯使她触到熊熊红炭般的疼痛，登时阮小五全身蒸发的酒热就像一口熔冶的火炉，教她靠拢不得而满身出汗地站起来。

顾大嫂牵她走出围幕，几乎跌了一跤。原来脚上绊着的又是两个醉卧人体，那是九纹龙史进和浪子燕青。一丈青今晚的眼膜有些变态了吧，她格外被这深夜山堂的灯光酒彩所刺激，变得感受性特别强烈，眼皮上下跳着，面前翔舞着奇怪的线符，迷离的彩色，加以高亢的烦热和醇酣的气味，调和成一片惝恍幻惘。有如自己跨了白马在战阵上交锋，旗幡挥旋急卷，鸾刃交剪翻飞，两旁血雨喷射，喝采如潮。的确，她醉酒还没有全醒，不但口吻焦干，而且眼瞳也有点旱渴。她欲饿地要看，看一种色泽鲜浓的精巧图绘，教眼珠满足，看一种剽悍放浪的江湖色相，教情绪撒野。她这时想起：九纹龙史进是个美男子，而浪子燕青更是风流人物，都比矮脚虎强多了。他俩身上花绣是有名的，何不看个饱看个腻呢？这美丽雕刺无限盅惑的男人的躯体呀。

一丈青捧过一支回风烛盘，用手护着红蜡炬的光波，投掷下剪刀般的眸子，随光波向人身倾泻：

靠上首是史进。他身材高大生得虎背熊腰，骨骼结构十分停匀。他面向下，倒覆着睡在地板上，裸的上半身从腰以上交错盘旋着九条铢龙。他的皮肤红润明洁，饱满活力，显然是多血质的。铢龙的分排位置，上峻下宽，如北斗星，又如宝塔。她细看这沥丹的九条龙，姿势各各不同，有的蜷缩如虾，有的回旋如蟆，有的迤伸如蚯蚓，有的蛰伏如蚕蛹，有的交缠如髻线，有的倒舒如半剪。其间睛、喙、角、须、鳞、爪，绣绘得针路分明，刺痕完整，一毫一芒，就像摹印在皮上，镌琢在肉里一般，这铢龙的结构夭矫劲健，给人以一种轻捷迅疾的感觉，看了视官灵活，意绪爽朗，无疑的是一个生命强旺毫无缺陷的壮美人体型。

靠下首是燕青。他仰卧着，略有些侧脸，满头柔黑的发，长眉、秀目和高鼻子。下身穿一条白绫裤子，扎着浅绛色的腰帕。上躯系一领玄绸无臂搭子、卸开襟纽，褪露出胸腹，是一身晶莹的白肉，他的皮层纤细，肌理腻弱，是神经质的。在这上面几乎刺满了花绣，自左肩至腕，绣着一只紫色的燕子和一对淡黄色的蝴蝶，夹着一朵一朵鲜翠绣球花，花瓣霏霏飘落，有残有整。胸前绣一枚朱线睡莲，下边一只青蛙，四围掩覆以圆圆的绿荷叶，弯弯的水鱼草。脐部附近，更绣着点点滴滴的野兰、夭菊、满天星之类，显得花雨缤纷，光彩繁缛。那针工真是精致已极，设色匀淡谐和，造型条缕绵密。这样神奇的手艺施之于这样皎美的人体，有如一个细笔的画工渲金染碧在一张无瑕的白绢。令人看了始而惊诧，继而叹惋，终而怜惜悲悯，眼波流荡，光景摇移，沉浸入凄迷惆怅的幻域，浮漾起绵属缱绻的遐思……

一丈青给迷惘住了。她想：浪子的名字并不虚传呢！他跑遍花街柳巷，走尽草泽水乡，会射雕弓、驰骏马、吹笙箫、踢蹴鞠、呼卢喝雉、走狗斗鸡。他这一身图绘更不知受过多少眼睛的赏鉴与多少手指的抚

712

摩？他曾经炫耀夸张，顾盼自喜的吧，这狠心的针刺，这作孽的肌肤！

夜的蓼儿洼卷起大风涛，四山树木吹叫如笛子，而山堂中郁烈的酒氛依然飘散未尽。一丈青手里的灯盘倾欹，凝然落下温热的红泪，滴在自己拖地襟裾的边缘，教姣艳如桃李冷酷如冰霜的她，今晚的性格不得不有些变异了。

当她被顾大嫂牵扯回到自己房中以后，她开始厌弃沉睡在自己身畔的矮脚虎，这一无可取的丈夫！他既不浩荡莽苍如花和尚，又不猛鸷桀厉如短命二郎，更不劲挺雄伟如九纹龙，尤其不文雅白皙如浪子燕青呀。他的皮相是这样拙陋，状貌是这样猥琐，他不能归类入哪一种的人型，他是无品汇无属性的一匹庸碌牲口！一丈青呼一口气，立被吹熄了烛光，闭上眼眸：一闪一烁的刺纹，花花绿绿的图彩，各个不同的色调、线条、形象，交织成一座锦绣的山，把她压挤得如烟如梦。

在一架嵯峨的琥珀山屏旁边，横着长方幅的大理石凉榻。——这是劫生辰纲得来的宝物，分赠王英做婚礼的。在绿绢的灯光下，一丈青颦着眉毛坐在暗隙里。

"三娘！你不怕痛吗？"刺绣名工玉臂匠金大坚捧过一个大锦盒，笑着说。灯光照见他唇上细微的髭须。

"唔。不怕呢！"一丈青摇着头。

"实在也不痛呵。"圣手书生萧让在翻阅手中的图案册叶。

"唔……那么，请宽衣吧！"金大坚安静地说。他已经打开锦盒了。

一丈青有些不好意思。但终于背过脸，在灯波摇曳中，悉悉苏苏褪去了全身的服饰。她光洁的肢体裸坐在石榻上，如一堆寒玉。几只尖嘴蚊子在四旁幽幽唱逐起来。

"你当是蚊子叮好了，如果有点痛的话。"金大坚向锦盒中取出了画笔、染盘、吸色棉、止痛剂，最后检出一支蚊鼻蛾腿的细金针，在绢灯下剔视了一会。他脸转向萧让：

"先画上图样吧！"

萧让早已翻出昨天扈三娘自己选中的花式。他向图册凝视半晌，很快拿起画笔，走近一团冷冰冰的石榻上的女体，面对着，端详地在她两乳上各钩出一只猫头鹰，之后，在她胸腹中间钩出一只银面狐狸，它的长尾巴一直垂到小腹以下，弯过左腿边。

"好了，快些上针！"萧让一口气钩毕，连呼吸都屏窒着。这时他站在一旁看玉臂匠施展惊神泣鬼的奇技。

一丈青的眼睫毛阖成一线，她盘膝趺坐，两手垂围，状如妙尼打禅。她用耳朵去倾听：金大坚咬着牙第一针刺入她的右乳，那是猫头鹰的瞳孔。她眉峰蹙紧，肌肤收缩一下，可有些痛。但第二三针以后，便不感到怎样难受，只如千万匹蚂蚁在乳房上爬来爬去。而这蚂蚁，爬完右乳便爬到左乳，足足两个时辰才停住了。乳房如一对悬挂的鸟巢，猫头鹰凄瑟地栖止在上面。萧让递过染料，猫眼吸入晶蓝，钩喙点上暗红，翅膀和身是深灰色的。

"唔，休息一下吧。"一丈青忽而睁开眼，比猫头鹰的还大。

"不。这不能停的！"金大坚颤着手，鼻翼泌出汗粒。

"哦，我的腿酸哩。"

"不行。不要动！"

"我倒下来好不好？"一丈青悲苦地说。

"唔。好吧好吧，快一点！"金大坚十分焦躁。

一丈青仰面倒下，如雪人的溶解。金大坚半边腿跪在地袱上，他侧着头，细迷两眼：当前是一片柔润的长短弧线，随着金针轻刺的节拍，在灯光下眩惑流动，仿佛笔尖点在春湖的水波，滴滴落落飘漾向悠远而又悠远。梦幻般一只狐狸的影子浮映在湖波中，它恬静地蹲伏着，闪动妖异的眸子，告诉人以一幅人间最虚妄的凄美和最荒诞的哀愁。

剩下来的是狐狸的饰色了。它贴以银叶，饫以丹汞，鬓涂以玛瑙和珊瑚的屑末，有如粉垩一座雪色的宫墙，又如雕镂一柱圆形的画栋。一丈青窒息地躺着，全身如僵冻的石膏。刺破的毛孔中迸涌出无数血斑点，颗颗凝结，就像苞吐的花蕊。

"好了吗？"一丈青说。声音有点凄惨，黑睫毛缝隙中泫着泪珠。

"好了好了。还有一忽儿！"金大坚掠一下头巾，一绺鬓发坠在前额边。

当金大坚俯伏着吮吸尽了一丈青身上的血斑点，他终于伸直了身，唾出口中的血水，颓然坐在地上。一丈青骨碌里坐起，用手去摸自己被针刺和涂漆的皮肤，已经麻木迟钝了似的。但她忽又一翻身扑倒石榻上，锁紧眉毛喊着：

"哎哟！痛哩痛哩。"她面向下，两腿挺直，足趾抵在榻上，躯体悬空，腰背如起伏的潮，全身痉挛地呻吟着。

掩映于绿绢旒苏之内的灯光，这时更收缩得紧小，风帘飕飕吹拂，灯彩便时而阴暗时而露明地舒卷不定。一丈青裸袒的背部和股部，如寒泉中沉浸着水晶，绿波里漾晃着玻璃一样，飘散着一层层摺叠摺叠的波浪向四周伸展开去。这样迷幻的轮廓与晕惑的光影，教刺花能手的玉臂匠倏又万分技痒起来，他抖一抖手臂，舒强筋骨毕剥作响，从地上迅速扒起，更不说话，抢过呆在那里的萧让手中的画笔，就在这光波摇闪波纹重叠的雪白帧幅上，狠狠地钩出一条缠绕弯曲的水蛇来。

"不要刺了哩！"一丈青哭泣地喊，但全身已没有了气力，仆下去，发颤地蠕动着。

这时金大坚的刺手，和以前大不相同了。他从轻描微写到浓划密钩，更从徐针慢刺到猛戳毒螫！他简直不当她是人是肉，开始暴戾地剔开肌路穿透皮层，一针像一条鞭，一刺像一把剑，仿佛要笞烂她剁碎她，连皮带骨把她吃下肚里去似的。甚至一丈青越是在下面痛楚地哀叫厉呼，他便越快活越高兴，而且越见精神抖擞充满腕力，咬牙切齿更顽强更残忍地刺去！汗颗从全身涌出，湿透了一领分襟的橙黄衫子。

一条水蛇蜿蜒在一丈青的背上。萧让向锦盒中取出满满的一盏熟沥青，金大坚检出半匙翡翠片和一勺琉璃粉，搅和得均匀，循缘着蛇头、蛇腹及蛇尾，浓浓地泼下，肌肤犹同受了蜜渍，吱吱地叫着吸尽了。登时肉层被颜色渗透，咬得发肿，绣针落脚的纹缕，鳞鳞凸出，状如纯绿浮雕。

"好看哪。真不愧叫一丈青呢！"萧让眻眻眼皮。

夜，深沉得死一样，远山幽涧中疏落地敲过五声的更柝，余响坠入深林。闷热的暑蒸分明已经消尽，房里空气渐渐凉冷下来。

一丈青自石榻上撑起。她走向靠窗的镜架，拉开镜幕，光一闪，这镂脂斫玉的躯体灼灼如繁星。一阵风吹过，她失去了烦热和旱渴，突而打一个寒噤！这千针万针的痛楚便很快地收拢聚集，教她忍不住发抖，全身的彩色旋卷旋卷旋卷，随着绿绢灯光的聚散明灭，光涛汹涌像青色的海水。仿佛人世的悲惨与恚怒，苦毒和冤屈，一齐在她身上集中。又仿佛梁山泊里许多英雄好汉被奴役被侮辱，被虐待被迫害的怨情闷气，所有贼官污吏豪强刁滑的忍心辣手倒行逆施，一齐在她身上吐泄和晕现一样。她忽然一声厉鬼似的绝叫！头发披散，如母夜叉，胸前的猫头鹰和腹部的狐狸以及背上的蛇蝎，连结成一片妖异、魅惑和毒蛊，她要跳出这窗槛，走入深篁丛莽中，化为一只叛逆去咬碎这当前的残酷和羞耻！

全身淫虐鞭挞的创痕在跳跃。一丈青疯狂地和痛楚搏斗着，她的牙齿震震发响，整个山寨整个北中原都被摇撼战栗起来似的。

萧让和金大坚吓倒地下。

天上黑云布得密密，蓼儿洼的风浪翻腾呼啸，满山树叶簌簌下坠。这是走近黎明的最后一刻。

一九四六年十一月

（收《焚书》，1948 年 9 月上海南极出版社初版）

延伸思考

我看重的是李拓之小说的独特性。《焚书》内收 12 篇小说，计有：《听水》《招魂》《焚书》《变法》《文身》《束足》《埋香》《溺色》《惜死》《阳狂》《投暮》《催哀》。尽管每一篇作品都有一定的现实针对性，但仅从题目显示的选材、视角，就可以看出作者的特异关注点和情感透射：听，魂，焚，变，身，足，埋，溺，惜，狂，暮，哀，这都是同代作家作品中少见的。就以这篇我们重点阅读、讨论的《文身》

716

而言，单说其中一点：集中描写"人的肉体"就既犯忌又具有历史的
意义。人们很容易联想起鲁迅在《野草》里的《复仇》一篇关于两个
裸体男女的描写，一位日本学者就非常注意并强调鲁迅作品里的"肉
体感"。在中国传统观念中，人的肉体和性被视为"不洁"，而"五四"
思想启蒙运动在伦理学与美学上的一个很大功绩，就是确认了"人类
的身体和一切本能欲求，无一不美善洁净"（周作人：《爱的成年》）。
这种"人体美"的发现与强调，在中国现代美术界多次引起的波澜是
人们所熟知的。相形之下，在文学作品中，对人的肉体美的展现是不
够的，《文身》的自觉尝试就特别难能可贵。而且无独有偶，与李拓之
几乎同时期，沈从文的《看虹录》，以及前文提到的无名氏的《北极风
情画》里，也有对女人肉体相当精美的描写。这都出现在 40 年代的战
争背景下，恐怕不是偶然的：这本身就颇值得研究。

而且有意思的是，40 年代文学中对人的肉体描写，都做到了"美
而无淫荡之色"。作者显然与企图给读者以感官刺激、唤起人的情欲的
新感觉派作家不同，他们追求的，是肉体美背后的象征意义，是其所
显示的精神力量。在这方面，李拓之有相当自觉的意识：他选择"文
（纹）身"作为描述对象，就大有深意：文身图案象征着人的生命与人
格精神的各种极美形式，而文身过程则显然象征了"受难对于精神的
造就"（范智红：《世变缘常——四十年代小说论》）。可以说，李拓之
的《文身》讲的就是生命力的诞生与人（特别是女性）的命运。小说
第一部分，是"女人看男人"，完全通过扈三娘的视线（后面潜伏着
无形的心理操纵之手）去观看灯光、暑气中的男人文身，浓墨重彩描
画出的男性身体处于无知无觉状态，成为瑰丽的静态景观，展现了男
性身体的浩荡、开阔、丰厚和绮丽，达到美的极致。而小说的第二部
分，通过男性金大坚为扈三娘文身过程的描述，写出了男性原始眼光
打量下的女性身体的凄美、香艳与妖异、魅惑、毒蛊的奇异结合。扈
三娘这样的女性正是要通过文身而"化为一只叛逆去咬碎这当前的残
酷和羞耻"，以"走近黎明的最后一刻"。这背后显然蕴含了作者的期
待。但金大坚又具有男性中心主义的施暴倾向，他完全不顾及扈三娘

的主观愿望，把文身变成发泄情欲，按照自己的愿望重塑女性的过程，扈三娘反而因此招致了屈辱的命运，身体和精神都被损害。尽管小说的结尾，扈三娘恢复一丈青的形象，"疯狂地和痛楚搏斗"，"整个山寨整个北中原都被摇撼战栗起来"，金大坚也"吓倒地下"，小说依然留下了一个未完成的"颠覆男性世界的女性解放"的主题。（参阅钱理群主讲：《对话与漫游——四十年代小说研读》中有关"《文身》的艺术"的报告、讨论、讲评）

李拓之的《文身》，还自有一种特异的美感。不同于沈从文的《看虹录》对女性肉体的描写给人以典雅、和谐之感，《文身》充溢着狂放的力之美；但和同时代追求力之美的路翎的《饥饿的郭素娥》、端木蕻良的《大江》相异，李拓之笔下的女性，在强悍的生命力背后，更有一种"妖异、魅惑和毒蛊"之美。他的文字，更要繁复、华丽，仿佛是作者的想象力过于丰富，感受到的"声光采色太繁丽，太绚斓"（李拓之语），排山倒海从笔端冲决而出，给读者以逼人的压迫感。40年代有类似笔墨的作家，就是无名氏。人们往往批评这类精力、想象力、创造力都过剩的作家，文字过于堆砌、雕琢、冗长、不知节制；但从另一面看，这未尝不是一个特点：看似堆砌、雕琢，其实也是一种繁复、华丽的美。我们在对中国古典文学中的汉赋以至六朝文学的评价中，所遇到的正是这样的问题。鲁迅在分析"五四"小品文时，曾谈到其中"写法也有漂亮和缜密的，这是为了对于旧文学的示威，在表示旧文学之自以为特长者，白话文学也并非做不到"（鲁迅：《小品文的危机》）。我们也可以从中得到一个启示：这类华丽、繁复的风格和文体，在丰富现代文学语言的艺术表现力，使之能够在中国文学土壤里立足、扎根上，有着特别意义。从文学美感多元化的发展的角度来看，我们长期习惯于平实、冲淡、含蓄、自然、简洁、节制的美，这本身是无可非议的；但如果将其推向极端，视为美的极致，并以此作为唯一的美学尺度，进而排斥与其对立的妖艳、怪异、华丽、雕琢、繁复的美，那就会造成一种美学趣味的狭窄。

这里还有一个文学史的研究与写作的问题。我多次说过，作为个人化的艺术鉴赏，美学选择尽可以具有排他性；但作为一个文学史家，或者文学史的学习者，美学趣味与眼光则应该具有更大的包容性。那些真正具有独创性、特异性，对文学发展有独特贡献的作家，即使他们并不为大多数人所接受，也应该对其给予特殊关注。这就是我为什么要为作品不多且多有可挑剔处，但自有他人所不及的贡献的李拓之，争取文学史上的一席之地的原因。

● 《文身》中一个引人注目的地方，是对《水浒传》资源的吸取与利用；在某种意义上，也可以把《文身》看作对《水浒传》的现代解读。小说的结尾就点明，女主人公扈三娘要发泄的，就是"梁山泊里许多英雄好汉被奴役被侮辱，被虐待被迫害的怨情闷气"；而小说充溢着的强悍的生命活力，展现的也正是《水浒》式的美学特质。小说第一部分，扈三娘（也是作者）对《水浒》里男性肉体的观察，包含着对各类梁山好汉不同生命形态和性格的发现和展示。如花和尚鲁智深的"壮奇奔放"；短命二郎阮小五的"凶狠和强毅"；九纹龙史进的"轻捷迅疾"，"生命强旺毫无缺陷"；浪子燕青那"皎美的人体，有如一个细笔的画工渲金染碧在一张无瑕的白绢"，"令人看了始而惊诧，继而叹惋，终而怜惜悲悯"，"沉浸入凄迷惆怅的幻域"：这都是现代作家对古典小说人物的新理解、新阐释。我们在前文的讨论中，提到《红楼梦》对端木蕻良的创作的影响；现在，又在李拓之这里发现了《水浒传》的印记：40年代的现代小说对中国古典小说的继承与发展，真值得好好讨论与研究。

● 作为小说重点的一丈青扈三娘的文身，最吸引眼球的，自然是女主人公"自己选中的花式"："乳房如一对悬挂的鸟巢，猫头鹰凄瑟地栖止在上面"，"猫眼吸入晶蓝，钩喙点上暗红，翅膀和身是深灰色的"；"胸腹中间钩出一只银面狐狸，它的长尾巴一直垂到小腹以下，弯过左腿边"，"梦幻般一只狐狸的影子浮映在湖波中，它恬静地蹲伏着，闪动妖异的眸子，告诉人以一幅人间最虚妄的凄美和最荒诞的哀愁"。这里的文字都竭尽艳丽、妖异之能事，却又透露出一股凄瑟、虚妄的寒气与荒诞的哀愁：这又蕴含着对女性生命与命运怎样的思考与象征意义呢？这华美文字背后的生命感，或许更应该引起注意与思考。而最后，作为暴戾的男人，金大坚将一条水蛇强行刺入一丈青的背上，"登时肉层被颜色渗透，咬得发肿，绣针落脚的纹缕，鳞鳞凸出，状如纯绿浮雕"。于是就有了"一声厉鬼似的绝叫"，小说的女主人公"头发披散，如母夜叉，胸前的猫头鹰和腹部的狐狸以及背上的蛇蝎，连结成一片妖异、魅惑和毒蛊，她要跳出这窗槛，走入深篁丛莽中，化为一只叛逆去咬碎这当前的残酷和羞耻"："这是走近黎明的最后一刻"。——这最后一笔，许多人都觉得有些突厄，但却是作家的点睛之笔：通过文身而最终"化为""咬碎这当前的残酷和羞耻"的"叛逆"者；而"走近黎明"，正是作家对她的女主人公，也是对他自己的期待。这样，文身的过程就是一个人的生命在磨难中成长的过程，也就具有了某种形而上的意味。这些都应该仔细琢磨、体味。

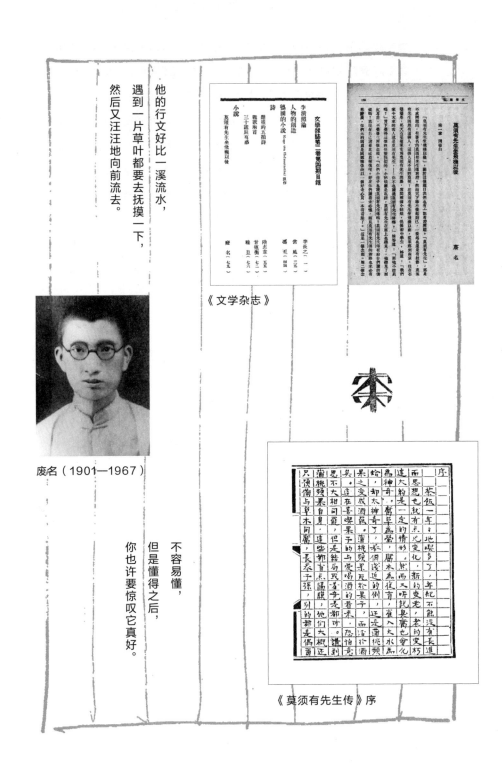

他的行文好比一溪流水，遇到一片草叶都要去抚摸一下，然后又汪汪地向前流去。

《文学杂志》

废名（1901—1967）

不容易懂，但是懂得之后，你也许要惊叹它真好。

《莫须有先生传》序

废名：
现代堂吉诃德的归来

1925 年 10 月	废名《竹林的故事》出版（新潮社）。
1928 年 2 月	《桃园》出版（古城书社）。
1931 年 10 月	《枣》出版（开明书店）。
1932 年 4 月	《桥》出版（开明书店）。
1932 年 12 月	《莫须有先生传》出版（开明书店）。
1944 年 4 月	废名、开元《水边》出版（新民印书馆）。
1944 年 11 月	《谈新诗》出版（新民印书馆）。
1947 年 6 月	《莫须有先生坐飞机以后》发表（《文学杂志》第 2 卷第 1 期至第 3 卷第 6 期连载）。

这又是一个"归来"者：早在抗战之前，曾写有《竹林的故事》《桃园》《桥》等成名作的废名（1901—1967），即离开京城，来到郊区西山正黄旗村，用他的说法，就是作为"闯入者"进入农村，写下自己的种种感受、感觉，就有了与之前创作不同的《莫须有先生传》。而抗战一爆发，他就回到了自己的家乡湖北黄梅，隐居山村，教中小学生念书；抗战胜利后的 1947—1948 年，他写出了《莫须有先生坐飞机以后》：不仅仅是"闯入者"的随感，而且是实实在在的"回归家乡"之后的思考，废名说"它可以说是历史"，简直还是一部"哲学"。这样，废名的《莫须有先生坐飞机以后》就与我们前文讨论的战争年代"流亡者的皈依"的文学有了内在的相通：总体上属于同一文学潮流。不过废名的"皈依"却更有自己的特色。周作人早就指出了废名笔下的莫须有先生和他本人及塞万提斯《堂吉诃德》的关联（参阅周作

人：《怀废名》）：莫须有先生善良迂腐、不通事理、不合时宜，却偏有一股不顾一切的劲头，连同他所骑的那头小毛驴，都让人想起那位举世闻名的骑士；而废名在朋友们的印象里，也是"激进""热肠沸涌，不能自已""擅发奇论甚至怪论"，但又确实"天真可爱"（卞之琳：《冯文炳选集》序）。应该说，这样骨子里的"堂吉诃德气"渗透在了废名的《莫须有先生传》和《莫须有先生坐飞机以后》里；我们也可以把废名所要表达的由"闯入"到"归来"的主题，看作是"现代堂吉诃德的归来"。

其实，周作人早在1922年，就已经提出了这样的"归来"主题。他指出，塞万提斯的《堂吉诃德》"全书的精义"，就在主仆回到村里，桑丘跪下祝道："我所怀慕的故乡"，"请你张了两臂，接受你的儿子吉诃德先生，他来了，虽然被别人所败，却是胜了自己了"。周作人认为，"这一句话不但是好极的格言，也可以用作墓碑"（周作人：《魔侠传》）。周作人在"五四"之后提出"归来"，显然出于对"五四"的反思。在他看来，在"五四"启蒙运动中，他自己和同代人都信仰世界主义，向往乌托邦，具有"梦想家与传道者的气味"（周作人：《艺术与生活》自序），都是"中国的堂吉诃德"。所谓"归来"，就是要褪去堂吉诃德式的英雄主义、浪漫主义的神圣灵光，将其埋葬，还原凡人（普通农民）的本来身份。显然，40年代废名的归来，是对他的老师的自觉响应，但也有了新的背景，这也是我们前文所讨论的，战乱中心灵的皈依，对凡人世界、土地、农村、童年……这些生命永恒因素的重新发现，以及对既定信仰的怀疑与反思。而废名自有他的特殊条件与气质：他生活在与战争保持一定距离的边远山村，能够终日"静坐深思"；而他浓厚的哲学兴趣和传统文化修养，都使他的思考，更加超越，具有某些历史、文化、哲学的意味。他首先和我们前文讨论的一些前沿性作家一样，从人的生命本体中寻求力量。但和许多人着重寻求元气淋漓的生命力不同，废名追求的是生命的和谐与自然，他从"闯入者"到逐渐与"乡下人"取得内在的和谐，在山村妇人孺子中找到了心仪的"贤者"，对农民的生存方式、思维方式、心理素质、审美趣味等产生了浓厚的兴趣。他的结论是："农人是社会的基础，农人生活是真实的生活基础，修身齐家治国平天下，都在这里了。"（《莫须有先生坐飞机以后》第 14 章）

由此出发，废名对"五四"以来的中国历史，进行了根本反思，特别是对第一个十年"启蒙时代"和第二个十年"社会大变动时代"的工业化、现代化道路提出了质疑。他首先对"五四"启蒙运动重点批判的儒家"孝悌"和中国家族制度给予重新审视，强调"中国的民族精神便是'孝悌'"，中国家族制度，"万不要轻易说这是封建思想"，因此全面认同中国传统文化，认定传统文化中的"圣人"，"是农民的代表"。进而对现代知识分子提出批判，指责他们"不懂得自己国家的根本"，脱离民众，"皮之不存，毛将焉附？"（同前，第 15 章、第 10 章），对"五四"提出的"改造国民性"命题也表示忏悔："没出息是中国的读书人，大多数的民众完全不负责任"（同前，第 9 章）。对现代知识分子的否定的根源又在对现代工业文明的怀疑。废名在《莫须有先生坐飞机以后》的开场白里，毫不隐晦地表明，自己是在深受现代机械物质文明之苦以后，深深怀念"乘飞机之前"与现代工业文明隔绝的传统农业文明，才起意要写《莫须有先生坐飞机以后》的。在他看来，工业文明将使"世界将来没有宗教，没有艺术，也没有科学，只有机械，人与人漠不相关，连路人都说不上了，大家都是机器中人，梦中人"（同前，第 1 章）。他对人的异化怀有深刻的恐惧。我们也终于明白，所谓"堂吉诃德的归来"，就是彻底放弃启蒙主义知识分子立场，从现代工业文明的追求回复到以农民为主体的传统农业文明，全面皈依中国传统文化。这里对工业文明、现代化道路与启蒙主义的反思，自有其合理性甚至某种程度的深刻性、预见性，但由此而走向彻底否定以至埋葬的极端，导致对现代知识分子的全面贬抑，这都隐伏着某种危险。"归来"的堂吉诃德走向何方，就成了大问题。

废名的反省是全面的，而且最后落实到他的文学书写上。他发出了这样的宣言："我从前写小说，现在则不喜欢写小说，因为小说一方面也要真实——真实乃亲切；一方面又要结构，结构便近于一个骗局"

（见废名给周作人的信，转引自周作人：《明治文学之追忆》）。周作人也称，自己更愿意选择"不大像小说的，随笔风的小说"，"有结构有波澜的，仿佛是依照着美国版的小说作法而做出来的东西，反有点不耐烦看，似乎是安排下好的西洋景，来等我们去做呆鸟"（周作人：《明治文学之追忆》）。

"非小说化"的"随笔风的小说"即"散文化的小说"，大体有以下特点。其一，反对将社会人生"戏剧化"，主张从生活的"常数"即恒定不变的方面去把握现实，由此产生小说情节的淡化，结构的松散，人物的平凡化、自然化，以"恢复原状"即生活方式、生命形态的原生态为创作的最高追求。其二，同时拒绝"诗化"，追求"议论""描写"与"叙述"的结合。现代文学的第一、第二个十年里，先是杂文使议论成为文学的因素、手段，以后鲁迅的《故事新编》又作了长篇小说也可以"带叙带议论，自由说话"的试验（冯雪峰：《鲁迅先生计划而未完成的著作》）。而现在到了第三个十年，对"意义"的重视，成为一个时代文学思潮。钱锺书的《围城》即随时插入议论，无名氏小说里的心理分析，在某种程度上也是作者的议论。但他们都只是随时插入，而在废名这里，则是一个自觉而全面的试验。他的小说里的议论往往拉扯开去，随意也是有意发挥：这也是一种作家主体的介入，废名追求的是"客体主观化"与"主体客观化"的融合。其三，废名明确提出并实践了"四时不循序，万事随人意"的结构原则，和写作散文一样，"一切都在不意中"。小说中莫须有先生给学生出了一个作文题："水从山上下去"，未尝不可以看作是他自己作品的象征：整部小说正是"顺流而下"的构作。后来周作人将其总结为"情生文，文生情"的结构原则（周作人：《莫须有先生传》序），自是点到了要害。废名的随笔体小说也就具有了周作人所说的好的随笔的特点："文词"与"思想"之外，还有一种"气味"（周作人：《杂拌儿之二》序）。而这种"废名气"是需要读者自去体味的；这里姑且一说：这是一种寂寞的苦味，慈爱的、充满人情的而有一点神光的仙气，再加上突然而至的奇思异想的怪戾之气。

周作人曾高度评价废名小说的"文章之美"，把他称为新文学中的"竟陵派"（周作人：《〈枣〉和〈桥〉的序》）。废名也承认，他确实追随竟陵派对语言的讲究，刻意追求"拗句"，也即中国传统的"非逻辑语言"。"五四"启蒙文学为改造中国人非逻辑的思维方式，强调引入西方文法，用西方逻辑语言改造中国传统语言，创造"欧化的白话文"。现代文学语言发展到废名这个时代，废名这样的作家这里，由于越来越深入到作家心灵深处，捕捉微妙的、难以言传的感觉（包括直觉）、情绪、心理、意识（包括潜意识）时，作家的语言趣味，就转向追求语言的空白、拗转、跳跃，和语言的古典味儿：含蓄、涩味、朦胧感、神秘感。废名在这方面更为敏感，也更自觉地进行"古典化"即"非欧化"的语言试验。除了大大加重文言成分，形成"半文半白"的文本外，还有意破坏语法规则，自创出一些具有特殊语言效果的"拗句"。同时，他还试验着像古典诗词一样，在现代小说语言中创造性地运用"典故"。由于深厚的古典文学修养，大量典故、名言佳句，废名无不烂熟于心，甚至已经成为一种潜意识，信笔所至，常常顺势流出，化在他自己的文句之中，成为一个有机整体。随便翻开一页，就看到这样一句："当他（指莫须有先生）抵达腊树窠之日，吃了午饭，虽然山上已是夕阳西下牛羊下来，他一个人出门向金家寨的那个方向走。"作者没有用引语，似乎并无典故，但"夕阳西下牛羊下来"一句，却明显是从《诗经·君子于役》中"日之夕矣，羊牛下来"点化而来。读者不仅因此进入远古无名诗人创造的原诗意境，而且还似乎感会着一种古朴的原始气息，而这也正是莫须有先生心灵的感受，也是作者此时试图传递给我们的，未及"言"而"意"已至，不可不说是典故的妙用。在具体运用中，废名也会有生硬之处，但这样自觉的语言试验意识与实践，却开创了一个好的传统。

《莫须有先生教国语》

废名

莫须有先生现在在金家寨小学做教师了。这个小学的校长一向在故乡服务，高等师范出身，以前同莫须有先生见过面没有谈过话，那是莫须有先生在武昌做中学生时期，他则住高等师范。后来莫须有先生海内有名，他当然是知道的了，他知道莫须有先生是一位新文学家。在这回同莫须有先生认识了以后，他简直忘记了莫须有先生是新文学家，他衷心佩服莫须有先生是好小学教师，在教学上真有效果。而使得他最感愉快，认为自己用人得人，理由不是莫须有先生是好小学教师，是莫须有先生简直不像新文学家！有一天他无意中同莫须有先生说明白了，他说道：

"我以前总以为你是新文学家，其实并不然。"

他说话的神气简直自认为莫须有先生的知己了，所以莫须有先生很不便表示意见，不能否认，亦不能承认，也只好自喜，喜于柳下惠之圣和而不同而已。余校长（校长姓余）之不喜欢新文学家——其实是不喜欢新文学，新文学家他在乡间还没有见过，无从不喜欢，在另一方面攻击莫须有先生的那腐儒倒是不喜欢新文学家，因为他认莫须有先生是新文学家，他与他有利害冲突，他以为黄梅县的青年不归扬则归墨，不从莫须有先生学白话文便从他读袁了凡《纲鉴》了。腐儒不喜欢新文学家，但他这样攻击莫须有先生："我并不是不懂新文学，故我攻击他，冰心女士鲁迅文章我都读过，都是好的，但他能做什么文章呢？"这个他字是莫须有先生的代词。莫须有先生因此很动了公愤，他对于人无私怨，故是公愤。他以为读书人不应该这样卑鄙，攻击人不择手段。老秀才而攻击新文学可也，老秀才而说冰心女士鲁迅文章都是好的，是迎合青年心理也。乡间青年《鲁迅文选》《冰心文选》人手一册，都不知是那里翻印的，也不知从那里传来的空气，只知它同自来水笔一样普遍，小学生也胸前佩带一支。总之新文学在乡间有势力了。夫新文学亦徒为有势力的文学而已耳，并不能令人心悦诚服，余校长无意间向莫须有先生说的话情见乎辞，他同莫须有先生已经很有私交，所以不打官腔，若打官腔则应恭维莫须有先生是新文学家也。若是新文学家，则彼此不能在学校共事，不能有交谈之乐也。大约新文学家都不能深入民间，都摆架子。然而莫须有先生不能投朋友之所好，他是新文学家，因为他观察得余校长喜欢韩昌黎，新文学家即别无定义，如因反抗古文而便为新文学家，则莫须有先生自认为新文学家不讳。只要使得朋友知道韩昌黎不行便行了，不拒人于千里之外，自己不鼓吹自己是新文学家亦可。所以当下莫须有先生不否认不承认该校长的话，只是觉得自己在乡间很寂寞，同此人谈谈天也很快乐，自己亦不欲使人以不乐而已。慢慢地他说一句投机取巧的话：

"我生平很喜欢庾信。"

这一来表示他不是新文学家，因为他喜欢用典故的六朝文章。这一来于他的新文学定义完全无损，因为他认庾信的文学是新文学。而最要紧的，这一来他鄙弃韩昌黎，因为他崇拜庾信。而余校长不因此不乐。此人的兴趣颇广，鲍照的、庾信的文章以及《水浒传》《红楼梦》都可以一读，惟独对于新文学，凭良心说，不懂得。

莫须有先生又说一句投机的话：

"我喜欢庾信是从喜欢莎士比亚来的，我觉得庾信诗赋的表现方法同莎士比亚戏剧的表现方法是一样。"

余校长是武昌高等师范英文科出身，读英文的总承认莎士比亚，故莫须有先生说此投机的话。然而莫须有先生连忙举了许多例证加以说明，弄得朋友将信将疑了。

"我是负责任的话，我的话一点也不错，无论英国的莎士比亚，无论中国的庾子山，诗人自己好比是春天，或者秋天，于是世界便是题材，好比是各样花木，一碰到春天便开花了，所谓万紫千红总是春，或者一叶落知天下秋。我读莎士比亚，读庾子山，只认得一个诗人，处处是这个诗人自己表现，不过莎士比亚是以故事人物来表现自己，中国诗人则是以辞藻典故来表现自己，一个表现于生活，一个表现于意境。表现生活也好，表现意境也好，都可以说是用典故，因为生活不是现实生活，意境不是当前意境，都是诗人的想象。只要看莎士比亚的戏剧都是旧材料的编造，便可以见我的话不错。中国诗人与英国诗人不同，正如中国画与西洋画不同。"

人家听了他的话，虽然多不可解，但很为他的说话之诚所感动了，天下事大约是应该抱着谦虚态度，新奇之论或者是切实之言了。于是他乘虚而入，一针见血攻击韩昌黎：

"你想韩文里有什么呢？只是腔调而已。外国文学里有这样的文章吗？人家的文章里都有材料。"

余校长不能答，他确实答不出韩文里有什么来。外国文章里，以余校长之所知，确实有材料。

"我知道你喜欢韩愈的《送董邵南序》，这真是古今的笑话，这怎能算是一篇文章呢？里面没有感情，没有意思，只同唱旧戏一样装模作样。我更举一个例子你听，王安石的《读孟尝君传》，没有感情，没有意思，不能给读者一点好处，只叫人糊涂，叫人荒唐，叫人成为白痴。鸡鸣狗盗之士本来是鸡鸣狗盗之士，公子们家里所养的正是这些食客，你为什么认着一个'士'字做文章呢？可见你完全不知道什么叫做文章，你也不知道什么叫做学问，你只是无病呻吟罢了。这样的文章都是学司马迁《史记》每篇传记后面的那点儿小文章做的，须知司马迁每每是言有尽而意无穷，写完一篇传记又再写一点文章，只看《孔子世家赞》便可知道，这是第一篇佩服孔子的文章，写得很别致，有感情，有意思，而且文体也是司马迁创造的，正因为他的心里有文章。而韩愈、王安石则是心里没有文章，学人家的形式摇头唱催眠调而已。我的话一点也不错。"

莫须有先生说完之后，他知道他的目的完全达到了，他觉得他胜任愉快。但事实上这样的播种子一点效果也没有，知之者不如好之者，好之者不如乐之者，余校长到底有余校长之乐，其乐尚不在乎韩文，凡属抽象问题都与快乐无关，快乐还在乎贪嗔痴，有一天余校长当面向莫须有先生承认了，因为莫须有先生这样同他说：

"先生，我觉得你这个人甚宽容，方面也很广，但我所说的话对于你一点好处没有，你别有所乐。"

"是呀！你以为我所乐是什么？我还是喜欢钱！可笑我一生也总没有发财。"

言至此，说话人确是自恨没有发财，莫须有先生很为之同情了，然而莫须有先生说话的兴会忽然中断了。余校长又悔自己失言，一时便很懊丧，莫须有先生则又鼓起勇气，人生只贵学问，所谓"十室之邑必有忠信如丘者焉，不如丘之好学也"，一切过失都没有关系，不必掩盖，便这样提起他的兴会道：

"我知道先生有一个快乐，喜欢算术难题。"

莫须有先生真个把他的乐处寻着了，于是他很是得意，这个快乐同爱钱财应该不同罢，是属于学问的，趣味的罢，总之是雅不是俗罢。而莫须有先生则又不然。莫须有先生笑道：

"先生的此快乐我也想表示反对。我看见学校编辑试验出的算术文字题都很难，我知道是先生出的，而且我看见学生算不对，先生便很高兴，证明这个题目真个是难。倘若学生做对了，我想先生心里一定有点失望，对不对？"

"是的，这个确有此情。"

"我认为这是先生教学上的大失败！倘若要我出算术题，我要忖度儿童心理，怎样他们便算得对，使他们能得到算对的欢喜。这样他们慢慢地都对了。先生则是教他们错，万一他们对了，又养成他们的好奇心，不是正当的理智的发展。再说算术文字题都与算术这个学科本身无关，完全是日常生活上的经验。算术本身只有加减乘除，亦即和差与倍，不论整数也好，小数也好，分数也好，原则一贯，而在小学生，整数的乘除他们能懂得，分数与小数的乘除每每发生疑惑。整数是积大商小，分数小数何以积小商大呢？这是我自己做小学生时常发生的问题，因此应用分数乘除的文字题我总做不了，即做得了亦无非记得一个死法子而已，毫无意义。我想这是发展学生理智作用的最好的练习，当教师的要使得他们懂得加减乘除的原则是一贯的，如以 1 为本数，本数的 2 倍、3 倍、4 倍……写在左边，本数的 1/2、1/3、1/4……写在右边，知道本数求左右是用乘法，知道左右求本数是用除法，那么学生不容易懂得道理是一个吗？即是理智是一个，没有疑惑的地方。再说，我小时算年龄问题最令我糊涂，其实我想这应该有一个简单的方法，先问学生，知道二数的倍与差求二数应该用什么方法，学生一定答曰以倍之差除二数之差，那么年龄问题正是倍差算法，用事实告诉他们这里的差是一定的，今年之差与去年之差与明年之差是一个数目，于是学生懂得算术本来简单，把经验上的事实加进去乃有许多好玩的题目，所以数学简单得有趣，事实复杂得有趣。我觉得这样才算得算术教学，练习以简驭繁。若专门出难题目，便等于猜谜，与数学的意义恰恰相反。"

这一番话余校长甚为感动，他在学校里带了六年级算术功课，从此大大地采取莫须有先生的教法了，确是很收效。同事中还有一位先生，也想在此留个纪念。这是教务主任汪先生，其人有读书人风度，平常不大言语，不轻易同人来往，但不拘谨而幽默。有一回，黄梅县长来校视察，战时当县长的多是军人，加之这个县长为人能干，具戡乱之才，且有戡乱之事实，威风甚大，先声夺人，人人都怕他，余校长不知为什么也怕他了，其实大可不必，而校长怕他，因之做先生的有点为难，县太爷来了，学校空气紧张起来了，余校长首先自己发现学校门口墙壁上没有"国民公约"！这是临时补写不了的！看了余校长仓皇失措，汪主任也确是发愁道：

"这真是一个大缺憾，但不是污点，没有关系。"

因为他的话空气忽然缓和了，大家都笑了，莫须有先生实在佩服他的态度，渐近自然。

余校长等于发命令，又等于哀求，觉得要做到故有命令之意，恐怕做不到故有哀求之情。他请诸位先生出大门——大约要走五十步与百步之间迎接县长。其时同人集于校政厅，将服从命令，将出校政厅，校长前行，已出门槛，汪主任次之，尚未出门槛，而汪主任忽然站在门槛以内，向校长道：

"教员等就在这里迎接县长可以。"

汪先生的话是来得那么自然，其态度是那么和平，而其面上的幽默之情近乎忧愁之色，使得余校长忽然自告奋勇，他一个人赶快迎接县长去了，留了诸位先生在校政厅。从此懦弱的余校长也同"久在樊笼里，复得返自然"一样，他同县太爷谈话旁若无人了。莫须有先生真真地佩服汪主任君子爱人以德，不陷朋友于不义。以后每逢跨这校政厅的门槛便感激汪先生——感激者何？莫须有先生的传记里头没有迎接县长之污点也。两年之后，莫须有先生曾访汪先生于其家，至今尚记得那个招待的殷勤，汪先生亦曾在莫须有先生之家小酌，那时县中学恢复，余校长同莫须有先生都换到中学当教员去了，汪先生则由主任迁为金家寨小学校长。不久汪校长受了地方强豪的压迫，县政府将其校长撤职，因而忧愤成疾，战乱之中死于家，生后萧条，孤儿寡妇无以为生，莫须有先生每一念及为之凄然。

莫须有先生专任的功课是五六年级国语。照学校习惯，一门主科，是不够一个教师应教的钟点数目的，故于主科之外得任一门或两门辅科。在定功课的时候，不是汪教务主任同莫须有先生接洽，是余校长亲自同莫须有先生接洽，所以莫须有先生与汪先生相见甚晚，起初莫须有先生简直不知道学校有教务主任，以为诸事由校长一人包办。余校长替莫须有先生拟定的辅科是历史或地理，他以为这是决不成问题的，由文学家而照顾一下历史或地理有什么问题呢？太史公不就是文学家游过名山大川的吗？中国的历史不都是文学家做的吗？只不过莫须有先生是新文学家（此时余校长尚未与莫须有先生认熟，故理想上以为如此），而逻辑上新文学家是文学家，故新文学家亦必担任历史或地理，总之余校长的意思以国文（他的国语的意思即国文）史地为一家子的事情，历任教员都是教国语兼教历史或地理，在定功课的时候他便这样同莫须有先生说明：

"我们想请先生教五六年级国语，另外教一班历史或地理。"

"历史地理我不能教。"

余校长听了这话，顿时感得新文学家真是名不虚传，即是说新文学家要摆架子，诸事要有否决权，不好惹，这么一个简单的事情为什么竟遭拒绝呢？后来莫须有先生却是替他解决了困难，因为自然一科诸教师都在谦逊之中，而莫须有先生肯担任了，他所不能教的历史地理旁人认为是一桩好交易，抢去了。这样功课表顺利地通过了，只是给余校长留了一个问号："他肯教自然？"这个他字代表新文学家，即莫须有先生。光阴一天一天地过去了，莫须有先生之为人余校长一天一天地认识了，他懂得莫须有先生肯担任自然之故，也懂得莫须有先生不能教历史地理之故，理由均甚正确，而且关系重大，关乎一个学问的前途，关乎国家的命运，简直使余校长感到惭愧，他深知自己是一个世俗之人了，对于真理是道听途说态度，有时在莫须有先生面前学莫须有先生说话而已。

莫须有先生担任自然，因为他喜欢这门功课，即是喜欢常识。莫须有先生后来成为空前的一个大佛教徒，于儒家思想、数学、习惯而外便因为他喜欢常识。他喜欢常识是从他做中学生时候喜欢实验来的。他记得他旋转七色板因而呈现一个白色的轮子，在透镜的焦点上放着的纸片因而烧着了，氢氧化合而成水，水分解仍是氢氧，其他如观察动植物标本，对于他都有不可磨灭的印象，产生了不可度量的影响。他常说"人生如梦"，不是说人生如梦一样是假的，是说人生如梦一样是真的，正如深山回响同你亲口说话的声音一样是物理学的真实。镜花水月你以为是假的，其实镜花水月同你拿来有功用的火一样是光学上的焦点，为什么是假的呢？你认火是真的，故镜花水月是真的。世人不知道佛教的真实，佛教的真实是示人以"相对论"。不过这个相对论是说世界是相对的，有五官世界，亦有非五官世界，五官世界的真实都可以作其他世界真实的比喻，因为都是因果法则。而世人则是绝对观非相对观，是迷信非理性，因为他们只相信五官世界，只承认五官世界的事实。须知绝对的事实便是非事实，据物理学不能有此事实。物理学不能有绝对的事实，即物理学不能成立，因为"物"字是绝对的。"物"字不能成立，则"心"字成立，因为必有事实，正如不是黑暗必是光明。"心"字成立，则不能以"生"为绝对，因为世人"生"的观念是"形"的观念。"形"灭而"心"不能说是没有。"心"不能说是没有，正如"梦"不能说是没有，"梦"只是没有"形"而已。那么"死"亦只是没有"形"而已。据莫须有先生的经验，学问之道最难的是知有心而不执着物。知有心便知死生是一物，这个物便是心。于是生的道理就是死的道理，而生的事实异于死的事实，正如梦的事实异于觉，而梦是事实。莫须有先生生平用功是克己复礼，而他做中学生的时候科学实验室的习惯使得他悟得宗教，即是世界是相对的。由相对自然懂得绝对，于是莫须有先生成为空前的大乘佛教徒了。但莫须有先生教小学生常识功课，决不是传教，他具有科学与艺术的修养，只有客观没有主观了。他认为他是最好的小学自然教师，得暇自己到野外去替学生找标本，却是没有一个学生肯陪同莫须有先生去，有时纯同爸爸去。

莫须有先生不肯担任地理老师，理由很简单，因为他不会绘图。

莫须有先生不肯担任历史老师，因为他是一个佛教徒的缘故。历史无须乎写在纸上的，写在纸上的本也正是历史，因为正是业，种瓜得瓜，种豆得豆。中国的历史最难讲，当然要懂得科学方法，最要紧的还是要有哲学眼光。中国民族产生了儒家哲学，儒家哲学可以救世界，但不能救中国，因为其恶业普遍于家族社会，其善业反无益于世道人心。孔子说："骥不称其力，称其德也。"但骥不是无力，是不称其力，儒家应以二帝三王为代表，最显明的例子莫如禹治水，禹治水以四海为壑，是何等力量！这个力量不以力称以德称。三代以下中国则无力可称，而其德乃表现在做奴隶方面。百姓奴于官，汉族奴于夷狄，这个奴隶性不是绝对的弱点，因为是求生存。夷狄征服中国之后，便来施行奴化教育，而中国民族从来没有奴化，有豪杰兴起，"黄帝子孙"最足以号召人心，以前如此，以后也永远如此，而夷狄也永远侵入中国！而夷狄之侵入中国是因为暴君来的，而暴君是儒家之徒拥护起来的，因为重君权。而暴民又正是暴君。于是中国之祸不在外患在内忧，中国国民不怕奴于夷狄，而确实是奴于政府。向夷狄求生存是生存，向政府求生存则永无民权。宋儒能懂得二帝三王的哲学，但他不能懂得二帝三王的事功，于是宋儒有功于哲学，有害于国家民族，说宋明以来中国的历史是宋儒制造的亦无不可。中国的命脉还存之于其民族精神，即求生存不做奴隶，如果说奴隶是官的奴隶不是异族的奴隶。宋儒是孔子的功臣，而他不知他迫害了这个民族精神。中国的历史都是歪曲的，歪曲的都是大家所承认的，故莫须有先生不敢为小学生讲历史，倒是喜欢向大学生讲宋儒的心性之学。

再说莫须有先生教国语。名义上莫须有先生教的是小学五六年级国语，应是十二岁以下的儿童，实际上则是十五岁至二十岁的大孩子不等。这些大孩子大半是在私塾里读过《四书》同《诗经》《左传》的，同时读《论说文范》，买《鲁迅文选》《冰心文选》。其平日作文则莫须有先生偶尔抽出一李姓学生在私塾里的作文本一看，开首是一篇《张良辟谷论》，这个私塾的老师便是攻击莫须有先生的那腐儒。要教这些小学生、大孩子读国语、写国语，不是一件顺利的事，但莫须有先生他说他有把握。他把小学的国语课本从第一年级至第六年级统统搜集来一看，都是战前编的，教育部审定的，他甚是喜悦，这些课本都编得很好，社会真是进步了，女子的天足同小学生的课本是最明显的例子，就这两件事看，中国很有希望。这都是为都会上的小学生用的，对于乡村社会的小学生，对于金家寨的大孩子，则不适宜。此时，民国二十八年，教科书也没有得买，莫须有先生所搜集的都是荒货，于是莫须有先生不用教科书，由自己来选择教材了。这里莫须有先生想附带说一句话，关于中国文化是否应该全盘西化的问题，莫须有先生认为是浅识之人的问题，而中国教国语的方法则完全应学西人之教其国语，这是毫无疑问的。中国的小学教科书便是全盘西化。独是中学教科书又渐渐地走入《古文观止》的路上去了，这是很可惜的事。莫须有先生因为教小学国语而参考到中学国文教科书，于是又受了一个大大的打击，觉得世事总不能让人满足了。他虽不以他所搜集的国语教科书做教材，他却把这些战前的教科书都保存起来，各书局出版的都有，各年级的也都有，他预备将来拿此来教纯了。莫须有先生如果有珍本书，这些教科书便是莫须有先生的珍本书。纯后来果然从一年级的猫狗读到三年级的瓦特四年级的哥伦布了，而日本乃投降。莫须有先生教金家寨的大孩子到底拿什么教呢？他教"人之初"，教"子曰学而"，教"关关雎鸠"。然而首先是来一个考试。这个考试是一场翻译，教学生翻译《论语》一章。莫须有先生用粉笔将这一章书写在黑板上：

子曰："孰谓微生高直？或乞醯焉，乞诸其邻而与之。"

大孩子们便一齐用黄梅县的方言质问莫须有先生，用国语替他们翻译出来是这样：

"先生，你写这个给我们看做什么呢？这是《上论》上面的，我们都读过。"

"你们都读过，你们知道这句话怎么讲吗？你们各人把这句话的意思用白话写在纸上，然后交给我看。"

"这样做，为什么呢？有什么用处呢？"

"你们给我看，我给你们打分数。"

大孩子是私塾出身，向来虽爱好虚荣，却无所谓得失，现在听说"打分数"，仿佛知道这是法律的赏罚，不是道义的褒贬，一齐都噤若寒蝉，低头在纸上写了，有的瞪目四面望。这使得莫须有先生甚有感触，便是，人生在世善业与恶业很难分，换一句话说，中国的儒家有时是理想，而法家是事实，即如此时做教师的要答复学生的质问，以道理来答复是没有用的，"打分数"马上便镇压下去，天下太平了。而这一个效果，对于教育的根本意义，又算不算得效果呢？可笑的，莫须有先生一旦当权，也不知不觉地做起法家来了。

孩子们的试卷，莫须有先生一个一个地看了下去，给了他甚大的修养，想起孔子"学而不厌诲人不倦"以及"有教无类"的话——孔子的这个精神，莫须有先生在故乡教学期间，分外地懂得，众生品类不齐，不厌不倦，正是"不亦悦乎""不亦乐乎"了。有时又曰"后生可畏"，老则不足畏。由这些孩子们写在纸上的字句，使人想到有口能说话已是人类之可贵，何况文字呢？那么作文不能达意，同时无意可达，应不足

736

异了。莫须有先生考虑到以后的教学方法，首先要他们有意思，即作文的内容，再要他们知道什么叫作"一个句子"。在第二次上课的时候，莫须有先生是最好的"人不知而不愠不亦君子乎"的榜样，和颜悦色，低声下气，而胸中抱着一个整个的真理的过程，这个过程便是空空如也，他以这个态度，把学生们的翻译卷一个一个地发下去了，告诉他们道：

"你们的卷子我都没有打分数，你们是第一回写白话，还不知道什么叫作一句话，慢慢地我要教给你们，等你们进步之后，我再给你们定分数。昨天的试题应该这样做，孔子说道：'谁说微生高直呢？有人向他讨一点儿醋，他自己家里没有，却要向他的邻家讨了来给人家。'"

莫须有先生把这句翻译在黑板上写了出来，班上有一个顶小的孩子发问道：

"先生，孔子的话就是这个意思吗？这不就是我们做菜要用酱油醋的醋吗？"

"是的，孔子的话就是这个意思，孔子的书上都是我们平常过日子的话，好比你是我的学生，有人向你借东西，你有这个东西就借给人，没有便说没有，这是很坦直的，为什么一定要向邻人去借来给人呢？这不反而不坦直吗？你如这样做，我必告诉你不必如此。微生高大家都说是鲁国的直人，孔子不以为然，故批评他。"

"那么孔子的话我为什么都不懂呢？"

"我刚才讲的话你不是懂得吗？孔子的话你都懂得，你长大了更懂得，只是私塾教书的先生都不懂得。我教你们做这个翻译，还不是要你们懂孔子，是告诉你们作文要写自己生活上的事情，你们在私塾里所读的《论语》正是孔子同他的学生们平常说的话做的事，同我同你们在学校里说的话做的事一样。"

莫须有先生的门弟子当中大约也有犰大，这一番话怎么的拿出去向私塾先生告密了，一时舆论大哗，在县督学面前（县督学姓陶，恰好是金家寨附近的人）对莫须有先生大肆攻击。同时有些父老，他们是相信新教育的，失了好些期待心，也便是对于大学教员莫须有先生怀疑，孔子的书上难道真个讲酱油吗？

莫须有先生第一训练学生作文要写什么。第二，知道写什么，再训练怎么写，即是如何叫作一个句子。为得要使得学生知道如何叫作一个句子，莫须有先生在黑板上写《三字经》给他们看，问他们道：

"这是什么？"

"《三字经》。"

学生有点不屑于的神气。

"哪里算做一句呢？"

"人之初。"

"不对——我且问你们，'子曰学而'算不算得一句呢？"

"'子曰学而'是一句。"

"不对——'子曰学而'怎么讲呢？凡属一句话总有一个完全的意思，好比你们喜欢在人家的背上写字，我亲自看见一个人写'我是而子'，'而子'虽然错写了，应该是'儿子'，然而'我是而子'四个字有一完全的意思，字写白了，意思不错。'子曰学而'有什么意思呢？'子曰'是'孔子说'，'学'就是求学，'而'是'而且'，那么'子曰学而'如果是一句，岂不是'孔子说求学而且'吗？所以'子曰学而'决不是一句，只是乡下先生那么读罢了，要'子曰学而时习之'才有意义可讲，是不是？"

"是——先生，我知道，'人之初'不能算一句，要'人之初性本善'算一句。"

"是的。"

莫须有先生说着把那说话的学生一看，又是首先发问的那个顶小的孩子了。于是学生都改变了刚才不屑于《三字经》的神气，同辈中也有人听来津津有味了。

莫须有先生接着在黑板上写四个字——

关关雎鸠

连忙问他们道：

"这四个字你们读过吗？"

"读过，《诗经》第一句。"

"这四个字算得一句吗？"

学生都不敢回答了，都怕答错了。慢慢地那顶小的孩子道：

"先生，我说这四个字算得一句。"

莫须有先生连忙回答他道：

"我说这四个字算不得一句，要'关关雎鸠在河之洲'八个字才算一句。凡属一句话总有一个主词，一个谓语，好比'我说话'是一句话，'我'是主词，'说话'是谓语。'关关雎鸠在河之洲'，'雎鸠'是主词，'在河之洲'是谓语，意思是说有一雎鸠在河洲上，'关关'则是形容那个雎鸠，故单有'关关雎鸠'不能算一句话，必要'关关雎鸠在河之洲'才是一句话了。"

关于"关关雎鸠"不能算一句的消息传布出去之后，社会上简直以为了不得，连一位不爱说话的秀才也坚决地表示反对了，他说："'关关雎鸠'不能算一句书，什么算一句书呢？世上没有这样不说理的事情！我不怕人！你去说，'关关雎鸠'是一句书！"秀才的话是向他的侄儿说的，他的侄儿在金家寨上学。莫须有先生不暇于同人争是非，倒是因为这个句子问题默默地感得三百篇文章好，即如"关关雎鸠在河之洲"这一句，完全像外国句法，而人不觉其"欧化"！"在河之洲"四个字写得如何的没有障碍，清净自然了，而"关关雎鸠"这个主词来得非常之有场面似的。莫须有先生的城内之家，城外是一小河，是绿洲，那上面偶有小鸟，莫须有先生想极力描写一番，觉得很费气力了。而"关关雎鸠在河之洲"这一句话，直胜过莫须有先生的一部杰作。秀才的话，殆亦螳臂挡车耳。而最大的胜利自然还是学生的成绩，有一个学生，由小学生后来做了大学生，他说"有朋自远方来"这个句子写得别致；又有一个学生，也是由小学生后来做了大学生，他喜欢陶诗"有风自南，翼彼新苗"，都是受了莫须有先生的影响了。

（收《莫须有先生坐飞机以后》，原载 1947—1948 年《文学杂志》

第 2 卷第 1 期至第 3 卷第 6 期）

　　小说似乎有一个基本情节，完全是根据废名自己的经历据实写下：莫须有先生（废名）"在金家寨做教师了"，自然就会和小学的"余校长"，教务主任"汪先生"，以及"十五岁至二十岁的大孩子"打交道，不仅有意见的分歧，更有内在的契合。莫须有先生在课堂上发表的独特见解和他的教学方法，都迅速在小山村传开，引来各种议论。

　　但就像朱光潜先生所说："废名先生不能成为一个循规蹈矩的小说家，因为他在心境原型上是一个极端的内倾者。小说家须得把眼睛朝外看，而废名的眼睛却老是朝里看；小说家须把自我沉没到人物性格里面去，让作者过人物的生活，而废名的人物却都沉没在作者的自我里面，处处都是过作者的生活。"（转引自汪曾祺：《万寿宫丁丁响——〈废名短篇小说集〉代序》）

　　而且废名还有自己的结构、行文方式。汪曾祺称之为"意识流"的写法，并且申明："他的意识流是从生活里发现的，不是从外国的理论或作品里搬来的"，"因为他追随流动的意识，因此他的行文也和别人不一样"，"周作人曾说废名是一个讲究文章之美的小说家，又说他的行文好比一溪流水，遇到一片草叶都要去抚摸一下，然后又汪汪地向前流去"，"这都不是他的行程的主脑，但除去了这些，也就别无行程了"（汪曾祺：《万寿宫丁丁响——〈废名短篇小说集〉代序》）。

　　这就构成了废名这篇《莫须有先生教国语》（也是《莫须有先生坐飞机以后》整部小说）的基本特点：叙事并不占主导地位，全篇都是莫须有先生关于哲学、艺术、宗教、文学、教育，关于人生，范围极为广泛的，具有百科全书性质的议论。似乎是随意拈事，随口说出，任情扯开，不加节制，说痛快了再收回来，继续往他处说。但也确实妙语连珠，言别人所不曾想、不及言，极具启发性。比如，"我读莎士比亚，读庾子山，只认得一个诗人，处处是这个诗人自己表现"，"莎士比亚是以故事人物来表现自己"，"中国诗人则是以辞藻典故来表现自己"；韩愈的文章里"只是腔调而已"，"没有感情，没有意思，只同唱旧戏一样装模作样"；"司马迁每每是言有尽而意无穷"，"文体也是司马迁创造的，正因为他心里有文章"；"佛教的真实是示人以'相对论'"，"由相对自然懂得绝对，于是莫须有先生成为空前的大乘佛教徒了"；"中国的命脉还存之于其民族精神，即求生存不做奴隶"，"暴民又正是暴君，于是中国之祸不在外患在内忧，中国国民不怕奴于夷狄，而确实是奴于政府"；"中国的儒家有时是理想，而法家是事实"，"莫须有先生一旦当权，也不知不觉地做起法家来了"；要我教书，我就要讲"宽容"，"要忖度儿童心理"，使他们能够"得到算对的欢喜"，养成"好奇心"；"中国的历史最难讲，当然要懂得科学方法，最要紧的还是要有哲学眼光"，等等。

　　读废名这样的小说，就是一次智力的旅行，乐趣自在其中。

● 早就有研究者注意到废名早期的代表作《竹林的故事》《桃园》《桥》等，都有明显的诗的倾向；但《莫须有先生传》和《莫须有先生坐飞机以后》则是强烈的散文倾向，而且议论的成分越来越多。但废名的议论也自有其文学性。其中一个重要表现，就是废名散文化小说里的议论，有极强的个人主体性，是一种自我表现，因而就别具废名特有的一种"气味"。你读了这篇《莫须有先生讲国语》，感觉出什么"气味"了吗？

● 废名式议论的另一个特点，就是他随手拈来的"典故"，诸如"十室之邑必有忠信如丘者焉，不如丘之好学也"，"人不知而不愠不亦君子乎"之类。这篇《讲国语》的特殊之处，在对古文的解读。如将"子曰：'孰谓微生高直？或乞醯焉，乞诸其邻而与之'"翻译为"谁说微生高直呢？有人向他讨一点儿醋，他自己家里没有，却要向他的邻家讨了来给人家"，并借此发挥说，"孔子的书上都是我们平常过日子的话"。还有强调《诗经》里的"关关雎鸠"仅是"主词"，算不得一句话，要加上"在河之洲"这句谓语，才是一句话；也同样发挥说，"莫须有先生的城内之家，城外是一小河，是绿洲，

那上面偶有小鸟，莫须有先生想极力描写一番，觉得很费气力了。而'关关
雎鸠在河之洲'这一句话，直胜过莫须有先生的一部杰作"。——这些都极
有文学趣味。你能对莫须有先生"讲国语"作一番评点吗？

● 1996 年，汪曾祺曾引述朱光潜的一个判断："废名的诗不容易懂，但是懂得
之后，你也许要惊叹它真好"，并作了这样的发挥：对"平心静气，不缺乏
良知"又"具有对文学的敏感"的读者，废名的作品并不难懂，"对于另一
种人则是另一回事"；"废名的价值的被认识，他在中国现代文学史的地位真
正的被肯定，恐怕还得再过二十年"。（汪曾祺：《万寿宫丁丁响——〈废名
短篇小说集〉代序》）现在已是 27 年后，你和你的朋友如何认识废名，怎
样评价他在现代文学史上的地位？

唉，那燃烧着的不过是成熟的年代，
你底，我底。
我们相隔如重山！

在无数的绝望以后
不再祈求那不可能的

穆旦（1918—1977）

《穆旦诗集》

《旗》

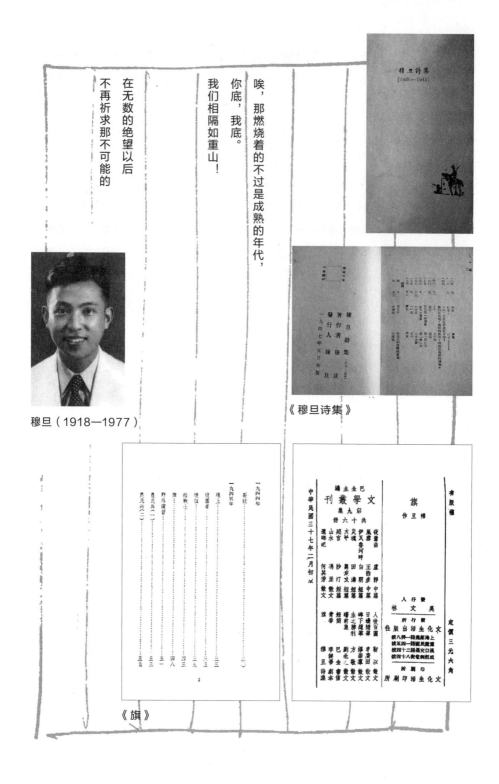

第十节

穆旦：
战争废墟上的中国现代哈姆雷特

1942 年 6 月	穆旦《诗八首》发表（《文聚》第 1 第 3 期）。
1945 年 1 月	穆旦《探险队》出版（文聚社）。
1945 年 10 月	俞铭传《诗三十》出版（北望出版社）。
1946 年 10 月	杜运燮《诗四十首》出版（文化生活出版社）。
1947 年 5 月	《穆旦诗集》自印出版。
1947 年 10 月	唐湜《骚动的城》出版（星群出版社）。
1948 年 1 月	辛笛《手掌集》出版（星群出版社）。
1948 年 2 月	穆旦《旗》出版（文化生活出版社）。
1948 年 2 月	唐湜《诗的新生代》发表（《诗创造》第 8 期）。
1948 年 5 月	唐祈《诗第一册》出版（星群出版社）。
1948 年 6 月	袁可嘉《新诗戏剧化》发表（《诗创造》第 12 期）。
1948 年 11 月	陈敬容《盈盈集》出版（文化生活出版社）。
1949 年 3 月	杭约赫《复活的土地》出版（森林出版社）。
1949 年 4 月	郑敏《诗集 1942—1947》出版（文化生活出版社）。

　　战争使中国诗人直接面对死亡。在西南联大接受了最初的现代哲学、诗学教育的穆旦（1918—1977），抗战后期加入了盟军在缅甸的战斗，在 1942 年的大撤退中从事"自杀性的殿后战"，因而有了在阴暗死寂的原始森林中忍受热带毒，一次断粮八日之久的经历。正是这种生存的极端情境，使得丹麦王子那久远的命题 "To be or not to be" 以不容选择的方式，降临到 20 世纪 40 年代的中国诗人头上，深刻地影响了他们的思维、心理与审美。于是，在战争的废墟上，走出了一批中国的"现代哈姆雷特"，穆旦无疑是其中最重要的代表。

首先是思维方式的变化。穆旦在他的代表作《被围者》里，这样写出了他的新发现："一个圆，多少年的人工，我们的绝望将使它完整。毁坏它，朋友！让我们自己就是它的残缺。"评论者解释说，穆旦所"毁坏"的，是对"至善的终结"和"绝对的理念"的虚妄追求，从而达到"一个自觉的超越"（唐湜：《搏求者穆旦》）。这正意味着以"圆"为中心的传统哲学与诗学的超越，与以"残缺"为中心的现代哲学与诗学的建立。同样重要的是，诗人以怀疑主义的眼光观照现代生活所提出的思想与生命命题，终于打破了一切乌托邦神话。如诗人在诗中所说，"由幻觉渐渐往里缩小，直到立定在现实的冷刺上显现"（《打出去》）。"在无数的绝望以后"，"不再祈求那不可能的"，而"继承了""生命的变质，爱的缺陷，纯洁的冷却"，诗人"仅存的血"也因此"恶毒地澎湃"（《我向自己说》）。这是冷峻的逼视，是清醒的超越，也是"反抗绝望"的自觉，并因此而收获了"丰富，和丰富的痛苦"（《出发》），而且"把未完成的痛苦留给他们的子孙"（《先导》）。穆旦也因此与鲁迅相遇相通：穆旦说，是严酷的现实"教了我鲁迅的杂文"（《五月》）。这样的鲁迅式怀疑主义精神，使研究者把穆旦和他的朋友称为"自觉的现代主义者"，"多多少少是现代的哈姆雷特，永远在自我与世界的平衡的寻求与破毁中熬煮"（唐湜：《诗的新生代》）。而这样的"现代哈姆雷特"出现在40年代后期，是别具一种特殊意义的，因为历史正处在一个由"旧"到"新"的转折点。如何面对可能带来新的希望的"明天"，知识分子（诗人）之间引发了一场所谓"最后一代堂吉诃德"与"最后一代哈姆雷特"的历史性论争。前者聚集在"七月派"诗人群里，他们怀着对"明天"单纯而绝对的信仰，"一把抓起自己掷进这个世界"，以"英雄的生命"，"昂着奔向未来"（袁可嘉：《批评与民主》《诗与民主》）；而聚集在《中国新诗》里的穆旦和他的同学、朋友，同样向往"明天"的到来，但在欢呼的同一瞬间，又忧虑着"明天"的"美丽"会"把我们欺骗"（《先导》）。他们更敏锐而清醒地看到或预见到，"那改变明天的已为今天所改变"（《裂纹》），那日益"接近"的"未来"，不会给我们带来"希望"，更会"给我们失望",而且要"给我们死"(《出发》)。这样的现代哈姆雷特的怀疑主义,也就决定了穆旦和"中国新诗派"诗人此后的命运。

这里所说的"中国新诗派",是指1948年聚集在《中国新诗》杂志里的一批诗人,其中的主力穆旦、郑敏、袁可嘉、杜运燮都是西南联大的同学,受西方现代派的熏染较深,他们明确提出"诗的现代性"问题,要"发动一场与西方现代派不同的中国式的现代主义诗歌运动"(袁可嘉:《自传:七十年来的脚印》)。如果说30年代的现代诗派是在20年代大革命失败以后对革命普遍幻灭的产物;那么,在革命即将取得胜利的40年代末兴起的新的现代诗派,首先面对的,也是如何对待革命及逐渐占据主导地位的革命话语与文学的问题,其立场就复杂得多。他们对革命并不持逃避与反对的态度,毋宁说他们是寄希望于革命的;他们所要提倡的"现代主义话语"与"革命话语"之间,并不处于绝对对立的地位。中国新诗派的诗人公开宣称,他们对"诗与社会人生、时代的结合""诗与政治的结合""诗与人民的结合"这三大时代革命诗潮,自有天生的亲和感;但他们同时又反对将其绝对化与唯一化,不赞成"诗是政治的武器与宣传工具"的主张,也对将"人民的文学"作为"决定一切文学的唯一标准"的理念与做法,持怀疑的态度(袁可嘉:《新诗现代化》《"人的文学"与"人民的文学"》)。这样的复杂立场与前文所讨论的中国"现代哈姆雷特"对革命既欢迎又质疑的态度是相通与一致的。以穆旦为代表的中国新诗派诗人,希望"在艺术与现实间求得平衡……不许现实淹没了诗,也不许诗逃离现实","在反映现实之余还享有独立的艺术生命",保留广阔、自由的想象空间(袁可嘉:《诗的新方向》)。他们也因此提出了"诗与民主"的命题,认为诗的现代化的本质与前提即诗的民主化(袁可嘉:《批评与民主》)。这样的诗的民主化,也包括了对自我的质疑。可以说中国新诗派代表的40年代中国现代主义诗歌流派,是以"直面现实、人生、自我的矛盾"为其主要追求与特征的。

由此产生的是一种全新的诗歌面貌。其一,诗人主体的变化:穆旦们的笔下,出现了残缺世界里的残缺自我,站在不稳定的点上,不断分裂、破碎的自我，存在于永远的矛盾张力上的自我。如研究者所说，"这种对'自我'和主体性的怀疑，是中国新诗史上前所未有的。尤其与郭沫若的扩张的主体和何其芳的自恋的主体对比，就更能说明问题"（吴晓东：《战争年代的诗艺历程》）。

其二，思维与情感方式的变化。穆旦们排距了中国传统的中和与平衡，将方向各异的各种力量，相互纠结、撞击，以至撕裂。所有现代人的生命的困惑：个体与群体，欲望与信仰，现实与理想，创造与毁灭，智慧与无能，流亡与归宿，拒绝与求援，真实与谎言，诞生与谋杀，丰富与无有……全都在这里展开：不是简单化的二元对立，也不是直线化地"一个吃掉（否定）一个"，而是相互对立，渗透，纠结为一团，是"思维的复杂化，情感的线团化"（郑敏：《诗人与矛盾》）。

其三，诗的形象的变化。穆旦拒绝向传统形象、意境的趋归——这在30年代后期的新月派、现代派诗人那里已经成了一个潮流；他始终坚持"使诗的形象现代生活化"。在他的诗里出现的是：既在"污泥里"，又"梦见生了翅膀"的"猪"；在人"身上粘着"，却频频念着"你爱我吗"的"跳蚤，耗子"；"荡在尘网里，害怕把丝弄断"的生命的"空壳"；以及"花园"向"荒原"的转换（《还原作用》）：所有这些引起生理与心理不舒服感，又充满矛盾的意象，以及由"美丽"向"荒凉"的转换，都是传统诗词不可能有甚至视为大忌的，但确实又是诗人在现代生活中充满荒诞、无奈的真实感受和体验，而现在，都自觉地涌现在穆旦这样现代派诗人的笔下。

其四，在这背后，蕴含着诗歌观念与抒情表达方式的根本变化："现代诗人重新发现诗是经验的传达，而非单纯的热情的宣泄"（袁可嘉：《诗与民主》）。这就是沈从文所说的，"诗应当是一种情绪和思想的综合"，"真正现代诗人得博大一些，才有机会从一个思想家出发"，"创造组织出一种新的情绪哲学系统"（沈从文：《新废邮存底·十七》《新废邮存底·二十六》）。由此提出的是"现实、象征、玄学的综合"创作原则（袁可嘉：《新诗现代化》）。他们因此拒绝"迷信感情"的浪漫派，要打破"情感"对诗国的绝对统治，而用"'非诗意'辞句写成诗", 采用与传统抒情相异的"几近抽象的隐喻似的"抒情方式(唐湜：《忆诗人穆旦》)。这是一种主体意识的自由伸展、运动，大量采取内心直白，或者抽象而直接的理智化叙述，或者将肉体感与形而上的玄思相结合，诗中会任意出现对立两极间的跳跃、猛进、突转，造成一种陌生与生涩的奇峻、冷峭、惊异的美。穆旦坦言：这样抽象化的抒情，"传统诗意很少"，可能使人"觉得抽象而枯燥"，"正是我所要的"(穆旦 1976 年致杜运燮信)。

其五，在诗的语言上，穆旦也同样拒绝文言，坚持"五四"现代白话诗的传统，他也反对遣词造句上的意义模糊与朦胧，主张"诗要明白无误地表现较深的思想"。穆旦充分发挥了现代汉语的弹性，利用多义词语、繁复句式，表达现代人思想的复杂、丰富，又大量运用现代汉语的关联词，以揭示抽象词语、跳跃的句子之间的逻辑关系。他所创造的是一种诗人郑敏所说的"介于口语与书面语之间的文体"，"它扭曲，多节，内涵几乎要突破文字，满载到几乎超载"(郑敏：《回顾中国现代主义新诗的发展并谈当代先锋派新诗创作》)。如研究者所说，穆旦确实走到了"现代汉语写作的最前沿"(曹元勇：《走在汉语写作的最前沿》)。

1942

《诗八首》

穆旦

一

你底眼睛看见这一场火灾，
你看不见我，虽然我为你点燃；
唉，那燃烧着的不过是成熟的年代，
你底，我底。我们相隔如重山！

从这自然底蜕变底程序里，
我却爱了一个暂时的你。
即使我哭泣，变灰，变灰又新生，
姑娘，那只是上帝玩弄他自己。

二

水流山石间沉淀下你我，
而我们成长，在死底子宫里。
在无数的可能里一个变形的生命

永远不能完成他自己。

我和你谈话，相信你，爱你，
这时候就听见我底主暗笑，
不断地他添来另外的你我
使我们丰富而且危险。

三

你底年龄里的小小野兽，
它和春草一样地呼吸，
它带来你底颜色，芳香，丰满，
它要你疯狂在温暖的黑暗里。

我越过你大理石的理智殿堂，
而为它埋藏的生命珍惜；
你我底手底接触是一片草场，
那里有它底固执，我底惊喜。

四

静静地，我们拥抱在
用言语所能照明的世界里，
而那未成形的黑暗是可怕的，
那可能和不可能的使我们沉迷。

那窒息着我们的

是甜蜜的未生即死的言语，
它的幽灵笼罩，使我们游离，
游进混乱的爱底自由和美丽。

五

夕阳西下，一阵微风吹拂着田野，
是多么久的原因在这里积累。
那移动了景物的移动我底心
从最古老的开端流向你，安睡。

那形成了树木和屹立的岩石的，
将使我此时的渴望永存，
一切在它底过程中流露的美
教我爱你的方法，教我变更。

六

相同和相同溶为怠倦，
在差别间又凝固着陌生；
是一条多么危险的窄路里，
我制造自己在那上面旅行。

他存在，听从我底指使，
他保护，而把我留在孤独里，
他底痛苦是不断的寻求
你底秩序，求得了又必须背离。

七

风暴，远路，寂寞的夜晚，
丢失，记忆，永续的时间，
所有科学不能祛除的恐惧
让我在你底怀里得到安憩——

呵，在你底不能自主的心上，
你底随有随无的美丽的形象，
那里，我看见你孤独的爱情
笔立着，和我的平行着生长！

八

再没有更近的接近，
所有的偶然在我们间定型；
只有阳光透过缤纷的枝叶
分在两片情愿的心上，相同。

等季候一到就要各自飘落，
而赐生我们的巨树永青，
它对我们的不仁的嘲弄
（和哭泣）在合一的老根里化为平静。

1942 年 2 月

（原载 1942 年 4 月《文聚》第 1 卷第 3 期，题为《诗》）

752

延伸思考

　　这是情诗，又超越了情诗：可以用穆旦自己说的"丰富和丰富的痛苦"来概括，我们也不妨从这一角度去解读。整首诗，都有一位"上帝""我的主"（诗人郑敏认为，"上帝"是"代表命运和客观世界"的）在冷冷地观察和支配着"我"和"你"。所有现代人的困惑全都在爱的抒情中一一展现。但我们在阅读中又要从整体上去把握，不要试图作逐字逐句落实性的解读。初读者可以抓住一些关键的词语，如"我们相隔如重山"，"爱了一个暂时的你"（第一首）；"永远不能完成他自己"，"不断地他添来另外的你我 / 使我们丰富而且危险"（第二首）；"相同和相同溶为怠倦，在差别间又凝固着陌生；是一条多么危险的窄路里，我制造自己在那上面旅行"（第六首）等，但仍要还原为对每一首诗的思绪、情感的整体把握。

　　这首诗在艺术表现上，最引人注目的，自然是"肉体感与形而上的玄思相结合"的"抽象化抒情"。诸如"你底年龄里的小小野兽，它和春草一样地呼吸，它带来你底颜色，芳香，丰满，它要你疯狂在温暖的黑暗里"（第三首）；"静静地，我们拥抱在 / 用言语所能照明的世界里，而那未成形的黑暗是可怕的，那可能和不可能的使我们沉迷"（第四首）等，都值得反复体味，但也不宜作过于明晰化的解读，在吟诵中有所触动、感悟，就可以了。

● 这是一个很有意思的新诗现象：许多中国新诗人都走过一条"走出旧体诗（中国古典诗歌），又回到旧体诗"的创作路程：或者越来越自觉地将古典诗歌的意象、词语融入新诗；或者转向对古典诗词的研究，如闻一多；或者自己也写旧体诗，郭沫若是一个典型，连何其芳到晚年也写起了旧体诗。但艾青和穆旦这两位最具代表性的、重量级的现代新诗人，却终生不写旧体诗，并且拒绝文言入诗，始终坚持现代白话诗的写作。但只要不抱成见，就必须承认，他们的诗不但具有强烈而鲜明的现代性，而且也具有强烈而鲜明的民族性，是真正的"中国、现代、新诗"。你如何理解这样的诗歌现象？如何解释他们诗歌中的民族性？在充分注意其叛逆性与异质性的同时，如何寻找他们的诗歌与中国传统更为隐蔽与曲折的联系？而他们始终如一的坚守本身又有什么意义？艾青与穆旦的诗歌实验对今天的新诗写作，有什么启示？

● 穆旦和中国新诗歌派的命运也很值得注意。他们不仅因为自己可悲的超前而在此后的 30 年被强迫遗忘而收获丰富的痛苦，而且在 80 年代以残缺之躯焕发出新的辉煌，不仅出版了以《九叶集》命名的旧作，而且创作了为数不少而又有活力与魅力的诗歌，在 80 年代诗坛产生了很大影响。研究者将其命名为"九叶派"诗人，并指出，从"中国新诗派"到"九叶派"是一个"不断再生"的过程（蓝棣之：《九叶派诗选》前言）。正是在新编《九叶派诗选》（人民文学出版社 1992 年版）里，我们读到了当年中国新诗派诗人杜运燮、郑敏、辛笛、陈敬容、唐祈、唐湜依然充满创造性的时代新作，更与穆旦久别重逢。他主要写于 1976 年的《春》《夏》《秋》《冬》等诗作："你走过而消失，只有淡淡的回忆 / 稍稍把你唤出那逝去的年代，而我的老年也已筑起寒冷的城，把一切轻浮的欢乐关在城外"——还是这个固执的"穆旦"，却又有了难言的苍凉。把穆旦写于 40 年代与 70 年代末的诗作进行对比性阅读、讨论与研究，会对这其间的历史沧桑，有一个深切的感悟，或许可以从中体味某些写作、研究与做人的道理。

● 穆旦们的历史，或许还有思想史与知识分子精神史的意义，这就是我们在本章第九、第十两节所讨论的"现代堂吉诃德的归来"与"战争废墟上的中国现代哈姆雷特"。40 年代历史的结局，是中国革命的胜利，而且得到了大多数知识分子或自觉或半自觉、或被动或半被动的接受。这样的历史现象应作更具体的分析与研究。就本书所讨论的作家而言，有几种情况颇值得注意。或者像赵树理那样的与农民有密切联系的知识分子，因为中国革命所选择的以农村为根据地的道路而自觉投身革命；或者丁玲那样的左翼知识分子，因为自己追求民族解放与共产主义乌托邦的理想而成为革命战士：他们大都集中在解放区。而在国民党统治区的知识分子，就有许多人因为自身的堂吉诃德气和哈姆雷特气而靠拢革命，并发生了复杂关系。当年的堂吉诃德废名就是因为向往"农业社会主义"，回归传统文明，反思"五四"启蒙主义而与"改造知识分子"的命题不谋而合，又对革命与传统的决裂持保留态度；穆旦这样的现代哈姆雷特，则既因对既定秩序的批判意识而接受革命，又因坚守怀疑主义精神而对革命心怀疑虑。这些，都决定了他们在革命胜利之后种种曲折而复杂的命运，这都构成了历史的丰富性，有很高的研究价值。同时，也给我们提供了一种从思想史与精神史的角度观察与研究文学史的必要性与可能性。

汪曾祺：

穿越时空，从 40 年代走到 80 年代

1940 年 6 月	汪曾祺小说《钓》发表（昆明《中央日报》），是目前所见其最早发表的小说。
1947 年 1 月	创作小说《鸡鸭名家》，次年 3 月发表（《文艺春秋》第 6 卷第 3 期）。
1947 年 6 月	创作小说《职业》《落魄》。
1947 年 12 月	创作小说《异秉》，次年 3 月发表（《文学杂志》第 2 卷第 10 期）。
1948 年 5 月	小说《邂逅》《三叶虫与剑兰花》发表。
1948 年 8 月	经沈从文帮助，在北平午门的历史博物馆任职员。
1949 年 4 月	短篇集《邂逅集》出版（文化生活出版社）。
1963 年 1 月	短篇集《羊舍的夜晚》出版（中国少年儿童出版社）。
1965 年 8 月	汪曾祺、杨毓珉等执笔《沙家浜（京剧）》出版（中国戏剧出版社）。
1980 年 5 月	重写小说《异秉》。
1980 年 8 月	创作小说《受戒》。
1980 年	重写小说《职业》（1981 年、1982 年又两次重写）。
1981 年 1 月	重写小说《异秉》发表（《雨花》）。
1981 年 2 月	创作小说《大淖记事》。
1982 年 2 月	《汪曾祺短篇小说选》出版（北京出版社）。

汪曾祺（1920—1997）在中国现代、当代文学史上，占据了一个特殊的地位：40 年代，他与路翎一起，被评论家看好是"两个最可注意的年轻作家"；在被强迫"提前死亡"30 多年后，从 80 年代起，又奇迹般"复活"，以独特鲜明的艺术个性，成为八九十年代小说创作的重镇，并且影响、启发着新时期几代年轻的小说家。这样的两度辉煌，

这个小店堂里洋溢感情，
如风如水，
如店中货物气味。

文學雜誌第二卷第十期目錄

詩的意像與情趣 朱光潛（一）

天問註解的困難及其整理的線索 林 庚（五）

詩

詩二首 穆 旦（一八）

走近你 宾司嘉（二〇）

小說

要須有先生飛機以發 汪曾祺（三）

異秉 庾 名（三二）

《文学杂志》

汪曾祺（1920—1997）

不像小说的小说

《文艺春秋》

就使得汪曾祺在中国现代、当代文学，在40年代与80年代、90年代文学的断而复续中，是一个不可或缺的联接点，一个历史复杂关系的象征。

而在我们这里重点讨论的40年代文学里，汪曾祺的创作活动，始终与沈从文有着密切联系。他先是作为沈从文的学生，而成为"西南联大校园作家群"的一个成员；汪曾祺回忆说，他发表于1940年的第一篇作品，就是沈从文所开"各体文习作"课上的作业（《汪曾祺短篇小说选》自序）。40年代后期汪曾祺又成为以沈从文为中心的"北方青年作家群"的中坚。从1946年开始，沈从文就与杨振声、朱光潜、冯至等合作，在《现代文录》《文学杂志》《益世报·文学周刊》等报刊上，提倡"新写作"，主要依靠文学新生代来进行"文学试验"，明确提出了新的"综合"的要求，即所谓打开三条"生路"："一，打开新旧文学的壁垒；二，打开中外文艺的界限；三，打开文艺与哲学及科学的画界"（杨振声：废名《响应"打开一条生路"》的"附记"）。沈从文则从不同角度提出了："古典"与"现代"的"综合"；"思想家"和"诗人"、"抽象"与"具象"的结合；"传奇性"和"现实性"的"混合"；"揉游记、散文和小说故事而为一"（沈从文：《谈新诗五个阶段》《致柯原先生》《一个边疆故事的讨论》《一首诗的讨论》）。这些命题提出本身，就显示着中国现代文学自身的成熟，和向"综合"方向发展的前景。可以说，汪曾祺及前文讨论的穆旦等中国新诗派诗人在40年代的文学活动，也都是这样自觉的"综合"的艺术实践。

具体到汪曾祺，在40年代，主要是追随沈从文从事"现代短篇小说"的艺术探讨。沈从文早在西南联大任教时就专门作过一场演讲，谈到长篇小说的创作容易得到"历史的价值"，吸引众多读者，"唯有短篇小说，费力而不容易讨好"，"无出路是命定的"；但"转机"也在于此："从事（写短篇）此道，既难成名，又难牟利"，就有希望"转成为自内而发"的生命需要，"渐渐地却与那个'艺术'接近了"。大浪淘沙，坚守者唯有"以艺术探讨为唯一目的"的自觉的短篇小说艺术家。这样的作家自然不会很多，但40年代的中国现代文学确实有一批，沈从文自己，以及前文讨论的萧红、路翎、端木蕻良、师陀、骆宾基等，都是如此，汪曾祺是最后一位。他们都能超越时空，从 40 年代走到 80 年代，其内在原因即在于此。

而汪曾祺的努力，是从响应沈从文等老师"打开生路"，向世界和传统开放的号召开始的。他写了一篇名为《短篇小说的本质》的文章，尖锐批判"小说的保守性"："我们耳熟了'现代音乐''现代绘画''现代雕刻'"，"可是'现代小说'在我们这儿远是个不太流行的名词"，他因而大声疾呼："多打开几面窗子吧"，并在文章里引人注目地谈到里尔克的《军旗手的爱与死》，认为是理想的短篇小说范例，还提到了纪德的"纯小说"理论。在给唐湜的信里，则谈到"欧洲现代文学，特别是'意识流'与心理分析派小说"的影响，还说及他对存在主义的兴趣。这其实反映了 40 年代中后期一个重要的中外文学交流新动向：茅盾曾经谈到，在太平洋战争爆发之前，中国介绍的外国文学"主要是苏联的战前作品。以及世界的古典名著"，以后注意力"普遍到英美的反法西斯文学"（茅盾：《近年来介绍的外国文学》）；而在二战结束前后，以北京、上海、天津等地的报刊为中心，就开始系统地介绍第一次世界大战期间及战后的世界文学，在中国人已经熟悉的海明威、罗曼·罗兰、斯坦贝克等人之外，着重介绍了纪德、毛姆、卡夫卡、普鲁斯特、伍尔夫、乔伊斯等。这也就意味着，以西南联大学生群穆旦、汪曾祺等代表的成长于 40 年代的中国年轻作家，他们是直接与西方 20 世纪的小说家、诗人以至哲学家对话的，与西方文学取得同步发展的趋势，这自然与这一时期东西方作家有着共同或类似的战争体验有关。而在 80 年代，中国再度向世界，特别是西方世界开放，重新引入现代主义思潮，汪曾祺、穆旦等作为先行者，再度获得承认，产生影响，这是顺理成章的。

汪曾祺也就由此提出了他的"现代短篇小说"观："一个短篇小说，是一种思索方式，一种情感形态，是人类智慧的一种模样"，"我们宁可一个短篇小说像诗，像散文，像戏，什么也不像也行。可是不愿意它太像个小说，那只有注定它的死灭"（《短篇小说的本质》）。他还说："我现在似乎在留连光景，我用得最多的语式是过去进行式（比'说故事'似的过去式似稍胜一筹）。但真正的小说应当是现在进行式的，连人，连事，连笔，整个小说进行前去，一切像真的一样，没有解释，没有说明，没有强调、对照的反拨，参差……绝对的写实，也是圆到融汇的象征，随处是象征而没有一点象征'意味'，尽善矣，又尽美矣，非常的'自然'。"（转引自唐湜：《虔诚的纳蕤思——谈汪曾祺的小说》）这样的小说观，显然受到西方现代主义标举"主观真实"，强调作家的主体意识的创作主张的影响。研究者因此而认为汪曾祺40年代的小说理论与实践"主要是该归入现代主义者群里"；但又特意指出，他的"现代主义小说理想"是"通过纯粹中国的气派与风格来表现的"，并特别注意到他对"魏晋六朝人的为人与文学风格"的"向往"（唐湜：《虔诚的纳蕤思——谈汪曾祺的小说》）。在这个意义上，汪曾祺的"绝对的写实"，与"象征"的、"圆到融汇"的"现代小说"理想，其实也融汇了东、西方的美学理想，而这样的融汇也正是沈从文等倡导的"综合"的"新写作"所要求的。

汪曾祺在40年代的现代小说创作，他写的"不像小说的小说"，主要是一种"散文体的小说"，与同时期废名等的小说，属于同一创作潮流。研究者将其分为三种类型：或有意识地使用西方现代派技巧，尤其是诗化小说和意识流，痕迹相当明显，试图打破小说、散文和诗的界限，如《复仇》《小学校的钟声》《礼拜天的早晨》《绿猫》等；或有较为浓郁的乡土色彩和较为完整的故事情节，没有套用现代派创作观念，但呈现出趋于散文的倾向，如《除岁》《老鲁》《戴车匠》《异秉》等；还有可称为"'小品'型的小说"，没有完整的故事核，与散文很难区别，有的只是人物素描，如《堂倌》《理发师》《职业》等。（参阅王风：《〈异秉〉〈职业〉两种文本的对读》）这三类小说各有追求，但"散文化"的写法却渗透其间。汪曾祺在80年代回顾、总结自己的创作时，就说最主要的特点就是"散"，"这倒是有意为之"，"主张信马由缰，为文无法。苏轼说：'大略如行云流水，初无定质；但常行于所当行，常止于不可不止。文理自然，姿态横生'"，"虽不能至，心向往之"（《汪曾祺短篇小说选》自序）。这个"散"也确实贯串于汪曾祺40年代到80、90年代的全部创作。研究者因此认为，"散文倾向是汪曾祺小说创作最重要的特质，也是他对中国现代小说史的最大贡献"（王风:《〈异秉〉〈职业〉两种文本的对读》，收钱理群主讲:《对话与漫游——四十年代小说研读》）；汪曾祺自称"文体家"（《认识到的和没有认识的自己》），还有研究者称汪曾祺的作品具有"异质性"（黄子平:《汪曾祺的意义》），都基于此。

1947

《异秉》

汪曾祺

　　一天已经过去了。不管用什么语气把这句话说出来，反正这一天从此不会再有。然而新的一页尚未盖上来，就像火车到了站，在那儿喷气呢，现在是晚上。晚上，那架老挂钟敲过了八下，到它敲十下则一定还有老大半天。对于许多人，至少这在地的几个人说起来，这是好的时候。可以说是最好的时候，如果把这也算在一天里头。更合适的是让这一段时候独立自足，离第二天还远，也不挂在第一天后头。

　　晚饭已经开过了。

　　"用过了？"

　　"偏过偏过，你老？"

　　"吃了，吃了。"

　　照例的，须跟某几个人交换这么两句问询。说是毫无意思自然也可以，然而这也与吃饭不可分，是一件事，非如此不能算是吃过似的。

　　这是一个结束，也是一个开始。

　　账簿都已一本一本挂在账桌旁边"钜万"斗子后头一溜钉子上，按照多少年来的老次序。算盘收在柜台抽屉里，手那么抓起来一振，梁上的珠子，梁下的珠子，都归到两边去，算盘珠上没有一个数字，每一个珠子只是一个珠子。该盖上的盖上，该关好的关好。（鸟都栖定了，雁落在沙洲上。）只有一个学徒的在"真不二价"底下拣一堆货，算是做着事情。但那也是晚上才做的事情。而且他的鼻涕分明已经吸得大有一种自得其乐的意趣，与白天挨骂时吸得全然两样。其余的人或捧了个茶杯，茶色的茶带烟火气；或托了个水烟袋，钱板子反过来才搓了的两根新媒子；坐着靠着，踱那么两步，搓一搓手，都透着一种安徐自在。一句话，把自己还给自己了。白天他们属于这个店，现在这个店里有这么几个人。

每天必到的两个客人早已来了，他们把他们的一切都带了来，他们的声音笑貌，委屈嘲讪，他们的胃气疼和老刀牌香烟都带来了。像小孩子玩"做人家"，各携瓜皮菜叶来入了股。一来，马上就合为一体，一齐渡过这个"晚上"，像上了一条船。他们已经聊了半天，换了几次题目。他们唏嘘感叹，啧啧慕响，讥刺的鼻音里有酸味，鄙夷时撇撇嘴，混和一种猥亵的刺激，舒放的快感，他们哗然大笑。这个小店堂里洋溢感情，如风如水，如店中货物气味。

而大家心里空了一块。真是虚应以待，等着，等王二来，这才齐全。王二一来，这个晚上，这个八点到十点就什么都不缺了。

今天的等待更是清楚，热切。

王二呢，王二这就来了。

王二在这个店前廊下摆一个摊子，一个什么摊子，这就难一句话说了。实在，那已经不能叫摊子，应当算得一个小店。摊子是习惯说法。王二他有那么一套架子，板子；每天支上架子，搁上板子：板上上一排平放着的七八个玻璃盒子，一排直立着的玻璃盒子，也七八个；再有许多大大小小搪瓷盆子，钵子。玻璃盒子里是瓜子，花生米，葵花籽儿，盐豌豆，……洋烛，火柴，茶叶，八卦丹，万金油，各牌香烟，……盆子钵子里是卤肚，熏鱼，香肠，炸虾，牛腱，猪头肉，口条，咸鸭蛋，酱豆瓣儿，盐水百叶结，回卤豆腐干。……一交冬，一个朱红蜡笺底洒金字小长方镜框子挂出来了，"正月初一日起新增美味羊羔五香兔腿"。先生，你说这该叫个什么名堂？这一带人呢，就省事了，只一句"王二的摊子"，谁都明白。话是一句，十数年如一日，意义可逐渐不同起来。

晚饭前后是王二生意最盛时候。冬天，喝酒的人多，王二就更忙了。

王二忙得喜欢。随便抄一抄，一张纸包了（试数一数看，两包相差不作兴在五粒以上）；抓起刀来（新刀，才用趁手），刷刷刷切了一堆（薄可透亮）；铛的一声拍碎了两根骨头：花椒盐，辣椒酱，来点儿葱花。好，葱花！王二的两只手简直像做着一种熟练的游戏，流转轻利，可又笔笔送到，不苟且，不油滑，像一个名角儿。五寸盘子七寸盘子，寿字碗，青花碗，没带东西的用荷叶一包，路远的扎一根麻线。王二的钱笼里一阵阵响，像下雹子。钱笼满了时，王二面前的东西也稀疏了，搪瓷盆子这才现出它的白，王二这才看见那两盏高罩子美孚灯，灯上加了一截纸套子。于是王二才想起刚才原就一阵一阵的西北风，到他脖子里是一个冷。一说冷，王二可就觉得他的脚有点麻木了，他掇过一张凳子坐下来，膝碰膝摇他的两条腿。手一不用，就想往袖子里笼，可是不行，一手油！倒也是油才不叛。王二回头，看见儿子扣子。扣子伏在板上记账，弯腰曲背，窝成一团。这孩子！一定又是蒋沈韩杨的韩字弄不对了，多一划少一划在那里一个人商量呢。

里边谈笑声音他听得见，他入神，皱眉，张目结舌，笑。他们说雷打泰山庙旗杆，这事他清楚，他很想插一句，脚下有欲动之势。还是留在凳子上吧！他不愿留下扣子一个人，零碎生意却还有几个的。

到承天寺幽冥钟声音越来越清楚，拉洋车的徐大虎子，一路在人家墙上印过走马灯似的影子，王二把他老婆送来的晚饭打开，父子两个吃起来。照例他们吃晚饭时抽大烟的烤鸭架子挟了个酒瓶来切搞风。放下碗，打更的李三买去羊尿泡。再，大概就不会有人来了。王二又坐了一会，今天早一点吧，趁三碗饭的暖气未消，把摊子收拾了，一件一件放到店堂后头过道里来。

王二东西多，他跟扣子两个人还得搬三四趟。店堂里这几位是每天看熟了，然而他们还是看，看他过来，过去，像姑娘看人家发嫁妆。用手用脚的是这两个人，然而好像大家全来合作似的。自然这其间淡漠热烈程度不同。最后至那块镜框子摘下来，王二从过道里带出一捆白天买好的葱。王二把他的葱放在两脚之间而坐下了。坐在那张空着的椅子上。

"二老板！生意好？"

"托福托福，什么话，'二老板！'不要开玩笑好不好！"

王二这一坐下，大家重新换了一遍烟茶：王二一坐下，表示全城再没有什么活动了。灯火照在人家槅子纸上，河边园上乌青菜叶子已抹了薄霜。阻风的船到了港，旅馆子茶房送完了洗脚汤。知道所有人都已得到舒休，这教自己的轻松就更完全。

谈话承前启后地接下来。

这里并未"多"这么一个王二。无庸为王二而把一套话收起来，或特为搬出一套。而且王二来，说话的人高兴，高兴多了一个人听。不止多了一个人听，是来了个听话的人。王二从不打断别人的话，跟人抬杠，抢别人的话说。他简直没有什么话，听别人的。王二总像知道得那么少，虚怀若谷地听，听得津津有味，"唉"，"噢"，诚诚恳恳的惊奇动色，像个小孩子。最多，比方说像雷打泰山庙旗杆，他知道，他也让你说，末了他补充发挥几句，而已。王二他大概不知道谦虚这两个字到底该怎么讲，可是他就谦虚得到了家了。

这里的人，自然不会有什么优越感。王二呢，他自己要自己懂得分寸。这里几位，都是店里的"先生"，两个客人，一个在外地做过师爷，看过琼花观的琼花；一个教蒙馆，他儿子扣子都曾经是他学生。王二知道自己决写不出一封"某某仁翁台电"的信，用他自己的话说，"不敢乱来。"

叫一声"二老板"的，当然有一种调侃的意思在。不过这实在全非恶意，叫这么一声真是欢欢喜喜的。为王二欢喜，简直连嫉妒的意思都没有。那个学徒的这时把货拣完了，一齐捗到一张大匾子里。他看过《老申报》，晓得一个新名词，他心里念"王二是个'幸运儿'"。他笑，笑王二是个幸运儿，笑他自己知道这三个字。

王二真的是不敢当。他红了若干次脸才能不红。（他是为"二老板"而红脸。）

王二随时像做官的见上司一样，不落落实实地坐，虽然还不至于"斜签着"。即是跟他儿子，他老婆在一处，甚至一个人，他也从不往椅子背上一靠，两条腿伸得挺挺的。他的胳臂总是贴着他的肋骨。他说话时也兴奋，激动，鼓舞，但动跳的是他的肌肉，他的心，他不指手画脚，不为加重语气而来一个响榧子。他吃饭，尽管什么事都没有，也是赶活儿一样急急吃了。喝茶，到后头大锡壶里倒得一杯，咕噜噜灌下去，不会一口一口地呷，更不会一边呷，一边把茶杯口在牙齿上轻轻地叩。就说那捆葱，他不会到临走时再去拿吗？可他不，随手就带了来。王二从不缺薄，谢三秀才就是谢三秀才，不是什么"黑漆皮灯笼谢三秀才"。他也叫烤鸭架子为烤鸭架子，那是因为烤鸭架子姓名久经湮没，王二无法觅访也。

"王二的摊子"虽然已经像一个小店了，还是"王二的摊子"。

今天实在是王二的摊子最后一天了。明天起世界上就没有王二的摊子。

王二赁定了隔壁旱烟店半间门面。旱烟店虽还开着门，这两年来实在生意清淡，本钱又少，只能卖两个泡烟师傅，一个站柜台的伙食，王二来，自然欢迎。老板且想到不出一年，自己要收生意，一齐顶给王二。王二的哥哥王大是个挑箩的，也对付着能做一点木匠活，（王大王二原不住在一起，这以后，王二叫他搬到他家里来住。）已经丁丁东东地弄了两天，一个小柜台即将完成。王二又买了十几个带盖子的洋油铁箱，一口玻璃橱子，一张小桌子，扣子可以记记账。准备准备，三天之后即可搬了过去。

能不搬，王二决不搬。王二在这个檐下吹过十几个冬天的西北风，他没有想到要舒服舒服。这么一丈来长，四尺宽的地方他爱得很。十几年来他在一定时候，依一定步骤在这里支开架子，搁上板子，哪里地上一个坑，该垫一个砖片，哪里一根椽子特别粗，他熟得很。春天燕子在对面电话线上唧唧呱呱，夏天瓦沟里长瓦松，蜘蛛结网，壁虎吃苍蝇，他记得清清楚楚。晚上听里边说话已成了个习惯。要他离开这里简直是从画儿上剪下一朵花来。而且就这个十几年里头，他娶了老婆生了扣子，扣子还有个妹妹。他这些盒子盆子一年一年多起来，满起来。可是就因为多起来满起来，他要搬家了。这么点地方实在挤得很。这些东西每天搬进搬出，在人家那儿堆了一大堆也过意不去。风沙大，雨大，下雪的时候，化雪的时候，就别提多不方便了。还有，他不愿意他的扣子像他一样在这个檐下坐一辈子。扣子也不小了。

你不难明白王二听到"二老板"时心里一些综错感情。

于是王二搬家了。王二这就不再在店前摆摊子了。

虽然只隔一层墙，究竟是个分别。王二没事时当然会来坐坐，晚上尤其情不自禁地要溜过来的，但彼此将终不免有一分冷清。王二现在来，是来辞行的。他们没有想到这四个字：依依不舍，但说出来就无法否认，虽然只一点点，一点点，埋在他们心里。人情，是不可免的。只缺少一个倾吐罢了。然而一定要倾吐么？

王二呢，他是说来谈谈的。"谈谈"的意思是商量一点事情，什么事情王二都肯听听别人意见。今天更有须要向人请教的。他过三天。大小开了一爿店。是店得有个字号。这事前些日子大家早就提到过。

"二老板！黑漆招牌金漆字，如意头子上扎红彩。写魏碑的有崔老夫子，王二太爷石门颂。四个吹鼓手，两根杠子，嗨唷嗨唷，南门抬到北门！从此青云直上，恭喜恭喜！"

王二又是"托福托福，莫开玩笑"。自然心里也有些东西闪闪烁烁翻动。招牌他不想做，但他少不了有些往来账务，收条发单，上头得有个图章。他已经到市场逛了逛，买了两本蓝油夏布面子的新账本，一个青花方瓷印色盒子。他一想到扣子把一方万胜边枣木戳子蘸上印色，呵两口气，盖在一张粉连子纸上，他的心扑通扑通直跳，他一直想问问他们可给他斟酌定了，不好意思。现在，他正在盘算着怎么出口。他嘀咕着："明天，后天，大后天，哎呀！——"他着急要来不及了。刻图章的陈老三认识，赶是可以赶的，总不能弄到最后一天去。他心里有事，别人说什么事，那么起劲，他没听到。他脸上发热，耳朵都红了。

教蒙馆的陆先生叫了一声：

"王老二！"

"喔，什么事陆先生？"

"你的那个字号啊，——"

"唵。"

"我们大家推敲过了。"

"承情承情！"

"乾啦，泰啦，丰啦，隆啦，昌啦，……都不大合适，这个，这个，你那个店不大，怕不大称。（王二正想到这个。）你么，叫王义成，你儿子叫王坤和，你不是想日后把店传给儿子吗，我们觉得还是从你们两个名字当中各取一个字，就叫王义和好了。你这个生意路子宽，不限什么都可以做，也不必底下再赘什么字，就叫'王义和号'好了。如何，你以为？"

王二一句一句地听进去，他听王少堂说"武十回"打虎杀嫂也没这么经心，他一辈子没听过这么好听的声音，陆先生点火吃烟，他连忙说：

"好极了，好极了。"

陆先生还有话：

"图章呢，已经给你刻好了，在卢先生那儿。"

王二嘴里一声"啊——"他说不出话来。这他实在没有想到！王二如果还能哭，这时他一定哭。别人呢，这时也都应当唱起来。他们究竟是那么样的人，感情表达在他们的声音里，话说得快些，高些，活泼些。他们忘记了时间，用他们一生之中少有的狂兴往下谈。扣子已经把一盏马灯点好，靠在屏门上等了半天，又撑开罩子吹熄了。

自然先谈了许多往事。这里有几个老辈子，事情记得真清楚。王二父亲什么时候死的，那时候他怎么瘦得像个猴子，到粥厂拾个粮子打粥去。怎么那年跌了一跤，额角至今有个疤，怎么挎了个篮子卖花生，卖梨，卖柿饼子，卖荸荠；怎么开始摆熏烧摊子；……王二痛定思痛，简直伤心，伤心又快乐，总结起来心里满是感激。他手里一方木戳子不歇地掭来掭去。

"一切是命。八个字注得定定的。抬头朱洪武，低头沈万山，猴一猴是个穷范单。除了命，是相。耸肩成山字，可以麒麟阁上画图。朱洪武生来一副五岳朝天的脸！汉高祖屁股上有七十二颗黑痣，少一颗坐不了金銮宝殿！一个人多少有点异像，才能发。"

768

于是谈了古往今来，远山近水的穷达故事。

最后自然推求王二如何能有今天了。

王二这回很勇敢，用一种非常严肃的声音，声音几乎有点抖，说：

"我呀，我有一个好处：大小解分清。大便时不小便。喏，上毛房时，不是大便小便一齐来。"

他是坐着说的，但听声音是笔直地站着。

大家肃然。随后是一片低低的感叹。

这时门外一声：

"爹！你怎么还不回去？"

来的是王二女儿，瘦瘦小小，像他爹，她手里一盏灯笼，女儿后面是他哥哥王大，王大又高又大，一脸络腮胡子，瞪着两眼。

那架老钟抖抖擞擞地一声一声地敲，那个生锈的钢簧一圈一圈振动，彷徉声音也是一个圈一个圈扩散开来，像投石子水，颤颤巍巍。数。铛，——铛，——铛，——铛，……一共十下。

王二起来。

"来了来了。这么冷的天，谁教你来的！"

"妈！"

忽然哄堂大笑。

"少陪少陪。"

王二走了一步，又站着：

"大后儿，在对面聚兴楼，给个脸，一定到，早到，没有什么菜，喝一杯，意思意思，那天一早晨我来邀。

"少陪你老。少陪，卢先生。少陪，陆先生，……

"扣子！把妹妹手上灯笼接过来！马灯不用点了，我拿着。"

大家目送王二一家出门。

街上这时已断行人，家家店门都已上了。门缝里有的尚有一线光透出来。王二一家稍为参差一点地并排而行。王大在旁，过来是扣子，王二护定他女儿走在另一边。灯笼的光圈晃，晃，晃过去。更锣声音远远地在一段高高的地方敲，狗吠如豹，霜已经很重了。

"聋子放炮仗，我们也散了。"师爷与学究连袂出去，这家店门也阖起来。

学徒的上毛房。

十二月三日写成。上海

（原载 1948 年 3 月《文学杂志》第 2 卷第 10 期）

延伸思考

这不算是汪曾祺 40 年代的代表作，确实没有明显套用现代派小说的观念和手法，似乎有一个基本情节故事：王二不再在店前摆摊子，要另开门面了；而且也有确定的时间（从晚上八点到十点）和空间（王二摆摊自有一套架子、板子，平放、直立着玻璃盒子……）。但我们在阅读中却分明感到，作品的真正内核，却是汪曾祺小说观念所强调的"一种思索方式，一种情感方式"：对小人物的可笑的悲悯。正如研究者所说，小说的情节围绕着这一情调内核生长：王二本人的自我约束，"自己要自己懂得分寸"的活法（据说这就是王二身上的"异秉"），他的学徒以及众多的小人物，也都按部就班地打发着日子，作者的叙述看似平静，却掩饰不住内心的悲悯；甚至王二的发达也被涂上悲哀的色彩；直至最终学徒"如厕"的喜剧性结尾，也让人在好笑中感到淡淡的哀愁。（参阅王风：《〈异秉〉〈职业〉两种文本的对读》、范智红：《世变缘常——四十年代小说论》）。读者在读完小说掩卷回味时，还会感到在这个"最后的夜晚"的背后，还蕴含着说不清的意味，让你深思：作者的真正用意正在这说与不说之间，即所谓"不是象征的象征"吧。

小说的写法也极尽散漫之能事。小说真正的入题："今天实在是王二的摊子最后一天了"，已经是小说过半之后。前面的种种叙述：店铺怎样布置；每天必到的客人如何相互打招呼；王二在客人等待中"来了"，又怎样"忙得欢喜"；最后坐下来，又是"谈话承前启后地接下来"，等等，完全是兴之所至，信笔写来，随时插入各种闲话，拉扯开去，突然冒一句"鸟都栖定了，雁落在沙洲上"又不说了。说这些有意思、无意思的话，就是要显示，"这个小店堂里洋溢感情，如风如水，如店中货物气味"：这"如风如水"的店气、物气，人气与文气都融为一体了。

如果小说的前半部还是采用了"过去进行式"介绍、谈论王二其人，到后半部王二一登场，就完全采用"现在进行式"的叙述，不仅小说中有名无名的人物都在场，作者本人更在场，研究者因此称其为"陈述语调"（王风：《〈异秉〉〈职业〉两种文本的对读》），就是汪曾祺自己说的，"所有的话全是为了说的人自己而说的"（《短篇小说的本质》）。不仅作者，连读者也都"置身于文本之中"，都在现场。汪曾祺说："我的最初几篇小说，都是在（文林街）这家茶馆里写的"，"我这个小说家是在昆明的茶馆里泡出来的"（《泡茶馆》）。我们读这篇《异秉》甚至会产生一种幻觉：作家混坐在茶客中间，听着他们的谈笑。恍然间，眼前的谈笑声变得模糊起来，另一些人，另一些声音，从遥远的童年记忆里，走了进来，越走越近，最后竟走入茶客中间。于是，在现场的人与事，不在现场的人与事，连同作家自身，都浑然一体了，身影一样的鲜活，声音一样的响亮……作家的眼睛一亮，心一动，赶紧掏出纸笔，一一捕捉下来：《异秉》写出来了。

● 最应该注意的，自然是这篇《异秉》，汪曾祺在40年代和80年代写了两遍；同样情况的，还有《职业》，也是同一文题、同一题材，在两个时代写有两个文本，这真是一个少见的有趣的文学史现象。于是，就有了"《异秉》《职业》两种文本的对读"的研究。研究者发现，80年代的"重写"，是在没有40年代的文本参照下撰写的，实际上是"两次写作"；因此，80年代的文本，并不像作者自己说的那样，是他40年代曾经追求过的创作道路的简单"恢复"(张兴劲:《访汪曾祺实录》),而是虽有延续性,更具有新时代的创造性,写作观念、方法、传承上都有深刻的变化。就像汪曾祺自己说的那样,在 80 年代,他要"回到现实主义,回到民族传统","这种现实主义是要能够容纳其他很多流派的现实主义,这种民族传统是能够吸收一切东方和西方影响的民族传统"(《回到现实主义,回到民族传统》)。研究者则通过文本的细读,从"写作方式、情节、结构""叙述模式:时空、叙述者""叙述语调、语言、风格"三个层面对同题的两篇小说作深入的对比研究,发现了其中的重大变化。比如 40 年代汪曾祺积极从西方现代小说中吸取内容并加以改造,80 年代就转向了"传统的笔记风",完成了从"现代化"到"民族化"的跨越,"正是 40 年代的'现代化'为他 80 年代的'民族化'提供了可能性"。再比如,汪曾祺 40 年代小说所表达的情感,多是"自我体验的产物",这就带来了"幽愤深广的风格";80 年代的小说"不露声色,情感被包裹起来,需要咀嚼","其风格必然显得平和冲淡,充满着回忆的情调"。汪曾祺自己也说,到 80 年代,"我所追求的不是深刻,而是和谐"(《汪曾祺自选集》自序)。研究者因此说,"也许'深刻'与'和谐'正能概括他这两个十年小说的总体美学风格",40 年代是"血气的青春写作",80 年代则"显示了一种安详的老年写作"(王风:《〈异秉〉〈职业〉两种文本的对读》)。这些讨论当然不是定论,但无论是对汪曾祺本人的创作道路,还是对 40 年代文学与 80 年代文学的认识,都有启示意义。有兴趣的读者,不妨也作一次对读,不要顾及已有的研究,完全从自己的阅读感受出发,或许会有新的"发现",并享受其中的乐趣,"能不能长久地保持'发现'的冲动,保持阅读的新鲜感,是一个人的研究是否具有活力与原创性的重要检验"(参阅钱理群对王风解读的"讲评",收钱理群主讲:《对话与漫游——四十年代小说研读》)。

● 前文讨论中谈到的,汪曾祺的创作与沈从文的关系,也是一个重要的中国现代文学史的现象。这样的两代传承,也存在于周作人与废名,胡风与路翎之间,类似中国传统的师徒传承。但也有现代特点:绝不是简单的传授,而是相互影响,彼此欣赏,形成一种"互动";同时显然存在差异,也不排除不同程度的矛盾与冲突。(参阅钱理群:《文体与风格的多种实验——

四十年代小说研读札记》，文中有关于"路翎的创作与胡风的理论的关系"的讨论）现代文学第三个十年的新生代作家路翎、汪曾祺与第二个十年的老作家胡风、沈从文的关系，废名从 30 年代到 40 年代连续受到"五四"老一代周作人的影响，这些都构成了中国现代文学发展史的一条线索，值得作专题讨论与研究。

关于"20世纪中国文学经验"的思考

通过以上历史的梳理与总结，大概可以作出这样的论断：中国现代文学以"五四"为起端，到第三个十年就趋于成熟，20世纪40年代的文学达到了第一个高峰；而此后又经过种种曲折，到80年代达到第二个高峰。两个高峰之间显然存在内在的关联，并有着共同的特点，形成了独特的"中国文学经验"。在我看来，主要有三个方面。

其一，集中体现了20世纪中国文学经验的中国现代文学，它的第一大特质，就是"开放、包容性"和"独创性"。

具体来说，就是40年代末以沈从文为核心，包括汪曾祺在内的北方作家群所总结的三条"生路"，即"打开中外文艺的界限"，向东、西方世界开放；"打开新旧文学的壁垒"，继承与发展中国自身悠久的历史文化传统；"打开文艺与哲学及科学的画界"，向多学科开放，追求文学、历史与哲学的有机融合。

这自然有着丰富的历史内容。它揭示了中国现代文学发展的一个基本问题，即如何处理中国传统文学与世界文学的关系。我们通常把中国现代文学称为"新文学"，"新"就新在它诞生于"五四"新文化运动，它的历史使命，就是改变闭关自守的传统格局，向世界开放，吸收外来思想文化文学资源，对中国传统思想、文化、文学进行历史性的变革，从而创造出不同于传统的"新思想，新文化，新文学"。

正是这样的"创新性（异质性）"与"独立性"，构成了中国现代文学的基本特质、意义与价值。但它又不可能、也不能与中国传统文学彻底决裂，现代文学与中国古代文学之间存在着事实上的延续关系；它同时又是世界思想、文化、文学的有机组成部分。这样，中国现代文学的发展，就必须面对一个基本矛盾：既要继承中国传统文化，向世界文化开放，又要保持自身的创新性、异质性与独立性。这是一个无法回避的历史性的难题。这就是鲁迅在《无声的中国》里所说的，无论是中国古代文化，还是世界文化，都有着深厚的历史传统，是一种强势文化，具有极强的同化力；中国现代文学在继承中国古代文化，吸取外来文化时，也同时冒着被同化、"被描写"的危险。鲁迅一针见血地指出，中国现代文学的基本元素，就是"现代""中国""文学"，它的根本追求，就是要"说现代中国人的话"，却极容易走向"学说古代的死人的话"，学说外国人的话的歧途，发出的"都不是中国人自己的声音，是别人的声音"，"是唐宋时代的声音，韩愈苏轼声音，而不是我们现代的声音"，就变成了"无声的中国"。鲁迅因此发出号召："青年们先可以将中国变成一个有声的中国。大胆地说话，勇敢地进行，忘掉了一切利害"，将"现代中国人的话"大胆地说出来，"才能和世界的人同在世界上生活"。——这其实正是中国现代文学几代人共同努力的目标，并最终创造了"现代—中国"的"文学"，形成了最基本的中国文学经验。

在具体历史进程中，中国现代文学在处理和中国古代文学、外国文学的关系时，又会遇到不同的问题，从而形成不同的特点。

"五四"文学革命就是从"语言的变革"入手的，所谓"语言变革"最基本的要求，就是"以白话文代替文言文"，其最主要的收获也是白话文取代文言文，进入中小学课堂，成为新的"国语"，即新的民族国家语言。而"五四"时期的白话文，其核心是"以口语为基础"，即将现代中国人日常生活用语用于文学书写；同时强调的是"中文西文化"（冰心），借鉴"欧化语"，引入西方语法，以促进中国语言的变革和现代汉语的创造。但由于第一代作家都有深厚的传统文化、语言修养，他们的文学语言必然是"白话文"与"文言文"的杂糅（鲁迅、周作人），即使是郁达夫这样自觉西化的创造社作家的文学语言里，也依然有着研究者所发现的"古典味"。于是，就有了周作人最后的总结：中国现代汉语文学（白话文）必须是"以口语为基本，再加上欧化语，古文，方言等分子，杂糅调和"（周作人：《燕知草》跋），"现代国语须是合古今中外的分子融合而成的一种中国语"（周作人：《国语改造的意见》）。这也就成为整个中国现代文学以至当代文学一以贯之的努力目标。

中国现代文学文体的变革与实验，也同样面对如何对待中国古代文学、外国文学的传统的问题。而开创期的"五四"文学，不同文体又面临不同的要求。现代新诗与现代话剧，都是所谓"外来文体"，它的主要任务是"引入"，"大破大立"，既要摆脱中国传统诗歌、戏剧的束缚，大胆突破、创新，同时又要逐渐形成"中国特色"，以在中国的文化土壤与中国读者、观众心中扎下根来：由此构成的挑战性与艰难性，复杂性与曲折性，将贯穿整个中国现代新诗与现代话剧发展的全过程，至今也还没有结束。而"散文"，则是中国古代文学的主体，其为中国现代散文的发展提供了深厚的传统资源，这也就是鲁迅所说的，"五四"散文的成就高于新诗、话剧的基本原因；但鲁迅又同时指出，这也给"五四"散文创作提出了一个历史性难题："为了对于旧文学的示威，在表示旧文学之自以为特长者，白话文也并非做不到"，这就更需要变革、创新（鲁迅：《小品文的危机》）。可以说，"五四"散文是在"继承与突破传统"的双重要求中构建现代散文的新范式的。或许也正因为如此，它吸引了最具创造力的周氏兄弟——鲁迅和周作人，特别是周作人，他们都把散文作为"自己的文体"，周作人创造了"爱智者散文体"（《自己的园地》《雨天的书》），鲁迅则在回忆体散文（《朝花夕拾》）和散文诗（《野草》）里留下了历史上从未有过的现代中国知识分子的个性化的"人"的形象。而鲁迅的创造，更在现代小说领域：小说虽然也是中国唐宋以来就有的传统文体，却始终处于边缘位置；晚清以来文学变革的一个重大任务就是把小说推向主体位置，为此作了许多的试验，只有在鲁迅这里得到了真正的突破，而且"开端即成熟"，鲁迅的《狂人日记》《孔乙己》《在酒楼上》等代表作，可以说创造了不同于西方小说的，具有中国以至东方文学特色的全新的现代小说范式。这也就为整个中国现代文学的发展，奠定了坚实的基础，其所提供的历史经验，是极其宝贵的。

此后的中国现代文学即沿着这样一条对中国文学传统和外国文学传统"继承—创新"，且"以创新为主"，即坚持自身的独立性与异质性的道路上发展，而且道路越走越宽广。在第二个十年里，一方面，对世界文学的观照和继承的视野更加开阔，不仅适应中国左翼文学发展的需要，更有计划地引入俄罗斯文学和苏联文学，以及 30 年代兴起的西方左翼文学的资源，同时为现代都市文学的发展提供美学资源，开始引入西方现代主义新思潮、新艺术，进行创造"新感觉派小说"和"现代派诗歌"的新实验。另一方面，对中国传统文化的继承，也更加自觉，即使是现代派诗歌，强调的也是"法国象征派、美国现代派与中国古典诗学的结合"。而对白话文学的独立创造则始终没有停止，最引人注目的，是老舍的语言实验：他自觉地走出鲁迅、周作人那一代人的"白话、文言杂糅"之路，而试图另创出一种"纯净的语体"，"把白话的真正香味烧出来"，同时又在俗白中追求讲究而精致的美，创造出"俗而雅"的现代白话文学语言。有意思的是，对此作出高度评价的是周作人，他认为老舍是在自觉继承《红楼梦》和《儿女英雄传》的传统，意味着中国现代文学正在趋向成熟（周作人：《骆驼祥子》日译本序）。

到第三个十年战争时期，又有了新的发展。这是一场民族解放战争，在民族精神空前高扬的背景下，人们对中国传统文化就自然有了更高的、更为自觉的认同，"皈依传统"就成为新的时代思想、文化、文学潮流。而当文学随着战争的发展，逐渐从少数中心城市，走向内地、农村，走向边缘、底层，人们对传统文化的认识，也就更加开阔、深化：不再局限于以汉族、儒家为中心的典籍文化，民间文化、农民文化、地方文化、少数民族文化，都逐渐进入人们的视野，而且成为新的思想、文化、文学资源，由此而构建了一个中国传统文化的多元结构，这无疑是对现代文学与传统文化、文学关系的认识与实践的一个重大且影响深远的发展。另一方面，中国的抗日战争也是第二次世界大战的有机组成部分，在政治、思想、文化、文学上与世界有了更广泛、多方面的交流与吸收，而且有一个发展过程。如茅盾所描述，在太平洋战争爆发前，我们主要关注与吸取的是苏联的战前文学、世界古典名著，以及英、美反法西斯文学。而在二战结束前后，各地报刊就开始系统地介绍第一次世界大战期间及战后的世界文学，在中国人已经熟悉的海明威、罗曼·罗兰等之外，着重介绍纪德、卡夫卡、普鲁斯特、伍尔夫、乔伊斯等，直接与西方20世纪作家、哲学家对话，这就彻底打破了中国现代文学与世界文学的交流主要集中在西方传统启蒙主义、现实主义、浪漫主义文学和俄罗斯、苏联文学的局限，而与世界现代文学同步发展，具有了更为开阔的视野：这也同样是一个多元化的世界文学交流的大格局。不可忽视的是，中国现代文学发展到第三个十年，其自身也形成了一个传统，继承与发展"五四"新文化、新文学的异质和创新文化传统，也成为这一时期相当一部分知识分子、作家的自觉追求。于是，在"回归中国文化传统"成为潮流时，也还有胡风派的作家在坚持"五四"启蒙主义传统；在语言的"古典化"实验吸引了越来越多的作家时，路翎仍然坚持"欧化语言"的创作；这一时期最为重要的两位诗人艾青与穆旦，也都不约而同地拒绝文言入诗，坚持白话新诗写作；而老舍开创的"把白话的真正香味烧出来"，创造"俗白中追求精致的美"的"纯净的白话语体"的实验，到这一时期就结出硕果。这一时期最具创造力的作家都参与其间：冯至、萧红、骆宾基、孙犁、赵树理等，这是一个多元化的创作格局。这样的古代文化、世界文化资源的多元化，与文化选择、创造的多元化，正是中国现代文学发展到第三个十年趋向成熟的标志。

这样多元化的"大开放"格局，还有一个重要方面，即现代文学向各现代学科——政治学、经济学、社会学、历史、哲学等的开放，到第三个十年也进入了大融合的成熟期。人们也因此注意到冰心的一段回忆，谈到"五四"时期她和小弟弟们"在院子里乘凉"时的彻夜长谈：不但谈周边风景、人事，也大谈哲学。尽管自己不过是"太小"的人，却要想象"太大"的宇宙、天下，追问人性、人生的奥秘，而且"反复地寻味——思想"（冰心：《往事（一）·一四》）。那是一个文学的时代，思想的时代，更是一个哲学的时代。这一中国现代文学诞生与发展的大背景，却往往被忽略——至今也还是如此。它决定了中国现代作家与文学的一个基本品质：从一开始，就不是所谓"纯文学"的，而是既从文学出发，又拥有超越文学的大视野，是一个"大文学"的观念与格局。因此，我们今天读"五四"时期冰心的作品，就可以强烈地感受到她的"爱的文学"里，爱的美学与爱的哲学的融合，这是她的文学在80年代能够"重新归来"的基本原因。除了冰心，可以说"五四"启蒙主义新文学，特别是鲁迅、周作人这样的大家，他们的作品给予后人的，不仅有美学的无尽享受，更有社会、历史、思想的巨大启迪。而到了第二个十年的社会大变动时代，政治、经济、社会、思想等对文学的渗透，就成了许多作家，特别是左翼作家的自觉努力。这一时期左翼作家所开创的三大文体：社会剖析小说、杂文和报告文学，都属于"大文学"，是政治学、经济学、社会学、文化学、伦理学、历史、哲学与美学的高度融合；鲁迅强调，杂文这样不成体的文体，超越了现行中国与世界的"文学概论"对"文学"的定义（鲁迅：《徐懋庸作〈打杂集〉序》），这是对"什么是文学"的重新认识和重新建构，是一种突破既定文学观念的全新的文学。这和鲁迅在《野草》里将现代艺术（音乐、美术）与现代文学融为一体的创造，都属于"中国现代文学"的全新创造，是其异质性、创新性、独立性的突出表现，其意义与价值也同样不为人们所认识。而到了第三个十年的战争时代，随着人们对战争的体验，从国家、民族、阶级的层面，逐渐深入到个体和人类生命的层面，生命哲学对文学的渗透就成为战争文学的一大潮流。这一时期，许多文学作品的形象、意象：土地、农民、女性、儿童等，都超越了政治学、经济学、社会学的意义观照，而成为一种人类学、生命哲学的观照，具有了某种抽象的、形而上的象征意义，在艺术表现上也是一种"诗性与哲学的融合"。尤其耐人寻味的是，这一潮流吸引了不同流派的作家：从"五四"一路走来的冯至，东北作家群的萧红、端木蕻良、骆宾基，沦陷区作家张爱玲、师陀、文载道，"闯入者"钱锺书，通俗、先锋两栖作家无名氏、李拓之等，真可谓汇成了一股文学大潮。而这样的多学科融合，也就使得中国现代文学史的书写，超越了文学，而具有现代思想史、知识分子精神史的意义与价值，这正是其特具魅力之处。因此，我们的"以作家作品为中心"的文学史写作，所关注的，既是"作品"，也是"人（作家、知识分子）"，其审美的观照是与时代、历史、思想、文化的观照融为一体的。

其二，集中了 20 世纪中国文学经验的中国现代文学的第二个特质，就是"仰望星空"与"脚踏大地"的有机结合。

首先是"仰望星空"。中国现代文学一开始就显示出一种鲜明特色：保持与自己生活时代的密切联系，回应时代所提出的重大问题，有一个历史与时代的大关怀、大视野、大格局。我们注意到，中国现代文学的"三十年"（1917—1949）历史正经历了三个历史阶段：思想启蒙的时代、社会大变动的时代、民族解放战争的时代；而中国现代文学恰恰是对这三大时代的自觉的文学回应，时代与文学之间存在一种同步关系。我们也因此选择将时代的分期与文学的分期直接相联接。这反映了我们的中国现代文学史观的一个基本点，也可以说是我们这本《中国现代文学新讲》的一大特色。

中国现代文学的起端，是"国语的文学"与"文学的国语"概念的提出，并以此作为中国现代文学变革与创造的基本目标。这也就意味着，将现代文学语言的创造与现代民族国家共同语言的构造紧密相连，深刻揭示了现代文学与现代民族国家之间的内在联系：这其实正是中国现代文学的基本特质，是其"现代性"的一个重要方面。

其次是"脚踏大地"。在某种意义上，可以说，"五四"思想启蒙运动是现代中国的一次大开放、大改革；而开放、改革的突破口，在思想。这包含着一种深刻性，即把"人"的觉醒和思想解放作为民族觉醒和解放的发端，将"人"的现代化作为现代民族国家建构的关键。而"五四"文学革命正是回应这时代的历史性需求，提出了"人的文学""个人本位主义的文学"与"平民的文学"这三大文学目标。所谓"人的文学"，就是要以唤起人的自觉，维护人的独立、自由和权利作为文学"现代"性的基本尺度。而"个人本位主义的文学"，则是突出人的个体性，这本身就是对中国传统思想、文学的根本突破。如鲁迅所说，在中国传统观念里，只有家族的人，社会的人，国家的人，而绝无"个体的人"的概念。

这样，是否坚持"个人本位主义"，就成了区分"新、旧文学"的一个基本标准，思想、文学的变革，都要从"个人"的解放做起。而"平民的文学"则明确提出要将"贫民社会，如工厂男女工人，人力车夫，内地农家，各处大负贩及小店铺，一切痛苦情形"都写入文学（胡适：《建设的文学革命论》）。我曾经说过，"五四"启蒙运动有四大发现："自然"的发现，"儿童"的发现，"妇女"的发现，以及"以农民为主体的普通平民"的发现，这在"五四"文学里都得到了充分展现。而"平民的文学"是最具中国特色的，表明中国现代文学从一开始就是"接地气"的文学。

而这"接地气"的特质，到第二个十年的社会大变动时代，就得到了更充分的发展。首先是作家队伍结构的变化：现代文学第一代作家基本上都是士大夫阶级的逆子，他们也就自然扮演起旧家庭、旧思想、旧传统的反叛者的历史角色；而第二个十年的新一代作家来自更广泛的社会阶层，有着丰富的社会经验，也同样自然地承担起密切文学与广阔的现实生活、时代、社会各阶层的联系的历史使命。其次，第二个十年中国社会的大变动，集中表现在中国社会进入工业化、现代化的历史新进程，都市文明的兴起，农村传统社会的瓦解，农村人口向都市流动，在这一过程中形成的两极分化，都引发了从中心城市到穷乡僻壤——整个中国社会的急剧震荡。如何将这样的社会大变动、大震荡转化为文学书写，就成了一个文学新课题；而在工业化、城市过程中形成的巨大文学市场，更是深刻地改变了作家的思维方式与行为方式，也提供了文学书写的新天地。正是在这样的经济、社会、历史、思想、文化、文学的新背景下，出现了海派文学、京派文学和左翼文学三大文学派别与潮流，可以说这是中国现代文学对社会大变动时代的一个自觉回应，由此促进了现代都市文学与现代乡土文学的迅速发展与成熟，最终使其成为现代文学的主体。正是在这最具中国特色的现代都市文学、乡土文学里，中国城乡社会各阶层，第一次成为文学的主要描写对象：茅盾笔下的现代大都市新女性，大工厂里的民族资本家、职工，知识分子，城镇工商业者；老舍笔下的北京市民、城市贫民（人力车夫）；沈从文笔下还处于"前现代"的偏僻山村的乡民村女、少数民族原住民；李劼人笔下的地方乡绅、流民；而在夏衍等左翼作家的笔下，底层劳苦大众的命运，更是第一次成为文学描写的中心。如研究者所说，他们的真实生活第一次在文学上得到"不隔膜、有真情、具体可信并且鲜活"的表现。（参阅吴福辉：《夏衍的报告文学精品〈包身工〉》）鲁迅宣称，"中国大众的灵魂"都聚集在他的杂文里，而这样的大众灵魂又和他自己的灵魂交织在一起（鲁迅：《准风月谈》后记）。这都表明，中国现代文学发展到第二个十年，真正落了地，成为"脚踏大地，仰望星空"的文学。也就是在这一过程中，中国现代文学构建起了具有中国特色的文学范式。

到了第三个十年的民族解放战争时代，随着战争的发展与深入，中国现代文学又发生了空前的大位移：文学的中心，实际上也是政治、思想、文化、教育的中心，从上海、北京等大都市，转向内地、边远地区，深入社会边缘与底层。我把这称为一次历史性的"相遇与对话"：一方面，向来的"化外之民"（比如我所熟悉的贵州安顺市民与少数民族）第一次通过"下江人"的到来，直接接触新文化（话剧、电影、音乐、美术、文学、学术），亲身领悟、感受其风采，"五四"新文化运动创造的新思想、新知识、新思维、新美学，也就潜移默化地逐渐渗透到边远地区、底层社会普通市民、乡民、知识分子，特别是年轻一代的日常生活和心灵之中。这样的文学传播与接受，正是中国现代文学在中国这块土地上"扎根"所需要的，其影响更为深远。而另一方面，对现代文学自身发展而言，也是一次历史机遇，通过直接接触与交流，新文学艺术家也发现了民间文化、地方文化、农民文化、民族文化的特殊魅力，农民、民间的生活、思维、情感、审美方式也同样潜移默化地融入现代作家、艺术家的文学艺术创造之中。这也是一个民间、地方、农民、少数民族文化或直接或间接参与现代新文学、新艺术创造的过程。这样的上、下与内、外互动，实际上为中国现代文学的发展提供了更为广阔的发展空间，奠定了更为扎实的基础。抗战中后期，毛泽东和中国共产党在敌后根据地提倡"文艺为工农兵服务"，强调文艺的"普及"，倡导"为中国老百姓喜闻乐见的民族、民间新形式"（毛泽东：《在延安文艺座谈会上的讲话》），得到许多作家、知识分子，特别是左翼作家、知识分子的热烈响应，就绝非偶然。

值得注意的是战争时期"人"（知识分子，作家）的思想、精神、生命的另一个发展趋向：在战乱"大变动"中寻求人与生命的"不变"，在一切化为"乌有"的时代寻求"永恒"。于是，以深陷精神虚无危机的张爱玲为代表的沦陷区作家在现代大都市的"凡人的世俗人生"里找到了生命的意义，并将其化为审美观照；而同样苦苦寻求意义的冯至，则在边地、山村里，重新发现了"千年不变的古老中国土地上延续的日常生活"，以及"平凡原野上，大自然的永恒无限的美"，而进入生命与文学的"沉思状态"（冯至：《山水》后记）。这样，中国现代文学又从人的日常生活、平凡人生，以及大自然这些生命的永恒中吸取了无尽的精神、文化、文学资源。把文学之根深扎在人的内在生命之中，与前文所讨论的建立和保持与脚下的土地、土地上的文化、父老乡亲的血肉联系，二者相辅相成，中国现代文学有了这两大根基，就真正走向了成熟。

其三，集中了 20 世纪中国文学经验的中国现代文学第三个特质，就是始终坚守思想与艺术探索的独立、自由、民主权利，对勇于进行开拓性思想、艺术、语言实验与创新，因而具有异质性的思想者和作家，持宽容、保护、鼓励态度，开创思想、文化、文学艺术多元化发展，具有多种可能性的大格局。

这也是由中国现代文学的基本要求决定的。鲁迅曾将其概括为三种言说原则与方式。一是"说现代中国人的话"，不说古人的话，外国人的话。——对此，我们前文已作了专门的讨论；二是"说自己的话"，不说他人说的话，或他人要我说的话；三是"说真心的话"，不说违心的假话（鲁迅：《无声的中国》）。说自己的话，就是要维护自己说话和发出独立声音的权利；说真话，就必须有言论自由作保证：这两点都是中国现代文学能否健康发展的关键。正因为如此，周作人在他的"五四"文学改革发难之作《思想革命》里，明确提出了构建"民主政治"的历史任务，在他看来，这是创建中国现代文学的一个前提。而"五四"新文学得以在北京大学诞生并立足，其基本原因也在于时任北京大学校长的蔡元培奉行了"兼容并包，思想自由"的办学方针。我曾经把蔡元培培育的北大精神和传统概括为"独立,自由,批判,创造",这也正是现代文学的基本精神和传统。

而蔡元培得以在北京大学实行"兼容并包,思想自由"的办学方针,有一个特殊的政治环境,即当时的北洋政府是相对弱势的政治力量,其所建立的是相对温和的政治统治。在这个意义上可以说,"五四"新文化启蒙运动以及由此诞生的中国现代文学,是在一个历史的空隙里得以生存与发展的。到了第二个十年,尽管国民党政府在政治、经济、军事上都占据优势,他们也大力推动党化文化、文学,但始终收效甚少,在思想、文化、文学领域实际处于守势地位,这也就给左翼、自由主义、民主主义文学的发展,留下了空间。而在第三个十年的战争环境下,中国地缘政治出现了特殊的国民党统治的大后方、共产党领导的敌后根据地、日本占领的沦陷区三元并存的结构,不仅出现了"三不管"的空隙,人们也可以在三者之间的流动中获得发展的空间。这样的战争年代的特殊环境,是中国现代文学在40年代出现了"文学体式、语言、风格多样性,探索文学发展新的可能性"这样前所未有的局面的原因所在。那时,确实有一批作者,不受主流意识形态影响,也不受时尚制约,完全受动于作家自我内心欲求与艺术实验趣味,突破规范,进行带有探索性的实验性创作。这样的超前性实验,就为现代文学的未来发展提供了新的可能性,它在80年代重新"归来",绝非偶然。这自然十分难能可贵,但毕竟也是在时代的缝隙里勉力所为,由此造成的内在的脆弱性,其实是属于整个中国现代文学的。或许正是看到了这一点,40年代末,在历史即将发生新的巨变时,以穆旦为代表的中国新诗派,再一次表达了"享有独立的艺术生命,保留广阔自由的想象空间"的愿望,提出"诗与民主"的命题,强调"诗的现代化的本质和前提,即诗的民主化"(袁可嘉:《批评与民主》),实际上是与30年前现代文学起端时,周作人建立"民主政治"的呼吁,遥相呼应。这很能显示现代文学历史发展的复杂性与曲折性。

因此,最后依然要强调,以上总结的中国现代文学三大基本特质,及其集中体现的20世纪中国文学经验,并不存在于纯粹的理想状态,而是充满了内在矛盾、冲突，无法避免开放与封闭，落地与漂浮，自由与束缚，民主与专制，宽容与管控，多元与一元等之间的博弈，历史的正向运动从来就是与反向纠缠在一起的。发展的高峰同时预伏着危机。历史的巨变固然提供创造新格局的机遇，但却过于匆忙，缺乏足够的沉淀，而显得浮躁，这都使得思想与艺术的探索多少有些浅尝即止。即使在 40 年代、80 年代思想和文学艺术发展的高峰，我们所收获的，依然是"有缺憾的价值"：这就是历史，真实的，具体的，曲折、复杂而丰富的历史。

2021 年 2 月 12 日至 5 月 15 日陆续写成

8 月 7 日开始修订

8 月 20 日定稿

后记

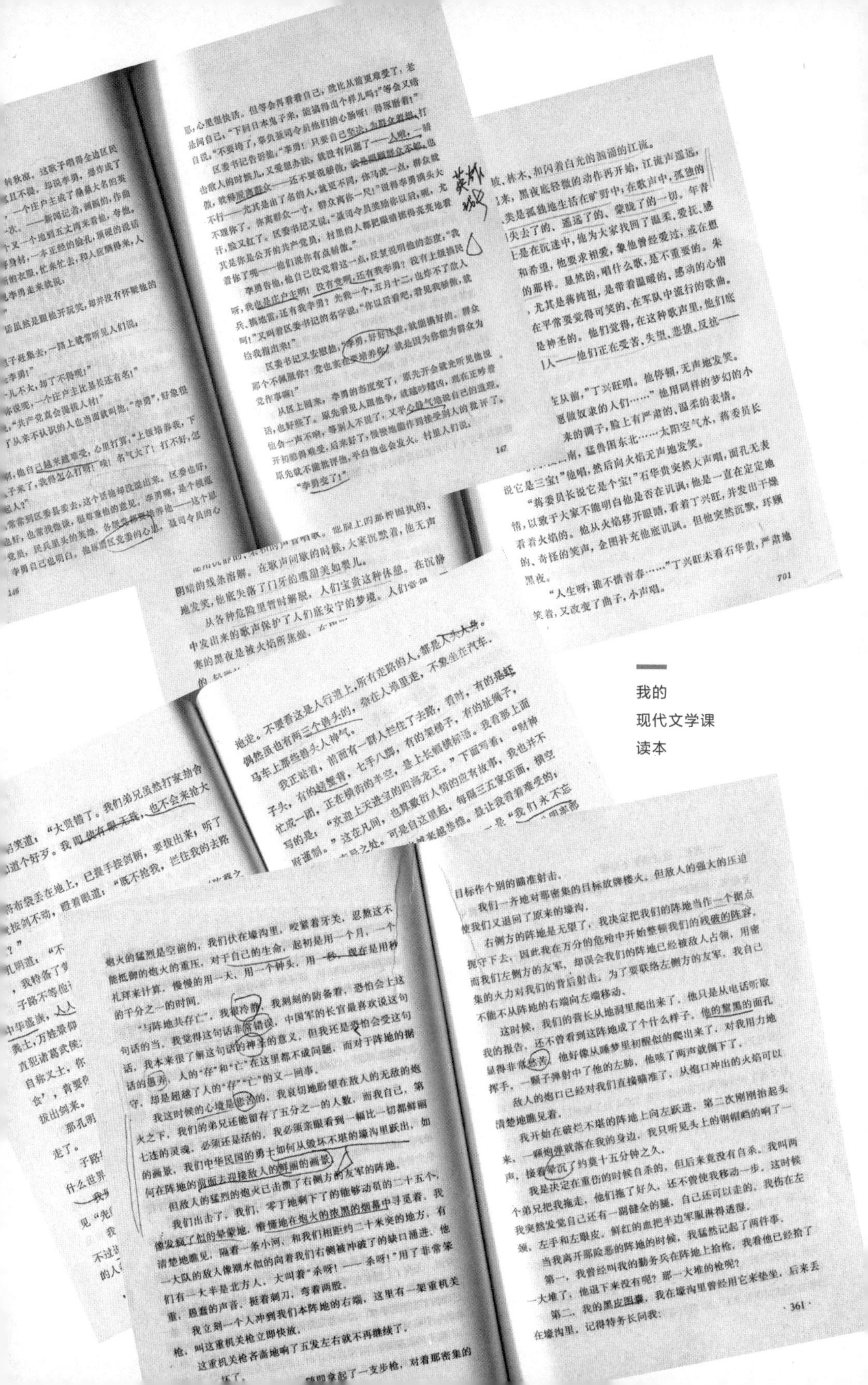

我的

现代文学课

读本

这又是一个出乎意料的收获。

其实，早在 2014 年 12 月，我准备到养老院闭门写作时，宣布"还要写八、九本书"（《权当"告别词"》，收《一路走来——钱理群自述》），其中有一部就是"新编中国现代文学史"。这是我多年的梦想，而且已经有了一个"以问题为中心"的构想。但以后越来越老，特别是年过八十，就觉得再写这样的需要翻阅大量资料的学术著作，真有点力不从心了，单在我的书房书架上爬上爬下，都有些困难，甚至危险了。我决定收起"雄心"（"野心"），放弃这个计划。但今年年初，朋友一个电话，传达出版社的约稿计划，我已经深藏的梦又被唤醒，就鬼使神差，不顾一切，日夜兼程地"干"了起来，短短的三个月，就把书写出来了，仿佛真的作了一场大梦，美梦。

这样，我的现代文学史写作，就有了完完整整四大部，自成体系了——平原兄说我喜欢写"三部曲"，这回却是"四部曲"：1987年，与吴福辉、温儒敏等合作推出《中国现代文学三十年》，1998 年、2016 年两次修订，是一部"文学史教材"（《中国现代文学三十年》初版后记）；1995 年，与吴晓东合作，撰写冰心主编的《彩色插图中国文学史》"新世纪的文学"部分，其写作追求是："在强调'20 世纪中国文学'的整体性的同时，又将它重新纳入'中国文学史'的总体结构中"（《〈彩色插图中国文学史〉"20 世纪部分"的写作构想》，收《返观与重构——文学史的研究与写作》）；2013 年，与吴福辉、陈子善合作主编、撰写《中国现代文学编年史——以文学广告为中心》（三卷本），这是一部"大文学史"："不仅关注文学本身，也关注现代文学与现代教育、现代出版市场、现代学术……之间的关系，关注文学创作与文学翻译、研究之间的关系，关注文学与艺术（音乐、美术、电影……）之间的关系，等等"（《中国现代文学编年史——以文学广告为中心》总序）；2021 年，独自撰写《中国现代文学新讲》，强调回归文学本体，突出作家作品对文学形式与语言的创造（见本书前言）。在撰写四部文学史的同时，我还在现代文学史研究的理论与方法、现代文学研究学科的发展史上下了很大功夫，编有《反观与重构——文学史的研究与写作》《中国现代文学史论》两部论文集，还写有长篇总结性文章《我的文学史研究》（收《一路走来——钱理群自述》）。这样，我的现代文学史的研究、探讨与撰写，从 1987 年到 2021 年，整整持续 34 年之久；我也终于完成我的导师王瑶先生生前交给我的"坚守中国现代文学史研究领域"的任务，对于现代文学史研究学科，我能做的事都做了，可以告慰先生的在天之灵了。

这本书还圆了我的"20 世纪 40 年代文学研究"梦。80 年代末，我写完《周作人传》后，就将 40 年代文学研究作为自己新的学术研究方向，作了大量准备工作：1992—1998 年与封世辉先生合作主编《中国沦陷区文学大系》（参阅《找回失落的文学世界——答〈南方文坛〉记者问》）；1996 年在北京大学中文系为研究生开设"四十年代小说研读"课，并出版了《对话与漫游——四十年代小说研读》一书，其中部分"教师讲评"整理成《文体与风格的多种实验——四十年代小说研读札记》，发表于《文学评论》1997 年第 3 期；1997 年编选《二十世纪中国小说理论资料》第 4 卷（40 年代部分）。我自己也从 90 年代初开始，陆续写出了《"流亡者文学"的心理指归》《战争浪漫主义及其反拨与超越——40 年代小说理论概观》《"言"与"不言"之间——沦陷区文学总论》《普通人日常生活的重新发现——沦陷区散文扫描》等论文，以及对 40 年代重要作家萧红、路翎、芦焚（师陀）、无名氏、废名、曹禺、端木蕻良等的专题研究（以上论文及研究收《精神的炼狱——中国现代文学从"五四"到抗战的历程》）。这一时期我的研究都离不开 40 年代：1990—1991 年所写《大小舞台之间——曹禺戏剧新论》的一个重点，就是以曹禺《北京人》与《家》为代表的 40 年代剧作；1992 年的《丰富的痛苦——堂吉诃德与哈姆雷特的东移》更是详尽讨论了 40 年代中国堂吉诃德、哈姆雷特的知识分子道路；1995—1998 年，我还写了《1948：天地玄黄》一书，其中对 40 年代的朱自清、胡风、穆旦、萧军、丁玲、赵树理等都有专门的讨论。到了 90 年代末，我的研究兴趣有了转移，不得不把 40 年代的研究计划搁置起来；但心有不甘，就把 90 年代所写大量研究设计、随想，于 2004 年 2 月整理出 "40 年代文学史（多卷本）总体设计"，以《关于 20 世纪 40 年代至 70 年代文学研究的断想》为题公开发表（收《追寻生存之根——我的退思录》），以留给后人研究参考。在文章结尾，还是忍不住说了这样一番话："希望有一天还能再回到 20 世纪 40 年代中国的这块土地上来——我是诞生在那个时代的；1939 年 3 月，我在重庆山城第一次睁眼看这个世界"，"我知道，自己内心深处的 40 年代情结，是根源于对生我养我的这块土地的永远的依恋"。说这番话时，是 2003 年；万万没有想到，18 年后的 2021 年，82 岁的我，终于 "回来了"，写出了我心目中的 40 年代现代文学史，在某种意义上正是我 2004 年年初整理的 "总体设计" 与 "研究断想" 诸多构思的一个落实。读者不难看出，在这本《中国现代文学新讲》里，我倾注了最多精力、最大深情的，就是 40 年代的文学。这也算是我的 "个人文学史" 的一大特色吧。

这本著作的最后写成，跟最初的设计，还是有一些变动：主要是从 "以问题为中心" 变成 "以作家作品为中心"。"以问题为中心" 的 "问题"，其实也是强调 "文学" 本体，文学形式与语言问题。尽管我对思想史、精神史始终保持浓厚兴趣，我的文学研究也偏于作品社会、思想、历史意义的开掘；但我骨子里是一个"文学中人"，我的研究其实从一开始，就重视文本细读。再加上我一直关注与参与中小学语文教育，课文分析、作品解读自然是一个重点。1993、1994 年间，我在上海《语文学习》"名作重读"专栏发表并产生了不小影响的赏析文章，后来集为《名作重读》一书，其中就有对冰心、朱自清的散文，张天翼的《华威先生》，以及老舍、沈从文、孙犁的小说的解读。以后主编《新语文读本》《名家文学读本》《诗歌读本》，也无不在引导中小学生领悟文学语言、进入文学世界下了很大功夫。我还主编、编著了四大现代文学读本：《20 世纪中国小说读本》、《中国现当代文学名著导读》、《中国现代文学》（《大学文学》第二编）、《现代文学经典读本》。我这次写"以作家作品为中心"的现代文学史，写得如此顺利，其原因就在有这些读本与相关文本细读文章垫底。而最后把"作家作品"突出、将"问题"意识置于背后，就如前言里所说，是"出于对当下现代文学史的研究与论述、阅读与教育，包括我自己的研究的不满与忧虑"：当年倡导"大文学史"研究，强调现代文学与现代政治、经济、思想、文化、学术、教育的关系，这本是学术研究的一个新发展，但推到极端，研究与教学越来越远离文学，远离文学语言与形式，什么都有，就是没有文学，这就变味儿了。特别是我听说，现在相当部分学生不读原著，有的对文学根本没有兴趣，我真有被"掏心挖肺"的感觉，于是就从内心发出"回来吧，文学"的呼唤：在我看来，教育（不仅是中文系的教育）没有文学，人的生命中没有文学，就失了"魂"，会导致民族的精神危机。正是这样的危机感，催促我要迫不及待地写出这本"以文学为中心"的文学史，并且期待对当下大学里的现代文学史教学有所帮助。

就个人而言，我最看重的自然是"个人写文学史"的自觉尝试。

王瑶先生那一代就是以个人著述开创这门学科的，先生的《中国新文学史稿》因此成为奠基之作。到了1958年"大跃进"，就提倡"集体写文学史"，60年代唐弢先生主编的《中国现代文学史》，集体编写教材，更成为国家行为。这样的集体编写的传统，即使在80年代、90年代改革开放时代依然在延续，我的前三部文学史著作都是合作编写的产物。较早地自觉尝试个人写现代文学史，是吴福辉2010年出版的《插图本中国现代文学发展史》，我在所写的评论中称之为"对1949年以后现代文学史写作的'教科书'模式的重要突破"[《是集大成，又是新的开拓——我读吴福辉〈中国现代文学发展史〉（插图本）》]，内心里也确实羡慕不已。现在，我也终于有机会写"个人的中国现代文学史"，而且从一开始就决心要显示自己的特点。主要有五个方面。

首先是三个"主体性"。其一，对作家、作品的关注，最后要落实与集中到对"人"的关注，不仅是对作品描述的人物的关注，更是对作家主体的关注。这涉及我的文学史观，如前言所说，"现代文学史就是一部现代中国人的心灵史，是现代作家作为现代中国人、现代中国知识分子，对中国社会变革与转向作出内心反应和审美反应的历史"。因此，现代文学史本身，就有现代思想史与知识分子精神史的意义与价值，这也是其独特之处。我也因此自觉地从思想史，特别是精神史的角度，来揭示作家作品里的艺术、探讨背后更深层次的意义，我的有关"现代堂吉诃德与哈姆雷特"的描写与论述，就是一次有意思的试验。而这样的"现代文学史与现代思想史、精神史"的融合，可能最能显示我这本《中国现代文学新讲》的"个性"：它既是对"中国现代文学史"的特质的一个发现和新概括，也是我的个人研究一以贯之的追求：这本身就是一种"主、客体的融合"。其二，我的主体介入研究的另一个方面，就是把自己"烧进去"，在某种程度上，我也在写自己的思想史、精神史，但我又要求"跳出来"，作客观、全面、冷静的观察、思考，期待对中国现代文学史的客体作出有解释力与批判力的书写、解读和分析：这是一种有感情，又有控制与约束的理性研究和写作，其间的张扬与平衡，本身就是一种艺术，自有大可玩味的乐趣。这其中还有一个文学史叙述语言的问题。看起来写得十分顺畅，其实也颇有斟酌：在遵循学术语言的明确、准确、简约这些基本规矩的同时，总想有一点自己的语言的"味儿"，偶尔"冒"一下，又赶紧刹住。在我的感觉里，这本身也是一种文学创作；汪曾祺说他的创作如"行云流水"，我的研究与书写也同样如此，这是一种精神的共享。其三，"读者"（文学史的阅读者和学习者）在我的研究中始终是不可或缺的存在，这体现在个人文学史特有的结构方式的设计上，每一节都由三部分组成："概述""简析""延伸思考"。概述与简析，为读者提供理解作家作品的历史、文学史知识背景和基本分析，延伸思考就是与读者的对话，不仅引导读者如何阅读、欣赏"这一个"作家和"这一篇"作品，更有意识、有目的地对读者进行阅读思维、研究方法的训练，以提升对文学语言、形式的敏感力、感悟力，进而研究文学的想象力与创造力，以及相应的方法，唤起读者自己去读原著，以及讨论与研究的欲望，并具有相应的能力，最终成为"文学中人"，在文学世界里独立自主地自由漫游。如此，我们就可以在一旁欣赏了：这也是和读者的精神共享。

前文谈到自觉回应时代重大问题，是中国现代文学的一大特点与优势；其实，文学史的研究与写作也应该有时代感，跟具体研究与写作的时代环境、氛围、问题有一种自觉不自觉的呼应，即所谓文学史研究与写作的问题意识应该来自研究者所处的时代，有一种"和当代对话"的意义。在本书的写作过程中，我常常想，如果在我刚住进养老院的那几年就开始写现代文学史，可能不会写成"现在"这个样子；我的这本"新讲"，明显打上了"疫情和后疫情时代"的烙印。乍一看，确实有点不可思议。我这次为准备写文学史而重读早已熟透了的作家作品，居然有一种第一次阅读、重新发现的感觉：这样的新鲜感，是我这样的文学史研究的"老手"很少有的。我突然发现，中国现代文学在历史上经历的三大问题，居然也是疫情和后疫情时代中国与世界面临的问题：疫情引发的至今未息的争论，似乎重新提出了"思想启蒙"的问题；今天的中国与世界又开始了一场更加广泛、深刻，且看不出前景的"社会和历史大变动"；而疫情的暴发与蔓延本身就是一场新的"世界大战"，我们每一个人都有了深刻的"战争体验"。于是，中国现代文学史上的作品所出现的 20 世纪 20 年代、30年代、40 年代时代主题，居然都指向了 21 世纪的当下现实。像如何对待传统文化与外来文化，中华文明与西方文明；如何对待工业化、现代化所带来的新机遇、新问题；如何在社会动乱中寻求稳定，重新发现日常生活、家庭、土地、大自然……中的永恒因素，作为生命的皈依，即进行所谓"世界归根何处，中国归根何处，自己归根何处"的思考与探索，等等。这样，我的每一天的文学史书写，都是重新和鲁迅、周作人、沈从文、老舍、巴金、冯至、张爱玲、萧红、废名、汪曾祺……对话、讨论、争辩，而且是从未有过的亲近、自然、迫切，极具启发性。这样远行已久的现代作家作品的思想、文学艺术，生命的"复活"，"历史"的"当代化"，简直就是一个奇迹。整天沉醉其间，不亦乐乎，不亦痛哉！——说"痛哉"，是因为我以身处"庚子大战"的当代感受反观 40 年代文学中的战争体验，无法摆脱内心的沉重与忧痛……

最后要说的是，我的中国现代文学史研究，还有一个大视野。我在退休后的 2002 年 11 月，写了一篇《科学总结 20 世纪中国经验》的文章（收《追寻生存之根——我的退思录》），这可以视为我一生中最重要的晚年研究与写作的一个"总纲"。我在文章中沉重指出，"近二十年来，尽管中国的思想、学术在各方面都得到了发展，取得了一些重要的成果，但这样的世纪中国经验与教训的总结，却始终是少有人进入的领域。在我看来，这是中国思想学术界的最大失职，这是一个必须偿还的历史欠账"，"这是我们必须面对的遗忘。它意味着历史的教训没有被吸取，导致历史错误的观念与体制的弊端没有得到认真的反省，历史的悲剧就完全有在人们无法预料的时刻，以人们同样无法预料的形式重演的可能；而真正有价值的中国经验，也会在这样的集体遗忘中被忽略。从而导致思想与精神传统的硬性切断，人们不能在前人思考已经达到的高度上继续推进，而必须一次又一次地从头开始。这应该是中国的现当代思想始终在一个低水平上不断重复的重要原因。这背后隐藏着的民族文化、民族精神，以至整个民族发展的危机，是每一个有良知的知识分子不能不感到忧虑的"，"于是，就有了'拒绝遗忘'的呼唤"。但这一呼唤发出以后几乎无人注重，也少有回应。我只有自己做，默默坚持。可以说，我退休至今 19 年的研究，都是在作"总结 20 世纪中国经验与教训"的研究，对中国知识分子对自己时代的"欠账"作一点力所能及的偿还，以缓解内心的愧疚。而这样的"20 世纪中国经验与教训"的总结，一个重要的、不可或缺的部分，就是"20 世纪中国文学经验、教训"的历史梳理与理论总结：这是前文详尽介绍的我的中国现代文学史研究的真正内核与根本追求。而我自己也一直为自己的研究始终停留在现象层面的描述，缺少一个理论的总结与提升，心有不安与不甘。现在这一次通过比较全面的梳理，特别是对 20 世纪中国现代文学的成熟期，第一个高峰——40 年代文学的重新认识，以及其与第二个高峰——80年代文学的内在联系的初步清理，我终于在本书的结尾，对20世纪中国文学经验，第一次作出了明晰的概括，这就将我的现代中国文学研究提升了一步。尽管不免简单、粗疏，还大有发挥与讨论的余地，但毕竟是一个开始，是我期待已久的，因而大大松了一口气。我也同时警惕将20世纪中国文学理想化，要强调它的经验是和教训交织在一起的，历史的正面运动从来就是和反向运动纠缠为一体的，发展高峰同时就预伏着危机。我的另一个清醒认识，即正视中国现代文学总体的不成熟性。我们所面对的，是充满困惑、缺憾，复杂、曲折，因而真实、丰富的历史。我们这些把自己的生命与中国现代文学史的生命自觉联接的研究者，从中收获的，永远是和它的创造者一样的"丰富，和丰富的痛苦"（穆旦语）。

　　这本《中国现代文学新讲》在写出初稿后，曾在网上传给部分朋友与学生，征求意见。他们——洪子诚、吴晓东、姚丹、贺桂梅、李浴洋、李静——十分认真地审读以后，还专门召开了一次座谈会，实际上对如何新编现代文学史进行了热烈讨论，大大提高了我的眼界，引发了我的思考：这样的学术关怀与友情，今天已经不可多遇，我内心的感激与感慨真一言难尽。最近两个多星期，我又被封闭在养老院里，也就趁机把这本试验之作，重读、重改了一遍。就我目前的水平与学术状况，大概就只能写成这样了：依然只具有"有缺憾的价值"。

2021年5月10日晚7时写毕

2021年8月20日定稿

附录一

延伸阅读书目

著作：

（一）文学史论

蔡元培等：《中国新文学大系导论集》，上海书店，1982 年

王瑶：《中国现代文学史论集》，北京大学出版社，2008 年

钱理群、温儒敏、吴福辉：《中国现代文学三十年》（修订本），北京大学出版社，2016 年

钱理群、吴福辉、陈子善主编：《中国现代文学编年史——以文学广告为中心》，北京大学出版社，2013 年

王晓明主编：《二十世纪中国文学史论》，东方出版中心，1997 年

吴福辉：《插图本中国现代文学发展史》，北京大学出版社，2010 年

严家炎：《中国现代小说流派史》，人民文学出版社，1989 年

谢冕等：《百年中国新诗史略》，北京大学出版社，2010 年

（二）作家作品研究

陈平原：《触摸历史与进入五四》，北京大学出版社，2005 年

钱理群：《精神的炼狱——中国现代文学从"五四"到抗战的历程》，广西教育出版社，1996 年

钱理群主讲：《对话与漫游——四十年代小说研读》，上海文艺出版社，1999 年

范智红：《世变缘常——四十年代小说论》，人民文学出版社，2001 年

钱理群：《1948：天地玄黄》，中华书局，2008 年

赵园：《论小说十家》（修订本），生活·读书·新知三联书店，2011 年

赵园：《北京：城与人》，北京大学出版社，2002 年

钱理群：《丰富的痛苦——堂吉诃德与哈姆雷特的东移》，北京大学出版社，2007 年

解志熙：《摩登与现代——中国现代文学的实存分析》，清华大学出版社，2006 年

孟悦、戴锦华：《浮出历史地表——现代妇女文学研究》，北京大学出版社，2018 年

金宏宇：《中国现代长篇小说名著版本校评》，人民文学出版社，2001 年

严家炎：《论鲁迅的复调小说》（增订版），北京大学出版社，2011 年
钱理群：《鲁迅作品十五讲》，北京大学出版社，2003 年
王乾坤：《鲁迅的生命哲学》，人民文学出版社，1999 年
高远东：《现代如何"拿来"——鲁迅的思想与文学论集》，复旦大学出版社，2009 年
郜元宝：《反抗"被描写"——郜元宝鲁迅研究自选集》，漓江出版社，2014 年
钱理群：《周作人论》，上海人民出版社，1991 年
汪曾祺：《汪曾祺论沈从文》，广陵书社，2016 年
赵园主编：《沈从文经典名作》，上海三联书店，2020 年
孙庆升：《曹禺论》，北京大学出版社，1986 年
钱理群：《大小舞台之间——曹禺戏剧新论》，北京大学出版社，2007 年
陈为人：《插错"搭子"的一张牌——重新解读赵树理》，广东人民出版社，2011 年

姜涛：《"新诗集"与中国新诗的发生》，北京大学出版社，2005 年
孙玉石主编：《中国现代诗导读（1917—1937）》，北京大学出版社，2008 年
谢冕主编：《徐志摩名作欣赏》，中国和平出版社，1993 年
王富仁主编：《闻一多名作欣赏》，中国和平出版社，1993 年
牛汉、郭宝臣主编：《艾青名作欣赏》，中国和平出版社，1993 年
杜运燮、袁可嘉编：《一个民族已经起来——怀念诗人、翻译家穆旦》，江苏人民出版社，1987 年

论文：

黄子平：《同是天涯沦落人—— 一个"叙事模式"的抽样分析》，《中国现代文学研究丛刊》1985 年第 3 期
崔铁成：《鲁迅作品中的"却"字句》，《鲁迅研究月刊》1991 年第 3 期
解志熙：《诗与思——冯至三首十四行诗解读》，《中国现代文学研究丛刊》1992 年第 3 期
樊骏：《认识老舍》，《文学评论》1996 年第 5、6 期
张宇凌：《论萧红〈呼兰河传〉中的儿童视角》，《中国现代文学研究丛刊》1997 年第 1 期
杨联芬：《孙犁——革命文学中的"多余人"》，《中国现代文学研究丛刊》1998 年第 4 期
吴晓东：《背着"语言的筏子"——废名小说〈桥〉的诗学解读》，《中国现代文学研究丛刊》2001 年第 1 期
王中忱：《重读茅盾的〈子夜〉》，《海南广播电视大学学报》2002 年第 2 期

附录二

百年来的中国新文学史（举要）

1922	胡适《五十年来中国之文学》
1929	陈子展《最近三十年中国文学史》
1929—1933	朱自清《中国新文学研究纲要》
1932	钱基博《现代中国文学史》
1932	周作人《中国新文学的源流》
1933	王哲甫《中国新文学运动史》
1934	伍启元《中国新文化运动概观》
1935	王丰园《中国新文学运动述评》
1935—1936	胡适、鲁迅、茅盾、周作人等《中国新文学大系》
1939	李何林《近二十年中国文艺思潮论》
1939—1940	周扬《新文学运动史讲义提纲》
1947	蓝海《中国抗战文艺史》
1951	老舍、蔡仪、王瑶、李何林《〈中国新文学史〉教学大纲》
1951	王瑶《中国新文学史稿》
1952	蔡仪《中国新文学史讲话》
1955	丁易《中国现代文学史略》
1955	张毕来《新文学史纲》
1956	刘绶松《中国新文学史初稿》
1961	夏志清《中国现代小说史》
1975	司马长风《中国新文学史》
1976	周锦《中国新文学史》
1979—1980	唐弢、严家炎主编《中国现代文学史》
1980	玛利安·高利克《中国现代文学批评发生史》
1984	黄修己《中国现代文学简史》
1986—1991	杨义《中国现代小说史》
1986	朱德发《中国五四文学史》

1987	钱理群、吴福辉、温儒敏等《中国现代文学三十年》
1989	严家炎《中国现代小说流派史》
1989	陈平原《20世纪中国小说史（第一卷）》
1993	温儒敏《中国现代文学批评史》
1995	黄修己《中国新文学史编纂史》
1999	孙玉石《中国现代主义诗潮史论》
1999	洪子诚《中国当代文学史》
2007	范伯群《插图本中国现代通俗文学史》
2009	杨义主编《二十世纪中国翻译文学史》
2010	严家炎主编《二十世纪中国文学史》
2010	吴福辉《插图本中国现代文学发展史》
2010	谢冕等《百年中国新诗史略》
2013	钱理群、吴福辉、陈子善主编《中国现代文学编年史——以文学广告为中心》
2017	王德威主编《哈佛新编中国现代文学史》
2023	……

图书在版编目(CIP)数据

中国现代文学新讲 / 钱理群编著 . –– 北京：九州
出版社，2023.5

ISBN 978-7-5225-1731-5

Ⅰ.①中… Ⅱ.①钱… Ⅲ.①中国文学—现代文学—
文学研究 Ⅳ.① I206.6

中国国家版本馆 CIP 数据核字 (2023) 第 052175 号

本书部分文字作品著作权由中国文字著作权协会授权；部分文字作品稿酬
已向中国文字著作权协会提存，敬请相关著作权人联系领取。
电话：010-65978917，传真：010-65978926，E-mail：wenzhuxie@126.com。

中国现代文学新讲

作　　者　钱理群　编著
责任编辑　周　春
出版发行　九州出版社
地　　址　北京市西城区阜外大街甲35号（100037）
发行电话　（010）68992190/3/5/6
网　　址　www.jiuzhoupress.com
印　　刷　山东临沂新华印刷物流集团有限责任公司
开　　本　960 毫米 × 635 毫米　16开
印　　张　51.5
字　　数　740 千字
版　　次　2023 年 5 月第 1 版
印　　次　2023 年 5 月第 1 次印刷
书　　号　ISBN 978-7-5225-1731-5
定　　价　129.00 元